Marie Louise Fischer
Frauenstation

Marie Louise Fischer

Frauenstation

Roman

Marie Louise Fischer: Frauenstation
Lizenzausgabe für die Naumann & Göbel Verlags-
gesellschaft mbH, Köln

Gesamtherstellung: Naumann & Göbel Verlagsgesellschaft mbH

ISBN: 978-3-625-20985-0
www.naumann-goebel.de

1

Als die erste Wehe kam, hielt Susanne Overhoff unwillkürlich den Atem an. Aber sie empfand keine Angst, eher ein schmerzvolles Gefühl von Glück.

Es war also soweit, alles Warten würde nun bald ein Ende haben.

Susanne Overhoff ließ das Babyjäckchen, an dem sie häkelte, in den Schoß sinken. Ihr Blick ging zu Eva, ihrer Tochter, die bäuchlings auf der Couch lag.

»Eva ...«, sagte sie; »ich ...« Ihr Mund war trocken. Es fiel ihr schwer, die richtigen Worte zu finden.

»Ja, Mutter?« Das junge Mädchen hob den Kopf und strich das weizenblonde Haar aus der Stirn.

»Ich glaube, es wird Zeit für mich, Eva.«

Eva setzte sich mit einem Ruck auf. »Schon?« fragte sie, nun doch erschrocken. Mit zwei Schritten war sie bei der Mutter, kniete neben dem Sessel. Susanne Overhoff fuhr ihr mit der Hand durch das schimmernde Haar.

»Du weißt, daß ich bereits seit Tagen darauf warte.«

»Ja, schon«, sagte Eva leise, »aber wenn es dann passiert, ist es doch anders.«

Susanne Overhoff beugte sich rasch zu ihr herab und küßte sie auf die Stirn. »Geh hinauf ins Schlafzimmer und hol mein Köfferchen. Ich werde es Vater sagen ...«

Die zweite Wehe kam, als sie schon neben ihrem Mann, dem Chefarzt Dr. Paul Overhoff, im Wagen saß.

»Sehr schlimm?« fragte er, ohne sie anzusehen. Er glaubte, ihren Schmerz fast körperlich mitzuempfinden. Und wieder überkam ihn dieses würgende Schuldgefühl, diese quälende Angst, die ihm die letzten Monate fast zur Hölle gemacht hatten.

»Nein, nicht schlimm«, erwiderte Susanne Overhoff rasch, fast ein wenig zu schnell.

»Du brauchst keine Angst zu haben«, sagte er gepreßt.

»Ich fürchte mich nicht ...«

Er schaltete so hart, daß das Getriebe aufstöhnte, dann glitt der schwere Wagen die stille Vorortestraße entlang.

»Mir ist nur«, sagte sie, die Hände wie schützend über dem hohen Leib gefaltet, »als hätte ich etwas vergessen ...«

»Unwichtig. Alles, was du brauchst, kann ich dir besorgen lassen.«

»Das meine ich nicht, ich ...« Sie sprach sehr langsam, um sich verständlich auszudrücken. »Es ist wegen Eva. Sie ist noch so jung. Sie versteht das alles nicht. Ich hätte ihr klarmachen müssen ... es wenigstens versuchen müssen ...«

»Mach dir nicht so viele Gedanken, Susanne«, erwiderte er mit einer Stimme, die unbefangen klingen sollte, aber rauh vor Beklemmung war, »morgen wird sie dich in der Klinik besuchen. Dann kannst du ihr alles erzählen, was du noch auf dem Herzen hast.«

›Hoffentlich‹, hätte sie beinahe gesagt, aber sie sagte nur: »Ja, natürlich. Du hast recht.«

Vom Haus Professor Overhoffs bis zur Frauenklinik, deren Chef er war, waren es knappe zehn Autominuten.

Als die dritte Wehe einsetzte, lag Susanne Overhoff im Bett des schönsten Zimmers der Privatstation, das seit Tagen für sie reserviert war.

Oberschwester Helga half ihr, sich auszuziehen. Dann stand sie am Bett der werdenden Mutter und lächelte ihr aufmunternd zu. Ihr Gesicht strahlte Zuversicht aus.

»Das scheint ein sehr pünktlicher kleiner Sohn zu werden, Frau Professor«, meinte sie ermutigend.

Susanne Overhoff nickte stumm. In ihren Augen war ein seltsamer Glanz.

Die junge Schwester Lilo war noch dabei, Susannes Kleid und den Pelzmantel sorgfältig auf den Bügel und in den Schrank zu hängen. Vom Bad her hörte man das Plätschern des Wassers; Professor Overhoff wusch sich die Hände. Er kam, sich abtrocknend, in das Zimmer und ließ das Handtuch achtlos fallen. Lilo bückte sich, hob es auf, half ihm in den weißen Kittel.

»Benachrichtigen Sie bitte sofort Dr. Schumann«, ordnete er an.

Schwester Lilo huschte aus dem Zimmer.

Susanne Overhoff richtete sich in ihrem Kissen auf. »Paul«, rief sie flehend.

Er trat zu ihr und versuchte zu lächeln, aber es wurde nur eine Grimasse. »Ja?«

»Paul ... kannst du die Schnittentbindung nicht selbst machen? Du weißt doch ... es gibt niemanden, zu dem ich so viel Vertrauen habe, wie zu dir!«

»Susanne, es ist nicht üblich, daß ein Arzt seine eigene Frau entbindet!«

»Das weiß ich ja! Aber mach eine Ausnahme! Ich bitte dich darum!«

Er setzte sich zu ihr auf den Bettrand. »Ich könnte es nicht. Selbst wenn ich wollte.« Er hielt den Arm hoch, und sie sah, wie seine flach ausgestreckte Hand zitterte.

Sie bereute es sofort, daß sie ihn gezwungen hatte, seine Schwäche zu bekennen. »Verzeih«, murmelte sie.

Oberschwester Helga, stumme Zeugin dieser Szene, versuchte die Situation zu überspielen. »Dr. Schumann ist ein wunderbarer Arzt«, sagte sie, »der beste, den ich kenne!«

Overhoff streichelte die Hand seiner Frau. »Da hörst du es selbst, Liebling!«

»Entschuldigen Sie, Herr Professor«, rief die Oberschwester erschrocken, »ich wollte natürlich nicht sagen, daß ...«

»Schon gut! Geben Sie mir das Stethoskop!«

Sie reichte ihm das Hörrohr. Er faßte mit der linken Hand Susannes Puls und beugte sich tief über ihren Leib, um die Herztöne seines Kindes abzuhören.

Astrid Schumann hatte für diesen Abend Gäste geladen. Im offenen Kamin züngelten die Flammen eines hellen Feuers; auf silbernen Leuchtern brannten honiggelbe Kerzen.

Dr. Rainer Schumann beobachtete seine Frau. Sehr schlank und anmutig, in einem saphirblauen Cocktailkleid aus fließender Seide, stand sie zwischen den Gästen. Er sah das Leuchten ihrer tiefblauen Augen und die rötlichen Lichter, die die Flammen in ihr kurzgeschnittenes, kastanienbraunes Haar zauberten. Er beobachtete die bewundernden Blicke der anderen Männer und – litt.

Dabei wußte er, daß er keinen Grund zur Eifersucht hatte. Astrids Herz war kühl, so kühl wie ihre zarte, milchweiße Haut. Sie liebte ihn, dessen war er ganz sicher. Sie liebte ihn auf ihre kühle, sehr beherrschte Art, und es war sein Pech, daß ihm diese Liebe nicht genügte, daß sie ihn tief unsicher, ja oft rasend machte.

Dr. Rainer Schumann schrak zusammen, als er sich angesprochen fühlte. Mit einer hastigen Bewegung nahm er die Pfeife aus dem Mund und ließ sie in der Jackentasche seines gutgeschnittenen dunklen Anzugs verschwinden. Er drehte sich um und sah Kirsten, seine junge Schwägerin. Er lächelte sie freundlich aus seinen dunkelbraunen Augen an, die ihm unter den Schwestern der Frauenklinik den Beinamen ›der Bernhardiner‹ eingetragen hatten.

»Sei mir bitte nicht böse«, sagte Kirsten; »ich verstehe natürlich sehr gut, daß du in diesem Augenblick keine allzu große Lust zu einem fachlichen Gespräch hast …«

»Immer noch der gleiche Kummer?«

Kirstens Augen wurden dunkel. »Du weißt, wie sehr ich … wie sehr Hugo und ich uns ein Kind wünschen …«

»Ich habe dir schon vor einem Jahr den Vorschlag gemacht, einmal in meine Sprechstunde zu kommen. Oder wenn dir das peinlich ist, dann geh zu Professor Overhoff … ich bin sicher, daß er dir helfen wird.«

»Ja, vielleicht«, erwiderte Kirsten zögernd; »nur … ich bin eine ganz gesunde und normale Frau. Ich weiß, daß ich das bin. Und mit Hugo ist auch alles in Ordnung. Da müßte es eigentlich ohne ärztliche Hilfe möglich sein …« In diesem Augenblick schrillte das Telefon.

Dr. Schumann war sofort alarmiert. Er legte seine Hand auf Kirstens Arm. »Entschuldige mich, bitte«, rief er hastig und ging mit großen Schritten in seinen Arbeitsraum hinüber, nahm den Hörer, lauschte einige Sekunden, sagte: »Ich komme sofort!« und legte auf.

Einen Augenblick blieb er am Schreibtisch stehen und überlegte, ob es richtig wäre, sich von Astrid zu verabschieden. Vielleicht würde sie es als eine Störung ihrer Party auffassen. Bevor er einen Entschluß gefaßt hatte, kam Astrid lautlos ins Zimmer. »Du mußt fort?« fragte sie beherrscht.

»Leider. Aber wenn alles gutgeht, bin ich in einer knappen Stunde wieder zurück.«

»Susanne Overhoff?«

»Ja.«

Ihm schien es, als würden ihre Lippen schmal.

»Astrid, ich ...«

»Mir brauchst du nichts zu erklären. Geh!« Ihre Stimme hatte einen gereizten, ja feindlichen Ton, der ihn aus der Fassung brachte.

»Aber Astrid«, stammelte er hilflos und wollte ihr einen flüchtigen Kuß geben, doch sie wandte sich so brüsk ab, daß seine Lippen nur ihr Haar berührten. Eine Sekunde stand er wie erstarrt. Dann holte er tief Atem, straffte die Schultern und verließ mit energischen Schritten den Raum. Weder er noch Astrid hatten bemerkt, daß Kirsten hereingekommen war.

»Na hör mal«, sagte Kirsten jetzt, »so sollst du Rainer wirklich nicht behandeln!«

Astrid drehte sich langsam zu ihrer Schwester um.

»Was verstehst du schon davon!«

»Ich weiß, daß Rainer dich liebt und ...« Sie unterbrach sich. »Du kannst ihm doch nicht im Ernst böse sein, weil er in die Klinik gerufen worden ist? Schließlich ist er Arzt, du hättest damit rechnen müssen, als du ihn heiratetest!«

»Weißt du auch, wohin er geht?«

Kirsten sah sie verständnislos an. »In die Klinik natürlich!«

»Zu Susanne Overhoff!«

»Na und?«

»Sie erwartet ihr drittes Kind ...«

»Die Glückliche!«

»Wenn du ein bißchen gescheiter wärest, würdest du nicht so sprechen.«

»Ich verstehe nicht ...«

Astrid nahm mit einer nervösen Bewegung eine Zigarette aus der kleinen Zinndose auf dem Schreibtisch, steckte sie zwischen die Lippen, zündete sie an und inhalierte mit einem tiefen Zug, bevor sie weitersprach. »Wenn es dich wirklich interessiert, werde ich es dir erklären ...«

»Bitte ...«

»Susanne Overhoff hat eine sechzehnjährige Tochter. Der einzige Sohn ist vor drei Jahren verunglückt ...«

»Wie schrecklich!«

»Hör nur erst weiter!« Astrid machte wieder einen tiefen Zug. »Beide Kinder sind durch Kaiserschnitt zur Welt gekommen ... Susannes Becken ist zu schmal, verstehst du?«

»Ja, aber ...«

»Jeder Arzt wird dir bestätigen, daß ein dritter Kaiserschnitt bei schwächlicher Konstitution der Mutter lebensgefährlich sein kann.«

»Aber ... das muß der Professor doch wissen! Und Rainer auch!«

»Natürlich wissen sie es. Und gerade weil sie es wissen und trotzdem nicht verhindert haben, sind sie – in meinen Augen wenigstens – Verbrecher.«

»Astrid!« rief Kirsten entsetzt.

»Entschuldige. Aber ich dachte, du wolltest die Wahrheit hören!« Astrid drückte ihre Zigarette aus.

»Wie hätte Rainer es denn verhindern können? Nun nimm doch Vernunft an. Schließlich ist er nicht der Chef, und auch nicht der Vater des Kindes. Und überhaupt ... was sagt denn Frau Overhoff dazu? Weiß sie, wie gefährlich es ist?«

»Natürlich. Sie ist doch eine Arztfrau.«

»Dann hätte sie ihren Mann bitten können ...«

»Sie will es haben«, sagte Astrid bitter, »sie ist streng gläubig, und dann ... sie hat es sich in den Kopf gesetzt, ihrem Mann einen Sohn zu schenken.«

Kirsten schwieg einen Atemzug lang. »Sei mir nicht böse, Astrid«, sagte sie dann, »aber ich glaube ... ich kann das verstehen.«

»Ja, du! Weil du den Wert einer Frau nur darin siehst, ob sie Kinder haben kann oder nicht ... ob sie sie in die Welt setzen will oder nicht. Aber begreifst du denn nicht, daß das heller Wahnsinn ist? Eine Frau ist doch eine Persönlichkeit, ihr Leben hat einen Wert, eine Bedeutung, die ganz unabhängig von dieser Frage ist ...«

»Ja, vielleicht«, sagte Kirsten, nicht überzeugt.

»Oder glaubst du, daß Hugo dich nicht liebt, nur weil ihr keine Kinder miteinander habt?«

»Er würde mich mehr lieben, wenn ich ihm eins schenken könnte.«

»Bist du dessen so sicher? Dann solltest du ihn stehenlassen ... dann ist es nämlich nicht die wahre Liebe, dann sieht auch er in dir nur die Gebärmaschine, die ...«

»Nein, Astrid, nein, so ist das nicht«, unterbrach Kirsten sie mit unerwarteter Energie. »Er liebt mich, aber er möchte eine Familie haben ... jeder Mann möchte eine Familie haben. Söhne, Töchter.« Sie schluckte. »Und ich würde ihm diesen Wunsch erfüllen, wenn ich es könnte. Auch wenn ich mein Leben dafür aufs Spiel setzen müßte.«

»Du bist ja verrückt«, sagte Astrid angewidert. Sie wandte sich zur Tür.

Kirsten lief ihr nach. »Glaubst du wirklich, Frau Overhoff muß sterben?«

»Davon habe ich nichts gesagt. Nur, daß bei ihr ein dritter Kaiserschnitt lebensgefährlich sein kann.«

»Aber dann ...«

»Das ändert gar nichts. Auch wenn sie durchkommt ... und ich wünsche es ihr, bei Gott ... bleibt diese Geburt ein verbrecherischer und ungeheuerlicher Wahnsinn!«

Auch Dr. Rainer Schumann dachte, während er am Pförtner der Klinik vorbeieilte und die Treppen hinauflief, mit Sorge an die bevorstehende Operation. Aber er sah den Fall mit ganz anderen Augen. Nicht einen Augenblick lang dachte er daran, ob es richtig oder falsch war, daß Susanne Overhoff dieses dritte Kind haben wollte, oder ob der Professor es vielleicht nicht dazu hätte kommen lassen sollen – für ihn war Susanne Overhoff eine werdende Mutter, die seine Hilfe brauchte, nichts weiter. Eine Patientin, so wichtig wie jede andere, obwohl ihr Fall natürlich besonders kompliziert lag. Er hatte es ja immer nur mit den schwierigen Fällen zu tun, denn bei den komplikationslosen Geburten genügte die Hilfe einer Hebamme.

Er atmete tief, der Geruch der Klinik war um ihn – dieses vertraute Gemisch aus menschlichen Ausdünstungen, scharfen Desinfektionsmitteln und Bohnerwachs. Die Frauenklinik war seine Welt, hier gehörte er hin, hier fühlte er sich wohl.

In seinem Sprechzimmer im ersten Stock zog er seine Jacke aus, wusch sich die Hände, schlüpfte in seinen Kittel und knöpfte ihn zu, während er schon wieder weiterlief. Als er an der Teeküche auf der Privatstation des Professors vorbeistürmte, kam Oberschwester Helga heraus.

»Guten Abend, Herr Oberarzt! Das ist aber schnell gegangen!«

»Hatten Sie etwas anderes von mir erwartet?« erwiderte er und konnte der Versuchung nicht widerstehen, sie leicht in die feste, wohlgerundete Wange zu kneifen.

Sie nahm es ihm nicht übel. »Der Herr Professor erwartet Sie schon«, sagte sie und begleitete ihn den Gang hinunter.

»Wie steht's?«

»Die ersten Wehen. Im Abstand von dreißig Minuten.«

»Schön. Lassen Sie die Sectio vorbereiten. Je eher wir es hinter uns haben, desto besser. Wer hat Nachtdienst?«

»Dr. Bley.«

»Rufen Sie ihn an. Und lassen Sie nachschauen, ob Doktor Gerber im Haus ist. Ich brauche ihn und den Anästhesisten. Wenn nötig, holen Sie die beiden per Funk herbei.«

»Wird gemacht.«

»Ich weiß, daß ich mich auf Sie verlassen kann, Helga.«

Dr. Schumann blieb vor dem Eckzimmer auf der Privatstation stehen, in dem Susanne Overhoff lag. »Sagen Sie bitte Bescheid, wenn wir anfangen können.«

»Ja, Herr Doktor!« Eine Sekunde lang blieb die Oberschwester vor Dr. Schumann stehen, als ob sie noch etwas sagen wollte. Dann besann sie sich, drehte sich um und lief davon.

Dr. Schumann klopfte an die Tür. Als keine Antwort kam, drückte er die Klinke nieder und trat ein. Susanne Overhoff sah ihm aus übergroßen, glänzenden Augen entgegen. Der Professor stand über ihren Leib gebeugt und horchte die Herztöne des Kindes ab.

Dr. Schumann trat an das Bett der Patientin. »Guten Abend, Frau Professor«, sagte er. »Froh, daß es endlich soweit ist?«

»Ja, sehr!« erwiderte sie, tapfer lächelnd.

Professor Overhoff richtete sich auf. Sein Gesicht war von Sorge und Angst so entstellt, daß Dr. Schumann erschrak. Er reichte seinem Oberarzt das Stethoskop.

»Gut, daß Sie da sind«, sagte er mühsam.

»Ist irgend etwas nicht in Ordnung?« fragte Susanne Overhoff beunruhigt.

Der Professor antwortete nicht, er trat ans Fenster. Sein Rücken zuckte.

»Sie dürfen sich nicht nervös machen lassen, Frau Professor«, meinte Dr. Schumann, »werdende Väter sind ein Kapitel für sich. Unsere Hebammen sagen immer: Lieber drei schwere Geburten hintereinander, als einem aufgeregten Vater Mut zusprechen müssen.«

Susanne Overhoff lachte gequält, ein kleines, zitterndes Lachen.

Er setzte sich an den Rand ihres Bettes, umfaßte ihr Handgelenk, beugte sich über ihren Leib, prüfte die Herztöne des Kindes und zählte sie sorgfältig aus.

94 in der Minute. Das war sehr wenig. 120 bis 140 wären normal gewesen. Er wiederholte die Untersuchung, um sich zu vergewissern, aber das Ergebnis blieb unverändert. Mit keinem Wimperzucken zeigte er sein Erschrecken.

Er drückte mit den Seitenkanten seiner Hände in ihren Leib. Der Uterus saß sehr hoch, berührte den Rippenbogen. Er legte die eine Hand flach an die seitliche Bauchwand, ertastete den Rücken des Kindes, erfühlte mit der anderen Hand die gegenüberliegenden Arme und Beine. Dann drückte er mit der rechten Hand, den Daumen abgespreizt, auf den Unterleib. Sehr behutsam, um der Patientin nicht weh zu tun, tastete er tiefer, spürte die feste runde Form des Kopfes, der gerade erst in den Beckeneingang eingetreten war.

Oberschwester Helga kam ins Zimmer. »Der OP ist vorbereitet, Herr Oberarzt«, meldete sie ein wenig atemlos; »Dr. Gerber war im Haus, nur Dr. Leopold, der Anästhesist … aber er ist benachrichtigt und wird in spätestens zehn Minuten hier sein.«

»Bringen Sie die Sauerstoff-Flasche«, sagte Dr. Schumann ruhig. »Und schicken Sie mir eine Schwester, die mir hilft, das Becken der Patientin hochzulagern.«

»Ist irgend etwas nicht in Ordnung?« fragte Susanne Overhoff noch einmal angstvoll.

»Kein Grund zur Aufregung«, sagte Dr. Schumann beruhigend, »die kindlichen Herztöne sind etwas langsam …«

»Zu langsam? Ja, aber das bedeutet doch …«

Professor Overhoff wandte sich vom Fenster ab, trat ans Bett seiner Frau. »Bitte«, sagte er beschwörend, »bitte, Liebling …«

»Du hast es gewußt? Paul, unser Kind darf nicht sterben, hörst du! Du mußt es retten, sonst …« Eine neue Wehe überfiel sie, sie konnte nur mühsam weitersprechen. »Sonst war alles umsonst.«

»Das Kind wird leben«, erklärte Dr. Schumann mit Nachdruck, »ich verspreche es Ihnen!«

Frau Overhoff verkrampfte die Hände über der Brust. »Und ich habe so gebetet«, sagte sie fast tonlos, »so sehr gebetet ...«

»Es ist meine Schuld!« Auf Professor Overhoffs Stirn stand kalter Schweiß. »Ich hätte dir das nicht antun dürfen. Es war ... unverantwortlich.«

»Aber wir haben es uns doch beide gewünscht, nicht wahr? Wir beide, Paul ... hast du das denn vergessen?« Tief erregt schluchzte sie auf.

»Bitte, gnädige Frau ... Herr Professor! Bitte!« sagte Dr. Schumann. »Jede Aufregung kann dem Kind schaden. Sie müssen sich entspannen, Frau Professor ... ganz tief und langsam atmen. Mit dem Bauch. So, wie Sie es in der Gymnastik gelernt haben ... ja, so ist es richtig!«

Oberschwester Helga kam ins Krankenzimmer. Sie brachte die Sauerstoff-Flasche und die Gesichtsmaske. Zwei jüngere Schwestern folgten ihr und machten sich auf einen Wink Dr. Schumanns daran, das Becken Susanne Overhoffs hochzulagern.

Dr. Schumann legte die Maske über Mund und Nase der Patientin. »Weiter tief durchatmen«, beschwor er sie. »Denken Sie immer an Ihr Kind! Es braucht Luft!«

»Dr. Leopold ist gekommen«, flüsterte Oberschwester Helga; »er ist gleich in den Waschraum gegangen.«

Dr. Schumann nickte nur. Er beugte sich erneut tief über den Leib, lauschte auf die Herztöne des ungeborenen Kindes, minutenlang.

Als er sich aufrichtete, begegnete er dem verzweifelt fragenden Blick Professor Overhoffs, schüttelte stumm den Kopf.

Laut sagte er: »Es geht schon wesentlich besser ... atmen Sie weiter schön durch, gnädige Frau. Ich werde auf alle

Fälle unsere Kollegin, Frau Dr. Holger, benachrichtigen, damit Ihr Kind sofort sachgemäß betreut wird. Ihr Gatte bleibt bei Ihnen.«

Er ging rasch zur Tür und war froh, daß Professor Overhoff ihm nicht folgte.

Tatsächlich hatten sich die kindlichen Herztöne noch weiter verlangsamt, ihr sonst gleichmäßiger Rhythmus war jetzt sogar zeitweilig unterbrochen. Die Herztöne stolperten. Das Leben des Kindes schwebte in höchster Gefahr.

Zehn Minuten später lag Susanne Overhoff im kalten, sehr hellen Licht der OP-Lampe auf dem Operationstisch.

Ihr Mann hatte sie nicht bis hierher begleitet. Ihr war es recht so. Er schien ihr plötzlich auf seltsame Art aus der Mitte ihres Lebens verschwunden. Susanne Overhoff war bei vollem Bewußtsein. Sie gab sich weiter Mühe, so tief wie möglich zu atmen – ihr ganzes Fühlen, ihr Denken, ihr heißer Wunsch galt nur dem Leben ihres noch ungeborenen Kindes.

Sie zuckte nicht einmal zusammen, als Dr. Leopold, der Anästhesist, ihr die erste Spritze gab. Ihre Lippen bewegten sich unaufhörlich im stummen Gebet.

Dr. Leopold legte die Infusionsnadel an die Vene ihres rechten Armes. Die Nadel war durch einen Schlauch mit einem erhöhten gläsernen Behälter mit Blutersatz verbunden, dem Dr. Leopold jederzeit intravenöse Narkosemittel beigeben konnte.

Aber noch war es nicht soweit. Um des Kindes willen durfte die Patientin erst in letzter Minute narkotisiert werden.

Das letzte, was Susanne Overhoff sah, waren die Ärzte, drei grün vermummte Gestalten, die in den Operationssaal traten. Sie fühlte, wie ihr Leib mit einer leicht brennenden Lösung abgewaschen wurde. Sie wurde behutsam mit Tüchern abgedeckt, sah nur noch einen grünen Himmel über sich. Eine jähe, unbeschreibliche Angst überfiel ihr Herz. Dann wich die Angst, eine wohltuende, lähmende Müdigkeit überkam sie. Sie schloß die Augen. Sekunden später war sie eingeschlafen.

Dr. Leopold öffnete ihren Mund, fand mit Hilfe des Laryngoskops den Eingang zur Luftröhre, schob den Trachealkatheter durch die erschlafften Stimmbänder sehr vorsichtig vor und preßte ihn dann von außen, indem er einen Gummiball aufblies, so gegen die Wände der Luftröhre, daß ein Verschieben oder Verrutschen unmöglich war. Das andere Ende des Katheters verband er über ein Ventil mit dem gasführenden Schlauch des Narkoseapparates.

»Anfangen!«

Dr. Schumann hatte nur auf dieses Wort gewartet. Ohne den Blick von der Patientin zu lassen, streckte er die Hände aus. Selma, eine zuverlässige ältere Operationsschwester, reichte ihm das Skalpell.

Im gleichen Augenblick nahm Edith, eine jüngere OP-Schwester, eine Pinzette von dem grünen, sterilen Tuch, das den Instrumententisch bedeckte, und gab sie Doktor Gerber.

Dr. Bley stand zwischen den Beinen der Patientin und hielt die Hauthaken bereit.

Mit sicherer Hand tat Dr. Schumann den ersten Schnitt. Dr. Bley setzte die Hauthaken. Dann durchtrennte Doktor Schumann mit einem zweiten Schnitt das Fettgewebe.

Dr. Gerber, sein erster Assistent, beobachtete aufmerksam jeden Handgriff, wußte schon im voraus, was der Operateur tun und wo er dagegenhalten mußte. Dr. Irene Holger war zwei Schritte zurückgetreten, um ihre Kollegen bei der Arbeit nicht zu stören. Sie hob sich auf die Zehenspitzen, um die Operation genau verfolgen zu können.

Mit einem glatten Längsschnitt durchtrennte Dr. Schumann jetzt die Muskulatur. Dr. Bley setzte die Hauthaken neu. Der Chirurg spaltete die Bauchfellfalte.

Eine der OP-Schwestern reichte sterile warme Tücher, mit denen Dr. Schumann und Dr. Gerber die freigelegten Därme abdeckten und vorsichtig beiseite schoben.

Selma hatte dem Operateur Pinzette und Skalpell abgenommen und gab ihm jetzt ein noch feineres Skalpell.

Dr. Schumann machte einen kleinen Querschnitt durch den unteren Bereich des Uterus und erweiterte den Schnitt vorsichtig mit dem Finger. Dann faßte er mit der rechten Hand behutsam in die Öffnung und versuchte mit der linken das obere Ende des Uterus zu halten. Da die Geburt noch nicht weit fortgeschritten war, gelang es ihm ohne Mühe, den kindlichen Kopf aus dem Eingang des Beckens zu stemmen. Vom Uterusfundus aus unterstützte ihn Dr. Gerber durch sanften Druck von oben. In Sekundenschnelle war das Kind entwickelt. Es hatte die Nabelschnur, die nur noch schwach pulsierte, zweimal um den Hals geschlungen.

Unwillkürlich blickte der Anästhesist auf die große Wanduhr. Genau drei und eine halbe Minute hatte die Operation bis jetzt gedauert. Drei und halbe Minute hatten vier Ärzte und zwei Schwestern stumm und verbissen um das Leben einer Mutter und ihres Kindes gekämpft.

Dr. Schumann klemmte die Nabelschnur zweimal ab und durchschnitt sie. Das Kind schrie nicht. Es hing leblos in seiner Hand, blau, der Erstickung nahe, mit schlaffen Gliedmaßen. Die Hebamme nahm es entgegen, hüllte es in ein warmes Tuch und übergab es Dr. Holger. Die Ärztin trug das Neugeborene in den Nebenraum, die Hebamme folgte ihr. Dr. Schumann stand über den offenen Leib der Patientin gebeugt und löste mit äußerster Vorsicht die Plazenta.

»Blutdruck hundertzehn«, meldete der Anästhesist, »Kreislauf und Atmung in Ordnung!«

Plötzlich – Dr. Schumann hatte die Plazenta schon herausgelöst – schoß aus einem fingerdicken Gefäß Blut in die Bauchhöhle.

»Klemme!« schrie er.

Seine Finger tasteten in die Wunde, kalter Schweiß trat ihm auf die Stirn. Jeder im Operationssaal hielt unwillkürlich den Atem an.

Dann hatte er das Gefäß erfaßt, klemmte es ab. Die Blutung stand.

Der Puls der Patientin war schwach geworden. Der Anästhesist transfundierte die Blutkonserve, die er vorsorglich vom Labor hatte austesten lassen und in Bereitschaft hielt. Schwester Selma reichte die runde Nadel, Doktor Schumann vernähte die Uterusmuskulatur. Darüber legte er eine Naht an, wobei er einen Teil des Gewebes einstülpte. Dr. Gerber nahm die eingelegten Tücher aus der Bauchhöhle. Jetzt konnte Dr. Schumann beginnen, das Bauchfell zu vernähen. Er atmete tief auf unter dem beklemmenden Mundschutz.

»Puls und Blutdruck fast normal«, meldete Dr. Leopold. Das Schlimmste war überstanden. Nach menschlichem Ermessen würde Susanne Overhoff durchkommen. Aber was war mit ihrem Kind? Diesem Kind, für das sie ihr Leben ganz bewußt und freiwillig aufs Spiel gesetzt hatte?

Dr. Holger hatte das Neugeborene auf den Wickeltisch gelegt. Es lag ganz schlaff, mit geschlossenen Augen, winzig, blau und jämmerlich. Man hätte es für tot halten können, aber sein Herzchen klopfte noch, wenn auch sehr schwach und erschreckend langsam.

Die Ärztin ergriff den sterilen Absaugschlauch, saugte dickflüssigen Schleim aus Mund- und Rachenhöhle, saugte die Nase frei. Die Hebamme reichte ihr das beleuchtete Intubationsgerät. Dr. Holger führte behutsam den winzig kleinen Schlauch über den Kehlkopf hinweg in die Trachea ein. Die Hebamme hatte den Schlauch schon mit dem Sauerstoffgerät verbunden. Die Ärztin stellte den Apparat an – über eine Art Blasebalg wurde der kleine Junge in rhythmischen Abständen beatmet.

»Ob wir ihn durchkriegen?« fragte die Hebamme skeptisch.

»Wir müssen«, erklärte Dr. Holger kurz. Sie überließ der Hebamme die Bedienung des Blasebalges, zog eine Spritze mit einem Atemstimulans auf und injizierte es.

Dann übernahm sie selber wieder den Blasebalg. Gebannt starrten die beiden Frauen auf das Neugeborene, dessen Befinden noch immer keine Änderung zeigte.

»Du machst schon Sachen, Kleiner«, sagte die Hebamme, »erst strangulierst du dich und dann ...« Sie unterbrach sich. »Sehen Sie nur, Frau Doktor! Die Farbe ändert sich!«

Tatsächlich begann sich langsam, kaum merklich, die lilablaue Haut rosig zu färben. Endlich, nach fast zwanzig Minuten, tat das Kind seinen ersten Schnapper, gab es auf, versuchte es wieder und noch einmal.

»Bist doch ein tapferer kleiner Bursche«, lobte die Hebamme. »Gib nur nicht auf, mach weiter. Es lohnt sich, glaub mir! Das ganze Leben liegt ja noch vor dir!«

Als ob diese törichten Worte, die der Junge ja gar nicht verstehen konnte, eine magische Wirkung ausgeübt hätten, öffnete er plötzlich den Mund und tat einen Schrei – seinen ersten Schrei!

Die Hebamme und die Ärztin lächelten sich glücklich an. Die Lungen des Kindes waren entfaltet, jetzt konnte es selbständig atmen.

Der erste Schrei des Neugeborenen war bis in den OP gedrungen. Dr. Schumann hatte bereits die Nähte versorgt und war dabei, die Haut zu klammern. Unwillkürlich hob er, wie alle anderen, den Kopf, um zu lauschen.

»Patientin ist pulslos«, rief der Anästhesist entsetzt. Eine Sekunde waren alle starr vor Schreck.

Dann riß Dr. Schumann sich mit einer wilden Bewegung den Mundschutz ab, schrie: »Reiner Sauerstoff!«

Mit dem Handballen begann er rhythmisch das Herz der Patientin zu massieren. Dr. Leopold schaltete das Ventil des Trachealkatheters auf reinen Sauerstoff, um die Patientin künstlich zu beatmen.

Im OP herrschte Totenstille.

»Kein Puls«, meldete der Anästhesist.

Dr. Schumann nahm eine Punktionsnadel und stieß sie tief in die Brust der Patientin. Sie traf das Herz. Im gleichen Augenblick entwich Luft mit pfeifendem Geräusch, und am Ende der hohlen Nadel bildete sich ein kleines Knäuel von blutigroten Bläschen. Dr. Schumann zog die Nadel zurück und setzte die Massage des Herzens fort. Er massierte unaufhörlich, verbissen, obwohl er wußte, es schon im ersten Augenblick gewußt hatte, daß alles vergebens war. Susanne Overhoff war tot.

Aber er hoffte auf ein Wunder, denn nur ein Wunder hätte es vermocht, diese Tote zum Leben zu erwecken.

Als Dr. Holger zehn Minuten später in den OP kam, um die Rettung des Neugeborenen zu melden, begriff sie sofort, daß Ungewöhnliches geschehen sein mußte, denn normalerweise wäre die Operation jetzt schon beendet gewesen. Sie trat näher, sah das wächserne Gesicht der Patientin, blickte auf Dr. Schumann. Ihre Augen begegneten sich.

»Luftembolie?« fragte die Ärztin.

Dr. Schumann nickte. Er war außerstande, ein Wort hervorzubringen.

»Und der Professor?« fragte sie. »Weiß er es schon?«

Niemand antwortete ihr.

Erst nach einer ganzen Weile sagte Dr. Gerber, der sich jetzt ebenfalls den überflüssig gewordenen Mundschutz abgenommen hatte: »Bitte, Kollegin ... sprechen Sie mit ihm!«

Dr. Holger sah erschrocken die drei Ärzte an – den schweren, breitschultrigen Rainer Schumann, den schmalen, intellektuellen Erich Gerber und den jungen, noch ganz unbelasteten Günter Bley. Sie alle waren Männer, starke, selbstbewußte Männer, und doch brachte keiner von ihnen den Mut auf, dem Chef die Wahrheit zu sagen. Diese Aufgabe schoben sie ihr, der Frau, zu. Warum sollte ausgerechnet sie –? Sie hatte eine Ablehnung schon auf den Lippen, da besann sie sich. Sie begriff, daß jeder dieser drei Männer am Ende seiner Kräfte war.

»Gut«, antwortete sie, »ich werde es tun.«

Dr. Schumann drehte sich um, verließ den Operationssaal und trat in den Waschraum. Dr. Gerber folgte ihm. Eine

Schwester nahm ihnen Kittel und Kappen ab, drehte die Hähne auf.

»Es ist nicht deine Schuld«, meinte Dr. Gerber, während sie sich nebeneinander die Hände wuschen. »Frau Overhoff hätte dieses Kind niemals bekommen dürfen. Eine Frau, die schon bei zwei Schnittentbindungen Komplikationen hatte! Es wäre das reinste Wunder gewesen, wenn alles gutgegangen wäre.«

»Manche Menschen glauben eben an Wunder«, erwiderte Dr. Schumann und hielt sein Gesicht unter das fließende Wasser, wusch sich Nacken und Gesicht. »Schön und gut«, konterte Dr. Gerber, »wenn ein Laie solche Geschichten macht, will ich gar nichts sagen. Aber ein Frauenarzt!« Er warf einen vorsichtigen Blick über die Schulter, aber die Schwester stand in einiger Entfernung und war damit beschäftigt, Dr. Leopold und Dr. Bley aus ihren Kitteln zu helfen. »Wirklich leichtsinnig von dem Alten. Frau Overhoff hätte schon nach der zweiten Geburt sterilisiert werden müssen.«

»Das wäre gegen Professor Overhoffs Überzeugung«, sagte Dr. Schumann müde.

»Wenn ich so etwas schon höre! Auf normale Weise hätte Susanne Overhoff überhaupt kein Kind bekommen, ihr Becken war viel zu eng. Dabei hätte ihr auch der liebe Gott nicht helfen können. Ohne ärztliche Hilfe wäre sie schon bei der ersten Geburt gestorben. Weißt du, was diese Schwangerschaft war? Eine Herausforderung an das Schicksal, mein Lieber!« Er schüttelte die nassen Hände ab. »Komm mit auf meine Bude, trinken wir einen Schnaps; den können wir jetzt wohl brauchen.«

Dr. Schumann hatte wenig Lust, dieser Aufforderung zu folgen. Er wußte, daß Dr. Gerber die Gelegenheit ausnutzen würde, wieder einmal seine Theorien vorzutragen, die im krassen Gegensatz zu Professor Overhoffs und auch seiner eigenen Anschauung von den Pflichten und Aufgaben eines Frauenarztes standen. Er wußte, daß er nach dieser Erschütterung ein sehr schlechter Diskussionspartner sein würde.

Aber noch mehr graute ihm vor einer Aussprache mit seiner Frau. Er warf einen Blick auf die Wanduhr. Falls er noch blieb, konnte er wenigstens hoffen, daß Astrid schon eingeschlafen war, wenn er nach Hause kam.

»Gut«, sagte er, »ich komme mit.«

Professor Overhoff saß hinter dem Schreibtisch seines Arbeitszimmers, als Dr. Holger eintrat, im weißen Kittel, das blonde Haar schlicht zurückgekämmt. Overhoff sprang bei ihrem Eintritt so heftig auf, daß der schwere Aschenbecher vom Schreibtisch fiel und Zigarettenasche und Stummel sich über den Perserteppich ergossen.

»Ist es … vorbei?« fragte er.

»Ja«, antwortete Irene Holger beherrscht. »Sie haben einen gesunden Jungen bekommen, Herr Professor!«

»War die Geburt sehr schwer?«

»Ihre Gattin hat nichts davon gespürt.«

»Und wie geht es ihr? Wie geht es ihr jetzt?«

»Gut. Bitte, setzen Sie sich doch, Herr Professor!«

Irene Holger trat auf Professor Overhoff zu, drückte ihn sanft in den Sessel zurück. »Ihrer Frau geht es gut«, sagte sie noch einmal, »sie hat keine Schmerzen und keine Ängste mehr … Gott hat sie zu sich genommen.«

Professor Overhoff saß ganz starr. Sie spürte, wie sich seine Muskeln verkrampften. Er öffnete den Mund – aber der Schrei seines Herzens blieb stumm. »Sie ist in dem

Augenblick gestorben, in dem sie ihr Ziel erreicht hatte … gerade als ihr kleiner Sohn den ersten Laut von sich gab. Sie hat glücklich gelebt, und sie ist glücklich gestorben. Das ist wohl mehr, als man von den allermeisten Menschen sagen kann.« Mit einer Stimme, die seltsam fremd und undeutlich klang, so als ob es ihm schwerfiele, die Laute zu artikulieren, sagte Overhoff: »Gehen Sie jetzt. Bitte, lassen Sie mich allein!«

»Wenn Sie Ihren Sohn sehen wollen …«

Er holte tief Luft. »Nein!« Seine Stimme schnappte über. Dr. Holger stand ganz still und sah auf ihn herab. Sie wußte, daß es für diesen Mann keinen Trost gab und keine Rechtfertigung. Dennoch widerstrebte es ihr zutiefst, ihn in dieser Verfassung allein zu lassen.

»Herr Professor ...«, versuchte sie es noch einmal, aber es gelang ihr nicht, den Satz zu Ende zu sprechen.

»Raus!« stöhnte er. »Raus!«

Wortlos, mit zusammengebissenen Zähnen, verließ Doktor Holger das Arbeitszimmer des Professors. Erst als sie auf dem langen, spärlich beleuchteten Gang stand, spürte sie, daß auch ihre eigenen Nerven zu versagen drohten. Aber sie straffte die Schultern und wandte sich entschlossen zum Säuglingszimmer.

2

Als Dr. Rainer Schumann nach Hause kam, war es zwei Uhr. Erleichtert stellte er fest, daß das Haus im Dunkel lag. Die Party war vorüber.

Er schloß die Haustür auf, so lautlos wie möglich, hängte seinen Mantel in die Garderobe und stieg auf Zehenspitzen die Treppe hinauf. Sein Gang war nicht mehr ganz sicher, denn er hatte zusammen mit seinem Kollegen eine ganze Flasche Kognak geleert. Aber der Alkohol hatte nicht vermocht, seine bohrenden Gedanken zu beruhigen.

Er ging ins Bad, stellte fest, daß die Verbindungstür zum Schlafzimmer seiner Frau nur angelehnt war und wollte sie sachte ins Schloß ziehen.

Aber Astrid hatte ihn schon gehört. »Rainer!« rief sie, und ihre Stimme klang sehr wach.

Wohl oder übel mußte er eintreten.

Astrid hatte das Nachttischlämpchen angeknipst. Sie lag in den weißen Kissen, verführerisch schön. Das Dekolleté ihres zartblauen Nachthemdes war verrutscht, ihre schlanken, glatten Arme waren bloß, ihr Haar leicht zerzaust.

»Du kommst spät«, sagte sie kühl.

»Ja, ich weiß …« Er fuhr sich mit der Hand über die Stirn. »Entschuldige, bitte, ich …« Er trat näher.

»Du hast getrunken«, stellte sie sehr sachlich fest.

»Ja.«

»Gab es einen Anlaß zu feiern?«

»Ich verstehe nicht«, sagte er unbehaglich, obwohl er sie nur zu gut verstand.

»Ist Susanne glücklich? Hat sie endlich ihren heißersehnten Sohn?« fragte Astrid spöttisch.

Dr. Schumann mußte sich räuspern. »Ja. Es ist ein Junge.«

»Und Susanne?«

Er antwortete nicht sofort, und plötzlich begriff sie alles.

Sie setzte sich mit einem Ruck steil in den Kissen auf, ihre Augen flammten. »Mörder!« schrie sie. »Du Mörder!«

Oberarzt Dr. Rainer Schumann zuckte zusammen wie unter einem Schlag. Dennoch klang seine Stimme fast kalt, als er erwiderte: »Astrid, du tust mir unrecht. Ich habe alles getan, was in meiner Kraft stand, um Susannes Leben zu retten. Mich trifft keine Schuld.«

Sie sah nicht, daß er die Hände zu Fäusten geballt, die Nägel in die Handflächen gebohrt hatte, um seine Beherrschung nicht zu verlieren. Seine Ruhe, die sie für Gleichgültigkeit hielt, machte sie rasend.

»Grausam bist du!« schrie sie. »Gemein! Du und dein Professor … ihr beide habt sie auf dem Gewissen …«

Er ertrug es nicht länger. »Du weißt nicht, was du redest! Es war Susanne Overhoffs freier Wille …«

»Freier Wille!« rief sie höhnisch; aber ein kleiner zitternder Bruch in ihrer Stimme zeigte, wie nah ihr die Tränen waren. Dr. Schumann sah sie an. Sie war schön in ihrer Erregung. Sie war seine Frau. Er liebte sie; begehrte sie in diesem Augenblick, da es zum erstenmal in ihrer Ehe zu einem offenen Ausbruch zwischen ihnen gekommen war, vielleicht mehr denn je.

»Astrid«, sagte er und trat einen Schritt näher an ihr Bett, »glaub mir, ich verstehe deine Erregung … ich liebe dich doch!«

»Liebe, was ist Liebe? Ihr wollt alle dasselbe … eine Frau, die euch Kinder gebärt. Wir sind doch nur Mittel zum Zweck!« Sie hob die schlanken nackten Arme, preßte die Hände auf die Ohren. »Ich kann es nicht mehr ertragen! Aus freiem Willen, hast du gesagt? Als wenn ich nicht wüßte, wie dieser freie Wille ausgesehen hat! Arme, arme Susanne. Tag für Tag und Stunde für Stunde mußte sie im Gesicht ihres Mannes lesen, daß er nur einen einzigen Wunsch hatte … einen Sohn. Oh, mach mir nichts vor. Er hat sie mürbe gemacht, dein berühmter Professor, dieser große Ehrenmann! Genau wie du es mit mir versucht hast. Von Anfang an!«

»Astrid«, sagte er beherrscht, »ich gebe ja zu, daß ich mir unsere Ehe anders vorgestellt habe. Ist es denn ein Verbrechen, sich Kinder zu wünschen?« Er lächelte plötzlich. »Es brauchen keine Söhne zu sein. Mädchen wären mir genauso lieb.«

»Hör auf«, sagte sie, »hör auf!« Ihre tiefblauen Augen standen voller Tränen. Mit einer rührenden Geste der Resignation ließ sie die Arme sinken.

»Astrid!« beschwor er sie, »glaub mir doch, daß ich dich verstehe. Du hast Angst …«

»Angst? Ja, ich habe Angst. Aber es ist nicht das allein. Ich möchte frei sein, ich möchte leben, ich möchte geliebt werden … um meiner selbst willen.«

»Aber das tue ich doch, Astrid. Spürst du das denn nicht?«

Er beugte sich zu ihr und strich zärtlich über die kühle, glatte Haut ihres Armes.

Sie zuckte zurück. »Rühr mich nicht an!« rief sie. »Wenn du mich noch einmal anrührst … ich werde dieses Haus verlassen. Für immer.« Als ob sie erst jetzt ihre Blöße bemerkt hätte, zog sie mit einer jähen Bewegung die Seidendecke über die Schultern.

Er sah auf sie herab und war sich seiner Kraft bewußt. Er spürte die Versuchung, ihren Widerstand zu brechen. Ihr schmaler Körper zeichnete sich unter der Seidendecke ab, starr und gespannt und voller Abwehr bis in die letzte Faser. Er war ein Mann, er war ihr Mann – und er hatte das Recht, sie zu besitzen.

Ihre Blicke begegneten sich, und sie erkannte, was in ihm vorging. »Geh!« schrie sie entsetzt. »Geh! Ich ... Ich hasse dich!«

Er holte Luft, mit einem tiefen, keuchenden Atemzug. Dann drehte er sich wortlos um und verließ das Schlafzimmer seiner Frau.

Als die Tür wie mit tödlicher Endgültigkeit hinter ihm ins Schloß fiel, starrte Astrid ihm immer noch angsterfüllt nach.

Drei Tage später wurde Susanne Overhoff beerdigt.

Kopf an Kopf drängte sich die Trauergemeinde. Die Ärzte der Frauenklinik waren vollzählig erschienen, soweit sie sich vom Dienst hatten frei machen können, auch die Schwestern, Laborantinnen, Hebammen. Dr. Leopold, der Anästhesist, stand neben dem jungen Dr. Bley, einen Schritt hinter ihnen Dr. Gerber, ein kleines, süffisantes Lächeln um die Mundwinkel. Dr. Irene Holger, mit weit aufgerissenen Augen, hatte die Lippen fest zusammengepreßt. Oberschwester Helga, statt in gewohnter Tracht mit schwarzem Mantel und schwarzer Persianermütze, hielt ein weißes Tüchlein in der Hand, das sie immer wieder an die Augen führte. Die junge Schwester Patrizia von der Kinderstation schien hinter ihrem kräftigen Rücken Schutz zu suchen.

Kollegen des Professors aus anderen Fakultäten waren zum Begräbnis gekommen, Studienfreunde, Vertreter der Universität, der Stadt, Journalisten, Patientinnen, Neugierige.

Die Stimme des Pfarrers, eines mageren, lebhaften kleinen Mannes, hätte selbst bei voller Lautstärke die hinteren Reihen nicht mehr erreicht, und er machte auch gar nicht den Versuch dazu.

Professor Overhoff hielt die Augen starr, mit einem Ausdruck angestrengter Konzentration, auf ihn gerichtet. Er sah zwar das Mienenspiel des Pfarrers, die Bewegungen seiner Lippen, aber er war nicht imstande, den Sinn der Worte aufzunehmen, die wie eine unbarmherzige Flut gegen seine Ohren brandete. Hin und wieder drangen Satzfetzen in sein Bewußtsein: »... ein wahrhaft christliches Leben ... eine gute, reine Frau ... das höchste Opfer ... Gottes Liebe ...« Aber die Worte ergaben keinen Sinn, schienen weder etwas mit ihm noch mit dem Schicksal seiner Frau zu tun zu haben. Der Professor befand sich in einem Zustand dumpfer Betäubung. Es war nicht Trauer um seine Frau, was er empfand; es war viel mehr. Ihr Tod hatte ihn wie eine körperliche und seelische Verstümmelung getroffen; wie eine riesige Wunde, an der seine Persönlichkeit verblutete. Er konnte nicht mehr weinen, und er konnte nicht mehr beten. Sein Kopf schmerzte, als habe er ihn gegen eine Mauer von Granit gestoßen.

Er begriff nicht, wie dies hatte geschehen, wieso gerade ihm dieser Schmerz hatte zugefügt werden können. Obwohl er Arzt war und der Tod zu seinen täglichen Erfahrungen gehörte, obwohl er wußte, welches Risiko die dritte Geburt für seine Frau bedeuten mußte, hatte er es im tiefsten Herzen nicht eine Sekunde lang für möglich gehalten, daß es Susanne treffen könnte. Er glaubte sie und sich selbst gefeit durch die lebendige Kraft ihrer Liebe, ihres Glaubens und ihrer Gebete. Doch Gottes Hand, in der sie beide sich so sicher und geborgen gefühlt, hatte sie fallenlassen. Warum?

Ein Bild tauchte in Professor Overhoffs Erinnerung auf, das Bild eines jungen Mädchens, an das er seit vielen Jahren nicht mehr gedacht hatte, das er völlig vergessen zu haben glaubte. Jetzt plötzlich sah er Sibylle Kalthoff vor sich, so deutlich und greifbar wie damals, als sie zu ihm in die Praxis kam, kurz bevor man ihn mit der Dozentur betraut hatte. Ein blasses Mädchen, Tochter aus gutem Hause, neunzehn Jahre. Sie war im dritten Monat.

Sie weinte nicht, als er es ihr bestätigte. Nur ganz still wurde sie. »Sie müssen mir helfen, Herr Doktor!« Es war ihm, als höre er noch ihre kleine brüchige Stimme. »Sie müssen!« Und dann hatte sie ihre Geschichte erzählt, die Geschichte einer Vergewaltigung. »Dieses Kind darf nicht zur Welt kommen«, hatte sie gefleht, »meine Eltern ...nein, ich könnte es nicht ertragen.« Und er? Er hatte das übliche gesagt, ihr vom Segen der Mutterschaft erzählt und daß alles ganz anders aussehen würde, wenn das Kind erst da wäre; daß sie dann sehr glücklich sein würde und ihre Eltern sich damit abfinden und ihr Enkelkind liebhaben würden.

»Das Kind einer Bestie?« hatte Sibylle geantwortet. Einer Bestie, ja, er erinnerte sich noch genau an diese Worte. Er war betroffen gewesen. Aber er hatte ihr nicht geholfen. Weil es verboten war? Oder weil er um seinen guten Ruf fürchtete, seine Karriere nicht aufs Spiel setzen wollte? Oder wirklich nur deshalb, weil er es mit seinem Gewissen nicht vereinbaren konnte?

»Wie unbarmherzig Sie sind«, hatte Sibylle gesagt.

Das waren ihre letzten Worte gewesen. Er sah sie nie wieder. Ein paar Wochen später erfuhr er von ihrem Tod. Durch eine Anzeige in der Tageszeitung. »Tragischer Unglücksfall«, hatte es dort geheißen. Es kam nie heraus, ob sie sich einem Kurpfuscher in die Hände gegeben und daran gestorben war oder ob sie ihrem Leben selbst ein Ende gesetzt hatte. Den Eltern war es gelungen, die Sache zu vertuschen.

Paul Overhoff fühlte sich damals von diesem Tod nicht betroffen. Er glaubte, sich keine Vorwürfe machen zu müssen, denn er war sicher, sich richtig entschieden zu haben.

Der Sinn des Lebens, der Sinn von Zeugung und Fortpflanzung, die Gebote Gottes und der christlichen Kirche – das war seine Richtschnur.

Er hatte das Rechte getan. Aber vielleicht war es nicht genug, das Rechte zu tun? Ist es überhaupt das Rechte gewesen?

»Wie unbarmherzig Sie sind!« Diese Worte dröhnten in Professor Overhoffs Ohren, übertönten die Grabrede des Pfarrers, waren so laut, daß er plötzlich befürchtete, alle, die mit ihm am offenen Grab seiner Frau standen, müßten es hören.

In panischer Angst blickte er um sich, sah Augen neugierig, mitleidig, sensationslüstern auf sich gerichtet. Ihm war, als wenn alle diese Menschen um seine innere Qual wüßten, seine Schuld und sein Elend.

Der Pfarrer hatte seine Rede beendet, die letzten Gebete gesprochen. Der Sarg wurde in die Grube gesenkt und stieß polternd gegen die Wände des Grabes. Der Pfarrer nahm dreimal eine Handvoll Erde von der Schaufel, die der Mesner ihm reichte, warf sie mit segnender Gebärde auf den Sarg, der schon in der Tiefe verschwunden war. Professor Overhoff folgte dem Beispiel des Pfarrers.

Dr. Holger führte Eva. Zögernd warf auch sie eine Handvoll Erde in das Grab. Dann blieb das junge Mädchen starr und steif am Grab der Mutter stehen und nahm die Kondolenzen der Trauergäste entgegen, von denen ihr kein Trost kommen konnte – eine erbarmungswürdige, ganz und gar verlorene kleine Gestalt.

Oberarzt Dr. Rainer Schumann nahm nicht an der Beerdigung teil. Ihn hatte das Los dazu bestimmt, »die Festung zu halten«, wie Dr. Gerber es nannte, und er hatte diese Entscheidung mit kaum verhüllter Erleichterung zur Kenntnis genommen.

Seit er als Student am Seziertisch lernen mußte, Muskeln, Nerven, Hirn und Organe von Leichen zu präparieren, war es ihm nie mehr gelungen, in einem Toten, solch einem entseelten Stück Fleisch, einen Menschen zu sehen. Deshalb hatte für ihn auch der starre kalte Körper, der heute in einer feierlichen Zeremonie ins Grab gesenkt wurde und bald in Verwesung übergehen würde, nichts mehr mit der lebenden, gütigen Susanne Overhoff zu tun, deren Bild er für alle Zeiten in der Erinnerung behalten wollte.

Dr. Schumann war viel zu stabil, als daß ihn der tragische Tod dieser Frau hätte aus dem Gleichgewicht werfen können. Aber er war tief beunruhigt. Er konnte der Versuchung nicht widerstehen, jene verhängnisvolle Operation immer wieder in allen Einzelheiten durchzudenken, ehrlich bemüht, den Ansatzpunkt eines menschlichen Versagens, eines Irrtums oder Fehlers zu finden. Obwohl er sich mit gutem Gewissen freisprechen konnte, gelang es ihm nicht, die heftigen Anklagen seiner Frau einfach abzutun. Ein Unbehagen blieb.

Seit jener nächtlichen Szene hatten Astrid und er nur noch das Nötigste miteinander gesprochen. Eine Kluft war zwischen ihnen aufgebrochen, über die keine Brücke mehr zu führen schien.

Während draußen auf dem Nordfriedhof das Begräbnis stattfand, machte er eine kurze Visite, ohne großen Stab, nur von einer Schwester begleitet. Er besaß die Fähigkeit, Menschen zum Sprechen zu bringen und sie anzuhören – einer der Gründe, warum die Patientinnen ihn liebten. Aber diesmal verhielt er sich kurz angebunden, fast schweigsam, stellte nur die allernotwendigsten Routinefragen. Er las in den fragenden Augen der Patientinnen den Wunsch, über den Tod der Frau des Professors mit ihm zu reden, und gerade das wollte er auf jeden Fall vermeiden.

Später ging er ins Kinderzimmer der Privatstation – allein, denn die wenigen Schwestern, die an diesem Nachmittag in der Klinik geblieben waren, hatten alle Hände voll zu tun. Zwanzig Bettchen, von denen augenblicklich zwölf belegt waren, standen in diesem sehr hellen, freundlichen Raum. Die Säuglinge hatten ihre dritte Fütterung hinter sich und schliefen nun satt und zufrieden. Nur Karin, ein acht Tage altes kleines Mädchen, das morgen mit seiner Mutter entlassen werden sollte, bewegte die winzigen Hände und brabbelte vor sich hin. Dr. Schumann ging das Herz auf. Der scharfe Desinfektionsgeruch konnte den warmen, atmenden Duft jungen Lebens nicht verdekken. Er schritt von Bett zu Bett. Zwei der Säuglinge zeigten eine leichte Gelbverfärbung. Das war normal, der sogenannte Ikterus neonatorum tritt bei drei Viertel aller Kinder in der Neugeburtszeit auf. Als aber Dr. Schumann an das Bettchen eines am vergangenen Abend geborenen kleinen Jungen kam, stutzte er. Die Haut des Kleinen war stark verfärbt, zeigte ein tiefes Gelb, das fast schon ins Bräunliche ging. Die Säuglingsgelbsucht war zu früh und zu heftig aufgetreten.

Er warf einen Blick auf die Tafel über dem Bett, las den Namen der Mutter, Inge Weyrer. Alle Anzeichen wiesen auf eine Blutkrankheit des Säuglings hin.

Im Bettchen gleich nebenan lag der Sohn Professor Overhoffs, ein kräftiges Kerlchen mit einem ungewöhnlich gut ausgebildeten Schädel. Es schlief tief und fest, die winzige Faust an die Wange gepreßt, unschuldsvoll und ahnungslos, ein Neugeborener wie Millionen andere – und doch schon im Augenblick der Geburt vom Schicksal gezeichnet. Er würde ohne Mutterliebe aufwachsen, würde nie jene zärtliche, behütende Fürsorge spüren, die jedes junge Wesen ebenso dringend braucht wie Licht, Luft, Wärme und Nahrung. Und eines Tages würde er erfahren, daß er mit seinem Leben das der Mutter vernichtet hatte, ohne Wollen und Wissen, vom ersten Atemzug an mit tragischer Schuld beladen.

Dr. Schumann richtete sich auf, als die Tür zum Säuglingszimmer aufgerissen wurde. Schwester Patrizia wirbelte herein, atemlos, das Häubchen schief auf den blonden Lokken. Als sie den Oberarzt sah, vertiefte sich das Rot ihrer

Wangen. »Oh«, stieß sie verlegen hervor, »entschuldigen Sie bitte, Herr Doktor! Ich ... die Beerdigung ...«

»Aber ich weiß ja«, sagte Dr. Schumann ruhig, »Sie waren beurlaubt ...« Er sah, wie sie nervös an ihren Schürzenbändern nestelte, wie ihre Finger zum Kopf tasteten, um das Häubchen geradezurücken, und irgend etwas trieb ihn dazu, sie zu reizen. »Na, ich hoffe, Sie sind wenigstens auf Ihre Kosten gekommen ... oder?« fragte er.

»Auf meine ...?« wiederholte sie arglos, dann erst begriff sie, sagte bestürzt. »Aber nein! Wie können Sie so etwas denken!«

Er betrachtete sie nicht ohne Wohlgefallen. Sie hatte ein pikantes kleines Gesicht mit großen runden, kindlichen Augen und eine gutgewachsene Figur mit sehr schmaler Taille. Sie wirkte wie ein sehr junges Mädchen, doch wußte er, daß sie vierundzwanzig Jahre alt war; eine tüchtige und bei aller äußerlichen Verspieltheit durchaus zuverlässige Schwester auf der Säuglingsstation.

»Entschuldigen Sie«, sagte er betont gelassen, »wenn ich Ihnen unrecht getan habe.«

Sie holte tief Luft. »Herr Doktor!« Dann änderte sie unvermittelt den Ton, zeigte lächelnd runde Grübchen. »Na ja, ein bißchen stimmt's schon. Neugierig sind wir Frauen ja alle, und wir Schwestern, fürchte ich, ganz besonders. Aber ich bin froh, daß ich dort gewesen bin. Wenn Sie den Pfarrer gehört hätten ... er sprach wirklich wundervoll.«

›Das ist sein Beruf‹ hätte er beinahe gesagt, aber er verkniff sich diese Bemerkung.

Schwester Patrizia nahm sein Schweigen als Interesse. »Er hat genau gesagt, was ich selbst gefühlt habe«, plauderte sie, während sie mit flinken Fingern Stöße von Windeln, Hemdchen und Jäckchen zu sortieren begann, »nur hätte ich es nie so formulieren können. ›Diese Mutter‹ – hat er gesagt, ›brachte das größte Opfer, das ein Mensch überhaupt bringen kann. Sie hat ihr eigenes Leben hingegeben, um die Seele ihres Kindes ans Licht zu bringen ...!‹ – und, nicht wahr, das stimmt doch? Es muß wunderbar sein, so sterben zu dürfen ... einen so sinnvollen Tod!« Sie hielt in der Bewegung inne und sah Dr. Schumann an.

»Wenn man es so sieht ...«, sagte er schwach.

»Aber man kann es doch nur so sehen!« rief sie eifrig. »Die Frau Professor hat ja gewußt, daß sie ihr Leben aufs Spiel setzte ... sie hat es freiwillig und ganz bewußt hergegeben, um ...« Sie unterbrach sich. »Mir fehlen die richtigen Worte, aber es ist bestimmt das Größte, das eine Frau tun kann.«

Er beobachtete sie mit Interesse. »Glauben Sie, daß Sie es auch können?«

»Ich!? Nein ... o nein. Dazu bin ich viel zu ... zu egoistisch, sie, die Frau Professor, war eine Heilige. Aber verstehen kann ich es. Kinder zu bekommen ist das Wunderbarste, was es gibt.«

Wie eine Vision sah Dr. Schumann Astrid vor sich, erinnerte sich ihrer heftigen Worte, ihres Entsetzens, ihres Abscheus. Aber rasch schüttelte er dieses Bild von sich ab, ärgerte sich über sich selbst, daß er seine Frau mit dieser jungen Schwester verglich.

»Dann wundert es mich, daß Sie noch nicht ans Heiraten gedacht haben«, sagte er gewollt spöttisch.

Sie lächelte zu ihm auf. »Ich tu's dauernd«, bekannte sie, »aber den Richtigen habe ich noch nicht gefunden. Meine Mutter sagt immer ... man kann den Vater seiner Kinder gar nicht sorgfältig genug auswählen!«

Die Tür öffnete sich, Dr. Holger trat ein. Dr. Schumann glaubte zu fühlen, daß er rot wurde. Hatte er ein schlechtes Gewissen?

»Gut, daß Sie kommen, Frau Kollegin«, sagte er rasch, »sehen Sie doch, bitte, den kleinen Weyrer einmal an ... sieht wie ein Rhesus aus. Ich wäre Ihnen dankbar, wenn Sie eine Blutabnahme durchführten und die Probe sofort ins Labor gäben.«

»Sie haben recht«, erwiderte die Ärztin, die an das Bett des Kindes getreten war, »das ist sehr rasch gekommen. Heute früh war noch nichts zu sehen.«

»Eventuell müssen wir einen Blutaustausch vornehmen. Bitte, unterrichten Sie mich auf jeden Fall über das Laborergebnis.« Dr. Schumann wandte sich zur Tür.

»Einen Augenblick noch«, bat die Ärztin, »ich hätte gern mit Ihnen über den kleinen Overhoff gesprochen ...«

»Ist irgend etwas nicht in Ordnung?«

»Er ist vollkommen gesund. Herztöne, Reaktionen, alles großartig. Ich möchte nur einen Vorschlag wegen der Ernährung machen ... Elfie Peters hat Milch in Hülle und Fülle, ihr Kerlchen kann's gar nicht bewältigen. Ob wir den Kleinen nicht bei ihr anlegen sollten?«

»Ist sie einverstanden?«

»Ich habe noch nicht mit ihr gesprochen. Aber ich bin überzeugt, sie wird es gern tun. Das Abpumpen ist ihr nicht gerade angenehm, und sie ist ein nettes Mädchen.«

»Ledig?«

»Ja. Sehr schlechtes Zuhause. Sie würde sicher gern vierzehn Tage hierbleiben. Man müßte mit dem Professor darüber sprechen.«

Dr. Schumann zögerte. »Heute wird er sicher nicht mehr kommen ...«

»Doch. Ich habe mich erkundigt. Er ist schon da.«

»Ob es dann richtig ist, wenn ich gerade jetzt, nach der Beerdigung ...«

»Wir müssen versuchen, ihm zu helfen, ihn an seinem Sohn zu interessieren. Gerade jetzt ...«

»Warum sprechen Sie dann nicht selbst mit ihm, Frau Kollegin?« wandte Dr. Schumann unbehaglich ein. »Sie sind eine Frau, Sie könnten sicher am ehesten ...«

»Haben Sie vergessen, daß ich es war, die ihm den Tod seiner Frau mitgeteilt hat?« sagte die Ärztin sehr ruhig. »Im Altertum ließ man die Boten einer Unglücksnachricht töten. Nicht ganz unverständlich. Mein Anblick würde vielleicht alles von Neuem in ihm aufreißen ...«

Professor Overhoff saß, den Kopf in die Hände gestützt, hinter seinem leeren Schreibtisch, als Dr. Schumann ins

Zimmer trat. Er machte nicht die geringsten Anstalten, Haltung vorzutäuschen.

Unwillkürlich blieb Dr. Schumann nahe der Tür stehen. Wohl hatte er erwartet, einen schmerzgebeugten Mann anzutreffen, aber er erschrak dennoch über das Ausmaß dieses Zusammenbruchs. War das Haar des Professors wirklich über Nacht so grau geworden? Oder täuschte er sich? Lag es an dem schwarzen Anzug, der schwarzen Krawatte, dem bleichen Gesicht, die ihn um Jahre gealtert erscheinen ließen?

Er wagte nicht, ihn anzusprechen, sondern wartete stumm, bis der Professor endlich den Kopf hob und ihn aus Augen ansah, die, ohne Ausdruck, in weite Fernen gerichtet zu sein schienen.

»Ja?« fragte Professor Overhoff müde. »Was gibt es?«

»Entschuldigen Sie bitte, daß ich Sie störe, Herr Professor«, sagte Dr. Schumann und war sich seiner eigenen Unbeholfenheit quälend bewußt, »aber ich komme ... es ist wegen des Jungen.«

»Des Jungen?« wiederholte der Professor verständnislos.

»Wegen Ihres Sohnes«, sagte Dr. Schumann mit Nachdruck. Das Gesicht des Professors blieb völlig unbewegt, zeigte nicht die Spur einer Anteilnahme.

»Dr. Holger hat den Vorschlag gemacht ... einen Vorschlag, den ich übrigens unterstützen möchte ... ihn einer Wöchnerin der dritten Station anzulegen, einer sehr gesunden jungen Frau, die ...«

Professor Overhoff unterbrach ihn. »Ja, dann tun Sie das doch«, sagte er in einem Ton, der deutlich zeigte, daß er sich durch diese Frage im Augenblick nur belästigt fühlte.

»Danke, Herr Professor.« Dr. Schumann suchte nach Worten, die diese Wand, mit der der Witwer sich umgeben hatte, hätten durchbrechen können. »Er ist ein prächtiger Kerl«, begann er, »wenn Sie ihn sich einmal ansehen würden ...«

»Wozu?«

Eine Sekunde lang verschlug es Dr. Schumann die Sprache. Dann fuhr er eindringlich fort: »Es ist Ihr Sohn, Herr Professor ... das letzte Vermächtnis Ihrer Frau!« Er hielt inne, er hatte das Gefühl, zu weit gegangen zu sein.

Aber der Professor reagierte überhaupt nicht.

Dr. Schumann gab es auf. »Dann werde ich also anordnen ...«, sagte er und wollte sich zurückziehen.

Ganz plötzlich rührte sich die Gestalt hinter dem Schreibtisch. »Bitte«, sagte er, »bleiben Sie doch noch ...«

Dr. Schumann trat näher, folgte der Handbewegung seines Chefs und ließ sich auf einen der harten, lederbezogenen Stühle nieder.

In die Hände des Professors war Unruhe gekommen, sie glitten nervös über die blanke Fläche des Schreibtisches, nahmen den schweren goldenen Kugelschreiber auf, legten ihn wieder fort. Dr. Schumann wartete geduldig.

»Mir geht da immerzu ein Gedanke im Kopf herum«, sagte Professor Overhoff endlich mühsam; »ein an sich vielleicht abwegiger Gedanke ... seien Sie, bitte, ganz ehrlich! Hat jemand Sie schon einmal ... unbarmherzig genannt?«

»Doch«, gestand Dr. Schumann; »dies und noch mehr. Meine Frau. Sie hält mich für einen kalten, grausamen Egoisten.«

»Das meine ich nicht. Eine Patientin.« Professor Overhoffs Atem ging schwer. Es war deutlich, wieviel Überwindung ihn dies Gespräch kostete. »Sicher sind doch auch zu Ihnen schon Frauen gekommen ... blutjunge Mädchen, verlassene Bräute, Frauen trunksüchtiger Männer, die ihr Kind nicht haben wollten?«

»Natürlich«, antwortete Dr. Schumann verständnislos; »das gehört doch zu den täglichen Erfahrungen jedes Frauenarztes ...«

»Und? Haben Sie geholfen?«

»Nein.«

»Waren Sie auch nie ... in Versuchung gekommen, es zu tun? Oder ... ich will die Frage anders formulieren ... sind Sie überzeugt, daß Ihre Weigerung in jedem Fall richtig war?«

»Ich begreife nicht ...«

»Doch, doch, weichen Sie mir nicht aus! Sie begreifen sehr gut. Hat Ihnen noch nie jemand gesagt ... haben Sie noch nie gespürt, daß Ihre Haltung unbarmherzig war?«

»Wir Ärzte dienen dem Leben«, sagte Dr. Schumann; »und das Leben ist unbarmherzig.«

»Die Natur, meinen Sie ...«

Ätzend fielen die Worte in sein Bewußtsein, mit denen Astrid ihn zu verletzen versucht hatte. »Nein, das Leben!« erwiderte er heftig. »Die Natur will auch oft den Tod. Er allein ist unser Feind, ihn müssen wir bekämpfen. Auch das ungeborene Kind besitzt ein Recht auf sein Leben.«

»Und wenn wir wissen, daß ohne unser Eingreifen beide verloren sind, die Mutter und ihr Kind? Weil so ein blutjunges Ding oder so ein verzweifeltes Wesen die Verantwortung gar nicht tragen kann oder will? Daß sie ihr Leben wegwerfen wird, wenn wir nicht ...« Die Stimme des Professors versagte.

»Wir dürfen niemals und in keinem Fall zum Helfershelfer des Todes werden«, erklärte Dr. Schumann mit fester Stimme, »auch wenn er gnädig scheint. Ich weiß, er kann es manchmal, denn ...«

Das Schrillen des Telefons unterbrach seinen Satz.

Professor Overhoff nahm den Hörer ab, meldete sich, lauschte. »Ja«, sagte er, »nein ... der Herr Oberarzt kommt sofort.« Er legte den Hörer auf, sah Dr. Schumann an. »Sie müssen ins Entbindungszimmer, Kollege ... es scheint Komplikationen gegeben zu haben. Die junge Evelyn Bauer.« Dr. Schumann war schon aufgestanden. »Aber, Herr Professor, das ist doch Ihr Fall!«

Professor Overhoff hob die Schultern, ließ sie mit einer resignierten Gebärde fallen. »Bitte, entlasten Sie mich! Sie dürfen mich gern für einen Schwächling halten. Aber ich habe keine Kraft mehr ... weder Kraft noch Sicherheit.«

Er versuchte seine Hände ruhig zu halten, aber Dr. Schumann war es nicht entgangen, daß sie flatterten wie die Hände eines sehr alten Mannes.

Astrid Schumann kauerte in dem Sessel am Kamin und blätterte in einer Illustrierten. Sie hörte das Klingeln der Haustürglocke, aber sie dachte nicht daran, aufzustehen. Es war die Aufgabe Fannys, der jungen Hausangestellten, die Tür zu öffnen.

Kurz darauf trat Astrids Schwester Kirsten ein – sehr schick in einem hellblauen, frühlingshaften Kostüm.

»Fein, daß du da bist«, rief Kirsten munter, lief auf die Schwester zu, küßte sie zärtlich auf beide Wangen, »und gut siehst du aus! Dieser Hausanzug ist ja prachtvoll ... reine Seide, wie?«

»Ja«, erwiderte Astrid und änderte unwillkürlich ihre Haltung, um den honiggelben, schimmernden Hausanzug besser zur Geltung zu bringen. »Aber du bist doch nicht extra deshalb gekommen, um mir Komplimente zu machen?«

Kirsten lachte. »Natürlich nicht. Ich war zufällig ganz in der Nähe, da kam ich auf die Idee ... du bist mir doch hoffentlich nicht böse, daß ich dich so überfalle?«

»Unsinn. Aber wenn du früher gekommen wärst, hätten wir zusammen Tee trinken können.«

»Danke. Ich habe schon.« Kirsten zog ihre hellgrauen Lederhandschuhe aus, trat an das Feuer und wärmte sich die Hände an den Flammen. »Eigentlich hatte ich gar nicht damit gerechnet, dich zu Hause anzutreffen ...« Sie machte eine Pause, und erst als Astrid nicht reagierte, fügte sie hinzu: »Ich dachte, du seiest noch auf der Beerdigung.«

»Nein«, sagte Astrid kurz.

»Dein Mann muß aber wohl jeden Moment kommen.«

»Das weiß ich nicht.«

Kirsten drehte sich um und sah ihre Schwester an. »Aber du mußt doch wissen, ob ...« Sie unterbrach sich, fragte bestürzt: »Ist etwas nicht in Ordnung mit euch?«

»Nichts ist in Ordnung, wenn du es genau wissen willst ...«

Astrid nahm einen letzten Zug aus ihrer Zigarette und warf den Stummel in weitem Bogen ins Feuer. »Wir sprechen seit Tagen nicht mehr miteinander.«

»Ach!« Kirsten war so schockiert, daß sie einen Augenblick lang einfach nicht wußte, was sie sagen sollte.

»Aber ... ich meine«, brachte sie endlich heraus, »liebt er dich denn nicht mehr?«

»Was ein Mann schon unter Liebe versteht!« antwortete Astrid bitter.

Kirsten sah sie verständnislos und mit erstaunten Augen an.

»Ich habe gewußt ... ich war ja kein Kind mehr ...daß die Männer immer nur das eine wollen«, sagte Astrid mühsam; »aber ich habe gedacht ... ich hatte gehofft ... daß das in der Ehe anders sein würde. Es gibt doch tiefere Bindungen, geistig-seelische Beziehungen, die wichtiger sind als das Körperliche.«

Kirsten runzelte die Stirn. »Ist er dir ... so zuwider?« fragte sie und errötete über ihre eigene Frage.

»Natürlich nicht. Dann hätte ich ihn doch nicht geheiratet.«

»Aber ...?«

»Er quält mich mit seinem ewigen Begehren«, sagte Astrid verzweifelt; »kannst du das denn nicht verstehen? Ich spüre ja deutlich, daß er gar nicht mich will, sondern immer nur ... das Kind!«

»Aber das ist doch gerade der Beweis seiner Liebe!«

»Ach, Kirsten«, seufzte Astrid und nahm sich eine neue Zigarette; »was hat es für einen Zweck, mit dir darüber zu reden. Du weißt nicht, wie das ist. Wenn man jeden Monat immer wieder voller Angst darauf wartet, ob man auch seine

Tage bekommt … wenn man sein Gesicht im Spiegel betrachtet, voller Furcht, eine Veränderung zu entdecken … sein Gewicht prüft, ob der Leib nicht vielleicht schon schwerer geworden ist … es ist grauenhaft.«

»O doch, das kenne ich«, sagte Kirsten mit gepreßter Stimme; »nur umgekehrt. Ich warte jeden Monat wie du … nur mit verzweifelter Hoffnung statt mit Angst. Und werde immer wieder enttäuscht. Wenn mein Mann zu mir kommt … du bist die einzige, mit der ich darüber spreche … es ist entsetzlich, ich kann mich nicht mehr richtig entspannen, kann nichts mehr empfinden, muß immer nur denken: Wird es diesmal klappen? Haben wir alles richtig gemacht? Habe ich mich nicht verrechnet?« Sie schluckte schwer. »Eigentlich bin ich nur gekommen, um Rainer zu bitten, mich bei Professor Overhoff anzumelden …«

»Ich würde liebend gern mit dir tauschen«, sagte Astrid.

»Nein, das würdest du nicht. Niemand hilft dir, wenn du ein Kind haben willst … aber ein Kind zu verhüten gibt es Hunderte von Mitteln.« Kirsten sah ihre Schwester an. »Sag mal, hast du das noch nie versucht?«

»Ich weiß nicht …«, sagte Astrid unbehaglich.

»Aber du solltest es tun! Oder willst du deinen Mann verlieren?«

»Natürlich nicht!«

»Es wird soweit kommen, wenn du so weitermachst. Du mußt etwas unternehmen. Wenn du dich nicht überwinden kannst, ein Kind zu empfangen …«

»Nur das nicht!«

»Dann mußt du den anderen Weg gehen. Ich habe so viele Bücher gelesen, daß ich inzwischen Expertin geworden bin. Willst du meinen Rat haben? Du brauchst nur ein Wort zu sagen, und ich erzähle dir alles, was ich weiß …«

Astrid tat einen tiefen Atemzug, der fast wie ein nervöses Schluchzen klang. »Ja«, flüsterte sie, »bitte … sag es mir!«

3

Die Patientin Evelyn Bauer wand sich stöhnend auf dem Entbindungslager. Sie hatte die Hände zu Fäusten geballt, die Augen krampfhaft geschlossen. Ihr junges Gesicht war vor Schmerz verzerrt, das blonde Haar von Schweiß verklebt. Sie merkte nicht, daß der Arzt, gefolgt von Schwester Edith, das Zimmer betreten hatte.

Aber die Hebamme zeigte durch ihr spontanes Aufspringen, wie sehr sie auf ihn gewartet hatte. Sie kam Dr. Schumann entgegen: »Eine achtzehnjährige Erstgebärende am Termin«, berichtete sie hastig. »Die Wehen waren bis jetzt regelmäßig, die Fruchtblase ist vor einer halben Stunde gesprungen. Muttermund bis auf den Saum vollständig. Aber die kindlichen Herztöne sind seit zwei Wehenpausen schlecht. Wechselnd zwischen 80 und 88 in der Minute …«

Mehr noch als diese nüchternen Worte verriet der Gesichtsausdruck der Hebamme große Sorge. Fräulein Lieselotte Mager war zweiunddreißig Jahre alt, arbeitete seit zehn Jahren als Hebamme und war bekannt dafür, daß sie wirklich nur im äußersten Notfall einen Arzt zu Hilfe rief.

»Die Patientin ist verkrampft«, sagte sie; »sie atmet nicht richtig. Ich habe alles versucht, aber sie stirbt fast vor Angst.«

»Keine Schwangerschaftsgymnastik?« fragte Dr. Schumann, doch es klang eher wie eine Feststellung.

»Sie hat ihren Zustand fast bis zuletzt verborgen gehalten«, flüsterte die Hebamme; »sie ist nicht verheiratet.«

»Noch nicht«, sagte Dr. Schumann, denn er kannte Evelyns Geschichte.

Evelyn Bauer war Oberschülerin, Tochter eines angesehenen Geschäftsmannes. Sie hatte sich in den Chauffeur ihres Vaters verliebt und zu ihm gehalten gegen den Widerstand ihrer Eltern – auch dann noch, als der junge Mann entlassen worden war. Weil der Vater mit Anzeige gegen ihren Freund drohte, hatte sie es nicht gewagt, die Wahrheit zu gestehen. Dann, als alles herauskam, zeigten sich die Eltern weit großzügiger, als Evelyn befürchtet hatte. Sie verziehen ihr und stimmten einer Heirat zu – erst aber sollte das Kind auf die Welt kommen.

Dr. Schumann beugte sich über den Leib der Erstgebärenden. Er legte das Stethoskop an und lauschte in einer der kurzen Wehenpausen. Die kindlichen Herztöne waren tatsächlich bedenklich verlangsamt.

»Becken hochlagern«, ordnete er an. »Sauerstoff ...«

Mit geübten Griffen lagerten Fräulein Mager und Schwester Edith das Becken hoch, die Schwester hielt der Patientin die Sauerstoffmaske vor.

»Einen Handschuh, bitte!«

Die Hebamme hat den sterilen Gummihandschuh schon bereitgehalten. Sehr vorsichtig begann Dr. Schumann mit der vaginalen Untersuchung. Der Muttermund war jetzt nahezu vollständig geöffnet. Der Kopf des Kindes stand etwa in Beckenmitte. Es handelte sich um eine zweite Lage. Der Rücken des Kindes lag auf der rechten Seite.

Dr. Schumann streifte den Handschuh ab, richtete sich auf. »Vorbereiten zur Zange!«

Schwester Edith verließ eilig das Entbindungszimmer. Noch einmal hörte Dr. Schumann die kindlichen Herztöne ab. Sie waren noch langsamer geworden.

»Du mußt jetzt atmen«, erläuterte die Hebamme, »tief atmen, Evelyn! Dein Kind braucht jetzt Sauerstoff!«

Der Körper der Patientin krampfte sich unter einer heftigen Wehe zusammen. Sie schrie auf. »Ich kann nicht ... kann nicht mehr! O Gott, ich halte es nicht mehr aus!«

Dr. Schumann trat an das Kopfende. »Es geht um Ihr Kind, Evelyn«, sagte er, »um das Kind Ihrer Liebe! Sie dürfen es jetzt doch nicht im Stich lassen. Helfen Sie ihm!«

Zwei-, dreimal gelang es der Patientin, tief durchzuatmen; dann aber, bei der nächsten Schmerzwelle, schrie sie wieder: »Nein, nein, nein! Ich kann nicht mehr!«

Dr. Schumann und die Hebamme atmeten auf, als Schwester Edith mit einer Trage zurückkam. »Im OP ist alles bereit«, meldete sie.

»Gott sei Dank«, flüsterte Fräulein Lieselotte erleichtert.

Die beiden Frauen betteten die Patientin auf die Trage um. Vom Eintreten des Oberarztes in das Entbindungszimmer bis zu diesem Augenblick waren knapp vier Minuten vergangen. Dr. Schumanns Indikation stand fest: Zange aus Beckenmitte wegen Verschlechterung der kindlichen Herztöne in der Austreibungsperiode.

Er eilte über den Gang in den gekachelten Waschraum, zog Jacke und Kittel aus, reinigte sich rasch unter fließendem Wasser die Hände. Schwester Edith kam aus dem OP, reichte ihm einen frischen hellgrünen Kittel und Handschuhe.

Als er in den Operationssaal trat, lag die Patientin im hellen schattenlosen Licht der Operationslampen. Ihr Stöhnen war leiser geworden, denn Dr. Leopold hatte ihr schon die erste Spritze gegeben.

»Narkose«, befahl Dr. Schumann.

Der Anästhesist begann mit der Einleitung – keinen Moment zu früh, denn das noch ungeborene Kind durfte auf keinen Fall geschädigt werden. Sekunden später war die Patientin eingeschlafen.

Mit sicheren Händen führte Dr. Schumann den ersten, dann den zweiten Zangenlöffel ein.

Schwester Bertha reichte ihm das Skalpell.

Dr. Schumann legte im Bereich des Dammes einen Schnitt an, eine sogenannte rechtslaterale Episiotomie. Dann begann er mit äußerster Behutsamkeit, rhythmisch an der Zange zu ziehen.

Es schien heiß im Operationssaal. Er spürte, wie ihm Schweiß auf die Stirn trat. In diesen Minuten war er Herr über Leben und Tod eines Menschen, und er war sich dessen bewußt. Ohne die Lippen zu bewegen, schickte er ein Stoßgebet zum Himmel.

Dann, ganz langsam, begann der Kopf des Babys sichtbar zu werden, das schwarze Haar, die kleine Fontanelle vorn.

Der Kopf schnitt durch, war geboren.

Dr. Schumann nahm die Zangenlöffel ab, begann mit beiden Händen erst die Schultern, dann den ganzen kleinen Körper zu entwickeln und hielt das Kind, einen kräftigen kleinen Jungen, während die Hebamme die Nabelschnur abklemmte und durchschnitt. Das Neugeborene war blau verfärbt, tat aber sofort seinen ersten Schnapper. Noch in den Händen des Arztes begann es kräftig zu schreien – ein jämmerliches, mißtönendes Babygeschrei, das dennoch Musik in den Ohren Dr. Schumanns war. Der Kopf des Kindes zeigte keine Quetschungen durch die Zange.

Die Hebamme strahlte, als sie es entgegennahm.

Dr. Schumann richtete sich auf, reckte die Schultern, kostete eine Sekunde lang ein Siegesgefühl aus, beugte sich dann wieder über den Leib der Patientin, um die Plazenta herauszuziehen und den Uterus auf eventuelle Verletzungen zu überprüfen. Es war alles glatt gegangen.

Die Episiotomie mußte genäht werden. Während die eigentliche Extraktion des Kindes nur Minuten gedauert hatte, brauchte Dr. Schumann für diese Arbeit viel mehr Zeit.

Endlich war alles getan. Dr. Schumann dankte seinen Assistenten, ging hinaus, wusch sich die Hände und wechselte den Kittel. Dann trat er noch einmal in den Operationssaal.

Die junge Mutter war erwacht und betrachtete mit glücklichen Augen ihren kleinen Sohn, den ihr die Hebamme – gebadet und gewickelt – in die Arme gelegt hatte.

»Was für ein goldiges Kerlchen«, stammelte sie fassungslos; »mein Kind, unser Kind, ein Junge! Und ich habe gedacht, ich schaffe es nicht ... ich hab' wirklich gedacht ...«

Ihre Augen füllten sich mit Tränen.

Dr. Schumann blickte auf sie herab. »Gratuliere!« sagte er herzlich. »Jetzt können Sie stolz sein ...«

Sie sah zu ihm auf. »Stolz? Aber ich ... ich habe mich doch schrecklich angestellt, nicht wahr? Entschuldigen Sie bitte, ich ...«

»Ach was! Denken Sie doch so etwas nicht! Sie waren sehr tapfer.«

Schwester Edith trat von hinten an Dr. Schumann heran.

»Herr Oberarzt«, sagte sie; »bitte ... wie lange dauert es noch?«

Er drehte sich um. »Ich bin hier fertig. Warum?«

»Ihre Gattin wartet auf Sie.«

»Meine Frau?« fragte Dr. Schumann. »Hat sie angerufen?« Er konnte es nicht verhindern, daß seine Stimme ungläubig klang.

»Nein, sie ist hier. In der Klinik. Die Oberschwester hat sich erlaubt, sie in Ihr Arbeitszimmer zu führen.«

Dr. Schumann konnte sich nicht erinnern, daß seine Frau ihn jemals in der Klinik besucht hatte. Nun aber war sie zu ihm gekommen, wartete auf ihn, obwohl sie ihn in der Nacht zuvor »Mörder« genannt hatte und vor seiner Umarmung zurückgezuckt war. »Rühr mich nicht an, rühr mich nie wieder an!« hatte sie ihn angeschrien.

Er lief über den langen Klinikgang, bemerkte nicht den Gruß der Schwestern, Hebammen und Kollegen, die an ihm vorüberhasteten, dachte darüber nach, was dieser Besuch seiner Frau wohl zu bedeuten hatte. Wartete sie auf ihn, um sich zu versöhnen? War sie gekommen, um ihm zu sagen: »Es ist das beste, wenn wir uns trennen, unsere Ehe ist doch nur Quälerei?«

Dann stand er vor seinem Arbeitszimmer. Schon wollte er die Tür öffnen, zögerte aber noch einmal, zündete sich erst eine Zigarette an und nahm einige tiefe Züge, um sich zu beruhigen. Endlich trat er ein.

Astrid saß hinter seinem Schreibtisch. Sie blickte auf, mit einem seltsamen Ausdruck in den schönen tiefblauen Augen, den er nicht zu deuten wußte. Sie trug ein eng tailliertes schwarzes Kostüm, dessen tiefer spitzer Ausschnitt den Ansatz ihres Busens ahnen ließ. Er glaubte den Duft des kostbaren exotischen Parfüms, das sie zu benutzen pflegte, deutlich zu spüren.

»Du scheinst nicht sehr erfreut«, sagte sie, den Blick unverwandt auf ihn gerichtet.

Er trat näher zum Schreibtisch und streifte die Asche seiner Zigarette ab. »Warum bist du gekommen?« fragte er.

»Ich wollte dich sehen«, erwiderte sie einfach.

Sie erhob sich und kam hinter dem Schreibtisch hervor. Ganz nahe stand sie vor ihrem Mann. Er brauchte nur die Hand auszustrecken, um sie zu berühren. Er tat es nicht.

»Rainer«, sagte sie leise, und in ihrer Stimme war jener heisere rauhe Klang, der ihn – wie immer – erregte.

Dr. Schumann stand starr vor ihr.

Sie hatte es sich nicht so schwer vorgestellt. Dieser Mann im weißen Arztkittel mit dem verschlossenen, angespannten Gesicht – er schien ihr seltsam fremd und fern.

»Rainer«, wiederholte sie, »ich ...« Plötzlich durchzuckte sie jähe Angst. Kam ihr Versöhnungsversuch zu spät? Hatte er sich innerlich schon von ihr abgewandt? Gab es eine andere in seinem Leben?

Fast unbewußt hob sie die Hände, packte ihn bei den Schultern. »Mein Gott«, sagte sie heftig, »sei doch nicht so unerbittlich! Was habe ich denn getan, daß du mir nicht verzeihen kannst? Ja, ich weiß, ich habe dich beleidigt, aber ich ... ich wußte gestern nacht nicht mehr, was ich sagte! Ich war so aufgeregt, ganz durcheinander! Ich habe es doch nicht so gemeint!«

Er umschloß ihre Handgelenke und drückte ihre Arme mit sanfter Gewalt nach unten: »Doch, Astrid«, sagte er. »Versuche nicht, mir etwas vorzumachen. Dadurch wird es nicht besser. Du warst hysterisch, stimmt. Aber alles, was du mir vorgeworfen hast, kam aus deinem tiefsten Herzen.«

»Nein, Rainer, nein ...« Sie bemühte sich, ihre Hände aus seinem Griff zu befreien. »Bitte, laß mich los, du tust mir weh.«

»Entschuldige!« Er ließ ihre Hände los und trat einen Schritt zurück.

Sie standen einander gegenüber und vermochten nicht einmal mehr, sich anzusehen. Das Gespräch war auf dem toten Punkt. Beinahe hätte Astrid, einem Impuls folgend, sich umgedreht und wäre aus dem Zimmer gelaufen. Aber sie wollte nicht aufgeben, sie durfte es nicht. Sie begriff, daß sie ihn dann für immer verlieren würde.

»Ich weiß, daß ich viele Fehler habe«, sagte sie. »Ich habe niemals behauptet, ein Engel zu sein. Aber bist du denn ohne Schuld? Du hast doch von Anfang an gewußt, daß ich an deinem Beruf wenig interessiert bin. Ich habe niemals Begeisterung für das Kinderkriegen geheuchelt. Ich habe Angst davor, ja ... aber das wußtest du doch, ehe wir uns verlobten. Warum hast du mich dann trotzdem genommen?« – »Weil ich dich liebte ...«

»Und jetzt ... liebst du mich nicht mehr?«

»Was hat das alles für einen Sinn, Astrid?« Die Zigarette war herabgebrannt. Die Glut berührte seine Fingerspitzen. Er ließ den Stummel auf den abgetretenen Teppich fallen und trat ihn mit dem Absatz aus. »Meine Liebe hat dir ja nie viel bedeutet ... Anfangs war ich ganz sicher, du würdest dich ändern. Ich wollte die Hoffnung nicht aufgeben, bis ... nun, du wirst zugeben, daß du neulich in der Nacht sehr deutlich warst. Bitte, komm mir jetzt nicht wieder damit, ich müßte Geduld mit dir haben, Rücksicht auf dich nehmen. Denke doch an die vergangenen Jahre unserer Ehe, an die Tage und Nächte. Denk daran, wie oft ich Rücksicht genommen und verzichtet habe ... und was ist dabei herausgekommen?«

»Verzeih mir«, sagte sie schwach.

»Ich bin dir nicht böse ...«

Sie versuchte zu lächeln. »Du hast jetzt alles gesagt, was du gegen mich auf dem Herzen hattest. Darf ich dir nun endlich erklären, warum ich gekommen bin?«

Er nickte.

»Weil ich dich liebe, weil ich es nicht ertragen könnte, dich zu verlieren. Ich habe eingesehen ... ja, ich habe wirklich eingesehen, daß alles falsch war. Daß sich so keine Ehe führen läßt ... und ich wollte dich bitten, es noch einmal mit mir zu versuchen und alles zu vergessen.«

Sie hob mit einer unendlich rührenden Geste die Hände, und er sah die roten Streifen, die sein Griff an ihren Handgelenken hinterlassen hatte. »Rainer, laß uns noch einmal ganz von vorn anfangen. Ich will mich ändern, ich verspreche es dir ... ich habe mich schon geändert!«

Er trat einen Schritt auf sie zu. »Astrid, ist das wirklich wahr?«

Sie warf sich in seine Arme. »Bitte«, flehte sie, »bitte, glaub es mir. Du mußt nur ein wenig Geduld mit mir haben!«

Er umschloß sie ganz fest und spürte, wie seine innere Anspannung sich endlich löste und einem alles überflutenden Glücksgefühl wich. »Und wenn wir ein Kind bekämen?«

»Ich habe Angst, immer noch Angst«, flüsterte sie, »aber ich werde sie überwinden ... ich werde mich freuen. Um deinetwillen. Um unserer Liebe willen. Ach, Rainer ...«

Sie hob ihr blasses Gesicht zu ihm auf, er küßte ihr die Tränen aus den Augenwinkeln, ihre Lippen fanden sich. Noch nie hatte sie seine Leidenschaft so vorbehaltlos erwidert.

Endlich löste er sich von ihr, atemlos und fast schwindelig. »Und nun, Astrid, werde ich dir meine Kinder zeigen!« Er nahm sie bei der Hand und führte sie aus dem Zimmer.

Es war kurz vor der vierten Trinkzeit des Tages. Die Schwestern eilten im großen Säuglingssaal geschäftig hin und her, nahmen die Neugeborenen aus ihren Bettchen und packten sie auf flache Wagen. Ohrenbetäubendes Geschrei erfüllte die Luft.

Astrid Schumann hätte sich am liebsten die Ohren zugehalten, aber sie beherrschte sich, um ihren Mann nicht zu kränken. Sie fühlte sich unbehaglich in dem viel zu weiten

Kittel, den er ihr geliehen hatte, und kam sich fehl am Platz vor. Sie glaubte aus den neugierigen Seitenblicken der Schwestern Mißtrauen und Ablehnung zu lesen.

Dr. Schumann spürte nichts von der Beklemmung seiner Frau. »Na, nun sag selber«, forderte er sie auf, so stolz und zufrieden, als ob er persönlich der Schöpfer all dieses brüllenden, strampelnden Lebens wäre, »ist das nicht etwas Wunderbares?«

Astrid zwang sich zu einem Lächeln. »Schreien sie immer so?« fragte sie.

Er lachte. »Nein. Nur jetzt, weil sie Hunger haben. Die Energischen fordern ihre Nahrung, und die anderen brüllen zur Gesellschaft mit ... wenn sie ins Bettchen zurückgebracht werden, sind sie wieder ganz friedlich.« Er wandte sich an eine der Schwestern, die in ihrer Nähe wieder einen Wagen vollgepackt hatte. »Nicht wahr, Schwester Rosa?«

»Die meisten«, erwiderte die Schwester. »Nur Mäxchen kann nie genug haben, und auch die kleine Großfuß müssen wir nachfüttern. Ihre Mutter hat kaum etwas.« Sie sagte es in einem Ton, der ihre Bewunderung für das immer hungrige Mäxchen und ihr Mitleid für die unglückliche Frau Großfuß, die ihr Kind nicht ausreichend nähren konnte, deutlich machte.

Astrid schauderte leicht. »Können Sie alle die Babys so ohne weiteres auseinanderhalten?« fragte sie. »Sie sehen doch alle gleich aus!«

Schwester Rosa gab Astrid mit einem einzigen Blick zu verstehen, was sie von einer solchen Laienfrage hielt, und Dr. Schumann antwortete rasch an ihrer Stelle: »Erstens sehen sie nicht gleich aus, Astrid, das kommt dir nur so vor, und außerdem ist jedes Kind eine kleine Persönlichkeit ... Unsere Schwestern schwören darauf, daß schon bei den Neugeborenen die Grundzüge des Charakters deutlich werden. Es gibt lebhafte Neugeborene und auffallend stille; quengelige und geduldige; zornige und heitere. Eine unserer Nachtschwestern behauptet zum Beispiel, daß sie allein am Ton des Geschreis erkennen kann, wer aufgewacht ist, noch bevor sie nach dem Rechten gesehen hat ...«

»Wirklich?« fragte Astrid ungläubig. »Aber ...«

Dr. Schumann zog sie mit sich tiefer in den Saal hinein. »Du hast natürlich ganz recht. Wir verlassen uns nicht auf unsere Babykenntnisse. Das wäre ja auch unmöglich, weil wir zeitweilig über hundert Neugeborene hier haben und es täglich Ab- und Zugänge gibt. Siehst du diese Schleifchen an den Bettchen?«

»Ja«, sagte Astrid, »sie sind sehr hübsch.«

»Sie dienen nicht der Verschönerung, sondern der Unterscheidung. Jedes Bett, in dem ein Junge liegt, hat ein blaues, jedes Mädchenbett ein rosa Schleifchen.« Er blieb stehen, nahm einer Schwester ein Neugeborenes aus dem Arm und streifte den linken Ärmel ein wenig hoch. »Und sieh mal hier! Ein blaues Bändchen mit der Nummer 47 ... weißt du, was das bedeutet? Diese Nummer schließt jede Verwechslung aus. Mutter und Kind bekommen sofort nach der Geburt solch ein Bändchen mit einer gleichlautenden Nummer ums Handgelenk.«

Er gab der Schwester das jämmerlich schreiende Kind zurück. »Schon gut, schon gut, mein Kerlchen, du bekommst ja gleich etwas zu essen!« sagte er tröstend.

Der Saal hatte sich inzwischen fast geleert, das Geschrei hallte draußen über die Gänge. Einige Schwestern begannen die Bettchen zu richten und die Fenster zu öffnen.

Dr. Schumann sah sich um. »Schade«, sagte er, »wir kommen in einem ungünstigen Moment. Wir hätten zur Badezeit kommen sollen, dann ist es natürlich viel lustiger.«

»Und der kleine Overhoff?« fragte Astrid mit Überwindung. »Wo ist der?«

»Oben auf der Privatstation. Möchtest du ihn sehen?«

Astrid bereute schon ihre Frage. Sie hätte am liebsten gesagt, daß ihr Bedarf an Babys für diesen Tag reichlich gedeckt sei. Nur um ihren Mann nicht zu enttäuschen, nickte sie.

Erst als sie draußen auf dem Gang waren, sagte sie zaghaft:

»Aber dann, Rainer, gehen wir doch nach Hause?«

Er warf einen Blick auf seine Armbanduhr. »Natürlich, Liebling, ich habe sowieso eigentlich schon dienstfrei.«

»Wäre es dann nicht besser, wenn wir ...«

Er lächelte sie an. »Es dauerte ja nur fünf Minuten, und ich muß sowieso noch übergeben.«

Während sie im Lift zur Privatstation fuhren, erzählte er ihr von seiner Sorge um ein Neugeborenes mit einer allzu heftigen Gelbsucht und von dem Vorschlag Dr. Holgers, den kleinen Overhoff bei einer anderen jungen Mutter trinken zu lassen. Aber sie hörte kaum, was er sagte, lauschte nur dem warmen Klang seiner Stimme, war dankbar, daß sie ihm so nahe sein durfte – und vergaß keinen Augenblick, daß dieses Glück auf einer Lüge aufgebaut war.

Auf dem breiten, lichtüberfluteten Gang der Privatstation kam ihnen Schwester Patrizia entgegen. Das Häubchen saß ihr wie immer ein wenig schief auf den blonden Locken, aber der Griff, mit dem sie ein schreiendes Neugeborenes umfaßt hielt, war sehr sicher, fast mütterlich.

»Hallo, da ist er ja!« rief Dr. Schumann und faßte Astrid beim Arm. »Da kannst du ihn dir gleich ansehen, Liebling!« Der kleine Overhoff schrie mit rotem Kopf, den zahnlosen Mund weit aufgerissen. Er unterschied sich in Astrids Augen durch nichts von all den anderen Babys, die sie bisher schon hatte begutachten müssen, abgesehen davon, daß er vielleicht noch lauter, noch zorniger brüllte.

»Eine tolle Stimme hat er«, sagte sie gezwungen.

Schwester Patrizia strahlte. »Nicht wahr? Eine wunderbare Lunge!« Sie war bei der Begegnung mit dem Oberarzt und seiner Frau leicht errötet. »Ich bringe ihn hinunter, die Frau Doktor hat angerufen. Frau Elfie Peters hat sich bereit erklärt, ihn zu nähren.«

»Ausgezeichnet«, sagte Dr. Schumann erfreut. »Eine sehr gute Lösung. Wir müssen nur überlegen, ob es nicht besser wäre, ihn dann überhaupt unten zu lassen ...«

»O nein!« rief Schwester Patrizia impulsiv und zog das Kind noch fester an sich. »Sie dürfen ihn uns nicht wegnehmen, Herr Doktor!«

Die lebensfrohe, hübsche Schwester bot ein reizendes Bild, wie sie mit erschrockenen Augen das Kind an ihr Herz drückte, als ob sie fürchtete, man könnte es ihr auf der Stelle rauben – ein wirklich zauberhaftes Bild; aber in Astrid stieg der Verdacht auf, daß sich Schwester Patrizia dessen voll bewußt war.

»Es wird Ihnen zusätzliche Arbeit bringen«, sagte Doktor Schumann.

»Das macht nichts!« rief Schwester Patrizia. »Hier oben können wir uns viel besser um ihn kümmern!«

›Du Schlange!‹ dachte Astrid, und ihre Antipathie gegen die Schwester wuchs.

Dr. Schumann und Schwester Patrizia wechselten noch ein paar rasche Worte über den kleinen Weyrer und dessen verdächtige Gelbsucht. Astrid fühlte sich während dieses Gesprächs seltsam ausgeschlossen. Sie war froh, als ihr Mann die Schwester verabschiedete und sich wieder ihr zuwandte.

»Was hast du, Liebling?« fragte er. »Du bist ja ganz blaß? Irgend etwas nicht in Ordnung?«

»O doch, nur ...« Sie lächelte schwach. »Vielleicht habe ich mir etwas zuviel vorgenommen.«

»Ich weiß, was dich wieder auf die Beine bringen wird«, sagte er und legte seinen Arm um ihre Schultern. »Eine Flasche Champagner ... wie wäre es damit? Ich habe eine Idee. Wir gehen jetzt nach Hause, ziehen uns um ...« Er berichtigte sich sogleich: »Unsinn, das brauchst du nicht. Ich kann so bleiben, wie ich bin, und du bist immer schön. Wir fahren ins ›Chalet‹, essen ganz delikat zu Abend, trinken eine Flasche Sekt dazu, und nachher gehen wir noch ein bißchen tanzen! Na, wie wär's?«

»Wunderbar«, sagte sie ehrlich.

»Na also … dann komm!«

Sie faßten einander an den Händen und gingen dahin wie Kinder, die unerwartet schulfrei bekommen haben. Aber sie hatten kaum den Lift erreicht, als jemand hinter ihnen herlief. Dr. Schumann drehte sich um und sah Oberschwester Helga.

»Herr Doktor«, rief sie atemlos, »wie gut, daß ich Sie noch erreicht habe …« Sie unterbrach sich. »Guten Abend, gnädige Frau!«

»Was gibt's?« fragte Dr. Schumann kurz angebunden.

»Der Labortest ist eben durchgegeben worden. Es handelt sich um den kleinen Weyrer: Erythroblastose!«

»Verdammt!« entfuhr es Dr. Schumann. Er warf einen raschen Blick auf seine Frau. »Entschuldige bitte, Astrid!«

»Frau Dr. Holger hat schon alles zum Blutaustausch vorbereiten lassen …«

»Schön! Dann benachrichtigen Sie sofort Dr. Gerber. Sie wissen ja, ich bin eigentlich nicht mehr im Dienst.«

»Dr. Gerber ist bei einer Operation.«

»Und Professor Overhoff?«

Die Oberschwester zuckte stumm die Achseln.

»Pech«, sagte Dr. Schumann. Er wandte sich an seine Frau.

»Ich kann dir nicht sagen, wie leid mir das tut. Aber eigentlich immer noch besser, als wenn sie mich mitten aus unserem festlichen Diner abberufen hätten, wie?«

Astrid schluckte. »Bestimmt«, flüsterte sie tapfer.

»Also: Du gehst jetzt nach Hause, Astrid, und wartest auf mich. Du hast keinen Grund, traurig zu sein. Versprochen ist versprochen … wir gehen heute abend noch aus.« Er küßte seine Frau flüchtig und eilte mit Oberschwester Helga davon. Astrid stand mit hängenden Armen da und sah ihm nach. Es dauerte eine ganze Weile, bis sie sich wieder gefaßt hatte. Dann streifte sie langsam den Arztkittel ihres Mannes ab und betrachtete ihn gedankenverloren. Sie legte den

Kittel auf die Fensterbank, drehte sich um und ging mit müden Schritten die Treppe hinab.

Das Neugeborene war in das Untersuchungszimmer von Dr. Holger gebracht worden. Es lag auf dem Tisch und gab keinen Laut von sich, während die Ärztin behutsam den Bauch abtastete.

Sie blickte kurz zur Tür, als Dr. Schumann eintrat.

»Milz und Leber sind erheblich vergrößert«, sagte sie. Dr. Schumann trat näher, sah mit besorgtem Blick auf das nackte kleine Wesen, dessen gelb-bräunliche Verfärbung inzwischen noch stärker geworden war.

»Der Coombs-Test ist positiv?«

»Ja, Bilirubin im Blut, 20 Milligrammprozent.«

»Ist die Blutgruppe bestimmt worden?«

»Im Labor wird bereits die Kreuzprobe gemacht.«

»Ausgezeichnet«, sagte Dr. Schumann. »Dann bleibt uns wohl nichts anderes übrig, als zu warten.« Es war eine Erfahrungstatsache, daß eine Kreuzprobe, bei der die Verträglichkeit des Spenderblutes mit dem Blut des Empfängers getestet wurde, nicht unter dreißig Minuten durchzuführen war.

Er untersuchte das Kind noch einmal. »An der Diagnose besteht kein Zweifel.« Dr. Schumann sah die Schwester an, die neben dem Untersuchungstisch stand. »Bitte, den Nabelverband, Schwester, und ziehen Sie das Kind wieder an. Sie können es inzwischen in den kleinen OP bringen. Sorgen Sie für Wärmflaschen!«

»Jawohl, Herr Doktor.«

»Sollten wir nicht der Mutter Bescheid sagen?« fragte Dr. Holger leise.

»Lieber wäre es mir, wir könnten den Vater erreichen. Ich beunruhige eine Frau, die eben eine Geburt hinter sich gebracht hat, nicht gern.«

Eine halbe Stunde später war es soweit. Winzig und nackt lag das Neugeborene im hellen Licht der Operationslampe, von Wärmflaschen umgeben. Es hatte nicht die leiseste instinktive Ahnung von der tödlichen Gefahr, in der es schwebte, und saugte selbstverloren an einem Schnuller, den Schwester Edith ihm in den Mund gesteckt hatte.

Dr. Schumann hatte mit Herrn Weyrer, einem Bankkaufmann, telefoniert. Er hatte seine Worte vorsichtig gewählt, um dem jungen Vater keinen Schock zu versetzen.

Dr. Holger befand sich schon im Operationssaal und überwachte die letzten Vorbereitungen. Eine junge Schwester half Dr. Schumann in den grünen Operationskittel und reichte ihm die Gummihandschuhe. Das Kleine lag immer noch friedlich, mit geschlossenen Augen. Man hätte glauben können, es schliefe – wären nicht die Saugbewegungen des Mündchens gewesen.

»Desinfizieren«, befahl Dr. Schumann kurz.

Schwester Edith bestrich das Gebiet um den Nabel sorgfältig mit Sepso-Tinktur, deckte den nackten Körper des Kindes bis auf das Operationsgebiet mit sterilen Tüchern ab. Dann reichte sie Dr. Schumann das Skalpell.

Vorsichtig schnitt der Arzt ein Stückchen des Nabelschnurrestes ab. Die Nabelblutgefäße waren deutlich zu sehen. Sehr zart und behutsam schob er den Kunststoffkatheter durch die Nabelvene in den Körper des Kindes. Plötzlich schoß Blut heraus. Die Spitze des Katheters war bis in die große Nabelvene vorgedrungen.

»Vetren!«

Die Schwester gab ihm die Spritze mit Vetren, einem Präparat, das die Blutgerinnungsfähigkeit vorübergehend herabsetzt. Er injizierte es durch den Katheter. Als er vier Kubikzentimeter gespritzt hatte, gab Dr. Holger der Schwester ein Zeichen. Schwester Edith reichte Dr. Schumann das Anschlußstück der Dreiwegehahnspritze. Er setzte es auf den Katheter, befestigte es mit Fäden und schloß die Rotandaspritze an.

Der Schlauch dieser Spritze, die drei verschiedene Zu- beziehungsweise Abgänge hatte, wurde von Schwester

Edith an einen hochhängenden Glasbehälter, in dem sich das Spenderblut befand, angeschlossen.

Nun erst konnte der eigentliche Blutaustausch beginnen. Ganz langsam ließ Dr. Schumann zwanzig Kubikzentimeter Blut durch den Katheter einfließen, schaltete um und zog zwanzig Kubikzentimeter des kranken Blutes aus der Vene des Kindes heraus, das in einem anderen Glasgefäß aufgefangen wurde, achthundert Kubikzentimeter mußten auf diese Art ausgetauscht werden.

»Wie geht es dem Kleinen?« fragte er von Zeit zu Zeit.

»Gut«, erwiderte Dr. Holger. »Er saugt am Schnuller. Atmung und Puls normal.«

Unendlich langsam vergingen die Minuten. Nach ein und einer halben Stunde war die Hälfte des Blutes ausgetauscht. In dieser Zeit hatte Dr. Holger dreimal Kalzium gespritzt.

Plötzlich sagte Schwester Edith erschreckt: »Das Kind atmet nicht mehr richtig!«

Dr. Schumann warf einen raschen Blick auf das Gesicht des Kleinen, das halb von den Tüchern verdeckt war. Es hatte sich bläulich verfärbt.

»Lobelin!« befahl er. »Ein Kubikzentimeter!«

Mit geübten Händen zog Schwester Edith die Spritze auf, Dr. Holger nahm sie ihr aus der Hand, spritzte den Inhalt in den Arm des Kindes. Ein paar bange Sekunden lang schien jede Wirkung auszubleiben. Dann ging die bläuliche Verfärbung zurück, die Haut des Kleinen war auch nicht mehr so dunkelgelb wie zu Anfang, sondern hatte einen rosigen Schimmer angenommen.

Dr. Schumann atmete auf.

Eine Stunde später war der Kampf um dieses fast schon verlorene junge Leben gewonnen.

Dr. Schumann nahm die Dreiwegehahnspritze vom Katheter ab, als Dr. Gerber das Operationszimmer betrat.

»Hallo«, grüßte er, »Ablösung erwünscht?«

»Nicht mehr«, erwiderte Dr. Schumann, ohne die Augen von seiner Arbeit zu heben, »wir haben es schon geschafft.«

»Schönes Gefühl, wie?« Dr. Gerber rieb sich die Hände.

»Langsam mußt du dich ja für den lieben Gott persönlich halten.«

»Nicht ganz«, sagte Dr. Schumann. Er zog mit äußerster Vorsicht die Hohlnadel aus der Bauchvene des Kindes. »Ich hätte dir diesen Eingriff liebend gern überlassen, Kollege. Ich hatte heute abend eigentlich etwas Besseres vor.«

»Ärzteschicksal«, erklärte Dr. Gerber nicht ohne leise Genugtuung. Er folgte Dr. Schumann, der die weitere Versorgung des Kindes der Ärztin und den Schwestern überließ, in den Waschraum.

»Warum hast du das Unglückswürmchen nicht zur Kinderklinik überweisen lassen?«

»Du weißt doch, wie die drüben sind ... die hätten sich bestimmt nicht auf unsere Laboruntersuchungen verlassen, sondern neue angefertigt und mindestens eine Stunde Zeit verloren. Das konnte ich nicht riskieren.«

»Verstehe.« Dr. Gerber stand gegen das Waschbecken gelehnt und sah an Dr. Schumann vorbei. »Sag einmal, hast du heute mit dem Alten gesprochen?«

»Ja.«

»Na und? Was hattest du für einen Eindruck von ihm?«

»Es hat ihn sehr mitgenommen.«

»Wenn du ihn auf dem Friedhof gesehen hättest ...«

Dr. Schumann schlüpfte aus seinem Kittel, krempelte sich die Hemdärmel herunter, zog sich die Jacke an.

»Armer alter Knabe«, sagte Dr. Gerber. »Warum sitzt er hier herum? Zur Arbeit ist er im Augenblick ja doch nicht zu gebrauchen. Ich an seiner Stelle nähme mir jetzt erst einmal Urlaub.«

»Wo soll er denn hin?« Dr. Schumann rückte sich vor dem Spiegel die Krawatte gerade und fuhr sich mit der Hand glättend über das dichte braune Haar. »Nach Hause etwa? Das ist wahrscheinlich mehr, als er ertragen kann.«

»Tja, er kann einem fast leid tun.«

»Fast? Mir tut er leid!« Dr. Schumann steckte sich eine Zigarette zwischen die Lippen, Dr. Gerber reichte ihm Feuer.

»Obwohl es seine ureigene Schuld war?« fragte er, »Obwohl er bei der Konstitution seiner Frau befürchten mußte, daß sie die Operation nicht übersteht? Obwohl eine medizinische Indikation für die Schwangerschaftsunterbrechung durchaus gegeben gewesen wäre?«

Dr. Schumann zuckte die Achseln. »Nun laß doch«, wehrte er ab, »dieses Thema haben wir inzwischen schon zu Tode geritten.«

»Ich will dir doch nur klarmachen«, sagte Dr. Gerber und begleitete ihn zur Tür, »daß ich ... so tragisch die Sache natürlich ist ... diesen Schock geradezu für heilsam halte. Wenn der Alte nicht ganz in Selbstgerechtigkeit versteinert ist, muß der Tod seiner Frau ihn wachrütteln!«

Nach einer kleinen Pause, während der sie schweigend durch den jetzt nur noch spärlich beleuchteten Gang gingen, fügte Dr. Gerber hinzu: »Und dich auch!«

Dr. Schumann blieb stehen und rief ärgerlich: »Was willst du eigentlich von mir? Ich habe einen verdammt anstrengenden Tag hinter mir! Vielleicht erinnerst du dich daran, daß ich seit heute früh im Dienst bin. Eigentlich könntest du ruhig ein bißchen Verständnis zeigen, statt mich mit unbegründeten Anschuldigungen zu bewerfen!«

Aber Dr. Gerber gab nicht nach. »Was ich dir klarmachen will ... und ich werde das nicht aufgeben, bis du mich eines Besseren belehrt hast ... ist doch einfach: Wir sind Frauenärzte. Wir können unser Berufsziel nicht einzig und allein darin sehen, Kindern auf die Welt zu helfen, sondern wir müssen den Frauen selber helfen! Begreifst du das denn nicht?« – »Ich tue nichts anderes.«

»Das sagst du! Aber tatsächlich stehst du doch immer auf Seiten der ungeborenen Kinder gegen die Mütter!«

»Soll ich mich etwa auf Seiten der Mütter gegen die ungeborenen Kinder stellen? Das ist doch Unsinn, Erich.

Eine Mutter und ihr ungeborenes Kind sind doch eine Einheit. So sollte es wenigstens sein.«

»Und wenn es nicht so ist? Wenn die Mutter das Kind nicht haben will?«

»So muß man sie dahin bringen, es zu wollen.«

»Sehr einfach. Aber ich sage dir, Rainer, unsere Arbeit muß viel früher einsetzen. Wir müssen mehr Gewicht darauf legen, die jungen Mädchen aufzuklären und auch die verheirateten Frauen. Wir müssen erreichen, daß nur noch erwünschte Kinder zur Welt kommen. Wir müssen die Frauen von ihrer Angst, ihrer verzweifelten Sorge befreien, wir müssen sie von ihrem biologischen Schicksal erlösen!« Dr. Gerber hatte sich in Fahrt geredet. »Und wir sollten auch nicht zu viele Bedenken haben, eine unerwünschte Schwangerschaft zu unterbrechen, wenn nur der entfernteste Anlaß zu einer medizinischen Indikation gegeben ist!«

»Wenn du wirklich so denkst«, sagte Dr. Schumann hart, »würde ich dir raten, die Klinik zu verlassen und eine Privatpraxis zu eröffnen ... als Abtreibearzt!« Er bereute dieses Wort im gleichen Moment, da es ausgesprochen war – aber es war zu spät.

»Das war sehr deutlich«, bemerkte Dr. Gerber eisig. »Ich glaube, die Fronten sind jetzt geklärt!«

Er drehte sich auf dem Absatz um und ging.

Dr. Rainer Schumann ging, wie immer, den kurzen Weg aus dem Klinikviertel bis zu dem kleinen Haus, das er gemietet hatte, zu Fuß. Die frische Abendluft tat ihm wohl und kühlte seine brennenden Schläfen.

Er war sehr unzufrieden mit sich. Diese Auseinandersetzung mit Gerber erschien ihm jetzt gänzlich unnötig. Zwischen ihm und Gerber bestand seit frühesten gemeinsamen Studienjahren eine gute Kameradschaft, die sich schon mehr als einmal bewährt hatte. Es war unverzeihlich, daß er diese Männerfreundschaft durch einen einzigen unüberlegten Satz zerstört hatte.

Und dann Astrid! Er versuchte, sich auf das Heimkommen zu freuen, aber er brachte es beim besten Willen nicht fertig. Bestimmt war sie wieder tief gekränkt und enttäuscht, weil sie stundenlang auf ihn hatte warten müssen.

Es war nicht seine Schuld, gewiß nicht, aber was nutzte das – es schien aussichtslos, ihr die Zusammenhänge zu erklären. Er fand es zermürbend, immer wieder um die Liebe und das Verständnis seiner eigenen Frau kämpfen zu müssen, sogar in Situationen, in denen er selbst Trost oder wenigstens einen Zuspruch sehr nötig gehabt hätte. Sicher würde er auch jetzt wieder eine Szene über sich ergehen lassen müssen.

Er seufzte, ohne sich dessen bewußt zu werden, tief auf, als er die Haustür aufschloß, und machte sich innerlich auf das Schlimmste gefaßt.

Aber Astrid empfing ihn ganz anders, als er erwartet hatte. Sie lag in einem weißseidenen, spitzenbesetzten Hausmantel auf der Couch im Wohnzimmer, erhob sich jedoch sofort als er eintrat und kam ihm lächelnd entgegen. »Rainer«, rief sie, »endlich!« Die Ärmel des Hausmantels glitten zurück, als sie ihre Arme um seinen Nacken schlang.

Ihm war, als sei er mit einem Schritt aus dem grauen Alltag in ein Zauberreich getreten. Er küßte ihren Mund, ihren Hals, ihren zarten weißen Nacken. »Es ist doch wieder spät geworden«, sagte er.

Sie stemmte lächelnd ihre Hände gegen seine Brust und sah zu ihm auf: »Als ob ich nicht wüßte, daß du nur deine Pflicht getan hast!« Sie wandte sich ab, trat zum Kamin, in dem Feuer knisterte. »Ist es gut ausgegangen?« fragte sie. »Hast du das Kind retten können?«

»Ja«, sagte er, »Gott sei Dank!«

»Und die Mutter? War sie sehr glücklich?«

Er schüttelte den Kopf. »Sie hat nichts davon gewußt. Ich wollte sie nicht beunruhigen.«

Plötzlich wurde ihr erst die ganze Tragweite des Geschehens bewußt. »Aber dann«, sagte sie erschrocken, »wenn …«

»Denk nicht darüber nach! Es ist ja gutgegangen.«

Er sah sie an, ihre schlanke Gestalt, die unter dem weißseidenen Mantel nur Zu ahnen war, den stolzen kleinen Kopf mit dem kastanienbraunen Haar, in das vom Kaminfeuer rötliche Reflexe gezaubert wurden. »Nur unser schöner Abend ist uns verdorben!«

Sie lächelte ihm zu. »Er fängt jetzt erst an!« Sie trat zum Tisch, zog eine Flasche Sekt aus einem eisgefüllten Kübel. »Du wolltest doch heute Champagner trinken – habe ich es richtig gemacht?«

Er nahm ihr die Flasche aus der Hand, löste geschickt den Korken und schenkte ein.

»Auf uns!« sagte sie und hob ihm ihr Glas entgegen.

Er leerte es mit einem Zug. »Weißt du, wie schön du bist?« Eine zarte Röte überflutete ihr schmales Gesicht. Sie hob den Kopf, wollte etwas sagen. Aber er hatte sie schon in die Arme genommen und verschloß ihren Mund mit seinen Küssen. Noch nie hatte sie sich so an ihn geschmiegt, noch nie seine Leidenschaft mit solcher Glut erwidert.

»Astrid«, flüsterte er atemlos, »du hast keine Angst mehr davor …?«

»Nie mehr!«

Er hob sie auf und trug sie zur Couch. Knisternd loderte das Feuer.

4

Professor Overhoff nahm seine Sprechstunden einen Tag nach der Beerdigung seiner Frau wieder auf. Äußerlich wirkte er völlig gefaßt, wenn auch alle, die ihn näher kannten, spürten, daß eine große Veränderung mit ihm vorgegangen war. Bei allem, was er tat und sagte, schien er innerlich völlig unbeteiligt zu sein. Es war, als sei der Kern seines Wesens vor Schmerz versteinert.

Kirsten Winterfeld merkte nichts davon. Sie war viel zu aufgeregt, zu sehr mit ihren eigenen Problemen beschäftigt, um etwas anderes in Professor Overhoff sehen zu können als den berühmten Professor, den vertrauenswürdigen Arzt.

Sie hatte eine erste Untersuchung über sich ergehen lassen und ihm ihre Sorgen geschildert. Dreiundzwanzig Jahre war sie jetzt alt, seit vier Jahren verheiratet – aber immer wieder hatte sie vergeblich auf Anzeichen einer Mutterschaft gewartet.

Hektische, scharf abgezirkelte rote Flecken erschienen auf ihren Wangen, während sie erzählte. »Ich habe meinen Zyklus beobachtet«, berichtete sie, »ich habe genau darauf geachtet, besonders natürlich im letzten Jahr. Übrigens habe ich auch einen Regelkalender geführt, allerdings nur in meinem Notizbuch …« Sie begann in ihrer Handtasche zu kramen. »Vielleicht ist das ein bißchen primitiv, aber er stimmt ganz genau!« Sie fand ihr ledernes Notizbuch, schlug die vorderen Seiten auf und reichte es Professor Overhoff über den Schreibtisch.

Er blätterte darin. »Hm«, sagte er, »gar nicht schlecht.«

Dann legte er das Notizbuch aus der Hand. »Welche Krankheiten haben Sie gehabt?«

»Nur die üblichen Kinderkrankheiten … Masern, Keuchhusten, ein paarmal Angina. Aber die Mandeln wurden mir schon mit zwölf Jahren herausgenommen.«

»Sonst keine Operation?«

»Nein.«

»Geschlechtskrankheiten? «

Die roten Flecken auf Kirstens Wangen wurden noch dunkler. »Nein.«

»Vielleicht einmal eine Unterleibserkältung?«

Kirsten dachte nach. »Nicht daß ich wüßte … nein, ich glaube wirklich nicht …«

Professor Overhoff legte nachdenklich die Fingerspitzen gegeneinander. »Nun, ich denke, wir sollten trotzdem die Durchgängigkeit der Eileiter prüfen. Aber vorher möchte ich doch mit Ihrem Gatten sprechen.«

»Ist es … so gefährlich?«

»Nein. Aber ich könnte mir vorstellen ... wie alt ist Ihr Gatte?«

»Zweiundvierzig Jahre ...«

»Hm. Und ist Ihnen nie der Gedanke gekommen, daß Ihre Kinderlosigkeit an ihm liegen könnte?«

Kirstens helle Augen wurden groß. »An meinem Mann?«

Professor Overhoff sah das ungläubige Staunen in Kirstens Gesicht. Er war nicht überrascht. Er hatte es unzählige Male in seiner langen Praxis als Chefarzt der Frauenklinik erlebt. Es war stets das gleiche: Fast immer suchten die Frauen bei sich selbst die Schuld, wenn ihre Ehe kinderlos blieb. Daß es auch an ihren Männern liegen konnte, hielten die wenigsten für möglich.

Professor Overhoff stand auf, ging auf sie zu, legte seine Hände auf Kirsten Winterfelds Schultern. »Versuchen Sie Ihren Mann zu überreden, daß er mich einmal aufsucht. Ich weiß, die meisten Frauen weichen einem solchen Gespräch aus. Überwinden Sie sich! Nehmen Sie nicht schon die Schuld auf sich, ehe es erwiesen ist!«

Röte schoß in Kirstens Gesicht. Schnell verabschiedete sie sich von Professor Overhoff. »Ich will es versuchen«, sagte sie schwach, schon unter der Tür. Aber sie wußte nicht, ob sie den Mut dazu finden würde.

Sie steuerte ihren kleinen Wagen durch den Mittagsverkehr. Sie fuhr nervös und unsicher und atmete erst auf, nachdem sie den Wagen auf dem Hof hinter dem Haus, in dem sie wohnte, abgestellt hatte. Durch ein dunkles, kaltes Treppenhaus stieg sie in den zweiten Stock. Im rechten Flügel hatte Dr. Hugo Winterfeld seine Anwaltskanzlei, im linken Flügel befand sich die Wohnung.

Es war zwölf vorbei. Kirsten mußte sich beeilen, um das Mittagessen rechtzeitig auf den Tisch zu bringen. Schnell schlüpfte sie aus der Kostümjacke, band sich in der Küche eine frische, bunte Schürze um, begann Salat zu waschen, vermengte ihn mit einer Joghurt-Kräuter-Sauce und trug die gläserne Salatschüssel ins Wohnzimmer.

Wenn wir ein Kind haben, dachte sie wohl zum tausendstenmal, werden wir uns eine andere Wohnung suchen müssen. Hier ist kein Platz für ein Baby. Keine Ruhe, kein Garten, nicht einmal eine Parkanlage in der Nähe.

Träume ... Und plötzlich der Gedanke wie ein Stachel: Aber wenn es an meinem Mann liegen sollte? Kirsten lief wieder in die Küche, schob den Einsatz mit den Steaks in den schon vorgewärmten Grill. Dann ging sie ins Bad, wusch sich die Hände und cremte sie ein.

Als ihr Mann Minuten später die Wohnungstür aufschloß, standen die gegrillten und gewürzten Steaks bereits auf dem Tisch. Kirsten hatte ihre Schürze abgenommen und kam ihm strahlend entgegen.

Er nahm sie in die Arme und küßte sie mit flüchtiger Zärtlichkeit. »Na, wie geht's, mein Schatz?«

Sie reckte sich auf die Zehenspitzen, gab ihm einen Kuß auf die Nase. »Danke, Liebster ... wundervoll!«

»Warst du bei diesem Professor?« begann er unvermittelt.

»Ja, natürlich. Du hast doch nicht gedacht, ich würde im letzten Moment kneifen?«

»Hm ... nein!« Er fuhr sich mit einer nervösen Bewegung über das Haar, das sich bereits zu lichten begann. Er war ein schlanker, großer Mann mit schmalem Gesicht und hoher Stirn, grauen, klugen Augen und einem empfindsamen Mund. »War nicht sehr angenehm?«

»Nicht so schlimm«, erwiderte sie lächelnd. »Komm, die Steaks werden kalt.«

Er setzte sich in einen der hohen, lederbezogenen Sessel, sie nahm auf der Couch Platz.

»Möchtest du mir denn nicht erzählen ...?« fragte er, während er seine Serviette langsam auseinanderfaltete.

»Später, Liebster ...«, lächelte sie. Obwohl sie es selber kaum erwarten konnte, alles mit ihm zu bereden, sagte ihr der weibliche Instinkt, daß sich ein solches Gespräch zwischen zwei Bissen schlecht führen lassen würde.

Er gab sich zufrieden und plauderte zerstreut über Belanglosigkeiten. Beide waren froh, als sie diese Mahlzeit hinter sich hatten und Kirsten die Kaffeemaschine auf den Tisch stellte. Sie räumte ab, er holte einen Aschenbecher.

Dann, als der Kaffee in den Tassen dampfte, sah er sie prüfend an. »Also … «, begann er, »läßt sich etwas machen … ja oder nein?«

»Es ist alles ganz anders, als wir es uns vorgestellt haben!« Kirsten sah an ihm vorbei. Zögernd fuhr sie fort: »Professor Overhoff meint … genau kann er das jetzt natürlich noch nicht sagen, er will noch eine Tubendurchblasung vornehmen … aber jedenfalls hat er den Eindruck, daß bei mir alles in Ordnung ist.«

»So?« fragte er ungläubig.

»Er hat mich gründlich untersucht und nach allen möglichen Krankheiten gefragt …«

»Aber an irgend etwas muß es doch liegen! Er kann uns doch nicht einreden, daß wir es nicht oft genug versucht hätten!«

Sie errötete leicht, griff nach einer Zigarette. »Na ja, aber immerhin ist es möglich, daß wir den genauen Zeitpunkt verpaßt haben …«

»Daß wir uns verrechnet haben?« Er ließ sein Feuerzeug aufspringen, gab ihr Feuer. »Das ist ausgeschlossen.«

»Professor Overhoff hat mir erklärt«, sagte sie, »manche Kapazitäten seien der Auffassung, daß es sich bei dem Zeitpunkt, zu dem ein Ei befruchtet werden könnte, überhaupt nur um wenige Stunden handle. Es könnte also doch einfach Zufall sein, daß …«

»Nein«, rief er brüsk, »daran glaube ich nicht. Laß dir nichts einreden!«

»Aber Rainer schwört auf ihn!«

»Kunststück, Overhoff ist ja sein Chef.«

»Er ist bestimmt ein guter Arzt«, betonte Kirsten mit Nachdruck, »und wir können doch keine Wunder verlangen.«

»Verlange ich auch nicht. Ich will wissen, woran es liegt.«

»Wenn er die Tubendurchblasung gemacht hat, werden wir es genau wissen.« Sie zögerte, fügte dann hinzu: »Ich würde dich genauso lieben ... auch wenn ich wüßte, daß wir niemals Kinder haben könnten.«

Er sah sie an. »Was soll denn das schon wieder heißen?«

Sie begegnete seinem Blick mit weit geöffneten Augen.

»Genau das, was ich gesagt habe.«

Er nahm einen Schluck Kaffee. »Hör mal, Kirsten«, sagte er, »du willst mir doch hoffentlich nicht unterstellen, daß meine Liebe zu dir irgend etwas mit dieser Sache zu tun hat? Wenn wir keine Kinder haben können, müssen wir uns eben damit abfinden. Wenn sich also bei dieser Tubendurchblasung herausstellen sollte ...«

»Das wäre nicht das Schlimmste. Rainer hat mir schon erklärt, wenn einer der Eileiter verwachsen ist, läßt sich schon etwas machen. Das beide ganz zu sind, ist höchst selten.«

»Na schön. Wann macht ihr also diese Durchblasung?«

»Bald«, sagte sie. – »Du hast noch keinen Termin?«

»Ich soll Professor Overhoff anrufen ...«

»Aber warum denn so umständlich? Ihr hättet doch gleich ausmachen können, wann du ...«

Sie atmete tief. »Hugo!«

Ihr Ton beunruhigte ihn. »Ja?«

»Hast du noch nie daran gedacht, daß die Ursache ... vielleicht, meine ich ... auch bei dir liegen könnte?«

»Also das ist es!« Er lachte plötzlich auf. »Nein, das habe ich nicht. Es ist auch völlig ausgeschlossen.«

»Professor Overhoff meint ... bitte, sei mir nicht böse, Liebling ... du solltest dich auch untersuchen lassen!«

»Wozu?«

»Er sagt, ein Mann merkt gar nicht selbst ... er kann es nicht merken ... ob bei ihm alles in Ordnung ist. Das hat nämlich ... na, du weißt schon ... gar nichts damit zu tun, sondern ...«

»Hör mal Schatz«, erklärte Dr. Winterfeld, »ich bin dir nicht böse, wirklich nicht. Aber glaub mir: Du hast dir da etwas ganz Dummes einreden lassen.«

»Vielleicht ist es wirklich dumm«, meinte sie, »ich kann es mir ja selbst nicht vorstellen! Aber trotzdem, nur zu unserer Beruhigung ... wäre es nicht doch gut, wenn du einmal zu Professor Overhoff gingest? Du kannst dich natürlich auch von einem Dermatologen untersuchen lassen ...«

»Nein«, sagte er hart.

»Aber warum nicht? Warum? Ich tue doch auch alles, um ... wir wollen doch beide Kinder haben? Ja, ich weiß, so etwas ist ein bißchen peinlich, aber glaubst du, mir waren diese Untersuchungen angenehm? Ich bitte dich, Hugo ... bitte, bitte, tu's!«

»Hör auf damit«, rief er.

Sie schwieg. Dann, nach einer langen Pause, sagte sie bedrückt: »Ich verstehe dich nicht, Hugo.«

Er fuhr auf. »Was ist denn dabei schon zu verstehen? Du bildest dir doch nicht ein, ich würde mich vor einer solchen Untersuchung drücken? Warum sollte ich denn? Aus männlicher Eitelkeit etwa? Kennst du mich so schlecht?«

Sie beugte sich vor. Sie strich über seine Hand, die auf dem Couchtisch lag. »Bitte ... tu's ... zu meiner Beruhigung ... mir zuliebe!« sagte sie. »Tu's bitte!« wiederholte sie noch einmal.

»Es liegt nicht an mir!« antwortete er. »Um das zu wissen, brauche ich mich nicht erst untersuchen zu lassen.«

»Du kannst es nicht wissen!«

»Doch«, sagte er sehr bestimmt, »ich weiß es ganz genau!«

Er stand auf, ging zur Tür. Sie wollte ihm noch etwas nachrufen, aber er war schon aus dem Zimmer gegangen. Er hatte nicht einmal seine erste Tasse Kaffee ausgetrunken.

Es dauerte eine ganze Weile, ehe Kirsten die Tragweite seiner Worte wirklich erfaßte.

Kurz nach neun Uhr abends hielt ein Taxi vor der Frauenklinik. Eine Frau stützte ein junges, leichenblasses Mädchen, das sich kaum noch auf den Beinen halten konnte. Der Pförtner schickte beide in das Untersuchungszimmer. Doktor Schumann wurde verständigt.

Das Mädchen kauerte in einem Sessel, eine zerbrechliche, noch fast kindliche kleine Gestalt mit weit aufgerissenen, entsetzten Augen.

Die Frau konnte vor Aufregung kaum reden. »Meine Tochter«, sagte sie, »ich weiß gar nicht, was mit ihr los ist! Ich bin eben erst von der Arbeit nach Hause gekommen ... wir machen augenblicklich Inventur, da wird es spät, ich arbeite nämlich in einem Modehaus ...«

Dr. Schumann wandte sich an Schwester Ruth, eine hagere ältliche Person mit verschlossenem Gesicht, die ihm offenbar nicht sehr gewogen war. »Bitte, messen Sie die Temperatur, Schwester!«

»Jawohl, Herr Oberarzt ...«

Er hatte das unbestimmte Gefühl, als sei die Antwort der Schwester fast widerwillig gekommen – aber er konnte sich auch täuschen; jedenfalls hatte er jetzt keine Zeit, darüber nachzudenken, und sah wieder die Mutter des Mädchens an. »So ... und was war nun weiter?«

»Angelika war so sonderbar, ganz verzweifelt. Sie stöhnte und weinte immerzu, sagte, daß sie sterben müsse. Ich konnte gar nicht herausbekommen, was eigentlich mit ihr los ist, nur daß sie schreckliche Schmerzen im Unterleib hat ...«

»Seit wann?« fragte Dr. Schumann das Mädchen, das am ganzen Körper zitterte.

»Seit heute nachmittag ...« Sie sprach so leise, daß es kaum zu verstehen war.

»Angelika lag schon im Bett«, erklärte ihre Mutter. »Ich war so entsetzt und wußte mir nicht zu helfen. Da habe ich gedacht, das beste ist, ich bringe sie gleich zum Arzt!«

»Das Vernünftigste, was Sie tun konnten.«

»Es ist doch nichts Ernstes, Herr Doktor, nicht wahr? Sie bildet sich doch nur ein, daß sie ...!?« Die Stimme der Mutter versagte.

»Auf alle Fälle sind Sie ja rechtzeitig gekommen. Ich untersuche Ihre Tochter jetzt, und dann werden wir gleich mehr wissen.«

Schwester Ruth nahm dem Mädchen das Thermometer ab.

»Siebenunddreißig-zwei«, meldete sie.

»Nur mäßig erhöht«, stellte Dr. Schumann fest. Er lächelte der Mutter beruhigend zu. »So schlimm kann es mit Ihrer Tochter also nicht sein. Bitte, gehen Sie jetzt mit der Schwester, und geben Sie Ihre Personalien an.«

»Ja. Ja, natürlich ...« Die Frau ging zur Tür, kam aber sofort wieder zurück. »Mach's gut, Engelchen«, rief sie ihrer Tochter zu, »du brauchst keine Angst zu haben, wirklich nicht! Der Herr Doktor wird dir schon helfen.«

Das Mädchen reagierte nicht. Ihre vom Weinen verschwollenen Augen schienen die Mutter nicht einmal zu sehen. Als die Frau gegangen war, half Dr. Schumann Angelika auf den Untersuchungsstuhl. »Wie alt bist du?« fragte er. »Na, nun rede schon! Ich weiß, daß du mich genau verstehst.«

»Fünfzehn.«

»Und wo arbeitest du?«

»Ich gehe noch zur Schule.«

»Wie lange hast du deine Tage nicht mehr gehabt?«

Das Mädchen preßte die bebenden Lippen zusammen.

»Du kannst es mir ruhig sagen«, drängte der Arzt, »ich bekomme es auch so heraus, darauf kannst du dich verlassen.«

»Seit ... drei ... Monaten.«

Dr. Schumann hatte sich die Gummihandschuhe angezogen und stellte den Spiegel auf den äußeren Muttermund ein. Der Muttermund war knapp fingerdick durchgängig, aus dem Uterus kam eine leichte Blutung.

Dr. Schumann richtete sich auf. »Und wie hast du es gemacht?«

»Mit einer Stricknadel«, gestand das Mädchen kaum hörbar.

Dr. Schumann holte tief Luft. Es gab einiges, was er gern gesagt hätte. Er unterdrückte es mühsam. Es war jetzt nicht der richtige Augenblick, dieses verzweifelte Menschenkind zur Vernunft zu bringen.

Schwester Ruth kam ins Untersuchungszimmer.

»Schreiben Sie«, sagte Dr. Schumann. »Leichte Blutung, ex utero.« Er untersuchte bimanuell, einen Finger innen, die Hand außen, diktierte: »Muttermund leicht vergrößert und etwas aufgelockert. Beginnender Abort.«

Angelika begann hemmungslos zu schluchzen.

»Nimm dich zusammen«, fuhr Dr. Schumann sie an, »du machst dich noch kränker, als du schon bist, wenn du dich in eine solche Aufregung hineinsteigerst! Du wirst nicht sterben, das schwöre ich dir, und dein Kind wirst du vielleicht auch behalten.«

»Nein!« Angelika schrie es heraus.

»Geben Sie ihr ein Beruhigungsmittel«, wandte sich Dr. Schumann an Schwester Ruth.

»Ich will das Kind nicht haben!« rief Angelika. »Ich kann nicht ... jetzt schon. Ich gehe doch noch zur Schule und ... wenn Sie das tun, bringe ich mich um!«

»Das wäre schön dumm von dir.«

»Bitte«, flehte Angelika, »bitte, helfen Sie mir ... ich könnte es nicht ertragen, ich würde es nicht überleben ...«

»Die Schwester gibt dir etwas zur Beruhigung und bringt dich auf die Station. Jetzt wirst du erst einmal schlafen, und nachher sieht alles wieder viel besser aus. Ich komme dann zu dir, und wir besprechen die Sache in aller Ruhe, ja?«

Ohne ihre Antwort abzuwarten, trat er in den Vorraum, wo Angelikas Mutter wartete.

Sie hatte auf der Bank gesessen, nun sprang sie auf. »Was ist, Herr Doktor? Mein Kind ...«

Er unterbrach sie. »Sie müssen jetzt sehr vernünftig sein. Angelika braucht Sie. Heute mehr als je zuvor in ihrem Leben.«

»Aber … was ist es? Was ist denn los mit meiner Tochter, Herr Doktor?«

»Wir müssen leider mit einer Fehlgeburt rechnen …«

»Nein«, schluchzte die Frau, »nein! Das ist nicht möglich … das kann nicht sein!«

»Leider ist es doch so.«

»Aber sie ist doch noch ein Kind, Herr Doktor, ein Kind!«

Die Mutter verkrampfte die Hände über ihrer kleinen Handtasche, ihr Gesicht verzog sich schmerzhaft. Sie mochte sonst eine gutaussehende, sehr gepflegte Frau Ende Dreißig sein, der Schock machte sie um Jahre älter.

»Das ist eben das Unglück«, erklärte Dr. Schumann, »ein Kind, das nicht wußte, worauf es sich eingelassen hat.«

»Und ich habe nichts gemerkt! Wie ist es denn möglich, daß ich gar nichts gemerkt habe?! Warum hat sie sich mir nicht anvertraut? Sie hatte doch solches Vertrauen zu mir! Seitdem ich geschieden bin … wir beide waren wie Freundinnen, wie gute Freundinnen!« Angelikas Mutter begann hemmungslos zu weinen.

»Glauben Sie mir«, sagte Dr. Schumann beruhigend, »ich verstehe sehr gut, was Sie empfinden, aber die Hauptsache ist jetzt, daß wir sie über den Berg bringen – und daß das Kind gesund zur Welt kommt. Wir müssen es versuchen.«

»Das Kind«, schluchzte Angelikas Mutter, »aber sie kann ja nicht … sie ist selbst noch … sie kann unmöglich …«

»Doch«, sagte Dr. Schumann, »körperlich ist Angelika schon eine junge Frau. Es ist schwer, ich weiß, für Sie beide … aber Sie müssen ihr jetzt zur Seite stehen, ihr helfen, sie aufrichten …«

»Wie kann ich das denn? Ich habe ja keine Zeit … nicht einmal Zeit habe ich für meine Tochter! Sonst hätte das ja nie passieren können. Mein geschiedener Mann zahlt mir nichts, ich muß arbeiten, Angelika ist den ganzen Tag sich selbst überlassen … und wie soll es erst werden, wenn das

Kind da ist? Angelikas Leben wäre zerstört, noch ehe es richtig begonnen hat ...«

»Das glaube ich nicht«, widersprach Dr. Schumann. »Sie sehen die Dinge viel zu schwarz. Es wird sich bestimmt alles einrenken ...«

»Nein, nein, versuchen Sie mir nichts vorzumachen! Sie wissen genau, was das bedeuten würde ... ein fünfzehnjähriges Mädchen mit einem Kind! Und sie ist so gescheit, so gut in der Schule ... sie wollte ... ihr Abitur machen, und jetzt ... jetzt ist alles aus.«

»Es tut mir leid«, murmelte Dr. Schumann. Er wußte nicht, was er sonst sagen sollte.

»Bitte, helfen Sie, Herr Doktor«, flehte Angelikas Mutter, »helfen Sie! Sie können es, wenn Sie nur wollen! Bitte, seien Sie barmherzig!«

Als Dr. Schumann wenige Minuten später wieder mit Schwester Ruth allein war, fragte er: »Sie haben doch eine Blutabnahme veranlaßt?«

»Ja, Herr Doktor ...«

»Sagen Sie im Labor Bescheid, daß zwei Blutkonserven bereitgestellt werden.« Als er bemerkte, daß die Schwester zögerte, fragte er: »Sonst noch etwas?«

»Herr Doktor ...« Schwester Ruth stockte. »Wollen Sie wirklich eine Kürettage vornehmen?«

Dr. Schumann blickte sie überrascht an; er fand diese Frage reichlich respektlos und wollte schon heftig reagieren, besann sich aber dann. Warum sollte er sich beim Personal der Klinik unnötig Feinde machen?

»Wieso interessiert Sie das?«

»Es ist nur ... eigentlich geht es mich ja nichts an ... aber ich finde, daß man so etwas nicht unterstützen sollte!«

»Was meinen Sie mit ... so etwas?«

»Nun, es ist doch eine Schande, wie leichtsinnig diese jungen Dinger heutzutage sind. Fünfzehn Jahre! In dem Alter hätten wir an Liebe noch nicht einmal gedacht. Und dann, wenn sie ihren Spaß gehabt haben und etwas passiert ist ... dann bloß weg mit dem Kind! Nur keine Verantwortung tragen. Finden Sie das etwa richtig?«

Dr. Schumann mußte sich ein Lächeln verkneifen. Offensichtlich lag hier nichts anderes vor als ein gewisser Geschlechtsneid der ältlichen, verblühten Frau gegenüber der blutjungen Angelika. Er sah jedoch Schwester Ruth ernst in die Augen und antwortete: »Nein, absolut nicht. Ich finde es sogar sehr traurig. Wir Ärzte sind aber schließlich nicht dazu da, gute und schlechte Zensuren für das Betragen unserer Patienten auszuteilen. Unsere Aufgabe ist es einzig und allein, zu helfen.«

»Ja, aber ...«

»Liebe Schwester Ruth!« unterbrach Dr. Schumann sie ungeduldig und jetzt doch ein wenig erzürnt, »überlassen Sie die Entscheidung bitte mir, was zu geschehen hat. Sie sind für meine Anordnungen nicht verantwortlich und haben auch kein Recht, ein Urteil darüber zu fällen. Im übrigen ist es ja noch gar nicht klar, ob ich den Eingriff vornehme. Ich wünsche nur, daß alles für den Notfall vorbereitet wird und daß ich benachrichtigt werde, wenn sich der Zustand der Patientin verschlechtert. Haben Sie mich verstanden?«

»Jawohl, Herr Oberarzt!« antwortete die Schwester pikiert, sie war ganz blaß geworden. Beleidigt, mit bösem und verbissenem Gesicht, rauschte sie von dannen.

Tatsächlich befand sich Dr. Schumann in einem quälenden inneren Konflikt. Medizinisch gesehen war es ein Risiko, einen beginnenden Abort zu behandeln und die Schwangerschaft zu erhalten, ganz abgesehen von dem erforderlichen Aufwand an pflegerischen Maßnahmen. Andererseits widerstrebte es ihm zutiefst, das Leben eines Kindes im Mutterleib zu vernichten, wenn eine auch nur geringe Chance bestand. Eine Chance indessen, die wesentlich vom Verhalten der Mutter abhing. Nur wenn die junge Patientin mitmachte, wenn sie genau den Anweisungen der

Ärzte und Schwestern folgte, unendliche Geduld aufbrachte und den festen Willen hatte, das Kind unter allen Umständen zur Welt zu bringen, war an einen möglichen Erfolg zu denken. Gerade dieser Wille aber fehlte bei der Fünfzehnjährigen vollkommen. Gab es überhaupt noch einen Weg, ihre negative Anschauung zu überwinden?

Selbst wenn Angelika längere Zeit hier in der Klinik bliebe, selbst wenn es gelänge, sie unter Kontrolle zu halten und die Fehlgeburt zu verhindern – würde sie nicht, entlassen und zu Hause sich selbst ausgeliefert, die gleiche Wahnsinnstat erneut begehen? Könnte sie nicht sogar ihre Drohung wahr machen und den Freitod wählen? Was konnte er ihr sagen, um sie davon abzuhalten? Ging das nicht über seine Kraft? Und würde nicht das unerwünschte Kind wirklich eine Katastrophe für dieses junge Mädchen bedeuten und sie völlig aus der Bahn werfen? Ja, wenn die Familie intakt wäre; wenn die Mutter ihrer frühreifen und doch noch so kindlichen Tochter ein Halt sein könnte – dann sähe die Sache vielleicht anders aus.

Dr. Schumann seufzte tief. Er dachte an den Eid des Hippokrates, den er wie jeder Arzt geschworen hatte und der ihn verpflichtete, für das Leben einzutreten, es zu erhalten, niemals zu vernichten. Aber würde er nicht in Angelikas Fall, wenn er zögerte, um das Kind zu retten – würde er dann nicht zwei Menschen auf dem Gewissen haben: das Ungeborene und die blutjunge Mutter?

Von Unruhe getrieben, ging er schon kurze Zeit später zu dem Zimmer, in dem Angelika lag. Schwester Gisa, noch jung und voller Mitgefühl, kam eben heraus.

»Das arme Ding!« flüsterte die Schwester, als Dr. Schumann nach dem Befinden der Patientin fragte. »Sie kann nicht schlafen. Immer nur weint und stöhnt sie. Ich habe fast die ganze Zeit an ihrem Bett gesessen. Man muß Angst haben, daß sie aus dem Fenster springt oder sonst etwas Unvernünftiges tut. Sie jammert ständig, daß sie nicht mehr leben will.«

»Haben Sie ihr kein Beruhigungsmittel gegeben?«

»Doch. Aber zuviel wagte ich natürlich auch nicht. Oder hätte ich …?«

»Nein!« Dr. Schumann öffnete die Tür und trat an Angelikas Bett. Die Kleine sah noch bejammernswerter aus als bei ihrer Einlieferung. Ihr rotblondes Haar war schweißverklebt, ihr Gesichtchen wirkte spitz und blaß, tiefe Schatten lagen unter den Augen.

»Na, Angelika«, sagte er betont munter, »ich hatte doch versprochen, dich zu besuchen …«

Sie antwortete nicht.

Dr. Schumann schlug die Bettdecke zurück und stellte fest, daß die Blutung stärker geworden war. Nachdenklich blickte er auf das Bündel Elend. Es war, als kämpfe er noch einmal einen schweren Kampf mit sich. Dann raffte er sich zu einem Entschluß auf: »Lassen Sie die Patientin zur Ausräumung fertig machen, Schwester!«

Angelika rührte sich nicht. Sie war so erschöpft und apathisch, daß sie nicht einmal begriff, was diese Anordnung für sie bedeutete.

Als Dr. Schumann in den Operationsraum trat, hatte der Anästhesist mit der Narkose begonnen. Die Beine der Patientin waren hochgelagert, ihr Körper mit sterilen Tüchern abgedeckt.

Der Chirurg wartete auf das Zeichen des Anästhesisten, dann hakte er den Uterus an, zog ihn nach vorn, weitete schnell den Muttermund mit Dehnstiften, um Zugang zu schaffen. Schwester Selma reichte ihm die Kürette. Er begann mit der Ausschabung.

Plötzlich kollabierte die Patientin. Ein Kreislaufschock!

»Verdammt!« entfuhr es Dr. Schumann. »Adrenalin! Schnell!«

Zorn auf sich selbst und sein Zögern erfüllte ihn. Hätte er schon früher operiert, wäre dies gewiß nicht geschehen. Der Anästhesist machte Druckbeatmung mit Sauerstoff, Dr. Schumann injizierte Adrenalin in das Herz. Kurz darauf wurde der Puls wieder tastbar und zusehends fester. Dr. Schumann atmete auf und beendete den Eingriff.

Langsam, quälend langsam schwand die leichenhafte Blässe aus den Wangen Angelikas. Ein leichtes, zartes Rosa schimmerte durch ihre Haut. Ihr Atem wurde tiefer ...

Später, als Angelika erwacht war, ging Dr. Schumann noch einmal zu ihr. Sie lächelte ihn zaghaft an.

»Na, siehst du«, sagte er beruhigend, »jetzt haben wir alles überstanden! Eine Woche mußt du noch bei uns bleiben, dann darfst du wieder zu deiner Mutter nach Hause.«

»Und ich werde nicht ... angezeigt?« flüsterte Angelika.

»Nein«, erwiderte er, »wie kommst du darauf? Wir sind doch keine Polizeispitzel. Aber eines mußt du mir ganz fest versprechen ...«

»Herr Doktor«, unterbrach ihn Angelika, »Sie glauben doch nicht, daß ich so etwas noch einmal machen würde?«

»Unter ›so etwas‹ verstehe ich aber auch das andere, Angelika! Du bist noch viel zu jung, um dich mit einem Mann einzulassen.«

»Er war ja mein Freund«, sagte sie leise.

»Ein feiner Freund, der dich in eine solche Situation gebracht hat. Versprichst du mir, mit ihm Schluß zu machen? Es kann wirklich zu nichts Gutem führen, Angelika!«

»Ja, ich weiß«, gab sie zu, »bloß ... ich bin immer so viel allein.«

»Darüber werde ich mit deiner Mutter sprechen. Aber von dir verlange ich, daß du dir ganz fest vornimmst, mit der Liebe zu warten, bis du erwachsen bist.«

»Ja«, sagte Angelika, »ja ...«

»Hand darauf?«

»Ja.« Sie reichte ihm ihre schmale, ein wenig feuchte Mädchenhand, sah ihn aus tränengroßen Augen an. Erst jetzt wurde es Dr. Schumann bewußt, daß sie mit ihrem rotblonden Haar, der zarten Haut und den leuchtendblauen Augen ein ungewöhnlich anziehendes junges Mädchen war.

»Du willst doch später einen guten Mann bekommen, Kinder haben, eine glückliche Frau werden, nicht wahr?« lächelte er. »Dann mußt du jetzt auch noch ein bißchen Geduld aufbringen. Die Liebe läuft dir nicht davon.«

»Sie würde ich auf der Stelle heiraten«, sagte Angelika überraschend.

Der Oberarzt lachte. »Tut mir leid für dich, ich bin schon vergeben. Und ein bißchen zu alt wäre ich wohl auch.«

Als Dr. Schumann nach Hause kam, war der Tisch gedeckt. Astrid empfing ihn in einem eleganten Kleid, das kastanienbraune Haar mit gewollter Nachlässigkeit aufgesteckt. Sie schlang ihre Arme um seinen Hals, legte ihr Gesicht an seine Wange. »Der Tee ist gleich fertig ...«

»Nein, bitte keinen Tee. Wenn du ahntest, wieviel Kaffee und Tee ich mir in den letzten Stunden einverleibt habe! Gib mir lieber ein Glas kalte Milch.«

Sie ging in die Küche, kam mit einer Kanne Milch zurück, füllte ihm einen Becher. Er hatte schon begonnen, sich hungrig eine Scheibe Brot zu streichen. Sie schenkte ihm ein, und er leerte den ersten Becher in einem Zug.

Sie setzte sich ihm gegenüber, beobachtete ihn, ohne selber etwas anzurühren. »Du siehst so zufrieden aus.«

»Bin ich auch«, sagte er, »dabei habe ich eigentlich gar keinen Grund dazu.«

»Wieso?! Das verstehe ich nicht.«

Er überlegte eine Sekunde, dann siegte sein Bedürfnis, sich einem Menschen mitzuteilen. Wenn es jemanden gab, von dem er hoffen konnte, daß er seine Handlungsweise voll und ganz guthieß, dann war es seine Frau. Er erzählte ihr von Angelika und von der schweren Entscheidung, vor die ihn dieser Fall gestellt hatte.

»Aber eigentlich hättest du es nicht tun dürfen – oder?« fragte Astrid nachdenklich, als er geendet hatte.

»Du weißt, wie ich zu diesen Dingen stehe. Man muß immer versuchen, das Leben zu bewahren. Ich weiß nicht, ob es hier noch möglich gewesen wäre, den Abort zu verhindern; jedenfalls hätte ich dazu aber in allererster Linie die Energie, den Willen der Mutter gebraucht ... Nein, die Kleine konnte es nicht mehr durchstehen ...«

»Glaubst du, daß sich diese Angelika wirklich das Leben genommen hätte, wenn ihr Kind geboren worden wäre?«

Er sah Astrid erstaunt an. »Wieso fragst du das?«

»Na ja, ich überlege mir einfach ... es könnte doch auch sein, daß sie es darauf angelegt hat! Daß sie von Anfang vorhatte, dich zu diesem Eingriff zu zwingen, dich sozusagen weichzumachen.«

»Schon möglich, aber meiner Meinung nach reine Theorie. Das Mädchen war ja vollkommen fertig und konnte kaum noch klar denken.«

»Meinst du nicht trotzdem, daß diese Geschichte für dich irgendwelche Folgen haben kann? In einer Klinik wird so viel getratscht.«

»Das ist doch Unsinn! Der Eingriff war notwendig und läßt sich medizinisch voll rechtfertigen.«

»Es kann aber auch andere Ansichten geben. Vielleicht kommt es zu Gerüchten. Du solltest vorsichtiger sein und dir irgendeine ... irgendeine Rückendeckung verschaffen.«

»Rückendeckung? Warum denn? Und vor allem: Wie?«

»Na, sprich zum Beispiel einmal mit Overhoff darüber. Er wird es sicher verstehen, daß du dich aussprechen willst.«

Er nahm einen Schluck Milch. »Wenn es dich beruhigt, werde ich es mir überlegen, Astrid!«

»Überlegen genügt nicht. Du mußt es tun!«

Er sah sie mit einem seltsamen Ausdruck an. »Merkwürdig«, meinte er, »anscheinend habe ich wirklich keine Ahnung von der weiblichen Psyche. Deine Reaktion hätte ich mir ganz anders vorgestellt.«

»Ach, Rainer«, sagte sie, »natürlich habe ich Mitleid mit diesem törichten Mädchen. Aber schließlich ... ich kenne sie nicht, und sie bedeutet mir nichts. Aber du ... du bist mir doch das Wichtigste auf der Welt!«

5

Als Dr. Hugo Winterfeld seinen Wagen vor dem Rasthaus am Rande der Stadt parkte, haßte er sich selbst. Diese Heimlichkeiten waren so beschämend und entwürdigend. Er hätte Kirsten nicht belügen müssen, denn sie fragte niemals, was er tat, wenn er nicht zur gewohnten Stunde nach Hause kam. Sie nahm es als selbstverständlich hin, daß er seinen beruflichen Verpflichtungen nachging. Aber gerade das machte sein Verhalten eher schlimmer als besser.

Noch bevor er die Tür zum Rasthaus aufstieß, zündete er sich eine Zigarette an, um seiner Unsicherheit Herr zu werden.

Er trat ein und sah Gina Franke, seine ehemalige Sekretärin, auf den ersten Blick. Sie war nicht zu übersehen. Eine hübsche junge Frau mit hochtoupiertem, tiefschwarzem Haar, in einem maisgelben Kostüm. Ärgerlich runzelte er die Stirn. Sie schaute erst auf, als er schon vor ihrem Tisch stand. Aber ihr Lächeln erlosch, als sie den Ausdruck seiner Augen sah. »Auffallender hättest du dich wohl nicht anziehen können, wie?« fuhr er sie unwillig an.

Ihr Gesicht wurde hart. »Verlangst du etwa, daß ich mich deinetwegen in Sack und Asche hülle?«

»Komm«, sagte er, »gehen wir nach nebenan. In dem kleinen Zimmer ist es meist leer. Wir müssen endlich zwischen uns klare Verhältnisse schaffen!«

Sie saßen im Nebenzimmer der Autobahn-Raststätte, der Anwalt und seine ehemalige Sekretärin. Zwei Menschen, die einander einmal geliebt hatten und nun fast wie zwei Fremde voreinander waren. Der eine vermied den Blick des anderen. Eine abgehetzte Kellnerin kam, um die Bestellung aufzunehmen.

»Einen Kaffee«, bestellte der Anwalt.

»Einen Kognak«, sagte die Sekretärin.

»Zigarette?« fragte er und zog ein Päckchen aus der Tasche.

Sie nickte. Er gab ihr Feuer. Der Rauch wehte zwischen ihnen wie eine Nebelwand, die alles schemenhaft machte, die Gesichter, die Körper.

»Also«, begann er stockend, »hast du dir meinen Vorschlag überlegt?«

»Wäre ich sonst gekommen?« antwortete sie kurz.

»Einverstanden?«

»Unter gewissen Umständen.«

Zum erstenmal sah er Gina Franke an. Nicht offen, mehr lauernd, unsicher, ängstlich.

»Was meinst du damit: unter gewissen Umständen?«

Sie zögerte, nahm einen tiefen Zug aus der Zigarette, als wollte sie so Zeit gewinnen.

Er wurde ungeduldig. »Ich habe dir eine klare Frage gestellt. Sie hieß: Willst du mir unseren Jungen geben? Auf diese einfache Frage gibt es nur eine einfache Antwort. Ja oder nein.«

Gina Franke zeichnete mit dem langen, spitz zugefeilten Nagel ihres Zeigefingers unsichtbare Linien auf die Tischplatte.

»Einfach ist es für mich nicht«, sagte sie, »ist es nie gewesen.«

Er schien den Satz nicht zu hören. Er redete an ihr vorbei:

»Du wirst zugeben müssen, daß ich immer großzügig gezahlt habe!« – »Gezahlt … ja«, sagte sie müde.

»Und dir nie versprochen habe, dich zu heiraten!«

»Versprochen … nein …«, antwortete sie resigniert.

Sie schwiegen, weil die Kellnerin mit dem Kaffee und dem Kognak kam.

»Ich möchte gleich zahlen«, sagte Dr. Winterfeld.

Gina Franke drückte ihre Zigarette aus, nahm einen Schluck Kognak. »Aber als das Kind da war, wolltest du nichts mehr von mir wissen«, sagte sie.

Er tat ihren Einwand mit einer ungeduldigen Handbewegung ab. »Lassen wir das. Es führt zu nichts. Die Vergangenheit ist tot. Ich frage dich noch einmal: Willst du mir den Jungen geben?«

»Du scheinst mich für eine sehr schlechte Mutter zu halten.«

»Also nicht«, sagte er. »Gut, dann ist der Fall erledigt. Und ob eine Frau eine gute Mutter ist, die ihr Kind einmal, an den Sonntagen, besucht ...« Er zuckte mit den Schultern.

In Ginas schwarzen Augen blitzte es auf. »Willst du mir etwa einen Vorwurf machen, weil ich werktags arbeiten muß?«

»Durchaus nicht. Ich bin nur der Meinung, auch das sind Tatsachen, von denen wir ausgehen sollten.«

»Na schön«, gab sie zu, »aber glaube nur nicht, daß du mich mit einem deiner Rechtsanwaltstricks überfahren kannst. Ich habe lange genug bei dir gearbeitet. Ich kenne mich aus.«

»Was willst du eigentlich?« Er tat Zucker und Sahne in seinen Kaffee. »Du hast doch zu Anfang unseres Gesprächs ganz klar gesagt, daß du unter gewissen Umständen bereit wärest, mir den Jungen zur Adoption zu überlassen. Wäre es nicht das einzig richtige, jetzt endlich deine Bedingungen zu nennen?«

»Ich möchte deine Frau kennenlernen«, sagte sie. Er spürte, daß sie zum erstenmal ehrlich war. »Ich muß wissen, wie sie ist ... wie sie denkt, wie sie fühlt ... bevor ich ihr mein Kind anvertraue.«

»Unsinn«, entgegnete er schroff, »wozu soll das gut sein?«

»Wenn du es nicht begreifst ...«

»Du wirst doch nicht allen Ernstes verlangen, daß ich euch beide zusammenbringe? Du mußt wahnsinnig sein!«

Gina Franke sah ihn prüfend an. »Ahnt sie etwa gar nichts von meiner Existenz? Von unserem Kind?«

»Natürlich weiß sie alles«, log er, ohne zu zögern. »Selbstverständlich habe ich ihr die ganze Sache erzählt, bevor wir heirateten.« Das hätte noch gefehlt, dachte er, daß ich Gina eine Chance gebe, mich unter Druck zu setzen.

»Was befürchtest du also?« fragte sie.

»Deine Art. Du bist unbeherrscht und verletzend, und ich will nicht, daß irgend jemand meine Frau kränkt. Ich liebe sie nämlich, verstehst du? Und ich würde niemals zulassen, daß man ihr weh tut.«

»Du schlägst es mir also ab?«

»Ja.«

Sie schwieg. Ihre schlanken Finger mit den orangerot lackierten Nägeln bewegten sich nervös, ergriffen den Stiel des Kognakglases, begannen ihn mechanisch zu drehen.

»Sonst noch eine Bedingung?« fragte er.

»Eigentlich«, erwiderte sie, »sollte ich jetzt aufstehen und gehen. Aber ... nun, warum soll ich nicht ehrlich sein ... du weißt ja, daß Thomas bei seiner Oma ist. Und ... sie wird alt. Sie ist jetzt achtundsechzig, und ich weiß nicht, wie lange sie den Jungen überhaupt noch bei sich behalten kann. Ganz abgesehen davon, daß sie ihm schon jetzt nicht mehr gewachsen ist. Er macht mit ihr, was er will.«

»Na also!« Dr. Winterfeld versuchte nicht, seine Erleichterung zu verbergen. »Dann müßte mein Vorschlag dir doch annehmbar erscheinen.«

»Ich hatte immer gehofft«, sagte sie, ohne ihn anzusehen, »daß ich doch noch heiraten und dann den Jungen zu mir nehmen könnte, aber ... es hat nie geklappt. Die Männer, die mir gefielen, wollten den Jungen nicht ... und die den Jungen wollten, gefielen mir nicht.« Sie hob die dunklen Augen unter den langen, schwarz getuschten Wimpern, sah ihn fast flehend an: »Du mußt mir glauben, ich habe auf eine sehr gute Partie verzichtet ... nur weil ich den Jungen nicht im Stich lassen wollte.«

»Wenn du ihn mir überläßt, bist du dieses Handikap los.«

»Ja, vielleicht«, meinte sie, »aber da ist noch etwas.«

Sie führte das Glas an die geschminkten Lippen, deren orangeroter Ton genau mit ihrem Nagellack harmonierte, und trank es aus. »Ich habe jetzt ... also, genau gesagt, vor einem halben Jahr ... einen Mann kennengelernt. Einen durchaus anständigen Mann. Er ist Elektriker, und er möchte mich heiraten. Aber er rechnet natürlich damit, daß ich etwas mit in die Ehe bringe. Er will nämlich einen eigenen Laden aufmachen.« Sie sah den Rechtsanwalt erwartungsvoll an.

»Na und?« fragte er.

»Aber ich habe mir nichts erspart«, sagte sie, »so gut wie nichts ... Er weiß das nicht. Ich ... ich wollte ihn nicht verlieren.« Sie machte eine kleine Pause. »Wenn du mir helfen könntest, Hugo ...« Sie wagte nicht, ihn anzusehen. Er holte tief Atem.

»Ach so«, rief er dann, »darauf willst du hinaus ...«

»Ja.« Sie strich nervös mit der Hand über das Haar. »Ist das denn so schlimm? Du hast doch Geld genug.«

»Du willst mir den Jungen also verkaufen!?«

»Nenne es, wie du willst!« entgegnete sie heftig. Ihre dunklen Augen verengten sich zu schmalen Schlitzen. »Vielleicht wäre ich nicht so geworden, wie ich heute bin, wenn du mich damals nicht hättest sitzenlassen!«

»Kann sein«, sagte er mit Überwindung. »Wir wollen uns nicht streiten.« Er schob die kaum berührte Kaffeetasse von sich. »Ich weiß jetzt, was du willst, und ich werde mir die Sache überlegen.«

»Gibt es da überhaupt noch etwas zu überlegen für dich?« fragte sie erstaunt.

»Doch. Einiges sogar.« Er stand auf. »Ich werde so bald wie möglich von mir hören lassen.«

Er zwang sich zu einem Lächeln, verbeugte sich und ging. Er war erleichtert, daß sie nicht versuchte ihn zu begleiten, sondern mit ihrem Aufbruch wartete, bis er die Raststätte verlassen hatte. Nach diesem Gespräch, das sehr viel in ihm aufgewühlt hatte, wäre es ihm noch peinlicher gewesen, mit ihr gesehen zu werden.

Aber schon als er die Autotür aufschloß, hatte Gina jede Bedeutung für ihn verloren. Seine Gedanken waren bei Kirsten. Wie sollte er es ihr beibringen?

Kirsten Winterfeld lag auf dem Untersuchungsstuhl. Durch Pertubation sollte die Durchgängigkeit des Eileiters geprüft werden.

Kirsten war nervös. Sie zuckte zusammen, als Professor Overhoff den Katheter einführte.

»Nur keine Angst«, beruhigte er sie, »es ist ein bißchen unangenehm, ich weiß ... aber nicht schmerzhaft.«

»Ich ... es ist nur ...«, stammelte Kirsten und holte tief Atem, um sich zur Ruhe zu zwingen, »es hängt so viel davon ab ...«

Professor Overhoff drehte den Hahn des Pertubationsgerätes auf. »So«, sagte er, »jetzt lassen wir Kohlensäuregas in die Uterushöhle, dann werden wir sehen. Fällt der Druck des Gases ab, kann also das Gas in die freie Bauchhöhle entweichen, dann ist alles in Ordnung.«

»Und wenn nicht?« fragte Kirsten, die Augen auf die weiße Zimmerdecke gerichtet.

»Dann handelt es sich um eine Stenose, eine Eileiterverengung. Aber auch das ist noch kein Grund zum Verzweifeln. Wir werden dann noch mehr Druck geben, und vielleicht bekommen wir die Tuben dadurch frei. Spüren Sie etwas?«

»Ja«, sagte Kirsten und schloß die Augen, »eine ... eine Spannung. Es schmerzt.«

Professor Overhoff setzte das Stethoskop auf den Unterleib der Patientin, lauschte angespannt. Er hörte blasige Geräusche, die durch das Austreten des Gases aus den Tubenenden entstanden. Er warf einen Blick auf die Skala des Pertubationsgerätes. Der Gasdruck hatte nachgelassen.

»Wunderbar«, erklärte er.

»Jetzt tut's richtig weh«, sagt Kirsten gepreßt. »An der Schulter. Wie kommt das? Ist das ein schlechtes Zeichen?«

»Im Gegenteil!« Professor Overhoff stellte das Pertubationsgerät ab. »Das Gas ist in die freie Bauchhöhle gedrungen und verursacht dort eine Zwerchfellreizung. Das ist ein einwandfreies Symptom dafür, daß die Tuben durchgängig sind.«

»Wirklich?« fragte Kirsten und versuchte unwillkürlich, sich aufzurichten.

»Schön liegen bleiben«, mahnte Professor Overhoff. »Gleich sind wir fertig.« Er zog den Katheter aus dem Muttermund.

»Sie meinen also ... ich kann Kinder bekommen?«

»Ja. Ich hatte übrigens, wenn Sie sich erinnern, von Anfang an diesen Eindruck ... jetzt können Sie aufstehen, gnädige Frau. Eine hormonelle Störung scheint nicht vorzuliegen, auch Blutdruck und Blutsenkung sind ganz in Ordnung. Der Uterus ist normal groß und frei beweglich, die Adnexe und Parametrien sind frei ... ich kann Ihnen nur gratulieren!«

Kirsten schwang die Beine vom Untersuchungsstuhl. »Aber das alles«, sagte sie grübelnd, »ändert nichts daran, daß ich nach dreijähriger Ehe noch keine Hoffnung auf ein Kind habe.«

»Tja«, seufzte Professor Overhoff und streifte die Gummihandschuhe ab, »ich sagte ja schon ... Sie müßten Ihren Gatten einmal zur Untersuchung schicken.«

»Aber ... er ist ganz sicher, daß es nicht an ihm liegt.«

Professor Overhoff zuckte die Schultern. »Das glauben die meisten Ehemänner.« – »Aber er sagt ... er weiß es.«

»Na ja, es kann ja auch daran liegen, daß Sie bisher doch nie den richtigen Zeitpunkt gefunden haben. Ich werde Ihnen das noch einmal ganz genau erklären. Kommen Sie dann zu mir!«

Kirsten zog sich hinter dem aufgestellten Paravent rasch an, dann folgte sie Professor Overhoff in das Sprechzimmer. Mit einer Handbewegung lud er sie ein, in dem bequemen Ledersessel gegenüber seinem Schreibtisch Platz zu nehmen. »Sehen Sie, gnädige Frau«, dozierte Professor Overhoff und legte die Kuppen seiner langen, sehr beweglichen Finger gegeneinander, »der Laie hält den Befruchtungsakt meist für eine sehr einfache Angelegenheit, und wenn man beobachtet, wieviel unerwünschte Kinder zur Welt kommen, könnte man das auch fast denken. Tatsächlich ist die ganze Sache kompliziert, besonders was die Vorgänge im weiblichen Organismus betrifft.«

Ein bißchen verlegen öffnete Kirsten ihre Handtasche und zog ein Zigarettenpäckchen heraus. »Ich habe immer einen Regelkalender geführt«, sagte sie leise.

»Ja, ich weiß. Das schließt aber nicht aus, daß Sie trotzdem den richtigen Moment verpaßt haben, wahrscheinlich handelt es sich dabei wirklich nur um Stunden, höchstens um einen Tag. Tritt Ihre Menstruation regelmäßig auf?«

»Nein«, mußte Kirsten zugeben.

»Na, sehen Sie. Das allein erschwert es schon sehr, den richtigen Zeitpunkt herauszufinden. Ich werde Ihnen genau erklären, was sich in Ihrem Körper abspielt, vielleicht kann ich Ihnen damit schon etwas weiterhelfen. Also der ganze Vorgang geht vom Gehirn aus …«

»Nein!« rief Kirsten überrascht.

»Doch. Die Hirnanhangdrüse bildet sogenannte gonadotrope Hormone. Das sind Hormone, die in diesem speziellen Fall auf die Ovarien wirken. Die Ovarien sondern daraufhin, grob gesagt, ihrerseits zwei verschiedene Hormone ab. In der ersten Zyklushälfte vornehmlich das Follikelhormon, in der zweiten das Korpusluteumhormon. Diese weiblichen Hormone wirken sich nun auf die Uterusschleimhaut aus … können Sie mir folgen, gnädige Frau?«

»O ja, ich glaube schon.« Kirsten drückte ihre Zigarette aus.

»Unmittelbar nach Beginn der monatlichen Blutung beginnt sich der Follikelhormonspiegel zu heben und baut in dieser Phase die Schleimhaut auf. Bei einem etwa achtundzwanzigtägigen Zyklus dürfte am vierzehnten Tag post menstruationem der Eisprung oder Follikelsprung erfolgen. Da Ihre Menstruation nicht in ganz regelmäßigen Abständen eintritt, ist dieser Moment in Ihrem Fall nicht leicht zu errechnen. Das wird wahrscheinlich überhaupt nur möglich sein, wenn wir die Basaltemperaturen mit zu Rate ziehen …«

»Und wie funktioniert das?«

»Sie müssen jeden Morgen gleich nach dem Erwachen das Thermometer einführen, die Temperatur messen und auf einem Bogen, den ich Ihnen mitgeben werde, eintragen. Die Temperatur schwankt nämlich in der ersten Zyklushälfte kaum, sie bleibt ziemlich konstant. Aber dann, in der Zyklusmitte, steigt sie um einen halben Grad und bleibt in der zweiten Zyklushälfte auf dieser Höhe.«

»Wenn sie also angestiegen ist, dann ...«, sagte Kirsten.

»Nein, noch immer nicht«, erklärte Professor Overhoff. »Jetzt beginnt erst die sogenannte Korpusluteumwirkung zu überwiegen. Sie macht die Uterusschleimhaut dicker und saftiger, durchsetzt sie mit Drüsen, bereitet sie auf diese Weise für die Einnistung der Eizelle vor. Das Ei selbst wird vom Eierstock durch Zerplatzen der Eibläschen abgestoßen. Die Fimbrien, das sind die feinen Eileiter-Enden, nehmen das Ei in die Tube auf. Dieser Transport in der Tube zum Uterus dauert einige Tage. Leider wissen wir nicht genau, wie lange das Ei in dieser Zeit befruchtungsfähig bleibt. Auf alle Fälle muß aber dieser Zeitpunkt irgendwann in der Zyklusmitte liegen, und wir müssen versuchen, ihn herauszubekommen.«

Kirsten seufzte leicht.

»Haben wir uns verstanden, gnädige Frau?«

»Ja, schon«, erwiderte sie mit einem schwachen Lächeln, »aber das alles ist so ... so gräßlich wissenschaftlich. Ich weiß nicht recht ...«

»Ich verstehe vollkommen, was Sie jetzt denken und empfinden«, sagte Professor Overhoff. »Wenn Sie sich aber einmal vorstellen, welche maschinelle Präzision dazu gehört, auch nur ein ...« – er sah sich um, sein Blick traf seinen goldenen Kugelschreiber – »... Kugelschreiber zu produzieren, dann wird Ihnen klarwerden, wieviel komplizierter es sein muß, ein lebendiges Menschenkind zu erzeugen.«

Dr. Rainer Schumann kam aus dem Kreißsaal, als Oberschwester Helga ihn auf dem Gang anrief.

»Herr Oberarzt ...«

Er blieb stehen. »Ja ...?«

»Bitte, können Sie einmal nach Frau Breuer schauen?«

»Was ist los?« fragt er erstaunt. »Blutungen? Sie war doch heute morgen bei der Visite in denkbar guter Verfassung!«

»Das ist sie auch jetzt noch«, sagte die Oberschwester, »aber darum geht es ja gerade. Sie fühlt sich zu gesund. Telefoniert den ganzen Tag und diktiert Post auf Tonband. Ich habe sie schon gewarnt, aber auf mich will sie natürlich nicht hören.«

Dr. Schumann mußte unwillkürlich ein wenig lächeln, als er in das energische, leicht erhitzte Gesicht der Schwester sah. Im allgemeinen verstand sie es ausgezeichnet, die Anweisungen der Ärzte bei den Patientinnen durchzusetzen, ja es hieß in der Klinik, daß sie gefürchteter sei als der Professor.

»Also ungezogen, wie? Das muß ja eine Dame von beachtlichem Format sein, wenn sie es wagt, Ihnen die Stirn zu bieten!«

»Ein weiblicher Manager«, rief die Oberschwester erbost. »Ich habe gar nicht gewußt, daß es so etwas gibt. Sie scheint zu glauben, ihr Mann ruiniere die Firma, wenn sie sich nicht persönlich um alles kümmert.«

Dr. Schumann hatte eine komplizierte Geburt hinter sich und hätte viel lieber in Ruhe eine Tasse Kaffee getrunken und sich erholt. Er mochte der Oberschwester aber den Wunsch nicht abschlagen.

»In Ordnung«, sagte er, »dann werde ich einmal nach dem Rechten schauen ...«, und wandte sich zum Lift. Oberschwester Helga begleitete ihn. Ihre Tracht raschelte bei jeder Bewegung. »Solche Frauen sollten eigentlich gar keine Kinder bekommen ...«

»Na, na, na«, meinte er begütigend, »darüber haben wir doch wohl nicht zu befinden!«

Die Oberschwester ließ sich nicht beschwichtigen. »Jedenfalls kann einem das arme Wurm leid tun, wenn es wirklich zur Welt kommen sollte«, behauptete sie.

»Die Mutterschaft hat schon manche Frau verwandelt«, sagte Dr. Schumann, »und gerade in diesem Fall würde es bestimmt so sein. Sie wünscht sich das Kind sehr.«

»Ja, als Erben für die Firma«, ergänzte die Oberschwester böse.

Dr. Schumann schwieg. Er erinnerte sich genau an jenen Abend vor zehn Tagen, als die Patientin in die Privatsprechstunde des Professors gekommen war. Professor Overhoff, der damals noch stark unter dem tragischen Tod seiner Frau litt, hatte ihn zu Rate gezogen.

Die Patientin hatte anfangs versucht, ihre tiefe Angst durch Forschheit zu überspielen. »Es ist sicherlich nichts Besonderes«, hatte sie gesagt, »ich komme eigentlich nur vorsichtshalber. Mein Mann ist so übertrieben besorgt.«

Sie war achtunddreißig Jahre alt und im siebten Monat schwanger, zum erstenmal nach fünfjähriger Ehe. Früher habe sie kein Kind gewollt, hatte sie gestanden, weil sich der Betrieb noch im Aufbau befunden und sie das Gefühl gehabt habe, sich solch ein ›Privatvergnügen‹ einfach nicht erlauben zu können. Seit Jahren wartete sie nun jedoch auf ein Kind. Es sei der heißeste Wunsch ihres Mannes, und auch sie sei bei den ersten Zeichen der Schwangerschaft überglücklich gewesen.

Bis jetzt sei alles völlig komplikationslos verlaufen, aber vor ein paar Tagen hätten leichte, ziehende Schmerzen im Unterleib eingesetzt.

Dr. Schumann hatte die Patientin untersucht. Seine Befürchtungen hatten sich bestätigt: Der äußere Muttermund, der besonders bei einer Erstgebärenden während der Schwangerschaft völlig verschlossen sein sollte, war fingerdurchgängig, und die Fruchtblase wölbte sich vor.

So schonend wie möglich hatte er der Patientin beigebracht, daß es sich um eine drohende Fehlgeburt handele, und ganz unvermittelt war die selbstsichere Frau Breuer zusammengebrochen.

»Ich habe es geahnt, daß etwas schiefgehen würde«, rief sie, »ich habe mich zu sehr auf das Kind gefreut!« – Sie kämpfte mit den Tränen, versuchte krampfhaft, sich zu beherrschen und weinte schließlich hemmungslos.

War es schon nicht leicht gewesen, sie zu beruhigen, so fiel es fast noch schwerer, ihr klarzumachen, daß sie sofort im Krankenhaus bleiben mußte.

Endlich hatte sie sich in ihr Schicksal gefügt und von der Schwester ein Zäpfchen Opium-Belladonna bekommen. Daraufhin war sie ganz ruhig geworden. Eine halbe Stunde später hatte Dr. Schumann an der jetzt in der Narkose befindlichen Patientin die Shirodkarsche Operation durchgeführt: Er hatte um den Uterushals einen starken Faden geschlungen und verknotet.

Als der Ehemann Frau Breuers mit Nachthemden, Pantoffeln, Morgenröcken und Toilettengegenständen in die Klinik kam, war der kleine, aber schwierige Eingriff schon vorbei. Die Patientin hatte eine Spritze bekommen, die vorläufig jede Wehentätigkeit unterbinden sollte. Auch an den folgenden Tagen war sie medikamentös behandelt worden. Die Unterleibsschmerzen hörten auf.

Frau Breuer gewann ihre optimistische Selbstsicherheit zurück. Heute morgen bei der Visite hatte sich Dr. Schumann noch darüber gefreut.

»Merkwürdig«, sagte er, als er mit der Oberschwester im Lift hinauffuhr, »daß ich niemals etwas von dieser emsigen Tätigkeit der Patientin bemerkt habe.«

Oberschwester Helga lachte auf. »Das ist eine ganz Schlaue! Bevor die Visite kommt, packt sie alles immer hübsch in den Schrank … das Tonbandgerät, die Korrespondenz und alles.«

»Sie steht also auf? Obwohl ich es ihr streng verboten habe?«

»Anders kann ich es mir nicht erklären.«

Dr. Schumann blieb vor Frau Breuers Zimmer stehen. Dann entschloß er sich, ohne anzuklopfen einzutreten.

Das Bild, das sich ihm bot, übertraf alle Befürchtungen. Die Patientin saß aufrecht im Bett, ein Mikrophon in der Hand, inmitten von geöffneten und ungeöffneten Briefen.

»Oh, hallo! Ich hoffe, ich störe nicht!« rief Dr. Schumann. Frau Breuer glitt blitzschnell in eine waagrechte Lage zurück und versuchte das Mikrophon unter der Bettdecke zu verstecken; doch in der Eile hatte sie vergessen, das Tonbandgerät abzustellen. Die Magnetophonbänder drehten sich lautlos weiter.

Dr. Schumann trat an das Bett und schaltete den Apparat aus. »Liebe gnädige Frau«, sagte er, »uns Ärzte können Sie ja vielleicht hinters Licht führen. Aber glauben Sie, es nutzt wirklich etwas, wenn Sie sich selbst betrügen?«

Frau Breuer war bis an die Haarwurzeln errötet. »Ich ...«, stotterte sie, »aber das hatte ich doch niemals vor!«

»Ach, wirklich nicht? Sie halten also das, was Sie da tun, für vollkommen in Ordnung?«

»Ja«, antwortete Frau Breuer, »was ist schon dabei? Ich erledige ein bißchen Post ... ein paar Briefe, die ...«

In diesem Augenblick klingelte das Telefon. Ehe Frau Breuer zugreifen konnte, hatte Dr. Schumann den Hörer schon abgenommen. Die Firma ihres Mannes meldete sich.

»Frau Breuer ist jetzt nicht zu sprechen«, erklärte Doktor Schumann sehr bestimmt und legte den Hörer wieder auf.

»Das war sicher mein Mann«, sagte Frau Breuer vorwurfsvoll.

»Nein. Es war ein Anruf von der Firma. Und selbst wenn es Ihr Gatte gewesen sein sollte, der diesen Anruf veranlaßt hat, so zweifle ich sehr daran, daß er sich nur nach Ihrem Befinden erkundigen und Ihnen ein paar liebe Worte sagen wollte.«

»Ich weiß schon, wer mich bei Ihnen verpetzt hat«, schmollte Frau Breuer.

»Oberschwester Helga ist für Sie verantwortlich, gnädige Frau«, sagte Dr. Schumann ruhig. »Wenn Ihr Befinden sich verschlechtert, wird man sie zur Rechenschaft ziehen.«

Frau Breuer versuchte zu lachen. »Aber lieber, bester Doktor, warum müssen Sie alles so dramatisieren? An ein bißchen Arbeit ist noch kein Mensch gestorben. Vielleicht gibt es Typen, denen es nichts ausmacht, einmal eine Weile untätig zu sein. Ich gehöre nicht dazu. Ich brauche einfach eine vernünftige Beschäftigung.«

»Schon möglich«, sagte Dr. Schumann trocken, »aber Ihr Kind braucht Ruhe. Es liegt an Ihnen, zu entscheiden, was Ihnen wichtiger ist ... Ihre Arbeit oder das Kind.«

Frau Breuer schwieg.

»Als Sie vor einer guten Woche zu uns kamen, waren Sie bereit, jedes Opfer zu bringen, um Ihr Kind zu behalten. Haben Sie das jetzt schon ganz vergessen?«

»Es geht mir ja wieder gut«, erwiderte die Patientin verstockt.

»Vom subjektiven Standpunkt aus wahrscheinlich ja. Aber objektiv gesehen, schwebt Ihr Kind immer noch und in jeder Sekunde in Gefahr. Es ist uns im letzten Augenblick gelungen, eine Fehlgeburt mechanisch und medikamentös zu verhindern. Wir Ärzte können aber keine Wunder vollbringen. Wenn Sie uns nicht helfen, indem Sie unsere Anweisungen befolgen, wird alles vergebens sein.«

»Und was sind das für Anweisungen?« fragte Frau Breuer, nun doch betroffen.

»Sie müssen ganz still liegen, Ihre körperlichen Bewegungen auf ein Mindestmaß beschränken. Auch innerlich müssen Sie sich entspannen. Das heißt: keinerlei Arbeit, keinerlei Aufregung, kaum Besuche, nicht mehr telefonieren.«

Frau Breuer seufzte. »Das ist schrecklich. Und wie lange wollen Sie mir das zumuten?«

»Bis die Aussicht besteht, das Kind gesund und lebensfähig zur Welt zu bringen.«

»Also ... noch volle zwei Monate!«

»Ja.«

»Das halte ich nicht aus.«

»Doch – wenn Sie es sich ernstlich vornehmen. Sie haben viel geschafft in Ihrem Leben, und Sie werden auch das fertigbringen. Was sind zwei Monate?! Ein winziges Opfer! Denken Sie an den Lohn!«

»Wahrscheinlich haben Sie recht«, gestand Frau Breuer mit einem schwachen Lächeln.

Dr. Schumann drehte sich um, nahm den Deckel des Tonbandgerätes von einem Stuhl und schloß den Apparat. »Dann werde ich dieses Ding hier in Verwahrung nehmen.« Er stöpselte den Telefonanschluß aus. »Den Apparat nehme ich auch gleich mit. Einmal am Tag wird ihn die Schwester Ihnen für ein Viertelstündchen bringen.«

»Sie sind sehr streng«, seufzte Frau Breuer.

»Zu Ihrem eigenen Besten!«

Auf dem Gang verlangsamte Dr. Schumann unwillkürlich den Schritt, als er am Zimmer der kleinen Angelika Schneider vorbeikam. Er überlegte, ob er noch einmal mit ihr sprechen sollte, unterließ es dann aber. Das junge Mädchen hatte einen Denkzettel bekommen, den es so leicht nicht wieder vergessen würde. Morgen sollte es entlassen werden.

Seltsamerweise hatte Dr. Schumann, wenn er an Angelika dachte, ein ungutes Gefühl. Er konnte die innere Frage nicht unterdrücken, ob er in diesem Fall als Mensch und Arzt versagt habe. Sosehr er aber darüber nachdachte – immer wieder kam er zu der Überzeugung, daß er nicht anders hatte handeln können. Es war schon zu spät gewesen, die bereits begonnene Fehlgeburt zu unterbinden, zumal sich die junge Mutter allen erhaltenden Maßnahmen trotzig widersetzt und auch körperlich wahrscheinlich nicht durchgehalten hätte; der Kreislaufschock während der Kürettage ließ es vermuten. Trotzdem kam Dr. Schumann irgendwie nicht darüber hinweg, daß er keimendes Leben hatte vernichten müssen. Wahrscheinlich bin ich in dieser Hinsicht viel zu empfindsam, dachte er. Dr. Gerber zum Beispiel hätte die Sache sicherlich schon längst vergessen und wäre zur Tagesordnung übergegangen.

Kaum hatte er an Dr. Gerber gedacht, als ihm der Kollege auf der Treppe begegnete. Obwohl sie seit einiger Zeit mit stummem Gruß aneinander vorbeizugehen pflegten, blieb Dr. Gerber zu Dr. Schumanns Überraschung diesmal stehen.

»Na«, fragte er mit einem merkwürdigen Lächeln, »wie geht es deiner kleinen Freundin?«

Dr. Schumann wußte sofort, worauf der andere anspielte. Dennoch erwiderte er mit gekünsteltem Gleichmut: »Ich ahne nicht einmal, wovon du redest.«

»Von deiner kleinen Abtreiberin natürlich!«

»Na und? Was soll die Frage?«

»Ich bitte dich, tu doch nicht so! Das hast du mir gegenüber gar nicht nötig.«

Dr. Schumann straffte die Schultern. »Ich habe noch niemals Talent zum Rätselraten besessen«, sagte er schroff.

»Ganz wie du willst. Vielleicht hast du recht: Es gibt Tatsachen, über die man lieber nicht reden sollte. Ich wollte dir auch nur sagen, daß mir deine Entscheidung in diesem Fall sehr wohlgetan hat. Ich hätte in der gleichen Situation genauso gehandelt.«

»Soll das etwa ein Kompliment sein?« fragte Dr. Schumann kühl. »Wenn ja, muß ich es zurückweisen. Mit deinen Verhütungs- und Abtreibungstheorien, die ich nach wie vor ablehne, hat der Fall Angelika absolut nichts zu tun.«

»Um so besser für dich!« grinste der andere ihm frech ins Gesicht. »Eines Tages wirst du noch über deine eigenen Füße stolpern, wenn du weiterhin die Nase so hoch in der Luft trägst!«

Dr. Schumann mußte sich zurückhalten, um sich nicht auf Dr. Gerber zu stürzen und ihn windelweich zu schlagen. Er hätte gute Lust dazu gehabt. Statt dessen sagte er sehr beherrscht: »Du weißt ja nicht, was du redest!« und ließ Dr. Gerber auf der Treppe stehen.

Rot vor Zorn lief Dr. Schumann weiter. Erst als sich seine Erregung etwas gelegt hatte, wurde er nachdenklich. Was hatten die Bemerkungen des Kollegen zu bedeuten? Irgend jemand mußte mit Gerber über Angelika gesprochen und die Sache in einer Weise dargestellt haben, die Zweifel an der Rechtmäßigkeit des Eingriffs aufkommen ließ. Ob man in der Klinik hinter seinem Rücken über ihn klatschte? Er hatte Neider und Feinde genug, die nur darauf warteten, daß er einen Fehler machte. Vielleicht wäre es doch gut gewesen, Astrids Rat zu befolgen, mit Professor Overhoff zu sprechen. Besser, der Chef erfuhr die Sache korrekt von seinem Oberarzt, statt hintenherum durch irgendein albernes Gerücht.

Gern hätte er sich noch einmal mit Astrid darüber unterhalten. Leider hatte er schon bald nach dem ersten Überschwang der Versöhnung mit seiner Frau bemerken müssen, daß das Interesse nicht ganz echt war, das sie seiner ärztlichen Arbeit entgegenzubringen behauptete. Immer mehr hatte er sich mit ihrer Abneigung abgefunden. Jeder Mensch ist anders, dachte er bei sich; jede Persönlichkeit muß man in ihrer besonderen Art respektieren. Er wollte einfach glücklich sein und nicht wahrhaben, auf welch schwachem Grund sein neues Glück gebaut war.

Auch an diesem Abend fühlte er es.

Astrid fragte ihn zwar, wie der Tag in der Klinik verlaufen sei, doch bevor er noch recht antworten konnte, wechselte sie bereits das Thema. Unbekümmert plauderte sie von einer Kunstausstellung, die sie besucht hatte, zeigte ihm Prospekte eines Reisebüros, begann Pläne für den gemeinsamen Urlaub zu schmieden.

Er genoß ihre Schönheit und freute sich ihrer guten Stimmung, die er um keinen Preis trüben wollte. Es hatte keinen Sinn, mit ihr über seine Sorgen zu sprechen. Er war ein Mann, und er mußte die Verantwortung, die er sich aufgebürdet hatte, allein tragen.

6

Dr. Winterfeld hatte einem Termin in Berlin nachkommen müssen; Kirsten war allein in der Wohnung.

Sie war nicht einmal sehr unglücklich darüber. Die vorsichtige Andeutung ihres Mannes, ob man nicht doch erwägen sollte, ein Kind zu adoptieren, hatte sie tief verstört. Sie begriff ihn nicht. Ein fremdes Kind, ein Kind um jeden Preis, war nicht das, wonach sie sich sehnte. Sie war gesund, Professor Overhoff hatte es ihr bestätigt. Warum durfte sie dann nicht auf ein eigenes Kind hoffen? Ja, wenn ihr Mann zeugungsunfähig wäre, dann würden die Dinge anders aussehen – obwohl sie auch dann an seiner Seite lieber das Schicksal der Kinderlosigkeit ertragen hätte, als ein fremdes Wesen in die Gemeinschaft ihrer Ehe aufzunehmen.

Als er ihren Widerstand spürte, hatte er nicht länger auf seinem Vorschlag bestanden, sondern sofort lächelnd abgelenkt. Aber in Kirsten blieb eine tiefe Beunruhigung zurück. Sie war froh, ein paar Tage allein sein, ihre verwirrten Gedanken und Gefühle ins Gleichgewicht bringen zu können. Wie immer, wenn sie unglücklich war, hatte sie sich in die Arbeit gestürzt, die Vorhänge von den Fenstern genommen und sie in die Waschmaschine gesteckt, die Möbel übereinander gestellt und einen großen Frühjahrsputz begonnen. Mit nackten Beinen, in einem buntbedruckten Kittel, ein Tuch um das blonde Haar gewunden, war sie dabei, den Fußboden zu bohnern, als es an der Wohnungstür klingelte. Kirsten stellte den Bohnerbesen an die Wand, strich sich mit dem Unterarm eine Locke aus der erhitzten Stirn, ging über den Flur und öffnete.

Eine stark geschminkte Frau mit hochtoupiertem Haar und tiefschwarzen, geschickt umrandeten Augen stand vor ihr.

»Sie wünschen?« fragte Kirsten. »Wenn Sie mir etwas verkaufen wollen …«

»O nein!« Die andere zeigte lächelnd kleine weiße Zähne. »Ich bin Gina Franke!«

Kirsten glaubte, den Namen Gina Franke schon irgendwann gehört zu haben. Sie konnte sich jedoch nicht erinnern, in welchem Zusammenhang.

»Entschuldigen Sie«, sagte sie, »aber ich weiß im Augenblick wirklich nicht …«

»Ich war drei Jahre lang Sekretärin des Herrn Rechtsanwalts!«

»Ach so … ich verstehe. Sie möchten zu meinem Mann. Er ist …«

»… in Berlin«, ergänzte Gina Franke. »Ich habe es eben in der Kanzlei erfahren, und ich dachte mir, das wäre eine gute Gelegenheit, Sie endlich kennenzulernen.«

Kirsten war verwirrt. »Aber gerade heute … im Augenblick … ich stecke nämlich mitten im Hausputz und …«

Sie warf unwillkürlich einen Blick auf ihren beschmutzten Kittel.

»Aber … das macht doch gar nichts«, erwiderte Gina Franke und ging mit größter Selbstverständlichkeit an Kirsten vorbei in den langen Gang, der zum Wohnzimmer führte.

Kirsten stand eine Sekunde lang ganz verblüfft, dann schloß sie rasch die Wohnungstür und eilte ihrer seltsamen Besucherin nach. Blitzschnell schoß ihr der Verdacht durch den Kopf, es könnte sich vielleicht um eine Verrückte handeln. Gina Franke stand mitten im Zimmer und sah sich interessiert um. »Sehr hübsch«, erklärte sie anerkennend. »Wirklich, es ist Ihnen gelungen, diese alte Räuberhöhle einigermaßen zu zivilisieren!«

Kirsten war sprachlos.

»Darf ich mich setzen?« fragte Gina Franke und hatte, ehe Kirsten überhaupt antworten konnte, einen der altmodischen hochlehnigen Stühle vom Tisch gehoben und auf seine vier Beine gestellt.

»Aber ja … machen Sie sich's nur gemütlich«, sagte Kirsten, spürte jedoch, daß dieser mühsame Sarkasmus bei der anderen wirkungslos abprallte.

Gina Franke hatte sich kaum gesetzt, als sie schon wieder aufsprang und einen zweiten Stuhl vom Tisch nahm. »Für Sie, gnädige Frau …«, erklärte sie lächelnd.

»Sehr liebenswürdig«, murmelte Kirsten. Einem plötzlichen Einfall folgend, fügte sie hinzu: »Bitte, entschuldigen Sie mich einen Moment, ich möchte mir nur die Hände waschen!«

Sie lief in das Badezimmer und drehte beide Hähne über dem Waschbecken auf, erleichtert, der anderen wenigstens für Minuten entronnen zu sein. Immer stärker hatte sich das Gefühl in ihr verdichtet, daß dieser Besuch Unheil für sie bedeutete. Wer war diese Gina Franke? Was führte sie im Schilde? Denn daß sie nicht nur gekommen war, um guten Tag zu sagen, lag auf der Hand. Ihr ganzes Benehmen war von einer bestürzenden Unverfrorenheit. Sie schien sich einzubilden, ein Recht zu haben – aber was für ein Recht?

Kirsten starrte in den Spiegel über dem Waschbecken, ohne ihr Spiegelbild wirklich aufzunehmen. Und dann wußte sie auf einmal, wann und wo sie den Namen Gina Franke schon einmal gehört hatte.

Es war an dem Tag gewesen, an dem Hugo Winterfeld sie gebeten hatte, seine Frau zu werden. Sie war strahlend zu ihrer Schwester gestürmt, um ihr die große Neuigkeit zu verkünden.

Aber Astrid hatte sich gar nicht beeindruckt gezeigt. Sie hatte die Augenbrauen gehoben und gesagt: »Ach, wirklich? Ich dachte, er habe ein dickes Verhältnis mit seiner Sekretärin Gina Franke!«

Damals, im Überschwang ihrer glücklichen Verliebtheit, hatte sie diesen Einwand einfach beiseite geschoben. »Ach, Unsinn! Das müßte ich doch wissen!« Niemals hatte sie über jene Bemerkung nachgedacht, niemals war der Name Gina Franke zwischen ihr und ihrem Mann erwähnt worden. Als er ihr nach der Heirat seine Mitarbeiter vorstellte, war Gina Franke nicht mehr dabeigewesen.

Ein heißer Schreck durchfuhr Kirstens Herz. Ob er immer noch mit ihr liiert war? Ob er sein Verhältnis zu diesem hübschen, selbstsicheren Mädchen nie gelöst hatte?

Sie schüttelte den Kopf. Nein, das war unmöglich. Ihr Mann liebte sie, dessen war sie sich ganz sicher. Es gab keine andere Frau in seinem Leben. – Oder machte sie sich wieder etwas vor? Sie mußte die Wahrheit herausfinden. Gina Franke selbst gab ihr dazu die Möglichkeit.

Kirsten hielt die Hände unter den heißen Wasserstrahl, trocknete sie ab, warf noch einen raschen, jetzt ganz bewußten Blick in den Spiegel. Ihre Hand zuckte zum Lippenstift, doch sie widerstand der Versuchung, sich für ihre ungebetene Besucherin extra schön zu machen, das wäre zuviel der Ehre gewesen. Außerdem hätte Gina Franke daraus leicht den Schluß ziehen können, daß sie unsicher sei – und gerade das wollte Kirsten auf jeden Fall vermeiden.

Mit einem gleichmütigen Lächeln kam sie ins Wohnzimmer zurück. Zu ihrer Überraschung war Gina Franke aufgestanden.

»Ich ... ich glaube, es war ein Fehler, zu kommen«, stotterte sie und spielte an dem Bügel ihrer großen Handtasche, »ich weiß gar nicht, was mir eingefallen ist. Sie haben doch keine Zeit, wie ich gesehen habe, und ...«

»Aber ich bitte Sie, setzen Sie sich doch!« sagte Kirsten rasch. »Sie sind mir doch nicht böse, daß ich Sie habe warten lassen?« Mit Genugtuung spürte sie, daß jetzt die Rollen vertauscht waren.

»Nein, natürlich nicht! Aber ich störe doch in der Arbeit ...«

»Überhaupt nicht ... ganz im Gegenteil. Ich bin froh, daß ich einmal eine kleine Pause machen kann! Bitte, setzen Sie sich! Ihr Besuch kam ein wenig überraschend, aber eigentlich ist es doch wirklich höchste Zeit, daß wir beide uns kennenlernen, nicht wahr?«

Kirsten setzte sich auf den einen der beiden Stühle und schlug die nackten, wohlgeformten Beine übereinander.

Zögernd ließ sich Gina Franke ihr gegenüber nieder.

»Sie kennen die Vorgeschichte?«

»Aber ja«, log Kirsten beherzt, »mein Mann hat keine Geheimnisse vor mir.«

»Sie werden mich sicher für eine schlechte Mutter halten ...«

Das Wort ›Mutter‹ traf Kirsten wie ein Schlag ins Gesicht. Ihr Lächeln gefror langsam. »Bestimmt nicht«, sagte sie mühsam.

»Hugo hat meinen Vorschlag sehr übelgenommen«, sagte Gina, »er redete gleich von verkaufen ... als ob man ein Kind überhaupt verkaufen könnte! An so etwas hatte ich gar nicht gedacht, nur ... ich habe seinetwegen wirklich allerhand durchgemacht, und da könnte er mir jetzt auch einmal unter die Arme greifen!«

»Natürlich«, murmelte Kirsten.

»Sie verstehen also meinen Standpunkt?« fragte Gina Franke erleichtert.

Kirsten nickte.

»Das ist gut. Mein Freund ... also der Mann, den ich heiraten will ... hat nämlich gerade ein sehr günstiges Angebot bekommen, ein Geschäft mit Werkstatt zu einem durchaus annehmbaren Preis. Er hat ja schon seit langem vorgehabt, sich selbständig zu machen, und jetzt endlich wäre es soweit. Wir könnten heiraten, nur ... ich habe ihm immer gesagt, ich hätte mir etwas gespart. Er rechnet mit Fünftausend. Aber soviel habe ich natürlich nicht. Hugo hat immer sehr gut für den Jungen gezahlt, das ist wahr, aber trotzdem stellt so ein Kind eine Belastung dar, und deshalb ...«

Kirsten hatte das Gefühl, diesen Redestrom nicht länger ertragen zu können. »Wieviel brauchen Sie also?« fragte sie scharf.

»Dreitausend. Aber Hugo hat mich gar nicht ...«

»Ich werde noch einmal mit ihm darüber sprechen«, erklärte Kirsten und erhob sich.

»Ich danke Ihnen«, sagte Gina, »das ist ... wirklich sehr großzügig von Ihnen, Sie sind eine fabelhafte Frau. Wegen des Jungen werde ich Ihnen bestimmt keine Schwierigkeiten machen, das können Sie auch Hugo mitteilen. Jetzt, nachdem ich Sie kennengelernt habe, weiß ich, daß er es gut bei Ihnen haben wird.«

Sie streckte Kirsten die Hand hin.

Aber das war zuviel. Kirsten wandte sich rasch ab, als habe sie diese Geste nicht bemerkt, und ging voraus zur Flurtür. »Ich danke Ihnen für Ihren Besuch«, sagte sie sehr formell.

Gina Franke wollte noch etwas erwidern, aber Kirstens helle Augen blickten so eisig, daß sie plötzlich kein Wort mehr über die Lippen brachte.

Sehr langsam und sehr beherrscht schloß Kirsten die Wohnungstür hinter ihr. Dann erst war sie mit ihrer Kraft am Ende. Es wurde ihr dunkel vor den Augen, die Beine gaben unter ihr nach, sie konnte sich gerade noch auf den winzigen Garderobenhocker niedersinken lassen.

So ist das also, dachte sie. Diese Person hat ein Kind von Hugo, und dieses Kind will er in unsere Ehe nehmen; diesen Jungen, von dessen Existenz ich nie etwas geahnt habe!

Sie schlug die Hände vor das Gesicht, versuchte das krampfhafte Zittern, das ihren Körper schüttelte, zu unterdrücken – vergeblich! Wenn er mir doch wenigstens etwas gesagt hätte, wenn er doch wenigstens offen gewesen wäre! So stark war ihre Erschütterung, daß sie nicht einmal weinen konnte.

Die junge Sigrid Haas war eine von Dr. Schumanns Lieblingspatientinnen, und er hatte aus seiner herzlichen Sympathie für sie nie ein Hehl gemacht. Sie war nicht besonders hübsch, nicht einmal apart, aber sie war fröhlich und vernünftig – zwei Eigenschaften, die der Frauenarzt besonders schätzte und die er selten genug in einem Menschen vereint fand.

Frau Haas war achtundzwanzig Jahre alt, hatte bereits zwei Kinder und erwartete ihr drittes. Sie sah dieser Geburt ohne Furcht entgegen. Von der ersten Untersuchung an befolgte sie gewissenhaft alle Anordnungen des Arztes, nahm an der Schwangerschaftsgymnastik in der Klinik teil, machte täglich ihre Atemübungen, aß reichlich Vitamine, fand Zeit für ausgiebige Spaziergänge und war bisher jeden Monat brav zur Untersuchung gekommen.

»Alles in Ordnung, nicht wahr?« fragte sie strahlend. »Ich fühle mich jedenfalls glänzend!«

Er sah auf ihrer Ambulanzkarte nach, dann sagte er: »Sie sind jetzt im sechsten Monat.«

»Genau! Noch drei Monate, dann habe ich es überstanden ... Herrgott, werde ich glücklich sein! Ich weiß, es muß sein, aber eine umständliche Sache ist das Ganze doch. Manchmal denke ich allen Ernstes, ob der liebe Gott uns die Schwangerschaft nicht doch ein bißchen bequemer oder wenigstens kürzer hätte einrichten können.«

Dr. Schumann lächelte. »Aber, aber ... wer wird denn so egoistisch sein! Wir Frauenärzte wollen doch auch etwas zu tun haben!«

Sie reichte ihm die Hand. »Also ... dann bis zum nächstenmal!«

»Einen Augenblick noch«, sagte er, »wir müssen uns ein bißchen unterhalten. Ich hatte Ihnen bei der letzten Untersuchung salzfreie Kost vorgeschlagen ... haben Sie sich daran gehalten?«

Frau Sigrid zog eine kleine Grimasse. »So ziemlich.«

»Ich weiß, daß das nicht angenehm ist, aber ab sofort müssen wir damit Ernst machen. Von nun an ... kein Salz mehr! Und zweimal in der Woche Obst-Reis-Tage ... das heißt, ausschließlich frisches Obst und völlig salzlos gekochter Reis.«

»Igittegitt ... warum sind Sie bloß auf einmal so streng mit mir, Herr Doktor?«

»Weil es notwendig ist. Ich bin leider nicht ganz mit Ihnen zufrieden. Ihr Blutdruck ist zu hoch, und der Urin enthält zuviel Eiweiß.«

Frau Sigrid runzelte die Stirn. »Und was hat das zu bedeuten?«

»Die Nieren, die jetzt die Entschlackungsarbeit für Ihr Kind mitübernehmen müssen, sind überlastet. Wir dürfen ihnen nicht zuviel zumuten.« – »Ist das gefährlich?«

»Wenn Sie sich brav an meine Anordnungen halten, wahrscheinlich nicht.«

Frau Sigrid seufzte. »Na, ich werde mich zusammenreißen!«

»Ich weiß, daß ich mich auf Sie verlassen kann. Wir wollen doch beide eine gesunde Mutter und ein gesundes Kind haben.«

Er schrieb ihr noch die genauen Diätvorschriften auf, bevor er sie entließ. Dann öffnete er die Tür zum Wartezimmer. »Die nächste, bitte ...«

Ein junges Mädchen mit silberblond getöntem Haar und stark geschminktem Puppengesichtchen trippelte auf hohen Absätzen herein. »Ich bin Sylvia Süder«, erklärte sie mit einem Lächeln, bei dem ihre runden porzellanblauen Augen ganz unbewegt blieben.

»Guten Tag«, begrüßte Dr. Schumann sie und reichte ihr die Hand. »Na, dann setzen Sie sich ...« Er blätterte in den Ambulanzkarten auf dem Schreibtisch, die ihm die Schwester hereingebracht hatte.

»Sie brauchen mich nicht zu untersuchen«, sagte das Mädchen, »ich weiß selbst, was mir fehlt. Meine Periode ist jetzt schon zum drittenmal ausgeblieben.«

»Andere Anzeichen für eine Schwangerschaft?«

»Alle, die Sie wollen ... morgendliche Übelkeit, komische Gelüste ...«

»Dann ist es wohl doch das Beste, wenn ich Sie untersuche.«

»Ich bin eine Freundin von Angelika Schneider«, sagte das junge Mädchen herausfordernd.

»Wirklich?« fragte Dr. Schumann, und hob leicht die Augenbrauen. – Angelika war vor acht Tagen entlassen worden.

»Sie glauben mir wohl nicht?« sagte das Mädchen. »Na, Freundin ist vielleicht übertrieben. Aber ich gehe in denselben Klub. Und sie hat mir alles erzählt.«

»Ich habe keine Ahnung, wovon Sie sprechen ...«

»Ach tun Sie doch nicht so, Herr Doktor! Ich verstehe ja, daß Sie sich ein bißchen sträuben wollen, das gehört wahrscheinlich dazu. Aber bei mir können Sie sich das wirklich sparen, ich weiß schon Bescheid.«

Er trat auf sie zu. »Was wollen Sie?« fragte er grimmig.

»Schauen Sie mich nicht so böse an«, sagte sie kokett, »ich möchte ja nur, daß Sie mir helfen. Wie Sie Angelika geholfen haben. Sie verstehen schon ...«

»Nein, durchaus nicht. Ich kann nicht begreifen, was Ihr Fall mit Angelika Schneider zu tun haben soll.«

»Aber es ist doch genau die gleiche Situation. Ich meine ... ich kann das Kind auch nicht bekommen. Mein Verlobter ist erst achtzehn Jahre alt, und deshalb ...«

»Das hätten Sie sich früher überlegen sollen!«

Das Mädchen zuckte die Schultern. »Aber wieso denn!? Es hätte doch nicht gleich etwas zu passieren brauchen. Das war einfach Pech. Dafür kann man mich doch nicht ein ganzes Leben lang verantwortlich machen.«

»Also hören Sie«, sagte Dr. Schumann und begann, ohne es selbst zu merken, mit dem stumpfen Ende seines Kugelschreibers auf die Schreibtischplatte zu klopfen, »es ist nicht meine Aufgabe, Ihnen Moralpredigten zu halten. Ich bin Arzt. Wenn Sie mir sagen, daß Sie schwanger sind, muß ich Sie untersuchen, um festzustellen, ob Sie sich nicht geirrt haben. Und wenn Ihre Vermutung zutrifft, werde ich alles tun, damit dieses Kind gesund auf die Welt kommt ... haben wir uns nun verstanden?!«

»Aber das ... das wäre für mich eine Katastrophe!«

Die Augen des Mädchens füllten sich mit Tränen.

»Ein Kind ist immer ein Geschenk Gottes und eine Aufgabe. Sie sind jetzt eine junge Frau und müssen sich dieser Aufgabe gewachsen zeigen.«

»Wie Sie sich das vorstellen!« Das Mädchen drückte sich sehr behutsam, um die Wimperntusche nicht zu verschmieren, ein Tüchlein gegen die Augen. »Mein Vater wirft mich 'raus und ... und ...«

»Nun regen Sie sich nicht auf, Fräulein ...« Dr. Schumann warf einen Blick auf die Ambulanzkarte. »... Sylvia. Schicken Sie Ihren Vater zu mir, und ich werde ihm die Situation schon klarmachen. Im übrigen wird auch das Jugendamt ...«

Die Tränen des Mädchens versiegten von einer Sekunde zur anderen. »Hören Sie nur damit auf! Das Jugendamt! Ausgerechnet! Daß die sich einmischen, hätte mir gerade noch gefehlt!«

»Jetzt lassen Sie sich erst einmal untersuchen ...«

»Nur, wenn Sie mir versprechen, mir zu helfen! Ich will das Kind nicht haben ... ich darf es nicht bekommen! Sie sind der einzige, der ...« Aufschluchzend warf sie sich Dr. Schumann, der darauf nicht gefaßt gewesen war, an die Brust. »Lieber, guter Doktor, bitte, bitte, bitte ...«

Er packte sie bei den Oberarmen und schob sie mit sanftem Druck von sich. »Nein«, erklärte er, »nehmen Sie Vernunft an. Das kann ich nicht, das ist ganz und gar unmöglich!«

In den Augen des Mädchens blitzte es auf. »Aber bei Angelika konnten Sie es! Von diesem raffinierten Luder haben Sie sich hereinlegen lassen!«

»Ich weiß nicht, was Angelika Ihnen erzählt hat«, sagte Dr. Schumann mit erzwungener Ruhe, »aber die Wahrheit kann es keinesfalls gewesen sein.«

»Wollen Sie etwa behaupten, daß ein Mädchen sich so etwas ausdenkt? Wie sie es mit der Stricknadel versucht hat? Wie ihre Mutter sie zu Ihnen gebracht hat? Und wie Sie dann ...«

»Schluß jetzt! Ich will kein Wort mehr von diesem Geschwätz hören!«

»Sie machen es sich aber verdammt einfach!« Die Stimme des Mädchens wurde schrill. »Bilden Sie sich etwa ein, Sie können mich einschüchtern? Entweder Sie helfen mir oder ... Sie werden Ihr blaues Wunder erleben!«

»Na, da bin ich aber gespannt!«

»Ich werde Sie anzeigen! Bei der Polizei! Dann wird es Ihnen leid tun, daß Sie mich so behandelt haben!«

Sylvia Süder nahm ihre Handtasche und wandte sich zur Tür. Dann verhielt sie ihren Schritt, als warte sie darauf, zurückgerufen zu werden.

Doch Dr. Schumann sagte nur: »Tun Sie, was Sie nicht lassen können!«

Das Mädchen wandte sich noch einmal um. »Ist das Ihr letztes Wort?«

»Ja«, erklärte Dr. Schumann fest. »Und noch etwas: Überlegen Sie sich, ob für Sie, in Ihrem Zustand, Aufregungen gut sind!«

»Pah!« sagte das Mädchen verächtlich, riß die Tür auf und warf sie mit einem Knall hinter sich zu.

Professor Overhoff stand im Babyzimmer der Privatstation und betrachtete mit zusammengezogenen Augenbrauen seinen kleinen Sohn, den Schwester Patrizia ihm entgegenhielt. »Ist er nicht prachtvoll?« fragte sie strahlend. »Unser süßer kleiner Junge!« Sie drückte ihm einen langen Kuß auf die runde feste Wange.

»Hm, ja«, sagte der Professor verlegen, »Sie haben ihn sehr schön in Schuß, Schwester!«

»Wir lieben ihn«, rief Schwester Patrizia, »wir alle hier auf der Station. Er ist ein richtiger kleiner Sonnenschein.« Professor Overhoff wußte, daß die Schwester von ihm erwartete, er solle den Kleinen endlich einmal auf den Arm nehmen – doch es war ihm unmöglich, ihr diesen Gefallen zu tun.

Natürlich war es Unsinn, den Jungen etwa dafür verantwortlich machen zu wollen, daß seine Geburt die Mutter das Leben gekostet hatte. Aber er konnte nicht anders.

»Er ist so ein prächtiges Kerlchen«, schwärmte die Schwester, »macht überhaupt keine Schwierigkeiten, trinkt sein Fläschchen bis zum letzten Tropfen, schläft wie ein kleiner Bär und ist den ganzen Tag vergnügt.«

»Fein«, sagte Professor Overhoff, »Sie haben ihn also jetzt entwöhnt?«

»Nur«, rief Schwester Patrizia, »weil Frau Peters nach Hause wollte.« Ihr Ton zeigte deutlich, was sie von einer Frau hielt, die egoistisch genug war, mehr an sich selbst als an das Kind des Professors zu denken. »Aber es hat ihm gar nichts ausgemacht«, fügte sie rasch hinzu, »unserem tapferen kleinen Kerl!«

»Langsam wird er ein bißchen zu groß für das Babyzimmer, wie?« fragte der Professor und wünschte sehnlich, daß die Schwester das Kind endlich wieder in sein Bettchen zurücklegen möge, anstatt es ihm ständig vor die Augen zu halten. »Ich fürchte, es wird Zeit, zu überlegen ...«

»Nein!« erklärte Schwester Patrizia impulsiv. »Sie wollen uns den Kleinen doch nicht wegnehmen? Bitte nicht, Herr Professor, das wäre schrecklich! Er macht uns überhaupt keine Arbeit und ...«

In diesem Augenblick trat Dr. Schumann in den hellen Raum mit den vielen Kinderbetten, und Professor Overhoff empfand sein Erscheinen als Erlösung. »Legen Sie den Kleinen zurück, Schwester«, sagte er rasch, »wir werden ein andermal weitersehen.« Er wandte sich an seinen Oberarzt. »Sie haben mich gesucht?«

»Ja, Herr Professor, ich hätte gern mit Ihnen gesprochen ... falls ich nicht störe ...«

»Durchaus nicht. Kommen Sie mit!« Professor Overhoff legte seine Hand auf den Arm des Jüngeren, ging hinter ihm aus dem Babyzimmer.

Dr. Schumann hatte das Gefühl, daß Schwester Patrizia ihm nachsah, aber er drehte sich nicht um.

»Also ... was gibt's?« fragte der Professor, als sie auf dem Gang standen.

Dr. Schumann mußte sich räuspern, um seine Stimme freizubekommen. »Eine unangenehme Sache, Herr Professor!« Professor Overhoff sah ihn an, und fast war es, als glitte ein leichtes Lächeln über sein Gesicht. »Unangenehme Sachen gibt es bei uns jeden Tag«, meinte er. »Kommen Sie mit in mein Zimmer.«

Eine Viertelstunde später hatte Dr. Schumann dem Professor die Geschichte der kleinen Angelika erzählt und ausführlich von dem Erpressungsversuch ihrer angeblichen Freundin berichtet.

Dr. Schumann schwieg, zündete sich mit nervösen Fingern eine Zigarette an und wartete auf die Reaktion seines Chefs. Aber der Professor saß nur da und starrte mit düsteren Augen auf das verschlungene Teppichmuster. Dr. Schumann hatte den Eindruck, als sei Overhoff weit weg mit seinen Gedanken; einen Augenblick fürchtete er sogar, der Chef habe ihm gar nicht zugehört und er müsse womöglich alles noch einmal darlegen.

Plötzlich hob der Professor den Kopf und sah ihn an mit einem seltsamen Blick, der in weite Ferne gerichtet zu sein schien. Dann begann er leise zu sprechen: »Lieber Dr. Schumann, ich bin nicht mehr der Mann, der ich einmal war. Der Tod meiner Frau ... irgend etwas ist in mir zerbrochen ... es ist schwer, auf diese Weise weiterzuleben ...«

»Herr Professor!« sagte Dr. Schumann erschüttert.

»Glauben Sie mir, ich verstehe durchaus ... ich kann es nachempfinden, wie grauenhaft das alles für Sie war. Aber denken Sie doch an Ihre ... an Ihre Frau! Sie würde gewiß nicht gewollt haben, daß Sie ...«

Professor Overhoff unterbrach ihn mit einer Handbewegung. »Ich brauche einen Mann, dem ich meine Klinik, mein Lebenswerk anvertrauen kann, wenn ich ... wenn ich mich zurückziehe ...« Einen Augenblick schwieg er, um dann scheinbar übergangslos fortzufahren: »Ich muß sagen, Herr Kollege, daß Sie sich im Falle dieses Schulmädchens, dieser ... wie hieß sie doch gleich?«

»Angelika«, half ihm Dr. Schumann.

»Ja, dieser Angelika ... daß Sie sich da vorbildlich verhalten haben. Überkorrekt, möchte ich beinahe sagen. Ich weiß, daß die allermeisten unserer Kollegen bei dieser Sache gar nicht lange überlegt, sondern sofort die Kürette zur Hand genommen hätten – ohne daß man ihnen übrigens vom medizinischen Standpunkt irgendeinen Vorwurf machen könnte. Kein Arzt ist gehalten, einen beginnenden Abort zu behandeln; es wäre ohnehin in vielen Fällen vergeblich. Aber ich habe Hochachtung vor Ihrem Gewissen, obwohl es sich natürlich fragt, ob nicht bei dem Versuch, die Schwangerschaft zu erhalten, die junge Mutter in Gefahr gebracht worden wäre. Aber lassen wir das! Was nun diese andere Mädchen betrifft, diese Erpresserin ...«

»Sylvia Süder ...«, warf Dr. Schumann ein.

»Wahrscheinlich nicht einmal der richtige Name. Es kann durchaus sein, daß sie eine anonyme Anzeige macht, was möglicherweise bedeuten würde, daß die Polizei hier in der Klinik Verhöre anstellt, Krankenblätter sucht ... der Himmel bewahre uns davor!«

»Es tut mir unendlich leid, Herr Professor, daß ich eine solche Situation heraufbeschworen habe ...«

»Ach, Unsinn! Sie trifft überhaupt keine Schuld. Wenn es wirklich so weit kommen sollte, brauchen Sie sich keine Sorgen zu machen. Wir haben gemeinsam doch schon andere Schwierigkeiten gemeistert, meinen Sie nicht auch?«

»Ich danke Ihnen, Herr Professor!« sagte Dr. Schumann.

»Keine Ursache!« Professor Overhoff erhob sich. »Sie können sich voll und ganz auf mich verlassen.«

Dr. Winterfelds Flugzeug landete planmäßig. Er hatte seiner Frau telegrafiert und sie gebeten, ihn mit dem Auto vom Flughafen abzuholen.

Die kurze Trennung hatte ihn wieder erkennen lassen, wie sehr er Kirsten liebte, und schon während des Rückfluges hatte er sich dem Augenblick des Wiedersehens entgegengesehnt.

Aber Kirsten stand nicht auf dem Aussichtsbalkon, um ihm, wie sonst, zuzuwinken. Auch als er den Flugsteig verließ, sah er sie nirgendwo.

Sie wird mein Telegramm nicht rechtzeitig erhalten haben, versuchte er sich zu beruhigen, oder es hat eine Verkehrsstockung gegeben, die sie aufgehalten hat.

Aber trotz dieser Überlegungen war er tief enttäuscht.

Dann, als er, den kleinen Koffer in der Hand, das Flughafengelände verließ, entdeckte er sie endlich. Sie stand, sehr schlank und sehr mädchenhaft in einem weißen Kostüm, ein seidenes Tuch um das blonde Haar geschlungen, neben ihrem kleinen Auto und sah ihm entgegen.

Sein Herz schlug höher, er beschleunigte seinen Schritt. »Kirsten«, rief er, »ich dachte schon ...«

Sie erwiderte sein Lächeln nicht, und erst in dieser Sekunde spürte er, daß etwas nicht in Ordnung war. »Kirsten«, sagte er, »was ist los? Ist irgend etwas passiert?« Er stand vor ihr und wollte sie in die Arme nehmen.

Aber sie wich ihm aus, setzte sich hinter das Steuer. »Nein«, erwiderte sie kurz.

Er ging um den Wagen herum, warf sein Köfferchen auf die hintere Bank und setzte sich neben sie. »Also weißt du«, sagte er, »den Empfang hatte ich mir etwas anders vorgestellt.«

Sie ließ wortlos den Motor an, steuerte den Wagen an den parkenden Autos vorbei und gewann die Zufahrt zur Straße.

»Du benimmst dich höchst merkwürdig«, meinte er gereizt, »da kommt man müde und abgespannt von einer

Reise, freut sich aufs Wiedersehen ... und trifft eine Frau, die sich benimmt, als hätte man sie tödlich beleidigt.«

»Eigentlich«, sagte sie, die Augen geradeaus auf die Straße gerichtet, »wollte ich mit dir erst über die ganze Angelegenheit sprechen, wenn wir zu Hause sind ...«

»Also ist doch etwas passiert?«

»Ich hatte Besuch«, erklärte sie, und mit Überwindung fügte sie hinzu: »Gina Franke war bei mir.«

Er rührte sich nicht. Sie beobachtete ihn aus den Augenwinkeln und sah, daß sein Gesicht zu einer ausdruckslosen Maske erstarrt war.

»Das scheint dich nicht sehr zu überraschen«, sagte sie.

»Nein«, entgegnete er tonlos, »ich hätte darauf gefaßt sein müssen. Sie ist niemals vor irgend etwas zurückgeschreckt.«

»Dann wäre es wohl richtiger gewesen, mich auf diese Möglichkeit vorzubereiten.«

»Kirsten«, sagte er gequält, »begreifst du denn nicht? Ich wollte es dir sagen, schon seit langem, aber ich ... ich liebe dich, Kirsten! Ich ... ich habe geschwiegen, weil ich dir nicht weh tun wollte!«

»Das ist eine praktische Erklärung«, sagte sie mit erzwungenem Sarkasmus. »Deshalb hast du mich also jahrelang belogen, deshalb hast du Monat für Monat ohne mein Wissen für dieses Kind gezahlt. Deshalb hast du dich hinter meinem Rücken mit Gina Franke in Verbindung gesetzt, um ihr das Kind wegzunehmen ... alles nur, um mich nicht zu verletzen!«

»Kirsten, ich bitte dich: Willst du nicht wenigstens versuchen, mich zu verstehen? Diese Sache mit Gina war lange, bevor ich dich kennenlernte ...«

»So lange vorher kann es nicht gewesen sein«, berichtigte Kirsten, »du warst noch mit ihr zusammen, als du dich mit mir verlobtest.«

»Das hast du gewußt?!«

»Ich hatte davon gehört. Aber ich wollte es nicht glauben.«

»Hätte ich es dir denn erzählen sollen? Wozu denn?«

»Um mir dein Vertrauen zu beweisen. Meine Vergangenheit liegt vor dir wie ein offenes Buch. Es gibt nichts in meinem Leben, was ich dir verschwiegen habe. Aber du hast es nie für nötig gehalten, mir von diesem Verhältnis zu erzählen ... du hast mir all die Jahre verheimlicht, daß du ein Kind hast.«

»Ich weiß, es war ein Fehler. Ich habe es immer gewußt. Aber ... ich hatte einfach nicht den Mut.«

»Du bist feige und gemein. Ja, das bist du«, rief Kirsten. Sie kämpfte mit den Tränen.

»Wenn wir Kinder bekommen hätten«, sagte er, »hättest du nie etwas erfahren. Später einmal hätte ich es dir vielleicht erzählt ...«

»Zur silbernen Hochzeit, wie?« fragte sie. »Das wäre eine reizende Überraschung geworden!«

»Kirsten!«

»Du kannst dir deine Erklärungen sparen«, fuhr sie ihn an. »Alles hätte ich verstanden, alles hätte ich verziehen, wenn du offen gewesen wärest! Aber dich hinter meinem Rükken mit dieser Frau in Verbindung zu setzen, das war ...« – sie mußte schlucken, um ihre aufsteigenden Tränen zu unterdrücken – »... so gemein! Mich in eine solche Situation zu bringen!«

»Ich habe es doch nur deinetwegen getan«, versuchte er zu entschuldigen, merkte aber sofort, wie lahm und unglaubhaft diese Verteidigung klang. »Du hast dir doch immer so sehr ein Kind gewünscht ...«

»Ja, ein eigenes Kind! Aber doch nicht das Kind einer anderen Frau!«

»Thomas ist mein Sohn«, erklärte er mit Nachdruck.

»Für mich ist es ein wildfremdes Kind. Ich will es nicht haben ... Es würde alles zerstören ... nein, dazu kannst du mich nicht zwingen!«

»Das habe ich nie vorgehabt! Natürlich werde ich nichts gegen deinen Willen unternehmen.«

»Auf einmal? Du hast doch schon alles mit dieser Frau abgesprochen ... sie wartet nur noch auf dein Geld!«

»Kirsten«, sagte er und legte seine Hand auf ihren Arm, »beruhige dich jetzt erst einmal. Ich kann deine Empörung verstehen, wirklich! Es muß entsetzlich für dich gewesen sein, die Geschichte auf diese Art zu erfahren, und es war unverantwortlich von mir, es dazu kommen zu lassen. Ich gebe es zu. Ich will mich nicht herausreden, glaube mir. Aber wenn du den Schock überwunden hast, wirst du vielleicht ...«

»Gib dir keine Mühe!« unterbrach sie ihn. »Ich will dieses Kind nicht haben. Nie!«

»Und wenn mir nun sehr viel daran läge?«

Unvermutet trat sie so heftig auf die Bremse, daß er nach vorn geschleudert wurde und fast mit dem Kopf gegen die Windschutzscheibe stieß.

»Dann heirate doch deine Gina!« schrie sie außer sich. »Dann hast du sie beide, die Mutter und das Kind! ... Worauf wartest du denn noch? ... Geh, lauf zu ihr, bevor sie sich endgültig für den anderen entschieden hat!«

7

An diesem Tag verließ Dr. Schumann die Klinik früher als sonst. Obwohl er in seiner Arbeit vollkommen aufging und sich eigentlich nur im Arztkittel richtig wohl fühlte, hatte er heute das Bedürfnis, herauszukommen aus dieser Atmosphäre. Der unverschämte Erpressungsversuch der arroganten Sylvia hatte ihn innerlich stärker erregt, als er sich eingestehen wollte. Nicht daß er sich irgendwelche Sorgen wegen der angedrohten Anzeige gemacht hätte – es war mehr die Unverfrorenheit und Bedenkenlosigkeit, mit der eine junge Mutter die Vernichtung des unter ihrem Herzen keimenden Lebens verlangte, die ihn bedrückte und unfroh machte. Auch Angelika hatte ja ihr Kind von vornherein nicht haben wollen. Was nützt alle Kunst und alles Verständnis der Ärzte, wenn es immer mehr junge Menschen gab, die diese Kunst und dieses Verständnis nur mißbrauchen wollten; die nicht einmal den Versuch machten, das gottgewollte Glück der Mutterschaft zu begreifen.

Dr. Schumann hatte Sehnsucht nach schönen, stillen Stunden mit Astrid. Er nahm ein Taxi und ließ sich in die Innenstadt fahren. Dort hatte er vor Tagen in der Auslage eines Juweliers, eine mit Saphieren besetzte Anstecknadel entdeckt und sich vorgestellt, wie gut sie seiner Frau stehen mußte.

Die Nadel lag zwar nicht mehr im Schaufenster, aber der Juwelier besaß sie noch, und Dr. Schumann kaufte sie, obwohl sie eigentlich seinen Geldbeutel erheblich strapazierte.

In fünf Minuten war der Handel abgeschlossen, und Dr. Schumann ließ sich von dem Taxi, das wartete, nach Hause fahren.

Er hatte sich auf Astrids überraschtes Gesicht gefreut, aber er wurde enttäuscht. Seine Frau war nicht da, und von dem Mädchen erfuhr er nur, daß sie in der Stadt sei.

Das minderte aber seine gute Laune nicht. Pfeifend stieg er die Treppe hinauf, wusch sich im Bad die Hände und bürstete sein dunkles Haar vor dem Spiegel. Astrid würde sicher bald kommen.

Er trat in ihr Schlafzimmer, überlegte, ob er die Schmuckschachtel irgendwo effektvoll aufbauen sollte, setzte sich vor ihren Toilettentisch, riß die Seidenpapierumhüllung von der kleinen Schachtel, öffnete sie, betrachtete noch einmal voll Freude den hübschen Schmuck und stellte die Schachtel geöffnet vor den Spiegel.

Es fiel ihm ein, daß er in diesem Boudoir bisher noch nie allein gewesen war. Alles hier spiegelte das Wesen seiner Frau: das mit Brokat bespannte Bett, der weiße weiche Teppich, das Rokokoschränkchen – dazu der zarte Duft ihres Parfüms, der dem sehr intimen Kaum zusätzlichen Reiz verlieh.

Gedankenlos und spielerisch zog er nacheinander die Schubladen des Toilettentisches auf, fand allerlei weiblichen Krimskrams, lächelte ... und dann – er erschrak bis ins Innerste, sein Herzschlag stockte – entdeckte er eine Schatulle – voll mit Verhütungsmitteln. Zuoberst lag eine Dose Antibabypillen.

Er nahm sie in die Hand, fassungslos, wie betäubt. Nein, dachte er, nein, das ist nicht möglich! Astrid, nein, so etwas kannst du doch nicht tun! Du liebst mich doch, du darfst doch nicht ... nein, nein, das nicht! Das nicht!

Dr. Schumann saß immer noch regungslos, wie erstarrt, vor dem Toilettentisch seiner Frau, als die Tür aufging und Astrid eintrat.

»Rainer ... du bist schon zurück!?« freute sie sich.

Er sah sie im Spiegel; ihr klares, schöngeschnittenes Gesicht, ihre tiefblauen Augen unter den dunklen, sanft gebogenen Wimpern. Aber zum erstenmal rührte ihr Anblick ihn nicht. In ihrem eleganten silbergrauen Kostüm, einen extravaganten kleinen Hut auf dem schimmernden, kastanienbraunen Haar, erschien sie ihm wie eine Puppe; wie ein verführerische, aber seelenlose Geschöpf.

Ein Schatten verdunkelte ihre Augen, die jähe Freude in ihrem Gesicht erlosch. »Ist etwas passiert, Rainer?« fragte sie besorgt. »Bist du krank?« Sie trat näher, wollte ihm die Hand auf die Stirn legen.

Er zuckte zurück. »Nein«, sagte er rauh, »alles in Ordnung!« Er schleuderte die Dose mit den Antibabypillen, die er immer noch in der Hand gehalten hatte, klirrend auf die Glasplatte des Toilettentisches.

Jetzt erst sah sie die weitgeöffnete Schublade, begriff alles. »Rainer«, stammelte sie, »ich ... bitte, laß dir doch erklären ...«

»Danke!« Er stand mit einer so heftigen Bewegung auf, daß der gepolsterte Schemel, auf dem er gesessen hatte, umfiel.

»Was gibt es da noch zu erklären!« Er wollte zur Tür.

Sie lief ihm nach, packte ihn am Arm. »Ich habe es doch nur getan … deinetwegen«, rief sie verzweifelt, »damit wir glücklich sein konnten, damit …«

»Ein schönes Glück«, sagte er voll tiefer Bitterkeit, »ein verdammt schönes Glück. Du kannst dir etwas darauf einbilden, daß du mich so zum Narren gehalten hast! Was bin ich denn eigentlich in deinen Augen? Ein Trottel? Ein Popanz, den man belügen muß … den man belügen darf …«

»Aber hast du denn nie gespürt, wie sehr ich dich liebe?!«

»Ja, das habe ich geglaubt. Ein feines Theater hast du mir vorgemacht. Und ich bin darauf hereingefallen …«

»Aber, Rainer, ich …«

»Niemals hätte ich es für möglich gehalten, daß du so schamlos lügen kannst! Daß überhaupt ein Mensch so etwas fertigbringt! Wie traurig du warst, daß es noch nicht mit dem Baby geklappt hat! Trösten lassen hast du dich von mir! Pläne hast du mich machen lassen für die Einrichtung des Kinderzimmers … Kataloge von Babyausstattungen hast du mir angeschleppt! Und das alles, obwohl du wußtest … obwohl dir in jeder Sekunde klar war, daß du unserem Kind den Eintritt ins Leben verwehrst. Aus Egoismus … nur aus Egoismus … weil du um deine schöne Figur fürchtest, weil du … «

»Nein«, sagte sie mit zitternder Stimme, »aus Angst!« Sie stand vor ihm, weiß bis an die Lippen, die Fäuste geballt, und sah ihm gerade in die Augen.

»Angst!?« schrie er. »Millionen Frauen bekommen Kinder …«

»Ja, Millionen leiden Qualen! Hunderttausende sterben daran!«

»Du bist ja verrückt!«

»Vielleicht bin ich das … vielleicht bin ich das wirklich! Aber du … du bist grausam … grausam und gemein! Du hast mich nie geliebt, sonst würdest du nicht …«

»Stimmt«, sagte er wild, »wie könnte man ein Geschöpf wie dich lieben?! Was bist du denn schon?! Du bist ja gar keine wirkliche Frau. Dir geht es nur um deinen Vorteil, um das Vergnügen. Den Sinn der Liebe hast du nie begriffen!«

Ihr war, als würde ihr der Boden unter den Füßen weggezogen, als müßte sie jeden Augenblick das Bewußtsein verlieren – ja, sie sehnte sich danach, in Ohnmacht zu fallen, nichts mehr sehen und hören zu müssen. Aber diese Gnade blieb ihr verwehrt. Sie stand da, unfähig, ein Wort hervorzubringen, unfähig, zu entfliehen. Wie in einem Alptraum mußte sie alles über sich ergehen lassen.

Dr. Schumann war so außer sich, daß er sie am liebsten geschüttelt oder geschlagen hätte. »Pfui Teufel!« brüllte er, drehte sich um und stürzte aus dem Zimmer.

Sie stand wie festgenagelt und rührte sich erst, als sie gehört hatte, wie die Haustür hinter ihm ins Schloß fiel. Mechanisch wie eine aufgezogene Puppe bückte sie sich, hob den Schemel auf, stellte ihn wieder an seinen Platz, nahm die Dose mit den verhängnisvollen Pillen und tat sie in die Schublade zurück.

Erst als sie die kleine Schmuckschachtel entdeckte, die geöffnet vor dem Spiegel des Toilettentisches stand, als sie die schimmernde, mit Saphiren besetzte Schmucknadel sah, brach sie zusammen.

Der Fall Angelika Schneider hatte Professor Overhoff tiefer beeindruckt, als er es sich anmerken ließ. Die Geschichte dieses von einem jungen Burschen verführten Mädchens hatte ihm schlagartig die eigene Verantwortung bewußt gemacht – die Verantwortung, die er seiner Tochter Eva gegenüber trug. Auch Eva war sechzehn Jahre, auch sie war den größten Teil ihrer Zeit sich selbst überlassen, vielleicht war auch sie schon in seelische Not geraten.

Nach dem tragischen Tod seiner Frau war Professor Overhoff kaum noch zu Hause gewesen. Er hatte die Atmosphäre seines Heimes, in dem alles und jedes an seine Frau erinnerte, nicht mehr ertragen können. Er hatte sich gegen alles, was den Schmerz dieses unersetzlichen Verlustes in ihm lebendig machte, abgekapselt – einen Schmerz, den niemand, wie er glaubte, wirklich nachfühlen oder gar mit ihm teilen konnte. Er hatte sich ganz in sich selbst zurückgezogen und Entspannung in seiner wissenschaftlichen Arbeit gesucht. Erst nach dem Gespräch mit seinem Oberarzt spürte er zum erstenmal wieder, daß er nicht allein auf der Welt und nur für sich selbst verantwortlich war. Es trieb ihn dazu, seine Tochter wiederzusehen, überzeugt, daß sie sich nach ihm sehnte und ihn brauchte.

Aber wenn er geglaubt hatte, daß sie ihn freudestrahlend begrüßen oder ihm weinend um den Hals fallen würde, hatte er sich getäuscht. Sie begegnete ihm mit einem lässigen, leicht erstaunten: »Hallo, Vater!«

Er sah sie an und empfand es wie einen eisigen kleinen Schlag auf sein Herz, daß sie für ihn fast eine Fremde geworden war. Lag es daran, daß sie ihre Lippen nachgezogen und auch ihre hellen Augen anscheinend künstlich betont hatte? Sie waren sich in der Diele zufällig begegnet, und Eva, in langen engen Hosen und einem überweiten grauen Pullover, wollte offensichtlich ausgehen.

»Wo willst du hin?« fragte Professor Overhoff, und diese Frage kam wesentlich unfreundlicher heraus, als er es beabsichtigt hatte.

»Nur ein bißchen 'raus«, erwiderte sie achselzuckend und ohne ihn anzusehen.

»Hast du denn schon zu Abend gegessen?«

»Ja.«

»Dann leiste mir wenigstens Gesellschaft, damit ich nicht allein essen muß.«

Sie folgte ihm stumm in das kleine Eßzimmer, hörte mit niedergeschlagenen Augen zu, wie er dem Mädchen seine Wünsche übermittelte.

»Willst du nicht wenigstens etwas trinken?« fragte er. »Vielleicht eine Flasche Cola?«

»Wenn du meinst ...« Sie holte sich eine Flasche Cola und kam wieder herein.

Er hatte sich an das Kopfende des Tisches gesetzt und sah jetzt zu ihr auf. »Komm, setz dich doch!«

Sie gehorchte.

»Na, was gibt's Neues in der Schule?« fragte er mit gezwungener Munterkeit.

»Och«, sagte sie gedehnt, »nichts Besonderes.«

Erneut stand das Schweigen wie eine Mauer zwischen ihnen. Professor Overhoff zermarterte sich den Kopf, um ein Gesprächsthema zu finden, für das sie sich vielleicht interessieren könnte; aber ihm fiel nichts ein. Wie sonderbar das war. Früher hatten sie doch ganz unbefangen über alles miteinander reden können – oder irrte er sich? War ihm dieses Kind immer fremd gewesen, hatte er es nur nicht gemerkt? Was immer er über ihre kleinen Erlebnisse, ihre Erfolge und Mißerfolge in der Schule wußte, das – mußte er sich eingestehen – hatte ihm Susanne, seine Frau, erzählt. Sein persönlicher Kontakt zu seiner Tochter, dies wurde ihm jetzt klar, war seit jeher nur sehr schwach gewesen.

»Und wie geht es denn deiner Freundin?« fragt er endlich.

»Welcher?« fragte Sie zurück.

»Na ... Gudrun!«

»Gudrun Langenfeld? Mit der verkehre ich doch längst nicht mehr!«

»Und wer ist jetzt deine Freundin?«

»Ach, Vater«, sagte Eva, »wozu soll ich dir das erklären? Du kennst sie ja doch nicht.«

»Aber vielleicht möchte ich sie kennenlernen. Sie besucht dich doch sicher manchmal?«

»Nö.«

Wieder stockte das Gespräch.

Professor Overhoff war erleichtert, als das Mädchen ein Tablett mit kaltem Abendbrot hereinbrachte und rasch den Tisch deckte. Es fiel ihm auf, daß Eva keinen Finger rührte, um ihr dabei zu helfen, aber er unterdrückte einen

Tadel, weil er die Spannung nicht noch verschärfen wollte.

Er schenkte sich ein Bier ein, begann zu essen und sagte: »Na, erzähle mir doch einmal, was du so den ganzen Tag machst.«

»Das Übliche«, antwortete sie, »in die Schule gehen, Aufgaben machen, Klavier spielen … hin und wieder mal ins Kino …«

»Habe ich dich vielleicht von einem Kinobesuch abgehalten?«

»Nö«, murmelte sie und saugte in kleinen Schlucken ihr Cola.

»Na, das ist fein«, sagte er, »dann werden wir beide uns mal einen ganz gemütlichen Abend machen.«

Zum erstenmal reagierte sie impulsiv. »Heute, Vater?« rief sie erschrocken. »Aber … weißt du … ich bin nämlich verabredet und …«

»Mit wem?«

»Ein paar aus meiner Klasse. Kennst du doch nicht.«

»Warum holst du sie nicht einfach herauf?«

»Hierher?« fragte Eva mit hochgezogenen Augenbrauen.

»Ja, ich spendiere etwas, wir setzen uns alle zusammen und … na, wir geben ganz einfach eine kleine Party!«

»Mit dir?!« entschlüpfte es Eva, sie wurde rot, fügte rasch hinzu: »Entschuldige bitte, ich wollte dich nicht kränken, aber weißt du … wenn Erwachsene dabei sind, läßt sich doch nie etwas Vernünftiges anfangen.«

Er zeigte nicht, wie verletzt er war. »Was versteht du denn unter etwas Vernünftigem?« fragte er.

Eva rutschte unruhig auf ihrem Stuhl hin und her. »Also, weißt du, das ist einfach so … es ist nichts Schlimmes dabei, bestimmt nicht, aber zu einer richtigen Party gehören doch auch Jungens!«

»Dann bringe eben auch die Jungens mit!«

Eva zögerte, dann sagte sie freimütig. »Wenn ich ihnen sage, daß du hier bist, wird bestimmt keiner kommen.«

»Haben sie etwa Angst vor mir?«

»Ach wo! Sie können sich bloß an allen fünf Fingern ausrechnen, daß dann doch nichts los sein wird.«

Er sah seine Tochter an, und jetzt, zum erstenmal, begegnete sie standhaft seinem Blick. Er hätte ihr befehlen können, zu Hause zu bleiben – aber was wäre damit gewonnen gewesen. Er hätte auch darauf bestehen können, daß sie nur ihre Freundinnen einlud – aber sein Grauen vor diesem erzwungenen Beisammensein war stärker als der Wunsch, seiner Tochter näherzukommen. Wenn er schon zu seiner eigenen Tochter keinen Kontakt fand, wie dann zu anderen Mädchen ihres Alters, die er nie zuvor gesehen hatte und die in einer ganz anderen Welt lebten als er.

»Na, dann lauf schon«, sagte er entmutigt. Er hatte den Satz noch nicht zu Ende gesprochen, da war sie schon aufgesprungen und aus dem Zimmer gesaust.

Er blieb allein zurück und fühlte sich so leer und einsam wie noch nie zuvor. Er fühlte, daß er versagt hatte. Wie konnte er erwarten, daß Eva Vertrauen zu ihm faßte, wenn er es nicht wagte, mit ihr über das zentrale Problem zu sprechen – über den Tod ihrer Mutter.

Obwohl Professor Overhoff sich seiner Schwäche und seines Unvermögens bewußt war, ahnte er, daß die Erkenntnis und der gute Wille allein nicht genügen würden, um diese Hürde zu überspringen.

Dr. Schumann war durch die Straßen gestürmt. Er hatte kein Ziel, sondern nur einen einzigen Wunsch gehabt, Astrid nie wiederzusehen, seine Wohnung nie wieder betreten zu müssen. Sein ganzes Leben schien ihm verfehlt und sinnlos geworden.

Es dauerte eine gute Stunde, bis er sich einigermaßen beruhigt hatte und fähig war, einen klaren Gedanken zu fassen. Er holte tief Atem und zwang sich, zu überlegen. Auch jetzt war der Widerwille gegen seine mißglückte Ehe noch so stark, daß ihm der Gedanke, nach Hause zurückzukehren, unerträglich schien. Er hätte in eine Kneipe gehen und sich betrinken mögen, um alles zu vergessen; aber diese billige Flucht verbot er sich.

Er bemerkte, daß er instinktiv im Universitätsviertel gelandet war. Er stand am Rand der Grünanlagen, die den eigentlichen Universitätskomplex von den Krankenhäusern trennten. Von hier aus waren es nur noch fünf Minuten bis zur Frauenklinik. Sein Unterbewußtsein hatte ihn hierhin geführt. Er hatte unzählige Umwege benutzt, aber sie alle endeten schließlich bei der einzigen Zuflucht, die er auf der Welt besaß – der Klinik.

Das kleine Zimmer unter dem Dach, in dem er in seiner Junggesellenzeit gehaust hatte, stand immer noch für ihn zur Verfügung. Er hatte noch manchmal darin geschlafen – wenn er nachts gebraucht worden oder wenn Astrid verreist gewesen war. Sein Rasierzeug befand sich dort, sein Schlafanzug lag immer für ihn bereit. Dieses kleine, mehr als bescheiden eingerichtete Zimmer empfand er jetzt insgeheim als sein wahres Zuhause. Der Luxus und der Komfort des kleinen Hauses am Stadtrand, all die schönen und erlesenen Gegenstände, mit denen Astrid ihr Heim geschmückt hatte, entsprachen nicht seinem persönlichen Bedürfnis. Er hatte sich zwar über alles gefreut, aber im Grunde nur, weil er wußte, was es Astrid bedeutete.

Der Pförtner registrierte das Kommen des Oberarztes ohne Verwunderung. Die Blicke der Schwestern, die ihm in den Gängen begegneten, waren ohne Neugier oder besonderes Interesse. Noch ahnte niemand, daß er endgültig zurückgekehrt war – morgen, spätestens übermorgen würden es alle wissen, würde diese Neuigkeit die Runde durch das ganze weitverzweigte Haus gemacht haben.

Dr. Schumann war das gleichgültig. Wenn schon! Es gab niemandem, dem er über sein Privatleben Rechenschaft schuldig war.

Er öffnete die Tür zu seinem Zimmer, knipste Licht an, warf den Mantel achtlos aufs Bett, trat vor den Spiegel. Das

Gesicht, das ihm entgegenstarrte, wirkte fremd – düster, mit tiefen Falten. Er kam sich um Jahre gealtert vor.

So sieht man also aus, dachte er, wenn man die Hoffnung auf Glück begraben hat!

Er fuhr sich mit der Hand über die Stirn, aber die Falten waren nicht wegzuwischen.

Dr. Schumann wandte sich ab, öffnete die Tür des immer ein wenig klemmenden Kleiderschranks und angelte sich die Flasche Kognak, die er dort reserviert hatte. Er hielt sie gegen das Licht der Deckenlampe, stellte mit Befriedigung fest, daß sie noch zu drei Viertel voll war, nahm das Zahnputzglas von der Platte über dem Waschbecken, füllte es zur Hälfte und leerte es mit einem Zug.

In diesem Augenblick schrillte das Telefon. – Astrid, schoß es ihm durch den Kopf. Er ließ die Hand, die er schon nach dem Hörer ausgestreckt hatte, sinken.

Das Telefon klingelte wieder. Dr. Schumann spürte, wie das Blut in seinen Ohren rauschte, biß sich auf die Unterlippe, war unsicher, was er tun sollte. Dann, nach dem dritten Läuten, zwang er sich, den Hörer abzunehmen, und meldete sich.

»Herr Oberarzt«, hörte er überrascht die Stimme Schwester Helmas, »würden sie bitte in den Kreißsaal herunterkommen ...«

»Sofort«, erwiderte er erleichtert und legte auf.

Er schlüpfte aus der Jacke, nahm sich einen der weißen, leicht gestärkten Kittel, die säuberlich zusammengefaltet in seinem Schrank lagen, und zog ihn über.

Im Kreißsaal erwartete ihn der junge Dr. Bley. »Gut, daß Sie kommen, Herr Oberarzt ...«

»Warum wenden Sie sich an mich? Es ist der reinste Zufall, daß ich ...«

»Ja, ich weiß. Entschuldigen Sie bitte, Herr Oberarzt, aber die anderen Herren sind ...«

Dr. Schumann wurde sich bewußt, daß er im Begriff stand, seine schlechte Laune an dem Jüngeren auszulassen –

er tat ihm plötzlich leid, wie er da mit geröteten Wangen und unruhigen Augen vor ihm stand. Der Oberarzt fühlte sich lebhaft an seine eigene Anfängerzeit erinnert. »Schon gut«, sagte er milder, »also, was gibt's?«

Es lagen drei Frauen gleichzeitig im Kreißsaal, und ihr Stöhnen, die beruhigenden Worte der Hebamme, manchmal ein nervöses, gepreßtes Lachen, bildeten den Hintergrund zu diesem Gespräch.

»Eine sechste Gebärende«, berichtete Dr. Bley, »mit erster dorsosuperiorer Querlage. Vorzeitiger Blasensprung, kindliche Herztöne gut. Muttermund kleinhandtellergroß, weder Nabelschnur noch kleiner Teil vorgefallen.«

»Na ja, dann werde ich mir die Frau einmal ansehen ...«

Er folgte Dr. Bley, der ihn zu dem hintersten Tisch im Raum führte. Die werdende Mutter lag ganz ruhig, ihr Gesicht unter dem zu stark gewellten farblosen Haar wirkte müde, aber nicht im geringsten ängstlich.

»Wie alt?« fragte Dr. Schumann leise.

»Dreiundvierzig«, erklärte Dr. Bley.

Dr. Schumann konstatierte, daß die Patientin älter wirkte. Dies mochte zum Teil daran liegen, daß die Haut spröde und ungepflegt schien. Hauptsächlicher Grund war aber wohl, daß die Frau ein Leben geführt hatte, bei dem ihre körperlichen und seelischen Kräfte bis zur äußersten Grenze beansprucht worden waren. Dr. Schumann lächelte sie freundlich an, um das Vertrauen der Patientin zu gewinnen.

»Wie fühlen Sie sich denn, Frau ...«

»Müller«, flüsterte Dr. Bley.

»Frau Müller«, wiederholte Dr. Schumann, »Schmerzen?«

»Eben nicht, deshalb bin ich ja gekommen. Wenn man fünf Kinder in die Welt gesetzt hat, dann weiß man ja, wie so etwas vor sich geht, wissen Sie. Heute früh ist die Fruchtblase geplatzt, und da dachte ich mir: Jetzt geht es los! Ich habe gleich mein Köfferchen gepackt und wollte los. Aber es kamen gar keine Wehen, und da habe ich mir gedacht ... kannst noch ein bißchen aufräumen und auch etwas vorkochen, bis es soweit ist. Die Kleinen habe ich natürlich zur Nachbarin gebracht. Dann kamen die Großen aus der Schule nach Hause, und es war immer noch nichts. Gar keine Wehen, und das Kleine ...« – sie tastete nach ihrem Bauch – »rührt sich auch gar nicht mehr. Da habe ich meinem Mann gesagt, nun will ich doch zur Klinik gehen, weil alles so ganz anders ist als die früheren Male.«

»Hm«, sagte Dr. Schumann, »Sie freuen sich wohl sehr auf das Kind?« Er spürte, wie die Frau sich verschloß, fuhr ermutigend fort: »Mir gegenüber dürfen Sie ganz ehrlich sein, Frau Müller. Ich weiß, daß fünf Kinder schon eine rechte Plage sein können.«

»Das sagen Sie wohl gut, Herr Doktor!« platzte die Frau heraus. »Ich will mich nicht versündigen, das ganz gewiß nicht, und ich habe sie auch alle lieb ... Aber nach dem fünften, da habe ich zu meinem Mann gesagt: Jetzt muß aber Schluß sein, Alfons! – Und er hat es mir auch fest versprochen. Aber wie die Männer so sind, Herr Doktor, das wissen Sie ja wohl selbst ... und immer aufpassen kann man auch nicht. Da ist es eben doch wieder passiert.«

Eine ähnliche Antwort hatte Dr. Schumann erwartet. Er lächelte der Frau leicht zu. »Ja, ja, die Männer! Aber diesmal wird es bestimmt das letzte Mal gewesen sein.«

»Gott gebe es«, sagte die Frau mit einem tiefen Seufzer. Dr. Schumann untersuchte den Leib der Schwangeren. Es fiel sofort auf, daß die sehr schlaffen Bauchdecken der Mehrgebärenden mehr seitlich aufgetrieben waren, während der Höhepunkt der Gebärmutter geringer war, als es der Zeit entsprach. Mit flachen Händen tastete er sorgfältig. Seine linke Hand umfaßte einen runden, harten Gegenstand: den kindlichen Kopf. Er stand links, der etwas weichere und weniger scharf begrenzte Steiß rechts. Es handelte sich also nicht um eine Längslage, sondern um die seltenere und geburtshilflich gefährlichere Querlage; gefährlich besonders in diesem Fall, da die Blase schon vor Stunden gesprungen war, das Kind also völlig schutzlos quer im Uterus lag. Die Uterusmuskulatur hatte sich nach dem Springen der Fruchtblase kontrahiert, sich wie ein Panzer um das Kind gelegt, drückte es gegen den Beckeneingang.

Frau Müller hatte das Gesicht des untersuchenden Arztes beobachtet. »Es stimmt etwas nicht?«, fragte sie leise. »Das habe ich mir gleich gedacht ... es ist ja nicht wegen des Kindes! Aber wenn mir etwas zustieße ... nein, Herr Doktor, das darf nicht sein. Was sollte dann aus meinem Alfons werden ... mit fünf Kindern! Wenn meine Schwester wenigstens nicht im vorigen Winter nach Amerika ausgewandert wäre ...«

»Beruhigen Sie sich«, sagte Dr. Schumann, »es wird Ihnen nichts passieren, dazu sind wir ja da! Sie haben doch Vertrauen zu uns, nicht wahr?«

Frau Müller blickte in die braunen, klugen Augen des Arztes und rief impulsiv: »Zu Ihnen, Herr Doktor ... jede Menge!«

»Na, dann können wir uns also aufeinander verlassen!«

Dr. Schumann ließ sich von seinem Kollegen das Stethoskop geben, horchte die kindlichen Herztöne ab. Sie waren normal. Er lächelte der Frau noch einmal zu und trat mit Dr. Bley in den Waschraum.

»Scheint ein zähes kleines Kerlchen zu sein«, sagte er.

»Und ob!« bestätigte Dr. Bley. »Ich möchte wetten, daß das Kleine einige Heißwasserkuren, Rotwein und Chinin schon überstanden hat ...«

»Unzählige Sprünge vom Tisch nicht mitgerechnet«, ergänzte Dr. Schumann. »Das gibt mir Hoffnung, es durchzubringen.«

»Kaiserschnitt?«

»Nein. In diesem Fall würde ich es für richtiger halten, wenigstens den Versuch zu unternehmen, das Kind auf den Fuß zu wenden.«

»Ich weiß nicht ...« meinte Dr. Bley unsicher.

»Was wissen Sie nicht?«

»Ich möchte nur zu bedenken geben: Eine solche Wendung ist doch für das Kind die gefährlichste Manipulation überhaupt.«

»Gut gelernt«, sagte Dr. Schumann mit einem Lächeln, das nicht ganz echt war. »Wenn ich Sie richtig verstanden habe ... Sie würden es nicht versuchen?«

»Nein ...«

Dr. Schumann war zum Waschbecken getreten, hatte die Hähne weit aufgedreht, ließ seine Hände von dem sehr heißen Wasser überspülen. »Jeder praktische Arzt!«, rief er in das Brausen hinein, »kann sich gezwungen sehen, diesen Eingriff durchzuführen. Wir alle sollten uns nicht so sehr auf den technischen Apparat einer großen Klinik verlassen.«

Er nahm das sterile Tuch, das Dr. Bley ihm reichte. »Na, dann wollen wir mal«, sagte er bewußt forsch.

Sie gingen in den Kreißsaal zurück. »Ihr Kind liegt quer zum Becken«, erklärte Dr. Schumann der Mutter, »es kann nicht heraus. Ich werde jetzt versuchen, es zu wenden ... das wird natürlich nicht ganz angenehm für Sie sein ...«

»Ich bin Schmerzen gewohnt, Herr Doktor ...«

»Ja, ich weiß, daß Sie tapfer sind!«

Dr. Schumann untersuchte vaginal, tastete mit zwei Fingern den Leib des Kindes ab. Es lag mit dem Rücken zum Beckeneingang. Er versuchte, probeweise den querliegenden Körper etwas nach oben zu schieben und spürte, daß es möglich war.

Mit beiden Händen – die rechte innen, die linke außen – schob er sehr vorsichtig den Körper des Kindes aus dem kleinen Becken hinaus, bis es den größeren Raum dahinter erreichte. Die schlaffen Bauchdecken der Frau erlaubten es, das Kind zu lüften.

Jetzt war die Wendung theoretisch möglich. Dr. Schumann zögerte noch eine Sekunde – ihm wurde quälend bewußt, daß das Leben dieses ungeborenen Kindes jetzt buchstäblich allein in seiner Hand lag.

Dann biß er die Zähne zusammen. Es gelang ihm, die beiden kleinen Füße zu fassen, das Kind im Mutterleib herumzudrehen – es lag jetzt mit den Füßen zum Beckeneingang und war nun leicht zu entwickeln.

Vorsichtig begann er, die Wehenbewegungen nachahmend, an den Füßen des Kindes zu ziehen, brachte die Füße heraus, die Beine, die Schultern, den Kopf.

Die Mutter lag mit fest zusammengepreßten Lippen, stöhnte zwei-, dreimal, mühsam unterdrückt.

Dann war das Kind geboren, ein winziges, mit bräunlichem Schleim bedecktes Wesen. Dr. Schumann nabelte es ab und reichte es der Hebamme, die wartend den Eingriff beobachtet hatte.

Nachdem er die Plazenta gelöst hatte, richtete Dr. Schumann sich auf und sah die achtungsvoll, geradezu ehrfürchtig auf sich gerichteten Augen Dr. Bleys.

»Penizillin«, sagte er, »für alle Fälle …«

Dann trat er hinter den Wandschirm, wo die Hebamme das Kind wog und wusch. Das quäkende Schreien des Neugeborenen war für ihn wie Musik.

»Ein kleines Mädchen, es wiegt dreitausendeinhundert Gramm«, rief die Hebamme strahlend, »und ist vollkommen in Ordnung … wirklich vollkommen in Ordnung, Herr Oberarzt! Ich habe es ganz abgetastet.«

»Du hast uns schöne Scherereien gemacht«, sagte Doktor Schumann mit fast väterlichem Stolz und betrachtete das quäkende Geschöpf mit den kleinen krummen Beinchen und den winzigen Händchen. »Sich quer zu legen … so eine unvernünftige kleine Dame!«

Er ging in den Kreißsaal zurück, beugte sich über die Mutter. »Sie haben's überstanden, Frau Müller … ich gratuliere!«

Das Gesicht der Frau wirkte entspannt. »Mir scheint, ich hab' Sie diesmal die ganze Arbeit allein tun lassen, Herr Doktor! Ist wirklich schon alles vorbei?«

»Ja!«

»Und das Kind?«

»Ein kleines Mädchen, ein ganz besonders tapferes und tüchtiges kleines Mädchen! Passen Sie mal auf, an dem werden Sie noch viel Freude haben!«

Die Frau versuchte sich aufzurichten. »Es lebt? Es lebt wirklich?«

Die Hebamme brachte das sauber gewickelte Kind.

»Es ist ganz gesund«, lächelte sie und legte es der Mutter in die Arme.

»Es ist seltsam«, sagte Frau Müller, »wenn es da ist, freut's einen doch. Dann versteht man gar nicht, wie man darauf hätte verzichten können. Es ist hübsch, nicht wahr?«

»Ja, sehr«, bestätigte Dr. Schumann. »Und ich glaube, der liebe Gott hat etwas ganz Besonderes mit ihm vor ... es ist ein richtiges Glückskind.«

Zwischen Kirsten und ihrem Mann war es seit jener heftigen Auseinandersetzung im Auto zu keiner wirklichen Versöhnung gekommen. Sie lebten nebeneinander her, als seien sie einander fremd, vermieden die Begegnung, sprachen kaum miteinander.

Kirsten litt. Tag und Nacht grübelte sie darüber nach, ob es nicht wirklich das einzige Richtige sein würde, die Konsequenzen zu ziehen und ihrem Mann die Scheidung vorzuschlagen – nicht im wilden Zorn, sondern in alle Ruhe. Vielleicht würde er erleichtert sein und diese Lösung begrüßen. Sie wollte ihm den Weg frei machen – zu einem Mädchen, das in der Lage sein würde, ihm Kinder zu schenken.

Professor Overhoff hatte ihr zwar versichert, daß sie gesund sei und Kinder bekommen könne, aber im tiefsten Herzen zweifelte Kirsten immer noch an sich selbst; um so mehr, als sie jetzt wußte, daß ihr Mann schon ein Kind von einer anderen hatte. Vielleicht war seelisch mit ihr etwas nicht in Ordnung?

Sie hätte gern mit einem Menschen über all diese Fragen gesprochen. Die einzige Person, die für ein solches Gespräch in Frage gekommen wäre, war ihre Schwester Astrid – aber Astrid, das wußte sie nur zu gut, würde sie nie verstehen.

Als das Telefon klingelte, wußte sie, schon bevor sie den Hörer abnahm, daß ihr Mann am Apparat sein würde, und sie hatte sich nicht geirrt. »Entschuldige bitte, daß ich dich erst jetzt verständige«, sagte er formell, »aber ich werde zum Essen nicht hinüberkommen. Ich habe heute abend noch eine Besprechung.«

Sie schluckte schwer. »Wie lange?«

»Das kann ich noch nicht mit Bestimmtheit sagen, aber es wird wohl spät werden.«

Sie fühlte in diesem Moment, wie sehr sie ihren Mann liebte, trotz allem! »Hugo ...«

Aber da hatte er schon aufgelegt.

Kirsten zweifelte keinen Augenblick daran, daß diese ›Besprechung‹ nur ein Vorwand war. Er wich ihr aus, er wollte nicht mit ihr sprechen, nicht mit ihr beisammensein. Sie würde wieder allein warten, grübeln, sich zerfleischen – und nicht einmal wissen, wohin er gegangen war, ob es nicht bereits eine andere Frau in seinem Leben gab, bei der er Trost suchte.

Plötzlich ertrug sie es nicht länger und lief auf den Flur hinaus. Schon hatte sie die Tür geöffnet, als ihr einfiel, daß sie ja noch die Schürze umgebunden hatte. Sie nahm sie ab, warf sie über den Garderobenhocker und rannte hinüber in die Kanzlei ihres Mannes.

Fräulein Schalke, die Kanzleivorsteherin, verbarg ihr Erstaunen hinter respektvoller Höflichkeit.

Dann stand Kirsten ihrem Mann gegenüber und wußte plötzlich nichts mehr zu sagen. Sein Gesicht war unbewegt und zeigte weder Erstaunen noch Freude. Nicht einmal das kleinste Lächeln der Ermunterung zwang er sich ab. Er hatte sich steif hinter seinem Schreibtisch erhoben, das war aber auch alles.

»Hugo«, sagte Kirsten plötzlich atemlos, »ich möchte dich um Verzeihung bitten!«

In seinem Gesicht zuckte es. »Du?!« fragte er erstaunt.

»Ja. Ich. Ich habe mich schauderhaft benommen ... völlig hysterisch. Ich weiß wirklich nicht, was in mich gefahren ist.«

»Vielleicht darf ich dich erinnern«, sagte er. »Der Grund war der: Ich habe dich jahrelang belogen!« Er sah in ihr vor Liebe und Erregung glühendes Gesicht, und endlich, endlich tat er das, wonach sie sich so sehr gesehnt hatte. Er nahm sie in seine Arme, ganz fest, drückte sein Gesicht in ihr weiches Haar. »Es war meine Schuld«, flüsterte er, »ganz allein meine Schuld ... du darfst dich nicht so demütigen!«

»Demütigen?« wiederholte sie, halb weinend, halb lachend.

»Ja, indem du mich jetzt auch noch um Verzeihung bittest!«

»Was sollte ich denn sonst tun?« fragte sie und hob ihr Gesicht zu ihm. »So konnte ich es nicht länger aushalten!«

»Braves Mädchen«, flüsterte er, »mein liebes kleines braves Mädchen ...«

»Hugo!« Sie rieb ihre Wange an dem rauhen Stoff seines Jacketts. »Ich habe eine Idee ...«

»Ja?«

»Einen Wunsch ... einen wirklichen Wunsch!«

»Nun sag schon!«

»Könnten wir nicht zusammen verreisen?«

»Wohin?«

»Das ist doch gänzlich gleichgültig. Irgendwohin, wo es schön ist.«

Er ließ sie los, schwang sich auf die Schreibtischkante, sagte nachdenklich: »Also weißt du ... gerade jetzt habe ich ein paar sehr wichtige Termine ...« Er wollte sich eine Zigarette anzünden, besann sich aber und reichte erst ihr das Päckchen.

Sie schüttelte stumm den Kopf.

»Du rauchst nicht?« fragte er irritiert.

Sie lächelte schwach. »Professor Overhoff hat es mir nahegelegt ...«

»Ach so!« Er ließ sein Feuerzeug aufspringen, steckte die Zigarette an, nahm einen tiefen Zug und stieß den Rauch durch die Nase. »Dann war es wohl auch der Professor, der dir zu einer gemeinsamen Reise geraten hat?«

Sie errötete leicht. »Ja, das auch. Aber das ist nicht der Grund, sondern ...«

Er unterbrach sie. »Du kannst nicht von mir verlangen, daß ich dir ein Kind auf Befehl zeuge.«

»Hugo!« rief sie entsetzt.

»Ich weiß, das klingt nicht fein, aber es ist besser, wenn wir endlich die Dinge beim Namen nennen. Sei doch ehrlich! Am liebsten möchtest du doch jetzt wieder, daß ich vor der Reise noch zum Dermatologen gehe?«

»Daran habe ich wirklich nicht gedacht.«

»O doch, das hast du!« Er drückte seine halb gerauchte Zigarette aus. »Kirsten, ich liebe dich ... und du liebst mich auch, ich weiß es. Wir passen zusammen, wir könnten glücklich sein. Auch ohne Kinder. Müssen wir uns das alles selbst zerstören, nur weil bei dir der Wunsch nach einem Kind zur Besessenheit, zur fixen Idee geworden ist?!«

»Du verstehst das nicht«, sagte sie mit starren Lippen, »weil du Vater bist.«

»Vater eines Kindes, daß ich zwei-, dreimal flüchtig gesehen habe! Wenn du das Vaterschaft nennst!«.

»Hätten wir eigene Kinder, wärst du nie auf die Idee gekommen, es zu adoptieren!«

Er ließ sich vom Schreibtisch gleiten. »Ich dachte, dieses Kapitel hätten wir endgültig ad acta gelegt.«

»Nein«, meinte sie, »das werden wir niemals können ... nicht, solange wir nicht selbst Kinder haben. Dieses fremde Kind wird immer zwischen uns stehen.«

»Kirsten ...« sagte er und packte sie bei den Schultern.

Sie sah ihm flehend in die Augen. »Verreise mit mir«, bat sie, »ich muß hier heraus! In einer anderen Umgebung ...

unter anderen Menschen … werde ich wieder zu mir selbst finden. Ich fühle es, daß ich das brauche.«

»Ich kann mich jetzt nicht frei machen, es ist im Augenblick unmöglich, glaub mir das! Aber warum verreist du nicht allein?«

»Allein?«

»Ja, warum nicht? Schließlich sind wir ja keine siamesischen Zwillinge.«

Ihre Augen verdunkelten sich. »Gut, wenn du es so willst«, sagte sie spröde, »werde ich allein fahren.«

Erleichtert nahm er sie in die Arme und wußte nicht, daß sie sich in dieser Minute meilenweit von ihm entfernt hatte, daß ein gefährlicher Entschluß in ihr gereift war.

Sie mußte und wollte Antwort auf die Frage finden, ob sie wirklich zur Unfruchtbarkeit verflucht war oder ob ein anderer Mann ihr das Kind schenken konnte, nach dem sie sich sehnte.

8

Es war fünf Tage her, daß Dr. Schumann sein Haus und seine Frau Astrid im Zorn verlassen hatte.

Aber sein Herz hatte sich nicht von ihr gelöst, und seine Gedanken kreisten unentwegt um das Problem seiner mißglückten Ehe.

Wenn er arbeitete, war es nicht so schlimm – und er arbeitete jetzt mehr denn je zuvor, weil besonders die jüngeren Ärzte seine ständige Anwesenheit dazu ausnutzten, ihn zu jeder Tages- und Nachtzeit zu Rate zu ziehen. Aber die langen Stunden, in denen er allein in seinem kleinen Zimmer in der Klinik saß, wurden ihm zunehmend zur Qual. Weder Fachzeitschriften noch spannende Kriminalromane vermochten ihn dann abzulenken. Immer wieder gingen seine Gedanken in die Vergangenheit zurück. Immer wieder grübelte er darüber nach, ob die Trennung von Astrid wirklich unvermeidbar war oder ob er nicht den endgültigen Bruch hätte vermeiden können.

Was trieb Astrid ohne ihn? Vermißte sie ihn? Bereute sie? Oder war sie erleichtert, ihn los zu sein?

»Verdammt!« rief er laut, als er sich wieder einmal bei solch nutzlosen Überlegungen ertappte. Er schleuderte den medizinischen Wälzer, in dem er gerade geblättert hatte, über den Tisch, daß er zur Kante rutschte und krachend zu Boden fiel.

Impulsiv griff Dr. Schumann zum Telefon, zog es näher an sich heran und wählte die Nummer seiner Wohnung. Er gab sich keine Rechenschaft darüber, ob es richtig oder falsch war, was er jetzt tat. Er wollte mit Astrid reden – worüber, das war ihm im Augenblick ganz gleichgültig.

Der Apparat läutete dreimal, bevor am anderen Ende der Leitung der Hörer abgenommen wurde. »Ja?« meldete sich Astrid – sie sagte es gelassen und ohne eine Spur von Spannung oder Erwartung.

»Ich bin's, Rainer ...«

»Ja?« fragte Astrid noch einmal, und ihre Stimme blieb kühl und spröde, zeigte weder Freude noch Abwehr.

Er mußte schlucken. »Ich habe eine Bitte ... könntest du mir ein paar Sachen zusammenpacken und in die Klinik schicken? Ich brauche einen zweiten Anzug ... vielleicht den hellgrauen, und Hemden, Socken, Schlafanzüge ...«

»Natürlich«, antwortete sie ruhig.

Es entstand eine lange, quälende Pause.

»Hallo«, sagte er endlich, »Astrid ... bist du noch da?«

»Ja.«

»Kann ich die Sachen morgen früh bekommen?«

»Ja.«

»Ich danke dir ...« Dr. Rainer Schumann legte auf und stützte den Kopf in die Hände. Ich bin wirklich der letzte Idiot, dachte er; was habe ich mit diesem blödsinnigen Anruf bezweckt? Hatte ich wirklich gehofft, Astrid würde mich anflehen, zurückzukommen? Er seufzte schwer, bückte sich, hob das dicke Fachbuch vom Boden auf. Dann holte er die Kognakflasche aus dem Schrank, goß sich ein Wasserglas halb voll, zog seine Pfeife unter einem Stoß Zeitschriften hervor, stopfte sie umständlich und zündete sie an. Nachdem er sich wieder in den ziemlich ausgeleierten, aber sehr bequemen Sessel gesetzt hatte, versuchte er sich einzureden, daß es ihm an nichts fehle und daß er allen Grund habe, mit sich und seinem Leben zufrieden zu sein.

Da klopfte es an der Zimmertür.

Er hob den Kopf in der freudigen Erwartung, zu einer Patientin gerufen zu werden. »Herein!«

Eine junge Dame in einem tiefdekolletierten, buntbedruckten Seidenkleid wirbelte ins Zimmer. Es dauerte einige Sekunden, bis er in ihr die junge Schwester Patrizia von der Säuglingsstation erkannte.

»Nanu?« staunte er. »Wie kommt solcher Glanz in meine Hütte?«

Patrizia zeigte mit einem lächelnden Erröten ihre Grübchen und fuhr sich verlegen über das blonde, sorgfältig frisierte Haar. »Es ist eine Frechheit, ich weiß«, sagte sie, hielt seinem Blick aber mit mutwilliger Koketterie stand. »Ich hoffe nur, Sie sind mir nicht allzu böse!«

»Warum? Bisher haben Sie mich ja noch nicht geärgert!« Er steckte sich eine Pfeife zwischen die Zähne, musterte die Schwester amüsiert und nicht ohne Wohlgefallen.

»Ich bin nicht von mir aus gekommen«, sagte sie und strich über die glatte Seide, die ihre runden Hüften umspannte, »man hat mich geschickt … ich komme sozusagen als Abordnung!«

»Von wem?«

»Von allen! Dr. Leopold gibt doch heute abend seine Geburtstagsparty … jeder, der frei hat, ist eingeladen. Und alle sind gekommen. Außer Ihnen.«

»Na, man wird mich nicht allzusehr vermißt haben.«

»O doch. Deshalb bin ich ja da. Um sie zu holen.«

Dr. Schumann hatte Zeit gehabt, sich die Sache zu überlegen.

Auf der einen Seite reizte ihn die Gelegenheit, der Einsamkeit seiner vier Wände zu entrinnen, auf der anderen Seite sträubte sich alles in ihm dagegen, in den festlichen Kreis der Kollegen und der Schwestern einzubrechen. Sicherlich gab es keinen in der Klinik, dem es nicht aufgefallen war, daß er sein altes Zimmer wieder bezogen hatte, und er zweifelte nicht daran, daß die tollsten Gerüchte über ihn im Umlauf waren. Er wollte sich nicht freiwillig neugierigen Blicken und plumpen Anspielungen aussetzen.

»Tut mir leid«, sagte er lächelnd, »nichts zu machen. Ich habe noch zu arbeiten.

»Oh«, meinte Schwester Patrizia enttäuscht und zog einen Schmollmund, »schade!«

Er zog an seiner Pfeife, stieß eine dicke Rauchwolke aus.

»Sie lieben wohl solche Partys?«

»Und wie!« bekannte sie freimütig. »Kommen Sie doch mit, bitte! Es ist so lustig! Alle Schwestern in Zivil, die Ärzte ohne Kittel ...« Sie lachte. »Irgendwie sehen sie alle wie maskiert aus.«

»Das kann ich mir vorstellen ... im ersten Augenblick habe ich ja nicht einmal Sie erkannt! Aber Sie sehen reizend aus ... ohne Tracht und Häubchen!«

»Ich habe mich extra schön gemacht«, sagte Patrizia, »für Sie!«

»Für die Party, meinen Sie wohl!« Er wußte, daß es albern war, aber die offenkundige Anbetung tat ihm gut. »Laufen Sie«, sagte er rauher, als er es beabsichtigt hatte. »Sie versäumen sonst noch etwas!«

»Störe ich Sie?« fragte sie erschrocken.

»Ach woher!«

Sie blickte auf die Spitzen ihrer grasgrünen hochhackigen Pumps. »Ohne Sie traue ich mich nämlich gar nicht zu den anderen zurück.«

»Dann müssen Sie wohl bleiben«, sagte er und lächelte sie an.

»Wenn ich darf?«

Er wies mit einer Kopfbewegung zum Waschbecken, »Bringen Sie bitte das Glas her … ja, das! Nehmen Sie die Zahnbürste ’raus und spülen Sie es durch. Ich schenke Ihnen einen Schluck ein …« Er hielt die Kognakflasche in der Hand, als sie mit dem Glas zu ihm trat, goß er ihr ein.

»Danke«, sagte sie. »Ist eigentlich noch niemand auf die Idee gekommen, Ihnen anständige Gläser zu schenken?«

»Glücklicherweise nicht! Zu Hause habe ich …« Er stockte, weil er merkte, daß er ausgerechnet das Thema zu berühren im Begriff stand, das er unter allen Umständen umgehen wollte. »Setzen Sie sich!« sagte er fast grob.

Sie setzte sich auf den einzigen Stuhl im Zimmer, kerzengerade, die Beine sorgsam nebeneinandergestellt – ganz das wohlerzogene junge Mädchen. Verlegen schnupperte sie an ihrem Glas und nahm einen kleinen Schluck. »Es … es muß sehr ungemütlich hier für Sie sein«, meinte sie, ohne ihn anzusehen, »ich meine … nachdem Sie es doch so ganz anders gewohnt sind.«

»Meine Frau ist verreist«, sagte er kurz.

»Ach?« Es klang ungläubig.

Eine unbehagliche Pause entstand. Schon bereute er es, sie zum Bleiben aufgefordert zu haben, und überlegte, wie er sie so schnell wie möglich wieder loswerden könnte.

»Na ja«, korrigierte sie sich, »es wird eben viel geredet. Vielleicht hat Dr. Gerber sich geirrt … oder er flunkert ganz einfach.«

Überrascht sah er sie an. »Wovon sprechen Sie eigentlich?«

Sie lächelte, nahm noch einen Schluck. »Nichts von Bedeutung.«

»Also wissen Sie«, knurrte er ärgerlich, »solch geheimnisvolle Andeutungen liebe ich gar nicht. Wer einmal anfängt, muß auch aussprechen, was er auf dem Herzen hat!«

»Ach, es ist wirklich nichts«, sagte sie und warf mit einer anmutigen Bewegung eine kleine blonde Locke aus ihrer Stirn. »Dr. Gerber behauptet nur, er hätte Ihre Frau gesehen ... gestern abend, in einer Bar. Aber wenn sie verreist ist, kann das natürlich nicht stimmen.«

»In einer Bar?«

»Ja – ›Bei Toni‹ heißt sie. Ganz in der Nähe des Theaters. Sie soll dort in Begleitung des Schauspielers Paul Neumann gewesen sein.«

»Neumann? Ach so. Das ist ein guter Bekannter von uns.«

Erst zu spät wurde es Dr. Schumann bewußt, daß er sich mit diesem Zugeständnis verraten hatte.

»Na schön«, erklärte er, »sie ist nicht verreist. Warum soll ich lügen? Wir haben uns gestritten. So etwas kommt wohl in den besten Familien vor.«

»Ja«, sagte Patrizia leise, »ich habe es gefühlt!«

»Gefühlt?« Er sah interessiert auf. »Was haben Sie gefühlt?«

»Daß Sie unglücklich sind, allein, einsam ... daß Ihre Frau Sie nicht versteht ...«

»Ja aber ...«, stotterte er hilflos, »Sie kennen Astrid ... meine Frau, doch gar nicht!«

»Ich brauche Ihre Frau nicht zu kennen. Es genügt mir, zu sehen, wie Sie leiden ... wie Sie sich quälen ...«

Plötzlich fing sie an zu schluchzen. »Verzeihen Sie mir bitte, ich weiß, ich hätte das nie sagen dürfen ... es geht mich ja gar nichts an ... aber ich, ich ...« Sie wischte sich mit der Hand über die Augen.

Dr. Schumann legte seine Pfeife in den Aschenbecher, stand auf und ging zu der jungen Schwester. »Patrizia«, sagte er – es sollte väterlich klingen, aber der rechte Ton gelang ihm nicht –; »Mädchen, wein doch nicht ... doch nicht meinetwegen! Du verdirbst dir nur deine hübschen Augen ...« Er spürte, daß er dabei war, Unsinn zu reden.

»Aber ...«, rief sie verzweifelt, »es ist schrecklich ... ich kann es dir gar nicht sagen ...ich meine natürlich: Ihnen ... ach ...«

Plötzlich lag sie in seinen Armen. Er zog sie fest an sich und streichelte ihre kühle Haut, spürte ihren schmiegsamen Körper.

»Wenn du nur glücklich wärst«, schluchzte sie, »ich hätte nie etwas gesagt ... wenn du nur glücklich wärst!«

»Patrizia«, sagte er mit einem letzten Rest von Beherrschung, »ich kann dir nichts versprechen ... du weißt ...«

»Aber das brauchst du doch auch nicht! Ich verlange nichts von dir ... gar nichts! Nur, daß du mich ein bißchen liebhast ... ein ganz kleines bißchen!«

»Das habe ich doch!« flüsterte er dicht an ihrem Ohr.

Sie küßten sich, als das Telefon klingelte.

Er brauchte einige Sekunden, um sich von ihr zu lösen, dann trat er an den Tisch, nahm den Hörer ab, meldete sich und lauschte. Patrizia beobachtete ihn nervös.

»Verstanden«, sagte er endlich, »ich komme sofort!«

Er legte auf.

»Du mußt 'runter?« fragte sie.

Er lächelte ihr liebevoll zu. »Ja. Leider.«

»Wird es lange dauern? Ich meine ... soll ich auf dich warten?«

»Lieber nicht. Geh zu den anderen, sie haben dich sicher schon vermißt.«

»Gut«, sagte sie entschlossen und legte die Handrücken kühlend auf ihre glühenden Wangen, »du hast recht. Sie brauchen nicht gleich etwas zu merken.«

Er küßte sie noch einmal mit großer Zärtlichkeit.

»Bitte, tu das«, sagte er, »ich werde auf dich warten!«

Sie verließen das Zimmer nicht gemeinsam. Sie blieb zurück, bis er den Lift erreicht hatte. Er dankte ihr im stillen für ihr Taktgefühl.

Dieses Mädchen hatte mit einem Schlag sein Leben verändert. Ihre Liebeserklärung, ihre bedingungslose Hingabe empfand er als ein Geschenk des Himmels. Es war gut, nicht mehr allein zu sein; wunderbar, nicht mehr nur der Werbende, Fordernde, Erobernde sein zu müssen. Begehrt und geliebt zu werden – dieses schöne Gefühl hatte er schon lange nicht mehr gekannt.

Leise pfiff er vor sich hin, während der Lift abwärts fuhr. Seine Gedanken begannen sich nur widerwillig mit der Patientin zu beschäftigen, und auch erst dann, als er die Glastür zur Privatstation aufstieß.

Es handelte sich um Frau Breuer, jene allzu tüchtige achtunddreißigjährige Mutter, die vor einigen Wochen wegen einer drohenden Frühgeburt eingeliefert worden war. Damals hatte er die Shirodkarsche Operation an ihr durchgeführt, bei der um den Uterushals ein starker Faden geschlungen und verknotet wird, und ihr äußerste Ruhe empfohlen. Aber sobald die Patientin beschwerdefrei gewesen war, hatte sie die Untätigkeit nicht mehr ertragen. Einmal war es ihm noch gelungen, sie zur Vernunft zu bringen, aber schon wenige Tage später hatte sie verlangt, entlassen zu werden. Alle Warnungen waren an ihr abgeprallt.

Und nun war sie wieder da, mit stärkeren Unterleibsschmerzen als zuvor, und noch ehe Dr. Schumann sie untersucht hatte, war er ziemlich sicher, daß das eingetreten war, was er das letzte Mal noch hatte verhüten können: Die Wehen hatten vorzeitig eingesetzt. Er rechnete kurz nach – die Patientin mußte im achten Monat sein.

»Bitte, helfen Sie mir«, jammerte Frau Breuer, »bitte, Herr Doktor ... das Kind! Ich darf das Kind nicht verlieren!«

Ihm lag ein hartes Wort schon auf der Zunge, aber er verschluckte es. Es war nicht seine Aufgabe, die Patientin zurechtzuweisen, abgesehen davon, daß jeder Vorwurf jetzt ohnehin zu spät gekommen wäre. So lächelte er Frau Breuer ermutigend zu, sagte: »Entspannen Sie sich ... bitte, versuchen Sie, sich zu entspannen, damit ich Sie untersuchen kann!«

Frau Breuer atmete tief durch, während er mit dem Stethoskop die Herztöne des Kindes abhorchte. Er war noch nicht fertig, als sie sich schon wieder zusammenkrampfte und leise aufstöhnte.

»Diese Schmerzen«, rief sie, »sie kommen immer wieder … alle paar Minuten! Was ist bloß los mit mir?« Mit angstgeweiteten Augen sah sie zu Dr. Schumann auf.

»Es sind die Wehen«, antwortete er ruhig.

»Aber … doch nicht jetzt schon! Das Kind ist doch noch gar nicht … es kann doch nicht …«

»Es hat eine gute Chance, am Leben zu bleiben«, sagte Dr. Schumann.

Das Gesicht der Patientin war totenblaß, kalter Schweiß stand auf ihrer Stirn. »Wenn ihm etwas passiert«, stöhnte sie, »mein Mann würde es mir nie verzeihen! Nach fünfzehn Jahren das erste Mal … wir brauchen doch einen Erben!«

Dr. Schumann sah die Oberschwester an, die mit fest zusammengepreßten Lippen und bösen Augen auf die Patientin starrte. »Schwester«, sagte er mahnend, »bitte …«

Sie fuhr zusammen und wurde rot, weil sie sich ihren Unwillen allzu deutlich hatte anmerken lassen. Frau Breuer gehörte zu den wenigen Patientinnen, mit denen die Oberschwester nicht zurechtgekommen war. Ihr egoistisches, allzu herrschsüchtiges Wesen war ihr von Anfang an ein Dorn im Auge gewesen.

»Lassen Sie die Patientin sofort in den kleinen OP bringen«, ordnete Dr. Schumann. »Sorgen Sie dafür, daß ein Wärmebettchen und ein Sauerstoffzelt bereitstehen …«

»Jawohl, Herr Oberarzt!«

Dr. Schumann beugte sich noch einmal über die Patientin.

»Nur ruhig«, sagte er, »es besteht kein Grund zur Aufregung. In wenigen Minuten haben wir alles überstanden!«

Er wollte das Zimmer verlassen, aber die Patientin rief ihn zurück.

»Ja?« sagte er ein wenig ungeduldig, denn er wußte, daß jede Verzögerung sich jetzt verhängnisvoll auswirken konnte.

»Ich bin schuld!« sagte die Patientin. »Nicht wahr? Das haben Sie doch gedacht ... ich ganz allein bin schuld!«

»Unsinn!« sagte Dr. Schumann und warf der Oberschwester einen warnenden Blick zu. »Solche Gedanken dürfen Sie sich gar nicht machen ...« Er lächelte die Patientin noch einmal an, dann eilte er davon, um sich im Waschraum des kleinen Operationssaales die Hände zu säubern.

Zehn Minuten später war es soweit. Die Patientin lag auf dem Operationstisch. Die Hebamme, Fräulein Liselotte, saß neben ihr, hielt ihre Hand und sprach beruhigend auf sie ein.

Dr. Fischer, ein junger Anästhesist, hatte eine Infusionsnadel an die Vene ihres rechten Armes gelegt, die durch einen Schlauch mit dem Behälter verbunden war, in dem sich Blutersatz befand.

Dr. Schumann wartete noch einen Augenblick, bis Schwester Selma die Patientin mit einer desinfizierenden Lösung gewaschen und mit Tüchern bedeckt hatte. Dann begann er. Mit Erleichterung stellte er fest, daß der Uterus noch intakt war, löste das Band, das er vor einigen Wochen angelegt hatte. Die Gefahr einer Uterusruptur war damit behoben. Der Kopf des Kindes stand schon im Becken. Wenige Minuten später war die Frucht ausgestoßen. Die Geburt war so schnell und leicht vor sich gegangen, daß Dr. Fischer gar nicht hatte in Aktion treten müssen.

Dr. Schumann nabelte das Kind ab und reichte es der Hebamme. Sie hielt es mit dem Kopf nach unten, bräunlicher Schleim floß ihm aus Mund und Nase. Dann begann es zu schreien. Es war nur ein schwächliches Quäken, aber dennoch Musik in den Ohren des Arztes und der Hebamme. Das Kind lebte, und es hatte seine Chance – wenn auch nur eine sehr geringe, denn es war winzig.

Dr. Schumann wandte sich wieder der Patientin zu. Sie blutete stark. Er gab Dr. Fischer ein Zeichen – jetzt war der Augenblick zur Narkose gekommen. Er wartete, bis der Anästhesist ihm zu verstehen gab, daß die Patientin eingeschlafen war. Dann löste er die Nachgeburt und beendete den Eingriff.

Dr. Fischer entfernte die Infusionsnadel. »Blutdruck und Puls befriedigend«, meldete er.

Liselotte hatte das Kind versorgt. Es lag unter dem Sauerstoffzelt.

»Gewicht?« fragte Dr. Schumann.

»Neunhundertsiebzig Gramm«, erklärte die Hebamme, »Länge zweiunddreißig Zentimeter ...« Sie lächelte schwach. »Ein kleines Mädchen.«

»Benachrichtigen Sie die Funkstreife«, sagte Dr. Schumann, »es muß sofort auf die Frühgeburtenstation der Kinderklinik verlegt werden!«

Er ging in den Waschraum, drehte die Hähne auf, zog den blutbespritzten grünen Kittel aus. Er dachte an Patrizia und spürte eine heftige Sehnsucht. Am liebsten wäre er gleich nach oben gegangen.

Aber sein Pflichtgefühl war stärker. Er mußte warten, bis die Patientin aus der Narkose erwacht war. Er wollte ihr persönlich sagen, wie die Dinge standen.

Er zündete sich eine Zigarette an und rauchte, bis Schwester Selma ihn rief.

Das kleine Segelboot schaukelte im Wellengang, während es langsam an den gischtumschäumten Höhlen der Insel Ibiza vorbeiglitt.

Kirsten Winterfeld lag ausgestreckt unter dem Sonnensegel auf den warmen, rauhen Planken, die Hände unter dem Kopf verschränkt, und blinzelte in den tiefblauen Himmel hinauf. Ihre Haut hatte einen schönen goldbraunen Ton bekommen, ihr blondes Haar war noch um einige Nuancen heller geworden. Sie wirkte sehr jung und sehr mädchenhaft in den knappen weißen Shorts und der blauen Matrosenbluse. Aber sie fühlte sich weder glücklich noch entspannt.

Es war alles viel schwerer, als sie es sich vorgestellt hatte. Sie war nach Ibiza geflogen, um einen netten Mann kennenzulernen. Sie hätte auch jeden anderen Ort auf der weiten Welt wählen können, aber ihre Schwester war im vorigen Jahr hier gewesen und hatte Wunderdinge von der romantischen Insel erzählt.

Aber jetzt weilte sie schon zehn Tage hier und hatte immer noch nicht gefunden, was sie suchte. Die Tage waren heiß und die lauen Nächte erfüllt von dem aufreizenden Konzert der Zikaden, von leidenschaftlichen Gitarrenklängen, dem Seufzen und Lachen der Verliebten in der Dunkelheit. Die Insel schien voller Verheißung für Menschen, die Liebe ersehnten – aber Kirsten dachte nicht einmal an Liebe, sondern hielt mit dem Trotz der enttäuschten Frau nach einem Mann Ausschau, der als Vater ihres ersehnten Kindes in Frage käme.

Zwar hatte sich ein Amerikaner, dessen Jacht vor dem Hafen lag, sehr um sie bemüht, aber sie war ihm ausgewichen. Sie spürte, daß ihr Herz in seiner Gegenwart heftiger zu schlagen drohte, und sie wollte sich nicht verlieben – alles, nur das nicht. Dann gab es die schönen spanischen Jungen, die sie mit Blicken verschlangen – aber Kirsten wollte kein Kind von einem Südländer. Ihr Wunschkind sollte nichts Fremdländisches an sich haben, sondern sein wie sie selbst, wie ihr Mann – ein Kind, das zu ihnen paßte. Hugo sollte nie erfahren, daß er nicht der Vater des langersehnten Kindes war.

Schon hatte sie fast ihren Plan aufgegeben, als eine Gruppe junger Studenten nach Ibiza kam. Unter ihnen war ihr sofort ein blonder, sportlicher junger Mann aufgefallen. Zufällig lernte sie ihn am Strand einer der zahllosen kleinen Buchten kennen. Hans Wolff hieß er, und Kirsten bemerkte die freudige Überraschung in seinen Augen, als sie ihm von sich aus ein Treffen für den nächsten Tag vorschlug. Fünf Tage waren sie von früh bis spät beisammen – auf dem Segelboot, das Kirsten gemietet hatte, beim Wasserski, beim Schwimmen und auf ausgedehnten Spaziergängen. An den langen Abenden tanzten sie im Licht der Lampions im »El

Corsario«, tranken Wein und lauschten den schwermütigen Klängen einer Gitarre.

Hans Wolff war ein gescheiter und anständiger Junge – vielleicht sogar zu anständig für das, was sie von ihm wollte. Sie mochte ihn gern, weil er für sie auf eine schwer definierbare Weise an ihren Mann erinnerte, aber verliebt war sie nicht in ihn, glücklicherweise.

Während eines Ausflugs mit dem Segelboot beobachtete sie ihn verstohlen, wie er über das Deck turnte, die Segel richtete, das Steuerruder bediente. Er schien ihren Blick sofort zu fühlen, denn er wandte sich zu ihr um.

»Habe ich dir heute eigentlich schon gesagt, daß ich dich liebe?« fragte Hans Wolff lächelnd.

»Hm, hm«, murmelte sie nur und schloß die Augen, aus Angst, er könnte die Wahrheit darin lesen.

»Es scheint dich nicht sehr zu beeindrucken«, meinte er. Du Dummkopf, dachte sie, kannst du denn immer nur reden! Tu doch endlich etwas! Nimm mich in die Arme!

Merkst du denn nicht, daß ich darauf warte? Aber laut sagte sie nur: »Laß uns vor Anker gehen, ich möchte schwimmen.«

»Am Strand?«

»Nein. Weiter draußen.«

Sie spürte mit geschlossenen Augen, wie er das Boot wendete, wie der Wellengang stärker wurde, je mehr sie sich dem offenen Meer näherten. Sie mußte sich festhalten, um nicht ins Wasser zu rollen, und richtete sich auf, als er den Anker herunterließ. Die Insel lag dunkelblau und geheimnisvoll unter der glühenden Sonne.

Hans Wolff wandte sich zu ihr. »Weiter können wir nicht hinaus, die Ankerkette ist nicht lang genug.«

Kirsten streifte mit wenigen Griffen Shorts und Matrosenbluse ab und schlüpfte in ihren winzigen Bikini, der weit mehr enthüllte, als er verbarg. Dann zog sie ihre weiße Badekappe über die blonden Locken, stieß sich vom Deck ab und glitt mit einem Hechtsprung in das wunderbar klare Wasser.

Sie kraulte mit kräftigen Stößen vom Boot fort, legte sich auf den Rücken, paddelte nur noch leicht mit den Armen.

Ihre Gedanken glitten weit fort – sie dachte an ihren Mann. – Warum hat er mich bloß im Stich gelassen? dachte sie. Warum ist er nicht mitgekommen? Wie glücklich wäre ich, wenn er jetzt hier wäre ... wie glücklich könnten wir beide sein!

Dann war der Student neben ihr, zog sie spielerisch an den Beinen nach unten, ließ sie sofort los, als sie lachend protestierte. Sie balgten sich im Wasser wie zwei junge Seehunde, schwammen um die Wette, bespritzten einander, alberten, bis sie schließlich völlig außer Atem waren.

»Ich kann nicht mehr«, stieß Kirsten endlich hervor und schwamm zum Boot zurück.

Er folgte ihr, überholte sie, kletterte als erster an Bord, um ihr hinaufzuhelfen. Er packte sie bei beiden Handgelenken, zog sie zu sich herauf – eine Sekunde lang standen sie ganz nahe beieinander, sodaß ihre braunen, nassen Körper sich fast berührten. Sie sah Begehren in seinen Augen aufblitzen, und dachte mit neu erwachter Hoffnung: Jetzt! Jetzt wird er mich in die Arme nehmen!

Aber er ließ sie los, als habe er sich verbrannt. Sie blieb dicht vor ihm stehen.

»Kirsten«, sagte er mühsam, »möchtest du meine Frau werden?«

Sie war so überrascht, daß sie im ersten Augenblick gar nicht begriff, was er gesagt hatte, und ihn nur aus weit aufgerissenen Augen ansah.

»Bitte, lach mich nicht aus«, fuhr er fort, »ich ...«

Sie atmete tief. »Aber ich lache ja gar nicht!«

»Kirsten!« Er riß sie in die Arme, bedeckte ihr Gesicht, ihren Mund, ihren Hals, ihre Schultern mit leidenschaftlichen, ein wenig ungeschickten Küssen. »Ich liebe dich! Ich liebe dich!«

Sie empfand nichts in seinen Armen, nichts als das leise Gefühl eines Triumphes, dessen sie sich im innersten Herzen schämte. »Aber deshalb brauchst du mich doch nicht zu heiraten!« sagte sie gezwungen.

Er packte sie bei den Schultern mit einem wilden, schmerzhaften Griff. »Doch«, sagte er, »doch, Kirsten! Wenn man die Frau seines Lebens gefunden hat, dann muß man sie heiraten!«

Sie lächelte, während würgende Tränen ihr in die Kehle stiegen. »Du weißt doch gar nichts von mir ...«, flüsterte sie hilflos.

»Du bist mir so vertraut, als würden wir uns schon ein ganzes Leben lang kennen.«

Sie versuchte sich aus seinem Griff zu befreien. »Hans, aber hör mal, findest du nicht selber, daß du noch ein bißchen zu jung zum Heiraten bist?«

»Jung?« wiederholte er. »Ich bin vierundzwanzig, ein Jahr älter als du ... ich promoviere in einem halben Jahr ...«

»Und was dann?«

»Dann werde ich in die Firma meines alten Herrn eintreten. Bitte, Kirsten, bitte, sag ja ... ich werde alles tun, um dich glücklich zu machen!«

»Ja«, flüsterte sie, »ja, ich weiß ...« Sie wagte nicht, ihn anzublicken.

»Du willst also?« rief er. »Du willst?!« Er riß sie in seine Arme.

Aber in diesem Augenblick, den sie so lange ersehnt hatte, spürte sie, wie ihr ganzer Körper in Abwehr erstarrte. Sie war nicht fähig, seine leidenschaftliche Zärtlichkeit zu erwidern oder auch nur zu erdulden.

Er merkte es sofort und ließ sie los. »Was ist?« fragte er erschrocken. »Was hast du?«

»Nichts«, erwiderte sie, »gar nichts!« Trotz der glühenden Sonne schauderte sie, ihre Zähne schlugen aufeinander. »Laß uns umkehren«, bat sie, »bitte!«

Er erfüllte ihren Wunsch, stumm und verstört. Erst als er das Segelboot in dem kleinen Jachthafen vertäut hatte und ihr die Hand reichte, damit sie überspringen konnte, fragte er: »Wann sehen wir uns wieder?«

Sie hatte nicht die Kraft, ihm etwas zu erklären. »Heute abend«, sagte sie mit einem kleinen, verzerrten Lächeln, »ich erwarte dich …«

In den ersten Tagen nach Kirstens Abreise hatte sich Dr. Winterfeld erleichtert gefühlt. Die Spannung, die in der letzten Zeit zwischen ihnen geherrscht hatte, war nahezu unerträglich gewesen. Er empfand es als eine Wohltat, nach Hause zu kommen, ohne die fragenden Augen seiner Frau auf sich gerichtet zu sehen und ohne ständig vor einem neuen Ausbruch zittern zu müssen.

Er war überzeugt, daß alles wieder ins Lot kommen und Kirsten sich in den Ferien wirklich erholen würde. Wenn sie zurückkam, wollte er noch einmal in aller Ruhe mit ihr über seinen kleinen Sohn sprechen. Er hatte nach wie vor die Absicht, ihn zu adoptieren.

Der Rechtsanwalt war weder gläubig noch abergläubisch; er tat sich viel darauf zugute, ein durchaus intellektueller Mensch zu sein, überzeugt, daß das Leben durch das Gesetz von Ursache und Wirkung und nicht von Schuld und Strafe regiert werde. Dennoch ertappte er sich hin und wieder bei dem phantastischen Gedanken, die Kinderlosigkeit seiner Ehe könnte eine Strafe dafür sein, daß er sich um den Sohn, der ohne seinen Wunsch zur Welt gekommen war, nicht gekümmert hatte. Natürlich würde er dies niemals offen zugeben, aber tatsächlich war es diese untergründige Furcht, die seine Handlungsweise beeinflußte.

Er traf sich noch einmal mit Gina Franke; diesmal nicht verstohlen an einem neutralen Ort – das war jetzt ja nicht mehr nötig –, sondern in seiner Kanzlei.

Gina trat herausfordernd auf und gab sich besonders selbstbewußt und sicher, weil sie seine Vorwürfe fürchtete.

»Ich habe inzwischen mit deiner Frau gesprochen«, sagte sie und schlug mit Bedacht ihre langen, schlanken Beine übereinander, wobei sie sehr sorgfältig den Rock so zurechtzog, daß er gerade noch die schmalen Knie freigab, »und ich muß dir sagen, sie hat einen sehr guten Eindruck auf mich gemacht!«

Sie nahm sich eine Zigarette. Er dachte jedoch nicht daran, ihre Feuer zu geben, sondern beobachtete sie nur schweigend. Sie hob leicht die Schulter, zündete sich die Zigarette selbst an und warf das Streichholz in den Papierkorb. »Es wird dich sicher freuen, daß ich keine Bedenken mehr habe, dir den Jungen zu überlassen ... allerdings nur unter der Bedingung, daß du mir zu einer Aussteuer verhilfst. Eine Hand wäscht die andere. Du wirst zugeben, daß meine Forderungen durchaus gerechtfertigt sind.« Sie warf den Kopf in den Nacken und sah ihn herausfordernd an.

»Sprich dich nur aus«, sagte er sarkastisch.

»Wieso ich? Ich habe schon zuviel geredet ... schließlich hast du mich kommen lassen. Ich hoffe, wir können die Sache heute perfekt machen.«

»So! Hoffst du das?«

»Ja, natürlich! Oder ...« – plötzlich erbleichte sie – »legst du etwa keinen Wert mehr darauf, den Jungen zu dir zu nehmen?«

»Doch, Gina«, sagte er ruhig, »nach wie vor. Aber leider hat sich die Angelegenheit inzwischen kompliziert ... durch deine idiotische Einmischung!«

»Erlaube mal!« protestierte sie, doch ihre Stimme klang nicht sehr sicher. Sie wußte sofort, worauf er anspielte.

»Was ist dir eigentlich eingefallen, meine Frau aufzusuchen? Ihr die alten Geschichten aufzutischen? Forderungen zu stellen?« fragte er böse.

»Ich weiß gar nicht, was du willst. Schließlich war es mein gutes Recht. Niemand kann mir verwehren, mir die Frau einmal anzusehen, der ich mein Kind anvertrauen soll.«

Er hob die Hände und ließ sie mit einer resignierenden Geste wieder auf die Schreibtischplatte fallen. »Sicher war es dein gutes Recht. Wir leben in einer Demokratie. Du bist ein freier Mensch. Niemand kann dir verwehren, einen gutdurchdachten Plan durch einen einzigen blödsinnigen Schritt in Frage zu stellen.«

»Soll das heißen …?«

»Genau das. Ich freue mich zu hören, daß meine Frau auf dich einen guten Eindruck gemacht hat … umgekehrt war es aber leider nicht der Fall. Meine Frau schaudert bei dem Gedanken, dein Kind aufziehen zu sollen … und ich habe kein Mittel, sie dazu zu zwingen.«

Gina Franke zog heftig an ihrer Zigarette und sagte dann kleinlaut: »Es war dumm von mir, das gebe ich zu. Ich hatte … gleich ein sehr schlechtes Gefühl. Aber da konnte ich schon nicht mehr zurück.« Sie sah ihn bittend an. »Sei mir nicht böse, Hugo.«

»Darauf kommt es nicht an«, sagte er. »Ich habe dir die Sache nicht erzählt, um dich zurechtzuweisen. Nur um dir klarzumachen, wie die Dinge jetzt stehen. Und sie stehen schlecht … ausgesprochen schlecht.«

»Aber kannst du nicht ohne deine Frau … ich meine, du könntest für den Jungen doch auch eine Erzieherin engagieren …«

»Ich kann ihm weder meinen Namen geben noch ihn adoptieren, falls meine Frau nicht zustimmt. Begreifst du jetzt endlich, wo wir stehen?«

»Es tut mir leid«, sagte sie leise.

»Deine Einsicht kommt leider zu spät.«

Sie sah ihn treuherzig an. »Ich scheine nun einmal zu den Menschen zu gehören, die sich jede Chance verderben. Endlich hätte ich mein Leben in Ordnung bringen können, und genau jetzt …« Sie schluckte.

»Du willst also heiraten?«

»Ja. Ich … wir haben das Aufgebot schon bestellt. Ich habe meinem Verlobten gesagt, daß du das Kind zu dir nehmen willst. Es ist nicht so, daß er es auf keinen Fall haben möchte, nur …«

»Ich verstehe schon, du möchtest es los sein.«

»Ich habe Thomas lieb«, entgegnete sie heftig, »und gerade deshalb will ich nicht, daß er herumgestoßen wird, verstehst du? Mein Verlobter hat kein Verhältnis zu Kindern, und Thomas mag ihn nicht. Natürlich kann ich ihn noch bei meiner Mutter lassen. Aber das ist keine Lösung auf die Dauer.«

»Aber immerhin etwas«, meinte Dr. Winterfeld. »Was ich jetzt brauche, ist vor allen Dingen Zeit … Zeit, meine Frau an den Gedanken einer Adoption zu gewöhnen.«

Gina blickte verlegen zu Boden. »Und was ich brauche, weißt du …«

»Ach ja«, sagte er, »Geld. Wie konnte ich das vergessen!«

»Bilde dir nur nicht ein, daß ich gerade dich gern darum bitte!«

Dr. Winterfeld lächelte bitter. »Wen bittet man schon gern um Geld?« Er schraubte seinen Füllhalter auf. »Also, machen wir eine Art Vorvertrag. Ich gebe dir das Geld als zinsfreies Darlehen. Und du unterschreibst mir, daß du mir den Jungen zur Adoption überläßt. Sollte es zu dieser Adoption nicht kommen, zahlst du mir das Geld zurück.«

»Das kann ich nie!«

»Ich werde es auch nicht von dir verlangen. Diese Klausel dient nur als Sicherheit. Du könntest es dir ja plötzlich wieder anders überlegen!«

9

Kirsten hatte keinen Augenblick die Absicht gehabt, ihre Verabredung mit Hans Wolff einzuhalten. Ins Hotel »El Corsario« zurückgekehrt, packte sie sofort ihre Koffer und ließ sich eines der altertümlichen Taxis bestellen.

Während das Auto sie über die ausgefahrenen Wege zu dem kleinen Flugplatz brachte, hielt sie die Hände krampfhaft gefaltet. Der berauschende Duft von Jasmin, der durch die geöffneten Fenster drang, war ihr mit einem Male fast unerträglich. Sie wünschte sich fort, weit fort, nach Hause, zu ihrem Mann.

Das Flugzeug nach Barcelona startete kurz nach sechs. Sie hatte die Rückflugkarte in der Tasche, und es machte keine Schwierigkeiten, eine Platzkarte zu lösen.

Als sie mit den anderen Passagieren quer über das Rollfeld auf die Maschine zuging, hörte sie ihren Namen rufen.

»Kirsten!«

Unwillkürlich drehte sie sich um und sah, wie Hans Wolff mit einer Flanke den Drahtzaun übersprang und auf sie zugerannt kam.

Einen Augenblick lang stand Kirsten wie erstarrt, als sie den Studenten auf sich zukommen sah. Dann drehte sie sich um und rannte auf das wartende Flugzeug zu. Sie stieß ein älteres Ehepaar beiseite, überholte eine junge Mutter mit ihrem Kind, erreichte die Gangway, drückte der Stewardeß die Karte in die Hand, hastete die Stufen empor, stolperte, schlug sich das Schienbein an und fand endlich Zuflucht im Bauch der Maschine.

Keuchend und atemlos sank sie auf einen der hinteren Sitze, während sich die anderen Passagiere einer nach dem anderen hereinschoben.

Hans Wolff hatte kein Ticket, sie würden ihn nicht hereinlassen. Oder doch? Vielleicht gelang es ihm, der Stewardeß einzureden, er müsse mit ihr sprechen, vielleicht hatte er sich sogar in letzter Minute entschlossen, mitzufliegen – was dann?!

Kirsten fühlte, wie ihr kalter Schweiß auf die Stirn trat. Es war falsch gewesen, zu fliehen. Dümmer und feiger hätte sie sich gar nicht benehmen können. Wovor fürchtete sie sich eigentlich? Es war ein Ferienflirt gewesen, nichts weiter. Ein Flirt, der in dem jungen Mann falsche Hoffnungen geweckt hatte – aber wer konnte ihr daraus einen Vorwurf machen?

Unwillkürlich umklammerte Kirsten die Lehnen ihres Sitzes, als ob sie dort Halt finden könnte. Mit einem Schlag erkannte sie die Wahrheit: Sie selbst hatte sich schuldig gemacht. An ihrem Mann, an ihrer Ehe. Sie war im Begriff gewesen, etwas Unverantwortliches zu dulden und zu tun, das niemals wieder hätte gutgemacht werden können. Obwohl niemand sie beobachtete, niemand auch nur ahnen konnte, was in ihr vorging, errötete Kirsten vor Scham und Reue.

Sie begriff plötzlich, daß es nicht Hans Wolff war, vor dem sie blindlings floh, sondern die lebendige Erinnerung an das Unentschuldbare, das sie beinahe hätte geschehen lassen. Sie hatte ein Kind gewollt – aber um welchen Preis! Sie hatte das quälende Gefühl, ihrem Mann nie wieder in die Augen blicken zu können.

Erst als die Maschine vom Boden abhob, wagte sie einen Blick auf Wolff, wie er mit hängenden Armen am Rande des Flughafens stand. Sie ahnte mehr, daß er es war, als daß sie ihn erkannte – die schmale Gestalt in einem blauen, von der Sonne gebleichten Sporthemd verschmolz in ihrer Phantasie mit den Erinnerungen der letzten Stunden. Es war ihr, als träfe sie sein vorwurfsvoller und fragender Blick, und unwillkürlich schloß sie die Augen.

Astrid Schumann war fest überzeugt gewesen, ihr Mann würde es nicht lange ohne sie aushalten. Von Tag zu Tag, von Stunde zu Stunde hatte sie auf seine Rückkehr gewartet. Aber er kam nicht.

Ein einziges Mal hatte er angerufen und sie gebeten, ihm ein paar Sachen in die Klinik zu schicken – und kein privates Wort über die Lippen gebracht. Sie hatte rasch aufgelegt; er sollte nicht merken, daß sie mit ihrer Beherrschung am Ende war.

Anfangs hatte sie kaum gewagt, das Haus zu verlassen – aus Angst, sein Kommen zu verpassen. Nach einiger Zeit verfiel sie in das andere Extrem – sie traf Verabredungen, machte Einkäufe, war dauernd unterwegs. Abergläubisch hoffte sie, ihr Mann werde plötzlich vor ihr stehen, wenn sie nur so tat, als warte sie gar nicht mehr auf ihn.

Doch dieser Selbstbetrug zahlte sich nicht aus. Das Schicksal ließ sich nicht an der Nase herumführen. Ob sie einsam in ihrem still gewordenen Haus saß oder ob sie sich in der Gesellschaft vergnügter Menschen befand – ständig dachte sie an Rainer. Alle ihre Gedanken kreisten um ihn, um den Zusammenbruch ihrer Ehe; verfingen sich wieder und wieder in einer Kette sinnloser Fragen.

Astrid war sehr stolz auf ihre guten Nerven gewesen und hatte es sich bei jeder Gelegenheit von allen Seiten bestätigen lassen, daß sie eine kühle und sehr beherrschte Frau sei – aber anscheinend hatte sie ihre Umgebung und sich selbst getäuscht.

Eines Morgens, nach einer unruhigen und schlaflosen Nacht, fühlte sie, daß sie diesen Zustand nicht mehr lange ertragen würde. Sie mußte etwas tun, irgend etwas unternehmen, um die Nebelwand zu zerreißen, die alle Dinge um sie so seltsam unwirklich erscheinen ließen. Sie mußte sich befreien, mußte Klarheit schaffen. Schon hatte sie den Telefonhörer in der Hand, um Dr. Winterfeld anzurufen, als sie es sich anders überlegte. Es war viel besser, gleich zu seiner Kanzlei zu fahren. Bestimmt würde ihr Schwager sie auch ohne Anmeldung empfangen. Bei einer persönlichen Unterredung ließen sich die Dinge sicher leichter klären als bei einem Telefongespräch.

Sie zog sich mit besonderer Sorgfalt an, wählte ein elegantes Kostüm aus fliederfarbenem Leinen, setzte einen weißen Strohhut auf, nahm ihn dann doch wieder ab und schlang statt dessen ein Seidentuch um ihr kastanienbraunes Haar.

Noch einmal betrachtete sie sich aufmerksam im Spiegel. Sie war sehr schön – trotz der Schatten, die unter ihren tiefblauen Augen lagen, und trotz des müden Zuges um ihren vollen, ein wenig herben Mund. Aber diese Feststellung befriedigte sie nicht. Was nutzte ihr Schönheit, wenn sie nicht die Kraft besaß, den Mann, den sie liebte, an sich zu fesseln?

Rasch wandte sie sich ab, gab dem Mädchen noch einige Anweisungen und verließ das Haus.

Dann saß sie Dr. Winterfeld gegenüber, die schlanken Beine übereinandergeschlagen, den Rock sorgfältig über die Knie gezogen und blickte dem Rauch der Zigarette nach, die er ihr angeboten hatte. Der erfahrene Anwalt sah sofort, daß Astrid sehr blaß war, daß ihre Hand leicht zitterte. »Was ist los, Astrid?« fragte er nach kurzen, freundlichen Begrüßungsworten. »Ich nehme an, daß du mich aufgesucht hast, weil du dir über irgendwas Sorgen machst?«

Sie sah ihn an, und in ihren Augen lag eine solche Qual, daß er rasch den Blick abwandte. »Ich habe bisher noch mit keinem Menschen darüber gesprochen«, sagte sie mühsam. »Ich ... bitte, halte mich nicht für albern ... aber es fällt mir entsetzlich schwer.«

»Ich verstehe«, erklärte er sehr ruhig. »Vielleicht hilft es dir, wenn ich dich daran erinnere, daß ich Rechtsanwalt bin. Du kannst zu mir ganz offen sprechen. Wie zu einem Beichtvater. Alles, was du mir sagst, bleibt unter uns, niemand erfährt davon, nicht einmal Kirsten, wenn du es nickt willst.«

»Ja«, sagte sie, »ja, ich weiß ...«

Er lehnte sich zurück, wartete geduldig, ließ sie nicht fühlen, daß das Vorzimmer voll von Klienten war.

»Mein Mann«, stieß sie hervor, »Rainer ... er hat mich verlassen!«

»Ach«, sagte er nur, und es klang nicht erstaunt, sondern nur wie eine Feststellung. »Wann?«

»Seit ... ich weiß nicht ...« Sie spielte nervös mit ihren Handschuhen. »Auf das Datum habe ich nicht geachtet ... vor etwa vierzehn Tagen ...«

»Und du weißt nicht, wo er ist?«

»Doch. Natürlich weiß ich das. In der Klinik.«

»Dann ist ja die Sache ganz einfach. Ruf ihn an oder geh hin. Ich nehme an, ihr habt euch gestritten, nicht wahr? Oder steckt eine andere Frau dahinter?«

Es war, als ob ihre porzellanweiße Haut noch eine Nuance heller würde. »Eine … Frau?«

»Ist dir dieser Gedanke noch nie gekommen?«

»Nein … nein, wirklich nicht!«

»Na, wollen wir hoffen, daß du recht hast. Auf alle Fälle solltest du versuchen, die Sache so schnell wie möglich in Ordnung zu bringen.«

Astrid drückte mit einer ungeduldigen Bewegung ihre Zigarette aus. »Du verstehst mich ganz falsch«, sagte sie hart. »Ich möchte mich scheiden lassen.«

Jetzt war er wirklich überrascht. »Ist das dein Ernst?!«

»Ja«, antwortete sie beherrscht.

»Entschuldige bitte, daß ich aus der Fassung geriet. Aber ich hatte immer den Eindruck … Rainer und du …«

»Wir haben uns bemüht, diesen Eindruck zu erwecken« sagte sie. »Tatsächlich stimmte es schon längst nicht mehr zwischen uns … es hat von Anfang an nicht gestimmt.«

Er starrte sie an, die hellen Augenbrauen fragend hochgezogen. »Du willst also Scheidungsklage erheben?«

»Ja.«

»Wegen böswilligen Verlassens?«

»Den Grund mußt du dir schon ausdenken.«

»Mit Ausdenken ist da nichts getan. Betrogen hat er dich nicht, sagst du … hat er dich … geschlagen?«

»Nein.«

»Aber dann …«

Astrid beugte sich vor und sah den Rechtsanwalt flehend an. »Warum machst du es mir so schwer, Hugo? Willst du denn nicht begreifen, daß … wir passen einfach nicht zusammen, Rainer und ich. Unsere Ehe hat ihren Sinn verloren. Was wir als Scheidungsgrund angeben, ist doch nur eine … eine rein technische Frage.«

»Über die du dich aber mit deinem Mann einigen müßtest. Bist du überhaupt sicher, daß er einverstanden sein wird?«

»Sonst hätte er mich ja nicht verlassen.«

»Das besagt noch gar nichts. Was glaubst du, wie viele Ehemänner im Zorn die Tür hinter sich zuknallen und sich einmal für eine Weile absetzen! Nein, Astrid, ich habe den Eindruck, du siehst die Dinge entschieden zu schwarz.«

»So? Meinst du?« fragte sie mit einem kleinen, bitteren Lächeln.

»Ja«, erwiderte er ruhig. »Vielleicht bin ich befangen ... ich kenne Rainer, und ich kenne dich. Ich kann mir einfach nicht vorstellen, daß man eine Frau wie dich verläßt.«

»Aber Rainer hat es doch getan«, sagte sie hartnäckig.

»Hör mal, Astrid, so kommen wir nicht weiter! Solange ich nicht weiß, was eigentlich zwischen euch vorgefallen ist, kann ich dir beim besten Willen keinen Rat geben. Gib dir also einen Ruck und ...«

Astrid holte tief Atem. »Ich will keine Kinder haben, das ist alles! Ist das so furchtbar schlimm, Hugo?«

»Nein«, sagte Dr. Winterfeld bedachtsam und legte die Fingerspitzen gegeneinander, »schlimm ist es nicht. Aber Rainer könnte es zum Anlaß nehmen, Gegenklage zu erheben ... und ich fürchte, er würde damit durchkommen.«

»Was soll ich also tun?«

»Versuche dich erst einmal ganz privat und unter vier Augen mit deinem Mann zu einigen ... egal, ob ihr nun trotz allem beisammenbleiben oder euch scheiden lassen wollt.«

Astrid biß sich auf die Lippen. »Und du ... du könntest ihm nicht schreiben? Ihn zu einer Aussprache bitten? Nur um zu hören, wie er überhaupt über die ganze Sache denkt?«

»Das könnte ich natürlich ...«

»Bitte, dann tu es!«

»... aber ich würde es für unklug halten. Bitte, versteh mich richtig, Astrid ... solange noch ein Fünkchen Hoffnung auf Versöhnung besteht, halte ich es nicht für ratsam, einen Rechtsanwalt ... überhaupt eine dritte Person einzuschalten. Dinge, die im engsten Rahmen der Familie geschehen sind, lassen sich meist noch überbrücken ... aber wenn die ehelichen Mißhelligkeiten erst über die eigenen vier Wände hinausgedrungen sind ...« Er ließ das Ende seines Satzes unausgesprochen.

»Du willst mir also nicht helfen«, sagte sie.

»O doch! Wenn du in Ruhe über meine Worte nachdenkst, wirst du feststellen, daß ich dir schon geholfen habe. Glaub mir, mein Rat ist goldrichtig ... sprich dich erst mit Rainer aus. Du wirst sehen ...«

Sie hatte sich erhoben, stand sehr schlank und gerade, mit unbewegtem Gesicht vor ihm. »Ich danke dir, Hugo ...« Er war ebenfalls aufgestanden, brachte sie zur Tür. »Willst du nicht noch auf einen Sprung Kirsten besuchen? Sie würde sich bestimmt freuen.«

»Nein. Dazu bin ich nicht in der Stimmung. Ich wäre dir übrigens dankbar, wenn du ihr von meinem Besuch bei dir nichts erzähltest.«

»Aber das ist doch selbstverständlich ...«

Als Astrid gegangen war, blieb Dr. Winterfeld ein ganze Weile sehr nachdenklich. Die Eröffnung seiner Schwägerin hatte ihn weit stärker getroffen, als er sich hatte anmerken lassen. Wieder einmal war eine Ehe ins Wanken geraten, eine Lebensgemeinschaft in Frage gestellt.

Er dachte an Kirsten, an seine eigene Ehe. Schlagartig wurde ihm bewußt, wie egoistisch er seiner Frau gegenüber war. Von ihr verlangte er, das Kind einer anderen Frau als eigenes aufzuziehen – und er selbst hatte ihr bisher die Erfüllung eines für sie schwerwiegenden Wunsches verweigert. Warum hatte er sich so heftig dagegen gesträubt, sich von einem Dermatologen untersuchen zu lassen? Aus männlicher Arroganz und Eitelkeit. Wie albern war das gewesen. Wenn einer seiner Klienten diese Einstellung geäußert hätte, hätte er bestimmt nur mit dem Kopf geschüttelt.

Während Dr. Winterfeld darüber nachdachte, schmolzen Vorurteile und Eigensinn dahin. Er rang sich zu einem Entschluß durch, trat zum Schreibtisch, nahm den Telefonhörer ab, wählte die Nummer der Frauenklinik und ließ sich mit Professor Overhoff verbinden.

Professor Overhoff hatte sich in seinem neuen Leben, dem Leben ohne seine Frau Susanne, noch immer nicht zurechtgefunden. Die Anforderungen, die man in der Klinik an ihn stellte, besonders die täglichen Visiten, waren ihm zur Qual geworden. Der Anblick all der Frauen, die der Mutterschaft entgegenbangten oder ihre schwere Stunde bereits überstanden hatten und glücklich, erschöpft und stolz in ihren Kissen lagen, riß jeden Tag aufs neue die nie verheilte Wunde in ihm auf. Immer, wenn er sich auf einen Krankheitsfall konzentrieren wollte, schob sich das Bild einer einzigen Frau vor all diese fremden und in Glück und Leid doch so ähnlichen Gesichter: das Bild seiner Frau, die durch seine Schuld gestorben war.

Dabei sagte ihm sein Verstand, daß es unsinnig war, sich ständig solche Vorwürfe zu machen. Susanne hatte ihr Schicksal selber gewählt ... und wahrscheinlich hatte sie sogar gut gewählt. Sie hatte heimgefunden, sie war erlöst, glücklicher als alle Lebenden. Doch dies änderte nichts daran, daß es ihm nicht gelang, ihren Verlust zu verschmerzen. Ihre Liebe, ihre lächelnde, aufopferungsvolle Güte waren der Kraftquell seines Lebens gewesen – seines Lebens, das ihm jetzt verpfuscht vorkam und dem zu entfliehen er zuweilen versucht war. Nur die Hoffnung, dereinst wieder mit seiner Frau vereint zu werden, diese aus tiefem Glauben geschöpfte Hoffnung gab ihm die Kraft, sein Leid mit Ergebung und Geduld zu tragen.

Niemand konnte ihm helfen. Er war überzeugt, mit der Welt abgeschlossen zu haben. Sein Arztberuf bedeutete ihm nicht mehr viel. Seine, Tochter Eva lebte wie eine Fremde in seinem Haus. Er fand keinen Zugang zu ihrem Herzen. Sie kam nicht einmal zu ihm herein, wenn sie in der Klinik ihr Brüderchen Hanno besuchte – jenen kleinen Jungen, den er als Stammhalter heiß ersehnt, dann aber verflucht hatte, weil seine Geburt der Tod der Mutter gewesen war.

In diesem Augenblick klingelte das Telefon auf seinem Schreibtisch. Dr. Holger teilte ihm mit, daß sein Sohn Fieber habe und nicht trinke. Der Mandelbelag lasse an Diphtherie denken.

»Diphtherie?« rief Overhoff erschrocken. »Ja, um Gottes willen ... ich komme sofort!«

Kaum hörte er noch hin, als ihm Dr. Holger sagte, sein Sohn sei bereits im Zimmer zwei der Isolierstation; er legte heftig den Hörer auf und eilte hinaus. Während er zum Fahrstuhl lief, kam ihm erst richtig zu Bewußtsein, welcher Schreck ihm in die Glieder gefahren war. Jetzt plötzlich, es war seltsam, spürte er den Unterschied: Nicht um ein fremdes Kind handelte es sich diesmal, sondern um sein eigen Fleisch und Blut. Wenn die Diagnose Diphtherie wirklich zutreffen sollte, waren unter Umständen schwere Schädigungen des Herzens, des Blutkreislaufs und des Nervensystems – ja, es war in diesem Alter sogar plötzlicher Herztod zu befürchten.

Voll innerer Unruhe stand der Professor im Fahrstuhl, der ihm heute viel zu langsam zu fahren schien. Wie war eigentlich die Konstitution seines Sohnes, die Widerstandsfähigkeit? Als er Hanno das letzte Mal gesehen hatte, war er ihm sehr kräftig und gesund erschienen – aber das, so gab er jetzt zu, war nur ein ganz äußerlicher Eindruck gewesen. Genau gesehen: ärztlich untersucht hatte er seinen Jungen noch nie. Ein Gefühl der Scham, des schlechten Gewissens schlich sich in sein Herz.

Schon im Gang hörte er Kindergeschrei. Schnell öffnete er die Tür von Zimmer zwei der Isolierstation. Dr. Holger und Schwester Patrizia, die blaß war vor Schrecken, bemühten sich um das strampelnde und unglücklich quäkende Etwas, das da im Bettchen lag.

Der Professor trat an das Bett und blickte auf das winzige Wesen. Das war sein Sohn, das Vermächtnis seiner Frau

Susanne. Welche Sorge hätte sie jetzt ausgestanden, wenn sie noch lebte. Jetzt war er, der Vater, der einzige, der helfen konnte und helfen mußte. Für einen Augenblick war es ihm, als höre er die Stimme Susannes, die ihm zuflüsterte: »Bitte, Paul, denke an mich, kümmere dich um unseren Buben, den wir uns so sehr gewünscht haben ...«

Um nicht zu zeigen, daß seine Augen feucht wurden, wandte sich Professor Overhoff seitwärts zum Waschbecken und wusch sich gründlich die Hände.

Dr. Holger richtete sich an Hannos Bett auf. »Ich habe einen Abstrich gemacht, er ist bereits unterwegs zum Labor«, informierte sie den Chef.

»Sehr gut«, sagte der Professor und ging, während er sich die Hände trocknete, wieder zum Bett des kleinen Kranken. »Hat er erbrochen?«

»Nein, Herr Professor«, erklärte Schwester Patrizia eilfertig. »Er hat immer geschrien und achtunddreißig-fünf Fieber.«

»Hm«, brummte Overhoff, »so hoch? Na, dann wollen wie einmal sehen!« Er nahm einen Spachtel aus der Schale, die auf dem Tisch neben dem Bett stand, und eine Taschenlampe, die ihm Dr. Holger reichte, setzte sich auf die Bettkante und versuchte seinen Sohn erst einmal zu beruhigen: »Mein kleiner Hanno, was machst du denn für Dummheiten?«

Die Wirkung der sonoren Stimme des Professors in Hannos unmittelbarer Nähe war überraschend. Der Kleine hörte urplötzlich auf zu schreien und sah seinen Vater aus großen verweinten Augen an. Overhoff nutze diesen kurzen Moment, führte den Spachtel schnell in Hannos Mund, drückte die Zunge nach unten und leuchtete mit der Taschenlampe in den Rachen. Der Kleine schien vor Schreck erstarrt zu sein, schrie dann aber um so lauter los, wobei er den Mund so weit aufsperrte, daß der Professor bis weit in den Hals sehen konnte. Nach wenigen Sekunden gab er Schwester Patrizia den Spachtel, die ihn sofort in den verdeckten Abfalleimer warf, und leuchtete mit der

Taschenlampe noch kurz in die Ohren des kranken Kindes. Dann tastete er die Halspartie und den Unterleib Hannos ab, wobei sich dessen Schreien verstärkte, und hörte schließlich mit dem Stethoskop die Herztöne ab. »Und jetzt schreien wir nicht mehr so viel«, sprach er auf seinen Sohn ein und streichelte leicht das Köpfchen, »sonst strengst du dich viel zu sehr an ... Schwester, geben Sie ihm einen Schnuller!«

Professor Overhoff erhob sich und wandte sich an Doktor Holger: »Ich tippe eher auf Angina – was natürlich auch nicht schön ist, aber immer noch besser als Diphtherie. Warten wir das Laborergebnis ab ...« Er wusch sich erneut die Hände. »Ich würde sagen, Kollegin, auf jeden Fall Penizillin, Vitaminzufuhr und ein leichtes Beruhigungsmittel. Machen Sie auch einen Halswickel. – Wer ist denn in den letzten Tagen mit Hanno in Berührung gekommen?«

»Dank Schwester Patrizia ist Ihr Sohn schon seit langem allein gelegen. Selbstverständlich werden die Kinder im Nebenzimmer trotzdem intensiv beobachtet ... Allerdings ... Ihre Tochter, Herr Professor ... sie war bei Hanno ...«

»Eva? Ach richtig, sie hat ihn ja manchmal besucht ... Wann war sie zuletzt bei ihm?«

»Eva war jeden Tag bei ihrem Brüderchen, Herr Professor«, schaltete sich Schwester Patrizia in das Gespräch ein.

»Jeden Tag?« Professor Overhoff spürte einen leichten Stich in der Herzgegend. Täglich war seine sechzehnjährige Tochter in der Klinik gewesen, ohne auch nur ein einziges Mal bei ihm hereinzuschauen? Nachdenklich blickte er auf Hanno, der aufgehört hatte zu schreien, an seinem Schnuller sog und die Augen geschlossen hielt. Hoffentlich ist es nichts Schlimmes, mein Sohn, dachte er bei sich; laut aber sagte er zu Dr. Holger: »Lassen Sie doch bitte sofort einen Krankenwagen zu mir nach Hause fahren und meine Tochter abholen. Ich möchte ihr vorsichtshalber eine Spritze geben ... ich rufe Eva selbst an und sage ihr Bescheid.«

Zehn Minuten vor zwei wollte Dr. Schumann die Klinik verlassen, um irgendwo etwas zu essen, als der Pförtner ihn aufhielt.

»Bitte, Herr Oberarzt, Sie werden in der Ambulanz verlangt!«

»Doch nicht ich! Ich habe jetzt frei! Verständigen Sie den Chef oder Dr. Gerber ...«

»Ja, ich weiß nicht ...« stotterte der Pförtner hilflos.

»Geben Sie mir einmal das Telefon herüber!« sagte Dr. Schumann entschlossen und wählte die Ambulanz. Dr. Bley meldete sich.

»Schumann hier ... Kollege, was ist denn los? Können Sie Dr. Gerber nicht erreichen?«

»Dr. Gerber ist bei einer schweren Geburt, Herr Oberarzt, und der Chef bei seinem Sohn ...«

»Bei seinem Sohn?« fragte Dr. Schumann überrascht. »Was macht er denn da?«

»Der Kleine ist krank ... angeblich Diphtherie, wie ich von der Schwester gehört habe ... Jedenfalls habe ich niemanden erreicht, und hier liegt eine Patientin mit starken Leibschmerzen ... Verdacht auf E. U.«

»Na schön, ich komme«, seufzte Dr. Schumann, legte den Telefonhörer auf und ging zurück ins Gebäude.

In der Ambulanz lag eine junge Frau auf dem Untersuchungssofa und stöhnte. Dr. Bley zeigte dem Oberarzt das Ambulanzbuch.

»Da sollte doch schon vor zwanzig Tagen eine Kontrolluntersuchung stattfinden!« sagte Dr. Schumann. »Die Patientin gab an, das habe sie vergessen, weil die ziehenden Schmerzen im rechten Unterleib vorübergehend aufgehört hätten.«

Dr. Schumann seufzte hörbar. »Immer dasselbe ...« Er beugte sich über die Patientin. »Und jetzt sind die Schmerzen also wieder da?«

»Viel schlimmer als damals«, sagte die junge Frau gepreßt, »schon seit ein paar Tagen. Aber ich wollte es nicht wahrhaben.«

»Blut?«

»Ja. Und so komische weiße Fetzen ...«

Der Oberarzt wandte sich an Dr. Bley. »Haben Sie untersucht?«

»Nicht möglich. Der Leib ist rechts hart und gespannt ...«

»Verstehe.« Dr. Schumann ließ sich noch einmal das Ambulanzbuch zeigen, um sich den Namen der Patientin zu merken. »Also passen Sie auf, Frau Hellmann«, sagte er dann, »wir müssen Sie unter Narkose untersuchen. Es besteht der Verdacht, daß es sich um eine Eileiterschwangerschaft handelt. Sollte das zutreffen, müssen wir sofort operieren. Die Schwester wird Ihnen jetzt ein Formular geben, das Sie, bitte, unterschreiben wollen. Es ist Ihre Einverständniserklärung zur Operation ...«

»Aber ... mein Kind! Sie wollen mir doch nicht mein Kind nehmen?«

»Wenn es sich tatsächlich um eine Eileiterschwangerschaft handelt, können Sie das Kind keinesfalls austragen. Es geht also hier gar nicht um Ihre oder unsere Entscheidung ... aber noch steht die Diagnose nicht fest. Seit wann sind Sie schwanger?«

»Seit drei Monaten ...«

»Woher wissen Sie das?«

»Mein Hausarzt hat es mir gesagt ...«

»Na schön. Jetzt also Kopf hoch und keine unnötige Aufregung. Bald werden wir ganz genau Bescheid wissen.«

Während die Schwester Frau Hellmann die Einverständniserklärung zur Unterschrift gab, wandte der Oberarzt sich an den jungen Kollegen. »Können wir?«

Eine Viertelstunde später lag die Patientin in Narkose. Dr. Schumann im grünen Kittel, die Operationskappe auf dem dunklen Haar, beugte sich über sie und nahm die erste vaginale Untersuchung vor. Er ertastete einen mandarinengroßen Adnextumor.

Er richtete sich auf, nickte Dr. Bley zu. »Punktionsspritze ...«

Schwester Selma reichte ihm das schmale schimmernde Gerät. Durch das hintere Scheidengewölbe punktierte er die Bauchhöhle. Blut trat in die Spritze ein.

Jetzt stand die Diagnose fest: Eileiterschwangerschaft. Die Tube war noch nicht rupturiert. Um diesem gefährlichen Ereignis vorzubeugen, mußte sofort operiert werden.

Dr. Schumann besprach sich kurz mit Dr. Bley und mit Dr. Leopold, dem Anästhesisten, der sofort damit begann, die Patientin zu intubieren.

Schwester Selma und Schwester Edith rasierten sie, wuschen ihren Unterleib mit einer desinfizierenden Lösung ab, bedeckten ihn mit grünen Tüchern, so daß nur ein schmaler Spalt im Bereich des mittleren und rechten Unterleibs frei blieb.

Dann war es soweit.

Dr. Leopold, der am Kopfende des OP-Tisches neben dem Narkosegerät saß, gab das Zeichen zum Beginn. Zu seiner Linken stand Schwester Selma vor dem Tisch mit den Instrumenten, Dr. Schumann, der Operateur, stand einen halben Meter von ihm entfernt, ihm gegenüber Dr. Bley. Der zweite Assistent stand an den Beinen der Patientin, die auf Beinhaltern ruhten, bereit, mit dem Wundhaken den Einschnitt zu spreizen.

Dr. Schumann spannte mit den Fingern der linken Hand die Haut im Bereich der rechten Unterleibshälfte und setzte den ersten kurzen Schnitt, nicht länger als bei einer Blinddarmoperation.

Gemeinsam mit Dr. Bley präparierte er das subkutane Gewebe, durchtrennte die Bauchmuskulatur, klemmte kleinere spritzende Blutgefäße ab oder unterband sie. Mit einem weiteren glatten Schnitt trennte er das Bauchfell auf – der zweite Assistent setzte die Wundhaken ein. Doktor Schumann und Dr. Bley beugten sich über das Operationsgebiet.

Der Oberarzt hob den Uterus hoch, an dessen rechter Seite jetzt der kolbig aufgetriebene Eileiter sichtbar wurde.

Aus seinem freien Ende blutete es in die Bauchhöhle hinein. Schwester Selma reichte Dr. Schumann das Skalpell. Keilförmig schnitt der Operateur die Tube aus der rechten Oberkante des Uterus heraus.

Dr. Bley versorgte das Wundgebiet.

Behutsam untersuchte Dr. Schumann den Eierstock der gleichen Seite, die rechte Tube und das rechte Ovar. Alles war ohne Befund. Die Ärzte wechselten einen raschen Blick; sie wußten, was das bedeutete: die Patientin würde trotz dieser Operation Kinder bekommen können.

Mit raschen Handgriffen, die sich gegenseitig ergänzten, schlossen sie nun erst das Bauchfell, dann die Muskulatur, schließlich die Haut.

Die ganze Operation hatte nicht länger als zwölf Minuten gedauert – und doch waren in dieser Zeit ein Leben gerettet und ein Schicksal entschieden worden.

»Du brauchst keine Angst zu haben!« sagte Professor Overhoff zu seiner Tochter, die ihn mit schreckgeweiteten Augen ansah. Prüfend hob er die Spritze gegen das Licht und lächelte Eva dann beruhigend zu. »Es ist gleich vorbei; am besten guckst du gar nicht hin.« Eva war so aufgeregt, daß sie den Einstich tatsächlich kaum spürte.

»Na, hat es weh getan, Eva?« Professor Overhoff legte die Spritze beiseite.

»Ach, nur ein bißchen«, meinte sie, »wenn es weiter nichts ist!«

Der Fahrer des Krankenwagens hatte Eva gleich zu Hause angetroffen und sofort zur Klinik gebracht. Als der Professor, allein mit ihr in seinem Zimmer, von der Krankheit des kleinen Hanno berichtete, war sie ganz bleich geworden. Bei der Untersuchung konnte Overhoff keinerlei Anzeichen einer Infektion der Atemwege feststellen.

»Weißt du, es kann ja sein, daß unser Hanno dich angesteckt hat … und nun möchte ich nicht, daß du auch krank wirst!« Deutlich hatte er gemerkt, wie Eva ihn staunend, ein wenig ungläubig ansah, als er »unser Hanno« sagte. »Wann kann ich Hanno denn wieder besuchen?« fragte Eva.

Overhoff nahm eine Hand seiner Tochter zwischen seine Hände und sah ihr zärtlich in die Augen: »Jetzt mußt du erst einmal ein bißchen Geduld haben. Wir müssen abwarten, was der kleine Unglücksrabe da ausbrütet.«

»Ja, aber ...«, stammelte Eva unglücklich, »wer kümmert sich denn nun um Hanno ... Schwester Patrizia hat ja auch nicht immer Zeit, um bei ihm zu sein ... und wenn ich nicht mehr in die Klinik kommen darf ...«

»Doch, doch«, beruhigte Professor Overhoff sie, »Schwester Patrizia darf vorläufig gar nicht zu den anderen Kindern ... und außerdem ...« – er schluckte verlegen, er wußte, daß es jetzt darauf ankam, die richtigen Worte zu finden – »außerdem bin ich ja auch noch da ... Sieh mal, Eva, der liebe Gott verlangt von uns, daß wir nicht immer nur traurig und unglücklich sind, weil er Mutter zu sich rief. Und Mutter hat uns ja den kleinen Hanno hier gelassen, damit wir weiter an sie denken können. Wir beide sind dafür verantwortlich, daß es Hanno immer gutgeht und er sich freut ... dann freut sich auch Mutter im Himmel. Das willst du doch, nicht wahr?«

»Ja, Vater«, sagte Eva leise mit gesenktem Kopf.

»Und wenn Hanno erst wieder gesund ist, dann überlegen wir uns, wann wir ihn mit zu uns nach Hause nehmen können!«

»Ist das wahr, Vati?« rief Eva freudestrahlend und fiel ihrem Vater um den Hals. Sie hatte zum erstenmal nach langer Zeit wieder »Vati« gesagt.

Und zum erstenmal nach langer Zeit war Professor Overhoff glücklich ...

Astrid Schumann dachte einen Tag lang über ihr Gespräch mit Dr. Winterfeld nach, und sosehr sie sich anfangs gegen den Rat ihres Schwagers sträubte, gelangte sie doch allmählich zu der Überzeugung, daß er recht hatte.

Natürlich war es das Richtigste, sich erst einmal persönlich mit ihrem Mann auszusprechen. Allerdings fiel es ihr schwer, ihren Stolz zu überwinden. Wenn sie ihm schrieb oder ihn anrief oder ihn auch gleich aufsuchte – mußte er dann nicht den Eindruck gewinnen, daß sie sich schuldig fühlte? Daß sie ihn um Verzeihung bitten, alles wieder einrenken wollte?

Aber als sie dann wieder ihr leeres Heim sah, ihr einsames Mittagessen einnahm, durch die mit so viel Liebe und Geschmack eingerichteten Räume ging, die ohne ihren Mann so leer und ohne Leben wirkten, war ihr Entschluß plötzlich gefaßt.

Sie mußte ihren Mann aufsuchen, gleichgültig, ob sie sich durch diesen Schritt ins Unrecht setzte oder demütigte. Sie mußte ihn sprechen und ihm alles sagen, was sie auf dem Herzen hatte. Selbst die schlimmsten Vorwürfe und die bösesten Worte würden besser sein als dieses tödliche Schweigen und diese beklemmende Ungewißheit.

So fuhr sie schließlich am Nachmittag mit dem Auto zur Frauenklinik und parkte zehn Meter vor dem Eingang. Aber dann, als sie aussteigen wollte, verließ sie wieder der Mut. Sie kurbelte das Fenster herunter, zündete sich eine Zigarette an, starrte zu dem großen, modernen Gebäude hinauf. Ein Schauder überlief sie, wenn sie an das dachte, was sich hinter diesen stummen Mauern abspielte – das Stöhnen der Mütter, das Wimmern der Kinder. Wie war es möglich, daß Rainer das alles nichts ausmachte?

Sie mußte ihm ein für allemal klarmachen, daß sie nie, niemals Kinder haben wollte. Es mußte vorbei sein mit den Lügen und der Heuchelei. Entweder liebte er sie so, wie sie war, um ihrer selbst willen, oder es gab nur noch eines: die Scheidung!

Die Glocke der kleinen Kapelle auf dem Gelände der Universitätsklinik schlug halb vier, als Astrid den Stummel ihrer Zigarette aus dem Fenster warf. Sie zog den Zündschlüssel ab, wollte aussteigen – da sah sie ihn.

Dr. Schumann verließ eilig, mit leicht vorgebeugtem Oberkörper, die Klinik. Er trug ein leuchtend blaues, am Hals offenes Buschhemd, das ihn auf seltsame Weise jung und sorglos erscheinen ließ. Er sah sie nicht, überquerte eilig die Fahrbahn.

Astrids Herz zog sich schmerzlich zusammen, qualvoll wurde ihr die Wahrheit bewußt – sie liebte ihn, liebte ihn noch immer.

Sie wollte seinen Namen rufen, aber ihre Stimme versagte. Sie stieß die Autotür auf, ihre Füße berührten schon den Bürgersteig – da entdeckte sie die junge Frau, die ihm entgegenlief. Eine Frau mit blondem, leicht zerzaustem Haar, einem pikanten, nicht einmal hübschen Gesichtchen, sehr einfach gekleidet in einem blau-weiß-gestreiften Baumwollkleid.

Sie kam Astrid bekannt vor, aber sie konnte sich nicht entsinnen, wo sie sie schon einmal gesehen hatte. Die beiden – ihr Mann und die junge Frau – eilten aufeinander zu. Fast sah es so aus, als wollten sie sich umarmen, aber kurz voreinander hielten sie in der Bewegung inne, drehten sich um, gingen Seite an Seite in den Park hinein.

Keiner von ihnen hatte Astrid gesehen.

10

Kirsten empfing ihren Mann mit dem schwebenden, ein wenig schüchternen Lächeln, das ihr seit ihrer Rückkehr von Ibiza eigen war. Ihre hellen Augen wirkten leuchtend und übergroß in dem von der Sonne golden gebräunten Gesicht. Dr. Winterfeld küßte sie zärtlich. »Mein Schmetterling«, sagte er, »habe ich dir eigentlich schon gestanden, wie froh ich bin, daß du wieder da bist?«

Ihr Lächeln vertiefte sich. »Ich bin sehr glücklich …«

»Wirklich? Vermißt du das blaue Meer nicht? Und die romantischen Bauten? Die lauen Nächte auf der Terrasse des ›El Corsario‹?«

Sie schüttelte stumm den Kopf.

»Dann will ich dir zur Belohnung eine Überraschung verraten …«

»Ich bin gespannt«, sagte sie ohne Neugier.

»Ich habe heute mit Professor Overhoff telefoniert«, erklärte Hugo Winterfeld, und es klang fast triumphierend.

»Ja?« fragte sie und verstand immer noch nicht, worauf er hinauswollte.

»Und weißt du auch, weshalb? Ich habe eingesehen, daß du recht hattest. Ich werde mich nun doch von einem Dermatologen untersuchen lassen.«

Die Freude, die er erwartet hatte, blieb aus. »Aber wieso?!« fragte sie beinahe bestürzt. »Wieso auf einmal?«

»Du hast es dir doch immer gewünscht, Liebling!«

»Ja«, sagte sie, »ich weiß …« Sie spielte an seinen Rockaufschlägen.

»Jetzt verstehe ich gar nichts mehr.«

»Es ist doch so einfach, Hugo! Ich habe begriffen, daß … ich weiß jetzt, daß es gar nicht so wichtig ist, ob wir Kinder haben oder nicht. Es kommt doch eigentlich nur auf uns beide an … daß wir uns lieben und verstehen!«

Sie hob den Blick zu ihm, und er sah überrascht, daß in ihren Augen Tränen der Erregung standen.

»Mein Liebling!« Er nahm sie in die Arme und küßte sie zärtlich.

»Du verstehst, wie ich es meine?« flüsterte sie. »Und du lachst mich nicht aus? Du bist für mich der einzige Mann auf der Welt. Auch wenn wir niemals Kinder haben werden.«

»Und du bist für mich die einzige Frau … das versuche ich dir schon seit langem klarzumachen.«

»Ich weiß!« Sie lächelte ihn unter Tränen an. »Aber manchmal bin ich eben furchtbar schwer von Begriff.« Sie sprachen nicht mehr über die Untersuchung.

Aber am Abend, als sie nebeneinander im Bett lagen, fing er wieder an: »Und ich werde morgen doch zum Dermatologen gehen …«

Ihre Hand tastete zu ihm hinüber. »Ich will nicht, daß du ein Opfer für mich bringst, ich will es nicht, Hugo!«

»Es ist kein Opfer. Es war ausgesprochen dumm von mir, mich so lange dagegen zu sträuben!«

»Aber, Hugo, verstehst du denn nicht ...«

Er fiel ihr ins Wort. »Doch, sehr gut. Wir können auch ohne Kinder glücklich sein, und wir werden es, verlaß dich darauf. Ich möchte einfach wissen, woran wir sind ...« Sie schwieg. Sie fühlte, daß es hierauf nichts mehr zu sagen gab. Schmerzlich war es ihr klargeworden, daß er sich genauso nach Kindern sehnte, wie sie es getan hatte. Es gab für sie nur einen Weg, ihr Versagen gutzumachen ...

Kirsten faßte einen Entschluß – und diesen Entschluß wollte sie in die Tat umsetzen. Morgen! Gleich morgen früh!

In dieser Nacht fand Kirsten Winterfeld lange keinen Schlaf. Sie hörte die regelmäßigen Atemzüge ihres Mannes, der neben ihr lag. Im matten Schein des Mondlichtes, das durch das geöffnete Fenster fiel, sah sie sein Gesicht. Ein entspanntes, gelöstes, ruhiges Gesicht. Auch sie fühlte nach langer Zeit wieder eine Spur von Glück, das in das gemeinsame Leben zurückzukehren schien. Sie lagen nebeneinander, zwei Menschen, die lange verheiratet waren. Zwei Menschen, die noch vor wenigen Tagen keine gemeinsame Zukunft mehr zu sehen glaubten. Nun aber hatte sich das Dunkel gelichtet.

Kirsten Winterfeld lag neben ihrem Mann und dachte an den nächsten Morgen. Sie wußte, der Weg, den sie gehen wollte, würde schwer sein. Sie wußte aber auch, der Weg würde sich lohnen. Der Entschluß, den sie gefaßt hatte, wurde immer stärker in ihr: das Kind ihres Mannes, das nicht ihr Kind war, in das gemeinsame Haus aufzunehmen.

Am anderen Morgen, als Dr. Winterfeld zu Gericht gegangen war, fragte sie in der Kanzlei die Sekretärin ihres Mannes nach der Adresse Gina Frankes. Sie stellte diese

Frage so unbefangen wie möglich. Aber sie merkte, wie ihre Stimme zitterte. Sie sah auch den überraschten Blick der Sekretärin, der sekundenlang fragend auf ihr ruhte.

»Bitte, Frau Doktor«, sagte die Sekretärin, nachdem sie aus einer Kartei die Adresse herausgesucht und auf einen Zettel geschrieben hatte.

Als sie zehn Minuten später im Auto saß, holte sie den Zettel aus ihrer Handtasche und las: »Neue Siedlung, Breslauer Straße hundertsiebenundvierzig.« Hier hatte Gina Franke früher gewohnt – bei ihrer Mutter. Und hier war Gina Frankes Sohn.

Sie fuhr los. Noch nie war sie in der Neuen Siedlung gewesen, sie erinnerte sich aber, daß sie im Osten der Stadt lag. Nachdem sie die Außenbezirke der Stadt mit ihren Lagerhäusern, Schuppen, windschiefen Zäunen und grauen Straßen fast hinter sich gelassen hatte und nicht mehr Bescheid wußte, hielt sie am Bürgersteig und bat einen älteren Mann in Arbeitskleidung um Auskunft. Der stand nachdenklich, als müßte er erst sehr lange überlegen. »Immer weiter geradeaus, Fräulein«, sagte er schließlich.

»Noch weiter?« fragte sie ungläubig.

Aber da war der Mann schon um die Ecke geschlurft. Es blieb ihr nichts anderes übrig, als das Fenster wieder hinaufzukurbeln und weiterzufahren. Im stillen hoffte sie, daß sie die Neue Siedlung nie finden würde, jedenfalls nicht an diesem Morgen, und daß das Schicksal sie damit noch einmal von ihrem schwierigen Vorhaben entbunden hätte.

Aber dann, ganz unvermittelt, tauchte die Siedlung hinter einer Bodenwelle auf – ein Komplex großer, moderner Mietshäuser, Teile einer Großstadt, in die schon ländliche Landschaft gebettet.

Sie gab Gas und hatte in wenigen Minuten die Trabantenstadt erreicht. Die schnurgeraden, sauberen Straßen, Grünflächen, Kinderspielplätze, Läden und Cafés wirkten mit den von einer Kirche überragten Häusern wie ein sehr ansprechendes, hundertfach vergrößertes Siedlungsmodell, das sehr schön hätte sein können, wenn es nicht so kalt und seelenlos gewirkt hätte.

Sie fuhr langsam, las die Straßenschilder, fand die Breslauer Straße, ohne einen Menschen fragen zu müssen und bog ein. Auch diese Straße war breit und übersichtlich angelegt, und auch sie wirkte seltsam verlassen.

Kirsten stellte ihren Wagen auf einem der Parkplätze ab, entschloß sich, die letzten Schritte zu Fuß zu gehen, schlenderte zögernd an den Gebäuden vorbei, den Blick auf die Hausnummern gerichtet. Ein Rudel Kinder jagte, schreiend und gestikulierend, einem Ball nach. Kirsten beachtete sie gar nicht. Ihre Gedanken waren weit vorausgeeilt; sie versuchte, sich auf das schwierige Gespräch vorzubereiten, das jetzt vor ihr lag.

Sie schrie auf, als ein kleiner Junge in seiner Spielbegeisterung sie beinahe umgerannt hätte.

Auch der Kleine stand eine Sekunde lang ganz verstört. Er mochte fünf Jahre alt sein, ein stämmiger Junge mit einem blonden Schopf und trotzigen Augen.

»Na, kannst du nicht aufpassen?« rief Kirsten und packte den Kleinen beim Kragen.

Sie wartete auf ein Wort der Entschuldigung, aber der Junge stand nur breitbeinig da und sah sie verstockt an. Plötzlich mußte Kirsten lachen, denn der Junge wirkte mit seiner Dreckspur auf der Stirn und Sommersprossen auf der kleinen Nase wirklich sehr komisch.

»Was ist los mit dir?« rief sie und packte ihn fester. »Kannst du nicht reden?«

Der Junge schüttelte stumm den Kopf.

»Schade, ich hätte dich nämlich gern etwas gefragt ... wo wohnt Frau Franke?«

Mit sichtlicher Überwindung öffnete der Junge die trotzig zusammengepreßten Lippen, fragte: »Was wollen Sie von der?«

»Sie besuchen, wenn du nichts dagegen hast.« Sie ließ ihn los. »Also ... wo wohnt sie?«

»Da!« sagte der Junge und wies mit seinem unglaublich schmutzigen Zeigefinger auf eines der nächsten Häuser, das sich in nichts von den anderen unterschied, und ehe Kirsten noch etwas sagen konnte, war er schon seinen Kameraden nachgestürmt.

Kirsten sah ihm nach. Seine stämmigen kleinen Beine mit den verrutschten Kniestrümpfen wirbelten nur so durch die Luft. Dann wandte sie sich um und ging auf das Haus zu.

Die Namen auf den Türschildern waren mit Tintenschrift geschrieben und von einer Scheibe Plexiglas gegen Witterungseinflüsse geschützt. Gertrud Franke wohnte im vierten Stock. Kirsten klingelte, und es schien ihr, als verginge eine endlose Zeit, bis der Türsummer ertönte. Sie stieß die Haustür auf und trat ins Treppenhaus. Es gab keinen Lift, sie mußte die Kunststeinstufen zu Fuß hinaufgehen. Die Wohnungstür im vierten Stock rechts war geschlossen. Kirsten klingelte noch einmal. Endlich wurde die Tür einen Spalt breit geöffnet, die Sicherheitskette lag vor.

»Sie wünschen?« fragt eine mißtrauische Stimme.

»Ich möchte zu Frau Gertrud Franke.«

Kirsten konnte nicht in den dunklen Wohnungsflur hineinsehen, aber sie spürte, daß die Frau drinnen sie einer gründlichen Prüfung unterzog, bevor sie die Kette abnahm und die Tür nun ganz öffnete.

»Sie kommen von der Fürsorge?«

»Nein«, sagte Kirsten Winterfeld erstaunt.

»Vom Jugendamt?«

»Auch nicht. Ich bin nur ... ich kenne Gina Franke, und deshalb ...«

»Meine Tochter wohnt nicht mehr hier.«

»Ich weiß. Ich wollte ja auch mit Ihnen sprechen, Frau Franke!«

Jetzt endlich ließ die alte Frau Kirsten eintreten. Sie hatte graues, stumpfes, viel zu stark gekraustes Haar, ein müdes, verhärmtes Gesicht und bewegte sich schwerfällig auf Beinen, die unnatürlich angeschwollen waren.

Kirsten fühlte plötzlich Mitleid. »Es tut mir leid, daß ich Sie so überfalle«, sagte sie. »Wenn Sie Telefon hätten ...«

Die Frau schlurfte voraus in eine unaufgeräumte winzige Küche, in der das gebrauchte Frühstücksgeschirr auf der Abwasch stand, eine zerrissene Bubenjacke auf einem Stuhl lag. Der Fußboden war schmutzig, der Tisch offensichtlich noch nicht abgewischt.

Frau Franke schien Kirstens Gedanken lesen zu können. »Es ist schlimm, wenn man alt wird und sich nicht mehr richtig bewegen kann, niemand weiß, wie das ist«, sagte sie. »Jeder Schritt tut weh. Man hat einfach keine Kraft mehr ... früher, ja, da sah hier alles anders aus. Aber jetzt! Ich muß ins Krankenhaus, hat der Doktor gesagt, aber wie kann ich das denn? Jemand muß sich doch um den Jungen kümmern ...« Sie sprach undeutlich, fast murmelnd, machte hin und wieder seltsame, saugende Geräusche – es dauerte einige Zeit, bis Kirsten darauf kam, daß sie ein Gebiß trug, das ihr offenbar nicht paßte.

Mit einiger Überwindung setzte Kirsten sich auf einen der Stühle, während die alte Frau sich schwerfällig auf einen anderen Stuhl niederließ. Vor ihr lag eine Zeitung mit Kartoffelschalen und ein Häufchen noch ungeschälter Kartoffeln.

»Ich verstehe das alles sehr gut«, sagte Kirsten.

»Na ja«, meinte Frau Franke, nahm einer der Kartoffeln in die Hand und begann sie mit ihren verschwollenen Fingern zu schälen, »Sie vielleicht. Aber die von der Fürsorge sind nie zufrieden. Dabei tue ich, was ich kann, und mehr kann wirklich niemand von mir verlangen.«

»Natürlich nicht«, beruhigte Kirsten sie.

»Ich rede wieder zuviel«, brummte die alte Frau, »auch so ein Fehler von mir. Gina hat sich immer darüber aufgehalten. Aber wenn man den ganzen Tag allein ist, dann will man doch abends ein bißchen Unterhaltung haben. Sie war sowieso nur so selten zu Haus. Bloß zum Schlafen, und das nicht immer. Und jetzt ist sie ganz fort ... na, wenn's ihr bloß gutgeht.« Frau Franke seufzte schwer. »Auf mich kommt's ja nicht an. Ich mache es bestimmt nicht mehr lange.« Sie ließ die geschälte Kartoffeln in den schwarzen Topf plumpsen, daß das Wasser aufspritzte.

»Eigentlich bin ich wegen des Jungen gekommen«, sagte Kirsten, »Thomas ...«

»Ach so! Warum haben Sie das nicht gleich gesagt?« Die alte Frau richtete ihren müden Blick auf Kirsten. »Sie sind vom Kindergarten!«

»Aber nein«, versicherte Kirsten. »Ich ... ich habe Ihnen doch schon gesagt, ich ...«

»Sie brauchen mich nicht anzulügen, Fräulein, das lohnt nicht. Ich weiß, daß der Junge Ihnen viel Sorgen gemacht hat, er ist ein wilder Kerl, ja, und es ist nicht einfach, mit ihm fertigzuwerden. Aber eigentlich sind Sie doch dafür da, um auf ihn aufzupassen, nicht? Sie haben das doch gelernt ...«

»Nein«, sagte Kirsten, »glauben Sie mir doch. Ich habe mit dem Kindergarten nichts zu tun! Aber erzählen Sie mir, was da passiert ist! Es interessiert mich ... vielleicht kann ich Ihnen helfen.«

Das Mitteilungsbedürfnis der alten Frau war offensichtlich noch stärker als ihr Mißtrauen. Kartoffelschälend redete sie weiter vor sich hin: »Bis zur vorigen Woche habe ich ihn immer in den Kindergarten geschickt, morgens und nachmittags. Das war eine große Erleichterung, da wußte ich doch, wo er war, und daß ihm nichts passieren konnte. Gern ist er nie gegangen, das kann ich nicht behaupten, und beschwert hat sich das Fräulein öfter über ihn. Aber dann, vorige Woche, kam er ganz wild nach Hause. ›Nie mehr geh' ich da hin, Oma‹, sagte er, ›nie mehr!‹ – Und am nächsten Morgen, da kam auch schon der Brief. Daß er nicht mehr kommen darf, weil er einem Mädchen die Zöpfe abgeschnitten hat!«

»Aber«, sagte Kirsten unsicher, »das war doch nur ein Streich!«

»Die haben es eben anders aufgefaßt. Weil er die Schere nämlich von zu Hause mitgenommen hatte, haben sie geschrieben, es wäre die reinste Boshaftigkeit gewesen. Und natürlich hat sich die Mutter des Mädchens beschwert, und die anderen Mütter auch, und sie haben gesagt, sie schicken ihre Kinder nie mehr, wenn Thomas noch kommen darf.«

Kirsten holte tief Atem. »Frau Franke«, sagte sie, »ich bin Ihnen für Ihre Offenheit sehr dankbar ... ich meine dafür, daß Sie mir das alles erzählt haben. Sie wissen sicher, der Vater des Jungen, Rechtsanwalt Dr. Winterfeld, plant schon seit einiger Zeit, Thomas zu adoptieren ...«

»Ach was«, sagte die alte Frau, »das bildet Gina sich doch nur ein. Immer bildet sie sich solche Sachen ein. Erst war sie fest überzeugt, daß er sie heiraten würde, und jetzt ...«

Kirsten fiel ihr ins Wort. »Es stimmt aber doch, nur ...« Sie spürte, daß sie endlich zur Sache kommen mußte, »ich bin Frau Winterfeld, verstehen Sie? Und ich möchte erst wissen, ob der Junge und ich ... also ob wir uns überhaupt vertragen könnten, denn sonst hätte es ja keinen Zweck, nicht wahr? Dann wäre weder ihm noch seinem Vater damit geholfen.«

Die alte Frau sah sie lange und mit unverhohlener Neugier an. »Sie sind das also!« sagte sie. »Nein, der Junge paßt nicht zu Ihnen, da bin ich sicher. So ein wilder Kerl. Nicht einmal versohlen kann man ihn noch, er läßt es sich einfach nicht mehr gefallen ...«

Kirsten mußte lächeln. »Vielleicht könnte man ihn auch ohne Prügel erziehen!«

»Den? Nie! Zureden hilft bei ihm überhaupt nicht. Alles, was man ihm sagt, geht zu einem Ohr hinein und zum anderen hinaus.«

»Ich möchte ihn mir aber trotzdem wenigstens ansehen. Wo ist er denn? Könnten Sie ihn nicht rufen?« Frau Franke zögerte sichtlich. »Wenn Sie es wünschen«, sagte sie dann,

»versuchen kann ich es ja. Aber es hat nicht viel Sinn. Der kommt nur heim, wenn er Hunger hat.«

Sie erhob sich schwerfällig, öffnete das Fenster und rief mit überraschender Lautstärke: »Thoomas! Thoomas! 'raufkommen!«

Im gleichen Augenblick klingelte es an der Wohnungstür. »Na so etwas«, sagte die alte Frau, »wer ist denn das schon wieder?«

Sie schlurfte aus der Küche.

Kirsten hörte, wie sie draußen die Tür öffnete und wie eine rauhe Jungenstimme fragte: »Ist sie weg?« Wenige Sekunden später kam Frau Franke wieder herein, mit dem kleinen Thomas an der Hand – Kirsten erkannte in ihm den Jungen, der sie vorhin unten auf der Straße fast umgerannt hätte. Er war inzwischen, so schien es Kirsten jedenfalls, noch schmutziger geworden.

»Wir haben Besuch bekommen«, erklärte Frau Franke. »Gib der Dame schön die Hand und mach einen Diener!«

Aber Thomas stand wie ein Stock und hielt seine Hände auf dem Rücken.

»Da sehen Sie selbst«, schimpfte seine Großmutter nun, »nichts ist mit ihm anzufangen!«

»Schade«, sagte Kirsten, »ich wollte ihn eigentlich einmal abholen und mit in den Zoo nehmen. Aber er sieht nicht aus, als ob er sich dafür interessierte.« Das wirkte. Thomas öffnete den Mund und stieß hervor: »In den Zoo? Jetzt gleich?«

»Nein, nicht jetzt«, antwortete Kirsten. »Jetzt muß ich nach Hause. Aber nächste Woche ... wie wäre es mit Donnerstag?«

Das Gesicht des Jungen hatte sich schon wieder verdüstert. »Magst du nicht?« fragte Kirsten.

»Ach, du kommst ja doch nicht.«

»Aber natürlich komme ich. Wenn ich's dir verspreche! Was man verspricht, muß man auch halten, das weißt du doch.«

»Mutter verspricht auch immer. ›Sonntag komme ich‹, sagt sie, ›ganz bestimmt!‹ Und dann läßt sie sich wer weiß wie lange überhaupt nicht sehen.«

»Du hast also schon schlechte Erfahrungen gemacht«, meinte Kirsten, »das tut mir leid. Aber ich gebe dir mein Wort, daß ich komme. Donnerstag nachmittag, Punkt zwei. Du mußt mir versprechen, daß du dann frisch gewaschen und sauber angezogen hier auf mich wartest. Suchen will ich dich nicht und auch nicht auf dich warten.«

»Wenn Sie ihn wirklich abholen wollen«, sagte seine Großmutter, »wird er um zwei Uhr fertig sein. Nur versprechen Sie sich nicht zuviel davon, er ist ...«

Kirsten schnitt der alten Frau das Wort ab. »Also, wie ist es? Willst du? Dann gib mir die Hand darauf!«

Zögernd kam die Bubenhand hinter dem Rücken hervor. Kirsten ergriff sie und drückte sie fest – aber sie kam sich dabei wie eine Verräterin vor.

Konnte sie es überhaupt verantworten, den Jungen aus der ihm vertrauten Umgebung zu reißen, wenn auch nur für einen Nachmittag? Würde sie ihn je liebhaben können? Und würde sie wirklich die Kraft haben, ihm die Mutter zu ersetzen?

Dr. Winterfeld betrat mit einigem Unbehagen die Dermatologische Klinik.

»Ich möchte zu Dozent Dr. Müller«, sagte er dem Pförtner, »ich bin angemeldet!«

»Im Parterre ... den Gang entlang, und dann dritte Tür links!«

Auf dem Gang huschten Schwestern und Ärzte in kurzen Kitteln hin und her, Türen klapperten, es roch nach Äther und Desinfektionsmitteln.

Dr. Winterfelds Unbehagen wuchs. Er mußte gegen die Vorstellung ankämpfen, daß er vielleicht krank wäre, ohne es zu wissen. Aber das war natürlich Unsinn. Er war ja nur gekommen, um Gewißheit zu finden, daß er seiner Frau

Kinder schenken konnte. Wie das Ergebnis auch immer ausfallen sollte – er wollte es mit Fassung tragen. Es war nichts Schmerzliches dabei, es war einfach nur peinlich – ja, peinlich, weiter nichts.

Er las das Schild. »Dozent Dr. G. Müller, Anmeldung«, klopfte an, trat ein, sagte noch einmal, weswegen er komme. Die Schwester war jung und reizend, er errötete unter ihrem Blick und kam sich wie ein alter Esel vor.

»Wenn Sie sich fünf Minuten gedulden möchten, Herr Doktor«, sagte sie, »gehen Sie bitte so lange in den Warteraum … oder nein, bleiben Sie doch lieber hier. Der Herr Dozent wird Sie sicher nicht lange warten lassen … Sie sind doch wohl in einer privaten Krankenversicherung?«

»Ja«, antwortete er und wich unwillkürlich ihrem Blick aus.

»Dann nehmen wir schon einmal Ihre Personalien auf.«

Während er seine Angaben machte, gewann er langsam seine Selbstsicherheit zurück. »Darf man hier rauchen?« fragte er.

»Ja, bitte«, lächelte die Schwester. »Der Herr Dozent sieht es zwar nicht sehr gern …« – ihr Lächeln vertiefte sich –, »aber er raucht selbst!«

Dr. Winterfeld hatte kaum die ersten Züge gemacht, als die Tür hinter dem Schreibtisch aufging und ein hagerer, dunkler Mann mit langen Schritten hereinkam. »Schwester …«, begann er, dann sah er den Patienten, und seine grauen, tiefliegenden Augen leuchteten auf:

»Mensch, Hugo … du bist es also wahr und wahrhaftig! Als ich den Namen hörte, habe ich natürlich sofort an dich gedacht, aber es wäre ja auch eine Namensgleichheit möglich gewesen …« Er kam mit ausgestreckten Händen auf Dr. Winterfeld zu.

Der schlug ein wenig zögernd ein. »Gerhard?« fragte er, »Gerhard Müller?«

»Eben der! Menschenskind, erkennst du mich etwa nicht? Fünf Jahre bin ich auf der Schule dein Hintermann gewesen!«

»Natürlich erkenne ich dich«, sagte Dr. Winterfeld und wußte nicht, ob er sich über dieses unverhoffte Wiedersehen freuen sollte. Würde es die Peinlichkeit der ganzen Angelegenheit nicht noch verstärken? »Älter bist du geworden!«

Dozent Dr. Müller lachte schallend. »Du etwa nicht? Altes Haus, weißt du, daß es fast zwanzig Jahre her ist, seit wir uns zuletzt gesehen haben? Aber mein Gedächtnis ist in Ordnung ... ich hätte dich sofort erkannt, auch wenn ich deinen Namen nicht gewußt hätte!« Er legte ihm den Arm um die Schulter und schob ihn in seine Praxis hinein, nötigte ihn in einen der bequemen Sessel in der Sitzecke, zündete sich selbst eine Zigarette an.

Eine Minute später war Dr. Winterfeld in ein Gespräch über die guten alten Schulzeiten verwickelt, über die längst vergessenen Lehrer und Klassenkameraden, von denen er die meisten schon seit Jahren aus den Augen verloren hatte.

»Na«, meinte Gerhard Müller selbstzufrieden, »wir beide jedenfalls haben es geschafft. Ich bin Dozent an der Dermatologischen und habe ... bitte, das muß natürlich unter uns bleiben ... gute Aussichten auf den Professor. Und du hast, wie ich hörte, eine florierende Praxis als Rechtsanwalt ... nur mit dem Kindersegen hapert's, wie?«

»Ja«, sagte Dr. Winterfeld. Wieder war das Unbehagen da.

»Professor Overhoff hat mit mir über den Fall gesprochen. Ich nehme an, daß es in deinem Sinne war. Ich muß schon sagen, alle Hochachtung, daß du dich entschlossen hast, einen Dermatologen aufzusuchen. Aber du warst ja immer schon ein vernünftiger Junge.«

»Glaub nur nicht, daß mir das leichtgefallen ist«, bekannte Dr. Winterfeld gepreßt und drückte seine Zigarette aus.

»Kann ich mir lebhaft vorstellen. Geht gegen die männliche Eitelkeit, wie? Aber vor mir brauchst du dich wirklich nicht zu genieren ... nichts Menschliches ist mir fremd!« Er reichte dem Schulfreund aus längstvergangenen Tagen sein Zigarettenpäckchen über den Tisch. »Hier, steckt dir noch eine an ... das beruhigt. Ich muß jetzt erst mit ein paar sehr dummen Fragen kommen. Dir als Rechtsanwalt brauche ich ja nicht zu erklären, daß ich mir nur dann ein klares Bild machen kann, wenn du ganz aufrichtig antwortest.«

»Ja, sicher.« Hugo Winterfeld verbrauchte bei dem Versuch, seine Zigarette anzuzünden, drei Streichhölzer, endlich brannte sie. »Aber ich wüßte wirklich nicht ...«

»Also fangen wir mal mit dem Rauchen an!« Dozent Dr. Müller stand auf, holte sich einen Notizblock von seinem Schreibtisch. »Wieviel pro Tag?«

»Etwa dreißig ...«

»Sagen wir vierzig?«

»Manchmal schon.«

»Alkohol?«

»Regelmäßig. Jeden Abend eine Flasche Wein ... das heißt natürlich, eine halbe, meine Frau trinkt mit. Tagsüber nicht. Manchmal abends auch ein Bier, gelegentlich einen Schnaps.«

»Also keine richtigen Saufereien?«

»Bestimmt nicht.«

»Da bist du solider als ich. Warst du ja schon immer.« Dozent Dr. Müller machte sich Notizen. »Krankheiten?«

»Alle Kinderkrankheiten. Masern, Röteln, Keuchhusten ... sehr oft Halsschmerzen, vereiterte Mandeln. Bis ich sie mir vor fünf Jahren habe 'rausnehmen lassen.«

»Erkältungskrankheiten? Harnröhrenkatarrh?«

»Nie!«

»Sonst etwas von Bedeutung?«

Dr. Winterfeld schien zu zögern. Dann sagte er langsam: »Ich habe einen Sohn, einen Jungen von fünf Jahren.«

»Dann verstehe ich überhaupt nicht, daß du zu mir kommst, um dich untersuchen zu lassen.«

»Es ist ein unehelicher Sohn«, sagte Dr. Winterfeld.

»Ich verstehe. Wie lange bist du verheiratet?«

»Drei Jahre.«

»Und in diesen drei Jahren – ihr habt immer ein Kind haben wollen, deine Frau und du?«

»Wäre ich sonst hier?«

Dozent Dr. Müller trommelte mit dem Bleistift auf die Schreibtischplatte. Prüfend sah er den ehemaligen Schulfreund an. Dann fragte er: »Ihr liebt euch also, das ist klar. Ist deine Frau für dich immer noch anziehend ... ich meine ... in erotischer Hinsicht?«

»Ja.«

»Bist du freiwillig gekommen, oder hat dich deine Frau mehr oder weniger dazu gezwungen, daß du dich einmal von einem Dermatologen untersuchen läßt?«

»Sie hat mich nicht gezwungen. Sie hat sich auch selbst von Professor Overhoff untersuchen lassen. Ich gehöre nicht zu den Männern, die nur ihren Frauen die Schuld geben, wenn eine Ehe kinderlos bleibt. Auch wenn so eine Untersuchung bei einem Dermatologen alles andere als angenehm ist ...«

Dr. Müller zeigte auf einen Wandschirm in der Ecke des Zimmers und sagte: »Na, dann zieh dich mal aus ...«

Dr. Winterfeld verschwand hinter dem Wandschirm. Dr. Müller hörte ihn sagen: »Das verstehe ich nicht. Ich habe doch schon ein Kind. Ist es denn medizinisch möglich, daß ein Mann einmal ein Kind haben und daß dann ...daß es dann so kommt, wie es zwischen Kirsten und mir gekommen ist?«

»Es ist möglich.«

Eine gute halbe Stunde später atmete Dr. Winterfeld erleichtert auf. Es war alles vorüber. Dr. Müller schob das Mikroskop, über das er lange gebeugt war, zur Seite und zündete sich eine Zigarette an.

»Na und?« fragte Dr. Winterfeld.

»Endgültiges kann ich doch noch nicht sagen, aber ich bin so gut wie sicher, daß deine Befürchtungen unbegründet sind.«

»Das habe ich gewußt!«

»Wissen, mein Lieber«, schränkte der Dozent ein und legte seinem Schulfreund die Hand auf die Schulter,

»wissen kann man so etwas nie. Einige sehr selbstbewußte Herren haben hier bei mir die größte Überraschung ihres Lebens erfahren.« Er wollte den Patienten zur Tür begleiten.

Doch Dr. Winterfeld blieb stehen. »Schön und gut«, sagte er, »aber jetzt verstehe ich überhaupt nichts mehr. Professor Overhoff hat festgestellt, daß Kirsten vollkommen in Ordnung ist, ich bin es auch ... was nutzt uns eure ganze verflixte Wissenschaft, wenn wir trotzdem keine Kinder bekommen können?«

»Wäre ich sehr fromm, würde ich antworten, die Entscheidung darüber liegt letztlich doch in Gottes Hand. Das stimmt im Grund genommen auch. Wir Ärzte suchen seit Jahrhunderten dem Geheimnis des Lebens auf die Spur zu kommen, wir bilden uns eine Menge ein ... aber dann gibt es eben immer wieder Fälle, bei denen wir einfach machtlos sind.«

»Das heißt also auf gut deutsch, daß ihr mit eurem Latein am Ende seid!« sagte Dr. Winterfeld, der sich endlich wieder als Herr der Situation fühlte.

Der Dozent verstand und lächelte. »Noch nicht, mein Lieber, noch lange nicht. Ich werde mich, sobald ich das Ergebnis des Labors schwarz auf weiß vor mir liegen habe, noch einmal mit Professor Overhoff in Verbindung setzen. Jetzt wissen wir ja, daß die Sterilität also doch bei deiner Frau liegen muß, und es ist immerhin doch möglich, daß sie auf zervikalen Ursachen beruht. Es kann sich möglicherweise auch um eine Leukozytenvermehrung handeln ... kurz und gut: Wir haben noch eine Menge Eisen im Feuer, wie du siehst. Sprich jedenfalls mit deiner Frau. Es wäre gut, wenn sie in den nächsten Tagen noch einmal Professor Overhoff anriefe!«

Mehrmals täglich besuchte Professor Overhoff seinen kleinen Sohn, und er wurde ihm immer vertrauter. Besonders freute es ihn, daß Hanno beim Eintritt seines Vaters über das ganze Gesicht strahlte und oft sogar jauchzte, wenn er ihn auf den Arm nahm.

Das Untersuchungsergebnis der vorgenommenen Abstriche hatte bestätigt, was Overhoff von vornherein vermutete und erhoffte: Hanno hatte keine Diphtherie, sondern Angina. Zudem war es kein schwerer Anginafall, die Erscheinungen und das Fieber waren bereits zurückgegangen, Komplikationen wie Otitis media acuta oder Sepsis nicht aufgetreten.

Auch Eva, seine Tochter, hatte sich nicht infiziert. Jeden Tag, sobald sie aus der Schule gekommen war, hatte sie ihren Vater angerufen und sich nach dem Befinden ihres Bruders erkundigt. Gelegentlich kam sie sogar persönlich und unterhielt sich mit Professor Overhoff über die Schule, über ihre Freundinnen und alles, was sie interessierte. Overhoff konnte es noch gar nicht glauben, daß jetzt das Eis tatsächlich gebrochen sein sollte. Er fühlte, daß dieser Erfolg zum Teil auch auf das veränderte Verhältnis zurückzuführen war, das er selbst zu seiner Tochter gefunden hatte. Woran es lag, wußte er nicht; es war eben ganz plötzlich und unvermutet da. Die Krankheit seines Söhnchens Hanno hatte gewissermaßen als Katalysator gewirkt. Hanno verdankte er es, daß er jetzt wieder eine Familie besaß.

Heute konnte er Eva eröffnen, daß sie Hanno in Zukunft wieder besuchen dürfe. Er freute sich schon wie ein kleines Kind auf ihren glücklichen Ausruf. Sicherlich würde sie aber auch sofort fragen, wann denn nun Hanno nach Hause kommen könne, in Overhoffs Wohnung, wie er es versprochen hatte – etwas voreilig, das mußte er sich jetzt eingestehen, denn wer sollte auf Hanno aufpassen? Seinem Hausmädchen konnte er seinen Sohn nicht gut anvertrauen. Da kam Professor Overhoff eine gute Idee: vielleicht würde sich sogar Schwester Patrizia bereitfinden, diese Aufgabe, wenigstens vorübergehend, zu übernehmen?

Laut klapperten die hohen Absätze des auffällig geschminkten Mädchens mit dem silberblond getönten Haar auf dem Flur des Polizeipräsidiums. Vor dem Zimmer Nummer hundertzwölf blieb die etwa Sechzehnjährige stehen, klopfte an und trat ein.

»Guten Tag!« sagte sie nach dem Eintreten, »ich bin hierher bestellt ... zu Herrn Kriminalobermeister Wagner ...«

»Guten Tag!« erwiderte der an seinem Schreibtisch sitzende Beamte ziemlich unfreundlich. »Ihre Vorladung bitte! ... Nehmen Sie Platz!«

Die jugendliche Besucherin kramte die Vorladung aus ihrer eleganten Handtasche, überreichte das Papier dem Beamten, der kurz darauf schaute, setzte sich und wartete. –

»Also, Sie sind Fräulein Sylvia Süder aus der Immermannstraße 4b?«

»Ja«, antwortete Sylvia Süder, »das bin ich ... Warum hat man mich eigentlich hierher bestellt, ich habe doch schon alles genau in meinem Brief geschrieben, und ...«

»Einen Augenblick!« unterbrach sie der Kriminalobermeister, zog einen Ordner aus einem Regal seitlich des Schreibtisches, suchte unter dem Buchstaben ›S‹ und entnahm ihm einen handschriftlichen Brief und ein einseitiges Protokoll nebst Durchschriften. Er überflog das Protokoll, sah dann die Sechzehnjährige ernst an und sagte:

»Sie haben Anzeige erstattet gegen Dr. Rainer Schumann, Oberarzt in der Privatklinik Overhoff. Nach Ihren Angaben hat sich Dr. Schumann der Abtreibung schuldig gemacht, vorsätzlich begangen an der minderjährigen Angelika Schneider, geboren 2. März 1949, wohnhaft Obere Bahnhofstraße 28 ... stimmt das so?«

»Ja, es stimmt!« erklärte Sylvia betont forsch.

»Pflichtgemäß habe ich Sie darauf aufmerksam zu machen, daß Ihre Angaben der Wahrheit entsprechen müssen. Sofern es aufgrund eines Ermittlungsverfahrens der Staatsanwaltschaft zur Anklageerhebung kommen sollte, werden Sie notfalls als Zeugin vernommen. Das ist Ihnen wohl klar?«

»... Ja ...«, sagte Sylvia zögernd. Sie fühlte sich jetzt doch nicht mehr ganz so wohl in ihrer Haut, aber nun war es für eine Rücknahme zu spät.

»So, Fräulein Süder«, meinte der Kriminalbeamte, »dann lesen Sie einmal genau das Protokoll durch, das wir nach Ihrem Brief vorbereitet haben ...« – er legte das Original des Protokolls und zwei Kopien vor sie hin – »... wenn alles richtig ist, dann unterschreiben Sie bitte dreimal!«

Sylvia las die Niederschrift durch, unterschrieb und sah dann den Kriminalbeamten fragend an.

»Das wäre es«, sagte der Beamte, stand auf und gab dem Mädchen, das sich ebenfalls erhob, die Hand. »Halten Sie sich bitte zur Verfügung für den Fall, daß noch Rückfragen auftauchen sollten ... und wenn Sie in der nächsten Zeit verreisen, wäre es zweckmäßig, uns Ihre Anschrift mitzuteilen!«

»Jawohl ...«, stammelte Sylvia verwirrt und ging aus dem Zimmer. Den Abschiedsgruß hatte sie ganz vergessen ...

11

Astrid Schumann ertrug es nicht mehr in dem Haus, in dem alles sie an ihren Mann erinnerte, in dem sie auf ihn gewartet, mit ihm gestritten hatte und so oft glücklich gewesen war. In der ersten Zeit nach der Trennung hatte sie der Gedanke getröstet, Rainer leide genauso unter der Einsamkeit wie sie selbst – ja, mehr noch: mit leichtem Triumphgefühl hatte sie sich eingebildet, daß sie nach wie vor Macht über ihn besäße und daß es ihm unmöglich sein würde, sich innerlich völlig von ihr zu lösen.

Aber nun hatte sie mit eigenen Augen gesehen, wie er sich mit einer attraktiven jungen Frau im Park traf. Sie hatte die glückliche Erwartung in seinen Augen bemerkt –

und schmerzlich begriffen, daß ihr Ehemann ihr bereits entglitten war.

Die Tage, die diesem bitteren Erlebnis folgten, waren schrecklich. Sie weinte oder lief wütend durch die Zimmer. Sie steigerte sich in einen wilden Haß – um ausweglos verzweifelt zu sein, sobald ihr Blick auf Rainers Foto fiel und ihr Zorn im gleichen Moment wie eine Seifenblase zerplatzte, weil sie ihn noch immer liebte.

Schließlich entschloß sie sich, zu ihrer Mutter zu fahren. Dieser Entschluß brachte ihr Erleichterung. Noch glaubte sie, vor ihren Erinnerungen fliehen zu können. Während sie im Zug saß, malte sie sich aus, wie Rainer vergeblich versuchen würde, sie telefonisch zu erreichen; wie er schließlich, von unbezähmbarer Unruhe getrieben, sich aufmachte, um sie aufzusuchen; wie er dann das Haus abgeschlossen finden und außer sich geraten würde. Sie klammerte sich an diese Illusion, die ihr die Kraft gab, die Begrüßung durch ihre Mutter mit einem Lächeln zu überstehen.

Indessen dachte Dr. Schumann nicht daran, seine Frau anzurufen oder sie gar zu besuchen. Er hatte sie nicht vergessen und sich durchaus nicht mit dem Zusammenbruch seiner Ehe abgefunden, aber im Gegensatz zu Astrid konnte er die Trennung besser überstehen, weil ihm seine Arbeit geblieben war, in die er sich jetzt mit doppelter Kraft stürzte.

Und dann gab es Patrizia, die junge Schwester!

Nicht ein einziges Mal verglich er Astrid und Patrizia miteinander. Er genoß das Glück, das Patrizia ihm bot, fühlte sich wohl in ihrer Gegenwart und auf seltsame Weise um viele Jahre jünger. Patrizia stellte keine Forderungen materieller oder geistiger Art. Sie versuchte nicht, ihn in anspruchsvolle Gespräche zu verwickeln, zu denen er in seiner karg bemessenen Freizeit nicht mehr die Kraft besaß. Sie war einfach da, sie war jung, sie war lieb, sie war hingebend. Astrid hatte er nie durch seine Arbeit imponieren können; Patrizia bewunderte ihn rückhaltlos. Astrid gegenüber hatte er sich immer zusammennehmen, Haltung bewahren müssen, in Patrizias Gesellschaft durfte er sich gehenlassen. Astrid war überempfindlich gewesen, Patrizia nahm es ohne mit der Wimper zu zucken hin, wenn er seine schlechte Laune an ihr ausließ.

Aber Dr. Schumann war sich darüber im klaren, daß dieser Zustand nicht von Dauer, nie ein Ziel sein konnte, sondern nur eine Entwicklungsstufe. Früher oder später mußte eine Entscheidung fallen. Jeden Morgen durchwühlte er mit der gleichen Nervosität die Post, in der Hoffnung und Befürchtung, ein Brief von Astrid oder gar von ihrem Anwalt könnte darunter sein. Jeden Morgen mußte er sich erneut eingestehen, daß seine Ehe so oder so gescheitert war, daß eine Scheidungsklage Astrids nur der Schlußstrich unter eine längst abgeschlossene Entwicklung sein würde – und dennoch: der Gedanke, sie für alle Zeiten verloren zu haben, quälte ihn; deshalb war er auch bemüht, so wenig wie möglich an sie zu denken.

Mit Patrizia sprach er niemals über seine Frau.

Eines Abends – sie wollten zusammen ins Kino gehen, er stand vor seinem Spiegel in seinem kargen Junggesellenzimmer in der Klinik und band sich die Krawatte – kam Patrizia herein. Jung, hübsch und strahlend wie immer, wenn auch nicht so unbefangen wie sonst.

»Nanu«, meinte er lächelnd, »bist du schon fertig? Diese Oberpünktlichkeit kenne ich gar nicht an dir! Solltest du neue Talente entwickeln?«

»Rainer«, sagte sie gepreßt, trat von hinten an ihn heran und legte ihre Hand auf seine Schulter, »ich muß mit dir sprechen ...«

Er zog sich den Knoten seiner Krawatte zurecht.

»Na, dann schieß los!« rief er, ohne den Blick von seinem Spiegelbild zu wenden.

»Ich habe Angst.«

Er lachte, drehte sich jetzt endlich um. »Vor mir etwa?«

»Ja. Wie du es aufnehmen wirst.«

Plötzlich stieg eine böse Ahnung in ihm auf.

»Was?« fragte er verhalten.

»Ich bekomme ein Kind!«

Dr. Schumann starrte Patrizia entgeistert an. Er sah aus, als habe er soeben einen Tiefschlag erhalten.

»Es ist wirklich wahr, Rainer«, sagte sie leise, »ich ... ich bekomme ein Kind!«

Nach einem würgenden Atemzug hatte er sich schon wieder gefangen. »Seit wann weißt du es?« fragte er mit einer Stimme, die fast tonlos war vor unterdrückter Erregung.

»Seit zwei Wochen.«

»Und du sagst es mir erst heute?«

»Ich wollte ganz sicher sein.«

Er wandte sich ab und begann nach seiner Pfeife zu suchen – wie immer, wenn er fürchtete, eine Situation nicht zu meistern. Er fand die Pfeife, begann sie umständlich zu stopfen und stellte mit Erleichterung fest, daß wenigstens seine Hände ihn nicht verrieten – sie zitterten nicht.

»Hast du dich untersuchen lassen?« fragte er, ohne sie anzusehen.

»Natürlich nicht!« Sie machte einen Schritt auf ihn zu. »Rainer, du glaubst doch hoffentlich nicht, daß ich dich in Schwierigkeiten bringen will?«

»Niemand hat dir einen Vorwurf gemacht.«

»Da bin ich aber dankbar«, sagte sie mit einem Zynismus, der ihn unangenehm berührte.

»Das war eine ziemlich unpassende Bemerkung«, erklärte er scharf.

»Entschuldige!« Sie senkte die Wimpern – aber in ihrem lieblichen, herzförmigen Gesicht entdeckte er einen Ausdruck von Härte, den er noch nie an ihr bemerkt hatte. »Komm, setz dich«, bat er versöhnlich. »Ich glaube, wir beide müssen den Fall in aller Ruhe durchsprechen.«

»Wir wollten doch ins Kino gehen«, widersprach sie mit starrem Gesicht.

»Findest du das wirklich richtig? Ich habe jetzt nicht die Nerven, mir nach deiner Eröffnung ruhig und gelassen einen Film anzusehen.«

Sie schwieg, stand mit blassem, verbissenem Gesicht vor ihm. Er legte seinen Arm um ihre Schultern und wollte sie zum Sessel führen. Aber sie schmiegte sich nicht wie sonst zärtlich an ihn, sondern hielt sich steif wie eine Puppe. Mitleid und Schuldbewußtsein überwältigte ihn.

»Weißt du was?« schlug er mit erzwungener Heiterkeit vor. »Da wir uns nun schon einmal feingemacht haben, gehen wir auch aus … zu ›Tonino‹, wie wäre es damit? Bei einer guten Flasche Wein lassen sich die meisten Probleme sehr viel leichter lösen.«

»Wie du meinst«, sagte sie gepreßt.

Er steckte Pfeife und Tabaksbeutel in seine Jackentasche und schob Patrizia mit sanfter Gewalt aus dem Zimmer.

Bei »Tonino«, einer italienischen Weinstube in der Altstadt, war um diese Zeit wenig los. Das Musiktrio hatte seinen Dienst noch nicht angetreten, und nur auf vereinzelten Tischen brannten die Kerzen. Alles andere war jedoch wie immer – die blankgescheuerten Tische, die weißgekalkten Wände, die schimmernden Kupferkessel, die ganze heitere und gemütliche Atmosphäre, von der Dr. Schumann und Patrizia in der ersten Zeit ihres Beisammenseins sich so gerne hatten verzaubern lassen. Auch der würzige rote Landwein war der gleiche, aber für Dr. Schumann, der sehr rasch zwei Gläser hintereinander trank, hatte er einen bitteren Nachgeschmack. Patrizia nippte kaum an ihrem Glas. Seit dem Verlassen der Klinik hatten beide kaum ein Wort miteinander gesprochen.

»Es tut mir leid, wenn ich dich verletzt haben sollte«, begann er die Aussprache. Seine Hand umklammerte die Pfeife in der Jackentasche, aber er spürte, daß jetzt nicht der geeignete Moment war, sie anzuzünden.

»Schon gut«, sie vermied es hartnäckig, ihn anzusehen.

»Liebling ...« Er berührte ihre Hand, die auf der Tischplatte lag, eine tüchtige, saubere Schwesternhand mit kurzen, rundgeschnittenen Nägeln.

Sie zuckte unter seiner Berührung zusammen. Dann, ganz unvermittelt, brach es aus ihr hervor: »Es ist meine Schuld ... ganz allein meine Schuld ... ich hätte wissen müssen ...« Sie stockte, ihr Gesicht verzerrte sich bei dem krampfhaften Versuch, aufsteigende Tränen zu unterdrücken.

»Unsinn!« widersprach er rasch. »Du hast dir nichts vorzuwerfen. Mir scheint, wir haben uns beide benommen wie Kinder.«

»Ach, Rainer, liebst du mich denn wirklich?« fragte sie. »Du hast mir nie gesagt ... ich hoffte so sehr, dein Herz zu erobern ... ich habe dir alles gegeben, was ich hatte, ich ...«

»Du hast mich sehr glücklich gemacht«, sagte er, »das weißt du! Warum verlierst du dich in so dumme Gedanken ...«

»So sehr habe ich mir gewünscht ... natürlich hatte ich Angst, es dir zu sagen«, fuhr sie mit stockender Stimme fort, »ich wußte ja nicht, wie du es aufnehmen würdest ... aber ganz tief im Herzen glaubte ich fest daran, du würdest dich freuen ... du hast doch immer Sehnsucht nach einem Kind gehabt, nicht wahr?«

»Nun hör endlich auf, Patrizia! Ich freue mich ja, glaub mir! Nur ... es ist nicht leicht für mich, das mußt du verstehen ... ich bin verheiratet!«

»Kannst du immer nur daran denken? An deine Frau? An deine Karriere?«

»Um Gottes willen, Patrizia!« rief er. »Jetzt fang nicht an, die Dinge zu verdrehen. Wir müssen den Tatsachen gerecht werden, dürfen uns nicht in romantischen Märchen verlieren. Und Tatsache ist nun einmal, daß ich verheiratet bin!«

»Verzeih mir, daß ich versucht habe, es zu vergessen«, sagte sie ernüchtert. »Bleiben wir also bei den Tatsachen.

Du bist verheiratet. Ich bekomme ein Kind – und du bist der Vater. Was soll jetzt also geschehen?«

Er schwieg.

»Ich kann das Baby … ich kann es wegbringen lassen!« Sie sah ihn herausfordernd an. »Du brauchst mir nur ein Wort zu sagen …«

»Das hast du doch wohl nicht im Ernst gesagt, Patrizia!« entgegnete Dr. Schumann ärgerlich. »Ich verstehe nicht, wie du an so etwas auch nur denken kannst!«

»Was also dann? Wir wollen uns nichts vormachen, du hast es selbst erklärt. Es wird nicht mehr lange dauern, dann haben es die ›lieben Kollegen‹ heraus, daß etwas mit mir nicht … nicht in Ordnung ist. Und wenn der Chef es erfährt, fliege ich in hohem Bogen.«

»Du mußt eben vorher kündigen.«

»Das ist leicht gesagt. In diesem Zustand bekomme ich keine andere Stellung … und wenn ich jetzt freiwillig wechsle, erhalte ich keine Unterstützung während der Schwangerschaft und für die Entbindung.«

»Darüber brauchst du dir keine Sorgen zu machen. Selbstverständlich werde ich für dich sorgen.«

»Und du glaubst, es wird mir Spaß machen, in einem kleinen Zimmerchen zu sitzen, Däumchen zu drehen und von deiner Gnade abhängig zu sein?«

»Patrizia, was ist nur plötzlich in dich gefahren! Das ist doch alles dummes Zeug, was du da redest! Im übrigen geht es nicht um den Spaß, sondern um unsere Pflicht!«

»Aha!« rief sie. »Und du hältst es für meine Pflicht, mich in ein Mauseloch zu verkriechen, bis alles vorüber ist?«

»Verdammt noch mal, nun hör auf mit diesem Quatsch!« schimpfte er. »Was sollen wir denn tun? Es ist die einzige Möglichkeit, daß du dich zunächst zurückziehst.«

»Die einzige Möglichkeit!« lachte sie bitter auf. »So einfach ist das also! Warum habe ich mir eigentlich Sorgen gemacht? Ihr Männer macht es euch leicht. Ein unangenehmer Zwischenfall, nichts weiter. Alles wird bestens arrangiert, und dann geht man wieder zur Tagesordnung über. Eine ledige Mutter mehr, ein Kind ohne Vater ... was macht das schon! Hauptsache, die Karriere wird nicht gefährdet und die Ehefrau braucht sich nicht zu beunruhigen.«

Dr. Schumann sah sie ernst an. »Ich finde, dieser Ton paßt nicht zu dir.«

»O ja, ich weiß«, sagte sie heftig, »in deinen Augen bin ich ein zartes Seelchen, das jeden Fußtritt mit einem sanften Lächeln quittieren muß!«

Plötzlich war sie mit ihrer Kraft am Ende und fing an zu schluchzen. »Sei mir nicht böse, Rainer«, stammelte sie, »es ... tut mir leid, daß ich mich so aufführe. Ich glaube, ich bin verrückt geworden. Es muß an meinem Zustand liegen, und dann ... die ganze Situation. Ich ... ich bin einfach verzweifelt.«

»Dazu hast du keinen Grund«, sagte er beherrscht. »Wenn alles gutgeht, können wir heiraten, noch bevor das Kind da ist.«

Ihre Augen weiteten sich. »Du willst ...?« fragte sie fassungslos. »Ist das ... dein Ernst?«

»Natürlich. Ich werde dich nicht im Stich lassen ... und unser Kind.«

»Ja, aber ...« In ihrem Gesicht zuckte es, als wisse sie nicht, ob sie weinen oder lachen solle. »Warum hast du mir denn das nicht gleich gesagt?«

»Weil ich es albern finde, einen Heiratsantrag zu machen, noch bevor ich geschieden bin ... Ich muß erst das alte Leben ... mit dem alten Leben muß ich erst abschließen, bevor ... Astrid wird ja sicher froh sein, mich loszuwerden ...«

Patrizia bemerkte in ihrer aufgeregten Freude nicht die Bitterkeit in Dr. Schumanns Stimme. »Oh, Rainer!« rief sie. »Liebster ...« Sie umklammerte mit beiden Händen seinen Arm. »Wie habe ich mich nur so aufführen können! Jetzt verstehe ich alles ... deshalb hast du mich aus der Klinik haben wollen. Wenn deine Frau etwas davon erfährt, dann könnte das die Scheidung erschweren und alles verzögern, nicht wahr?«

»Schon möglich.«

»Ich werde alles tun, was du von mir verlangst«, versprach sie mit Tränen des Glücks in den Augen, »alles! Ach, Rainer, wir werden ja so glücklich miteinander sein! Mit unserem Kind!«

»Warst du schon bei Professor Overhoff, Kirsten?« fragte Dr. Winterfeld seine Frau. »Der Dermatologe hat dich sicher längst angemeldet.«

Sie saßen nach dem Mittagessen beim Kaffee zusammen, und Kirsten war, wie so oft in letzter Zeit, sehr schweigsam. Die Frage ihres Mannes riß sie aus ihren Gedanken.

»Bei ... ach ja, natürlich«, stotterte sie, »vorige Woche ... habe ich dir das nicht erzählt?«

»Entschuldige bitte, das muß ich ganz vergessen haben.«

»Und?«

Sie verstand ihn offenbar nicht, blickte ihn nur mit einem kleinen verwirrten Lächeln an. Er sah sich deshalb veranlaßt, deutlicher zu werden.

»Das Ergebnis, Kirsten! Der Professor muß dir doch irgend etwas gesagt haben!«

»Nein. So schnell geht das nicht. Das Ergebnis müssen sie erst im Labor ausknobeln.«

»Und wann bekommst du Bescheid?«

»Also, Hugo, ich weiß wirklich nicht ... diese oder nächste Woche. Du fragst so komisch ...«

»Wenn ich ehrlich sein soll: komisch finde ich nur dein Verhalten. Erst quälst du mich monatelang damit, daß du ein Kind willst ... dann gehe ich dir zuliebe zum Dermatologen, und plötzlich scheint dir das Ganze geradezu unwichtig geworden zu sein.«

Ihr schöner Mund verzog sich zu einem rätselhaften Lächeln, dessen Grund er sich nicht erklären konnte.

»Es war mir schon vorher unwichtig, Hugo«, sagte sie, »schon bevor du zum Dermatologen gingst ... erinnerst du dich nicht? Ich habe mich damit abgefunden, keine Kinder zu bekommen, das ist alles.«

»Aber wenn diese neue Untersuchung ergibt ...«

Sie legte ihre Hand auf seinen Arm. »Was auch immer sie ergeben mag: Ich habe inzwischen gelernt, daß man nichts gegen den Willen des Schicksals erzwingen darf.«

»Tut mir leid. Für dergleichen Fatalismus habe ich wenig Verständnis.«

»Es ist kein Fatalismus, Hugo«, sagte sie sanft, »sondern Einsicht. Wir wünschen uns beide ein Kind, das stimmt. Eine Zeitlang war ich geradezu besessen von diesem Wunsch ... aber ist es nicht möglich, daß es Wünsche gibt, die sich besser nicht erfüllen? Hast du schon einmal daran gedacht, daß unser Kind vielleicht nicht gesund sein könnte? Geistesschwach etwa? Oder vielleicht auch charakterlich schlecht veranlagt?«

»In meiner Familie gibt es weder Geisteskranke noch Verbrecher.«

»Davon habe ich ja gar nichts gesagt ...«

»Es klang aber so.«

»Hugo, bitte, wir wollen uns doch nicht streiten. Wozu denn? Ich habe mich noch einmal untersuchen lassen, weil du es wünschtest ... was wirfst du mir also vor?«

»Nichts«, sagte er hastig und zog ihre Hand an die Lippen, »natürlich gar nichts.«

»Wir lieben uns doch«, lächelte sie zärtlich, »ist das nicht das Allerwichtigste?«

»Bestimmt«, bestätigte er, »nur ... weißt du, was ich mir eben gerade überlege? Es tut mir direkt leid, daß ich mit Gerhard Müller ... mit dem Dermatologen, meine ich ... nicht über die Sache gesprochen habe ...«

»Ja ... was denn?« fragte sie ohne sonderliches Interesse.

»Bitte, erschrick nicht. Was ich dir jetzt sage, klingt ein bißchen ... ich meine, es ist zumindest unkonventionell.

Hast du eigentlich noch nie an eine künstliche Befruchtung gedacht?«

Ihre Augen wurden dunkel. »Ich will dem Schicksal kein Kind abtrotzen.«

»Ja, schon, das verstehe ich, ehre deinen Standpunkt. Aber ...«

»Hugo«, flehte sie ihn an, »bitte! Warten wir doch erst einmal das Ergebnis der Untersuchung ab. Dann können wir immer noch mit Professor Overhoff darüber sprechen ... und mit deinem Schulfreund.«

»Gut«, sagte er, »einverstanden. Du bist ein vernünftiges Mädchen!«

Er trank seine Tasse Kaffee aus, stand auf und küßte sie auf die Stirn. »Ich muß jetzt gehen. Willst du den Professor anrufen? Oder soll ich es tun?«

»Vielleicht fahre ich nachher vorbei ...«

Sie begleitete ihn zur Tür, gab ihm noch einen Abschiedskuß, begann dann nachdenklich das Kaffeegeschirr auf ein Tablett zu räumen und trug es in die Küche.

Merkwürdig, überlegte sie, daß mich das alles gar nicht mehr interessiert. Künstliche Befruchtung? – Sie erschauerte. – Grauenhaft. Aber es wird ja nicht dazu kommen. Und wenn! Wir werden kein Kind haben, wenn Gott es nicht will. Ich werde bestimmt keins bekommen. Das ist meine Strafe.

Der Gedanke an das, was auf Ibiza geschehen war, beinahe geschehen war, trieb ihr die Schamröte ins Gesicht.

Wie konnte ich nur! Unvorstellbar, dachte sie, daß ich beinahe so weit gegangen wäre! Ich muß verrückt gewesen sein, besessen.

Sie blickte auf ihre Armbanduhr. Es war zwanzig Minuten nach eins. Sie hatte keine Zeit zu verlieren. Der kleine Thomas erwartete sie. Sie ging ins Bad, band sich ein hellblaues Seidentuch um, zog eine weiße Leinenjacke an, nahm Handschuhe und Tasche und verließ die Wohnung.

In den letzten Tagen hatte sie mit sich gekämpft, ob sie ihr Versprechen wahrmachen und den unehelichen Sohn ihres Mannes zu einem Zoobesuch abholen sollte. Tausend Gründe sprachen dagegen. Es war gefährlich, den Jungen aus der ihm vertrauten Umgebung zu reißen und ihn nachher wieder zurückzustoßen. Thomas war allem Anschein nach ein schwer erziehbares Kind, nicht einmal die staatlich geprüften Kindergärtnerinnen wurden mit ihm fertig. Sie selbst hatte überhaupt keine Erfahrung mit Kindern und fürchtete sich fast vor diesem Wildling. Wohin sollte das alles also führen?

Und doch: als die Stunde gekommen war, erschien es ihr seltsamerweise ganz selbstverständlich, ihr Versprechen zu halten. Dabei war es gut möglich, daß der Junge sie schon längst vergessen hatte. Sie fuhr nicht aus Anstand oder Pflichtgefühl in die Neue Siedlung hinaus. Nein, das war es nicht. Es war, als zöge eine unsichtbare Kraft sie dorthin …

Drei Stunden später standen Kirsten Winterfeld und der kleine Thomas vor dem Raubtierkäfig und beobachteten eine Löwenfamilie.

Sie hatten beide schon allerlei hinter sich, und man sah es ihnen an. Als Kirsten den Jungen abgeholt hatte, war er sozusagen frisch gescheuert gewesen. Sein sommersprossiges Gesichtchen hatte vor Sauberkeit geradezu gebrannt, und sein blonder Schopf war mit Wasser und Pomade zu einer artigen Frisur gebändigt gewesen. Er trug ein nagelneues Buschhemd in schreienden Farben, das ihm zwei Nummern zu groß war, so daß es von den Schultern weit herabhing und das graue, geflickte Höschen fast verbarg. Die Schuhe waren blank gewichst gewesen, die Socken hatten tadellos gepaßt – aber inzwischen war von all dieser Pracht kaum noch etwas übriggeblieben.

Sein Schopf stand so wild und unternehmungslustig in die Höhe wie eh und je, die Söckchen hingen schief, das eine war halb in die Schuhe gerutscht, die Knie waren aufgeschrammt, und das Gesicht des Jungen war fast so schmutzig wie bei Kirstens erster Begegnung mit ihm. Das überwältigende Buschhemd war mit Eis bekleckert. Thomas hatte es nicht gelernt, auf seine Sachen achtzugeben. Er faßte alles an, fuhr sich mit den schmutzigen Fingern durchs Haar und das Gesicht, rannte wie ein Wilder los, sobald ihm etwas gefiel. Wenn er stolperte oder hinfiel, machte er sich überhaupt nichts daraus, sondern sprang sofort wieder auf und rannte weiter. Alle Versuche Kirstens, ihn an der Hand zu nehmen, waren an seinem entschlossenen Widerstand gescheitert. Er war kein Junge, mit dem man Staat machen konnte.

Kirsten fühlte sich nach diesen zwei Stunden Zoobummel so erschöpft, daß sie nichts sehnlicher wünschte, als sich irgendwo hinzusetzen, eine Tasse Kaffee zu trinken, eine Zigarette zu rauchen und endlich, endlich nicht mehr aufpassen und nicht mehr antworten zu müssen.

Mehr als einmal hatte sie mit der Versuchung gekämpft, den Zoobesuch einfach abzubrechen und ihn wieder nach Hause zu bringen – aber sie hatte es nicht über das Herz gebracht. Der Junge war so rührend in seiner ungebändigten Neugier und wilden Begeisterung; die Fragen, mit denen er sie überschüttete und die sie oft kaum verstehen konnte, weil er in der ungeschliffenen Sprache der Vorstadtkinder redete, verrieten eine so lebhafte Anteilnahme und manchmal eine so überraschende Intelligenz, daß sie ihn einfach nicht enttäuschen mochte.

Jetzt, vor dem Löwenkäfig, war er plötzlich ganz still geworden. Er stand breitbeinig, die Hände auf dem Rücken und starrte die Löwenmutter mit ihren beiden reizenden Babys an. Ein mächtiger Löwe im Nebenkäfig strich unentwegt an dem trennenden Gitter entlang, mit zornigem und forderndem Gebrüll.

Kirsten nahm an, daß es die kleinen Löwen seien, die vor allem das Interesse des Jungen erregten. »Sie sind lieb, nicht wahr?« fragte sie. »Schau nur, wie sie spielen … da, siehst du, das eine hat den Schwanz seiner Mutter gepackt ... na, und so was! Jetzt hat es eine Ohrfeige bekommen!«

Thomas aber nahm die Hand vom Rücken und zeigte mit seinem schwärzlichen Zeigefinger auf den grollenden Löwen: »Was hat denn der?«

»Das ist der Vater«, erklärte Kirsten, »er möchte gern zu seiner Familie.«

»Und warum darf er nicht?«

»Ja, weißt du ... Löwenväter sind oft recht grob. Er könnte seinen Kinderchen weh tun.«

»Warum denn?«

»Weil er eifersüchtig ist.«

Thomas schwieg.

Kirsten sah ihn von der Seite an. Die Stirn in nachdenkliche Falten gelegt, nagte er an der Unterlippe. Sie begriff, daß sie etwas gesagt hatte, was ein Fünfjähriger unmöglich verstehen konnte.

»Bei Tieren kommt so etwas vor«, fügte sie hinzu, »besonders bei Tieren, die im Käfig leben müssen. Bei Menschen ist so etwas ganz anders. Menschenväter haben ihre Kinder immer lieb und sind stolz auf sie.«

Plötzlich brach es aus Thomas heraus: »Ich habe keinen Vater!«

Sie bereute, das Gespräch auf eine so gefährliche Bahn gebracht zu haben. Aber jetzt gab es kein Zurück mehr. »Ach, Unsinn«, sagte sie und legte ihm ihre Hand in den Nacken. »Wer hat dir denn das weisgemacht? Alle Kinder haben einen Vater.«

»Ich nicht.«

»Das gibt es ja gar nicht.«

»Doch. Ich habe keinen. Und deshalb ...« Er schluckte. »Deshalb lachen mich auch immer alle aus«, bekannte er mühsam.

»Dieses Mädchen, dem du die Zöpfe abgeschnitten hast?« fragte Kirsten behutsam.

»Ja, die auch.«

»Haben denn die Schwestern im Kindergarten nie gesagt, daß das gar nicht stimmen kann?«

»Ach, die!« meinte er nur und wandte sich zum Gehen. Er marschierte mit festen, entschlossenen Schritten weiter wie ein kleiner Soldat, und plötzlich erkannte Kirsten, welch ungeheure Last auf diesen geraden Kinderschultern ruhte.

»Schade, daß wir uns nicht früher getroffen haben«, sagte sie und machte wieder einmal den Versuch, seine verschwitzte kleine Hand zu nehmen – es gab ihr einen freudigen Stich ins Herz, daß er es sich diesmal gefallen ließ. »Ich weiß nämlich ganz genau, daß du einen Vater hast ... ich kenne ihn sogar.«

»Glaub' ich dir nicht.«

»Kannst du aber. Hat dir deine Mutter denn nie von ihm erzählt? Oder deine Oma?«

»Nö.«

»Na, so etwas. Sein Name muß sogar in deinem Geburtsschein stehen. Du brauchst ihn dir nur mal von deiner Oma zeigen zu lassen.«

Thomas marschierte neben ihr, und er gab sich sichtliche Mühe, erwachsen und überlegen zu wirken. »Da war einmal ein Mann, zu dem ich Vater sagen sollte. Aber ich wollte nicht. Er hat meine Mutter immer abgeknutscht, und mit mir wollte er so blöde Späße machen. Ich mochte ihn überhaupt nicht.«

»Das war bestimmt nicht dein richtiger Vater ...«

Sie hatte den Jungen unmerklich zum Zoorestaurant dirigiert. Im Schatten einer mächtigen Ulme fand sie einen freien Tisch, bestellte eine große Portion Fruchteis für den Jungen und für sich selbst die ersehnte Tasse Kaffee. Sie war froh, das verfängliche Gespräch auf diese Weise abbrechen zu können, und versuchte, ihm all das in Erinnerung zurückzurufen, was sie mitsammen gesehen hatten, erzählte von Affen, Giraffen, Elefanten, Seelöwen und Krokodilen. Aber Thomas blieb einsilbig. Er schob einen Löffel Eis nach dem anderen in den Mund und malte gleichzeitig mit dem schmutzigen Zeigefinger der Linken seltsame Figuren auf die weiße Tischplatte.

»Du kennst ihn wirklich?« fragte er ganz plötzlich.

Sie wußte sofort, was er meinte, fragte trotzdem:

»Wen?«

»Meinen Vater.«

»Ja.«

»Wie heißt er denn?« forschte Thomas, ohne sie anzusehen.

»Hugo Winterfeld. Er hat ... er ist ... Rechtsanwalt. Er hat mit dem Gericht zu tun.«

»Aha. Er hat gesessen.«

Sie mußte lachen. »Nein, Thomas, das nicht. Er verteidigt die Leute, die etwas Unrechtes getan haben und eingesperrt werden sollen. Er sorgt dafür, daß sie freikommen oder möglichst niedrige Strafen bekommen.«

»Ach so.« Die Augen des Jungen leuchteten auf. »Ist das ... interessant?« Er sprach das schwere Wort nicht richtig aus, aber das machte seine Frage noch rührender.

»Doch sehr«, sagte Kirsten.

Der Hoffnungsschimmer in den Augen des Jungen war schon wieder erloschen. »Aber wenn er mein Vater ist ... warum heiße ich dann Thomas Franke und nicht ... Thomas Winterfeld? Alle anderen Kinder heißen so wie ihr Vater ...«

»Ja, das stimmt«, sagte Kirsten unbehaglich. »Meistens ist das so. Aber nicht immer. Bei dir ist es eben anders.«

»Und wenn ich einen Vater habe, warum wohnt er dann nicht bei uns? Die Väter der Kinder, die ich kenne ...«

»Das hängt eben alles zusammen«, erklärte Kirsten hastig, »daß du nicht denselben Namen trägst wie dein Vater und daß er nicht bei euch wohnt ...«

»... und daß meine Mutter fortgegangen ist?«

»Ja. Das auch.«

»Es ist also wie bei den Löwen«, sagte Thomas. Er steckte seine Nase tief in den Eisbecher, um den letzten Rest aufzulecken, und tauchte mit einer weißen Nasenspitze und verschmiertem Kinn wieder daraus hervor. »Es gibt auch Menschenväter, die ihre Jungen nicht liebhaben!«

»Vielleicht ... aber dein Vater hat dich lieb!« sagte Kirsten mit fester Stimme. »Er hat oft Sehnsucht nach dir.«

»Dann darf er wohl nicht zu mir, weil die Leute Angst haben, er könnte mir was tun?«

»Nein, nein, so ist das nicht!« Kirsten zündete sich mit nervösen Fingern eine Zigarette an. »Das ist nicht wie bei den Löwen, schlag dir das doch aus dem Kopf.«

»Aber wie dann?«

Kirsten machte einen tiefen Zug. »Also paß auf, erläuterte sie, »dein Vater und deine Mutter haben sich sehr lieb gehabt. Deshalb hat deine Mutter ein Kind bekommen. Das Kind bist du. Aber sie haben nicht geheiratet ... deshalb heißt deine Mutter wie deine Oma und du wie deine Mutter. Nur wenn man heiratet, kriegt die Frau den Namen ihres Mannes, und die Kinder heißen wie der Vater. Hast du das verstanden?«

»Ja«, sagte Thomas, und sein verschmiertes Gesichtchen war ganz gespannt vor lauter Aufmerksamkeit.

»Deine Mutter und dein Vater wollten natürlich heiraten. Aber dann haben sie sich verzankt ... so etwas kommt auch bei erwachsenen Leuten vor, deshalb haben sie eben nicht geheiratet. Und weil sie so zerstritten waren, daß sie sich überhaupt nicht mehr sehen wollten, konnte dein Vater dich natürlich auch nicht besuchen.«

»Aber jetzt ist sie doch weg.«

»Wer?«

»Meine Mutter. Sie brauchten sich gar nicht zu zanken, wenn mein Vater käme. Sie ist nie da ... und ich, ich würde mich bestimmt nicht mit ihm zanken.«

Kirsten ertrug es nicht länger. »Möchtest du deinen Vater gern kennenlernen?« fragte sie impulsiv.

Seine Augen leuchteten auf, aber dann senkte er sofort die Lider mit den dichten kurzen Wimpern. »Das möchte jeder«, sagte er.

»Gut«, sagte Kirsten entschlossen, »dann nimm die Papierserviette, wisch dir dein Gesicht ab ... ich bringe dich zu ihm.«

Thomas reagierte überhaupt nicht. Er riß nur die großen Augen auf, starrte sie ungläubig an.

»Hörst du nicht, was ich dir sage? Es ist mir Ernst damit. Ich bring' dich hin, aber du mußt dich beeilen.«

Jetzt erst hatte Thomas ganz begriffen. Er nahm das Papiertuch, fuhr sich damit wild über das Gesicht, so daß er die Eisreste bis auf die Stirn und in den Haaransatz verrieb, rutschte von seinem Stuhl und streckte ihr die Hand entgegen – zum erstenmal gab er sie ihr freiwillig.

In der Wohnung neben der Kanzlei angekommen, wusch Kirsten den Jungen gründlich und bürstete ihm die Haare. Liebend gern hätte sie ihm etwas anderes als das gräßliche Buschhemd angezogen, aber sie fand weder unter ihren noch unter den Sachen ihres Mannes etwas, das ihm einigermaßen passen würde.

Dann telefonierte sie in die Kanzlei hinüber, ließ sich mit ihrem Mann verbinden. »Hugo«, sagte sie, »bitte, komm auf einen Sprung zu mir herüber ... ja, jetzt sofort. Es ist sehr wichtig.«

Dann warteten sie beide, Kirsten entschieden nervöser als der Junge, der mit den Händen auf dem Rücken in dem großen Raum hin und her spazierte und all die vielen seltsamen Dinge, die es hier gab – den Globus, die Bücher, die Bilder –, mit großer Aufmerksamkeit betrachtete.

Als Kirsten den Schlüssel in der Wohnungstür hörte, sprang sie auf und lief ihrem Mann entgegen.

»Was ist denn los?« fragte der Rechtsanwalt nicht besonders liebenswürdig. »Du solltest eigentlich wissen, wie wenig ich es liebe, während der Arbeitszeit gestört zu werden. Ich hatte gerade einen Klienten bei mir, der ...«

»Schimpf nicht, Hugo!« bat sie und stellte sich auf die Zehenspitzen, um ihm einen Kuß zu geben. »Wir haben Besuch ... ein junger Mann, der dich dringend kennenlernen möchte!« Sie zog ihren Mann mit sich ins Wohnzimmer.

Auf der Schwelle blieb er wie angewurzelt stehen, starrte den kleinen Jungen mit gerunzelten Augenbrauen an – und Thomas begegnete diesem Blick mit der gleichen abschätzenden Skepsis. Zum erstenmal wurde es Kirsten klar, wie ähnlich die beiden einander waren.

Der Junge öffnete als erster den Mund. »Bist du wirklich mein Vater?« fragte er.

»Ja«, sagte Hugo Winterfeld, »ja ...«

Und dann war er mit ein paar raschen Schritten bei seinem Sohn, packte ihn mit beiden Händen um die Hüften und schwenkte ihn hoch durch die Luft.

Astrid Schumanns Mutter hatte sich, so schien es, über den überraschenden Besuch ihrer Tochter keineswegs sehr gefreut. Jedoch stellte sie keine neugierigen Fragen, sondern öffnete einfach das Gästezimmer und ließ Astrid in Ruhe.

Astrid erwartete keine andere Reaktion. Sie kannte ihre Mutter; zärtlich war sie nie gewesen – dennoch hatte sich Astrid bei ihr immer geborgen gefühlt. Und welche andere Zuflucht blieb ihr denn nun noch, nachdem ihr Mann sie verlassen hatte?

Sie war jetzt zu Hause, mehr wollte sie im Augenblick nicht. Die Nähe ihrer Mutter beruhigte sie ein wenig.

Frau Karlson, die Witwe eines Hamburger Reeders und Senators, war eine überaus lebendige Dame Anfang der Fünfzig, deren angeborene Abscheu gegen Sentimentalitäten und Indiskretionen sich im Laufe der Jahre noch verstärkt hatte. Es war ein offenes Geheimnis, daß ihr verstorbener Mann jahrelang in leidenschaftlichen Beziehungen zu einer Tänzerin stand. Aber seine Frau hatte diese Situation einfach dadurch gemeistert, daß sie niemals Notiz von diesem Verhältnis genommen, sich den Anspielungen guter Freundinnen und böswilliger Neider gegenüber taub gestellt und ihrem Mann nie die Möglichkeit zu einer Aussprache gegeben hatte.

Ihre Töchter waren mit unnachgiebiger Strenge erzogen, behütet, bewacht und jeder allzufrühen Anfechtung entzogen worden – bis zu dem Augenblick, da sie flügge wurden. Beiden hatte Frau Karlson am achtzehnten Geburtstag den Haustorschlüssel mit einer sachlichen kleinen Aussprache übergeben, die mit den Worten endete: »Du bist jetzt ein erwachsenes junges Mädchen, und ich würde mich lächerlich machen, wollte ich weiter auf dich aufpassen. Von heute an kannst du tun und lassen, was du willst, zu jeder Tages- und Nachtzeit ausgehen oder nach Hause kommen. Du trägst jetzt allein die Verantwortung für dein Leben. Sei dir aber darüber klar, was das bedeutet. Du wirst auch die Konsequenzen deiner Handlungsweise allein tragen müssen.«

Ihre Erziehungsmethode hatte sich bewährt. Beide Töchter, Astrid wie Kirsten, hatten auf sich achtgegeben und nach einigen Flirts und einigen Enttäuschungen, die nicht allzu tief gegangen waren, achtbare und ansehnliche Freier gefunden: Astrid den Frauenarzt Dr. Schumann, Kirsten den Rechtsanwalt Hugo Winterfeld. Beide zogen kurz nacheinander mit ihren Männern nach München.

Frau Karlson war damals seit langem innerlich auf die Trennung von ihren Töchtern vorbereitet gewesen. Die Einsamkeit des Alters empfand sie nicht als etwas Schreckliches. Ohne Zögern hatte sie das große Haus vermietet und für sich eine kleine, aber angenehme Wohnung am Alsterweg gefunden. Hier konnte sie sich endlich ohne Sorgen und ohne drückende Verantwortung den eigenen Interessen widmen. Sie spielte leidenschaftlich gern Golf, war Mitglied eines Bridgeklubs, hatte ein Premierenabonnement für die Kammerspiele, ging häufig in Konzerte, las viel und fand jetzt auch Zeit, ihren Lieblingswunsch zu erfüllen, nämlich ihre nahezu verkümmerten Talente als Malerin zu entwikkeln. Die Zeit, die ihr neben all diesen Hobbys noch blieb, verbrachte sie bei der Kosmetikerin, beim Friseur, bei der Masseuse und bei der Schneiderin. Ihr Leben war bis zum Rand ausgefüllt.

Astrid fand bei ihr, was sie suchte: absolute Ruhe, Geborgenheit und einen völlig anderen Lebenskreis. Aber die erhoffte Wirkung blieb dennoch aus. Es verging kein Tag, ja keine Stunde, ohne daß sie an ihren Mann dachte. Wieder und wieder grübelte sie über die unglückliche Entwicklung ihrer Ehe nach, führte in Gedanken lange und zermürbende Auseinandersetzungen mit ihrem Mann, schreckte nachts aus dem Schlaf, lang stundenlang wach, starrte mit brennenden Augen ins Dunkel und fühlte sich wie eine verdammte Seele.

Dazu kam, daß ihr körperliches Wohlbefinden zu wünschen übrig ließ. Sie litt unter Schwindelanfällen, besonders morgens, und hatte häufig gegen Übelkeit zu kämpfen.

Als sie einmal, von würgendem Unwohlsein gepackt, vom Frühstückstisch aufspringen mußte und erst zehn Minuten später wieder zurückkam, blickte ihre Mutter sie prüfend über die Zeitung hinweg an.

»Na, wann ist es denn soweit?« fragte sie ruhig.

Astrid verstand gar nichts.

»Du weißt, daß ich es mir zum Prinzip gemacht habe, mich nicht in die Angelegenheiten anderer Menschen zu mischen«, erklärte ihre Mutter, »aber da ich den Eindruck habe, du willst dein Kind hier bei mir zur Welt bringen, ist diese Frage doch wohl berechtigt.«

Astrid errötete bis an die Haarwurzeln. »Du irrst dich, Mutter. Ich bekomme kein Kind.«

»Um so besser«, erklärte Frau Karlson, und ihr Gesicht verschwand wieder hinter der Zeitung.

Astrid trank ihre kalt gewordene Tasse Tee leer und schenkte sich eine frische ein. Sie wußte, daß ihre Mutter das Gespräch für nunmehr beendet hielt, aber sie hatte das Gefühl, ihr eine Erklärung schuldig zu sein. »Das kommt nur von den Antibabypillen«, sagte sie, »die Übelkeit, die Schwindelanfälle und das alles …«

Jetzt legte Frau Karlson die Zeitung zusammen, sah ihre Tochter an. »Du nimmst so ein Zeug?«

»Ja.«

»Wünscht dein Mann das?«

»Nein. Aber ich … will keine Kinder haben. Deshalb.«

Frau Karlson schwieg. Astrid ahnte, was hinter ihrer hohen, noch immer erstaunlich glatten Stirn vor sich ging, wie sie aus den knappen Bemerkungen die ganze Wahrheit rekonstruierte.

»Du solltest aber trotzdem, glaube ich, damit aufhören«, riet Frau Karlson. »Wenigstens für eine Weile.«

»Das habe ich ja schon. Seit … seit sechs Wochen.«

Tatsächlich hatte sie die Pillen nicht mehr genommen, als sie die Hoffnung auf die Rückkehr ihres Mannes verlor.

»Dann solltest du Doktor Ehrenfeld anrufen und einen Termin mit ihm ausmachen.«

»Aber wozu? Ich bin gesund.«

»Das eben bist du nicht, und du weißt es selbst. Führ dich nicht auf wie ein unvernünftiges Kind, das Angst vor dem Onkel Doktor hat. Solange du hier bei mir wohnst, mußt du dich wohl oder übel meinen Wünschen fügen. Du gehörst in ärztliche Behandlung.«

12

Dem Klinikpersonal war es schnell aufgefallen, daß Professor Overhoff sich verändert hatte. Er ging nicht mehr teilnahmslos und mit verschlossenem Gesicht umher. Man konnte ihn wieder ansprechen, ohne mit einer unfreundlichen und heftigen Antwort rechnen zu müssen. Alle atmeten auf. Es bestand Hoffnung, daß die frühere vorbildliche Arbeitsatmosphäre wiederhergestellt würde.

Besonders Oberarzt Dr. Schumann fand Overhoffs Wandlung erstaunlich. In den letzten Wochen und Monaten hatte er sich mehr und mehr daran gewöhnen müssen, dem Professor jede Entscheidung abzunehmen. Immer stand er dicht bei seinem Chef, legte ihm die notwendige

Antwort in den Mund, gab ihm das Stichwort. Professor Overhoff agierte geradezu wie eine Puppe, wie ein Schauspieler auf der Bühne, der seinen Text nur unzulänglich beherrscht und deshalb auf den Souffleur und den guten Willen der Mitspieler angewiesen ist.

Selbstverständlich hatten die Patienten die ganze Zeit über nichts von alldem bemerkt. Für sie war er nach wie vor die Autorität, die große Persönlichkeit geblieben, von der allein Hilfe erwartet werden konnte und die sie bei den täglichen Visiten mit vertrauenden Augen anblickten.

Overhoff saß allein in seinem Arbeitszimmer und dachte darüber nach, wie doch das Schicksal mit den Menschen spielte und wie sehr man durch ein seelisches Erlebnis von heute auf morgen verwandelt werden konnte. Nach dem Tod seiner Frau war er lange Zeit felsenfest davon überzeugt gewesen, daß ihm das Leben nichts mehr zu bieten habe und daß es gleichsam ein göttlicher Irrtum sei, wenn er noch nicht von dieser Welt abberufen worden ist. Heute wußte er, daß er selbst es war, der geirrt hatte. Und der erbärmlich versagt hatte! Jetzt erkannte er, daß Gott ihn läutern wollte, um ihn für die Aufgabe zu stärken, die zu bewältigen er berufen war: den Menschen in ihrer Hilflosigkeit zu helfen – und seinen beiden Kindern ein guter Vater zu sein. Er dachte an seine Frau und gelobte ihr im stillen: Von nun an werde ich nicht mehr schwach werden und will das mir auferlegte Schicksal meistern!

Es klopfte an der Tür. Schwester Ruth trat ins Zimmer.

»Ja? Was gibt es?« fragte er verstört.

»Zwei Herren möchten Sie sprechen, Herr Professor!«

»Muß das jetzt sein?« Er fuhr fahrig mit der Hand über den Schreibtisch. »Sie sehen, ich habe zu arbeiten.«

»Das sagte ich den Herren schon ... aber sie bestanden darauf ...« Schwester Ruth stockte. »Ich glaube, die Herren sind von der Polizei ...«

»Was?« Professor Overhoff richtete sich auf. »Na schön. Führen Sie sie herein.«

Die beiden Herren waren korrekt gekleidet, hatten ruhige, beherrschte Gesichter, in denen nur die Augen sehr lebendig und sehr neugierig waren.

Der ältere der beiden, ein schwerer, ein wenig aufgeschwemmter Mann, stellte sich vor: »Kriminalrat Meussig …«, und mit einer Handbewegung, »mein Assistent … Wir kommen in einer ziemlich heiklen Angelegenheit, Herr Professor«, sagte der Kriminalrat. »Ich bedaure außerordentlich, Sie stören zu müssen, und ich hoffe, Sie werden mir glauben, daß wir die Sache so diskret wie möglich behandeln werden …«

»Ich versteh' immer noch nicht … worum handelt es sich?«

»Es liegt eine Anzeige vor, der wir nachgehen müssen. Paragraph 218. Aus der Anzeige geht hervor, daß hier in dieser Klinik Abtreibungen vorgenommen worden sind.«

»Ausgeschlossen!«

»Die Anzeige richtet sich speziell gegen …« Der Kriminalrat zog ein Notizbuch aus der Jackentasche, »… gegen Dr. Rainer Schumann!«

Professor Overhoff erhob sich hinter seinem Schreibtisch und trat auf die beiden Herren von der Kriminalpolizei zu – hochaufgerichtet und mit einer Würde, die nicht ohne Eindruck blieb. Er war mit jedem Zoll der ehrfurchtgebietende und verantwortungsbewußte Chef einer großen Klinik. »Oberarzt Dr. Schumann«, sagte er mit Nachdruck, »genießt mein volles Vertrauen. Es kann sich bei der Anzeige gegen ihn nur um einen Irrtum oder eine Verleumdung handeln.«

Ein kurzes Schweigen folgte diesen Worten. Die beiden Herren wechselten einen raschen Blick.

»Ihr Wort in Gottes Ohr, Herr Professor«, erklärte der junge Kriminalassistent dann schnoddrig, »aber immerhin … Sie wären nicht der erste Chef, der von einem Untergebenen enttäuscht worden ist.«

»In Ihrem Ressort mag so etwas möglich sein«, erwiderte Professor Overhoff scharf, »in meiner Klinik ist es ausgeschlossen. Ich bin nicht nur über die Lebensauffassung meiner Kollegen in der Klinik orientiert, sondern auch über ihre privaten Verhältnisse. Mit Dr. Schumann arbeite ich seit zwölf Jahren zusammen, und er ist für mich fast so etwas wie ein … ein Sohn, ein treuer und verläßlicher Freund.«

»Dürfen wir uns setzen?« fragte Kriminalrat Meussig mit einer Bewegung zur Sprechecke hin.

»Ja, bitte«, sagte der Professor kühl. Er nahm als erster Platz. »Ich hoffe, diese Unterredung wird nicht allzu lange dauern, ich habe heute morgen noch einiges zu erledigen. Sie wissen, meine Patienten sind Mütter und …«

»Selbstverständlich, Herr Professor«, unterbrach ihn der Kriminalrat, »wir werden Sie nicht länger aufhalten, als es nötig ist. Apropos private Verhältnisse … wir haben Erkundigungen über die Ehe Dr. Schumanns eingezogen. Es stimmt doch wohl, daß er sich von seiner Frau getrennt hat?«

»Sie ist zu ihrer Mutter gefahren«, sagte Professor Overhoff abwehrend.

»Ja, aber erst nachdem Dr. Schumann die eheliche Wohnung verlassen und ins Krankenhaus gezogen ist. Ich nehme an, Sie sind auch darüber informiert …«

»Ja.«

»Welche Gründe haben den Herrn Doktor zu diesem Schritt veranlaßt?«

»Ich glaube, es wäre doch wohl zweckmäßiger, wenn Sie diese Frage an ihn persönlich richteten. Ich werde Doktor Schumann holen lassen …«

»Er hat also nicht mit Ihnen darüber gesprochen?« fragte der Assistent lauernd.

»Ich lehne es ab, mich mit Dritten über Dinge zu unterhalten, die mir anvertraut worden sind.« Professor Overhoffs schlanke Chirurgenfinger trommelten nervös auf die Tischplatte.

Der Kriminalrat zückte ein Notizbuch, begann darin zu blättern. »Ich zweifle natürlich weder an Ihrer Ehrenhaftigkeit noch an Ihrer Aufrichtigkeit. Trotzdem werden Sie mir erlauben, Herr Professor, Sie auf etwas aufmerksam zu machen ...«

»Ja, bitte?«

»Es wäre sehr unklug von Ihnen, sich aus falsch verstandener Kollegialität vor Ihren Oberarzt zu stellen. Halten Sie sich, bitte, einmal ganz klar vor Augen: sollte in dieser Klinik irgend etwas nicht ganz sauber sein, wird die Verantwortung auf Sie als Chef zurückfallen. Es wäre mir sehr unangenehm, wenn aus dem Fall Dr. Schumann ein Fall Professor Overhoff würde ...«

Der Professor beugte sich vor, sein Gesicht war völlig unbewegt. »Ich verstehe Sie wohl nicht recht ...«

»Das glaube ich doch. Aber lassen wir das. Jedenfalls sind Sie gewarnt.« Kriminalrat Meussig zückte seinen Kugelschreiber. »Nun zu den Tatsachen ...«

»Mir scheint es wirklich besser, Sie würden mit Dr. Schumann persönlich sprechen.«

Der Kriminalrat winkte ab. »Augenblick noch. Ich möchte zunächst feststellen, wie weit die Kompetenzen Doktor Schumanns reichen. Ist es üblich, daß er sich vor einem chirurgischen Eingriff, also einer Schnittentbindung oder einer Schwangerschaftsunterbrechung, mit Ihnen, Herr Professor, bespricht? Oder auch mit einem seiner Kollegen?«

»Ja, selbstverständlich; Notfälle ausgenommen.«

»Würden Sie uns das wohl, bitte, etwas näher erläutern?«

»Wenn eine Frau auch nur einen Tag, bevor eine solche Entscheidung nötig wird, in der Klinik liegt, wird der Fall – Diagnose, Therapie und selbstverständlich auch der eventuell notwendige Eingriff – vorher besprochen. Ich mache ja täglich eine Visite durch das ganze Haus, dabei werden mir die Fälle vorgestellt. Anschließend findet eine Besprechung zwischen dem Oberarzt und mir statt, an der auch die übrigen Ärzte teilnehmen. Oft auch die Hospitanten, denn sie sind ja bei uns, um etwas zu lernen.«

»Sehr gut.« Der Kriminalrat machte sich Notizen. »Das ist mir soweit klar. Aber wenn ich Sie richtig verstanden habe, Herr Professor, gibt es auch eine andere Möglichkeit?«

»Nennen Sie es lieber ... Notwendigkeit. Wenn eine Frau mit Wehen oder Wehenschwierigkeiten in die Klinik eingeliefert wird ... meist geschieht das abends oder nachts ... wenn also eine rasche Entscheidung und ein sofortiger Eingriff notwendig sind, muß der diensthabende Arzt selbständig handeln. Ist der Fall sehr prekär, wird der Kollege versuchen, mich oder den Oberarzt vorher zu erreichen.«

»Der Oberarzt selbst würde also in jedem Zweifelsfall völlig selbständig entscheiden können?«

»Ja. Warum auch nicht? Er besitzt große Erfahrungen und ein hohes Verantwortungsgefühl, ist darüber hinaus der geborene Chirurg. Wenn die Zahl der Müttersterblichkeit, der Tot- und Fehlgeburten an unserer Klinik ganz besonders niedrig ist ... falls es Sie interessiert, kann ich Ihnen das anhand statistischen Materials beweisen ... so ist das in hohem Maße dem Kollegen Dr. Schumann zu verdanken.«

»Nicht Ihnen, Herr Professor?« fragte der Assistent schnell dazwischen.

»Nicht nur mir.«

»Um nun auf die Schwangerschaftsunterbrechungen im besonderen zu kommen ...«, drängte Kriminalrat Meussig.

»Sie werden nur im Falle einer medizinischen Indikation vorgenommen. Es ist geradezu lächerlich, daß Sie daran zweifeln. Für mich ist der Paragraph 218 nicht nur ein menschliches Gesetz, sondern ein göttliches Gebot. Ich bin gläubiger Katholik, und meine Kirche verbietet mir ...«

»Ich verstehe. Und Dr. Schumann ... hat er die gleiche religiöse Überzeugung?«

»Jedenfalls die gleiche Ehrfurcht vor dem keimenden Leben und eine unerschütterliche ethische Haltung.«

»Na schön. Dann wollen wir ihn selbst einmal hören.« Der Kriminalrat klappte sein Notizbuch zu. »Wenn Sie die Freundlichkeit haben, ihn rufen zu lassen?«

Professor Overhoff zögerte. »Halten Sie es für richtig, daß ich bei seiner Vernehmung zugegen bin?«

»Es handelt sich nicht um eine Vernehmung, sondern lediglich um ein informatives Gespräch.«

»Aha«, sagte Professor Overhoff, stand auf, ging zum Schreibtisch, hob den Hörer des Haustelefons ab und ließ sich mit Dr. Schumann verbinden.

»Würden Sie, bitte, gleich einmal zu mir herüberkommen ... ja, jetzt sofort. Es ist dringend.« Er legte auf und kam an den Tisch zurück.

»Es war gut, daß Sie Dr. Schumann nicht gewarnt haben«, sagte der Kriminalrat. »Ich hatte vergessen, Sie darauf aufmerksam zu machen.«

»Ein Mensch, der ein gutes Gewissen hat, braucht keine Warnung«, erwiderte der Professor ruhig. »Vielleicht haben Sie jetzt endlich die Liebenswürdigkeit, mir mitzuteilen, um welchen speziellen Fall es überhaupt geht. Wer hat Doktor Schumann angezeigt?«

»Eine gewisse Sylvia Süder. Sagt Ihnen der Name etwas?«

Professor Overhoff schüttelte den Kopf.

»Und Angelika Schneider?«

Professor Overhoff dachte nach. »Warten Sie, diesen Namen kenne ich. Über diesen Fall hat Dr. Schumann mit mir gesprochen ...«

»Ah. Wirklich?« sagte der Kriminalrat ungläubig.

»Doch. Ein etwa fünfzehnjähriges Mädchen. Die Kleine hat eine gute Woche in der Klinik gelegen.«

»Nach dem Eingriff«, sagte der Assistent, »ja, das ist richtig.«

»Sie wurde eines späten Abends, das genaue Datum weiß ich allerdings nicht mehr ...«

»Es war der achtzehnte Mai ...«

»Schon möglich. Jedenfalls hat mir Doktor Schumann gleich am nächsten Tag den Fall genau geschildert!« Der Professor sah dem Kriminalrat in die Augen.

»Sind Sie ganz sicher?«

»Vollkommen.«

Wenige Minuten später wurde an die Tür geklopft, und Schwester Ruth ließ den Oberarzt eintreten. Er stutzte ein wenig, als er die beiden Herren sah, kam dann aber rasch näher.

Der Assistent stand auf, Kriminalrat Meussig erhob sich nur andeutungsweise.

»Wir sind gekommen, Ihnen einige Fragen zu stellen, Herr Doktor ...«

»Ja?« fragte Dr. Schumann. Seine Verständnislosigkeit wirkte ungeheuchelt.

»Die beiden Herren sind von der Polizei«, erklärte Professor Overhoff, »Kriminalrat Meussig und sein Assistent. Eine Sylvia Süder hat Anzeige gegen Sie erstattet. Wegen Abtreibung.«

Dr. Schumann wurde erst rot, dann blaß. »Das ist ja lächerlich!« stieß er hervor.

»Das habe ich den Herren auch gesagt!«

»Sylvia Süder war ein einziges Mal in meiner Sprechstunde. Es ist dabei nicht einmal zu einer Untersuchung gekommen.«

»Erstaunlich, daß Sie sich trotzdem noch an sie erinnern«, sagte der Kriminalrat zynisch.

»Durchaus nicht, denn sie versuchte mich zu erpressen. So etwas kommt bestimmt nicht jeden Tag vor. Ich habe eine entsprechende Notiz auf ihrer Krankenkarte machen lassen.«

»Sehr vorausschauend, Herr Doktor!«

»Wollen Sie mir etwa vorwerfen, daß ich mich gegen Erpressungen zu schützen versuche?«

»Nein. Das ist Ihr gutes Recht. Darf ich jetzt einmal fragen, was Fräulein Süder gegen Sie in der Hand hatte?«

»In der Hand zu haben glaubte, wäre wohl genauer gesagt.«

Dr. Schumann zog sich einen Sessel heran und setzte sich. »Sie spielte auf den Fall Angelika Schneider an und behauptete, von ihr meine Adresse bekommen zu haben.«

»Und daraufhin haben Sie sie fortgeschickt?«

»Ja. Das heißt nein. Ich wollte sie untersuchen und ihren Zustand entsprechend beraten, aber das lehnte sie ab. Offensichtlich hatte sie gehofft, einen Abtreibearzt in mir zu finden. Im Fortgehen stieß sie dann noch einmal Drohungen aus.«

»Haben Sie dafür Zeugen?«

»Eine Schwester ist während der Sprechstunde immer zugegen. Soweit ich mich erinnere, war die Schwester allerdings bei dem betreffenden Gespräch zufällig nicht im Zimmer. Jedenfalls habe ich ihr aber unmittelbar danach die erwähnte Eintragung diktiert und noch am gleichen Tag mit Herrn Professor Overhoff über die Sache gesprochen.«

»Und bei dieser Gelegenheit haben Sie ihm auch zum erstenmal den Fall Angelika Schneider geschildert?«

Es war eine Fangfrage. »Nein!« warf Professor Overhoff ein, noch ehe Dr. Schumann sich äußern konnte. »Der Fall lag ja Wochen zurück.«

»Und Sie wußten schon Wochen vorher davon, Herr Professor?«

»Das habe ich jetzt bereits zum zweitenmal bestätigt!«

»Wie kommt es dann aber, Herr Professor Overhoff«, fragte der Kriminalassistent lauernd, »daß Sie sich vorhin, als Dr. Schumann noch nicht im Zimmer war, an den Namen Sylvia Süder keineswegs erinnern konnten? Immerhin doch ein Erpressungsversuch, wie er nach Mitteilung Doktor Schumanns nur selten vorkommt!«

»Ich bin und war über diese böse Geschichte genauestens informiert. Lediglich der Name des Mädchens, dieser Erpresserin, war mir entfallen. Bedenken Sie doch, wie viele Namen ich hier in der Klinik tagtäglich aufnehmen muß!«

»Na schön.« Kriminalrat Meussig seufzte leicht. »Dann teilen Sie uns doch jetzt bitte einmal, Doktor Schumann, die Einzelheiten über den Fall Angelika Schneider mit!«

»Ich müßte das entsprechende Krankenblatt zu Rate ziehen ...«

»Ihre Krankenkartei werde ich mir nachher noch selbst anschauen. Erzählen Sie einfach, woran Sie sich erinnern ... Ich nehme doch an, daß Ihnen dieser Fall nicht ganz aus dem Gedächtnis entschwunden ist?«

»Ich habe an Angelika Schneider in Gegenwart eines Anästhesisten und einer Operationsschwester eine Schwangerschaftsunterbrechung vorgenommen«, berichtete Dr. Schumann in sachlichem Ton, »und zwar aufgrund einer medizinischen Indikation, die ich jederzeit und vor jedem Gremium verantworten kann.«

»Würden Sie sich bitte etwas deutlicher ausdrücken!« forderte der Kriminalrat. »Sie wissen, daß Sie mit Laien sprechen.«

Dr. Schumann hätte sich gern eine Zigarette angesteckt, aber er fürchtete, seine Hände könnten seine Nervosität verraten. »Sie wurde eines Abends mit leichten Uterusblutungen eingeliefert«, erklärte er. »Die Untersuchung ergab eine Gravidität – das heißt also eine Schwangerschaft – im dritten Monat. Das Mädchen befand sich in einem nahezu hysterischen Zustand. Pulsschlag und Herztöne waren unregelmäßig, der Kreislauf gestört. Ich ließ ihr beruhigende und kreislaufstützende Medikamente geben und wies ihr ein Bett in der Klinik an ...«

»Augenblick«, unterbrach der Assistent, »was war das mit diesen Blutungen? Wollen Sie sagen, daß ein Abort auch ohne Ihren Eingriff unvermeidlich gewesen wäre?«

»Von den Blutungen her bestand bei Einlieferung der Patientin keine akute Gefahr für die Schwangerschaft. Weit mehr Sorgen machte mir der Allgemeinzustand.«

»Aha.« Jetzt war es der Assistent, der sich Notizen machte. »Kurze Zeit später ging ich noch einmal zu ihr«, berichtete Dr. Schumann weiter. »Ich mußte feststellen, daß sich der Zustand der Patientin verschlechtert hatte und daß sie keinen Schlaf finden konnte. Sie war sehr unruhig und sah ausgeblutet aus. Ich mußte auf einen bedenklichen Kreislaufkollaps schließen. Um das Leben des jungen Mädchens nicht zu gefährden, entschloß ich mich zum Eingriff.«

»Alles ganz gut und schön«, sagte der Kriminalrat, »aber: hätten Sie die Unterbrechung auch dann vorgenommen, wenn es sich nicht um ein blutjunges, verzweifeltes Mädchen, sondern um eine verheiratete Frau gehandelt hätte? Eine Frau, die sich dieses Kind wünschte?«

»Ich kann eine Schwangerschaftsunterbrechung ja nur mit Einwilligung der Patientin vornehmen.«

»Hätten Sie in jenem angenommenen anderen Fall versucht, die Einwilligung zu bekommen?«

»Ich würde mich selbstverständlich bemühen, der jungen Mutter jede Hilfe zu geben, damit sie ihr Kind austragen könnte.«

»Na also. Da haben wir es ja«, sagte der Kriminalassistent befriedigt und klappte sein Notizbuch zu.

»Sie scheinen die Tatsachen vollkommen mißzuverstehen«, erklärte Professor Overhoff scharf. »Doktor Schumann hat nicht behauptet – und er kann das auch gar nicht behaupten –, daß ein Wunschkind unter den gegebenen Umständen hätte ausgetragen werden können. In einem solchen Fall würde man lediglich einen verzweifelten, voraussichtlich aber vergeblichen Versuch dahingehend unternehmen.«

»Das Kinderkriegen«, ergänzte Dr. Schumann, »ist immer noch nicht Sache von uns Ärzten. In erster Linie kommt es auf die Mutter an. Eine werdende Mutter, die den Willen zum Kind hat, die entschlossen ist, Vorsichtsmaßnahmen auf sich zu nehmen, Strapazen, Unbequemlichkeiten, Beschränkungen ... die hat natürlich eine weit größere Chance, ihr Kind auch unter ungünstigen Voraussetzungen zur Welt zu bringen. Bei Angelika Schneider war das alles nicht gegeben. Ich hätte sie die nächsten Wochen, vielleicht sogar Monate unter strenger Aufsicht in der Klinik halten müssen ... und selbst damit wäre die Gefahr nicht gebannt gewesen. Das Leben der Mutter stand in diesem Fall in unmittelbarer Gefahr.«

»Bei einer Frau, die das Kind unbedingt zur Welt bringen wollte, würden Sie aber abgewartet haben!«

»Ich hätte ihr das Für und Wider auseinandergesetzt und sie insbesondere auf die damit verbundene Gefahr aufmerksam gemacht. Bei der Patientin Angelika Schneider hat tatsächlich während des Eingriffs der Kreislauf versagt, und wir konnten sie nur mit Mühe über die Runden bringen.«

»Beweist das nicht«, wandte der Kriminalrat ein, »daß Sie den Eingriff eben doch nicht hätten vornehmen dürfen ... ganz gewiß nicht zu jenem Zeitpunkt?«

»Um das zu beurteilen«, sagte Dr. Schumann heftig, »fehlen Ihnen doch wohl die notwendigen medizinischen Vorkenntnisse.«

Der Kriminalrat zuckte die breiten Schultern. »Mag sein. Ich pflege mich in solchen Fällen lediglich auf meinen gesunden Menschenverstand zu verlassen.«

»Der dürfte kaum ausreichen, um eine ärztliche Diagnose zu stellen. Wenn das so wäre, könnten wir Ärzte ja abtreten und Ihnen und Ihren Leuten die Behandlung unserer Patientinnen überlassen.«

Der Kriminalrat lachte. »Sie fahren scharfes Geschütz auf, Doktor«, sagte er unbeeindruckt, »aber ich nehme Ihnen das nicht übel. Es geht für Sie ja um einiges ...«

»Darf ich Ihnen jetzt die beiden fraglichen Krankenblätter holen lassen?«

Der Kriminalrat wuchtete sich aus dem Sessel, und sein Assistent folgte seinem Beispiel. »Nicht nötig. Wir werden uns jetzt in Ihre geheiligten Räume begeben und Ihre gesamte Kartei selbst prüfen ...«

»Soll das heißen ...?« Dr. Schumann sprang auf.

»Ja. Wir haben Vollmacht, sämtliches Material sicherzustellen.«

»Nein«, erklärte Professor Overhoff entschlossen, »nicht in meiner Klinik!« Seine Stimme war klar und beherrscht.

Die Polizisten schwiegen einen Augenblick, verwirrt durch diesen harten Widerstand, mit dem sie nicht gerechnet hatten.

»Wenn Herr Dr. Schumann nichts zu verbergen hat«, sagte Kriminalrat Meussig endlich, »braucht er auch nichts zu befürchten!«

»Darum geht es nicht!« rief Dr. Schumann aufgebracht. »Was wir verteidigen, ist unsere ärztliche Schweigepflicht! Die Geheimnisse unserer Patientinnen sind uns so heilig wie ihr Leben, und wir werden nicht dulden ...«

»Das sind große Worte, Doktor«, unterbrach ihn der Kriminalrat, »sehr große Worte. Sie scheinen zu vergessen, daß gegen Sie der Verdacht eines Verbrechens besteht.«

»Bisher, meine Herren«, sagte Professor Overhoff, »hat sich dieser Verdacht in keiner Weise bestätigt, und er wird auch nicht bestätigt werden. Sie können doch nicht der verleumderischen Aussage eines rachsüchtigen Mädchens mehr Wert beimessen, als unserem Wort! Dem Wort zweier unbescholtener Ärzte! Ich erkläre Ihnen hiermit, daß ich die Sicherstellung der Krankenblätter unter keinen Umständen zulasse. Da müßten Sie uns schon mit Gewalt dazu zwingen. Lassen Sie eine Polizeitruppe vor der Klinik aufmarschieren, lassen Sie Ihre Leute sämtliche Räume besetzen! Dann wissen unsere Patientinnen wenigstens, daß wir sie nicht verraten haben. Dann weiß die ganze Stadt, mit welchen Methoden Sie und Ihre Leute arbeiten!«

»Überlegen Sie sich, was Sie sagen, Herr Professor ... das kann Sie teuer zu stehen kommen!«

»Was soll dieser plumpe Hinweis!« konterte Professor Overhoff mit flammenden Augen, »ich werde niemals bereit sein, meine Ehre preiszugeben ... meine Ehre, die sich auf das Vertrauen meiner Patientinnen gründet!«

»Ich könnte Doktor Schumann festnehmen«, sagte der Kriminalrat nachdenklich.

»Tun Sie das nur. Das wird die größte Blamage Ihrer Laufbahn werden!« rief Dr. Schumann dazwischen.

»... aber ich verzichte darauf!« Der Kriminalrat ließ sich nicht aus der Ruhe bringen. »Wir gehen jetzt. Aber glauben Sie nicht, daß der Fall damit abgeschlossen ist. Sie hören von uns!«

Gefolgt von seinem Assistenten schritt er zur Tür, drehte sich, bevor er sie erreichte, noch einmal um: »Ich warne Sie! Kommen Sie nicht auf den Gedanken, die Krankenblätter zu fälschen. Wir haben Methoden, durch die wir so etwas einwandfrei nachweisen können. Und dann sind Sie erledigt!«

Nachdem die beiden Beamten gegangen waren, trat Professor Overhoff zum Fenster, öffnete es weit. Dann ging er an den Wandschrank, nahm eine Flasche Kognak und zwei Gläser heraus, schenkte ein.

»Kommen Sie, Kollege. Trinken Sie einen Schluck. Das wird Ihnen guttun.«

Dr. Schumann hob sein Glas, sagte, ohne seinen Chef anzusehen: »Ich weiß gar nicht, wie ich Ihnen danken soll, Herr Professor ...«

»Papperlapapp, kein Wort davon.«

»Trotzdem, ich ...«

»Sie machen sich noch immer Gedanken über die Geschichte. Kann ich sehr gut verstehen. Aber versuchen Sie sich jetzt einmal ganz ehrlich die Frage zu beantworten: Hätte die Patientin ohne Ihren Eingriff das Kind zur Welt gebracht?«

Dr. Schumann zögerte. »Nein«, sagte er dann, »nach menschlichem Ermessen nicht ...«

»Na, sehen Sie. Dann haben Sie sich ja auch nichts vorzuwerfen ... Wenn Sie der Kleinen nicht geholfen hätten und heute erfahren müßten, daß sie – wie auch immer – ums Leben gekommen wäre, würden Sie sich mindestens ebenso elend fühlen. Es gibt Entscheidungen – und gerade von uns Ärzten werden sie immer wieder gefordert –, die über die menschliche Kraft hinausgehen. Darüber werden wir uns eines Tages vor dem obersten Richter verantworten müssen, das bleibt nicht aus. Aber doch nicht vor dem Gesetz! Diese Polizeimenschen haben ja keine Ahnung!«

Dr. Schumann hatte die Stirn in sorgenvolle Falten gelegt. »Wenn sie nun wirklich mit einer ganzen Truppe anrücken …«

»Das werden sie nicht. Sie haben nur versucht, uns einzuschüchtern. Dieser Kriminalrat fürchtet den Skandal noch mehr als wir selbst. Ein solcher Fehlgriff vor den Augen der Öffentlichkeit, und er ist seinen Posten los.« Professor Overhoff leerte sein Glas. »Ohne Gewalt bekommen sie die Unterlagen nicht von uns. In diesem Punkt müssen wir hart bleiben. Wir werden sämtliche Schwestern und Ärzte noch einmal informieren müssen, keinem Unbefugten … auch keinem Polizisten in Zivil, Einblick zu gewähren.«

Dr. Schumann trank ebenfalls sein Glas aus und stellte es ab. »Das kann ein harter Kampf werden.«

»Ja. Und wissen Sie, was das Merkwürdige ist?« Professor Overhoff lächelte in sich hinein. »Mich freut er. In der letzten halben Stunde habe ich mich so wohl gefühlt wie schon seit Monaten nicht mehr. Es ist gut, sich zur Wehr zu setzen, zuschlagen zu können, einen Feind vor sich zu sehen, den man packen kann.«

Dr. Schumann sah seinen Chef an und stellte fest, daß er tatsächlich energiegeladen und geradezu unternehmungslustig aussah.

»Noch eines«, sagte Professor Overhoff, »dieser Kriminalrat erkundigte sich bei mir nach Ihrer Frau. Er spielte darauf an, daß Sie sie verlassen hätten. Er schien sehr genau informiert zu sein … mich hat es gewundert, daß er Sie nicht persönlich danach gefragt hat.«

»Meine Frau ist in Hamburg. Bei ihrer Mutter.«

»Ja, ich weiß. Aber es wäre wohl gut, wenn Sie sie bald zurückholten.«

Dr. Schumann schwieg. »Das möchte ich nicht«, erklärte er endlich. »Meine Frau und ich … wir haben uns auseinandergelebt.«

»Also tatsächlich Streit? Dann sollten Sie sich schleunigst wieder mit ihr versöhnen. Sie wissen, daß ich mich niemals in Ihre Privatangelegenheiten gemischt habe … aber jetzt geht es nicht mehr nur um Ihre Person. Sollte es zu einer Verhandlung kommen, wird es einen denkbar ungünstigen Eindruck machen, wenn Ihre Ehe nicht intakt ist.«

»Sie haben recht«, gab Dr. Schumann zu.

»Na also.«

»Aber … was Sie von mir verlangen, ist unmöglich. Ich habe … meine Frau muß heute schon den Brief meines Rechtsanwalts erhalten haben. Ich habe ihr die Scheidung nahegelegt.«

Professor Overhoff begann mit großen Schritten auf dem dicken Perserteppich auf und ab zu gehen. »Sie kennen meine Einstellung zur Ehe …« Er blieb unvermittelt vor seinem Oberarzt stehen. »Sie haben eine bezaubernde und liebenswerte Frau. Mit gutem Willen müßte es doch möglich sein …«

»Nein, Herr Professor, wirklich nicht. Wir passen nicht zueinander. Wir haben alles versucht. Und jetzt ist es zu spät.«

»Es ist nie zu spät!« Professor Overhoff war jetzt sehr ernst. »Solange der Partner noch lebt, kann es nicht zu spät sein. Telegrafieren Sie ihr, rufen Sie sie an … oder besser noch: fliegen Sie nach Hamburg. Und wenn es gar nicht anders geht … wahren Sie wenigstens den Schein, bis wir diesen Kampf gewonnen haben!«

Dr. Schumann war dabei, einen Schlafanzug, ein frisches Hemd, Zahnbürste, Seife und Rasierzeug in einen kleinen Koffer zu packen, als Schwester Patrizia ins Zimmer stürmte.

»Rainer!« rief sie.

Er drehte sich zu ihr um, versuchte ein Lächeln auf sein düsteres Gesicht zu zwingen.

Aber sie sah nur den halb gepackten Koffer. »Es ist wirklich wahr?«

»Ja«, sagte er beherrscht.

»Also doch!« rief sie erschüttert. »Das ist schrecklich!«

»Aber ...«

Sie ließ ihn nicht zu Wort kommen. »Ich werde zu dir halten, trotz allem. Das weißt du doch.«

Er war darauf gefaßt gewesen, daß sie ihm eine Szene machte, und konnte jetzt seine Erleichterung nicht verbergen. »Du bist wirklich ein wunderbares Mädchen, Patrizia!«

Sie schüttelte die blonden Locken, auf denen das Schwesternhäubchen schiefer denn je saß. »Das ist doch selbstverständlich ... schließlich bist du der Vater meines Kindes.«

Sie holte tief Atem. »Wir werden es durchkämpfen, Seite an Seite. Vielleicht wird es gar nicht so schlimm. Wenn sie dir nicht die Erlaubnis zum Praktizieren entziehen ...«

»Aber davon kann doch gar keine Rede sein!«

»Bist du sicher?«

»Natürlich. Ich habe nichts getan, was ich nicht verantworten könnte.« Er packte seinen Koffer zu Ende.

»Das weiß ich, Rainer. Du würdest nie etwas Schlechtes tun. Bloß, ich verstehe nicht ... warum hat dich der Chef entlassen?«

Dr. Schumann fuhr herum. »Was sagst du da?«

»Beurlaubt«, verbesserte sie sich rasch, »aber das kommt doch auf das gleiche heraus ...«

»Weder beurlaubt noch entlassen«, sagte er scharf. »Wer hat dir denn diesen Unsinn erzählt?«

Unter seinem Blick geriet sie in Verwirrung und nestelte verlegen an ihrer gestärkten Schürze herum. »Alle erzählen es ... und ich ... als ich gesehen habe, du packst, da habe ich natürlich gedacht, es ist doch was Wahres dran. Erst wollte ich es nicht glauben.«

Dr. Schumann war verärgert. »Jetzt möchte ich einmal ganz genau wissen, was in diesem Haus über mich getratscht wird! ... Also, los, was sagst man? Was sagen sie, diese Klatschmäuler?«

»Na ja, daß die Polizei hier war, weil du angezeigt worden bist ... wegen Abtreibungen angeblich ... und daß

Professor Overhoff dir nahegelegt haben soll, erst einmal in Urlaub zu gehen.« Patrizia machte einen zaghaften Schritt auf ihn zu. »Ach, Rainer, ärgere dich doch nicht darüber. Laß sie ruhig erzählen. Das kann dich doch gar nicht berühren ...«

»Ich ärgere mich aber darüber!« unterbrach er sie heftig. »Es ist eine Unverschämtheit. Zwölf Jahre arbeite ich hier in der Klinik. Zwölf Jahre lang habe ich mein Bestes gegeben ... und trotzdem ist jeder sofort bereit, mich zu verurteilen und glaubt widerlichen Gerüchten! Ein Saustall, in den ich da geraten bin!« Wütend warf er das Köfferchen auf den Tisch. Patrizia nahm seine Hand. »Sei doch nicht so böse, Liebster! Ich kann ja nichts dafür, daß die alle so gemein sind! Aber wenn ... wenn du nicht beurlaubt bist, wo willst du dann hin?«

Dr. Schumann entzog ihr seine Hand, ging kurz im Zimmer hin und her, atmete tief und faßte Patrizia dann liebevoll bei den Schultern. »Du mußt jetzt stark sein«, sagte er behutsam, »weißt du, die Sache ist so: Ein blödsinniges kleines Frauenzimmer, das vor einiger Zeit in meiner Sprechstunde war, wollte ihr Kind nicht austragen. Weil ich den Eingriff abgelehnt habe, hat sie mich bei der Polizei angezeigt ...«

»Ach, so ist das!« rief Patrizia. »Aber daraus brauchst du dir doch nichts zu machen. Das ist doch nur Lüge und Verleumdung.«

»Du hast recht. Leider ist die Polizei immer mißtrauisch und will hier herumschnüffeln. Wenn letzten Endes auch nichts dabei herauskommen wird, müssen wir doch verhüten, daß man die Sache an die große Glocke hängt. Die Klinik könnte in der Öffentlichkeit in ein schiefes Licht geraten, obwohl niemand von uns eine Schuld trägt. Ich bin verpflichtet, dem Chef zu helfen. Und weil es nun einmal um meine Person geht, ist Professor Overhoff der Meinung, es wäre besser, wenn ich ... wenn ich Astrid ... wenn ich meine Frau aus Hamburg zurückholte.«

Patrizia erblaßte. Sie mußte sich an ihn lehnen, um nicht umzusinken. »Nein«, flüsterte sie erschrocken, »nein ...«

Er sah sie an, wie sie verängstigt in seinen Armen Schutz suchte, und wollte ihr Mut zusprechen. »Ich muß fahren, Patrizia. Ich muß gegen Angriffe gewappnet sein. Auch in meinem Privatleben darf es nichts geben, was meinen Gegnern zugute kommen könnte. Das verstehst du doch, nicht wahr?«

»Aber ich ... dann darf ja auch niemand von uns etwas wissen ... und unser Kind müssen wir verleugnen. Rainer, das ist alles so schrecklich, und ...« Sie schluchzte. »Was wird denn nun mit mir? Wenn du deine Frau zurückholst ... wenn du dich versöhnst ...«

»Weine nicht«, beruhigte er sie und streichelte leicht über ihr Haar, »ich werde dich nicht im Stich lassen. Sei tapfer!«

Im tiefsten Grunde seines Herzens aber war Dr. Schumann seiner Gefühle keineswegs so sicher, wie er jetzt behauptete.

13

Der kleine Thomas lebte schon fast drei Wochen bei Winterfelds, aber immer noch stellte seine Anwesenheit ein Problem dar. Der Rechtsanwalt konnte sich nicht von heute auf morgen an seine Vaterrolle gewöhnen, und auch Thomas, an dessen Erziehung alles versäumt worden war, fand sich in den völlig veränderten Verhältnissen schwer zurecht.

Es wurde so viel von ihm verlangt; er solle deutlich sprechen, anständig essen, seine Spielsachen aufräumen, auf seine Anzüge achtgeben – trotz besten Willens gelang ihm das alles nur mangelhaft.

Die Wohnung, die für das junge Ehepaar ausreichend gewesen war, schien für die jetzt dreiköpfige Familie viel zu klein. Abends mußte Thomas sich zunächst in das Bett des

Vaters legen. Später, wenn er schon schlief, wurde er von Kirsten auf die Couch im Wohnzimmer umgebettet.

Für Kirsten stellte der Familienzuwachs die größte Belastung dar, aber sie klagte nie. Es war unmöglich, den Jungen tagsüber auf die Straße zu lassen, denn hier in der Innenstadt war der Verkehr viel zu lebhaft, und die Spielmöglichkeiten waren mehr als zweifelhaft. In den Kindergarten mochte Kirsten den Jungen nach den schlechten Erfahrungen, die er bisher gemacht hatte, auch nicht geben – vor allem nicht, bevor die Adoption durchgeführt war und er den Namen seines Vaters trug. So war er unentwegt um sie herum, und wenngleich sie ihn wider Erwarten von Herzen liebgewonnen hatte, ging ihr seine ungezügelte Lebendigkeit doch manchmal auf die Nerven. Es kostete sie eine ungeheure Anstrengung, niemals ungeduldig oder grob mit ihm zu sein. Sie schaffte es nur aus einem starken mütterlichen Instinkt heraus, der in ihr aufgebrochen war, obwohl sie selbst niemals geboren hatte.

Sie saßen beim Mittagessen: Dr. Winterfeld, Kirsten und der Kleine. Thomas beherrschte wie fast immer die Unterhaltung. Aufgeregt erzählte er von einem schwarzen Pudel, mit dem er morgens beim Einkaufen Bekanntschaft geschlossen hatte. Sein Vater wollte ihn unterbrechen, aber Kirstens bittender Blick hielt ihn davon ab.

»Und dann«, sprudelte Thomas heraus, »dann hat er sich auf die Hinterbeine gestellt … so!« Er machte eine Bewegung, um dieses Kunststück mit den Händen zu untermalen – bums, fiel sein Glas um. Roter Traubensaft ergoß sich über das Tischtuch und spritzte auf sein weißes Hemd.

»Kannst du nicht aufpassen?« entfuhr es seinem Vater, der zornig den Stuhl vom Tisch rückte, um sich vor der roten Flut in Sicherheit zu bringen.

Der kleine Junge brachte kein Wort heraus. Verstört blickte er auf das, was er angerichtet hatte.

»Ist halb so schlimm, Liebling«, beruhigte Kirsten rasch, »das kann jedem passieren!«

Sie stellte das Glas auf und breitete ihre Serviette über den roten Fleck.

»Komm, zieh rasch dein Hemd aus«, sagte sie, »ich werde es einweichen!«

Sie half ihm, das Hemd über den Kopf zu ziehen und brachte es ins Badezimmer.

Dr. Winterfeld rückte seinen Stuhl wieder zum Tisch und aß weiter. Thomas saß wie verdonnert, die Lippen fest aufeinander gepreßt, kämpfte er gegen die aufsteigenden Tränen.

»Schließlich bist du kein Baby mehr«, schimpfte Doktor Winterfeld ärgerlich. »Du mußt endlich lernen, dich zusammenzunehmen.«

Thomas schluckte. Seine blauen Augen waren dunkel geworden vor Tränen des Trotzes.

Kirsten kam zurück, setzte sich wieder zu Tisch.

»Iß weiter«, sagte sie freundlich, »du weißt doch, wir haben heute nachmittag noch etwas vor!«

Thomas stocherte auf seinem Teller herum. »Hab' keinen Hunger!«

»Was heißt den das nun wieder?« empörte sich Doktor Winterfeld. »Der Teller wird leergegessen ... aber schnell!«

»Mag nicht.«

»Na schön. Dann bekommst du heute nachmittag auch keinen Kuchen. Auf keinen Fall. Hörst du, Kirsten, was ich gesagt habe?«

»Wenn du nicht mehr essen willst, Thomas«, sagte Kirsten, »dann steh auf, wasch dir die Hände, bürste dir dein Haar und zieh ein frisches Hemd an ... ich habe es schon herausgelegt.«

Wortlos erhob sich Thomas und verließ das Zimmer.

»Du bist viel zu gut mit dem Jungen«, erklärte der Rechtsanwalt. »Thomas ist ein ausgesprochen gefährdetes Kind. Er braucht eine strenge Hand, damit er parieren lernt.«

»Ich glaube«, erwiderte Kirsten ruhig, »er braucht in erster Linie Liebe ... viel Liebe. Das ist es, was ihm am meisten gefehlt hat.«

»Mach nur so weiter! Du wirst dann schon sehen, was du noch mit ihm erlebst …« Dr. Winterfeld erhob sich brüsk.

»Aber, Hugo, bleib bitte! Wir trinken doch noch Kaffee!«

»Nein, danke! Darauf ist mir die Lust vergangen!«

Mit großen Schritten verließ Dr. Winterfeld die Wohnung und warf die Tür hinter sich ins Schloß.

Seufzend stand Kirsten auf und begann abzuräumen. Thomas kam wieder herein – er strahlte vor Sauberkeit, sein blonder Schopf stand unternehmungslustig in die Höhe, und nur seine gekrauste Nase verriet den überstandenen Schrecken. »Ist er weg, Tante?« fragte er.

»Ja«, sagte Kirsten ruhig, »dein Vater ist schon gegangen.«

Thomas seufzte schwer. »Ich glaube, er ist doch ein Löwenvater.«

Kirsten ließ das Tablett sinken. »Was sagst du da?«

»Ist doch wahr. Er kann mich überhaupt nicht leiden.«

»Ach, Unsinn, red dir das doch nicht ein. Wir beide haben dich sehr lieb.«

»Du schon. Aber er nicht.«

»Natürlich hat er dich lieb. Du bist ja sein richtiger Junge. Nur …«, Kirsten zog Thomas an sich heran, »weißt du, es ist nicht ganz einfach für einen Mann, plötzlich einen so großen Sohn zu haben. Das mußt du doch verstehen. Für dich ist es ja auch nicht einfach, daß wir jetzt deine Eltern sind. Wir müssen viel Geduld miteinander haben, bis wir eine richtige Familie werden.«

»Aber du bist gar nicht meine Mutter.«

»Doch. Deine zweite Mutter. Oder … möchtest du mich nicht haben?«

Thomas rieb seinen Schopf an ihrem Arm. »Du bist ganz prima. Bestimmt. Bloß, wenn du meine zweite Mutter bist … warum muß ich dann Tante zu dir sagen?«

»Brauchst du ja nicht. Sag ruhig … Mutti zu mir, wenn du magst. Oder Mami. Für mich bist du auf jeden Fall mein lieber kleiner Junge.«

Eine Sekunde lang drückte sie ihn ganz fest an sich und spürte ein nie gekanntes, überströmendes Glücksgefühl. Dann ließ sie ihn rasch los, denn sie wußte, daß ungewohnte Zärtlichkeiten den Jungen verlegen machten.

»Nun aber fix«, rief sie rasch. »Hilf deiner Mutti in der Küche, damit wir fortkommen. Wir wollen doch heute nachmittag zusammen ins Kaufhaus gehen ...«

»Zu den Flugzeugen?«

»Ja, auch zu den Flugzeugen ... also mach schnell, binde dir eine Schürze um. Du darfst mir abtrocknen helfen.«

Zwanzig Minuten später verließen sie beide das Haus.

Als sie aus dem düsteren Treppenhaus in die blendende Helle des Sommertages traten, blieb Kirsten, den Kleinen an der Hand, unwillkürlich einen Augenblick lang stehen. Sie erkannte den jungen Mann nicht, der mit raschen Schritten auf sie zukam.

»Kirsten«, sagte der Mann, »ich habe auf dich gewartet ...« Erst als sie seine Stimme hörte, begriff sie, wer vor ihr stand – Hans Wolff. Der junge Student, der auf Ibiza an ihre Liebe geglaubt hatte.

Der Schock über diese unerwartete und unverhoffte Begegnung war so groß, daß Kirsten Winterfeld eine Sekunde lang unfähig war, auch nur ein Wort hervorzubringen. Unwillkürlich preßte sie die Hand des kleinen Thomas so stark, daß der Schmerz dem Jungen Tränen in die Augen trieb.

»Kirsten!« rief Hans Wolff und wollte sie in die Arme nehmen, »wenn du wüßtest, wie ich dich gesucht habe!«

Kirsten machte eine Bewegung der Abwehr, wich zurück. »Bitte«, sagte sie fassungslos, »bitte, gehen Sie ... gehen Sie sofort!«

»Nicht, nachdem ich dich jetzt endlich gefunden habe! Kirsten, wir müssen uns aussprechen ... wo können wir in Ruhe miteinander reden?«

Kirsten straffte die schmalen Schultern. »Es gibt zwischen uns nichts mehr zu besprechen ...«

»Sei nicht so«, flehte er, das junge Gesicht ganz blaß vor verzweifelter Entschlossenheit, »sag mir doch, warum du damals so plötzlich verschwunden bist! Was habe ich dir denn getan? Wenn ich dich verletzt habe … ich werde alles wiedergutmachen. Ganz bestimmt!«

»Sie haben mir nichts getan. Es … es hängt gar nicht mit Ihnen zusammen. Ich bin verheiratet! Begreifen Sie doch endlich!«

»Aber nicht glücklich, sonst …«

»Doch, Hans, doch!« Unwillkürlich verfiel sie wieder in das vertraute Du. »Verstehst du denn nicht, daß alles aus sein muß zwischen uns … daß niemals etwas gewesen ist! Bitte, bitte, laß mich jetzt wieder gehen!« Sie ließ den kleinen Jungen los und hob flehend die Hände.

»Kirsten, nein, sag so etwas nicht!« Er wollte sie in die Arme reißen. »Ich liebe dich doch, ich …«

In diesem Augenblick griff Thomas ein. Zornrot, mit geballten Fäusten, stürzte er sich auf den jungen Mann, trat ihm mit aller Kraft mit seinem kleinen Stiefel gegen das Schienbein, so daß dieser mit einem Schmerzenslaut zurückwich.

»Lassen Sie meine Mami in Ruhe!« brüllte er, wütend wie ein kleiner Stier. »Gehen Sie weg! Gehen Sie weg!« Kirsten packte Thomas bei den Schultern und riß ihn zurück.

»Ist das … dein Sohn?« fragte Hans Wolff, der Thomas bisher gar nicht beachtet hatte, erschüttert.

»Ja«, erklärte sie ruhig, die Hände ganz fest auf den Schultern des Kleinen, »das ist mein Junge!«

Dann nahm sie Thomas bei der Hand und ging weiter, ohne sich noch einmal umzudrehen.

Kurz nach sechs Uhr nachmittag landete die Maschine, die Dr. Schumann nach Hamburg gebracht hatte, auf dem Flugplatz Fuhlsbüttel. Dr. Schumann war zu ungeduldig, den planmäßigen Zubringerdienst zu benutzen, er nahm sich ein Taxi und ließ sich geradewegs zum Alsterweg fahren.

Erst als er an der Wohnungstür seiner Schwiegermutter klingelte, wurde ihm bewußt, daß er vielleicht doch klüger daran getan hätte, Astrid auf seinen Besuch vorzubereiten. Er fuhr sich nervös mit der Hand über das Kinn, fühlte die sprießenden Stoppeln und bereute, sich nicht wenigstens die Zeit genommen zu haben, sich vor dieser entscheidenden Begegnung noch einmal zu rasieren. Es hätte auch wahrscheinlich nicht geschadet, wenn er sein Hemd gewechselt hätte, und auf die Idee, Blumen zu besorgen, kam er erst jetzt. Er wußte, welchen Wert Astrid auf Äußerlichkeiten legte, und seine energiegeladene Spannung wurde plötzlich zur Vorahnung einer unvermeidlichen Niederlage.

Unwillkürlich reckte er sein breites, gut ausgebildetes Kinn. Nein, er durfte sich jetzt nicht verrückt machen. Noch war Astrid seine Frau, und es mußte und würde ihm gelingen, sie wieder nach Hause zurückzuholen. Wenn er sich jetzt, bevor die Schlacht noch begonnen hatte, geschlagen gab, hatte er keine Chance zu siegen.

Noch einmal, diesmal sehr energisch, drückte er auf den Klingelknopf, aber fast gleichzeitig wurde die Tür schon geöffnet – er stand seiner Schwiegermutter gegenüber.

Die sehr gepflegte alte Dame hob einen Augenblick die sorgfältig gezupften und nachgezogenen Augenbrauen. Dann reichte sie ihrem Schwiegersohn mit einem warmen Lächeln die Hand.

»Rainer, du bist hier! Das ist aber eine Überraschung!« Dr. Schumann räusperte sich. »Entschuldige, Mama, daß ich dir keine Blumen mitgebracht habe …«

Sie unterbrach ihn. »Gott sei Dank! Sonst müßte ich ja glauben, daß du dich völlig verändert hast, seit wir uns zuletzt gesehen haben.«

Er trat hinter ihr in die kleine, sehr geschmackvoll eingerichtete, aber ein wenig düstere Diele. »Das soll wohl heißen, daß ich immer noch der gleiche Büffel geblieben bin, wie?«

»So ähnlich«, gab sie lächelnd zu, »es muß nicht gerade leicht sein, mit dir verheiratet zu sein.«

»Hat Astrid sich über mich beklagt?«

»O nein. Wenn sie es nur getan hätte, dann hätte ich mit ihr reden können, aber so ...« Sie machte eine ausdrucksvolle Handbewegung. »Du kennst sie ja, sie schweigt sich aus. Sie war als Kind schon so. Wenn ihr etwas schiefgegangen ist, ist sie gänzlich unzugänglich.«

Dr. Schumann hatte seine Aktentasche auf einen der kleinen Sessel gestellt, seinen Trenchcoat ausgezogen.

»Darf ich?« fragte er mit einem Blick auf den Garderobenständer.

»Aber natürlich, mein Junge. Du bist ja hier fast zu Hause.« Dr. Schumann hängte seinen Mantel auf. »Täusch dich nicht, Mama«, sagte er, »aber mit deiner Tochter auszukommen, ist auch alles andere als einfach.«

»Ich hatte dich gewarnt«, erinnerte die alte Dame.

»Stimmt. Aber nur gerade genug, um mich noch verliebter zu machen.«

»Kannst du mir das verübeln? Welche Mutter wünscht es nicht, ihre Tochter unter die Haube zu bringen? Astrid braucht einen Mann, der sie beherrscht, und ... ganz ehrlich ... ich hatte gehofft, du würdest es schaffen.«

Dr. Schumann strich sich glättend mit der Hand über das Haar. »Sieht so aus, als hätte ich völlig versagt, wie?«

»Ach was«, erklärte die alte Dame resolut, »red dir doch nur so etwas nicht ein! Vielleicht war es ganz gut, daß du sie etwas hast zappeln lassen. Ich habe nicht den Eindruck, daß der jetzige Zustand sie besonders glücklich macht.«

Dr. Schumann konnte die Frage, die ihm von Anfang an auf den Lippen gelegen hatte, nicht länger zurückhalten. »Ist sie da?« fragte er. »Kann ich sie sprechen?«

Statt einer Antwort stellte die alte Dame eine Gegenfrage. »Ich nehme doch an, du bist gekommen, um sie nach Hause zu holen?«

»Ja.«

»Hat der Brief von Hugo Winterfeld etwas damit zu tun?«

Er zögerte. »Ja und nein.«

»Du willst nicht mit mir darüber sprechen«, sagte die alte Dame, »genausowenig wie Astrid. Immerhin, ich verstehe das. Wenn ihr euch aber nicht raten und nicht helfen lassen wollt, solltet ihr zumindest fähig sein, allein mit euren Angelegenheiten fertig zu werden.«

»Ich bin gerade dabei, es zu versuchen, Mama. Kann ich Astrid jetzt sprechen?«

Astrids Mutter sah ihren Schwiegersohn lange und nachdenklich an, sie öffnete den Mund, aber wollte sie noch etwas sagen, entschloß sich aber doch zu schweigen.

»Ich werde sehen«, sagte sie nur, »warte hier so lange!«

Sie verschwand durch eine der Türen.

Dr. Schumann nahm seine Aktenmappe vom Sessel, stellte sie auf den Boden und nahm Platz. Wie immer in kritischen Situationen fühlte er den heftigen Wunsch, sich eine Pfeife anzuzünden. Aber er verbot es sich, denn er kannte Astrid gut genug, um zu wissen, daß sie allein die Tatsache, ihn pfeiferauchend vorzufinden, aufs äußerste gereizt hätte. So blieb ihm nichts anderes übrig als zu warten.

Er hatte gehofft, daß Astrid wenige Augenblicke, nachdem ihre Mutter ihr seinen Besuch gemeldet hatte, vor ihm stehen würde, aber tatsächlich verging eine endlos lange Zeit, bevor irgend etwas geschah.

Dr. Schumann blickte gerade zum fünftenmal auf seine Armbanduhr, als die Tür, durch die seine Schwiegermutter verschwunden war, sich wieder öffnete und die alte Dame in die Diele zurückkam.

Er sprang auf.

»Tut mir leid, Rainer«, sagte Astrids Mutter laut, »aber sie will dich nicht sehen!«

»Nicht?«

»Nein. Sie läßt dir sagen, daß es nichts mehr zwischen euch beiden zu besprechen gibt und daß du am besten mit dem nächsten Zug wieder nach Hause fährst!« Die alte Dame machte eine Kopfbewegung zur Tür hin, die sie einen Spalt breit offengelassen hatte.

»Aber ...«

»Kein Aber! Astrid ist mit einer Scheidung durchaus einverstanden, die Formalitäten sollten besser durch eure Rechtsanwälte erledigt werden!« Die alte Dame wies energisch auf die angelehnte Tür. Aber Dr. Schumann verstand nicht. Diese brüske Absage hatte er nicht erwartet, und er suchte vergeblich nach Worten, die jetzt noch nutzen konnten.

»Aber ich muß sie sprechen!« brachte er schließlich heraus.

»Unmöglich! Geh jetzt!« beharrte die alte Dame und nickte ihm, ganz im Gegensatz zu ihren Worten, ermunternd zu.

Jetzt endlich begriff Dr. Schumann.

»Du kannst mich nicht daran hindern, meine Frau zu sehen!« rief er erleichtert und stürmte an seiner Schwiegermutter vorbei.

Astrid war keine Silbe dieses Wortwechsels entgangen. Die Stimme ihres Mannes zu hören, die ihr in jeder Nuance vertraut war, genügte, ihr Herz in heftigen und unregelmäßigen Stößen voranzupeitschen. Sie wurde blaß und rot, wäre am liebsten aufgesprungen und hätte die Tür geschlossen, den Schlüssel von innen umgedreht, aber es war ihr, als hätte alle Kraft sie verlassen. Wie gelähmt saß sie auf dem Hocker vor dem kleinen Frisiertisch und starrte mit blicklosen Augen auf ihr Spiegelbild.

So traf Dr. Schumann sie an.

Sie saß mit dem Rücken zu ihm, wandte sich auch nicht um, als er ins Zimmer stürmte – dennoch verhielt er den Schritt, blieb mitten im Zimmer stehen, gebannt von ihrer Schönheit. Alles, was er sich vorgenommen hatte, ihr zu sagen, war in diesem Augenblick vergessen, er brachte nur ein einziges Wort über seine Lippen: »Astrid!«

Sie trug ein Abendkleid aus goldgetöntem Brokat, das sich um ihre Füße bauschte und ihre runden, milchweißen Schultern freigab. Das volle, kastanienbraune Haar war hochgekämmt und betonte die edle Linie ihres Nackens und ihres Halses, die unnachahmlich stolze und zugleich anmutige Art ihrer Kopfhaltung.

Nie zuvor hatte Dr. Schumann so stark gefühlt, wie sehr er sie liebte und wie grausam er unter ihrer Entfremdung gelitten hatte.

Sie rührte sich nicht. »Ich nehme an, du bist gekommen, um über die Formalitäten unserer Scheidung mit mir zu sprechen«, sagte sie mit spröder Stimme. »Du brauchst dir keine Sorgen zu machen. Ich bin natürlich einverstanden und werde gleich morgen Hugo Winterfeld in diesem Sinne schreiben.«

Er atmete schwer. »Astrid, nein ... ich ...« Er trat näher, sah jetzt ihr Bild im Spiegel, die saphirblauen Augen, die fast schwarz vor Erregung in ihrem blassen, ebenmäßigen Gesicht brannten.

»Das alles«, sagte er unbeholfen, »ist ein furchtbares Mißverständnis!«

»Du hast Hugo also nicht beauftragt, mir zu schreiben?« fragte sie kühl. Sie nahm einen ihrer funkelnden Brillantohrringe vom Frisiertisch auf, wollte ihn am Ohr befestigen – aber als sie merkte, wie sehr ihre Hände zitterten, legte sie ihn wieder auf seinen Platz zurück.

»Doch«, gab er zu, »aber inzwischen ...« Er verlor die Beherrschung. »Herrgott«, schrie er, »warum kannst du mich nicht ansehen, wenn ich mit dir spreche? Warum müssen wir das hier abhandeln? Es wäre doch das mindeste, daß du dich mit mir an einen Tisch setztest.«

»Dein Pech, daß du in einem äußerst unglücklichen Augenblick gekommen bist. Wie du siehst, habe ich mich gerade umgezogen. Ich bin verabredet und habe sehr wenig Zeit.«

»Gut«, sagte er und wandte sich zur Tür, »dann komme ich morgen früh wieder.«

»Das dürfte wenig Zweck haben ...«

»Du irrst dich!« Er drehte sich abrupt wieder zu ihr um.

»... weil es zwischen uns nichts mehr zu besprechen gibt.« Sie benetzte die Lippen mit der Zunge. »Du scheinst zu vergessen, daß du es bist, der mich verlassen hat ...«

»Und warum? Hast du etwa vergessen, warum?!«

»Nein, durchaus nicht«, sagte sie, immer mit der gleichen tonlosen Stimme, »ich bestehe durchaus nicht darauf, daß du allein schuldig geschieden wirst ...«

»Aber es handelt sich jetzt doch gar nicht um die Scheidung, warum willst du das nicht begreifen?«

»Nicht? Nach Winterfelds Brief mußte ich annehmen ...«

»Vergiß doch endlich einmal diesen blöden Brief. Er ist längst überholt. Er hätte nie geschrieben werden dürfen.« Er holte tief Atem. »Astrid, ich bin gekommen, um dich zu bitten ... bitte, Astrid, komm zu mir zurück!«

Er war hinter sie getreten, legte seine Hände auf ihre nackten Schultern – aber sie zuckte unter seiner Berührung so heftig zusammen, daß er sie sofort wieder zurückzog.

»Dazu ist es zu spät, Rainer«, sagte sie kalt.

»Soll das heißen ...« Er musterte ihre elegante Erscheinung, begriff jetzt erst, daß sie ein Kleid trug, das er noch nie an ihr gesehen hatte. »Hast du einen anderen gefunden?«

»Vielleicht«, sagte sie.

»Astrid, nein, das ist doch nicht ... das kann doch nicht sein!«

»Und warum nicht? Du hast mich verlassen ... du hast dich wochenlang, ja schon seit Monaten nicht mehr um mich gekümmert ... hattest du etwa erwartet, daß ich mich in Sack und Asche werfen und die reuevolle, verstoßene Frau spielen würde?«

»Ich habe kein Recht, dir Vorwürfe zu machen, nur ...«

»Gut, daß du das einsiehst. Du selbst hast dich ja auch getröstet, schneller als ich. Oder ist mit dieser Liaison etwas schiefgegangen? Kommst du deshalb wieder auf mich zurück?«

Er erschrak. Keine Sekunde lang hatte er damit gerechnet, daß Astrid irgend etwas von seiner Verbindung zu Patrizia ahnen könnte.

»Möchtest du dich nicht etwas näher erklären?« fragte er laut, um sein schlechtes Gewissen zu übertönen.

»Wozu? Du wirst wissen, wovon ich spreche. Zu deiner Beruhigung ... ich habe keinen Privatdetektiv auf dich gehetzt. Ich habe dich und diese Schwester mit eigenen Augen gesehen. Bevor ich mir meine Freiheit wieder nahm. Es wird dich vielleicht interessieren, daß das der letzte Anlaß für mich war, nach Hamburg zu fahren.«

»Es wäre nie dazu gekommen, wenn du nicht ...«

»Ich weiß. Wir haben keine Ursache, einander Vorwürfe zu machen. Unsere Ehe ist gescheitert, das ist alles. Wir sind nicht die einzigen, denen das passiert ist ... wieso also eine Tragödie daraus machen?«

Weil ich dich liebe, hätte er beinahe gesagt, weil ich dich liebe und ohne dich nicht leben kann! Vielleicht wäre es ihm doch noch gelungen, den Panzer, den Astrid um ihr wehes Herz gelegt hatte, zu sprengen, aber sein Gewissen verbot ihm dieses Geständnis. Er war nicht mehr frei, er hatte Verpflichtungen einer anderen Frau gegenüber auf sich genommen, der jungen Schwester Patrizia gegenüber, die ein Kind von ihm erwartete.

»Ich bin in einer sehr schwierigen Situation«, sagte er deshalb nur, »ich brauche dich, Astrid ...«

Sie senkte die Lider mit den langen, schwarzgetuschten Wimpern, verriet mit keinem Zucken ihres sensiblen Gesichts, was in ihr vorging, während er sie an den Fall Angelika Schneider erinnerte und ihr von dem Besuch der Kriminalpolizei berichtete. Nur ihre Hände, die sich unaufhörlich öffneten und krampfhaft wieder schlossen, konnte sie nicht beherrschen.

Sie stellte keine Zwischenfragen und zeigte keinerlei Interesse. Erst als er schwieg, sagte sie, ohne den Blick zu heben: »Ich glaube nicht, daß meine Aussage dir irgendwie nützen könnte ...«

»Du wirst ja auch nicht aussagen müssen, Astrid, darum geht es doch nicht! Nur daß du überhaupt da bist, daß unsere Ehe wenigstens nach außen hin in Ordnung ist ... das wäre ungeheuer wichtig für mich, falls es zu einem Prozeß kommt!«

Jetzt öffnete sie die Lider, und er sah, daß ihre schönen Augen in Tränen schwammen – aber er war weit davon entfernt zu begreifen, was in ihr vorging.

»Also dazu brauchst du mich«, sagte sie voll Bitterkeit.

»Glaub mir, ich würde es dir nicht zumuten, wenn es nicht so wichtig wäre.«

»Tut mir leid, Rainer«, sagte sie, und ihr Lächeln traf ihn tiefer als ihre Tränen, »aber du verlangst Unmögliches.«

»Das kann ich beim besten Willen nicht einsehen. Ein so großes Opfer kann es dir doch nicht bedeuten, noch einmal und für absehbare Zeit in unser Haus zurückzukehren.

Oder«, fügte er hinzu und begriff, noch ehe er es ausgesprochen hatte, wie unsachlich und verletzend diese Bemerkung war, »fällt es dir so schwer, deinen Liebhaber zu verlassen?«

Sie hatte ein Tüchlein genommen, betupfte vorsichtig die Augenwinkel, um ihre Wimperntusche nicht zu verschmieren. »Ich will es nicht«, sagte sie, »ich will nicht zur ständigen Lüge und Heuchelei gezwungen sein. Ich käme mir schäbig vor, wenn ich etwas vortäuschen würde, was ich nicht empfinde, etwas darstellen müßte, das der Wirklichkeit in keiner Weise entspricht ...«

»Wie sonderbar«, sagte er böse, »wirklich erstaunlich, wie ein Mensch sich so schnell ändern kann! Wenn man dich so reden hört, könnte man kaum glauben, daß es eine Zeit gegeben hat, in der du mich ohne Skrupel und Hemmungen in einem ganzen Netz von Lügen gefangen hast. Aber damals ging es natürlich um deinen Vorteil, während heute ich derjenige bin, der ...«

Sie unterbrach ihn. »Geh jetzt, Rainer«, sagte sie, »geh, bevor wir uns beide Dinge an den Kopf werfen, die wir später bereuen würden. Wenn wir einander auch nicht mehr lieben, so sollte das kein Grund sein, einander zu hassen. Ich jedenfalls finde keinen Geschmack daran, dich zu verwunden und zu demütigen ...«

In diesem Augenblick wurde an die Tür geklopft, und Astrids Mutter steckte den Kopf ins Zimmer. Ein einziger Blick verriet ihr, daß die Situation verfahrener war denn je und von der erhofften Versöhnung keine Rede sein konnte. »Es wird Zeit für dich, Astrid«, sagte sie, »du weißt, du wirst pünktlich abgeholt ...«

Eine Stille entstand, in der es Dr. Schumann erst ganz bewußt wurde, wie überflüssig er hier war.

»Dann«, sagte er beherrscht, »sollte ich mich wohl verabschieden ...«

Astrid antwortete ihm nicht. Sie hatte die Hände endlich so weit in der Gewalt, daß sie ihre Ohrringe befestigen konnte, und schien vollständig mit ihrem Spiegelbild beschäftigt.

Dr. Schumann verbeugte sich und ging zur Tür.

»Leb wohl«, sagte Astrid jetzt endlich.

Aber er drehte sich nicht mehr zu ihr um.

Schwester Patrizia hatte getan, was Dr. Schumann von ihr verlangte – sie hatte gekündigt.

Aber dieser Schritt hatte sie ungeheure Überwindung gekostet. Sie liebte ihren Beruf, sie liebte die Neugeborenen, die sie zu betreuen hatte, und sie konnte sich ein Leben fern der Frauenklinik gar nicht mehr vorstellen. Sie wußte schon jetzt, daß sie das Quäken der Säuglinge, den unverkennbaren Geruch des Babyzimmers, eine Mischung zwischen Desinfektionsmitteln und jungem Leben, schmerzlich vermissen würde, genauso wie die starke Tasse Tee und den flüchtigen Tratsch im Schwesternzimmer. Der Abschied wäre ihr wohl nicht so schwergefallen, wenn zwischen ihr und dem Oberarzt wenigstens alles in Ordnung gewesen, wenn sie hätte sicher sein können, daß das Ende ihrer beruflichen Laufbahn den ersehnten Schritt in die Ehe bedeutet hätte.

Sie hatte Dr. Schumann geglaubt, als er ihr diese Kündigung nahegelegt hatte, sie hatte jedes seiner Argumente eingesehen. Aber jetzt, da er nach Hamburg gefahren war, um seine Frau zurückzuholen, sahen die Dinge doch plötzlich wesentlich anders aus. Sie konnte sich nicht vorstellen, daß er sie belog, sie zweifelte nicht daran, daß die Versöhnung mit seiner Frau wirklich nur eine äußerliche Angelegenheit war, die nur dazu dienen sollte, seinen Ruf zu festigen. Aber sie besaß Instinkt genug, um zu spüren, daß er innerlich noch nicht ganz von seiner schönen Frau losgekommen war, und wenn sie erst einmal wieder zusammen unter einem Dach lebten, konnte es nur zu leicht zu einer wirklichen Aussöhnung kommen. Was sollte dann aus ihr werden, aus ihr und ihrem ungeborenen Kind?

Mit diesen Fragen quälte sich Schwester Patrizia herum, und so war es kein Wunder, daß sie ihre gewohnte Munterkeit verlor. Bei dem geringsten Anlaß stiegen ihr Tränen in die hübschen braunen Augen, ihre Wangen waren blaß, und sie vermied es ängstlich, von ihren Kolleginnen in ein Gespräch gezogen zu werden – sie hatte eine tödliche Furcht, jemand könnte bemerken, wie es wirklich um sie stand.

Wenn sie geahnt hätte, wie die Auseinandersetzung zwischen Dr. Schumann und seiner Frau ausgefallen war, hätte sie sich besser gefühlt. Aber daß Astrid sich weigern könnte, in ihr Heim zurückzukehren, konnte sie sich gar nicht vorstellen. Für sie war Dr. Schumann nach wie vor der wunderbarste Mann der Welt, und sie konnte sich nichts Schöneres denken, als von ihm begehrt zu werden.

Kummervoll räumte sie an diesem Nachmittag in ihrem Zimmerchen unter dem Dach die alte wacklige Kommode aus und begann, alles, was sie mitnehmen wollte, in einen Koffer zu packen. Es blieben ihr zwar noch ein paar Tage bis zum Monatsende und zum unvermeidlichen Auszug, aber in den Jahren, die sie in der Frauenklinik verbracht hatte, hatte sich so viel Kram in ihren Schubladen angesammelt, daß sie sich wohl oder übel manches vom Herzen reißen mußte, denn ihre beiden Koffer – der alte, mit dem sie gekommen war, und ein großer neuer, den Dr. Schumann ihr geschenkt hatte – hätten all ihre vielen Habseligkeiten gar nicht zu fassen vermocht.

Eine Weile lenkte diese Beschäftigung sie ab – aber ganz plötzlich ertrug sie das Alleinsein in den vier Wänden, die ihr ein Heim gewesen waren, nicht mehr.

Eine Fotografie war ihr in die Hände gefallen, die vor Jahren zur Beendigung eines Lehrganges von ihr und etwa zwanzig Mitschwestern gemacht worden war – sie standen in drei Reihen aufgestellt, alle mit blitzweißen Schürzen und Häubchen, und lächelten strahlend und hoffnungsfroh in das Objektiv.

Wie jung sie damals noch gewesen war, wie unbefangen, wie unerfahren – das ganze Leben hatte vor ihr gelegen! Und jetzt, was hatte sie daraus gemacht, aus sich selbst und ihrem Leben? Sie erwartete ein Kind von einem verheirateten Mann, der sich noch nicht von seiner Frau trennen konnte, sie hatte kündigen müssen, damit nicht alle von ihrer Schande erfuhren.

Wieder stiegen Tränen in Schwester Patrizias Augen, ein Schluchzen schüttelte ihren Körper. Sie hätte sich über das Bett werfen mögen und in ihre Kissen heulen, aber sie wollte es nicht, sie durfte es nicht. Das Kind unter ihrem Herzen durfte nichts von ihrer Verzweiflung merken, es sollte sich nicht ungewollt und ungeliebt fühlen – dieses Kind, das doch geboren werden würde, um den Mann, den sie liebte, fester, ganz fest an sich zu binden.

Mit einem Ruck erhob sich Schwester Patrizia aus ihrer knienden Stellung, in der sie in ihren Sachen gewühlt hatte, verließ mit großen Schritten das Zimmer. Sie sehnte sich nach menschlicher Wärme, nach einem Trost ohne Worte, ohne Fragen, ohne unerwünschte und sinnlose Ratschläge.

Sie lief die Treppen hinunter und ins Babyzimmer.

Es war noch eine gute Stunde bis zu der frühen nachmittäglichen Fütterung. Die Neugeborenen und die Säuglinge schliefen friedlich in ihren Bettchen. Ihr warmes, schnaufendes Atmen durchpulste das lichte Zimmer.

Schwester Patrizia schritt von Bettchen zu Bettchen, zog die Decken zurecht, legte hin und wieder ein unruhiges Kind auf die andere Seite.

Nur der kleine Hanno hatte die Augen offen. Als Schwester Patrizia sich über ihn beugte, lächelte er fröhlich mit seinem zahnlosen Mund. Sie reichte ihm beide Zeigefinger, und mit einer gewaltigen Anstrengung zog er sich zum Sitzen hoch. Er krähte fröhlich, als es ihm gelungen war, patschte nach ihrem Gesicht.

Sie redete zu ihm, in jener nichtssagenden, törichten Babysprache, in der nicht die Worte, sondern der Ton das Wichtige sind. »Mein süßes Kerlchen«, sagte sie, »mein kleiner Goldschatz ... ach, was ist er tüchtig! Ein so großer tüchtiger Junge ist er schon geworden ... ein solcher Herzensschatz!«

Sie hob ihn aus dem Bett, schwenkte ihn hoch in die Luft, drückte einen Kuß auf jedes der beiden runden Bäckchen.

»Schwester Patrizia!«

Sie fuhr herum, als sie die Stimme Professor Overhoffs erkannte, drückte unwillkürlich den kleinen Jungen schützend an ihre Brust. »Oh!«

Professor Overhoff stand in der Tür, und es war ihr nicht klar, wie lange er schon die kleine Szene beobachtet hatte. Sein Gesicht verriet nichts von dem, was in ihm vorging.

»Starren Sie mich nicht an wie ein erschrockenes Kaninchen«, sagte er, »ich habe nicht vor, Ihnen oder dem Jungen ein Leid zu tun!«

»Natürlich nicht, Herr Professor«, stammelte sie.

»Wovor haben Sie also Angst?«

»Ich ... ich habe keine Angst! Ich ... war nur erschrokken, weil ... ich hatte Sie gar nicht kommen hören.«

»Na schön. Ihnen zuliebe werde ich nächstens anklopfen, wenn ich meinen Sohn besuchen will!«

»Ich ... ich habe Hanno nur ... wir haben ein bißchen gespielt!«

»Das habe ich gesehen!« Professor Overhoff trat näher, umspannte mit der Hand den Kopf des Jungen, drehte ihn, mehr ärztlich prüfend als väterlich liebevoll, von links nach rechts. »Meine Tochter Eva hat mir erzählt, daß Sie sich um den Kleinen immer ganz besonders gekümmert haben ...«

»Das war doch selbstverständlich!«

»Na, nicht ganz. Immerhin hatten Sie ja mit den anderen Schreiern genug zu tun.«

»Hanno ist mir von Anfang an ... ganz besonders ans Herz gewachsen.«

»Ja, das habe ich auch geglaubt«, sagte der Professor, »um so überraschter war ich, als ich von Ihrer Kündigung erfuhr!«

Schwester Patrizia wurde rot.

»Wenn es Ihnen in unserer Klinik nicht mehr paßt oder wenn es in Ihrem Dienst Schwierigkeiten gegeben hat, dann wäre es vielleicht besser gewesen, einmal offen mit mir darüber zu sprechen ... keine Angst, ich will Sie nicht zurückhalten! Aber vielleicht wären die Dinge doch auch anders in Ordnung zu bringen gewesen.«

Patrizia zwang mühsam die Tränen zurück, die schon wieder in ihr hochstiegen. »Ich war sehr glücklich hier, Herr Professor«, sagte sie leise, »es hat mir an nichts gefehlt, nur ...«

»Na, reden Sie schon!«

»Es fällt mir selbst schwer zu gehen.«

»Na, dann bleiben Sie doch!«

»Das geht nicht«, sagte Schwester Patrizia tödlich verlegen, »ich ... ich muß fort. Aus privaten Gründen.«

»Ein Krankheitsfall in Ihrer Familie?«

»Nein.«

»Aha. Jetzt verstehe ich. Sie wollen heiraten. Warum haben Sie das nicht gleich gesagt? Da kann man doch nur gratulieren ...«

»Nicht so bald, Herr Professor.«

»Haben Sie etwa vor, Ihrem Zukünftigen schon jetzt den Haushalt zu führen? Das sollten Sie auf keinen Fall tun. Nicht, bevor der Ring an Ihrem Finger steckt.«

»Nein«, sagte sie, »so dumm bin ich nicht, Herr Professor, nur ... mein Verlobter möchte nicht, daß ich weiter hier arbeite. Er glaubt, daß es zu ... anstrengend für mich ist.« Schwester Patrizia atmete auf. Diese halbe Lüge war ziemlich glaubhaft herausgekommen.

»Und was haben Sie jetzt vor?«

»Ich weiß noch nicht, Herr Professor.«

»Wie lange wird's denn wohl noch bis zur Heirat dauern?«

»Immerhin ... ein paar Monate«, sagte Schwester Patrizia, ohne ihn anzusehen.

»Na, dann will ich Ihnen einen Vorschlag machen. Wie wäre es, wenn Sie inzwischen eine private Pflegestelle annehmen würden? Ich kenne da einen nicht mehr ganz jungen, aber sehr verträglichen Witwer mit einem kleinen Sohn ...«

»Herr Professor!« rief Schwester Patrizia, die plötzlich begriff, worauf er hinauswollte.

»... Hausmädchen ist auch vorhanden«, fuhr Professor Overhoff fort, »Freizeit und Lohn werden großzügig geregelt werden.«

»Sie meinen ... ich soll zu Ihnen kommen?«

»Ja. Mit Hanno. Es wird ohnehin höchste Zeit, daß ich den Jungen nach Hause hole. Meine Tochter setzt mir jeden Tag deswegen zu. Also ... wie wär's? Sind Sie einverstanden?«

Schwester Patrizia zögerte. Nur zu gerne hätte sie dieses Angebot angenommen. Aber durfte sie das? Würde Doktor Schumann damit einverstanden sein? Und hätte sie nicht anständigerweise Professor Overhoff gestehen müssen, wie es um sie stand?

»Zwingen oder überreden will ich Sie natürlich nicht, Schwester«, sagte der Professor, »wenn Sie nicht gerne kommen ...«

Schwester Patrizia warf alle Bedenken über Bord. »Doch«, sagte sie, »und wie gerne!«

Sie schlug in die Hand ein, die Professor Overhoff ihr bot, und plötzlich begannen die Tränen, die sie so lange krampfhaft zurückgehalten hatte, ihre Wangen zu netzen – aber es waren Freudentränen.

Sie wußte zwar, daß diese Lösung nur vorübergehend sein konnte, aber daß ihr überhaupt in dieser Stunde der Verzweiflung ein Mensch, der sie brauchte, die Hand gereicht hatte, war Wunder genug. Statt einer Zeit bangen, einsamen Wartens lagen jetzt wieder Arbeit und Freude vor ihr, die grauen Schatten waren noch einmal gebannt.

14

Astrid Schumann war am Abend nach jenem unversöhnlichen Gespräch mit ihrem Mann zu einer Gesellschaft gefahren, auf die sie schon Wochen zuvor von einer Jugendfreundin geladen worden war und auf die sie sich sehr gefreut hatte.

Aber schon als ihr Mann sie verließ, hatte sie keine rechte Lust mehr gehabt. Am liebsten hätte sie noch im letzten Moment abgesagt, sie tat es nicht, weil sie nicht einmal sich selbst zugeben wollte, wie unglücklich sie war. Noch weniger wollte sie ihrer Mutter ihre Schwäche verraten.

Aber dieser Abend wurde für sie zur Qual. Sie, die sonst Feste so sehr geliebt hatte, fühlte sich fehl am Platz. Ihre Schönheit fand Verehrer, aber da sie sich kaum zu einem Lächeln, weniger noch zu Anteilnahme oder einem fröhlichen Gespräch zwingen konnte, verliefen sich alle bald wieder. Weder Hummermayonnaise noch Wein bekamen ihr, es war ihr, als läge ein schwerer Klumpen in ihrem Magen. Der Rauch der vielen Zigaretten bereitete ihr Übelkeit, von Lufthunger getrieben, trat sie immer wieder an das einzige, weit geöffnete Fenster, und schon kurz nach elf Uhr zog sie sich – ohne Abschied zu nehmen, weil sie die anderen nicht stören wollte – zurück.

Sie verstand sich selbst nicht mehr. Es war doch nicht möglich, daß diese Auseinandersetzung mit ihrem Mann ihr so zu schaffen machte – es war nicht das erste Mal, daß sie sich gestritten hatten, und eigentlich hätte sie sich doch erleichtert fühlen müssen, daß es vielleicht das letzte Mal war.

Nein, es war nicht der Herzenskummer, der ihr so zusetzte, sie war körperlich nicht auf der Höhe. Sie gestand es sich selbst ein. Irgend etwas war mit ihr nicht in Ordnung. Schwindelgefühl und Übelkeit hatten zwar in letzter Zeit nachgelassen, aber obwohl sie die Antibabypillen schon seit Wochen nicht mehr nahm, war und blieb ihr körperlicher Rhythmus gestört. Sie fühlte sich aufgeschwollen, auch ihre Fesseln waren dicker geworden, bläulich zeichneten sich die Adern ab. Das alles war nicht normal und nicht gesund. Astrid begriff, daß es höchste Zeit war, zum Arzt zu gehen. Aber sie sprach mit ihrer Mutter nicht darüber, denn sie wollte sich neugierige Fragen ersparen. Noch in dieser Nacht nahm sie das Telefonbuch mit in ihr Zimmer, um die Adresse eines Frauenarztes herauszusuchen, der weder sie, ihre Familie noch ihren Mann kannte.

Sie entschied sich für einen Doktor Paul Leverkühn, der seine Praxis in Hamburg-Altona hatte. Am nächsten Morgen, gleich nach dem Frühstück, fuhr sie zu ihm hinaus.

Eine freundliche junge Sprechstundenhilfe nahm ihre Personalien auf – Astrid gab ihren richtigen Namen an, verschwieg aber, daß ihr Mann selbst Frauenarzt war, weil sie nicht als Kollegenfrau angesprochen werden wollte.

Danach wurde sie in ein helles, modern und unpersönlich eingerichtetes Wartezimmer geführt, in dem schon mehrere Frauen saßen, zumeist Schwangere, deren Anblick allein in Astrid Abscheu und Übelkeit hervorrief. Krampfhaft blätterte sie in den Illustrierten, die auf dem kleinen Stahlrohrtisch lagen und versuchte ihre Ohren und ihr Herz gegen die Gespräche ringsum, bei denen es sich nur um schwere Geburten, Frauenkrankheiten, hin und wieder auch um die Unvernunft der Männer handelte, zu verschließen.

Mehr als einmal mußte sie gegen den Impuls ankämpfen, aufzuspringen und wegzulaufen. Sie blieb nur, weil sie mußte, weil die Alarmzeichen, die ihr Körper gegeben hatte, sie in ehrlichen Schrecken versetzt hatten.

Endlich war es soweit.

»Frau Schumann, bitte«, sagte die freundliche junge Sprechstundenhilfe und öffnete die Tür zum Untersuchungszimmer. Dr. Leverkühn war jung – viel jünger, als Astrid sich ihn vorgestellt hatte –, auch die schwere Hornbrille machte ihn nicht älter, sondern gab ihm höchstens das Aussehen eines braven Musterschülers.

Mit einem einzigen prüfenden Blick nahm er ihre gepflegte Erscheinung in sich auf, von den eleganten Krokodillederschuhen über das goldbraune Kostüm, dessen Rock über die Hüften leicht spannte, bis zu dem üppigen kastanienbraunen Haar, um das Astrid ein maisgelbes Seidentuch gewunden hatte.

»Nehmen Sie Platz, gnädige Frau ...« sagte er mit einer Handbewegung zu dem lederbezogenen, leicht abgenutzten Sessel.

Astrid Schumann setzte sich und begann, ohne es zu merken, nervös an dem Verschluß ihrer Handtasche zu spielen. »Es fehlt mir eigentlich nichts Richtiges«, sagte sie, »und ich weiß auch gar nicht, ob ich ausgerechnet zum Gynäkologen hätte gehen sollen ... nur, im allgemeinen fühle ich mich nicht wohl, und dann ... meine Periode ist ausgeblieben.« Sie sah ihn nicht an. »Nicht, daß Sie jetzt glauben, daß ich ein Kind bekäme. Ich habe Antibabypillen genommen. Bis vor ... vor etwa sechs Wochen. Aber seitdem hat die Periode nicht wieder eingesetzt.«

»Sie sprachen von allgemeinen Beschwerden«, sagte Doktor Leverkühn. »Würden Sie das ein bißchen näher umreißen?«

Astrid lächelte verkrampft. »Nun, die üblichen Antibabypillen-Beschwerden ... Übelkeit, Schwindelgefühl und so. In letzter Zeit hat das natürlich nachgelassen, aber richtig wohl fühle ich mich eben auch nicht. Vielleicht liegt es auch am Magen. Schwere Speisen bekommen mir nicht, auch das Rauchen schmeckt mir nicht mehr so wie früher ...«

Dr. Leverkühn sah sie nachdenklich an. »Sind Sie in letzter Zeit schwerer geworden?«

»Gewogen habe ich mich nicht, aber tatsächlich, meine Kleider passen nicht mehr so wie früher.« Plötzlich durchzuckte ein wahnsinniger Schreck Astrids Gehirn. »Glauben Sie, daß ich einen Tumor habe?«

»Bisher, liebe gnädige Frau, glaube ich noch gar nichts«, sagte Dr. Leverkühn beruhigend, »die Symptome, die Sie mir soeben beschrieben haben, lassen alles mögliche vermuten. Das Beste wird sein, wenn ich Sie jetzt erst einmal untersuche ...«

Astrid schreckte zurück. »Muß das sein?«

»Ja«, sagte Dr. Leverkühn, »aber haben Sie keine Angst, ich werde Ihnen nicht weh tun. Es ist ganz schnell vorüber. Bitte, legen Sie ab, dort hinter dem Paravent ...«

Wenige Minuten später lag Astrid Schumann, die Beine gespreizt, auf dem Untersuchungsstuhl. Sie mußte die Lippen fest zusammenpressen, um nicht vor Scham und Nervosität zu weinen.

»Sind Sie verheiratet?« fragte Dr. Leverkühn, während er sie untersuchte.

»Ja«, sagte Astrid Schumann gepreßt.

»Keine Kinder?«

»Nein.«

»Keine Fehlgeburten? Keine unterbrochene Schwangerschaft?«

»Nein.«

Mit dem gynäkologischen Spiegel untersuchte Dr. Leverkühn Scheideneingang und Scheide. Die Schleimhaut war livide verfärbt, der Uterus stark vergrößert und aufgelockert.

Er richtete sich auf. »Danke«, sagte er, »das genügt.«

Hastig erhob sich Astrid, streifte den Rock herunter. »Und?« fragte sie. »Was ist los mit mir?«

»Nichts Arges«, sagte Dr. Leverkühn lächelnd, »keine Krankheit ...«

»Aber dann ...«

»Sie bekommen ein Baby, gnädige Frau!«

»Nein«, sagte Astrid, atemlos vor Entsetzen, »oh, nein!«

»Natürlich könnte ich noch eine Urinuntersuchung vornehmen«, erklärte Dr. Leverkühn, »aber für notwendig halte ich das nicht. Meiner Berechnung nach sind Sie mindestens im vierten Monat, das heißt, die Schwangerschaft ist so weit fortgeschritten, daß sie ganz klar zu erkennen ist.«

»Aber das ist doch unmöglich! Ich habe doch diese Pillen immer genommen, ganz regelmäßig ...«

»Seit wann?«

»Etwa ... drei Monate!«

»Da haben wir es. Es muß also ganz am Anfang geschehen sein. Es ist ja bekannt, daß diese Tabletten nicht sofort wirken, wenn man die erste oder die zweite genommen hat, einen hundertprozentigen Schutz bieten sie erst nach dem ersten Zyklus.«

»Mein Gott«, stöhnte Astrid, »oh, mein Gott.«

»Ein Grund zur Verzweiflung ist das aber doch nicht«, sagte der Arzt, »Sie sind verheiratet, Sie sind jung und gesund ... freilich wirft eine unerwünschte Schwangerschaft manche Pläne über den Haufen. Aber so schlimm ist das doch nicht. Ich habe immer wieder die Erfahrung gemacht, daß Frauen, die erst ganz entsetzt waren, sich nachher wie alle anderen Mütter über ihr Kind gefreut haben ...«

Astrids Gesicht war zu einer starren Maske geworden. »Ja«, sagte sie tonlos, »ja ...«

»Jetzt werde ich Ihnen mal ein paar Medikamente aufschreiben, wenn Sie die nehmen, werden Sie sich bald wohler fühlen. Eine Schwangerschaft ist ja wirklich keine Krankheit, sondern eher ein Zustand strotzender Gesundheit. Noch ein, zwei Wochen, dann ist das Schlimmste schon überstanden, die Umstellung erfolgt ... Sie werden sehen, ich mache Ihnen nichts vor. Es wird alles genauso, wie ich es Ihnen sage.«

Astrid zog sich an, nahm die Rezepte entgegen, hörte die gutgemeinten Ratschläge des Arztes an, aber innerlich war sie unendlich weit entfernt. Sie weinte nicht, sie klagte nicht, und sie schrie ihre Opposition gegen das Schicksal auch nicht laut heraus.

Äußerlich wirkte sie vollkommen gefaßt, als sie die Praxis des Gynäkologen verließ.

Auch ihrer Mutter gegenüber ließ Astrid Schumann sich nichts anmerken, im Gegenteil, sie wirkte ausgeglichener und ruhiger als seit langem. Sie wollte niemanden belasten, denn ihr Entschluß war schon gefaßt.

Am nächsten Morgen erschien sie nicht zum Frühstück, sie meldete sich auch nicht, als ihre Mutter an die Tür klopfte. Die alte Dame trat, ohne etwas Böses zu ahnen, ein, näherte sich dem Bett – Astrid Schumann lag bleich und steif in ihren Kissen. Auf ihrem Nachttisch stand ein Glas mit einem Rest Wasser, daneben lag ein leeres Röhrchen, das ehemals ein starkes Schlafmittel enthalten hatte.

Niemand hörte den Schrei der alten Frau.

Minutenlang wurde Frau Karlson von Panik geschüttelt. Der eigene Schrei gellte in ihren Ohren, sie spürte, wie ihre

Knie unter ihr nachgaben. Das totenbleiche Gesicht ihrer Tochter, das leere Tablettenröhrchen, die zerwühlten Kissen, alles verschwamm vor ihren Augen, verwischte sich, löste sich auf. Brausende Schwärze kam auf sie zu.

Verzweifelte Mutterliebe gab ihr die Kraft, sich gegen die Ohnmacht zu stemmen. Sie durfte nicht schwach werden, nicht versagen, jetzt nicht!

Mit unendlicher Anstrengung hielt sie sich auf den Beinen, atmete tief durch, schloß die Augen, öffnete sie wieder. Die Finsternis lichtete sich allmählich, das entsetzliche Bild wurde wieder klar.

Sie drehte sich auf dem Absatz um, stolperte in die Diele hinaus, griff zum Telefonhörer. – Ich muß die Unfallstation anrufen, dachte sie, Unfall ... wo habe ich die Nummer? Nein, lieber nicht, die Zeitungen, Polizei ... mein Gott, Astrid, wie konntest du so etwas tun?!

Mit zitternden Finger wählte sie die Nummer der Alsterklinik, ließ sich mit Professor Gottschall, ihrem eigenen Arzt, verbinden.

»Herr Professor«, stammelte sie atemlos, »es ist etwas Furchtbares passiert! Astrid, meine Tochter ... ich kann sie nicht wecken!«

Professor Gottschall begriff sofort. »Schlaftabletten?« fragte er. In seiner tiefen Stimme klang nicht eine Spur von Aufregung, ihre Kraft übertrug sich auf die aufgeregte Frau.

»Ja, Herr Professor«, sagte sie, fast erleichtert, »sie muß ... aus Versehen ... sie kann es nicht mit Absicht getan haben!«

»Ich schicke sofort einen Krankenwagen!«

»Ja, Herr Professor, danke!«

Langsam legte Frau Karlson den Hörer wieder auf die Gabel, zerrte ein Taschentuch aus ihrem seidenen Morgenrock, wischte sich den kalten Schweiß von der Stirn.

Es kostete sie Überwindung, in das Zimmer ihrer Tochter zurückzukehren.

Nichts an dem grausigen Bild hatte sich geändert. Wieder spürte die alte Dame Panik in sich aufsteigen. Vielleicht war alles zu spät, vielleicht war Astrid schon –!

Sie wagte nicht, diesen Gedanken zu Ende zu denken, beugte sich über ihre Tochter, versuchte, den Puls zu spüren. Aber ihr eigenes Herz schlug so heftig und unregelmäßig, daß es ihr nicht gelingen wollte.

Einen Spiegel, dachte sie, ich müßte ihr einen Spiegel vor die Lippen halten!

Sie richtete sich auf, sah sich um.

In diesem Augenblick entdeckte sie den Brief, der gegen die Nachttischlampe gelehnt war. Sie griff danach, trat ans Fenster, hielt ihn weit von sich, um die Anschrift auf dem Umschlag besser lesen zu können. Er war an Dr. Rainer Schumann gerichtet.

Eine Sekunde lang zögerte sie, ob sie ihn öffnen sollte, öffnen durfte.

Da schrillte die Klingel.

Sie stopfte den Brief in die Tasche ihres Morgenrockes, stürzte in die Diele hinaus, riß die Wohnungstür auf. Ein junger Arzt stand vor ihr, hinter ihm kamen zwei Sanitäter mit einer Trage die Treppe herauf.

Der Arzt stellte sich mit einer knappen Verbeugung vor, fragte: »Wo ist die Patientin?«

»Bitte, kommen Sie mit!«

Frau Karlson hastete voraus, die drei Männer folgten ihr in das Schlafzimmer ihrer Tochter.

Der Arzt gab den Sanitätern einen Wink. Sie stellten die Trage ab. Er zog sein Stethoskop aus der Brusttasche, schlug die Bettdecke zurück, beugte sich über den leblosen Körper der jungen Frau, lauschte mit angespannter Aufmerksamkeit. Es schien Frau Karlson eine Ewigkeit, bis er sich endlich aufrichtete.

»Sie ist doch nicht, Herr Doktor«, fragte sie, kaum noch ihrer Stimme mächtig, »sie ist doch nicht …!?«

»Nein. Sie lebt.«

»Gott sei Dank!«

Der Arzt gab den Sanitätern einen kurzen Befehl, die daraufhin Astrid auf die Trage betteten. Er nahm das leere Röhrchen vom Nachttisch, las die Aufschrift.

»Hat sie den ganzen Inhalt genommen?« fragte er.

»Ich weiß es nicht ...«

»Denken Sie nach! Erinnern Sie sich, wann sie die Tabletten gekauft hat ... oder wann Sie selbst das Röhrchen zuletzt gesehen haben?«

»Ich weiß es wirklich nicht«, sagte die alte Dame verzweifelt.

»Pflegte sie Schlafmittel zu nehmen?«

»In letzter Zeit ... ja. Ich glaube wenigstens.«

»Und wann hat sie das hier genommen?«

»Sie hat sich früh zurückgezogen. Aber ich habe sie noch einmal ins Bad gehen hören. Das muß nach Mitternacht gewesen sein. Natürlich habe ich nicht auf die Uhr gesehen.«

Der junge Arzt steckte das leere Röhrchen in die Tasche seines weißen Kittels. »Na, dann wollen wir mal das Beste hoffen.«

»Was heißt das?« fragte Astrids Mutter alarmiert. »Was wollen Sie damit sagen?!«

Der Arzt begriff, daß er über das Ziel hinausgaloppiert war. Er zwang sich zu einem Lächeln. »Daß wir alles versuchen werden, sie zu retten!« Er drehte sich um und ging mit großen Schritten hinter den beiden Sanitätern her, die die Trage mit ihrer leblosen Last schon ins Treppenhaus transportiert hatten.

»Kann ich mitkommen?« fragte Frau Karlson.

»Das dürfte wenig Sinn haben«, erklärte der junge Arzt über die Schulter zurück, ohne sich aufhalten zu lassen, »es wird Stunden dauern, bis die Patientin wieder zu sich kommt.«

»Aber ich ...«, wollte Astrids Mutter protestieren. Dann kam ihr zu Bewußtsein, daß sie noch nicht angezogen war.

Wie gelähmt blieb sie in der Wohnungstür stehen, starrte ins Treppenhaus hinab, bis die Sanitäter mit der schwankenden Trage ihren Blicken hinter der nächsten Biegung entschwanden.

»Das paßt mir gar nicht«, sagte Dr. Schumann stirnrunzelnd, als Schwester Patrizia ihm von ihrem Abkommen mit Professor Overhoff erzählte, »also wirklich, Patrizia, ich wünsche, daß du deine Einwilligung rückgängig machst!«

Ihr herzförmiges Gesicht nahm den Ausdruck eines trotzigen Schulmädchens an, das man zu Unrecht getadelt hat. »Und warum?« fragte sie.

Sie sprachen leise und hastig, denn das Gespräch fand im Schwesternzimmer neben der Babystation statt, die Tür stand, wie es Vorschrift war, halb offen, und sie konnten jeden Augenblick gestört werden.

»Weil es Betrug ist«, sagte er hart, »du hast Professor Overhoff verschwiegen, was mit dir los ist!«

»Wäre es dir lieber gewesen, ich hätte es ihm gesagt?« erwiderte sie kampflustig.

»Du hättest in netter und höflicher Form ablehnen sollen.«

»Aber warum ... ich bin ja froh, daß er mir dieses Angebot gemacht hat. Etwas Besseres hätte mir ja gar nicht passieren können, und ich ... ich dachte ...«, ihre haselnußbraunen Augen füllten sich mit Tränen, »ich dachte, du würdest dich genauso darüber freuen!«

»Jetzt hör einmal zu ... ich bitte dich, Patrizia, fang nicht an zu weinen, das ist doch ganz sinnlos ... wie lange bildest du dir denn ein, daß du diesen Betrug aufrechterhalten kannst?«

»Es ist kein Betrug! Sag doch so etwas nicht immer! Ich schade ihm doch nicht damit.«

»Du schleichst dich unter Vorspiegelung falscher Tatsachen in sein Haus!«

»Das ist nicht wahr! Ich habe ihm ja gesagt, daß ich heiraten werde, er weiß, daß ich nur ein paar Monate bei ihm bleiben kann ... ob ich heirate, das ist doch ganz egal.« Sie putzte sich heftig die Nase.

Er versuchte es andersherum. »Ist dir klar, daß wir uns ab morgen höchst selten sehen werden? Daß heißt, wenn du diese blödsinnige Abmachung einhältst?«

»Aber wieso denn? Der Professor hat mir ausdrücklich versprochen, daß ich so oft freibekommen kann, wie ich will!«

»Wenn du dich an unseren Plan gehalten hättest, würden wir jeden Tag Zusammensein können.«

»Ja, für ein, zwei Stunden! Länger aber auch nicht. Und die ganze übrige Zeit hätte ich in meinem Zimmer gesessen und auf dich gewartet. Ich bin das nicht gewohnt, Rainer, ich wäre verrückt dabei geworden!«

»Könntest du zur Abwechslung nicht auch einmal an mich denken, Patrizia?«

»Das tue ich doch die ganze Zeit.«

»Nein, eben nicht. Sonst müßtest du begreifen, wie quälend die Vorstellung für mich ist, daß du ausgerechnet im Haus des Professors ... machst du dir denn nicht klar, in welche Gefahr du dich damit begibst? Professor Overhoff hat unzählige schwangere Frauen behandelt, er hat einen Blick dafür! Vielleicht entdeckt er schon nach acht Tagen, was mit dir los ist. Und was dann?«

»Dann kann er immer noch entscheiden, ob er mich behalten oder mir kündigen will«, sagte sie hartnäckig, »verloren ist damit gar nichts. Oder hast du etwa Angst, er könnte erfahren, daß du der Vater bist?«

Unwillkürlich drehte er sich erschrocken zur Tür hin um. »Patrizia! Nimm dich doch zusammen!«

»Ist es das, wovor du dich fürchtest?« fragte sie mit brennenden Augen.

»Ja! Wenn du es genau wissen willst ... ja! Solange ich verheiratet bin, darf es niemand erfahren. Das könnte die größten Komplikationen geben. Hast du dir einmal überlegt, wie Astrid reagieren wird, wenn sie davon erfährt? Vielleicht ist sie dann plötzlich nicht mehr mit der Scheidung einverstanden ... sie wäre nicht die erste Frau, der das einfiele.«

»Von mir wird es bestimmt niemand erfahren«, versprach Patrizia, plötzlich kleinlaut geworden.

»Wer sich in Gefahr begibt, kommt darin um ... kennst du dieses Sprichwort nicht? Wenn du im Haushalt Professor Overhoffs lebst, bedeutet das eine ständige Gefahr ... für dich, für mich, für unsere Liebe! Ich bitte dich, verzichte darauf!«

Jetzt schien sie doch schwankend geworden zu sein. Sie zerknautschte ihr feuchtes Taschentuch zwischen den Fingern, biß sich auf die Lippen.

»Bitte, Patrizia«, drängte er, »bitte!«

Das Haustelefon klingelte, und beide fuhren zusammen.

Schwester Patrizia schluckte, nahm den Hörer ab, meldete sich mit klarer Stimme, lauschte.

»Ich werde mal nachsehen«, sagte sie, »ja, vielleicht im Babyzimmer ... einen Augenblick, bitte!«

Sie legte die Hand auf die Muschel, wandte sich Doktor Schumann zu. »Für dich!« flüsterte sie.

»Was ist los?«

Sie zuckte die Schultern. »Ich weiß nicht ...«

Einen Augenblick standen sie einander stumm und abwartend gegenüber, dann nahm er ihr den Telefonhörer aus der Hand.

»Oberarzt Dr. Schumann.«

Es war Schwester Ruth, die sich am anderen Ende der Leitung meldete. »Es ist für Sie angerufen worden, Herr Doktor, ich habe versucht, Sie zu verbinden, aber ...«

»Wer?« unterbrach er kurz.

»Ein Herr von der Kriminalpolizei. Sie möchten aufs Präsidium kommen. Jetzt sofort.«

»Aber das geht doch nicht! Ich habe ja erst um sieben Uhr dienstfrei. Haben Sie das nicht gesagt?«

»Doch, natürlich, aber ... der Herr von der Kriminalpolizei meinte, Sie könnten sich ja vertreten lassen.«

»Na, wenn er das meint, bleibt mir ja wohl nichts anderes übrig. Versuchen Sie also sofort Dr. Gerber zu erreichen ... oder Dr. Holger oder ...«

»Ich werde das schon in Ordnung bringen!«

»Ich verlasse mich auf Sie, Schwester!« Dr. Schumann legte auf, sah Schwester Patrizia mit einem abwesenden Blick an. »Ich muß zur Polizei.«

»Wegen dieser Anzeige?«

»Ja.«

»Wie unangenehm für dich.«

»Halb so schlimm.« Er zwang sich zu einem schiefen Grinsen. »Wenn man ein gutes Gewissen hat, kann einem so leicht nichts passieren.«

»Ich werde dir die Daumen halten.«

»Nett von dir.« Er wollte an ihr vorbei zur Tür.

Sie vertrat ihm den Weg. »Rainer«, sagte sie, »ist es nicht eigentlich sehr dumm von uns, daß wir uns wegen solcher Dinge streiten? Wir haben doch beide allen Grund, glücklich zu sein!«

»Ja, ja«, sagte er zerstreut.

»Wir müssen jeden Tag dem Schicksal auf den Knien danken, daß deine Frau mit der Scheidung einverstanden ist. Habe ich dir eigentlich gesagt, wie froh ich bin, daß sie nicht mehr zu dir zurückkommen will?«

»Ja, das hast du!« Er packte sie bei den Schultern, um sie sanft beiseite zu schieben. »Wir werden noch Gelegenheit haben, darüber zu sprechen. Jetzt habe ich es eilig!«

»Sag nur, daß du mich liebhast ... nur ein einziges Wort!« flehte sie, ihr Gesicht zu ihm erhoben.

»Aber ja doch, Dummchen«, sagte er hastig.

Er spürte, daß sie einen Kuß von ihm erwartete. Aber dazu konnte er sich nicht überwinden.

Er stieß die Tür auf und jagte den Gang entlang wie ein Verfolgter.

Kriminalrat Meussig empfing Dr. Schumann in seinem kleinen Büro, dessen lange nicht mehr geputzte Fenster die Aussicht auf die Hinterwand des gegenüberliegenden Traktes freigaben.

Der Raum war karg und nur zweckmäßig eingerichtet. Es gab keinen Teppich auf dem abgetretenen Linoleumboden, die Vorhänge zeigten ein trostloses Grau. In der Mitte des Zimmers standen zwei Schreibtische, die aneinandergeschoben waren. An den Wänden gab es Regale mit Aktenordnern und einen in einem häßlichen Braun angestrichenen Eisenschrank. Eine grüne Topfpflanze vor dem Platz des Kriminalrates und ein bunter Reklamekalender bildeten die einzigen Farbtupfer, die in der allgemeinen Öde aber kaum zur Geltung kamen.

Kriminalrat Meussig stand nicht auf, als Dr. Schumann von einem uniformierten Polizisten hereingeführt wurde, aber er drehte sich im Sessel halb zu ihm um, lächelte mit breitem Wohlwollen. »Guten Tag, Doktor ... ich freue mich, daß Sie gleich gekommen sind!«

Dr. Schumann zuckte die Achseln. »Blieb mir kaum etwas anderes übrig, wie?«

»Sehr richtig!« Der Kriminalrat lachte dröhnend. »Aber es spricht für Ihre Intelligenz, daß Sie das so klar erkannt haben! Bitte, setzen Sie sich doch!«

Dr. Schumann zog einen der harten, wenig einladenden Stühle herbei und nahm Platz. »Weshalb haben Sie mich kommen lassen?«

»Warten Sie, bitte, noch einen Augenblick! Ich werde es Ihnen gleich erklären!« Er beugte sich vor, fügte vertraulich hinzu: »Mein Assistent muß jeden Augenblick zurückkommen. Ich möchte ihn gerne dabeihaben, wissen Sie!«

»Warum?«

»Er wird mitschreiben, was Sie sagen ...«

»Ach so! Sie wollen mich verhören?«

»Aber nicht doch! Ich möchte nur mit Ihnen sprechen. Das mit dem Mitschreiben ist nur eine Vorsichtsmaßnahme.

Ich bin ein alter Mann, und Ihr Fall ist nicht der einzige, den ich bearbeite. Ich will einfach verhüten, daß mir etwas Wichtiges entgeht … oder daß ich die Dinge durcheinanderbringe.«

»Sie wollen alles aufschreiben lassen, damit Sie es mir später unter die Nase reiben und mich auf eventuelle Widersprüche aufmerksam machen können.«

Kriminalrat Meussig zeigte sich nicht gekränkt, er schmunzelte. »So ähnlich.«

»Darf ich mir bis dahin wenigstens eine Zigarette anzünden?«

»Aber unbedingt! Hier, nehmen Sie … rauchen Sie meine, Doktor!«

Kriminalrat Meussig schob Dr. Schumann ein Zigarettenpäckchen über den Schreibtisch hin, Dr. Schumann bediente sich und gab dem Kriminalrat, der sich ebenfalls eine Zigarette zwischen die Lippen gesteckt hatte, Feuer. Der Kriminalrat stellte einen verbeulten blechernen Aschenbecher auf die Schreibtischkante. Eine Weile rauchten sie schweigend, der Kriminalrat anscheinend in eine Akte vertieft, Doktor Schumann bemüht, nicht nervös zu werden und ein gleichmütiges Gesicht zu zeigen. Er hätte es nicht nötig gehabt, sofort der Aufforderung des Kriminalrates zu folgen. Es wäre viel klüger gewesen, sich vorher mit Dr. Winterfeld zu besprechen und, wenn möglich, in Begleitung des Rechtsanwaltes zu erscheinen.

Dann trat endlich der junge Assistent ins Zimmer.

»Na endlich, Kolbe«, sagte der Kriminalrat, »dann können wir ja wohl …« Er wandte sich erneut Dr. Schumann zu.

»Also, wir haben Sie kommen lassen, Doktor, um die von Ihnen gewünschte Konfrontation durchzuführen. Ich nehme an, daß sie nach wie vor in Ihrem Sinne ist.«

»Durchaus.«

»Sie bleiben also bei Ihrer Aussage?«

»Ja.«

»Seien Sie so nett und wiederholen Sie Ihre Stellungnahme doch noch einmal ... in ganz kurzen Worten, es kommt mir nur auf das Grundsätzliche an!«

»Ich habe Sylvia Süder ein einziges Mal in meinem Leben gesehen«, erklärte Dr. Schumann bedachtsam. »Sie kam zu mir in die Praxis, und zwar am siebzehnten Juni ... ich weiß das, weil ich inzwischen auf ihrem Krankenblatt nachgeschaut habe, daran erinnert hätte ich mich natürlich nicht. Sie erklärte mir, daß sie schwanger sei und wünschte, daß ich ihr Kind nehme. Als ich mich weigerte, wollte sie sich nicht einmal untersuchen lassen. Sie schien sehr enttäuscht und wütend und stieß, bevor sie ging, Drohungen gegen mich aus.«

»Wie war das mit den Drohungen? Können Sie das etwas näher beschreiben?«

»An den Wortlaut kann ich mich natürlich nicht mehr erinnern. Jedenfalls sagte sie so etwas wie: Das werden Sie mir büßen! – oder: Das werden Sie noch bereuen! – oder so ähnlich.«

Der Kugelschreiber des Assistenten glitt eilig über das Papier.

»Berief sie sich auf den Fall Angelika Schneider?«

»Ja. Das tat sie. Sie behauptete, Fräulein Schneider hätte ihr erzählt, daß ich ihr geholfen hätte ...«

»Und im Falle Angelika Schneider bleiben Sie dabei, daß Sie den Eingriff auf Grund einer medizinischen Indikation vorgenommen hätten?«

»Aber selbstverständlich.«

»Na schön. Beide Mädchen sind heute hier, wir werden sie Ihnen gegenüberstellen. Sie können selbst entscheiden, wen Sie zuerst sehen wollen.«

»Sylvia Süder«, erklärte Dr. Schumann ohne Zögern.

»Darf ich wissen, warum?«

»Weil Angelika Schneider die Tatsachen möglicherweise mißverstanden haben kann. Ihr fehlt die klare Erkenntnis der wirklichen Vorgänge, während Sylvia Süder ganz bewußt lügt und deshalb wahrscheinlich wesentlich leichter zu überführen sein wird.«

»Eine ausgezeichnete Definition, Herr Doktor«, sagte Kriminalrat Meussig mit unverhohlener Ironie. »Also … holen Sie die Süder herein, Kolbe!«

Der Assistent stand auf und ging hinaus.

»Darf ich selbst Fragen stellen?« wollte Dr. Schumann wissen.

»Soviel Sie wollen. Allerdings, wenn ich merke, daß sie die Zeugin einzuschüchtern versuchen …«

»Das liegt nicht in meiner Absicht.«

Die Tür wurde von außen geöffnet, und der Assistent ließ Sylvia Süder herein.

Dr. Schumann hatte vergessen, wie sie aussah, und er hätte sie auch nicht wiedererkannt, wenn er ihr unvorbereitet begegnet wäre. Ihr Haar, das früher silberblond gewesen war, trug sie jetzt in einem schlichten Braun, ihr Puppengesicht war – wahrscheinlich um einen guten Eindruck auf die Kriminalbeamten zu machen – nur sehr vorsichtig geschminkt. Aber ihr Rock war so eng wie eine zweite Haut und ließ die mageren Knie sehen. Sie trippelte sehr selbstbewußt auf hohen Absätzen ins Zimmer.

Sie warf den Kopf zurück und sagte herausfordernd:

»Guten Tag, Herr Doktor!« Dann, an den Kriminalrat gewandt, fügte sie hinzu: »Das ist er, Oberarzt Dr. Schumann, der die Abtreibung an mir vorgenommen hat!« Sie zückte ein Taschentüchlein, betupfte sich die Augen, als müßte sie gegen Tränen ankämpfen.

»Ich kann mich an diese junge Dame beim besten Willen nicht erinnern«, sagte Dr. Schumann ehrlich, »das heißt, ich glaube ihr schon, daß sie Sylvia Süder ist … aber bekannt kommt sie mir nicht vor!«

Sylvia ließ ihr Taschentuch sinken und sah ihn haßerfüllt an. »Das habe ich mir gedacht!« zischte sie.

»Na schön, Sie wollen sich also nicht erinnern«, sagte Kriminalrat Meussig gelassen, »nehmen wir das zur Kenntnis. Ich muß Sie aber darauf aufmerksam machen, daß Ihnen solche Tricks sehr wenig helfen werden!«

Als Dr. Schumann protestieren wollte, hob er Ruhe gebietend die Hand. »Ich habe Sie nicht beleidigen wollen, Doktor. Möglich, daß Sie die Wahrheit sagen ... aber manchmal klingt die Wahrheit alles andere als glaubhaft.«

Der Kriminalassistent reichte seinem Vorgesetzten Sylvia Süders Paß.

Kriminalrat Meussig schmunzelte, gab das Dokument an Dr. Schumann weiter. »Erkennen Sie sie jetzt?«

Das Paßbild zeigte Sylvia Süder stark geschminkt, mit silberblondem Haar.

»Ja«, sagte Dr. Schumann, »ja, das ist sie!«

»Dann wäre dieser Punkt also geklärt.« Der Kriminalrat nahm den Paß wieder an sich, reichte ihn seinem Assistenten zurück. »Weiter, Fräulein Süder, Herr Dr. Schumann hat ausgesagt, daß sie am siebzehnten Juni zum erstenmal bei ihm waren. Er kann das durch Ihr Krankenblatt belegen.«

Sie zuckte die Achseln. »Wenn er das beweisen kann, wird es schon stimmen.«

»An welchem Tag, genau, ist nun die Abtreibung durchgeführt worden?«

»Keine Ahnung!«

»Aber das müßten Sie doch wissen!«

»Ich war völlig verzweifelt ... ganz durcheinander, sonst hätte ich das doch nie zugelassen ... wie soll ich mich da auch noch an das Datum erinnern?«

»Na, dann will ich Ihrem Gedächtnis auf die Sprünge helfen. Sie wurden genau am siebenten Juli todkrank in das städtische Krankenhaus eingeliefert. Damals gaben Sie an, daß die Abtreibung zwei Tage früher geschehen ist, und die Untersuchung der Ärzte hat dieses Datum auch bestätigt.«

»Wenn Sie es so genau wissen ... warum fragen Sie mich dann noch danach?«

»Vielleicht ... um Ihr Gedächtnis zu prüfen.«

»Na, es ist schon möglich, daß ich die Daten durcheinanderwerfe oder mich an Einzelheiten nicht mehr genau erinnere. Aber wer es getan hat, das weiß ich doch ganz genau …«

Sie wies mit der Hand auf Dr. Schumann. »Der da!«

»Fräulein Süder«, sagte Dr. Schumann, »wie kommt es, daß zwischen Ihrem ersten Besuchstag bei mir und der Kürettage gute drei Wochen vergangen sind?«

»Weil Sie mir erst helfen wollten, wenn ich das Geld hätte!« antwortete sie wie aus der Pistole geschossen.

»Welches Geld?«

»Ach, tun Sie doch nicht so! Die achthundert Mark, die sie dafür verlangt haben!«

Das kam so überraschend, daß Dr. Schumann einen Augenblick lang sprachlos war. »Das ist …«, brachte er endlich heraus, »eine unglaubliche und unverschämte Lüge!«

»Sie wollen also behaupten, daß Sie kein Geld für den Eingriff genommen haben?« fragte Kriminalrat Meussig.

»Ich habe es überhaupt nicht getan!« Er mußte an sich halten, um nicht auf Sylvia Süder loszugehen. »Ich werde Sie wegen Verleumdung anzeigen, Sie … Sie …!«

»So weit sind wir noch nicht«, sagte Kriminalrat Meussig ruhig. »Jetzt erzählen Sie mal, Fräulein Süder, wie haben Sie Dr. Schumann das Geld gegeben?«

»Die Hälfte zwei Tage vor dem Eingriff …«

»Wie und wann?«

»Er hatte mich in den Park vor der Frauenklinik bestellt. Dort mußte ich ihm die Anzahlung übergeben. Bar. Den Rest habe ich ihm vor der Operation bezahlt.«

»Haben Sie dafür Zeugen?«

»Ja. Ich habe das Geld von meinen Ersparnissen genommen. Ich kann Ihnen die Kontoauszüge zeigen … Sie können sich auch bei meiner Bank erkundigen!«

Dr. Schumann hatte sich wieder gefaßt. »Kann schon sein, daß Sie Ihren Abtreiber haben bezahlen müssen«, sagte er so ruhig wie möglich, »aber nicht mich!«

»Kommen wir zum Eingriff selbst«, sagte der Kriminalrat. »Wo hat Dr. Schumann ihn vorgenommen?«

»In der Klinik natürlich ... wo sonst?« sagte Sylvia Süder frech.

»Darf ich eben mal eine Zwischenfrage stellen«, unterbrach Dr. Schumann, »was war der fünfte Juli für ein Tag?«

Der Kriminalassistent sah auf seinen Schreibtischkalender. »Ein Samstag«, sagte er, »der erste Samstag im Monat!«

»Danke.« Er wandte sich an Sylvia Süder. »Wer hat mir bei der Kürettage assistiert?«

»Das haben Sie ganz allein gemacht!« An dem Ausdruck der Männer merkte sie, daß sie sich vergaloppiert hatte, und fügte rasch hinzu: »Entschuldigen Sie, jetzt fällt es mir wieder ein ... es war eine Schwester dabei!«

»Wie sah sie aus?«

»Energisch. Nicht mehr ganz jung. Ein Pferdegesicht.«

»Wissen Sie zufällig den Namen?« fragte der Kriminalrat.

»Nein, er hat immer nur Schwester zu ihr gesagt!« Sylvia Süders Augen leuchteten auf. »Doch ... jetzt fällt's mir wieder ein! Schwester Ruth!«

Dr. Schumann konnte nicht länger an sich halten. »Moment«, sagte er, »aber das ...«

»Ruhe, Herr Doktor«, beschwichtigte der Kriminalrat. »Sie kommen auch noch dran. Ich glaube, es ist besser, wenn wir Fräulein Süders Darstellungen erst einmal zu Ende anhören.« Er wandte sich an die Zeugin, fragte in wohlwollendem Onkelton: »Und wie sind Sie nachher nach Hause gekommen? Bleiben Sie dabei, daß es ein Taxi war? Ich muß Sie darauf aufmerksam machen, daß der Taxifahrer, obwohl wir nichts unversucht gelassen haben, bisher nicht zu ermitteln war.«

»Ich habe gelogen«, sagte Sylvia Süder mit gutgespielter Zerknirschung, »wenn Sie mich jetzt fragen, warum, könnte ich es selbst nicht mehr sagen.«

»Also?« sagte der Kriminalrat ermunternd.

»Dr. Schumann hat mich im eigenen Wagen nach Hause gebracht. Er ... er hat mich sogar die Treppen zu meinem möblierten Zimmer hinaufgetragen.«

»Haben Sie dafür Zeugen?«

»Nein, meine Wirtin war noch im Kino.«

»Eine allerletzte Frage«, sagte Dr. Schumann, »wann genau ... ich meine ... um wieviel Uhr soll diese Kürettage stattgefunden haben?«

Sylvia dachte kurz nach, man merkte ihr an, daß sie eine Falle witterte. »Sie haben mich um neun Uhr in die Klinik bestellt«, sagte sie.

»Ich denke, das genügt«, sagte der Kriminalrat. »Haben Sie noch Fragen, Herr Doktor?«

»Mir langt's auch. Darf ich jetzt Stellung nehmen?«

»Ich bitte darum!«

»Also«, begann Dr. Schumann und holte tief Luft, »alles, was Fräulein Süder erzählt hat, ist von A bis Z erlogen, jedenfalls soweit es mich betrifft!«

Sylvia wollte aufbegehren, aber er ließ sie nicht zu Wort kommen.

»Erstens einmal läßt sich eine Kürettage innerhalb einer großen Klinik nicht heimlich vornehmen. Der Operationssaal muß vorher und nachher hergerichtet werden und so weiter. Es müßte also ein ganzer Personenkreis darum wissen. Zweitens arbeite ich mit Schwester Ruth zwar seit Jahren eng zusammen, aber sie ist meine Sprechstundenhilfe und hat seit ihrer Lehrzeit, wenn überhaupt, keinen Operationssaal mehr von innen gesehen. Sie käme also als Assistentin bei einer Kürettage nicht einmal im dringendsten Notfall in Frage. Drittens erinnere ich mich zufällig an den ersten Samstag im Juli ganz genau. An diesem Abend, kurz vor neun Uhr, wurde ich zu einer schweren Entbindung im Kreißsaal gerufen. Es war ein besonders komplizierter Fall, ich habe das Kind mit der Zange holen müssen. Bis nach elf Uhr war ich unentwegt bei der Gebärenden. Sie dürfen das gerne nachprüfen, Herr Kriminalrat. Viertens kann ich die

Patientin nicht mit dem Auto nach Hause gebracht haben, weil ich immer zu Fuß in die Klinik gehe und den Wagen prinzipiell meiner Frau überlasse. Ich habe ihn seit drei Monaten nicht mehr benutzt.« Er trat auf Sylvia Süder zu. »So, das wär's. Wollen Sie sich jetzt endlich zur Wahrheit bequemen?«

Sylvia Süder schluchzte jetzt wirklich. »Ich habe nicht gelogen, ich …«

»Fräulein Süder«, sagte der Kriminalrat energisch, »jetzt ist es aber genug! Sie wissen genau, daß Sie sich wegen Abtreibung vor Gericht zu verantworten haben werden. Wenn Sie jetzt weiter versuchen, einen gutbeleumundeten, völlig unbeteiligten Arzt in diese Sache hineinzuziehen, kann sich das für Sie nur strafverschärfend auswirken. Sie wissen, daß in schweren Fällen auf dem Paragraphen 218 Zuchthaus steht. Wollen Sie sich wirklich eine Zuchthausstrafe einhandeln?«

Sylvia Süder schluchzte herzzerbrechend. »Nein, nein, ich …«

»Also … heraus mit der Sprache! Wer hat es wirklich getan.«

»Das darf ich nicht sagen!«

»Aber ich war es nicht … geben Sie das doch wenigstens zu!« rief Dr. Schumann.

Sie wandte ihm ihr tränenüberströmtes Gesicht zu.

»Sie … Sie sind doch an allem schuld! Wenn Sie mir geholfen hätten, hätte ich nicht zu diesem schmierigen Kerl gehen müssen! Fast wäre ich daran gestorben, und meine Stellung habe ich auch verloren! Kein Mensch hätte etwas erfahren, wenn Sie nicht so … so gemein und herzlos gewesen wären!«

»Ich denke, das genügt«, sagte Kriminalrat Meussig. »Entschuldigen Sie, daß wir Sie so lange aufgehalten haben, Herr Doktor, und entschuldigen Sie, daß wir Sie überhaupt mit dieser Angelegenheit belästigt haben! Aber unsere Pflicht …«

»Ich verstehe durchaus«, sagte Dr. Schumann und verbeugte sich steif, »kann ich jetzt gehen? Oder möchten Sie mich Fräulein Schneider auch noch gegenüberstellen?«

»Ja, der haben Sie geholfen«, schrie Sylvia Süder haßerfüllt, »aber ich ... ich war nicht Ihr Typ! So ein kleines Mädchen mit dem Unschuldsblick kann bei euch Männern alles erreichen, oh, ich kenne das, ich ...«

»Jetzt halten Sie aber gefälligst den Mund!« fuhr der Kriminalrat sie an. »Wenn Sie eine Verleumdungsanzeige machen wollen, Doktor ...«

»Nein, danke«, sagte Dr. Schumann und wandte sich zur Tür, »mir liegt nichts daran, im Dreck herumzuwühlen! Leben Sie wohl!«

Als er auf den langen Gang hinaustrat, sah er Angelika Schneider. Sie saß, die Knie fest gegeneinandergepreßt, auf einer Holzbank und starrte ihm mit angsterfüllten Augen entgegen. Sie sah sehr jung, sehr unschuldig und sehr verzweifelt aus.

»Hallo, Angelika«, sagte er freundlich, »die Konfrontation findet nicht statt. Der Fall ist geklärt. Bestimmt wird man dir gleich sagen, daß du nach Hause gehen kannst.«

Sie war aufgesprungen. »Herr Doktor, ich ... oh ... ich ... es tut mir so leid, ich wollte bestimmt nicht ...«

»Ich weiß, Angelika, mach dir darüber keine Gedanken.«

»Sie sind mir nicht böse? Ganz bestimmt nicht?«

»Nicht, wenn du dich von jetzt an anständig benimmst. Keine Dummheiten mehr, verstanden? Du hast deiner Mutter genug Kummer gemacht.«

Angelika reichte ihm ihre weiche Hand, die ein wenig feucht vor Aufregung war. »Das verspreche ich Ihnen, Herr Doktor, ganz fest ... mit meinem Freund habe ich längst Schluß gemacht.«

»Das freut mich, Angelika. Ich bin sicher, du wirst es nicht bereuen ... die wirkliche Liebe kommt noch, sie kommt ganz bestimmt! Mit einer weißen Hochzeitskutsche!«

Professor Overhoff stand vor dem Untersuchungsstuhl, über den Leib einer Patientin gebeugt.

Hilde Wogand, siebenundzwanzig Jahre, eine tatkräftige, lebensfrohe Frau, war zu ihm in die Klinik gekommen, weil leichte Schmierblutungen im fünften Monat der Schwangerschaft sie erschreckt hatten.

»Das muß doch keine Fehlgeburt werden, Herr Professor?« fragte sie nervös. »Nicht wahr, Sie können das doch verhindern? Mein Mann und ich, wir haben uns schon auf das Kind gefreut ...«

»Nur keine Aufregung«, sagte Professor Overhoff, »gleich werden wir wissen, was los ist ...«

Er setzte in die Scheide einen vorderen und einen hinteren Spiegel ein, um die Portio beobachten zu können. Der Muttermund war fest geschlossen, und aus dem Uterus drang kein Blut.

»Sie haben schon Kinder?« fragte Professor Overhoff, während er weiter beobachtete.

»Ja, zwei Buben, es sind herzige Kerlchen. Diesmal hoffen wir, daß es ein Mädchen wird. Wissen Sie, Herr Professor, meine Freundinnen lachen mich immer aus, weil ich es so eilig mit dem Kinderkriegen habe. Wir sind nämlich erst vier Jahre verheiratet. Sie sagen, das wäre doch eine Plage ... aber mein Mann und ich, wir haben uns vorgenommen, eine große Familie zu bekommen. Kinder kann man gar nicht genug haben; oder finden Sie nicht?«

»Doch. Durchaus«, sagte Professor Overhoff.

Jetzt sah er, daß es tatsächlich blutete, aus einer umschriebenen Stelle an der hinteren Muttermundlippe. »Sonde, bitte!« sagte er leise.

Schwester Klara reichte ihm das Instrument.

»Ist es ... etwas Schlimmes?« frage die Patientin beunruhigt.

»Sicher nicht«, erwiderte Professor Overhoff.

Vorsichtig tastete er das verdächtige Gebiet ab – da! Die Sonde brach ein. Unter der wenig auffälligen Oberfläche mußte sich also morsches Gewebe befinden.

Professor Overhoff erschrak zutiefst. Er wußte, was das bedeutete – Krebs. Die so frohe, äußerlich blühende Frau war schwerkrank.

Konnte, durfte, mußte er ihr das sagen?

Nein, noch nicht ... nicht, bevor die histologische Untersuchung eine Erhärtung seiner Diagnose erbracht hatte!

Professor Overhoff fühlte sich elend, er hätte sich gerne aufgerichtet, aber er scheute davor zurück, der ahnungslosen jungen Frau in die Augen zu sehen. Wäre sie nur nicht schwanger gewesen! Dann hätte er sie in der Klinik behalten und sie so bald wie möglich operiert, eine Konisation gemacht oder gar eine Amputation. Es war ja nicht abzusehen, wie weit die Wucherungen schon in das gesunde Gewebe eingedrungen waren.

Hilde Wogand ahnte nicht, was für eine entsetzliche und schwerwiegende Entdeckung Professor Overhoff gemacht hatte. Sie plauderte unbefangen weiter. Erst als er sich endlich aufrichtete, fragte sie: »Herr Professor ... darf ich mich jetzt wieder anziehen?«

»Einen Augenblick noch bitte«, sagte er, »ich bin noch nicht ganz fertig. Ich denke, wir werden eine leichte Narkose machen – bitte, Schwester, bereiten Sie alles vor –, damit ich besser untersuchen kann und Sie keine Schmerzen haben.«

Er verschwieg, daß er aus dem verdächtigen Gebiet eine Probeexzision nehmen wollte, um sie zur histologischen Untersuchung zu schicken.

»Wird das meinem Kind auch nicht schaden?« fragte Hilde Wogand ängstlich.

»Ganz bestimmt nicht, gnädige Frau. Seien Sie unbesorgt.«

Professor Overhoff fühlte, wie ihm kalter Schweiß auf die Stirn trat. »Das genaue Untersuchungsergebnis muß ich dann erst ausarbeiten. Morgen werde ich Ihnen sagen können, wie es um Sie steht. Es wäre mir sehr lieb, wenn Sie Ihren Gatten mitbringen könnten.«

»Warum das? Mein Mann hat viel zu tun, wissen Sie, er kann sich wegen so etwas doch nicht frei machen ... und helfen kann er doch auch nicht!«

»Ich weiß, ich weiß, gnädige Frau. Trotzdem wäre es mir lieber.« Er suchte nach einer Erklärung. »Möglich, daß Sie ein paar Wochen liegen müssen, um eine Fehlgeburt zu vermeiden.«

Er hatte erwartet, daß sie sagen würde: Nein, das geht nicht ... das ist ausgeschlossen!' – Aber Hilde Wogand reagierte anders.

»Das wird natürlich schwierig sein«, sagte sie, »aber wenn es sein muß! Meine Mutter würde sicher zu uns ziehen, um die Buben und den Haushalt zu versorgen ...«

»Das ist ausgezeichnet. Aber ich glaube, daß auch Ihr Gatte ein Wort mitzureden hat.« Er zwang sich zu einem Lächeln. »Wir Männer haben es nicht gerne, übergangen zu werden. Außerdem kann ich ihm die Situation wahrscheinlich besser klarmachen.«

»Ja, das stimmt schon«, sagte Frau Wogand nachdenklich, »wenn ich es ihm sage, wird er womöglich glauben, ich übertreibe. Müßte ich denn in der Klinik bleiben, Herr Professor? Und wie lange?«

»Das wird sich erst herausstellen. Vielleicht haben wir ja auch Glück, und es ist gar nicht nötig.« Professor Overhoff gab Schwester Klara ein Zeichen, die Rauschmaske auf das Gesicht der Patientin zu legen.

»Machen Sie sich keine Gedanken«, sagte er, »wir bringen das schon in Ordnung. Zählen Sie, bitte ... zehn, elf, zwölf ...«

Während Professor Overhoff wartete, bis die Narkose wirkte, wischte er sich die Stirn mit einem sterilen Tuch ab. Er fühlte sich sehr elend. Er wußte, daß die Entscheidung an ihn herantrat, die er seit dem Tod seiner Frau wie nichts anderes fürchtete.

Das war einer dieser Fälle, in denen nur ein Mensch mit dem Leben davonkommen konnte – entweder die Mutter oder das Kind. Als Katholik hätte er sich für das Kind entscheiden müssen, als Mensch und als Mediziner konnte er es nicht.

»Mein Gott, hilf«, betete er lautlos, während die Schwester ihm das Skalpell zur Exzision reichte, »verschone mich vor dieser Qual! Laß es kein Karzinom sein, laß ein Wunder geschehen!«

Aber im tiefsten Herzen wußte er, daß er, wie jeder Gynäkologe, immer wieder vor diese tragische Entscheidung gestellt werden würde, auch wenn der Kelch diesmal noch an ihm vorüberging.

15

Frau Karlson war um zehn Uhr in die Alsterklinik gekommen, aber man hatte sie fortgeschickt. Sie war eine Stunde in den Anlagen spazierengegangen und hatte es dann noch einmal versucht.

Diesmal hatte Professor Gottschall sie persönlich empfangen. Er hatte beruhigende Worte für sie gefunden, aber zugeben müssen, daß Astrid Schumann immer noch zwischen Tod und Leben schwebte. Er hatte ihr geraten, nach Hause zu gehen, zu Mittag zu essen, sich hinzulegen. Frühestens am Nachmittag bestünde Aussicht, ihre Tochter zu sprechen.

Frau Karlson war in ihre Wohnung zurückgekehrt. Aber sie hatte weder einen Bissen hinuntergebracht noch ein Auge schließen können.

Um zwei Uhr war sie wieder da. Sie wartete vor der Tür des Einzelzimmers, in das man Astrid Schumann gelegt hatte, und wagte nicht, von sich aus einzutreten.

Endlich öffnete sich die Tür, und eine Schwester trat heraus.

Frau Karlson stürzte auf sie zu. »Bitte ... kann ich jetzt zu meiner Tochter?«

Die Schwester stutzte. »Zu wem ...?«

»Zu meiner Tochter, Astrid Schumann. Sie ist heute morgen eingeliefert worden. Mit einer Vergiftung. Sie müssen sie doch kennen ... sie liegt da drinnen, in dem Zimmer, aus dem Sie eben gekommen sind!«

»Ach so«, sagte die Schwester, »Sie sind Frau Karlson!«

»Ja, die bin ich, natürlich!«

»Hat Ihnen der Portier nicht gesagt, daß Herr Professor Gottschall Sie sprechen möchte?«

»Nein!«

»Na, so etwas! Bitte, dann kommen Sie mit ... ich bringe Sie zum Herrn Professor!«

Frau Karlson folgte der Schwester. Völlig verstört, wagte sie nicht die entscheidende Frage zu stellen. Aber sie wappnete ihr Herz für das Schlimmste.

Professor Gottschall empfing sie sofort, aber als Astrids Mutter dem hageren alten Herrn gegenüberstand, versagten ihr plötzlich die Beine. Er konnte sie gerade noch auffangen und zu einem Sessel führen.

»Na, na, na«, sagte er, »was machen wir denn da für Sachen! Jetzt, wo das Schlimmste überstanden ist, da dürfen Sie doch nicht schlappmachen!«

»Astrid ... sie lebt?«

»Aber ja, gnädige Frau!«

»Warum, aber warum hat die Schwester ... warum läßt man mich dann nicht zu ihr?«

»Frau Schumann ist nicht mehr dort, wo Sie sie gesucht haben. Wir haben sie auf die psychiatrische Abteilung verlegen müssen.«

»Soll das heißen, sie ist ... verrückt? Sie ist wahnsinnig geworden?«

Frau Karlson sah Professor Gottschall aus weit aufgerissenen Augen an. Sie brauchte einige Sekunden, um mit dieser Mitteilung fertig zu werden.

»Nein, nein, das kann nicht sein«, sagte sie endlich, »meine Tochter ... nein. Ich kenne Astrid besser als irgendein anderer Mensch auf der Welt!«

»Dann werden Sie auch wissen, warum sie diesen Selbstmordversuch unternommen hat«, sagte Professor Gottschall ruhig.

Er hob beschwichtigend die Hand, als Frau Karlson protestieren wollte. »Niemand schluckt aus Versehen ein Dutzend starke Schlaftabletten, diese Version wollen wir also doch fallenlassen. Ich verstehe, aus welchen Gründen Sie sie erfunden haben, gnädige Frau. Aber wir müssen Ihnen die Wahrheit sagen. Es ist nicht mehr der Ruf ihrer Tochter oder Ihrer Familie, der auf dem Spiel steht, sondern es geht um das Leben der Patientin.«

»Aber … sie ist doch gerettet!«

»Dieses eine Mal noch, ja.« Professor Gottschall schwieg, überließ es Frau Karlson, die Schlußfolgerungen aus dieser Behauptung zu ziehen.

»Soll das heißen … sie wird es wieder tun?«

»Genau das. Falls es uns nicht gelingt, sie zu heilen. Und das kann nur glücken, wenn wir die Ursachen kennen, die zu dieser Kurzschlußhandlung geführt haben.«

Frau Karlson nestelte nervös an dem Verschluß ihrer Handtasche. »Kann ich meine Tochter sprechen?«

»Sehen, nicht sprechen«, sagte der Professor, »sie hat allerlei durchgemacht und ist jetzt sehr erschöpft.« Er beugte sich vor. »Gnädige Frau, warum wollen Sie sich nicht entschließen, mir die Wahrheit zu sagen? Glauben Sie etwa, das wäre Verrat an Ihrer Tochter? Aber das stimmt nicht. Wir haben doch nur das eine Ziel, ihr zu helfen … und ohne Ihre Mitarbeit wird das sehr schwierig sein.«

»Es ist nur …«, sagte Frau Karlson zögernd, »ich weiß eigentlich gar nichts.«

»Erzählen Sie mir das wenige, das Sie wissen. Vielleicht kann uns das schon einen Hinweis geben. Ihre Tochter ist verheiratet, nicht wahr? Wie kommt es, daß sie dann bei Ihnen lebt? Handelt es sich um einen normalen Familienbesuch … oder?«

»Sie hat ihren Mann verlassen.«

»Weshalb?«

»Ich weiß es nicht ... wirklich nicht.«

»Ist eine andere Frau dabei im Spiel?«

»Das kann ich mir nicht vorstellen, nein, ich glaube nicht.«

»Ein Mann?«

»Ich weiß es nicht. Jedenfalls nicht hier in Hamburg. Das hätte ich merken müssen.«

»Hat sie Post bekommen?«

»Nur von Bekannten. Und von ihrer Schwester.« Frau Karlson ließ ihre Handtasche zuschnappen. »Ihr Mann ... Dr. Rainer Schumann ... er war vorgestern hier. Er wollte sie zurückholen.«

»Und?«

»Es gab einen furchtbaren Streit.«

»Waren Sie anwesend?«

»Nein.«

»Aber vielleicht haben Sie ... rein zufällig ... das eine oder andere Wort aufgeschnappt? Bitte, versuchen Sie sich zu erinnern. Es wäre sehr wichtig.«

Eine leichte Röte überzog Frau Karlsons zarte, verwelkte Haut. »Sie waren so laut, daß ich ... nun ja, ich habe einiges mitbekommen. Aber ich habe nichts wirklich begriffen. Nur, daß sie beide furchtbar zornig waren ...« Sehr leise fügte sie hinzu: »Als ob sie sich haßten.«

»Und später?«

»Dann ging er. Sie hat ihn fortgeschickt.«

»Ich meine ... war Frau Schumann nachher verändert? Niedergedrückt ... verzweifelt ... oder gereizt?«

»Nein. Sie war wie immer. Nicht glücklich ... natürlich nicht. Aber ... verändert schien sie mir erst am nächsten Tag. Als sie mittags nach Hause kam, ja, da schien sie mir sonderbar, ganz geistesabwesend.«

Professor Gottschall strich sich nachdenklich mit der Hand über das glattrasierte eckige Kinn. »Hm«, sagte er, »möglich, daß sie es da erfahren hatte ...«

»Was?«

»Daß sie ein Kind erwartet.«

Eine Sekunde lang war Frau Karlson sprachlos. Dann stammelte sie! »Sie ... erwartet ein ...? Aber dann ... dann verstehe ich gar nichts mehr ...«

»O doch, gnädige Frau. Das erklärt immerhin einiges. Eine verkorkste Ehe ... der Wunsch, wieder frei zu sein ... und dann die Erkenntnis, nie mehr ganz frei sein zu können. Immerhin, das ist schon eine Spur.«

»Aber, ich verstehe nicht ... wenn man ein Kind erwartet, wie kann man dann so etwas tun? Keine normale Frau ...« Sie stockte, biß sich auf die Lippen.

»Sehen Sie, da haben wir es! Sie haben ganz recht ... eine normale Frau spürt in diesem Zustand, daß es jetzt nicht mehr nur noch um sie selbst geht, sondern vor allem um das Kind. Daß sie eine Verantwortung trägt. Dieses Verantwortungsgefühl kann natürlich von existentieller Angst überschattet werden, die die werdende Mutter zu einer Verzweiflungstat treibt. Aber die Erfahrung lehrt, daß selbst blutjunge ledige Mütter sich niemals von sich aus dieser Verantwortung entziehen, wenn sie nicht von ihrer Familie und von dem gewissenlosen Liebhaber förmlich dazu getrieben werden.«

»Ich habe niemals ...«

»Aber das weiß ich doch!«

»Und auch Rainer ... er liebt Kinder, er hat sich immer Kinder gewünscht. Wenn er es wüßte, er würde ganz bestimmt ... glauben Sie, daß ich ihn benachrichtigen sollte?«

Professor Gottschall beantwortete diese Frage nicht. »Ihre Tochter«, fragte er, »glauben Sie, daß sie sich ein Kind gewünscht hat? Bevor es zu der Entzweiung kam?«

Frau Karlson zögerte. Sie wußte, daß jetzt der Moment gekommen war, von den Antibabypillen zu erzählen. Aber sie schämte sich zu sehr, sie schämte sich für ihre Tochter.

»Ich glaube nicht«, sagte sie, ohne den Professor anzusehen. Dann hob sie den Kopf, fragte noch einmal: »Soll ich ihren Mann benachrichtigen? Ich bin sicher … was auch zwischen den beiden geschehen sein mag … er würde sofort kommen!«

»Aber das möchte ich nicht«, erklärte Professor Gottschall, »nein, das möchte ich ganz und gar nicht. Wenn Frau Schumann erst wieder ganz gesund ist, können wir darüber sprechen. Aber wie es jetzt mit ihr steht, wäre es besser, ihr jede Aufregung zu ersparen.«

Astrid Schumann lag in einem Einzelzimmer, das freundlich hätte wirken können, wäre das Fenster nicht vergittert gewesen.

Sie lag mit geschlossenen Augen und atmete röchelnd durch den halbgeschlossenen Mund. Ihr schönes Gesicht verzerrt vor Qual und Erschöpfung, die Lippen blutleer, die Augen lagen tief in den Höhlen. Das kastanienbraune Haar war glanzlos und schweißverklebt.

So darf Rainer sie nicht sehen, dachte Frau Karlson, nein, so nicht.

Ihre Schuhe knarrten, als sie sich dem Bett näherte, und die Wachschwester, die im Schein der abgeschirmten kleinen Lampe einen Heftroman las, legte mahnend den Finger auf die Lippen.

Frau Karlson blieb stehen. Nach einem letzten langen Blick auf ihre Tochter verließ sie, so leise wie sie gekommen war, das Zimmer.

Astrid hatte sich nicht gerührt.

Aber während die alte Dame heimging, während sie sich einen Tee aufgoß und ein paar Kekse knabberte – die erste Mahlzeit dieses schrecklichen Tages –, gingen ihr das Bild ihrer entkräfteten Tochter und die Worte des Professors nicht aus dem Sinn. Sie fühlte sich plötzlich sehr einsam und sehr alt.

Es war ihr, als trüge sie selbst die Schuld daran, daß alles so gekommen war. Warum hatte sie nicht versucht herauszubringen, warum Astrid ihren Mann verlassen hatte?

Warum sie diese Antibabypillen überhaupt genommen hatte? Eine verheiratete Frau, der es an nichts fehlte?

Sie hatte nicht neugierig sein wollen, nicht aufdringlich, sie hatte sich eingeredet, daß Astrid, wenn man sie nur in Ruhe ließe, von selbst mit ihren Sorgen und Problemen fertig werden würde.

Aber hatte sie sich da nicht etwas vorgemacht? War es im Grunde genommen nicht so gewesen, daß sie ihre Ruhe haben, daß sie sich nicht mit den Schwierigkeiten ihrer erwachsenen Tochter belasten wollte? Astrid war immer verschlossen gewesen, schon als Kind, und in der letzten Zeit hatte sich diese Verschlossenheit noch verstärkt. Sobald das Gespräch auf private Dinge kam, war sie geradezu abweisend geworden – aber vielleicht hatte sie trotz allem im tiefsten Herzen gehofft, daß sie, die Mutter, in sie dringen und den Panzer aus Kälte und Ablehnung durchbrechen würde!

Frau Karlson begriff nichts von dem, was in Astrid vorgegangen war, aber sie spürte, daß ihre Tochter sich unsagbar einsam und verlassen gefühlt haben mußte, um diesen letzten Schritt zu tun.

Wenn sie es sich selbst nicht so einfach gemacht hätte, wäre es vielleicht nicht dazu gekommen. Aber was halfen jetzt alle Selbstvorwürfe! Was geschehen war, ließ sich nicht mehr rückgängig machen, es war zu spät.

Nein, nicht zu spät!

Frau Karlson setzte die Teetasse, die sie gerade zum Mund hatte führen wollen, klirrend auf den Unterteller zurück. Astrid lebte. Noch war nichts verloren. Sie mußte den Ärzten helfen, sie wieder ganz gesund zu machen.

Aber wie? Was konnte sie tun?

Sie grübelte planlos, bis ihr der Brief einfiel – der Brief, den sie am Morgen auf Astrids Nachttisch gefunden hatte. Wo hatte sie ihn hingetan?

Frau Karlson stand auf, ging ins Zimmer ihrer Tochter hinüber, sah sich suchend um, kam zurück, sah auf dem Büffet nach, auf das sie die eingehende Post zu legen pflegte.

Dann fiel es ihr wieder ein – sie hatte den Brief in die Tasche ihres Morgenmantels gesteckt.

Er lag im Schlafzimmer, achtlos über das Bett geworfen. Sie griff in die Tasche und zog den Brief heraus.

Ihre Finger zitterten vor Begier, ihn zu öffnen. Aber sie brachte es nicht über sich. Er war ja nicht für sie, er war für Astrids Mann bestimmt.

Eine Weile kämpfte sie mit sich, dann ging sie zum Telefon. Die Nummer der Gynäkologischen Klinik, in der ihr Schwiegersohn als Oberarzt arbeitete, stand in ihrem kleinen privaten Telefonnotizbuch.

Sie wählte durch.

Eine weibliche Stimme meldete sich. »Universitäts-Frauenklinik ... guten Tag!«

»Würden Sie mich, bitte, mit Herrn Dr. Schumann verbinden?«

»Tut mir leid, der Herr Oberarzt ist nicht im Haus.«

»Ich bin seine Schwiegermutter, Fräulein, es ist dringend, ich rufe aus Hamburg an!«

»Einen Augenblick, gnädige Frau, ich werde nachsehen, ja, der Herr Oberarzt hat hinterlassen, daß er ab acht Uhr abends unter der Nummer 1 58 83 zu erreichen ist!«

»Danke, Fräulein ...«

Frau Karlson legte auf. Sie war entschlossen, es abends noch einmal zu versuchen. Sie mußte ihrem Schwiegersohn mitteilen, was geschehen war, sie mußte ihn bitten, den Brief öffnen zu dürfen.

Professor Overhoff empfing Herrn und Frau Wogand in seinem Arbeitszimmer.

Als Schwester Klara das Ehepaar hereinführte, erhob er sich von seinem Sessel hinter dem Schreibtisch und kam ihnen entgegen. Er reichte beiden die Hand, führte sie in die Sitzecke.

Hilde Wogand bemühte sich, ihre Nervosität hinter einem Lächeln zu verbergen, das aber nicht überzeugend ausfiel. Sie stellte dem Professor ihren Mann vor, der ebenfalls beunruhigt schien und aus dessen hellen Augen ein waches Mißtrauen sprach. Er war der Typ des erfolgreichen, scharf kalkulierenden Geschäftsmannes und schon deshalb Professor Overhoff nicht ganz sympathisch. Trotzdem war er erleichtert, daß Hilde Wogand ihn hatte überreden können mitzukommen, denn seine Anwesenheit würde doch manches erleichtern.

»Liegt das Untersuchungsergebnis jetzt vor, Herr Professor?« fragte Frau Wogand, noch bevor sie sich setzte. »Bitte, machen Sie es nicht zu spannend, wir sind auf das Schlimmste gefaßt!« Ihr erzwungenes Lächeln war jetzt so verkrampft, daß es fast wie eine Grimasse wirkte.

»Ich habe meine Frau nicht davon abhalten können, ihre Mutter zu benachrichtigen«, sagte Herr Wogand und schob seiner Frau einen Sessel hin, »die alte Dame wird einen schönen Schreck bekommen haben, für nichts und wieder nichts.«

»Kann Ihre Frau Mutter kommen?« fragte Professor Overhoff. Er wartete, bis Hilde Wogand sich gesetzt hatte und nahm dann ebenfalls Platz.

»Ja, sie wollte schon gestern abend, aber ...« Frau Wogand unterbrach sich, fragte mit einer Angst, die sie nicht länger beherrschen konnte: »Steht es wirklich so schlimm, Herr Professor? Muß ich hierbleiben?«

»Nun, ich würde sagen ... es genügt, wenn Sie morgen kommen.«

»Und wie lange müßte ich bleiben?«

»Nicht allzu lange«, antwortete Professor Overhoff ausweichend.

»Wollen Sie uns nicht endlich klipp und klar sagen, worum es eigentlich geht?« fragte Herr Wogand hart.

Seine Frau legte beschwichtigend ihre Hand auf seinen Arm. »Aber das weißt du doch, Henry ... diese Blutungen! Wir wollen doch keine Fehlgeburt riskieren, nicht wahr?«

»Das ist es nicht«, sagte Professor Overhoff, und es schien ihm, als wäre es ihm nie zuvor so schwergefallen, die richtigen Worte zu finden, »diese Blutung steht nicht in ursächlichem Zusammenhang mit der Schwangerschaft ...«

»Nicht?« fragte Hilde Wogand verständnislos, »aber dann ...«

»Möchtest du den Herrn Professor nicht erst einmal ausreden lassen, Hilde?« mahnte ihr Mann.

»Oh, entschuldige ...« Hilde Wogand schwieg verwirrt.

»Ich hatte schon gestern diesen Verdacht«, erklärte Professor Overhoff, »aber ich wollte das Ergebnis der histologischen Untersuchung abwarten, bevor ich meine endgültige Diagnose stellte. Leider hat sich meine Befürchtung bestätigt. Es handelt sich um eine ... Unterleibserkrankung. «

»Krebs?« Hilde Wogands Lächeln war wie weggewischt, nichts war übriggeblieben als kalte, nackte Angst.

»Leider ...« Professor Overhoff hob die langen, schönen Chirurgenhände, ließ sie mit einer resignierenden Geste sinken.

»Aber ... ist das denn überhaupt möglich? Wenn man schwanger ist, meine ich. Ich dachte immer ...« Sie biß sich auf die Lippen, um die Tränen zurückzuhalten.

»Für Ihr Leben, gnädige Frau, besteht keine Gefahr ... wenn wir sofort operieren.«

»Aber das Kind?« Hilde Wogand schrie es entsetzt hinaus. »Was wird mit meinem Kind?«

Herr Wogand hatte sich eine Zigarette angezündet. Jetzt fragte er: »Sind Sie sich auch ganz sicher, Herr Professor? Kann kein Irrtum vorliegen?«

»Nein. Leider nicht. Das Ergebnis der histologischen Untersuchung ist eindeutig.«

»Und eine Operation ist die ... einzige Möglichkeit?«

»Nein«, sagte Professor Overhoff. »Die Entscheidung, ob wir operieren sollen oder nicht, liegt ganz bei Ihnen ... bei Ihnen und Ihrer Frau.« Er zwang sich, Hilde Wogand nicht anzusehen, die jetzt haltlos schluchzte. »Ihre Frau ist jetzt im sechsten Monat. Wenn wir noch einen Monat ... vielleicht sechs Wochen warten, hat das Kind eine echte

Chance. Allerdings wissen wir nicht – es gibt niemanden, der Ihnen das sagen könnte –, wie schnell der Krebs und wie weit er in dieser Zeit wachsen würde. Es gibt auch keine Möglichkeit, das zu kontrollieren, ob nachher eine Operation überhaupt noch den gewünschten Erfolg bringen könnte.«

»Das heißt also«, sagte Herr Wogand und nahm einen tiefen Zug aus seiner Zigarette, »Sie können entweder das Leben des Kindes ... oder das meiner Frau retten?«

»Ganz so kraß würde ich es nicht ausdrücken«, erklärte Professor Overhoff, »es besteht eine gewisse, allerdings winzige Chance, beide zu retten ...« Mit einiger Überwindung fügte er hinzu: »Im Prinzip allerdings haben Sie recht.«

Hilde Wogand hob ihr tränenüberströmtes Gesicht. »Ich will mein Kind nicht verlieren! Ich kann es doch nicht ... umbringen lassen, um mich zu retten!«

»Das ist doch Unsinn, Hilde«, sagte Herr Wogand, »das Kind lebt ja noch gar nicht, es ist doch noch kein wirklicher Mensch ...«

»O doch, Henry, doch! Ich kann es strampeln fühlen ... hier in meinem Leib! Es lebt, und es will leben!« Sie wandte sich an Professor Overhoff. »Helfen Sie mir! Ich flehe Sie an ... lassen Sie nicht zu, daß man es mir wegnimmt!«

»Wenn du tot bist«, sagte ihr Mann brutal, »was nutzt dir dann noch dieses Kind?«

»Aber Kinder sollen doch nicht nutzen! Sie sollen einfach leben ... sie haben ein Recht auf ihr Leben!«

»Willst du ein Waisenkind in die Welt setzen? Ein Kind, das niemals Mutterliebe kennenlernen wird?«

»Es hat doch dich. Und seine Geschwister. Es wird niemals allein sein.«

»Ja, wir sind auch noch da! Aber an uns denkst du gar nicht ... nicht an mich, nicht an Putzi und Leo! Für dich gibt es nur noch dieses ungeborene Kind! Was aus uns wird, ist dir vollkommen gleichgültig!«

»Henry, nein! Wie kannst du so etwas sagen!«

»Dann finde ich, gibt es überhaupt nichts zu entscheiden. Die sofortige Operation ist die einzig mögliche Lösung!«

Professor Overhoff hatte dieser Auseinandersetzung schweigend gelauscht, während schmerzliche Erinnerungen sein Herz durchzuckten. Warum hatte er selbst nicht einmal, nicht ein einziges Mal so energisch mit Susanne gesprochen? Warum hatte er sie nicht gezwungen, auf dieses Kind zu verzichten, dessen Geburt ihr den Tod gebracht hatte? Dann wäre ihm alles erspart geblieben – diese ausweglose Einsamkeit, dieses unerträgliche Schuldgefühl.

Er fuhr zusammen, als Herr Wogand ihn ansprach. »Nun sagen Sie doch auch etwas, Herr Professor! Machen Sie meiner Frau klar, daß ich recht habe!«

»Sie haben einen Mann und zwei Kinder, Frau Wogand'«, sagte er, »Ihre Familie braucht Sie!«

»Und Gott braucht mich, damit ich dieses Kind zur Welt bringe!«

»Hilde, was redest du denn da?« rief ihr Mann aufgebracht. »Was hat denn Gott damit zu tun, ja, ja, ich weiß, du wirst wieder damit ankommen, daß Kinder von Gott gegeben sind. Bitte schön, von mir aus. Aber diese Krankheit? Wo kommt denn die her? Das ist doch alles Unsinn. Ich habe nie viel vom Kirchengehen gehalten, das weißt du. Aber wenn ich geahnt hätte, daß deine Pfaffen dir so den Kopf verdreht haben, dann hätte ich es dir überhaupt verboten!«

Hilde Wogand fuhr mit einer sehr kindlichen Bewegung mit dem Handrücken über die Wangen und wischte sich die Tränen ab.

»Ach, Henry«, sagte sie, »versuch doch, bitte, mich zu verstehen! Dieses ungeborene Kind, es ist für mich so lebendig wie Putzi und Leo, und es steht meinem Herzen genauso nahe. Stell dir doch nur vor, du kämst abends heim und unser Haus würde brennen, du wüßtest, eines von den Kindern wäre noch drinnen … würdest du dich nicht in die Flammen stürzen, um es zu retten? Sag nichts, ich weiß, du würdest es tun. Du würdest dich nicht fragen, ob es sinnlos wäre … oder ob du selbst vielleicht dabei umkommen könntest. Du würdest dir auch nicht überlegen, was aus uns ohne dich werden würde … ohne Besinnen würdest du dein Leben aufs Spiel setzen, um das Kind zu retten.«

»Aber das ist doch etwas ganz anderes«, sagte Henry Wogand, aber es klang sehr unsicher.

»Es ist das gleiche, Henry, glaube mir. Wir müssen alle sterben. Jedem von uns kann jeden Tag etwas zustoßen. Was geschehen soll, geschieht. Aber weder du noch ich würden jemals versuchen, unser Leben auf Kosten der Kinder zu retten.«

Henry Wogand seufzte, es klang fast wie ein Ächzen. »Hör auf, Hilde, du machst mich noch ganz verrückt! Du hast eine Art, die Dinge zu verdrehen! Haben Sie so etwas je gehört, Herr Professor?«

»Doch«, sagte Professor Overhoff, »meine Frau hat ganz genauso gedacht. Sie ist bei der Geburt ihres Kindes gestorben.«

»Da hast du es, Hilde!«

»Es ist schwer, seine Frau zu verlieren«, sagte Professor Overhoff, »es geht kein Tag vorbei, an dem ich sie nicht schmerzlich vermisse.«

»Und das Kind?« fragte Hilde Wogand.

»Es lebt, und es ist gesund. Aber ein Kind kann niemals dasselbe für einen Mann bedeuten wie eine Frau.«

»Ist das nicht ein sehr egoistischer Standpunkt, Herr Professor?« fragte Hilde Wogand. »Oder glauben Sie, daß auch Ihre Frau es bereut hat … als sie fühlte, daß sie sterben mußte?«

»Nein«, mußte Professor Overhoff zugeben, »nein, sicher nicht.«

»Dieses ganze Gerede bringt uns doch nicht weiter«, sagte Henry Wogand, »ich will dich nicht verlieren, Hilde, um keinen Preis der Welt. Ich will nicht als Witwer mit drei Kindern zurückbleiben. Ich will es nicht. Ich könnte es nicht ertragen.«

Hilde Wogand wandte sich an den Professor, als hätte sie ihren Mann gar nicht gehört. »Krebs ist doch nicht anstekkend, nicht wahr?« fragte sie.

»Nein.«

»Das Kind wird also gesund sein?«

»Ja. Wahrscheinlich. Die Chance dazu ist genauso groß wie bei einer ganz gesunden Mutter.«

»Ich müßte also nur sechs Wochen durchhalten?«

»Ja. Aber wir wissen nicht, wie schnell der Krebs in dieser Zeit wachsen wird. Je später wir operieren, desto geringer wird die Aussicht, daß der Krankheitsherd vollkommen beseitigt werden kann.«

»Es ist aber doch auch durchaus möglich, daß eine Operation auch noch nach sechs Wochen Erfolg haben kann?«

»Ja.«

»Dann möchte ich noch warten. Bitte, Herr Professor, verstehen Sie mich! Glauben Sie nicht, daß ich keine Angst habe ... o doch, ich habe sogar schreckliche Angst! Aber wenn ich mich jetzt operieren ließe ... ich würde mich wie eine Mörderin fühlen. Ich würde nie mehr glücklich werden können, ich weiß es.«

Professor Overhoff wandte sich an Henry Wogand. »Und was sagen Sie dazu?«

Herr Wogand zuckte die Schultern. »Hat es überhaupt einen Zweck, daß ich noch etwas sage? Sie sehen ja, wir sind überstimmt. Was kann man da machen?«

Als die beiden gegangen waren, fühlte Professor Overhoff sich zu seiner eigenen Überraschung innerlich so befreit wie schon seit langem nicht mehr. Es war alles anders gelaufen, als er erwartet und gewollt hatte. Und dennoch!

Hilde Wogand hatte ihn gelehrt, daß es Situationen im Leben einer Frau gibt, in denen die Männer keine Rolle mehr spielen. Susanne hatte ihren kleinen Sohn nicht seinetwegen zur Welt gebracht, das wußte er jetzt. Wenn er versucht hätte, sie an ihrem Entschluß zu hindern, hätte er nur ihr Vertrauen verspielt, mehr nicht. Sie hätte genausowenig auf ihr Kind verzichtet wie Hilde Wogand.

Bisher hatte er sich immer wieder gegen sein Schicksal aufgebäumt. Jetzt endlich erkannte er, daß alles so hatte kommen müssen und daß es vielleicht gut war, daß es so gekommen war. Susannes Tod war eine Prüfung, die größte Prüfung seines Lebens, aber er konnte nicht damit fertig werden, indem er sie ablehnte, sondern nur, indem er sie bewältigte.

Arzt zu sein war eine große und verantwortungsvolle Aufgabe. Aber sie gab niemandem das Recht, Gott die Entscheidung aus der Hand zu nehmen. Nur Gott durfte über Leben und Tod des Menschen bestimmen. Die edlen Mütter wußten das. Und dieses Wissen gab ihnen die Kraft, sich in Demut zu fügen.

Wenn Gina Müller, geborene Franke, glücklich geworden wäre, wäre alles anders gekommen. Aber sie war nicht glücklich. Jetzt, nachdem sie mehr als einen Monat verheiratet war, wurde ihr das von Tag zu Tag klarer.

Sie hatte sich alles so anders vorgestellt.

Das Bewußtsein, eine verheiratete Frau zu sein, es endlich geschafft zu haben, konnte sie nicht darüber hinwegtäuschen, in eine Tretmühle geraten zu sein. Anfangs hatte es ihr noch Spaß gemacht, in dem kleinen Elektrogeschäft, das sie sich hatten einrichten können, hinter dem Verkaufstisch zu stehen und die Kunden zu beraten. Das Publikum bestand aus Hausfrauen, die ihr Bügeleisen oder ihr Mixgerät zur Reparatur brachten, Familienvätern, die einen möglichst billigen Fernseher erstehen wollten, jungen Burschen und Mädchen, die sich für Radios und Plattenspieler interessierten – sie alle hatten nur das eine Ziel, ihr sauer erspartes oder leicht verdientes Geld so günstig wie möglich anzulegen. Niemand hatte Augen für Ginas aparte Erscheinung. So verlor sie sehr rasch die Freude an dieser Tätigkeit.

Sie hatte einen ordentlichen, fleißigen, tüchtigen und hochanständigen Mann geheiratet, das sagte sie sich immer wieder – aber leider fehlte Alfons Müller, wie vielen Männern seiner Art, die Fähigkeit, eine Frau glücklich zu machen. Vor der Hochzeit hatte er sich wenigstens noch nach Kräften um sie bemüht, jetzt aber, da sie verheiratet waren, kam ihm gar nicht der Gedanke, noch länger um sie zu werben. Er machte nicht einmal den Versuch, sie zu beherrschen. Für ihn lag der Sinn der Ehe ganz selbstverständlich darin, Seite an Seite zu arbeiten, das Errungene zu bewahren, vorwärtszukommen. Kinder, das hatte er genau vorausgeplant, sollten erst dann in Frage kommen, wenn das eigene Haus Wirklichkeit geworden war.

Für Alfons Müller hatte sich ein langgehegter und heißerstrebter Traum darin erfüllt, sich selbständig zu machen. Aber das schien ihm nur der erste Schritt zum wirklichen Erfolg. Er liebte das kleine Elektrogeschäft, das ihnen beiden gehörte, mehr noch aber liebte er seine Werkstatt, in der er in jeder freien Minute, oft bis in die Nacht hinein, bastelte, reparierte, experimentierte und von einer großen Erfindung träumte, die ihm eines Tages gelingen sollte.

Gina saß dann in der kleinen Wohnung hinter dem Laden – Küche und Schlafzimmer – und wußte nicht, was sie mit sich anfangen sollte. Sie drehte den Fernseher an, versuchte sich abzulenken, aber sie hatte weder Interesse an Politik noch an Sport oder an fremden Schicksalen. Für sie gab es nur einen Menschen, der ihr etwas bedeutete, und das war sie selbst. Ihr fehlte der Tratsch mit den Freundinnen und Kolleginnen, die flüchtige Anbetung ihrer Verehrer, die Spannung des Abenteuers. Aber sie wagte nicht, ihr altes Leben wiederaufzunehmen, denn ihr graute vor dem Schicksal der schuldig geschiedenen Frau – denn daß Alfons Müller ihr keinen Fehltritt verzeihen würde, darüber täuschte sie sich nicht.

So geschah es ganz unwillkürlich, daß sie sich eines Tages bei dem Gedanken ertappte: wenn Thomas hier wäre, dann wäre ich nicht so allein!

Sie verbot sich diesen Gedanken sofort. Das war ja Unsinn, sie hatte sich niemals wirklich etwas aus dem Jungen gemacht, ihn stets nur als eine Belastung empfunden. Außerdem war die Adoption bereits eingeleitet, und sie hatte auch gar nicht die Möglichkeit, Hugo Winterfeld das Geld zurückzuzahlen, das er ihr geliehen hatte, im Gegenteil, sie rechnete schon seit langem mit der Restzahlung.

Aber die Erinnerung an den kleinen Jungen, sein sommersprossiges Gesicht, sein ungebärdiges blondes Haar, den forschenden, zweifelnden Blick seiner blauen Augen, ließ sich nicht vertreiben.

War es das schlechte Gewissen, das ihr zu schaffen machte? Sie mußte Tag und Nacht daran denken, wie es ihm ging, und immer tiefer verstrickte sie sich in der Vorstellung, daß er todunglücklich war und sich nach ihr, seiner wirklichen Mutter, sehnte.

Sie mußte ihn besuchen, ja, das wenigstens mußte sie, sie mußte sich überzeugen, wie es ihm ging und ob er es gut getroffen hatte.

Mit der Ausrede, beim Friseur bestellt zu sein, überließ sie ihrem Mann den Laden und fuhr in die Innenstadt. Als sie die Treppe des alten Geschäftshauses, in dem Wohnung und Kanzlei Dr. Winterfelds lagen, emporkletterte, klopfte ihr Herz so erregt, als ginge sie zum Stelldichein mit einem Geliebten. Die Zeit, bis die Wohnungstür geöffnet wurde, erschien ihr unendlich lang. Würgende Angst überfiel sie, vergeblich gekommen zu sein, Thomas nicht anzutreffen. Aber dann tat sich die Tür auf, und Kirsten Winterfeld erschien auf der Schwelle, in einem einfachen hellblauen Hausfrauenkittel, das lichte blonde Haar leicht zerzaust, die Wangen gerötet.

»Sie wünschen?« fragte sie.

Dann erst erkannte sie, wen sie vor sich hatte, und machte eine unwillkürliche Bewegung, als wollte sie die Tür rasch wieder zuschlagen.

»Ich möchte zu meinem Jungen«, sagte Gina heftig.

Kirsten zögerte. Sie hätte gern ihren Mann geholt. Aber sie wußte, daß er eine wichtige Besprechung hatte, und wagte nicht, ihn zu stören.

»Mami! Mami! Wo bleibst du denn!?« schrie Thomas aus dem Wohnzimmer.

»Kommen Sie herein«, sagte Kirsten mit Überwindung. »Leider haben Sie für Ihren Besuch einen sehr ungünstigen Moment gewählt. Bei uns geht's heute drunter und drüber!« Sie ging den düsteren Gang voraus, stieß die angelehnte Wohnzimmertür auf. »Da, sehen Sie selbst!« Gina mußte zugeben, daß Kirsten wirklich nicht übertrieben hatte. Das Wohnzimmer glich einer Räuberhöhle. Der große Teppich war zusammengerollt, der abgetretene Parkettboden lag dicht voll Holzwolle, Sägespäne und zerknülltem Papier, dazwischen standen große offene Kisten.

»Mami, guck doch mal! Hab ich es so recht gemacht?« rief Thomas voll Eifer. Er trug ein kurzes graues Höschen, ein blaues Leinenhemd, sein strubbliges Haar war voll Sägespäne. Er war dabei, sein Spielzeug in die kleinste der Kisten zu verpacken.

Kirsten beugte sich zu ihm hinab und betrachtete sein Werk. »Sehr schön, Liebling«, lobte sie, »tu aber ruhig noch ein bißchen Zeitungspapier dazwischen, damit nichts kaputtgeht.«

Auch Gina trat näher. Sie spürte im Herzen ein stechendes, nie gekanntes Weh. »Willst du mir denn nicht guten Tag sagen, Thomas?« bat sie.

Thomas hatte sie bei ihrem Eintreten nur mit einem kurzen Blick gestreift, sich dann aber gleich wieder Kirsten zugewandt. »Guten Tag«, sagte er jetzt, ganz damit beschäftigt, die einzelnen Wagen einer Spielzeugeisenbahn in Seidenpapier einzuwickeln.

»Begrüß deine Mutter anständig, Thomas!« mahnte Kirsten.

Widerwillig wandte Thomas sich Gina zu, die Eisenbahn fest umklammert, gab ihr die Hand und machte einen artigen Diener. Gina wollte ihn in die Arme nehmen, aber mit einer flinken Bewegung riß er sich los.

»Sie müssen entschuldigen«, sagte Kirsten, »er ist gerade so beschäftigt.«

»Wir ziehen nämlich um!« krähte Thomas.

»Ja, wohin denn?« fragte Gina.

»Mein Mann hat eine hübsche Wohnung am Stadtrand für uns gefunden.«

»Mit Garten!« bestätigte Thomas stolz.

»Hier hat er ja keinen rechten Platz zum Spielen«, sagte Kirsten.

Gina fühlte sich ausgeschlossen, überflüssig, tödlich verletzt. Am liebsten hätte sie sich auf dem Absatz umgedreht und wäre davongelaufen. Aber sie wollte nicht aufgeben.

»Geht es dir gut, Thomas?« fragte sie.

»Hm, hm«, brummte der Junge und legte das eingewickelte Spielzeug in die Kiste.

»Hast du manchmal ein bißchen Sehnsucht nach mir?«

Der Junge warf ihr einen kurzen, prüfenden Blick zu, sagte dann, schon wieder in seine Arbeit vertieft: »Nö.«

Gina nahm ein kleines Auto vom Boden auf und betrachtete es.

»Laß das!« rief Thomas böse und riß es ihr aus der Hand. »Das gehört mir!«

»Aber ... ich wollte dir doch nur helfen!«

»Ich kann es allein!«

»Bitte, Thomas«, sagte Kirsten, »benimm dich!«

Sie wandte sich an Gina. »Vielleicht wäre es doch besser, wenn Sie jetzt gingen.«

»Wollen Sie mich etwa hinauswerfen? Noch gehört der Junge nicht Ihnen! Er ist mein Sohn, und ich habe ein Recht ...«

»Aber ja«, sagte Kirsten rasch, »das macht Ihnen ja niemand streitig. Nur gerade jetzt ...« Sie zuckte die Achseln, entschied, daß es das beste wäre, Gina gar nicht zu beachten, machte sich weiter daran, das gute Porzellan einzupacken. Auch der kleine Thomas packte eifrig weiter, ohne seiner Mutter auch nur einen Blick zu schenken.

Gina stand mitten im Raum und wußte nicht, was sie tun oder lassen sollte. Sie fühlte sich furchtbar gedemütigt, ohnmächtiger Zorn stieg in ihr auf.

»Fertig, Mami!« rief Thomas, lief zu Kirsten und zerrte sie zu seiner Kiste. »Ist es schön so?« Seine blauen Augen bettelten um ein Lob.

»Ja, ganz wunderbar«, sagte Kirsten. Sie hätte ihm gerne einen Kuß gegeben, aber sie verbot es sich, um Gina nicht zu reizen und strich ihm nur über das strubblige Haar.

»Aber du hast ja den Teddybär vergessen«, sagte Gina mit erzwungener Freundlichkeit und legte das Stofftier oben auf die Spielzeugkiste.

Thomas riß ihn heraus. »Nicht! Das ist doch … Putzi!« Er preßte den Bären beschützend gegen seine Brust. »Den kann man doch nicht in eine Kiste tun, er würde ja drinnen ersticken!«

»Oh, entschuldige bitte, das wußte ich nicht!«

»Du weißt eben gar nichts«, sagte Thomas ungezogen.

Kirsten begriff, was in ihm vorging, und verzichtete darauf, ihn zu tadeln.

»Geh jetzt ins Badezimmer, wasch dich und kämm dich«, sagte sie, »du weißt, Vater will uns heute zum Abendessen ausführen.« Sie schob ihn zur Tür. »Nimm deinen Freund mit, dem kann es auch nichts schaden, ein bißchen gebürstet zu werden. Er möchte sicher heute abend auch fein sein.«

Dann waren die beiden Frauen allein.

»Sie sind wohl sehr stolz auf sich, wie?« fragte Gina aggressiv.

Kirsten zog es vor zu schweigen.

»Erst haben Sie mir den Mann genommen und jetzt noch das Kind!« Gina spuckte diese Worte förmlich heraus. »Aber einzubilden brauchen Sie sich darauf nichts! Mit Geld kann man schließlich alles kaufen! Aber ich warne Sie … freuen Sie sich nur nicht zu früh!«

Kirsten Winterfeld stand noch benommen mitten in dem verwüsteten Zimmer, als die Tür längst hinter Gina ins

Schloß gefallen war. Angst hatte sich wie eine eiskalte Hand auf ihr Herz gelegt, Angst um Thomas, um ihr schwererrungenes Glück.

Erst als der Junge sein blankgeschrubbtes Gesicht ins Zimmer steckte, erwachte sie aus ihrer Erstarrung.

»Ist sie weg?« fragte der kleine Thomas. »Gott sei Dank!«

16

Dr. Schumann und Schwester Patrizia hatten einen langen Spaziergang miteinander gemacht. Dann waren sie in die »Ritterstube« eingekehrt, um zu Abend zu essen. Sie waren beide angenehm müde und sehr hungrig. Zum erstenmal seit langer Zeit schien das alte gute Einverständnis zwischen ihnen wiederhergestellt zu sein.

Patrizia hatte von ihren Erlebnissen im Hause Professor Overhoffs berichtet, und die Zärtlichkeit, mit der sie von dem kleinen Hanno erzählte, der endlich seinen Platz im Haus des Vaters gefunden hatte, rührte Dr. Schumann. Wieder einmal wurde ihm klar, was für ein liebes Wesen Patrizia doch war und was für eine gute Mutter sie werden würde. Das Bewußtsein, daß sie ein Kind von ihm trug, das Kind, nach dem er sich schon seit so langer Zeit gesehnt hatte – erfüllte beide mit dem Gefühl einer tiefen Verbundenheit.

Er streichelte zärtlich ihre Hand und nahm sich vor, sehr gut zu ihr zu sein. Er erinnerte sich an die bedingungslose Liebe, mit der sie ihn nach der Katastrophe seiner ersten Ehe getröstet hatte. Ja, er würde sie heiraten, und es sollte eine gute Ehe werden. Er mußte sich seine hoffnungslose, sehnsüchtige Liebe zu Astrid aus dem Herzen reißen, und er war sicher, daß es ihm gelingen würde. Wenn er erst mit Patrizia verheiratet war, wenn das Kind auf der Welt war, würden die Schatten der Vergangenheit bestimmt verblassen.

»Wird dir die Arbeit nicht zuviel?« fragte er, als sie ihm ihren ausgefüllten Tageslauf schilderte.

»Ach woher denn, in der Klinik habe ich doch viel mehr zu tun gehabt.«

»Du darfst dich nicht übernehmen, Patrizia«, mahnte er, »denk immer daran, daß du nicht mehr nur für dich allein auf der Welt bist.«

»Das tue ich schon, Rainer«, sagte sie dankbar, »sei unbesorgt.«

»Und du hast keinerlei Beschwerden?«

»Nur das Übliche. Ein bißchen Übelkeit und so. Und meine Röcke werden langsam zu eng. Aber das gehört dazu.«

»Mein tapferes Mädchen«, sagte er. Er hatte in seiner Praxis so oft Frauen erlebt, die von den geringsten Wehwehchen ein gewaltiges Aufsehen machten, so daß ihm ihre Haltung wirklich imponierte.

»Weißt du, ich bilde mir fest ein, es wird ein Junge«, sagte Patrizia strahlend.

»Es ist unser Kind. Ob Junge oder Mädchen, das ist doch ganz unwichtig. Aber ich meine, ich sollte dich doch jetzt bald einmal untersuchen.«

In diesem Augenblick kam der Kellner an ihren Tisch.

»Ein Anruf für Sie, Herr Dr. Schumann!«

Er stand auf. »Das hat gerade noch gefehlt!«

»Hoffentlich brauchen sie dich nicht in der Klinik«, sagte Patrizia.

Er folgte mit raschen Schritten dem Keller in das Büro, wo der Apparat stand, ergriff den Hörer, der auf dem Telefonbuch lag und meldete sich.

Er erschrak, als er die Stimme seiner Schwiegermutter erkannte.

»Ich habe hier einen Brief für dich, Rainer«, sagte Frau Karlson, »von Astrid!«

Die Telefonverbindung war schlecht, Dr. Schumann konnte seine Schwiegermutter kaum verstehen – oder war es das Brausen in seinen Ohren, das die Verständigung erschwerte?

»Sprich lauter, Mama«, rief er, »was hast du gesagt? Ein Brief?«

»Ja, von Astrid!«

»Ist sie denn ... fort?«

»Sie wollte uns verlassen, Rainer, aber ...«

»Ich verstehe dich nicht!«

»Sie wollte fort, Rainer! Schlaftabletten!«

Ihm war es, als setzte sein Herz einen Schlag lang aus.

Er hielt den Hörer krampfhaft umklammert, unfähig, ein Wort hervorzubringen.

»Rainer!« rief seiner Schwiegermutter. »Rainer! Bist du noch da? Hast du mich verstanden?«

»Ja, ja!« Er hatte seine Stimme kaum noch in der Gewalt. »Sie ist doch nicht ... um Gottes willen. Bitte, sag mir die Wahrheit!«

»Sie lebt, Rainer! Sie ist gerettet! Ich wollte dich nicht erschrecken, ich ...«

»Aber wie konnte das geschehen?« rief er. »Warum?«

»Ich weiß es nicht, Rainer ...«

»Ich komme nach Hamburg, Mama! Ich werde sehen, daß ich heute noch ein Flugzeug kriege ...«

»Nein, Rainer, nein! Das sollst du nicht!«

»Aber ich muß doch!«

»Nein! Sie liegt in der Klinik, ich habe heute nachmittag mit Professor Gottschall gesprochen. Die Ärzte wünschen keinen Besuch ... keinerlei Aufregung, verstehst du?«

»Aber dann ...«

»Sie liegt auf der psychiatrischen Abteilung, Rainer ...«

»Es ist meine Schuld«, sagte er erschüttert, »alles ist meine Schuld.«

»Nein, Rainer, du konntest doch nicht wissen ...«

»Laß nur, Mama, du brauchst nicht ...« Seine Stimme versagte. »Jedenfalls«, sagte er nach einer kleinen Pause, »ich danke dir, daß du mich verständigt hast. Bitte, halte mich auf dem laufenden … gib mir sofort Bescheid, wenn ich sie sehen kann.«

»Der Brief, Rainer …«

Er fuhr sich mit der Hand über die Stirn, die feucht von Angstschweiß war. »Ach ja«, sagte er.

»Ich fand ihn auf Astrids Nachttisch, heute morgen, als ich … als ich in ihr Zimmer kam. Er ist verschlossen. Ich könnte ihn dir natürlich schicken, aber … ich dachte, vielleicht … er könnte doch eine Erklärung enthalten.«

Dr. Schumann zögerte eine Sekunde. Dann sagte er entschlossen: »Lies ihn mir vor, bitte …«

»Ich soll ihn öffnen?«

»Ja.«

Er hörte das scharfe Geräusch zerreißenden Papiers.

»Mein Geliebter«, las Frau Karlson, »wenn ich dich noch so nennen darf. Aber ich glaube, ich darf es, denn ich habe dich immer geliebt. Ich liebe dich auch heute noch. Deshalb schreibe ich dir. Damit du es weißt und damit du nicht glaubst, daß dich eine Schuld trifft an dem, was ich jetzt tun muß. Ich muß es tun, es war wohl vorausbestimmt …« Tränen erstickten Frau Karlsons Stimme.

»Lies weiter, Mama! Ich bitte dich!«

Frau Karlson unterdrückte ihr Schluchzen, las mit gequälter, halb erstickter Stimme: »Ich habe immer Angst gehabt, schreckliche Angst. Vor dem Leben, und auch vor der Ehe, ja, ganz besonders vor der Ehe. Aber ich hatte geglaubt, ich könnte damit fertig werden, weil ich dich so sehr liebte. Aber ich hatte nicht die Kraft dazu. Ich habe dich unglücklich gemacht, ich weiß es. Ich habe versagt, vom ersten Tag an. Bitte, verzeih mir alles, auch was ich dir jetzt antue. Ich nehme dein Kind mit mir in den Tod …«

»Mein Kind!«

»Ja«, sagte Frau Karlson, »so schreibt sie.« Astrids Mutter schluchzte verzweifelt.

Ein entsetzlicher Gedanke schoß durch Dr. Schumanns Kopf: war Astrid geistesgestört? War es das? Wie sonst könnte sie von einem Kind schreiben, das gar nicht existierte?

»Entschuldige«, sagte Frau Karlson, »ich ... also, ich werde jetzt ...« Sie putzte sich kräftig die Nase, las weiter: »Ich habe dieses Kind nicht gewollt, du weißt es. Ich bin unfähig, es zur Welt zu bringen. Ich kann es nicht. Verachte mich nicht zu sehr, Geliebter, verachte mich nicht über den Tod hinaus. Ich war deiner Liebe nicht wert. Diese Angst, diese grauenvolle Angst wird erst enden, wenn mein Leben ausgelöscht ist. Bald wird es soweit sein. Nur noch Stunden. Ich bin nicht unglücklich, ich bin froh. Vergiß mich, mehr will ich nicht. Vergessen und vergessen werden. Schlaf, Ruhe, ewiger Schlaf, das Ende aller Angst.« Frau Karlson weinte.

»Nichts mehr?« fragte Dr. Schumann.

»Nur noch die Unterschrift. Der Brief ist ... zum Schluß ... fast unleserlich.«

Dr. Schumann dachte nach. »Bring diesen Brief dem behandelnden Psychiater, Mama. Er könnte ein Anhaltspunkt sein.«

»Wenn du es erlaubst ...«

»Natürlich. Es kommt jetzt nicht mehr auf unsere privaten Gefühle an, sondern nur noch darauf, daß Astrid wieder gesund wird, völlig gesund.«

Als Dr. Schumann an seinen Tisch zurückkehrte, hatte der Kellner den Rotwein gebracht und eingeschenkt. Patrizia hatte ihr Glas zur Hälfte geleert. Ihre Wangen hatten Farbe bekommen – aber ihr Lächeln erlosch, als sie den Ausdruck in Dr. Schumanns Gesicht sah.

»Ist etwas passiert?«

»Ja«, sagte er kurz.

»Mußt du fort?«

»Nein.« Er setzte sich, zündete sich eine Zigarette an – seine Hände waren unsicher.

»Der Anruf kam also nicht von der Klinik?«

Dr. Schumanns aufgestaute Erregung machte sich in einer Explosion Luft. »Zum Donnerwetter … nein!«

»Warum schreist du so mit mir?« sagte Patrizia gekränkt. »Ich habe dir schließlich nichts getan. Es ist nicht meine Schuld, wenn du eine schlechte Nachricht erhalten hast.«

»Natürlich nicht«, sagte er in verändertem Ton, »entschuldige bitte.« Er hatte das eben Erfahrene noch nicht innerlich verarbeitet, überlegte krampfhaft, wie er es Patrizia beibringen sollte.

»Komm, komm!« sagte sie zärtlich und tätschelte seinen Arm. »Mach nicht so ein Gesicht wie ein brummiger Bär. Wenn du es mir nicht sagen willst, dann reden wir eben über etwas anderes.«

Er nahm einen tiefen Zug aus seiner Zigarette. »Der Anruf, sagte er mühsam, »kam aus Hamburg.«

»Von Astrid?«

»Nein. Von meiner Schwiegermutter.«

»Ach, schaltet die sich jetzt ein?«

Er sah sie an, und plötzlich war sie für ihn eine Fremde. Er begriff nicht, daß es jemals etwas gegeben haben sollte, was ihn mit ihr verbunden hatte.

»Meine Schwiegermutter«, sagte er, »ist eine wunderbare alte Dame. Ihr Klatschhaftigkeit oder Indiskretion zuzuschreiben, ist …«

»Aber das habe ich doch gar nicht getan!«

»Es schien mir aber so.«

»Weil du jedes Wort von mir auf die Goldwaage legst! Was sollte ich denn gegen deine Schwiegermutter haben? Ich kenne sie ja gar nicht. Ich wundere mich nur, daß sie dich anruft … und ich kann mir nichts anderes vorstellen, als daß das irgendwie mit eurer Scheidung zusammenhängt.«

Dr. Schumann sah sie aus verengten Augen an. »Astrid hat einen Selbstmordversuch gemacht!«

Die Wirkung dieser brutalen Eröffnung blieb aus.

»Ach«, sagte Patrizia nur und betrachtete interessiert ihre Fingernägel.

»Das ist alles?« fragte er. »Mehr fällt dir dazu nicht ein, als ... ach?«

Sie zuckte die Schultern. »Was erwartest du denn jetzt von mir? Daß ich in Tränen ausbreche? Oder was?«

»Ein bißchen Anteilnahme und Mitgefühl. Aber das wäre wohl zuviel verlangt.«

»Du tust mir leid, Rainer«, sagte sie, »ganz ehrlich ...«

»Ich? Wieso ich? Ich sitze hier bei dir, gesund und munter ...«

»Na, munter ist doch wohl übertrieben. Du solltest in einen Spiegel sehen. Deine liebe Frau hat dich mit diesem Schachzug ganz schön getroffen.«

»Willst du etwa behaupten ...«

»Aber Rainer, sei doch nicht so dumm! Selbstmordversuch ... wenn ich das schon höre! Sie ist doch wirklich nicht die erste, die versucht, sich auf diese Weise interessant zu machen.«

»Patrizia! Nie hätte ich geglaubt ...«

»Du kennst eben die Frauen nicht, Rainer. Sonst würdest du auf einen so uralten Trick nicht 'reinfallen.«

»Es war kein Trick, Patrizia! Sie hat es ernst gemeint ... todernst!«

»Komisch, daß sie es nicht geschafft hat, wie? Als Frau eines Arztes noch dazu, die doch wirklich Bescheid wissen sollte.«

»Pfui Teufel«, sagte er angewidert, »oh, pfui Teufel!« Er sprang auf, um sich gleich darauf wieder zu setzen. Er mußte dieses Gespräch beenden. Patrizia sah ihn aus spöttischen Augen an. »Rainer, bitte, nimm doch Vernunft an! Ich kann mir ja vorstellen, daß das ganze Theater dir einen Schock verpaßt hat. Das war ja schließlich auch der Sinn der Sache. Aber wenn du dir einmal alles in Ruhe überlegst ... der Fall liegt doch sonnenklar. Deine Frau ist wahrscheinlich daraufgekommen, daß es doch nicht ganz so angenehm für sie sein wird, als geschiedene Frau herumzulaufen ... vielleicht hat sie auch herausgekriegt, daß wir beide uns lieben, und das hat sie auf die Palme gebracht. Auf normale Weise hätte sie dich nicht zurückerobern können, das war ihr klar. Also mußte sie sich schon etwas Besonderes einfallen lassen ... Selbstmord! Da hast du die ganze Geschichte.«

Er zerstieß seine Zigarette im Aschenbecher. »Wie du dich irrst, Patrizia ... wie sehr du dich irrst. Ich selbst habe ihr in Hamburg von dir erzählt ...«

»Na, da haben wir es ja schon«, erklärte Patrizia. »Ihr Selbstmordversuch ist die Antwort darauf.«

»Nein, nein und noch einmal nein!«

»Weshalb regst du dich so auf? Du wolltest meine Meinung doch hören ... oder nicht? Aber wenn es dir nicht paßt, kann ich genausogut schweigen. Reden wir also wirklich von etwas anderem.«

»Nicht, bevor du nicht die ganze Wahrheit weißt!«

»Du willst nach Hamburg fahren?«

»Nein.«

»Das ist sehr vernünftig, ich sage dir ...«

»Möchtest du, bitte, mich jetzt einmal reden lassen?«

Er sah sie so zornig an, daß sie erschrak. »Astrid erwartet ein Kind.«

»Nein!« – Dieser Schlag hatte gesessen. Patrizia wurde totenblaß, sie preßte die Hände vor die Brust.

»Vielleicht hast du auch jetzt eine banale Erklärung bei der Hand«, sagte er böse.

Patrizia rang nach Worten. »Aber ... das ist doch unmöglich«, sagte sie endlich, »sie hat doch niemals Kinder gewollt. Das war es doch, weshalb ihr euch entfremdet hattet. Du hast mir doch erzählt ...«

»Sie hat trotzdem empfangen.«

»Woher weißt du das?«

»Sie hat es mir geschrieben. In ihrem Abschiedsbrief.«

»O mein Gott«, sagte Patrizia erleichtert, und ihre Verkrampfung löste sich, »mein Gott, und ich hatte schon geglaubt ...!« Sie lachte auf.

»Du findest das komisch?«

»Ja, Rainer, ja ... ungeheuer komisch sogar! Daß ich mich so habe ins Bockshorn jagen lassen! Ich hatte geglaubt, man hätte sie untersucht und ...«

»Das wird inzwischen wohl auch der Fall sein.«

»Dann rufe in dem Krankenhaus an, in dem sie liegt. Erkundige dich! Aber ich kann dir jetzt schon sagen, was du erfahren wirst ... von einem Kind kann keine Rede sein.«

»Du machst es dir sehr bequem, meine Liebe. Was dir nicht paßt, das schiebst du einfach von dir weg.«

»Aber nein, Rainer! Verstehst du denn nicht? Sie wollte es ganz besonders schlau machen. Sie hat dich überschätzt ... ein Selbstmordversuch, dachte sie, wird vielleicht nicht genügen, um dich weich zu machen. Deshalb die Sache mit dem Kind. Nach der Methode: doppelt genäht hält besser.«

Patrizias Augen flackerten.

»Du kennst meine Frau nicht«, sagte er, »nur deshalb ist es möglich, daß du ihr solche Dinge unterschiebst. Astrid wäre niemals fähig ...«

»Du wünscht dir also, daß sie die Wahrheit geschrieben hat?« Patrizia stieß mit einer unbeherrschten Bewegung ihr Glas um. Der rote Wein ergoß sich über das Tischtuch, bespritzte ihr Kleid, ohne daß sie es beachtete. »Gib es doch zu! Du möchtest wohl haben, daß es so wäre, wie sie es sich zurechtphantasiert hat!«

»Nein, Patrizia, nein ...«

»Wünsch dir das nicht, Rainer«, sagte sie drohend, »ich warne dich! Du kannst nicht zu ihr zurück und mich sitzenlassen ... mich und mein Kind! Mich wirst du nicht wieder los. Versuch es erst gar nicht. Du kannst mich in den Tod treiben ... ja, das kannst du. Und verlaß dich drauf, wenn ich mich umbringen will, dann gelingt es mir auch. Bei mir gibt es keine halben Sachen ...«

»Patrizia, bitte, beruhige dich doch!« sagte er. »Alle Leute sehen sich schon nach dir um! Nimm dich doch zusammen!«

Doch sie war viel zu sehr außer sich, um seine Worte überhaupt aufzunehmen. »Aber glaub bloß nicht«, schrie sie unbeherrscht, »daß du deines Lebens nachher noch froh werden könntest ... du und deine bezaubernde Astrid. Ich wüßte schon, an wen ich meine Abschiedsbriefe richten würde ... nicht an dich, o nein! An die maßgebenden Stellen. Wenn das, was du mir angetan hast, erst ans Licht kommt, bist du erledigt. Keine Frau der Welt würde sich so einem, wie du es bist, noch anvertrauen!«

»Wie gut du mit ihm umgehen kannst, Eva!« lobte Professor Overhoff.

Er hatte sich auf die Fensterbank des Kinderzimmers geschwungen und sah zu, wie seine Tochter den kleinen Hanno badete.

»Es macht mir ja Spaß, Vater«, sagte sie lächelnd, ohne den Kleinen auch nur für ein Sekunde aus den Augen zu lassen. Sie hatte ihre rechte Hand unter den Nacken des Jungen gelegt, der vergnügt krähend im Wasser planschte, mit der Linken seifte sie den strammen kleinen Körper zärtlich ab.

Professor Overhoff genoß dieses hübsche Bild. Er fühlte sich fast glücklich in diesem Augenblick. Der Schmerz um Susanne war zwar noch da, und er würde ihn wohl sein ganzes Leben nicht wieder verlassen, aber es war ihm, als ob auf dem dunklen Hintergrund seines Leidens das Bild seiner Kinder nur um so leuchtender hervorträte. Seit der kleine Junge im Haus war, war die Entfremdung zwischen Vater und Tochter gewichen, und nicht nur das – Eva hatte mit ihrer Liebe zu dem Brüderchen den Kleinen dem Herzen seines Vaters nähergebracht.

Jetzt spülte sie ihn ab, ließ ihn noch ein wenig im Wasser paddeln, erst auf dem Rücken, dann auf dem Bauch, um ihn endlich mit Schwung hochzuheben und auf das auf der Wickelkommode ausgebreitete Badetuch zu setzen.

»Wenn man dich so ansieht«, sagte Professor Overhoff nachdenklich, »sag einmal, ist dir eigentlich noch nicht der Gedanke gekommen, Kindergärtnerin zu werden?«

»Nein, Vater«, sagte Eva, und ihr Lächeln vertiefte sich, wurde geheimnisvoll.

»Aber das wäre doch eine Idee, Eva! Kindergärtnerin oder auch Säuglingsschwester, wenn dir die kleinen Kinder lieber sind ...«

»Ich mache da nicht so feine Unterschiede!« Eva hatte den Kleinen trockengerubbelt, puderte ihn ein, verknüpfte geschickt die Windel.

»Ich will dich ja zu nichts überreden, Eva, aber das sind sehr weibliche Berufe, und alles, was du in der Ausbildung lernst, wirst du später als Mutter brauchen können.«

Eva zog dem Kleinen das Schlafhemdchen über den Kopf und steckte die unruhig strampelnden Händchen durch die Ärmel.

»Ich habe eigentlich andere Pläne, Vater.«

»Du willst nicht heiraten?«

»Na, in diesem Punkt möchte ich mich jetzt noch nicht festlegen.«

»Jetzt verstehe ich dich überhaupt nicht mehr.«

Eva knöpfte das buntgemusterte Hemdchen, das wie ein Schlafsack gearbeitet war, unten zu, bürstete zärtlich das flaumige Haar des kleinen Jungen und reichte ihn dem Vater.

»Willst du ihn, bitte, einen Augenblick halten?«

Professor Overhoff blieb nichts anderes übrig, als seinen kleinen Sohn in die Arme zu nehmen. Aber er fühlte sich recht unbehaglich dabei. Der Junge hörte sofort auf zu lächeln und herumzupatschen, sah ihn mit einem ernsthaft forschenden unausweichlichen Kinderblick an.

»Na, guck mich nur an!« sagte Professor Overhoff. »Es wird höchste Zeit, daß wir beide richtig Bekanntschaft miteinander schließen. Ich bin dein Vater.«

Wie auf ein Stichwort riß Hanno den zahnlosen Mund weit auf und begann aus Leibeskräften zu brüllen. Sein Köpfchen wurde purpurrot dabei, seine runden Augen verengten sich zu Schlitzen.

»Komm, komm, komm ... ich beiße ja nicht«, sagte Professor Overhoff beruhigend, »was ist denn los mit dir? Hör auf zu brüllen, es hat dir ja niemand etwas getan.«

Eva hatte das Wasser aus der Plastikwanne gelassen, Wanne und Eimer ins Bad gebracht. Jetzt kam sie mit der Milchflasche in der Hand ins Kinderzimmer zurück.

Professor Overhoff schritt, den kleinen Jungen fest im Arm, auf und ab, wiegte ihn leicht hin und her – aber nichts half, Hannos Geschrei wurde eher noch lauter.

»Mir scheint, du magst mich nicht, mein Kleiner«, sagte Professor Overhoff irritiert.

Eva lachte. »Unsinn, Vater! Er kann es einfach nicht mehr abwarten, bis er sein Fläschchen kriegt. Bei Patrizia und mir macht er das genauso. Gib du ihm die Flasche ... komm, setz dich daher. Dann wirst du schon sehen, wie schnell er wieder ganz friedlich wird!«

Sie drängte den Vater zu dem kleinen, mit buntem Kreton bezogenen Sessel und gab ihm die Flasche. Hanno griff mit beiden Händen danach und zog sich den Sauger zum Mund.

»Halt die Flasche ein bißchen zurück«, sagte Eva, »so ... halb schräg und immer ein bißchen zurückziehen ... na, siehst du, du hast es ja schon 'raus!«

Sie schwang sich auf die Sessellehne, schlang ihren Arm um die Schulter des Vaters.

»Wir hatten eben über deinen zukünftigen Beruf gesprochen, Eva«, sagte Professor Overhoff, »ich mache mir wirklich Gedanken ...«

»Das brauchst du gar nicht, Väterchen!« Sie beugte sich herab und wischte mit einem Tüchlein die herabtropfende Milch von Hannos Mündchen. »Ich weiß schon, was ich werden will ... Kinderärztin!«

»Nein!« sagte Professor Overhoff impulsiv.

Eva löste sich von ihm, sprang auf. »Und warum nicht?« rief sie kampflustig. »Etwa weil die Ausbildung zu lang ist? Oder zu teuer? Willst du mir erzählen, ich würde mittendrin aufgeben und heiraten ...«

»Nichts von alldem, Eva«, unterbrach Professor Overhoff sie, »und damit wir uns von vornherein richtig verstehen: wenn du tatsächlich Kinderärztin werden willst, werde ich es selbstverständlich erlauben.«

»Aber?«

»Ich fürchte, du machst dir nicht ganz klar, was der Arztberuf wirklich bedeutet. Es geht nicht nur ums Heilen und Helfen, wie man sich das als junger Mensch vorstellt. Man kommt als Arzt in Situationen, die ... ach, Eva, mach es mir doch nicht so schwer. Denk doch nur an Mutter.«

»Ja, und?«

»Sie hätte dein Brüderchen nicht bekommen sollen. Als Arzt wußte ich, daß sie ihr Leben damit aufs Spiel setzte. Und dennoch konnte ich es nicht verhindern.«

Eva blickte auf ihre Fußspitzen herab, ihr Gesicht war plötzlich sehr ernst geworden. »Hättest du es wirklich nicht gekonnt?« fragte sie.

»Ich hätte ihr das Kind nehmen können, ganz zu Anfang der Schwangerschaft. Das ist richtig, jedenfalls in Theorie. Aber eine Schwangerschaftsunterbrechung bedeutet immer einen körperlichen Schock für eine Frau. Selbst wenn sie das Kind im Grunde gar nicht haben will. Aber deine Mutter ... du weißt es selbst, wie sehr sie sich unseren Jungen gewünscht hat. Und gegen ihren Willen ... was konnte ich da tun?«

»Wenn du ihr die Gefahr ganz klargemacht hättest ...«

»Ach, Eva, glaubst du denn nicht, daß wir hundertmal über alles gesprochen haben? Jede Nacht und jeden Tag? Vielleicht hätte ich ihren Willen brechen können, aber damit hätte ich ihr Vertrauen verloren. Sie hätte es mir nie verziehen.«

»Ich mache dir keinen Vorwurf«, sagte Eva leise.

»Aber ich selbst ... wenn du wüßtest, wieviel Vorwürfe ich mir gemacht habe! Und deine Mutter ist nicht einmal ein Einzelfall. Gerade jetzt habe ich wieder eine Patientin ...« Er stockte.

»Bitte, Vater, sag es mir! Ich bin ja schließlich kein Kind mehr!«

»Schwangerschaft im sechsten Monat«, sagte Professor Overhoff, »und Krebs. Aber sie will es riskieren, will das Kind behalten. Und ich hatte nicht die Kraft ... die moralische Kraft ... sie umzustimmen. Weil ich einfach nicht weiß ... ja, ich weiß es nicht ... was richtig und was falsch ist.«

»Ist es ihr erstes?«

»Nicht einmal das. Sie hat zwei gesunde kleine Jungen.«

»Aber dann ...«

»Ich bin nicht der liebe Gott, Eva ... das ist es. Wie kann ich über Leben und Tod entscheiden! Verstehst du ... wenn ich ihr jetzt das Kind nehmen würde, wäre ihr Leben wahrscheinlich gerettet, wahrscheinlich, aber auch nicht mit hundertprozentiger Sicherheit. Wenn ich noch fünf oder sechs Wochen zuwarte, kann ich das Kind retten, und die Mutter ist verloren ... aber auch das ist nicht sicher. Möglich, daß eine Operation auch dann noch Erfolg hat.«

»Und ihr Mann«, fragte Eva nachdenklich, »was sagt er dazu?«

»Er will die sofortige Operation. Er ist ein krasser Egoist.«

»Weil er seine Frau behalten will?«

»Nicht deshalb. Überhaupt. Ich habe den Eindruck, sie ist die wertvollere von den beiden ... und die liebendere. Auch das hat mir die Entscheidung so schwer gemacht. Wenn ich ihr das Kind nähme, würde sie gewiß in eine seelische Krise geraten. Ob dieser Mann dann genügend Geduld mit ihr haben würde? Sie könnte wahrscheinlich keine Kinder mehr bekommen. Ob ihn diese ... Unfruchtbarkeit nicht doch stören würde? Oder ob nicht die Versuchung sehr naheläge, diese Situation als Vorwand zu nehmen, sich einer anderen zuzuwenden? Es wäre nicht der erste Fall.«

Eva hob den Kopf. »Ganz ehrlich, Vater ... ich finde, du machst dir zu viele Gedanken!«

»Es geht um Leben oder Tod!«

Hanno hatte sein Fläschchen ausgetrunken. Sie nahm es ihm fort, hob den Kleinen vom Schoß des Vaters und hielt ihn hoch, damit er sein Bäuerchen machen konnte.

»Ich begreife schon, warum du mir das erzählst. Aber ... Kinderärztin, das ist doch etwas ganz anderes. Ich würde doch nie vor solche Entscheidungen gestellt werden.«

»O doch, Eva, du würdest. Es gibt sehr arme Kinder, verkrüppelte Kinder, schwachsinnige, deren Existenz für die Familie nur Qual bedeutet. Stell dir vor, so eines würde krank, und du weißt, die Mutter wäre froh, wenn es erlöst wäre ...«

»Ich würde niemals töten«, sagte Eva.

»Nein, das würdest du nicht. Aber würdest du es wirklich für richtig halten, mit allen Mitteln ... mit den teuersten Medikamenten und dem größten Maß an Aufopferung um das unerwünschte Leben dieses Kindes zu kämpfen?«

Evas Augen waren sehr dunkel geworden. »Ich weiß es nicht, Vater«, sagte sie ehrlich.

»Da siehst du! Das ist der Grund, warum ich dich vor dem Arztberuf warnen möchte.«

»Ich danke dir, Vater«, sagte Eva. »Ich weiß, du meinst es gut. Aber ist es nicht so, daß wir Menschen ... besonders wir jungen ... es uns nicht so leicht machen dürfen? Wenn alle versuchten, sich vor den Entscheidungen zu drücken, wäre doch nicht geholfen.« Sie tat einen leichten Seufzer. »Aber ich werde mir das, was du mir gesagt hast, durch den Kopf gehen lassen.«

Eva stellte sich auf die Zehenspitzen und gab ihm, den kleinen Hanno im Arm, einen zärtlichen Kuß auf die Wange.

Astrid Schumann saß, durch Kissen im Rücken gestützt, aufrecht in ihrem Krankenbett. Sie hatte das kastanienbraune Haar aus der Stirn und hinter den Ohren zurückgebürstet, und diese schlichte Frisur brachte die Schönheit ihres ebenmäßigen Gesichtes wunderbar zur Geltung. Sie hatte ihre Lippen in einem zarten Pastellrot getönt, die langen, seidigen Wimpern getuscht. Das hellblaue Seidennachthemd, das ihr die Mutter ins Krankenhaus gebracht hatte, wurde hoch oben am Hals mit einem teefarbenen Spitzenkragen abgeschlossen. Sehr gefaßt und sehr damenhaft lächelnd sah sie dem Arzt entgegen.

»Guten Morgen, gnädige Frau«, sagte der Psychiater, »ich bin Dr. Leuthold, Ihr Arzt ...«

Sie reichte ihm die schmale Hand. »Guten Morgen, Herr Doktor ... nett, daß Sie nach mir schauen.«

»Wie fühlen Sie sich heute?«

»Danke, sehr gut ...«

»Das ist fein.« Dr. Leuthold zog sich einen Stuhl an das Bett der Patientin, setzte sich.

»Ich möchte gern so bald wie möglich wieder nach Hause«, sagte Astrid.

»Gefällt es Ihnen nicht bei uns?«

»O doch, natürlich, nur ... ich fühle mich gar nicht mehr krank. Ich möchte gern aufstehen.«

»Aber das können Sie doch! Warum nicht? Ich würde es sogar gern sehen, wenn Sie etwas Bewegung machten.«

»Hier ... in diesem Zimmer?«

»Vorerst. Sobald Sie sich kräftiger fühlen, dürfen Sie auch einen Spaziergang im Garten machen.«

»Aber ich will nach Hause, Herr Doktor!«

»Ein bißchen Geduld, liebe gnädige Frau. Noch bedürfen Sie der Pflege.«

»Meine Mutter könnte mich genausogut zu Hause pflegen.«

»Aber das wollen wir ihr doch nicht zumuten, nicht wahr?«

»Und warum nicht? Schließlich ... Sie können mich doch nicht wie eine Gefangene behandeln!«

»Aber, aber ... gnädige Frau!«

»Doch, ich bin eingesperrt. Glauben Sie, ich merke das nicht? Ständig werde ich beobachtet. Das ist einfach grauenhaft! Sehen Sie sich nur meine Hände an ... da! Der Nagellack ist abgeblättert, zwei Nägel sind gebrochen ... und die Schwester weigert sich, mir mein Nagelnecessaire zu geben! Dabei weiß ich genau, daß meine Mutter es mir mitgebracht hat!«

»Ich werde veranlassen, daß unsere Maniküre Ihre schönen Hände wieder in Ordnung bringt«, sagte Dr. Leuthold ruhig.

»Und warum darf ich es nicht selbst tun? Nicht einmal das?«

»Gnädige Frau ...«

»Sie fürchten doch nicht im Ernst, daß ich meinen ... diese Dummheit ... wiederholen könnte?«

»Wir wollen es nicht hoffen.«

Astrid lachte gezwungen. »Kein Mensch tut so etwas ein zweites Mal. Ich jedenfalls bestimmt nicht. Das verspreche ich Ihnen ganz fest.«

»Wunderbar, gnädige Frau ...«

»Sie glauben mir nicht?«

»Ich bin davon überzeugt, daß Sie es nicht tun wollen«, sagte der Psychiater vorsichtig.

»Ich begreife überhaupt nicht mehr, warum ich es getan habe.«

»Haben Sie darüber nachgedacht?«

»Natürlich. Es muß ... ein seelischer Kurzschluß gewesen sein. Anders kann ich es mir nicht erklären.«

»Sehen Sie, gnädige Frau, und wir wollen verhüten, daß es noch einmal zu einem solchen ... Kurzschluß, wie Sie es nennen ... überhaupt kommen kann.«

»Da kann ich Sie beruhigen, Herr Doktor ... ich bin geheilt, für alle Zeiten.«

»Nun«, sagte Dr. Leuthold freundlich und faltete die Hände, »wenn ich Sie wirklich entließe ... was für Pläne haben Sie sich für die Zukunft gemacht? Wollen Sie zu Ihrem Gatten zurückkehren?«

Eine fiebrige Röte stieg in Astrids bleiche Wangen. »Ich ... nein. Das nicht. Wir haben uns auseinandergelebt und ... also, ich glaube, das wäre wirklich nicht das Richtige.«

»Sie wollen also Ihr Kind allein aufziehen?«

Astrids blaue Augen wurden schwarz vor Entsetzen. »Ich ... mein ... «, stammelte sie, »woher wissen Sie das?«

»Vielleicht«, sagte Dr. Leuthold, »hat der Vater doch ein gewisses Recht auf sein Kind ... und das Kind auf seinen Vater.«

»Ich ... nein, nein!« Astrids Fassung zerbrach wie eine tönerne Maske. »Ich will es nicht ... ich will kein Kind! Ich könnte es nicht ertragen!«

»Ich verstehe«, sagte Dr. Leuthold sehr ruhig.

»Nichts verstehen Sie!« schrie Astrid. »Sie sind ein Mann! Wie können Sie verstehen, was es bedeutet, ein Kind zur Welt zu bringen? Diese Qual, dieses Blut, dieses Grauen! Nein! Nein! Nein! Ich will es nicht!«

»Haben Sie denn schon einmal eine Geburt miterlebt?«

»Ich? Nein! Glauben Sie, ich könnte mir so etwas ansehen? So etwas Grauenhaftes?«

»Woher wissen Sie dann ...«

»Jeder weiß es! Jeder! Gehen Sie doch einmal in eine gynäkologische Abteilung. Sie werden sehen ...«

»Gnädige Frau«, sagte Dr. Leuthold, »ich habe als Assistent auch auf der Gynäkologischen gearbeitet. Ich weiß über das Kinderkriegen wahrscheinlich sehr viel besser Bescheid als Sie. Und ich kann Ihnen versichern, daß eine Geburt für die meisten Frauen der größte Augenblick ihres Lebens ist. Sie haben völlig falsche Vorstellungen. Ich werde Ihnen erzählen ...«

Astrid preßte die Hände vor die Ohren, ihr Körper wurde von konvulsivischen Stößen geschüttelt. »Nein!«

schrie sie. »Ich will nichts hören. Ich will nicht, will nicht ... schweigen Sie!«

Dr. Leuthold stand auf. »Nun, ganz wie Sie wollen ...«

Er blieb abwartend stehen, bis sich Astrids Erregung ein wenig gedämpft hatte. Dann reichte er ihr ein Glas Wasser und zwei Tabletten. »Da, nehmen Sie das ... das wird Ihnen guttun!«

Astrid schluckte gehorsam. »Herr Doktor«, sagte sie flehend, »helfen Sie mir. Bitte. Ich will dieses Kind nicht. Ich könnte es nicht ertragen ... ich würde daran sterben, ich weiß es. Bitte, bitte, helfen Sie mir!«

»Wir werden sehen, gnädige Frau. Sie dürfen sich nicht so aufregen ... seien Sie gewiß, ich werde für Sie tun, was in meinen Kräften steht.«

Als die Sekretärin Dr. Winterfeld meldete, daß Gina Müller ihn zu sprechen wünsche, wußte er, daß dieser Besuch nur Unheil bedeuten konnte. Aber er hatte gelernt, sich zu beherrschen, und ließ sich nicht anmerken, was diese Nachricht bedeutete.

»Führen Sie sie herein«, sagte er sehr ruhig und lehnte sich in seinen Sessel zurück.

Er stand auch nicht auf, als Gina eintrat – sehr schick in einem reichlich kurzen großblumigen Seidenkleid, weißem offenem Mantel und weißem breitkrempigem Hut.

»Setz dich«, sagte er und wies mit der Hand auf den Sessel vor dem Schreibtisch.

Sie hob die schmalen gezupften Augenbrauen. »Bessere Manieren scheinst du in deiner Ehe auch nicht bekommen zu haben, Hugo!«

»Es ist ein Zeichen meiner guten Erziehung, daß ich dich überhaupt ohne Voranmeldung empfange.«

»Ah, wirklich?« Sie setzte sich, schlug die zartbestrumpften Beine übereinander, ohne sich darum zu kümmern, daß ihr enger Rock dabei über die Oberschenkel hinaufrutschte.

»Ich bin tief beeindruckt von deiner Großmut.« Sie zog ein Zigarettenpäckchen aus ihrer Handtasche, nahm eine Zigarette heraus, klopfte sie auf der Packung ab.

»Komm zur Sache«, sagte Dr. Winterfeld.

»Würdest du deiner Großzügigkeit die Krone aufsetzen und mir erst einmal Feuer reichen?«

Er klickte sein Feuerzeug auf und streckte den Arm über den Schreibtisch. Als sie sich ihm entgegenbeugte, war er gezwungen, einen unwahrscheinlich tiefen Blick in ihren Ausschnitt zu tun.

»Ich hoffe nur, du wirst dir keine Magengrippe holen«, sagte er.

»Wieso? Was meinst du?« Dann erst verstand sie ihn, lächelte, eher geschmeichelt als gekränkt, und zupfte ihren Ausschnitt zurecht. »Ach so! Ich finde es reizend, daß du dir Gedanken über meine Gesundheit machst!«

»Also ... was führt dich zu mir?«

»Kannst du dir das nicht denken?«

»Nein. Und ich habe auch weder Zeit noch Lust, Rätselraten zu spielen.«

»Es ist mir sehr peinlich, Hugo«, begann sie mit gespielter Zurückhaltung, »ich meine ... dir und vor allem deiner Frau gegenüber. Es war eine große Dummheit, daß ich mich überhaupt darauf eingelassen habe ... und euch gegenüber nicht fair. Ich weiß es selbst ...«

Er trommelte ungeduldig mit dem stumpfen Ende seines Kugelschreibers auf die Schreibtischplatte. Aber er stellte keine Zwischenfrage, weil er vollkommen sicher war, was er jetzt zu hören bekommen würde.

»Ich möchte meinen Jungen wiederhaben«, sagte Gina.

»Aha«, sagte er ruhig.

»Du bist nicht überrascht?«

»In keiner Weise. Ich kenne dich ziemlich genau, Gina. Ich hatte damit gerechnet, daß du ... solange das Adoptionsverfahren noch läuft ... früher oder später deine Muttergefühle entdecken würdest.«

»Du bist mir also ... nicht böse?«

»Überhaupt nicht. Hast du das Geld, daß ich dir vorgestreckt habe, gleich mitgebracht ... oder willst du es in Raten zurückzahlen?«

»Also das Geld, weißt du ...«, sagte sie zögernd, »also, ich finde, das hat mit der Adoption doch gar nichts zu tun. Es ist doch bestimmt rechtlich nicht zulässig, daß man sein eigenes Kind verkauft, oder?«

Dr. Winterfeld schwieg.

»Du bekommst das Geld bestimmt zurück, sobald das Geschäft erst besser geht«, sagte sie eifrig, »aber mein Junge, Thomas, gehört mir.«

»Ich kann es einklagen, Gina«, sagte er.

»Ja, das kannst du. Ich weiß. Aber das Geld, das du mir geliehen hast, gibt dir keinerlei Recht auf meinen Jungen.«

»Stimmt auffallend. Also ... wieviel?«

Gina machte große Augen. »Was meinst du damit?«

»Wieviel verlangst du dafür, daß du deine Einwilligung in die Adoption nicht zurücknimmst?«

»Aber ... du mißverstehst mich vollkommen! An so etwas habe ich gar nicht gedacht. Ich will meinen Jungen. Sieh mich nicht so an ... ich weiß, ich habe mich bisher nicht genügend um ihn gekümmert. Aber jetzt bin ich verheiratet, ich habe Zeit, ich könnte ihm ein Heim bieten ...«

»Ja, ja, ja«, sagte er ungeduldig, »geschenkt. Sind zehntausend genug?«

Gina dachte nach. Sie war tatsächlich ohne Nebenabsichten gekommen, nur von dem Wunsch beseelt, ihrem Leben einen Inhalt zu geben, und, wie sie sich selbst eingestand, Hugo Winterfeld und vor allem seiner Frau einen Schlag zu verpassen.

Jetzt plötzlich sah sie die Dinge in einem anderen Licht. Zehntausend Mark waren viel Geld, besonders, wenn ihr Mann nichts davon erfuhr, daß sie es erhalten hatte. Sie würde eine wundervolle Reise davon machen können, sich von der Ehe erholen, etwas erleben. War ein ungezogener kleiner Junge es wert, auf dieses Geld zu verzichten? Aber Hugo Winterfeld schien soviel an ihm zu liegen, vielleicht sogar noch mehr.

»Zwanzigtausend«, sagte sie kurz entschlossen.

Dr. Winterfeld stand auf. »Danke«, sagte er, »das genügt mir.«

»Gibst du mir das Geld?«

»Hältst du mich für einen Idioten? Bildest du dir wirklich ein, ich ließe mich von dir erpressen? Ausgeschlossen. Außerdem habe ich soviel Geld gar nicht zur Verfügung.«

»Dann gib mir die zehn, die du mir angeboten hattest.«

»Keinen Pfennig!«

»Fünftausend … und du wirst nie mehr etwas von mir hören.«

»Nein, Gina, nein! Hol dir den Jungen, wenn du willst …«

»Aber ich wollte doch nur …«

»Vergiß nicht deine Muttergefühle, das schöne Heim, das du ihm bieten kannst«, sagte er schneidend. »Hol ihn dir, verdammt noch mal. Aber laß dich nie wieder hier blicken!«

Gina sprang auf, funkelte ihn an. »Also so ist das! Du wolltest mich bluffen, mich für dumm verkaufen! Aber du hast dich verrechnet, so blöd bin ich nicht. Ja, ich werde meinen Jungen holen, gleich morgen früh, und versuch bloß keine Mätzchen. Ich werde ihn holen … und wenn es sein muß mit der Polizei!«

17

Seit Dr. Winterfeld für seine kleine Familie die neue Wohnung am Stadtrand gemietet hatte, war jede abendliche Heimkehr für ihn ein kleines Fest gewesen. Kirsten und der kleine Thomas empfingen ihn stets mit stürmischer Begeisterung, und da er sie nicht mehr jede Stunde des Tages in seiner Nähe wußte, hatte sich sein Gefühl für seine Frau und seinen Sohn noch mehr verstärkt. Die Heimkehr war zur Krönung des Tages geworden, der Beginn eines glücklichen Feierabends.

Aber heute war alles anders. Dr. Winterfeld wußte, daß er seiner Frau den schwersten Schlag ihres Lebens versetzen mußte. Die Eröffnung, die er ihr zu machen hatte, stand wie ein drohendes, unüberwindliches Hindernis vor ihm. Dennoch kehrte er früher als sonst nach Hause zurück, weil er es hinter sich bringen wollte und weil er, seit seiner Auseinandersetzung mit Gina, zu keiner wirklichen Konzentration auf seine Arbeit mehr fähig war.

Er fand Kirsten und den Jungen im Garten. Sie hatten Äste und dürre Zweige zusammengetragen, Unkraut aufgeschichtet und den kleinen Scheiterhaufen entzündet. Mit wilder Freude umtanzte Thomas das Feuer, während Kirsten den Flammen immer wieder Nahrung gab. Sie waren beide ihrem Tun so hingegeben, daß sie seine Ankunft erst bemerkten, als er in den Feuerkreis trat. Kirsten sprang aus ihrer hockenden Stellung auf, und Thomas rannte ihm mit einem solchen Anlauf in die Arme, daß er ihn beinahe umgerissen hätte.

»Nur nicht so stürmisch, junger Mann«, sagte er mit einem gezwungenen Lächeln.

»Oh, Vati, Vati!« rief Thomas, »sieh nur, was wir alles gemacht haben ... Unkraut gerupft und umgegraben und ... und ... und ...«

»Na, ich denke, die Hauptarbeit wird wohl deine Mutter getan haben!«

»Sag das nicht, Hugo!« Kirsten küßte ihn zärtlich auf die Wange. »Thomas hat tüchtig mitgeholfen!«

»Und ein eigenes Beet habe ich bekommen, Vati!« Der Junge zerrte seinen Vater an der Hand. »Guck doch mal, bitte, bitte! Da pflanze ich im nächsten Frühjahr Erdbeeren an und Radieschen und auch schöne Blumen!«

Das Beet des Jungen war nicht größer als einen Quadratmeter und stand in keinem Verhältnis zu seinen hochfliegenden Plänen. Trotzdem brachte es Dr. Winterfeld nicht fertig, über seinen Eifer zu lächeln. Das Herz lag ihm schwer und kalt in der Brust wie ein Stein.

»Ich will sonst gar nicht viel mit dem Garten machen, Hugo«, erklärte Kirsten, »nur Sträucher und Rasen … und dort in der Mitte ein schönes Rosenbeet!«

Er sah in ihre strahlenden Augen und sagte gezwungen: »Es wird sicher wunderschön werden, Kirsten!«

»Das Feuer!« schrie Thomas. »Mami, das Feuer geht aus!«

Dr. Winterfeld legte ihm die Hand auf das strubblige Haar. »Und das ist gut so, mein Sohn«, sagte er, »denn ich habe Hunger … und für dich ist es Zeit, in die Klappe zu verschwinden!«

»Oh, schon?« schrie Thomas.

Kirsten bückte sich zu ihm herab und küßte ihn zärtlich. »Morgen machen wir weiter, mein Liebling!«

Dr. Winterfeld wandte sich rasch ab. Er konnte es kaum ertragen. Die Frau, die er liebte, und sein kleiner Sohn, beide so ahnungslos und unbefangen. Und er war es, der ihr Glück zerstören mußte.

»Hallo, warte doch auf uns!« rief Kirsten, als er die Terrasse schon erreicht hatte.

Er mußte sich wohl oder übel umdrehen. Sie flogen über den Rasen auf ihn zu, beide mit dem gleichen blonden zerzausten Haar, beide in Blue jeans, die Kirstens jugendhafte Schlankheit noch betonten. Sie wirkten viel eher wie Geschwister als wie Stiefmutter und Sohn.

»In zwei Minuten steht das Essen auf dem Tisch«, versprach Kirsten ein wenig atemlos, als sie ihn eingeholt hatten, »wir waschen uns nur noch die Hände …« Sie half Thomas, die erdigen Stiefel auszuziehen und verschwand mit ihm zusammen im Haus.

Das Abendessen wurde für Dr. Winterfeld eine Qual. Sosehr er sich auch beherrschte, fühlte Kirsten doch, daß etwas nicht in Ordnung war.

»Hat es Ärger gegeben?« fragte sie.

Er zögerte: »Ja.«

»Du Ärmster!« Sie lächelte ihm ermunternd zu. »Aber du wirst schon damit fertig werden ... tüchtig wie du bist.«

»Wenn der Junge im Bett ist, werde ich es dir erzählen.«

Ihre klaren blauen Augen wurden groß vor Schrecken. »Es ist doch nicht ... wegen Thomas?«

»Doch«, sagte Dr. Winterfeld.

»Aber ...«

Dr. Winterfeld warf einen Blick auf den Jungen. »Nicht jetzt, Kirsten«, mahnte er.

Aber Thomas hatte schon mit dem Instinkt eines kleinen Tieres begriffen, daß etwas in der Luft lag, was ihn anging.

»Ich war's nicht«, sagte er trotzig. »Ich war's bestimmt nicht ...«

»Wovon redest du denn da?« rief Kirsten.

»Ich bin's nicht gewesen!« schrie der Junge.

»Komm, komm, hör auf damit«, sagte Kirsten beruhigend.

»Wir wissen doch, daß du brav warst. Jetzt iß schön auf ...«

Thomas schob seinen Teller mit einem trotzigen Ruck von sich. »Mag nicht mehr.«

Kirsten und Dr. Winterfeld tauschten einen Blick.

Dann sagte der Vater, der sonst immer so streng darauf bestand, daß der Teller leer gegessen wurde: »Dann laß es sein, mein Sohn ...verschwinde und wasch dich!«

Der Junge sah ihn herausfordernd an. »Ich will nicht!«

Kirsten stand auf. »Dann werde ich dich waschen und zu Bett bringen, ja?« Sie nahm den Jungen bei der Hand und zog ihn von seinem Stuhl hoch.

»Aber du bist ja selbst noch nicht fertig mit dem Essen«, sagte Dr. Winterfeld.

Kirsten lächelte schwach. »Ich mag auch nicht mehr!«

Dr. Winterfeld wartete nicht ab, bis die beiden verschwunden waren, er stand auf, ging ins Herrenzimmer hinüber, zündete sich eine Zigarette an und schenkte sich ein Glas Kognak ein. Er versuchte, sich die Worte zurechtzulegen, die er Kirsten sagen wollte, als handelte es sich um ein entscheidendes Plädoyer. Aber es gelang ihm nicht. Hier ging es nicht um ein fremdes Schicksal, sondern um sein eigenes Fleisch und Blut, das er nicht vor dem unerbittlichen Zugriff einer feindlichen Gewalt zu schützen vermochte.

Es dauerte eine gute Stunde, bis Kirsten wieder erschien. Sie hatte sich umgezogen, trug einen langen grauen Kaminrock mit einer weißen Spitzenbluse. Sie wirkte darin sehr lieblich und sehr verwundbar.

»Endlich ist er im Bett«, sagte sie, »und seinen Nachtisch hat er auch noch gegessen ...«

»Was für ein Glück«, sagte er bitter.

Sie trat zu ihm. »Du darfst ihm nicht böse sein, Hugo, er ist immer noch ... verschreckt. Er ist soviel herumgestoßen worden ...«

»Ja, ich weiß!« Er legte seinen Arm um ihre Schulter, zog sie an sich. »Kirsten«, sagte er, »ich habe eine Frage ...«

»Ja?«

»Liebst du mich?«

»Aber Hugo!«

»Liebst du mich noch so wie in der Zeit, als Thomas noch nicht bei uns war?«

Sie bot ihm ihre Lippen. »Mehr, Hugo, viel mehr! Ich liebe dich und deinen Sohn!«

Er küßte sie flüchtig, führte sie zu einem Sessel. »Ich bin dein Mann, Kirsten«, sagte er, »und Thomas ist das Kind einer anderen Frau.«

»Daran denke ich nie«, sagte Kirsten, »ich habe ihn nicht geboren, das ist wahr ... aber er ist mein Junge geworden. Und jetzt erzähl mir endlich, was du auf dem Herzen hast!«

»Wir können den Jungen nicht behalten«, sagte er.

Sie sah ihn an, und er begriff, daß sie ihn gar nicht richtig verstanden hatte. Er ließ ihr Zeit.

»Macht das Vormundschaftsgericht Schwierigkeiten?« fragte sie endlich.

»Nein«, sagte er. »Seine Mutter. Sie war heute bei mir. Sie will Thomas zurückhaben.«

Noch immer war sie nicht wirklich beunruhigt. »Aber du wirst doch wohl mit ihr fertig werden!«

»Nein«, sagte er. »Ich sehe keine Möglichkeit.«

»Du siehst keine ...« Sie lachte fast. »Aber Hugo, erzähl mir doch nichts! Du willst mich bloß erschrecken! Schließlich bist du Rechtsanwalt, der beste Rechtsanwalt ...«

»Kirsten«, sagte er, »willst du es denn nicht begreifen? Es gibt Fälle, in denen auch der beste Rechtsanwalt versagen muß. Jede Mutter hat ein natürliches und gesetzlich verankertes Recht auf ihr Kind. Gina will Thomas wiederhaben. Wir können da gar nichts machen.«

Jetzt endlich ging ihr die ganze Tragweite des Geschehens auf. Sie wurde blaß bis in die Lippen hinein. »Nein!« stieß sie hervor und preßte die Hände gegen ihr Herz, »nein!«

»Komm, nimm einen Schluck Kognak!«

Er reichte ihr das Glas, aber sie stieß es so heftig zurück, daß der Inhalt überschwappte und über seine Finger tropfte.

»Nein!« schrie sie. »Ich gebe ihn nicht her! Niemals!«

»Kirsten«, sagte er, »ich bitte dich, Kirsten ...«

»Du willst ihn mir wegnehmen«, schrie sie außer sich, »du ... nur du bist schuld! Er stört dich ... du bist eifersüchtig auf ihn! Ja, das ist es! Glaubst du denn, ich hätte es nicht gemerkt? Aber du kannst ihn mir nicht wegreißen ... du kannst es nicht!«

»Kirsten«, sagte er, und sein Herz wand sich vor Qual, »glaub mir doch ...«

»Du liebst ihn nicht ... nicht halb so wie ich! Sonst würdest du es nicht zulassen ...«

Jetzt verlor auch er die Beherrschung. »Herrgott noch mal!« brüllte er. »Sei doch nicht so verbohrt! Er ist schließlich mein Sohn ... mein einziges Kind! Wie kannst du mir unterstellen, daß ich ihn loswerden will? Kennst du mich denn sowenig!? Ich würde Himmel und Hölle in Bewegung setzen, wenn auch nur die entfernteste Aussicht bestünde, irgend etwas damit zu erreichen!«

Sie war in sich zusammengesunken, schluchzte herzzerreißend.

Er holte tief Atem. »Kirsten, mein Liebes«, sagte er, »du mußt mir glauben ... für mich ist es genauso fürchterlich wie für dich ...«

»Es kommt doch nicht auf uns an«, schluchzte sie, »es geht doch bloß um ihn! Mein armer Junge, mein armer tapferer Liebling! Er ist so glücklich hier, endlich hat er ein Elternhaus gefunden ... und jetzt ... und jetzt ... nein, nein, Hugo, du darfst es nicht zulassen!«

Er setzte sich zu ihr auf die Sessellehne und zog ihr tränennasses Gesicht an seine Brust. »Es gibt kein Mittel, es zu verhindern«, sagte er mit belegter Stimme.

»Biete ihr Geld, Hugo! Wahrscheinlich ist es nur das, was sie will! An dem Jungen hat ihr doch nie etwas gelegen!«

»Nein«, sagte er.

»Aber warum nicht? Du könntest es doch wenigstens versuchen!«

»Es ist sinnlos, Kirsten, glaub mir doch. Selbst wenn sie das Geld nähme ... wir könnten höchstens eine Gnadenfrist damit erkaufen. Sie würde wiederkommen, mit neuen Forderungen. Bis die Adoption durch ist, kann es Monate dauern.«

»Tu es trotzdem«, flehte sie unter Tränen, »wenn wir nur Zeit gewinnen ...«

»Nein«, sagte er, »ich will mich nicht erpressen lassen.«

»Ach so!« Sie schluchzte hysterisch auf. »Es geht gegen deine Grundsätze!«

»Ich weiß aus Erfahrung, daß so etwas zu nichts führen kann. Und denk doch auch einmal an den Jungen ...«

»Was tu' ich denn sonst?«

»Es ist schlimm genug, wenn er morgen weg muß ...«

Sie schrie auf. »Morgen?«

Er ließ sich nicht unterbrechen. »... aber jeden Tag, den er länger bei uns bleibt, wird der Abschied schwerer für ihn werden!«

Plötzlich versiegten ihre Tränen. »Hugo«, sagte sie, »ich weiß, was wir tun können! Ich werde mit Thomas verreisen! Irgendwohin, wo uns niemand findet!«

»Auch damit wäre nichts gewonnen. Wir würden uns nur ins Unrecht setzen. Gina wird ihre Zustimmung zur Adoption rückgängig machen. Dann stehen wir als Entführer da. Wir machen uns strafbar und verlieren alle Aussicht, das Kind je zurückzubekommen.«

Sie entzog sich seiner Umarmung, stand auf, sah ihn aus harten, feindlichen Augen an. »Wie schön«, sagte sie böse, »daß du so vernünftig bist!«

»Ich verstehe deine Verzweiflung, Kirsten. Aber auch dir wird nichts anderes übrigbleiben, als vernünftig zu sein. Wenn Gina erst begreift, daß sie uns nicht erpressen kann ... wer weiß, vielleicht wird sie den Jungen freiwillig zurückbringen. Ich bin sicher, es dauert nicht lange, und er wird ihr zur Last geworden sein.«

»Diese Aussicht«, sagte sie und ging mit steifen Schritten zur Tür, »ist wirklich ungeheuer tröstlich!«

Am nächsten Morgen erschien Kirsten bleich, mit tiefen Schatten unter den Augen, am Frühstückstisch. Sie hatte die ganze Nacht wach gelegen.

Thomas war unruhig. Er spürte die Gefahr, ohne sie zu kennen. Er stieß seinen Becher mit Kakao um, schmierte Butter über das Tischtuch. Aber niemand tadelte ihn. Das war für ihn erschreckender als alles andere.

Dr. Winterfeld trank nur eine Tasse Kaffee und rauchte eine Zigarette. »Ich werde in der Kanzlei anrufen«, sagte er und erhob sich, »daß ich heute morgen nicht komme.«

»Das wird nicht nötig sein«, sagte sie kalt.

Er sah sie fragend an.

»Ich werde auch ohne dich fertig!«

Er wollte ihr widersprechen, aber sie schnitt ihm das Wort ab. »Geh!« sagte sie. »Laß uns allein!«

Er wußte, daß sie recht hatte, daß er ihr nicht wirklich helfen konnte. Er nahm die Demütigung hin und verließ sie. Ohne Abschied, denn er fand keine Worte, seinem Sohn Lebewohl zu sagen.

Kirsten hatte sich alles genau überlegt. Sie ließ Thomas ein Bad einlaufen, steckte ihn in die Wanne, gab ihm sein Segelboot. Während er so beschäftigt war, packte sie seinen kleinen Koffer. Ihre Augen brannten, als sie Stück für Stück die kleinen Hosen und Hemden, Schlafanzüge, Jäckchen und Pullover in die Hände nahm, die sie so liebevoll ausgesucht und mit so großer Freude für ihn gekauft hatte. Jetzt war alles in ihr erloschen. Sie hatte keine Tränen mehr.

Dann stellte sie den Koffer beiseite, holte den kleinen Jungen aus dem Bad, blieb bei ihm, während er sich anzog.

»Thomas«, sagte sie, »du weißt, daß ich dich sehr liebhabe ...«

»Ja, Mami!«

»Und ich werde dich immer liebhaben. Immer, was auch geschieht.«

Er sah sie aus großen angsterfüllten Augen an, und das Herz brach ihr, während sie schonend versuchte, ihm die Situation zu erklären. »Deine Mutter«, sagte sie, »deine richtige Mutter hat wieder geheiratet. Einen sehr netten Mann, der dein neuer Vater sein wird ...«

»Ich brauche keinen neuen!«

»Ja, ich weiß ... aber deine Mutter braucht dich. Sie ... fühlt sich allein ohne dich. Sie hat Sehnsucht nach dir.«

»Dann kann sie uns doch besuchen.«

»Sie hat jetzt ein richtiges Zuhause für dich, Thomas. Deshalb will sie dich wiederhaben.«

Er schmiegte sich an sie. »Aber du gibst mich doch nicht her?« fragte er. »Ich bin doch jetzt dein Junge?«

Sie fuhr ihm mit den Fingern durch das störrische Haar. »Ja, das bist du, mein Liebling. Ich würde dich für alle Zeiten behalten ... aber ich bin nicht deine richtige Mutter. Ich habe kein Recht auf dich.«

»Ich will bei dir bleiben.«

»Das geht nicht, Thomas ... es geht wirklich nicht. Du bist doch schon groß und vernünftig, ein tapferer kleiner Mann ... wir müssen beide sehr tapfer sein. Deine Mutter kommt gleich, um dich zu holen ... und sie hat dich auch lieb, genauso lieb wie ich.«

Sie war fast erleichtert, als es an der Wohnungstür klingelte. Gina Müller stand draußen.

Die beiden Frauen musterten einander haßerfüllt, als wenn sie sich gegenseitig an die Kehle springen wollten.

»Ich bin gekommen ...«, sagte Gina endlich.

»Ich weiß«, sagte Kirsten, »treten Sie ein!« Sie ging voraus in das Kinderzimmer.

Sie hatte vorgehabt, noch einen letzten Versuch zu machen. Sie hatte Gina anflehen, ihr ihren Schmuck anbieten wollen – aber ein einziger Blick in das Antlitz dieser Frau, die ihre Feindin war, hatte genügt, ihre letzten, schwachen Hoffnungen zu zerstören. Sie begriff, daß es Gina nicht um den Jungen ging, sondern daß sie nicht mehr und nicht weniger wollte, als ihr, Kirstens, Glück zu zerstören. Hugo hatte recht gehabt. Nur wenn sie Gina nicht den Gefallen tat zusammenzubrechen, wenn sie sich so gelassen wie möglich gab, konnte sie hoffen, den Jungen vielleicht doch noch wiederzubekommen.

»Thomas«, sagte sie gefaßt, »deine Mutter ist ...« Sie stockte mitten im Satz, denn der Junge war verschwunden.

Sie drehte sich zu Gina hin um. »Wo ist er denn?« sagte sie. »Er war eben noch da!«

Gina lachte. »Das haben Sie sich fein ausgedacht, ich muß schon sagen ...«

Kirsten hörte das Ende des Satzes nicht mehr. Sie war ins Bad gelaufen, sah sich in der Küche um, im Herrenzimmer, lief durch die ganze Wohnung.

»Er ist fort«, sagte sie atemlos, als sie zu Gina zurückkam, »aber das ist doch nicht möglich!«

»Bestimmt nicht«, sagte Gina ungerührt. »Denken Sie einmal gut nach, dann wird Ihnen schon wieder einfallen, wo Sie ihn versteckt haben.«

»Sie wollen doch nicht behaupten ...?«

»Soll ich etwa glauben, daß der Junge sich in Luft aufgelöst hat?«

In diesem Augenblick drang ein erstickter Laut aus dem Einbauschrank. Kirsten stürzte hin, riß die Tür auf – der kleine Thomas fiel ihr fast entgegen, puterrot im Gesicht vor Atemnot. Sie riß ihn in die Arme, drückte ihn an ihr Herz.

»Mein armer kleiner Dummkopf, wie konntest du nur!«

»Lassen Sie das Theater. Ich habe keine Zeit«, sagte Gina scharf, »mein Taxi wartet draußen.« Sie packte den Jungen am Handgelenk und wollte ihn mit sich fortziehen.

»Ich will nicht!« schrie er. »Ich will nicht!« Er klammerte sich an Kirsten, versuchte seine Mutter zu treten. »Geh weg, du ... geh weg!«

»Na, dem Bengel haben Sie aber ganz schön eingeheizt!« sagte Gina spöttisch. Aber ihr war nicht wohl in ihrer Haut. Sie hatte vorgehabt, die Situation zu genießen. Aber die erwartete Genugtuung blieb gänzlich aus. Sie war durchaus nicht so abgebrüht und hartherzig, wie sie sich gab, und es erfüllte sie mit tiefer Beschämung, daß es einer anderen Frau gelungen war, das Herz des Jungen zu erobern, zu dem sie selbst bisher nie einen Zugang gefunden hatte.

Kirsten brauchte Kraft, um die Ärmchen des Jungen aus ihrem Nacken zu lösen. »Sei tapfer, Thomas, ich habe dir doch erklärt ...«

»Du bekommst etwas Schönes von mir«, sagte Gina, »etwas Wunderschönes ... eine elektrische Eisenbahn ...«

»Will ich nicht!« schrie der Junge und trat und boxte in blindem Zorn nach ihr. »Geh weg du … geh weg!«

»Aber, Thomas, bitte«, sagte Kirsten, »sei jetzt nicht schlimm! Ich komme dich bald besuchen … ganz bald!«

Ihr fiel etwas ein, sie lief ins Bad, holte das kleine Segelboot, reichte es ihm. »Da … nimm es mit! Und dein Spielzeug kriegst du auch! Ich packe es wieder in die Kiste, du weißt es ja, und schick' sie dir!«

»Der braucht kein Spielzeug«, sagte Gina, die darum kämpfte, des zornigen Kindes Herr zu werden, »ein paar hinten drauf, das ist es, was ihm fehlt!«

Kirsten sah sie entsetzt an. »Sie werden ihn doch nicht schlagen?«

»Was geht Sie das an? Schließlich ist es mein Kind!«

Aber selbst dieser letzte Giftpfeil machte ihr keine rechte Freude. – Ich bin eine Idiotin, dachte sie, daß ich mich darauf eingelassen habe! Ich hätte froh sein sollen, daß der Bengel gut untergebracht war! – Aber diese Einsicht war nicht stark genug, daß sie den Kampf aufgegeben hätte, selbst wenn Kirsten sich ihr zu Füßen geworfen hätte. – Jetzt gerade nicht! sagte eine andere Stimme in ihr. Jetzt gerade nicht! So leicht bin ich nicht kleinzukriegen!

Sie zerrte den fauchenden kleinen Jungen, der das Segelboot fest an sich gepreßt hielt, in den Flur hinaus, schleifte ihn über den Gang zur Wohnungstür.

»Mami!« schrie er. »Mami!«

Und Gina wußte, daß nicht sie es war, die mit diesem Hilferuf gemeint war.

Der Junge brüllte noch, als sie ihn in das Taxi steckte. Sie warf einen letzten Blick auf das Haus der Rivalin zurück.

Aber Kirstens Gesicht erschien nicht am Fenster. Selbst der Triumph, die andere weinen zu sehen, blieb ihr versagt.

Das Arbeitszimmer, in dem Dr. Leuthold Frau Karlson empfing, war so eingerichtet, daß man schon nach wenigen Minuten vergaß, überhaupt in einer Klinik zu sein. Ein leuchtendblauer dicker Teppich bedeckte den Boden, goldgelbe Vorhänge umrahmten die Fenster, die mit duftig weißen Tüllgardinen bespannt waren. Es gab eine breite einladende Couch und bequeme, nicht zu moderne Sessel mit hellen Bezügen. Der elegante Schreibtisch des Arztes mit seinen schöngeschwungenen Beinen wirkte in dieser Umgebung kaum wie ein Arbeitsplatz.

Dr. Leuthold, der Frau Karlson an der Tür begrüßt hatte, führte sie sofort zur anheimelnden Sitzecke.

»Ich habe Sie zu mir gebeten«, sagte er, »damit Sie mir von Ihrer Tochter zählen. Auf die Gefahr hin, mir selbst damit ein Armutszeugnis auszustellen, muß ich zugeben, daß es mir bis jetzt noch nicht gelungen ist, einen wirklichen Zugang zu ihr zu finden ...«

»Das wundert mich nicht«, sagte Frau Karlson, »sie war immer schon ... sehr verschlossen.«

»Schwierig?« fragte der Arzt.

»Eigentlich nicht. Ich meine, sie hat mir niemals Schwierigkeiten gemacht, auch in der Schulzeit nicht.«

Frau Karlson setzte sich, und Dr. Leuthold nahm ihr gegenüber Platz. »Sie war nur immer ... sehr wenig zugänglich anderen Menschen gegenüber.«

»Eine Einzelgängerin?«

»Nein, so kann man es auch nicht nennen. Sie war beliebt, unbedingt, hatte Freundinnen. Aber mir kamen diese Freundschaften doch recht einseitig vor. Astrid war die Nehmende, wenn Sie verstehen, was ich damit meine ... sie ließ sich die Freundschaft der anderen sozusagen gefallen. Etwas zugänglicher war sie wohl nur ihrer Schwester gegenüber, obwohl sie sie wohl nicht ganz für voll nahm. Aber sie fühlte sich doch für die Jüngere sehr verantwortlich.«

»Und wie war es mit den Jungens?«

»Genauso. Astrid wurde umschwärmt, schon vor der Tanzstundenzeit.« Mit leichtem mütterlichen Stolz fügte Frau Karlson hinzu: »Astrid war schon immer ein besonders hübsches Mädchen.«

»Das glaube ich gern«, sagte Dr. Leuthold und rieb nachdenklich sein glattrasiertes Kinn. »Wie war das nun mit ihrer allerersten Liebesbeziehung ... einmal muß sie ja wohl doch begonnen haben, sich für einen jungen Mann zu erwärmen.«

»Ja. Für Dr. Rainer Schumann, den sie ja auch geheiratet hat.«

Dr. Leuthold zeigte sich erstaunt. »Und vorher war nichts?«

»Gar nichts.«

»Sind Sie sicher? Ich neigte nämlich bisher zu der Annahme, daß der Grund zu ihrem seltsamen Verhalten in einer vorehelichen Liebesbeziehung liegen könnte.«

»Nein, nein, gewiß nicht! Das müßte ich als Mutter doch wissen, Astrid lebte ja bis zu ihrer Verheiratung bei mir. Es gab keinen anderen Mann in ihrem Leben, ganz im Gegenteil, sie war, bis sie Dr. Schumann kennenlernte, fest entschlossen, überhaupt nicht zu heiraten. Sie wollte Innenarchitektin werden und hatte schon mit dem Studium begonnen. Sie interessierte sich überhaupt nicht für Menschen, nur für die Kunst ... aber auch nur für die harmonische Seite der Kunst, für die schönen Dinge des Lebens, denen sie einzig Bedeutung beimaß.«

»Aha! Und in diese etwas abseitige, aber festgefügte Vorstellungswelt brach ihr künftiger Gatte dann ein ...«

»Nein, nein!« protestierte Frau Karlson, »so war es auch nicht. Rainer hat um sie geworben, mit sehr viel Geduld und Zähigkeit. Aber natürlich, er hätte sein Ziel nie erreicht, wenn sie selbst ihn nicht ... vom ersten Augenblick an ... gewählt hätte.«

»Hm«, sagte Dr. Leuthold, »seltsam, daß ein solches Mädchen sich ausgerechnet für einen Frauenarzt entscheidet ... für einen Menschen, der in so enger und ständiger Beziehung zu Geburt und Tod steht.«

»Sein Beruf hat da wohl gar keinen Einfluß gehabt ...«

»Eine etwas heikle Frage, gnädige Frau ... Sie sind sicher, daß Ihre Tochter völlig aufgeklärt in die Ehe getreten ist?«

»Sie war immerhin schon zwanzig!«

»Bitte, weichen Sie mir nicht aus! Haben Sie … Sie als Mutter … Ihre Tochter über die Grundtatsachen der geschlechtlichen Beziehungen informiert?«

»Ich wollte es«, sagte Frau Karlson und errötete leicht, »aber sie wich mir aus, wenn ich das Gespräch auf diese Dinge bringen wollte. Offensichtlich lag ihr nichts an diesem Wissen … ich schloß daraus, daß sie aus irgendeiner anderen Quelle heraus im Bilde wäre.«

»Wie alt war sie zu dieser Zeit?«

»Etwa dreizehn. Ich merkte, daß sie langsam zur Frau wurde … ja, ich erinnere mich, es war um die Zeit, als zum erstenmal ihre Periode eintrat.«

»War sie … erschrocken darüber?«

»Entsetzt. Ich wollte sie beruhigen, sie trösten, ihr erklären … aber sie stieß mich zurück.«

»Hatte sie später … Schwierigkeiten mit der Periode?«

»Nein. Jedenfalls keine Schmerzen. Es verlief alles ganz unauffällig.«

»Und früher«, fragte der Psychiater, »als sie noch ein kleines Kind war, da hat sie doch sicher die üblichen kindlichen Fragen gestellt? Woher kommen die Babys und so weiter. Erinnern Sie sich, wie Sie darauf geantwortet haben? Bitte, seien Sie ehrlich. Es gibt auch heute noch sehr viele Mütter, die solchen Fragen ausweichen. Niemand macht ihnen daraus einen Vorwurf, wenn Sie …«

»Astrid hat nie gefragt«, sagte Frau Karlson bestimmend.

»Sind Sie ganz sicher?«

»Ja. Meine andere Tochter, Kirsten, war neugierig. Sie fragte nach allem und jedem, auch danach … aber schließlich nur noch, wenn wir beide allein waren. Wenn sie nämlich in Astrids Gegenwart eine dieser ganz unbefangenen Fragen stellte, fuhr Astrid ihr regelmäßig scharf über den Mund.«

»Das ist sehr sonderbar«, sagte Dr. Leuthold, »ist Ihnen selbst niemals aufgefallen, wie sonderbar dies Verhalten war?«

»Nein. Es paßte zu Astrid … ihrem ganzen Charakter, ihrem Benehmen.«

»Nun, ich persönlich könnte mir sehr gut vorstellen, daß ihr Charakter von diesem Punkt aus geformt worden ist.«

»Wie meinen Sie das?«

Der Psychiater überging diese Frage. »Wie war Astrids Verhältnis zu ihrem Vater?«

»Gut. Vielleicht ein wenig distanziert. Mein Mann hatte sehr wenig Zeit für die Familie. Als Astrid geboren wurde, war er im Krieg, und später war er vollauf damit beschäftigt, seine Firma wiederaufzubauen. Den Kindern war er dadurch ein wenig fremd ... Kirsten, mit ihrer offenen und herzlichen Art, gelang es eher, diese Kluft zu überbrücken. Trotzdem war Astrid, so merkwürdig es klingt, der eigentliche Liebling des Vaters. Die beiden respektierten und bewunderten einander, wenn man das so sagen kann.«

»Sie waren also während des Krieges mit Ihren beiden Kindern allein?«

»Ja. Das heißt ... Kirsten ist erst im Herbst 1944, kurz vor dem Zusammenbruch, geboren worden.«

»Ist es möglich«, fragte Dr. Leuthold, »daß Astrid in dieser Zeit irgendein gravierendes Erlebnis hatte ... Bombenangriff, Tod, was weiß ich ... was ihre merkwürdige seelische Einstellung ausgelöst haben kann?«

»Aber ich bitte Sie, Herr Doktor ... Astrid war damals doch noch ein Baby!«

»Gerade deshalb ...«

»... und außerdem«, fuhr Frau Karlson fort, »waren wir gar nicht in Hamburg während der Kriegszeit, sondern auf dem Gut einer entfernten Verwandten in Pommern. Dort war nichts vom Krieg zu spüren, jedenfalls für ein so kleines Kind nicht. Alles war reichlich da. Überdies konnten wir uns so rechtzeitig absetzen, daß wir auch mit den Russen nicht in Berührung kamen. Wir kehrten unter den allerersten in den Westen zurück, und zwar in ein Dorf im Holsteinischen, wo ein befreundeter Arzt uns aufnahm.«

»Dort wurde dann auch Ihre zweite Tochter geboren?«

»Nein, früher schon. Auf der Flucht, wie man heute sagt. Aber es war viel eher ein geordneter Rückzug.«

»Wo war Astrid während dieser Geburt?«

»Ja, ich weiß nicht«, sagte Frau Karlson, »ich war so mit mir selbst beschäftigt ... ich glaube, sie war dabei.«

»Während sie das Kind zur Welt brachten?«

»Ja. Wir hatten in einer Scheune Unterkunft gefunden, es gab viel Heu, und die Nächte waren noch warm genug. Wir waren nur Frauen ... eine Cousine, deren Freundin, ein junges Mädchen und ich. Und natürlich Astrid. Die Frauen halfen mir.«

»War es eine schwere Geburt?«

»Eigentlich nicht. Alles verlief ganz normal, ohne Komplikationen.« Frau Karlson lächelte schwach. »Sonst säße ich wahrscheinlich heute gar nicht hier vor Ihnen.«

»Und Astrid wurde Zeuge des Vorgangs?« forschte der Psychiater weiter.

»Ich weiß es nicht. Ganz ehrlich nicht. Ich habe während dieser Stunden gar nicht auf sie geachtet. Aber es ist möglich ... ja, möglich ist es schon.«

»Und später ... wie hat sich Astrid nach dieser Nacht verhalten?«

»Sie müssen verstehen, wie das war. Ich bekam Fieber, ich hatte keine Milch für das Kleine, ich wurde ernstlich krank. Wir konnten nicht, wie vorgesehen, weiterfahren, sondern mußten fast drei Wochen in dieser Scheune bleiben. Tatsächlich war ich viel zu schwach, um mich auch noch um Astrid zu kümmern.«

»Und später? Als Sie an Ihrem Ziel ankamen? Ist Ihnen da eine Veränderung des Kindes aufgefallen?«

»Sie war wie immer. Nein, doch nicht ... ein paarmal schreckte sie nachts aus dem Schlaf auf, schrie. Aber der Arzt meinte, es hinge mit ihren Zähnen zusammen. Es ging auch ganz rasch wieder vorbei.«

»Frau Karlson«, sagte Dr. Leuthold, »ich danke Ihnen. Sie haben mir sehr geholfen. Ich glaube, wir haben des Rätsels

Lösung gefunden. Damit sind wir immerhin einen großen Schritt weiter.«

»Sie meinen …?« Frau Karlson lächelte ungläubig. »Aber selbst wenn sie bei der Geburt anwesend war … sie war doch viel zu klein, um irgend etwas zu begreifen. Noch keine zwei Jahre war sie alt, Herr Doktor!«

»Gerade deshalb. Sie war einem solchen Erlebnis in keiner Weise gewachsen, vermochte es nicht wirklich zu begreifen … sie konnte Ihre Schmerzen nur mitempfinden. Und das war zuviel für ihre sehr empfängliche junge Seele.«

Hilde Wogand war seit einigen Tagen Patientin auf Zimmer Nummer sieben. Durch ihr heiteres Wesen und ihre Anspruchslosigkeit wurde sie rasch zum Liebling der Schwestern. Auch die Ärzte bewunderten sie um ihrer stillen Tapferkeit willen. Nur Dr. Gerber setzte hinter dem Rücken Professor Overhoffs ein vielsagendes, zynisches Lächeln auf, das der Patientin jedoch glücklicherweise entging.

»Na, wie fühlen wir uns heute?« fragte Professor Overhoff.

Frau Wogand lächelte. »Danke, sehr gut, Herr Professor.«

»Das höre ich gerne.«

Professor Overhoff hörte mit dem hölzernen Stethoskop die Herztöne des Kindes ab. Auf seinen Wink hin maß Doktor Schumann den Leibesumfang der Frau.

»Ich habe noch einmal nachgerechnet«, sagte Frau Wogand, »genau gestern bin ich in den achten Monat gekommen …«

»Ja, ich weiß«, sagte Professor Overhoff, »und deshalb sollten wir auch jetzt nicht länger zuwarten …«

»Schon?« fragte Frau Wogand, nun doch mit leichtem Schrecken.

»Genau, wie wir es uns vorgenommen haben«, erklärte der Professor. »Ihr Kind ist jetzt bestimmt lebensfähig. Und unnötig riskieren wollen wir doch nichts.«

»Natürlich nicht«, sagte Hilde Wogand leise. »Also wann?«

»Heute nachmittag. Möchten Sie Ihren Gatten vorher noch einmal sprechen?«

»Lieber nicht. Es würde ihn nur aufregen. Besser, er kommt, wenn alles vorüber ist.«

Dr. Schumann fühlte noch einmal den Puls der Patientin. »Sie brauchen keine Angst zu haben«, sagte er, als der Professor und der übrige Stab sich schon abgewandt hatten, »es wird bestimmt alles gut gehen ...«

Sie lächelte tapfer. »Ich hoffe es von ganzem Herzen!«

Nach der Visite hielt Professor Overhoff seinen Oberarzt zurück. »Sie halten meine Entscheidung im Fall Wogand doch für richtig.« – »Unbedingt«, sagte Dr. Schumann.

»Und wenn unser Rechenexempel nicht stimmt?«

Dr. Schumann zuckte die Achseln. »Ein Tag mehr oder weniger bedeutet für die Lebensfähigkeit des Kindes nichts. Für die Mutter aber kann jede weitere Verzögerung der Operation zum Verhängnis werden. Wenn das Karzinom erst auf die Lymphknoten übergegriffen hat ...«

»... ist die Krankheit in ein inoperables Stadium übergegangen, ich weiß«, ergänzte Professor Overhoff. »Ich werde erst Ruhe finden, wenn ich es hinter mir habe.«

»Ich werde alles zur Operation vorbereiten«, sagte Doktor Schumann, »und dafür sorgen, daß alles für den Transport in die Kinderklinik bereit ist und das Wärmebettchen rechtzeitig angeheizt wird.«

»Sie werden mir, bitte, assistieren, Kollege.«

»Selbstverständlich, Herr Professor.«

»Und stellen Sie auch den weiteren Stab zusammen.«

Dr. Schumann spürte die Nervosität des Professors, und er begriff auch, daß diese Operation für ihn eine sehr persönliche Bedeutung hatte. Er war nahe daran, seinem Chef anzubieten, ihn zu entlasten und an seiner Stelle zu operieren. Aber er wagte es nicht, weil er fürchtete, die Empfindlichkeit des Professors zu verletzen.

Als Professor Overhoff den ersten Schnitt tat, zitterten seine Hände nicht. Glatt und gerade führte er ihn quer durch den oberen Bereich der Schamhaare. Die Patientin Hilde Wogand lag in tiefer Narkose.

Dr. Schumann stand zwischen den Beinen der Patientin. Jetzt setzte er die Haken ein, zog die Haut auseinander. Professor Overhoff durchtrennte mit einem zweiten Schnitt das Fettgewebe, dann, mit einem glatten Längsschnitt, die Muskulatur. Dr. Schumann setzte die Hauthaken neu. Das gespannte Bauchfell wurde sichtbar. Professor Overhoff öffnete es mit einem Scherenschlag. Die Därme quollen heraus. Professor Overhoff und Dr. Gerber griffen zu den sterilen Tüchern, die die OP-Schwestern ihnen reichten und drängten die Gedärme zurück. Die geöffnete Bauchhöhle gab den Blick auf die Gebärmutter frei. Die OP-Schwester reichte dem Operateur ein sehr feines Skalpell. Er machte einen kleinen Querschnitt durch den unteren Bereich der Gebärmutter und erweiterte den Schnitt sehr vorsichtig mit dem Finger. Das Fruchtwasser spritzte heraus.

Professor Overhoff fuhr mit der rechten Hand in die Gebärmutter hinein, griff nach dem kindlichen Kopf. In Sekundenschnelle war das Frühgeborene entwickelt, ein kleines Mädchen, winzig, mit schrumpliger bläulicher Haut, ohne Fettpolster, mit weiß-gelblicher Vernix caseosa bedeckt. Es schrie maunzend, strampelte mit Ärmchen und Beinchen.

Dr. Holger, die nur auf diesen Moment gewartet hatte, nahm das Kind in Empfang. Ihre Aufgabe war es, die sofortige Überweisung in die Kinderklinik zu überwachen.

Dr. Gerber tauschte seinen Platz mit dem Dr. Schumanns und übernahm die Hauthaken.

»Puls normal«, meldete der Anästhesist, »... Blutdruck befriedigend.«

Professor Overhoff hatte sich an die Blutstillung des gefäßreichen schwangeren Uterus gemacht. Dr. Schumann unterstützte ihn dabei.

Dann erst war das Operationsgebiet zu übersehen. Die Lymphknoten waren gesund.

Professor Overhoff überprüfte sorgfältig beide Adnexe. Beim rechten war die Diagnose klar. Er zeigte Spuren kranken Gewebes. Der linke schien gesund. Professor Overhoff und Dr. Schumann verständigten sich mit einem Blick. Dann nahm der Oberarzt mit der Sonde die gleiche Untersuchung noch einmal vor. Der linke Eierstock zeigte kein Zeichen einer Erkrankung. Dr. Schumann machte eine Exzision und reichte sie der OP-Schwester, die ihm ein Glasplättchen hinhielt. »Sofort zur histologischen Untersuchung!«

Professor Overhoff nickte. Wenn es möglich war, wenigstens diesen einen Eierstock zu erhalten, würde das von entscheidender Bedeutung für den biologischen Zustand der Patientin sein. Ohne Eierstöcke war die hormonale Versorgung gestört und die junge Mutter würde mit neunundzwanzig Jahren zur Matrone werden.

Aber jetzt blieb keine Zeit zu Hoffnungen oder Überlegungen. Dr. Schumann faßte mit großen Klemmen die seitlich zur Gebärmutter liegenden Bänder, Professor Overhoff trug den rechten Adnex ab.

Zwei Stunden lang arbeiteten beide Ärzte verbissen und ohne sich eine Atempause zu gönnen.

Dr. Schumann präparierte die Harnblase ab, Professor Overhoff hob den Uterus mit der Uterusfaßzange an, präparierte ihn Schritt für Schritt frei. Dann mußten die großen Blutgefäße der Uteringefäße unterbunden werden, die seitlich in die Gebärmutter eintreten. Das gesamte Bindegewebe um die Gebärmutter wurde radikal entfernt, um sicherzugehen, daß auch nicht ein Fetzchen kranken Gewebes zurückblieb. Beiden Ärzten trat dabei kalter Schweiß auf die Stirn, denn es galt, die Harnleiter, die in gefährlicher Nähe verlaufen, nicht zu verletzen.

Dann war der Uterus freipräpariert, und Professor Overhoff öffnete den oberen Abschnitt der Scheide, um auch der Zervix, den Gebärmutterhals, freizubekommen. Auch er mußte entfernt werden. Die obere Scheidenmanschette wurde blind verschlossen. Dr. Schumann nahm eine letzte Blutstillung vor.

Nochmals überprüfte Professor Overhoff den linken Eierstock. Das Gewebe war glatt und fest, zeigte eine gesunde Färbung. Es wäre unverantwortlich gewesen, ihn zu entfernen.

Er gab seinem Assistenten das Zeichen, das Operationsgebiet zu peritonealisieren. Schicht für Schicht wurde die Bauchdecke verschlossen. Die Operation war beendet.

»Ich gratuliere, Herr Professor«, sagte Dr. Schumann, als die beiden Ärzte später nebeneinander an den Waschbecken standen.

»Nicht zu früh, bitte«, wehrte Professor Overhoff ab, »noch wissen wir nicht, ob die Patientin durchkommen wird. Und ob unsere Entscheidung, ihr den linken Eierstock zu belassen, wirklich richtig war.«

»Aber die Operation ist gelungen«, sagte Dr. Gerber.

»Nach menschlichem Ermessen, ja ... aber ich vermag unserem Ermessen nicht mehr so ganz zu trauen.«

Eine junge Schwester kam in den Waschraum, näherte sich, ein wenig verlegen, Dr. Schumann. »Herr Doktor ... Sie möchten sofort Hamburg anrufen ... man hat schon mehrmals versucht, Sie telefonisch zu erreichen!«

18

Eine halbe Stunde später saß Dr. Schumann in einem Taxi und war auf dem Weg zum Flugplatz. Noch war der Aufruhr in seinem Herzen so groß, daß er nicht fähig war, einen klaren Gedanken zu fassen.

»Astrid ist gesund, Rainer«, hatte Frau Karlson gesagt, »sie wird morgen entlassen. Du kannst sie nach Hause zurückholen.«

Und ohne Überlegung hatte er geantwortet: »Ich nehme das nächste Flugzeug!«

Erst als er das Flugticket schon in der Tasche und sich einen Platz reserviert hatte, begann ihm allmählich klarzuwerden, welche Konsequenzen diese Veränderung der Lage für ihn haben würde. Er mußte mit Patrizia Schluß machen, und er wußte, daß das nicht einfach sein würde. Es quälte ihn, ihr weh tun zu müssen, denn sie hatte das nicht um ihn verdient. Aber da gab es nichts zu entscheiden. Vor die Wahl zwischen Patrizia und die eigene Frau gestellt, würde er in jeder Sekunde seines Lebens zu Astrid gestanden haben. Und wieviel mehr jetzt, in dieser Situation, da er wußte, daß sie ein Kind von ihm erwartete und ihr Gemüt sicher immer noch überschattet war.

Konnte sie denn überhaupt ganz gesund sein? Würde das nicht ans Wunderbare grenzen?

Dr. Schumann war zu sehr Arzt, um an Wunder zu glauben. Eine Frau, die, ohne äußere Not, in der Erwartung eines Kindes einen Selbstmordversuch verübte, mußte seelisch krank sein, und eine solche Krankheit, deren Wurzeln gewiß weit zurückreichten, war auch von dem besten Psychiater nicht von heute auf morgen zu heilen.

Astrid brauchte Liebe, sie brauchte Schonung, sie brauchte Geborgenheit. Vor allem durfte es niemals zu einem Zusammentreffen zwischen ihr und Patrizia kommen – bei dem bloßen Gedanken an diese Möglichkeit trat Dr. Schumann der kalte Schweiß auf die Stirn.

Jemand mußte Astrid behüten, sie umsorgen, und das konnte nicht er selbst sein, seine Verpflichtung als Oberarzt der Frauenklinik ließ ihm nicht genügend Zeit dazu. Doktor Schumann grübelte über dieses Problem, während er durch die breite Glaswand auf den Flugplatz hinausstarrte, wo eine Düsenmaschine in Richtung Bombay startete. Aber er nahm überhaupt nicht wahr, was um ihn herum vorging.

Dann kam ihm ein Gedanke. Wäre nicht Kirsten Winterfeld die geeignete Person, sich um ihre Schwester zu kümmern? Er hatte erfahren, daß man ihr den Jungen ihres Mannes genommen hatte, er konnte sich vorstellen, daß sie sehr unglücklich und mit ihren eigenen Problemen beschäftigt war. Aber vielleicht würde die Sorge um die Schwester auch ihr weiterhelfen können.

Dr. Schumann blickte auf seine Armbanduhr, ihm blieb noch Zeit für ein kurzes Gespräch. Er stand auf, suchte eine Telefonzelle, wählte die Nummer von Winterfelds neuer Wohnung am Stadtrand. Kirsten meldete sich.

»Hier ist Rainer« sagte er, »dein Schwager Rainer! Deine Mutter hat mich vor einer halben Stunde aus Hamburg angerufen ...«

»Mich auch«, sagte Kirsten, »ist es nicht wunderbar, daß Astrid zurückkommt?«

»Ja«, sagte er. »Ich fliege nach Hamburg, um sie zu holen.«

»Ist sie wirklich wieder ganz gesund?«

»Kirsten«, sagte er, »das weiß ich nicht. Jedenfalls glaube ich, daß sie immer noch einer gewissen ... Betreuung bedarf. Und gerade deshalb rufe ich an. Könntest du nicht ...«

Er zögerte weiterzusprechen, denn es wurde ihm bewußt, daß der Wunsch, den er Kirsten vortragen wollte, eigentlich eine Zumutung darstellte.

Aber sie hatte ihn schon verstanden. »Ja«, sagte sie, »ich werde mich gern um Astrid kümmern. Wenn es das ist, warum du mich bitten wolltest.« Mit leichter Bitterkeit fügte sie hinzu: »Dann hätte ich wenigstens wieder eine Aufgabe ...«

»Wird dein Mann damit einverstanden sein?«

»Ich werde es ihm schon beibringen«, sagte sie leichthin.

Unwillkürlich fragte sich Dr. Schumann, wie sich das Verhältnis zwischen Kirsten und ihrem Mann wohl gestaltet hatte, nachdem die Mutter des Jungen den kleinen Thomas wieder zu sich genommen hatte.

»Ist das Haus in Ordnung?« fragte Kirsten in seine Gedanken hinein. »Ist alles für Astrids Heimkehr vorbereitet?«

»Also wahrhaftig ... daran habe ich gar nicht gedacht.«

»Typisch Mann. Ihr habt doch beide seit Monaten nicht mehr dort gelebt. Wahrscheinlich wird es ungelüftet und gänzlich verstaubt sein. Oder wohnt das Mädchen noch dort?«

»Ich habe sie entlassen«, mußte er zugeben.

»Ich werde sofort hinfahren und nach dem Rechten sehen«, erbot sich Kirsten, »sag mir bloß, wie ich hineinkomme.«

»Ich habe die Schlüssel.«

»Bei dir?«

»Ja.«

»Dann hinterlege sie auf dem Flughafen. Vielleicht am Schalter der Lufthansa. Ich werde dorthin fahren und sie abholen.«

Als Dr. Schumann die enge Telefonzelle verließ, fühlte er sich etwas erleichtert. Kirstens Hilfsbereitschaft, ihr sachliches Eingreifen, ließ ihn einen kurzen Augenblick das ganze Problem in einem helleren Licht sehen.

Aber seine Erleichterung verflog so schnell, wie sie gekommen war. Ihm wurde bewußt, daß es ihm bisher nur gelungen war, eine rein äußerliche Regelung der Dinge zu treffen. Das Hauptproblem lag immer noch ungelöst vor ihm, und die Last der Verantwortung legte sich wie ein schweres Gewicht auf seine Schultern.

Dr. Leuthold empfing Dr. Schumann noch am selben Abend in seinem anheimelnden Behandlungszimmer. Die beiden Ärzte begrüßten einander, obwohl sie sich zuvor nicht gekannt hatten, mit herzlicher Kollegialität.

»Ich freue mich, daß Sie gleich gekommen sind«, sagte Dr. Leuthold.

»Wie geht es meiner Frau?« fragte Dr. Schumann, noch bevor er sich gesetzt hatte. »Kann ich zu ihr?«

»Sie erwartet Sie. Ich möchte mich vorher nur ganz kurz mit Ihnen unterhalten ...« Dr. Leuthold öffnete den Bücherschrank. »Darf ich Ihnen einen Kognak anbieten?«

»Ja, gern ...« Dr. Schumann ließ sich in einen der bequemen Sessel fallen, »ich bin einigermaßen ...« Er strich sich mit der Hand über das dunkle Haar. »Der Anruf meiner Schwiegermutter kam sehr überraschend.«

Dr. Leuthold stellte zwei Gläser auf den Tisch und schenkte ein. »Wenn ich mir eine sehr offene Frage erlauben darf ... wie stehen Sie zu Ihrer Frau?«

»Ich liebe sie«, erwiderte Dr. Schumann einfach.

»Sehr schön. Sie sind sich sicher darüber klar, daß Ihre Frau in der nächsten Zeit ganz besonders viel Liebe ... nicht körperliche Liebe, sondern Geduld, Verständnis, vielleicht auch manchmal Nachsicht nötig hat?«

»Ja«, sagte Dr. Schumann, »was ich nicht weiß ... wie ist es überhaupt zu dieser Kurzschlußhandlung gekommen? Hat sie diesen Selbstmordversuch tatsächlich nur begangen, weil wir, als sie sich ihrer Schwangerschaft bewußt wurde, zerstritten waren? Eine Nachricht von ihr, das leiseste Entgegenkommen hätte doch genügt ...«

»Wirklich?« fragte Dr. Leuthold. »Ihre Frau scheint überzeugt zu sein, daß Sie eine Freundin haben.«

Dr. Schumann fuhr hoch. »Hat sie deshalb ...«

»Nein, nein, so einfach liegen die Dinge nicht. Es würde mich nur interessieren, zu erfahren ... war diese Freundin Ursache Ihrer ehelichen Entfremdung?«

»Nein, nein«, sagte Dr. Schumann, »die Folge. Ich möchte meine Frau nicht anklagen, ich möchte mich selbst auch nicht bessermachen, als ich bin, aber ich wäre niemals an dieses Mädchen geraten, wenn das Zerwürfnis mit meiner Frau nicht vorausgegangen wäre.«

»So ähnlich habe ich mir das auch vorgestellt«, sagte Dr. Leuthold, »es fällt Ihnen also nicht allzu schwer, sich von der anderen zu trennen? Verstehen Sie mich richtig! Ihre Frau braucht jetzt Ihre ganze Liebe ... kein Mitleid, keine halbherzige Sympathie oder Gewogenheit aus schlechtem Gewissen! Sie müssen mir gegenüber jetzt ganz ehrlich sein ... wenn Sie nicht wirklich aus innerstem Herzen heraus die Wiederherstellung Ihrer Ehe wünschen, wäre es besser, gar nicht erst den Versuch zu unternehmen. In diesem Fall würden wir Ihre Frau bis zur Geburt hier bei uns behalten und …«

»Nein«, sagte Dr. Schumann, »ich bin gekommen, um sie nach Hause zu holen.« Er hatte es kaum ausgesprochen, als ihm klar wurde, daß er die Gelegenheit verpaßt hatte, Dr. Leuthold sein wirkliches Problem zu gestehen, nämlich, daß auch die andere, Patrizia, ein Kind von ihm erwartete. Aber er kam nicht mehr dazu, seine Bedenken zu äußern.

Dr. Leuthold redete schon weiter. »Ich bin sehr froh, daß Sie sich so entschieden haben … trinken wir darauf!« Er hob sein Glas und nahm einen kräftigen Schluck.

Dr. Schumann folgte seinem Beispiel. Er fühlte sich sehr unbehaglich, die innere Beklemmung bereitete ihm geradezu Atemnot.

Wäre es unter den gegebenen Umständen nicht doch besser gewesen, Astrid in der Obhut des Psychiaters zu lassen, wenigstens so lange, bis er zwischen sich und Patrizia Klarheit geschaffen hatte?

»Für Ihre Frau«, sagte Dr. Leuthold in seine Gedanken hinein, »wäre es ein schwerer Schlag, wenn Sie anders dächten. Sie ist fest überzeugt, daß ihr Leben sich ändern wird, wenn sie nur imstande ist, sich selbst zu ändern. Und ich muß zugeben, daß ich sie darin bestärkt habe.«

»Das war ja auch richtig«, sagte Dr. Schumann lahm. Er zündete sich eine Zigarette an.

»Na ja«, sagte der Psychiater, »das ist natürlich eine Vereinfachung der Sachlage. Sagen Sie einem Kranken, daß er sich bemühen soll, wieder gesund zu werden … ein bißchen wird er sicher helfen. Aber eine Krankheit, ob sie nun den Körper oder die Seele ergriffen hat, läßt sich nicht durch den guten Willen allein heilen.«

»Heißt das, meine Frau wird nie wieder ganz gesund werden?«

»Doch. Ich kann sogar jetzt schon den genauen Zeitpunkt ihrer endgültigen Heilung bestimmen. Wenn sie durchhält, bis ihr Kind auf der Welt ist, ist sie gesund. Bis dahin ist sie allerdings noch jeden Augenblick gefährdet, obwohl glücklicherweise die normalen mütterlichen Gefühle bereits eingesetzt haben, aber immerhin ... jede Aufregung, jedes Gefühl innerer Vereinsamung kann sich katastrophal auswirken. Sie braucht unendlich viel Liebe.«

»Das sagten Sie bereits«, sagte Dr. Schumann, dessen Niedergeschlagenheit sich zu einer Gereiztheit gesteigert hatte, die er vergebens zu unterdrücken suchte.

Dr. Leuthold war nicht gekränkt. »Ich glaube, daß ich das nicht oft genug wiederholen kann«, sagte er. »Wissen Sie, warum Ihre Frau in den Tod gehen wollte?«

»Ich warte immer noch auf Ihre Erklärung.«

»Weil sie sich vor dem Kind fürchtete. Genauer gesagt, vor der Geburt dieses Kindes.«

»Deshalb?« fragte Dr. Schumann, fast ungläubig.

»Ja. Das herauszubekommen, war übrigens ganz einfach. Ist Ihnen selbst nie aufgefallen, Kollege, daß Ihre Frau schon immer eine krankhafte Angst vor allem zeigte, was mit dem Kinderkriegen zusammenhing?«

»Sie wollte keine Kinder. Aber ich habe die Gründe, die sie zu dieser Ablehnung trieben, niemals für krankhaft gehalten. Sondern eher für ...« Dr. Schumann stockte.

»Egoismus, Feigheit, weibliche Eitelkeit, nicht wahr?« ergänzte Dr. Leuthold. »Sprechen Sie sich ruhig aus, Kollege! Schließlich sind Sie kein Seelenarzt und brauchen sich einer Fehldiagnose auf psychiatrischem Gebiet nicht zu schämen.«

»Aber wenn es wirklich so ist«, sagte Dr. Schumann, »warum hat sie sich mir dann nie anvertraut? Warum hat sie nicht wenigstens versucht, mir klarzumachen ...«

»Weil sie sich selbst über die Urgründe ihres Verhaltens nicht klar war. Wahrscheinlich hätte selbst ich viele Monate gebraucht, um die Wurzel dieser Angst auszugraben.

Glücklicherweise konnte mir die Mutter der Patientin helfen. Sie erinnerte sich, daß Frau Astrid als Kleinkind Zeugin einer Geburt wurde. Sie war dabei, als ihre jüngere Schwester zur Welt kam. Dieser Eindruck, der ihr kindliches Verständnis weit überfordern mußte, hat sich in ihrem Unterbewußtsein festgesetzt und zu jener geradezu triebhaften Angst geführt.«

»Das ... habe ich nicht geahnt«, sagte Dr. Schumann erschüttert.

»Konnten Sie auch nicht, Kollege. Sie brauchen sich gar keinen Vorwurf zu machen.« Dr. Leuthold leerte sein Glas. »Ich habe der Patientin den Sachverhalt klargemacht, und als sie die Ursache ihrer Angst erst einmal bewußt begriffen hatte, war der erste Schritt zur Heilung schon getan. Der letzte Schritt wird die glücklich bewältigte Geburt sein.«

Dr. Schumann drückte seine Zigarette aus. »Also«, sagte er, »war doch alles meine Schuld. Ich habe meine Frau verkannt, ich habe sie in ihrer Not allein gelassen, statt ihr zu helfen ...«

»Aber nicht doch«, widersprach Dr. Leuthold, »nur keine Selbstvorwürfe. Nicht jeder Ehemann kann gleichzeitig ein Psychiater sein.«

»Besser wäre es bestimmt gewesen, wenn ich mich meiner psychiatrischen Kenntnisse erinnert hätte.«

»Ich bin nicht sicher«, sagte Dr. Leuthold mit einem kleinen Lächeln, »wenn Ihre Theorie stimmt, müßten die Ehen der Psychiater samt und sonders außergewöhnlich glücklich sein. Aber dergleichen ist mir nicht bekannt. Wenn man einen Menschen liebt, wird es immer schwierig sein, seine Seele zu sezieren, wahrscheinlich nicht einmal wünschenswert. Wichtig ist in der Ehe nur die ehrliche Liebe und das Gefühl unwandelbarer innerer Verbundenheit.«

Astrid Schumann erwartete ihren Mann in dem kleinen Krankenzimmer der psychiatrischen Abteilung, in dem sie die letzten Wochen verbracht hatte. Sie trug ein leuchtendblaues, reich plissiertes Umstandskleid mit einem großen weißen Kragen und wirkte, obwohl ihr Zustand nicht mehr zu übersehen war, auf geheimnisvolle Weise fast mädchenhaft jung. Ihr ebenmäßig schönes Gesicht war bleicher geworden, der Mund üppiger, und auf dem Grund ihrer tiefblauen Augen stand ein stilles Leuchten. Dr. Schumann schnürte es das Herz ab, als er sie so stehen sah, erwartungsvoll, mit leicht geöffneten Händen. Er hatte sich sorgfältig zurechtgelegt, was er ihr sagen wollte, aber bei ihrem Anblick war das alles vergessen.

Nur ein einziges Wort brachte er heraus: »Astrid«, und immer wieder: »Astrid!«

Er nahm sie zärtlich in die Arme, und sie schmiegte sich so vertrauensvoll an ihn wie in der allerersten Zeit ihrer Liebe. »Kannst du mir verzeihen?« flüsterte sie dicht an seinem Ohr.

»Ich dir? Es war meine Schuld, ganz allein meine Schuld, ich hätte wissen müssen …«

»Wie konntest du denn«, sagte sie rasch, »ich wußte es ja selbst nicht!«

»Ach, Astrid«, sagte er, »wieviel hätten wir beide uns ersparen können!«

Sie löste sich von ihm, strich sich mit einer sehr weiblichen Geste über das kastanienbraune Haar. »Ich weiß es nicht, Rainer«, sagte sie, »ich weiß es nicht, ob du recht hast. Wahrscheinlich mußte alles so kommen. Sag nicht, wir wollen jetzt wieder ganz von vorne anfangen. Vergessen können wir nicht. Keiner von uns. Es ist besser, wir suchen unsere Ehe auf unseren Erfahrungen aufzubauen.«

»Meine wichtigste Erfahrung ist«, sagte er, ohne den Blick von ihr zu lassen, »daß ich nie aufhören kann, dich zu lieben.«

Sie nahm ihre Handtasche auf, fragte, ohne ihn anzusehen: »Hast du mit deiner kleinen Schwester Schluß gemacht?«

»Sie hat mir niemals wirklich etwas bedeutet.«

Sie hob die Augen zu ihm, sagte fast erstaunt: »Merkwürdigerweise glaube ich dir das sogar.«

»Weil es die Wahrheit ist, Liebling.« Er bückte sich, hob ihren Koffer auf.

»Bringst du mich jetzt nach Hause?«

»Heute nacht schlafen wir noch bei deiner Mutter. Sie erwartet uns. Aber morgen ...« Plötzlich kam ihm ein Einfall. »Wie wäre es, Astrid, wenn wir ausbrächen? Wenn wir irgendwo hinfahren, wir beide, ganz allein? Wenn wir uns den schönsten Platz auf der Welt suchten, wo wir auf unser Kind warten können?«

Sie lächelte. »Der schönste Platz ist und bleibt für mich unser Zuhause.«

»Du verstehst mich nicht, Astrid«, sagte er fast heftig, »wir könnten später dorthin zurückkommen, wenn alles vorüber, wenn das Kind erst da ist!«

»Ich möchte es nicht irgendwo zur Welt bringen, Rainer, sondern nur in der Frauenklinik ... in deiner Klinik. Mich lockt weder eine Mittelmeerinsel noch ein Dorf in den Alpen ...«

»Und ... wenn ich dich darum bitte?«

»Auch dann nicht!« Sie trat auf ihn zu, strich ihm zärtlich über die Stirn. »Du könntest es ja gar nicht aushalten, Rainer ... ohne deine Arbeit, die Klinik, ohne Geburten und Babygeschrei. Spätestens nach vierzehn Tagen würdest du dich mit mir langweilen.«

»Nein«, behauptete er, »du kennst mich nicht ...«

Aber sie ließ sich nicht beirren. »Und überhaupt«, sagte sie, »was würde Professor Overhoff dazu sagen? Glaubst du im Ernst, er würde dir drei Monate Urlaub geben? Er käme ja gar nicht ohne dich zurecht.«

»Das ist mir egal, Astrid! Soll er sich doch einen anderen Oberarzt nehmen, soll er mich 'rauswerfen! Jetzt geht es doch nur um uns beide ... und um das Kind!«

Ihre Augen wurden plötzlich sehr ernst. »Wovor willst du weglaufen, Rainer?« fragte sie. »Wovor fürchtest du dich?«

Er zwang sich zu einem Lachen. »Ich? Vor gar nichts. Ich dachte nur an dich, daß es für dich leichter wäre ...«

»Nein, nein«, sagte sie, »ich bin jetzt lang genug von zu Hause fort gewesen. Es kommt mir fast wie eine kleine Ewigkeit vor. Du ahnst ja nicht, wie ich mich auf diese Heimkehr freue ... es ist ja fast ein Wunder, daß ich sie überhaupt erleben darf.«

Er fand nicht den Mut, weiter in sie zu dringen, er fürchtete, daß jedes Wort ihn verraten könnte.

Am frühen Nachmittag des nächsten Tages kehrten Doktor Schumann und seine Frau in ihr Heim zurück. Es regnete und Astrid schmiegte sich während der Fahrt vom Flugplatz fröstelnd in seine Arme. Er hielt sie ganz fest und lauschte ihrem glücklichen Geplauder. Er selbst wußte wenig zu sagen, sein Herz war von Bangnis erfüllt.

Astrid wäre gern mit dem Wagen zurückgefahren, aber er wollte ihr die lange Autofahrt nicht zumuten. So hatte er das Auto und ihr großes Gepäck noch in der Früh in Hamburg zum Bahnhof gebracht. Sie selbst waren geflogen.

»Ich bin so froh«, sagte sie immer wieder, »ich kann dir gar nicht beschreiben, wie froh ich bin.«

»Fühlst du dich auch wohl?« fragte er besorgt.

»Aber ja! Das mußt du doch merken!«

Wie bei allen werdenden Müttern eilten ihre Gedanken immer wieder weit voraus, der Zeit entgegen, in der das Kind da sein würde. Sie malte sich aus, wie sie das Kinderzimmer einrichten, wie das Kind heißen sollte – Kirsten, wenn es ein Mädchen war, Michael, falls es ein Junge würde – wie sie es kleiden und erziehen würde.

Er mußte sich zwingen, zuzuhören, Interesse zu zeigen, aber es war ihm, als schnitt jedes ihrer Worte wie ein Messer in sein Herz. Er wußte, daß er ihr die ganze Wahrheit hätte sagen müssen, die Wahrheit über Patrizias Zustand. Aber sie war ahnungslos, so glücklich, und nach allem, was ihm der Psychiater gesagt hatte, war ihm klar, wieviel Kraft und Tapferkeit sie dieses Glück kostete, wie gefährdet sie immer noch war.

»Ich liebe dich sehr«, sagte er plötzlich in ihre Zukunftsträume hinein, »wirst du das nie vergessen?«

Sie lächelte, strich ihm mit dem Zeigefinger zart über die Stirn, in die die Sorgen tiefe Falten gezogen hatten. »Natürlich nicht«, sagte sie, »wir lieben einander doch beide!«

Als das Taxi vor dem kleinen Haus in der Nähe der Frauenklinik hielt, öffnete sich die Haustür, und Kirsten, einen großen Regenschirm in der Hand, eilte auf die Straße. Sie geleitete die Schwester ins Haus, während Dr. Schumann den Fahrer bezahlte und das Gepäck hineintrug.

Drinnen war es behaglich warm. Im offenen Kamin züngelten die Flammen, in den schweren silbernen Leuchtern brannten honiggelbe Kerzen, eine schimmernde Kristallvase mit eben erblühten Teerosen stand auf dem niedrigen Tischchen. Kirsten hatte das Haus nicht nur geputzt und auf Hochglanz gebracht, sie hatte auch alles so arrangiert, wie ihre Schwester es liebte.

Astrid küßte Kirsten dankbar und zärtlich. »Wie schön es hier ist ... ich danke dir! Und wie gut, daß du da bist!«

»Ich werde in den nächsten Monaten hierbleiben, wenn du erlaubst«, sagte Kirsten, »ich habe mich in eurem Gästezimmer häuslich niedergelassen.«

Astrid runzelte, leicht irritiert, die glatte weiße Stirn.

»Das ist doch nicht nötig, Kirsten! Ich kann sehr gut allein ...«

»Nein, eben nicht. Du hast kein Mädchen mehr und ...«

»Jedenfalls brauche ich keine Aufpasserin!«

Kirsten und Dr. Schumann wechselten einen raschen Blick. Dann sagte Kirsten: »Ich hatte mich auf diese Zeit mit dir gefreut, kannst du das nicht verstehen? Ich bin sehr allein, weißt du. Seit der Junge fort ist ...«

»Ach ja«, sagte Astrid, »Rainer hat mir davon erzählt. Aber schließlich ist er doch nicht dein Kind, nicht wahr?«

»Ich habe ihn sehr lieb«, sagte Kirsten ruhig, aber um ihre Mundwinkel zuckte es.

Jetzt erst sah Astrid, daß ihre Schwester sehr schmal geworden war. Tiefe bläuliche Schatten unter ihren Augen erzählten von Tränen und schlaflosen Nächten.

»Verzeih mir«, sagte Astrid impulsiv, »ich bin eben ... nun, mir scheint, ich werde ewig die furchtbare Egoistin bleiben!«

»Du jagst mich nicht fort?«

»Aber natürlich nicht. Es wird schön sein, Gesellschaft zu haben. Aber ... was sagt dein Mann dazu?«

»Wir haben ausgemacht, uns übers Wochenende zu treffen.«

Kirstens Lächeln fiel nicht sehr glücklich aus. »Wie ein junges Liebespaar ...«

»Ihr werdet eigene Kinder haben, Kirsten«, sagte Doktor Schumann, »und dann wird dein ganzer Kummer vergessen sein. Wie sind eigentlich die letzten Untersuchungsergebnisse ausgefallen?«

»Ich habe mich nicht mehr darum gekümmert ...«

»Dann wird es aber höchste Zeit, daß jemand es tut. Soll ich mit Professor Overhoff reden?«

»Nein, Rainer. Sehr lieb von dir. Aber ... bitte nicht. Ich hätte einfach nicht mehr die Kraft, um ...« Sie unterbrach sich. »Aber warum reden wir dauernd von mir? Du bist doch die Hauptperson, Astrid! Du mußt mir unbedingt erzählen ... wartet, ich habe euch einen kleinen Imbiß zurechtgemacht! Setzt euch, macht es euch gemütlich, tut, als ob ihr hier zu Hause wäret!«

Sie verschwand in der Küche. Astrid ließ sich in dem tiefen, bequemen Sessel vor dem Kamin nieder. Dr. Schumann zog einen kleinen Lederhocker heran und setzte sich neben sie.

Sie tastete nach seiner Hand. »Ich begreife nicht mehr, wie ich damals habe weglaufen können«, sagte sie mit einem tiefen Seufzer des Behagens.

Er küßte ihre schmale schöne Hand, zog jeden Finger einzeln an seine Lippen und ließ sie erst los, als Kirsten den Servierwagen hereinschob. Sie hatte hauchdünne Schnitten mit Pumpernickel und Weißbrot zurechtgemacht, einen großen bunten Teller mit Gurken, Tomaten und Oliven garniert, vielerlei appetitliche kleine Salate.

»Du bist ein Engel!« rief Astrid begeistert. »Woher wußtest du, daß ich gerade auf so etwas Lust habe?« Sie griff nach einem der Gürkchen und steckte es rasch in den Mund.

Dr. Schumann und Kirsten lachten.

Während der kleinen Mahlzeit unterhielten sich die beiden Schwestern so lebhaft, daß Dr. Schumann kaum etwas zum Gespräch beisteuern mußte. Sein Schweigen fiel nicht auf, und er war dankbar dafür. Die beiden schönen jungen Frauen vor dem Kamin, für die der in allen Einzelheiten erlesen und kostbar eingerichtete Raum, das loderne Feuer, das warme Licht der Wachskerzen einen prächtigen Rahmen abgaben, die Helle und Gemütlichkeit hier drinnen wurde durch den Regen, der gegen das Fenster prasselte, noch betont, alles hatte etwas Unwirkliches.

Die Realitäten des Lebens, Schmutz und Blut, Leid und Unglück, Härte und Kampf schienen verbannt – aber für Dr. Schumann waren sie jeden Augenblick gegenwärtig. Er spürte, wie künstlich dies alles war, wie Theaterkulisse, in der er selbst, Astrid und Kirsten ihre Rollen spielten, die mit der Wirklichkeit gar nichts zu tun hatten.

Aber die beiden Frauen schienen nichts von alldem zu merken, während er fast körperlich litt. Ihm war es, als würde ihm die Luft abgeschnürt. Er mußte an sich halten, um nicht aufzuspringen, die Kerzen zu löschen, die Fenster aufzureißen – sich zu stellen und endlich Klarheit zu schaffen.

»Ich glaube, Astrid«, sagte er und seine Stimme klang rauh vor Anstrengung, »es wird langsam Zeit, daß du dich ein bißchen hinlegst …«

»Aber wieso denn?« widersprach sie. »Ich fühle mich ganz munter!«

Er stand auf. »Tu nur schön brav, was der Onkel Doktor dir rät.«

»Und du? Was hast du vor? Willst du etwa weg?«

»Nur für einen Sprung in die Klinik, Liebes ...«

Astrid wandte sich mit gespielter Verzweiflung an ihre Schwester. »Und das ist nun der Mann, der mich auf eine einsame Insel entführen wollte! Aber kaum zu Hause, da hält er es nicht einmal zwei Stunden ohne seine geliebte Klinik aus!«

»Wenn du nicht willst ...«

»Aber ja doch, geh nur! Meinst du, ich hätte nicht gemerkt, daß wir beide dich mit unserem Weibergeschwätz nur langweilen?«

Er küßte seine Frau, verabschiedete sich von seiner Schwägerin, nahm Mantel und Schirm und verließ das Haus.

Der Regen peitschte ihm ins Gesicht, als er vorwärtsschritt, aber es kümmerte ihn nicht. Er atmete tief und füllte seine Lungen mit der kühlen frischen Luft.

Von der nächsten Telefonzelle aus versuchte er Patrizia zu erreichen. Aber in der Wohnung Professor Overhoffs kam nicht sie, sondern Eva an den Apparat.

»Ich möchte, bitte, Schwester Patrizia sprechen«, sagte er, ohne sich vorzustellen.

Er spürte förmlich die Befremdung des jungen Mädchens – hatte sie seine Stimme etwa erkannt?

Dann aber sagte sie, zu seiner Erleichterung: »Augenblick, bitte ...«

Ein kleines Geräusch zeigte an, daß sie den Hörer neben die Gabel legte, er hörte sie rufen, und dann war Patrizia selber am Apparat.

»Hallo«, rief sie atemlos, »wer spricht denn dort?«

»Rainer Schumann ...«

»Das ist aber lieb, daß du mich anrufst!«

»Ich muß dich unbedingt sprechen, Patrizia ...«

»Aber wir waren noch für morgen abend sowieso verabredet!«

»Morgen werde ich keine Zeit haben. Ich muß dich heute sehen. Sofort!«

»Aber ich kann doch nicht so einfach fort! Ich habe keinen Ausgang, und der Kleine ...«

»Bitte Eva, sich um ihn zu kümmern. Du wirst nicht lange ausbleiben. Höchstens eine Stunde. Ich erwarte dich an der Endstation der Linie siebzehn.«

»Aber ... es regnet doch so!«

»Macht nichts. Bis zum Restaurant ›Eule‹ sind es ja nur zehn Minuten zu Fuß.«

Sie schwieg und schien zu überlegen.

Er ließ ihr keine Zeit, sich irgendwelche Gegenargumente auszudenken und sagte kurz: »Ich warte auf dich«, dann hängte er ein. Er wußte, daß sie dieser Aufforderung nicht würde widerstehen können.

Während er im Wartehäuschen an der Endstation stand, in den Regen hinausstarrte und eine Zigarette rauchte, stieg ein Gedanke in ihm auf, der so böse und gleichzeitig so faszinierend war, daß er vor sich selbst erschrak.

Er gestand sich den unverhüllten Wunsch, Patrizia zu töten, sie und ihr ungeborenes Kind. Erst wenn sie nicht mehr lebten, würde er wieder frei atmen können. Er wußte, das war Mord – aber war dieser Mord nicht gerechtfertigt, wenn er Astrid dadurch schützte und ihr Glück, das Glück seiner Ehe, seiner Familie dadurch erhielt?

Die Gelegenheit war günstig, und es würde bestimmt die letzte sein, sich Patrizias zu entledigen. Der Weg durch den Wald war schon an sonnigen Tagen einsam. Bei diesem Regenwetter würde niemand außer ihm auf die Idee kommen, hier draußen spazierenzugehen, niemand außer ihm und seinem Opfer.

Er bemühte sich, die Versuchung von sich abzuschütteln, aber es gelang ihm nicht. Alles schien so einfach, geradezu zwangsläufig, er wunderte sich, daß er nicht schon eher daran gedacht hatte – oder hatte er es doch getan, in seinem tiefsten Herzen?

Patrizia hatte niemandem erzählt, daß sie ein Kind erwartete, und selbst wenn sie es vielleicht doch der einen oder anderen Kollegin gegenüber hatte durchblicken lassen, so hatte sie doch gewiß nicht seinen Namen genannt, dessen war er ganz sicher. Bestimmt hatte sie auch Eva nicht gesagt, wohin sie fuhr und mit wem sie verabredet war. Sicher würde die Kriminalpolizei versuchen, ihn mit dem Mord in Verbindung zu bringen, aber sie würde keine Beweise finden, die gegen ihn sprachen.

Ja, er würde es tun. Es gab keinen anderen Weg. Die Zigarette war tief herabgebrannt, jetzt versengte sie ihm fast die Fingerspitzen. Er ließ sie fallen, trat den glühenden Stummel aus und rieb sich den schmerzenden Finger. Er blickte auf seine Hände, die starken, geschickten Hände, mit denen er unzähligen Kindern im ersten Kampf ums Leben geholfen hatte. Jetzt sollten sie als Mordwerkzeuge dienen. Er schauderte, verbarg sie tief in den Taschen seines Regenmantels und zog die Schultern hoch.

Dann sah er die Straßenbahn. Sie fuhr in weitem Bogen auf die Haltestelle zu und hielt mit quietschenden Bremsen.

Patrizia stieg aus, ein wenig unförmig in ihrem weiten Lodenmantel. Sie blickte sich suchend um, und sofort war ihr herzförmiges Gesichtchen von Regentropfen übersprüht. Dann entdeckte sie ihn, und ihre Augen leuchteten auf. Er blieb im Schutz des Wartehäuschens, denn er wollte nicht von einer dritten Person entdeckt werden.

»Rainer!« rief sie und bot ihm ihre Lippen.

Aber er küßte sie nicht. »Wir müssen miteinander sprechen, Patrizia!«

»Ja, das hast du mir schon am Telefon gesagt!«

Er beobachtete durch die Scheibe, daß die Bahn immer noch nicht abgefahren war. »Hast du Schwierigkeiten gehabt fortzukommen?« fragte er.

»Nein, gar nicht. Eva ist ganz versessen auf den Jungen. Sie ist froh, wenn sie ihn für sich allein haben kann.«

»Hast du ihr gesagt, wohin du gehst?«

»Natürlich nicht.« Patrizia lachte unbefangen. »Sie versteht doch nichts von Liebe!«

Jetzt klingelte endlich der Schaffner. Niemand war zugestiegen. Die Straßenbahn setzte sich in Bewegung.

»Komm«, sagte er und faßte sie unter den Arm.

»Du machst so ein komisches Gesicht«, sagte sie, während sie neben ihm herschritt. »Ist wieder etwas mit deiner Frau?«

»Ich habe sie heute nach Hause geholt.«

Sie riß sich von ihm los. »Nein«, sagte sie, »nein. Das ist nicht wahr!«

»Du machst es dir leicht, wie?« sagte er. »Alles, was dir nicht in den Kram paßt, willst du nicht wahrhaben. In deinen Augen war Astrids Selbstmordversuch nur gespielt, und daß sie ein Kind bekommt, wolltest du ihr auch nicht glauben ...«

»Du ... hast dich mit ihr versöhnt?«

Sie standen noch am Waldrand, und das war nicht der richtige Platz für das, was er vorhatte.

»Komm«, sagte er, »gehen wir zur ›Eule'. Dort können wir alles in Ruhe besprechen!«

Da sie keine Anstalten machte, sich in Bewegung zu setzen, sondern stehenblieb und ihn weiter nur fassungslos anstarrte, wandte er sich ab und ging allein weiter, mit großen Schritten, ohne sie zu beachten. Er wußte, sie würde ihm nachkommen, und wirklich war sie schon nach wenigen Minuten wieder an seiner Seite.

»Rainer«, rief sie, und Hysterie schwang in ihrer Stimme, »hast du vergessen, was du mir versprochen hast? Du wolltest dich scheiden lassen, mich heiraten ...«

»Das wollte ich wirklich, Patrizia«, sagte er, »aber versuch doch zu verstehen. Es hat sich eben alles geändert.«

»Du machst dir das sehr einfach.«

»Nein, durchaus nicht. Es fällt mir schwer, sehr schwer, dich zu enttäuschen. Ich hätte dir das weiß Gott gern erspart. Aber du mußt doch verstehen, daß ich in erster Linie meiner Frau und meinem Kind verpflichtet bin.«

»Und was ist mit meinem Kind? Mit unserem Kind?«

»Ich werde selbstverständlich für euch beide sorgen.«

»Du läßt mich also im Stich! Für dich bin ich plötzlich nicht mehr als ein gewöhnliches Flittchen, das du von der Straße aufgelesen hast! Aber ich sage dir ...« Sie schrie, schluchzte, schimpfte weiter, und ihre Tränen vermischten sich mit den Regentropfen auf ihren Wangen.

Plötzlich ertrug er es nicht mehr. Er mußte handeln, und er wollte handeln. Er legte seine Hände, seine schlanken starken Chirurgenhände um ihren Hals.

Sie sah ihn an, aber in ihren Augen stand kein Schrekken, nicht der leiseste Funken eines Verdachts. Sie hielt diese Berührung für eine Liebkosung, und ein Lächeln brach durch ihre Tränen. »Rainer«, sagte sie, »ich weiß ja, es ist nicht deine Schuld!«

Und in diesem Augenblick begriff er, daß er es nicht konnte, jetzt nicht und niemals. Er war kein Mörder, er konnte nicht töten.

Er gab sie frei, und schluchzend sank sie an seine Brust. »Es ist deine Frau, diese Hexe ... sie will dich nicht loslassen, und du kannst dich nicht wehren. Du bist zu gut, Rainer, ich habe es immer gewußt. Verzeih mir, daß ich so zu dir war, ich weiß ja, wie du leidest. Du liebst mich, nicht wahr ... nur mich?«

Er löste sich aus ihrer Umarmung. Sie sah wie ein ganz junges Mädchen aus, mit dem verweinten Gesicht, in das sich die vom Regen gelösten Locken kringelten.

»Verzeih mir, Patrizia«, stammelte er, »verzeih ...«

Und dann drehte er sich auf dem Absatz um und rannte in den Wald hinein. Er hörte sie noch lange rufen, aber er blieb nicht stehen, stürzte, stolperte vorwärts, über Baumwurzeln und Farnkraut, immer weiter voran, auf der Flucht vor sich selbst.

Professor Overhoff war im Krankenzimmer von Hilde Wogand und beobachtete, wie Schwester Helga ihr mit einem Sauger die Milch abnahm. Er wandte nur kurz den Kopf, als Dr. Schumann eintrat und schenkte dann schon wieder seine ganze Aufmerksamkeit der Patientin.

Hilde Wogand war trotz der Bluttransfusionen, die sie bekommen hatte, immer noch sehr blaß. Ihre Nase wirkte spitz in dem eingefallenen Gesicht.

»Und es geht meiner Kleinen gut, Herr Professor?« fragte sie. »Geht es ihr wirklich gut? Sie machen mir doch nichts vor?«

»Aber, aber, Frau Wogand«, sagte Professor Overhoff, »ich werde Sie doch nicht anschwindeln! Die Kleine macht sich sogar ausgezeichnet. Man hat sie schon aus dem Sauerstoffzelt herausnehmen können.«

»Ja, wirklich? Ach, Herr Professor, warum darf ich sie nicht sehen ... nicht einmal für eine Minute?«

»Das wissen Sie doch, Frau Wogand! Ihr Töchterchen ist gesund, aber es ist eben doch winzig. Es muß vor jeder Infektion geschützt werden. Deshalb bleibt es vorläufig in der Kinderklinik. Es liegt dort in einem Raum, der durch ultraviolettes Licht keimfrei gehalten wird.«

»Aber wenn ich erst wieder aufstehen kann, dann darf ich doch ...?«

»Sie haben wirklich keinen Grund, unzufrieden zu sein. Das Kind ist gesund und lebensfähig, wir haben noch rechtzeitig operieren können. Sie haben sogar genügend Milch für das Kleine ... nur noch ein bißchen Geduld und Sie werden Ihr Töchterchen in die Arme nehmen und mit ihm nach Hause fahren können!«

»Wann, Herr Professor, wann?«

»Wenn alles gutgeht ... in etwa drei Wochen. Aber morgen dürfen Sie schon ein bißchen aufstehen, und jeden Tag länger ...«

Frau Wogand hatte Tränen in den Augen. »Ich weiß gar nicht, wie ich Ihnen danken soll, Herr Professor!«.

»Nicht mir«, sagte der Professor, »dem da oben!«

Er verließ das Zimmer, und Dr. Schumann folgte ihm.

»Ich bin sehr glücklich«, sagte Professor Overhoff, »wirklich sehr glücklich. Das war eine riskante Sache.«

»Liegt das Untersuchungsergebnis der histologischen Abteilung schon vor?« fragte Dr. Schumann.

»Ja. Und es ist negativ ausgefallen.«

»Ich gratuliere, Herr Professor.«

Professor Overhoff sah seinen Oberarzt an. Es entging ihm nicht, wie sorgenvoll das Gesicht des jüngeren Kollegen war. »Was ist denn mit Ihnen los?« fragte er. »Haben Sie Ihre Frau wieder nicht mitbringen können?«

»Doch. Sie ist zu Hause.«

»Irgendwelche Komplikationen?«

»Nicht, was die Schwangerschaft betrifft.«

»Aber ...?«

»Herr Professor, ich muß Ihnen ein Geständnis machen!«

»Na, dann kommen Sie einmal mit in mein Zimmer.«

Eine Viertelstunde später wußte Professor Overhoff alles. Dr. Schumann hatte ihm erzählt, wie es zu seinem Zerwürfnis mit Astrid gekommen und wie Schwester Patrizia sich seiner angenommen hatte, wie es geschehen konnte, daß er jetzt zwischen zwei Frauen stand, die beide ein Kind von ihm erwarteten.

Professor Overhoff unterbrach ihn mit keinem Wort. Erst als er geendet hatte, sagte er sehr ruhig: »Hm, das ist natürlich eine schlimme Geschichte!«

»Ich weiß, Herr Professor, und ich weiß auch, daß ich nicht länger für die Klinik tragbar bin!«

»So schnell geht's bei mir nicht, junger Freund, ich muß mir den ganzen Fall erst einmal durch den Kopf gehen lassen.«

»Schwester Patrizia wird nicht aufgeben. Sie wird Himmel und Hölle in Bewegung setzen, um sich an mir ... mehr noch an meiner Frau ... zu rächen.«

»Ich glaube, ich werde sie mir einmal vorknöpfen ...«

»Aber ...«

»Ich kann Ihnen nicht versprechen, daß das etwas nutzt. Ich will sie auch keinesfalls einschüchtern. Aber bevor ich irgendeine Entscheidung treffe, möchte ich den ganzen Fall noch einmal aus ihrem eigenen Mund hören ...«

Etwas von der gelassenen Ruhe des Professors übertrug sich auch auf Dr. Schumann. Plötzlich schien es ihm, als könnte es doch noch eine anständige Lösung geben. Selbst wenn er die Klinik verlassen mußte, konnte er sich immer noch eine Privatpraxis aufbauen. Astrid und ihr Kind würden ihm bleiben, und das war mehr, als er verdient hatte.

Er ahnte nicht, daß – noch während er mit Professor Overhoff sprach – Patrizia auf dem Wege zu seiner Frau war.

19

Astrid und Kirsten waren in der kleinen, sehr modernen Küche damit beschäftigt, das Abendessen vorzubereiten, als es an der Haustür klingelte.

»Wer kann das sein?« fragte Astrid erstaunt. »Es weiß doch noch niemand, daß ich zurück bin!«

»Vielleicht ein Vertreter ... oder jemand, der für einen Wohltätigkeitsverein sammelt!« Kirsten trocknete sich die Hände an der Küchenschürze ab.

»Jetzt? Um diese Zeit?« Astrid warf einen Blick auf ihre Armbanduhr. »Es ist sechs vorbei ...«

Es klingelte noch einmal, diesmal heftiger.

»Gleich werden wir die Lösung des Rätsels wissen«, sagte Kirsten, »ich werde sofort gehen und nachschauen!«

Astrid blieb in der Küche zurück, während Kirsten zur Haustür lief. Aber schon Sekunden später hörte sie heftige Stimmen.

»Nein«, hörte sie Kirsten sagen, »das geht nicht. Meine Schwester empfängt keinen Besuch!«

Astrid legte das Salatbesteck in die Schüssel, in der sie die Soße bereitet hatte, trat in die Diele hinaus. Sie sah die

Besucherin nicht, die noch in der geöffneten Tür stand, denn Kirstens Rücken verdeckte sie. Aber sie hörte ihre Stimme, sehr erregt und seltsam gepreßt.

»Aber ich muß Frau Dr. Schumann sprechen, verstehen Sie denn nicht? Ich komme vom Herrn Doktor!«

»Guten Abend!« sagte Astrid laut.

Kirsten wich zur Seite, und jetzt konnte Astrid die unerwartete Besucherin erkennen, eine junge Frau mit vom Regen gelöstem Haar und völlig durchweichtem Lodenmantel.

Sie wußte, daß sie sie schon einmal irgendwo gesehen hatte, aber sie erinnerte sich nicht, wo und wann es gewesen war.

»Wer sind sie?« fragte sie.

»Schwester Patrizia!«

»Und sie kommen von meinem Mann?«

Kirsten legte ihren Arm um die Schwester. »Sei friedlich, Liebes, geh in die Küche zurück! Laß mich mit dieser Schwester sprechen.«

»Aber warum denn?« sagte Astrid. »Ich stehe doch wohl nicht unter Kuratel.«

»Ich habe Rainer versprochen ...«

»Ich weiß, du meinst es gut. Aber wir wollen doch nicht unhöflich sein.« Astrid lächelte Patrizia an. »Legen Sie Ihren Mantel ab, Schwester! Sie sind ja ganz naß.«

Patrizia folgte dieser Aufforderung, während Kirsten die Haustür schloß.

»Und nun kommen Sie mit ins Wohnzimmer. Da können Sie mir in Ruhe alles erzählen!« sagte Astrid.

Die Kerzen waren gelöscht, aber das Feuer im Kamin brannte noch. Astrid bückte sich und legte zwei neue Scheite nach. Dann drehte sie sich zu Patrizia um. »Also, was gibt's, Schwester? Setzen Sie sich doch!«

Noch als Patrizia vor der Haustür gestanden und darauf gewartet hatte, daß man ihr öffnen würde, hatte sie ganz genau gewußt, was sie sagen wollte. Aber jetzt war sie verwirrt. Sie hatte nicht mit Kirstens Anwesenheit gerechnet, und die damenhafte Überlegenheit Astrids machte sie unsicher. Die Frau des Oberarztes trug einen weiten hellblauen Baumwollkittel und hatte sich, zum Schutz gegen die Küchendünste, ein weißes Tüchlein um das kastanienbraune Haar geschlungen, aber selbst in dieser Aufmachung wirkte sie schön, kühl und sehr distanziert.

»Ich ... ich möchte mit Ihnen allein sprechen«, sagte Patrizia.

»Kirsten, bitte ...«, sagte Astrid.

»Aber ich sehe nicht ein ...« protestierte Kirsten.

»Was ich Ihnen zu sagen habe, geht nur uns beide an!« erklärte Patrizia, die durch Astrids Entgegenkommen neuen Mut gefunden hatte.

»Also, geh schon, Kirsten«, bat Astrid.

Widerwillig und mit einer bösen Vorahnung zog Kirsten sich zurück.

Patrizia hatte sich gesetzt. Aber der tiefe Sessel war ihr ungewohnt, sie wußte nicht recht, wie sie ihre Beine unterbringen sollte, und das verstärkte noch ihr Unbehagen. Astrid war nahe dem Kamin stehengeblieben und hielt die schönen schlanken Hände vor das Feuer, dessen Knistern der einzige Laut in dem plötzlich sehr still gewordenen Raum war.

»Mein Mann hat Sie also geschickt?« fragte Astrid die Besucherin.

Patrizia kämpfte mit sich, entschloß sich dann doch zur Wahrheit. »Nein. Ich bin aus eigener Initiative gekommen ...« Sie stockte.

Astrid war in den letzten Minuten zu der Erkenntnis gelangt, wen sie vor sich hatte, und so war sie auf Patrizias Erklärung durchaus gefaßt.

»Ich liebe Ihren Mann!« sagte Patrizia, und ihre Stimme schwankte dabei vor Erregung.

Astrid wandte sich vom Feuer ab und sah sie an. »Nun, so haben wir beide also etwas gemeinsam ... ich liebe ihn auch!«

»Dann hätten Sie ihn nicht so behandeln dürfen!«

»Hat er sich über mich beklagt?« Astrid lächelte schwach. »Ich kann es ihm nicht einmal verdenken. Ich habe mich wirklich fürchterlich aufgeführt ...«

»Und trotzdem wollen Sie ihn jetzt zurückhaben?«

»Sie irren sich«, sagte Astrid ruhig, »ich hatte ihn niemals verloren.«

»Er liebt mich ... nur mich!«

Astrid schüttelte sanft den Kopf. »Wieder ein Irrtum, Schwester Patrizia. Er hat sich bei Ihnen nur getröstet.«

»Er hat mir versprochen, mich zu heiraten!«

»Ein etwas seltsames Versprechen aus dem Mund eines verheirateten Mannes, finden Sie nicht auch?«

»Es ist seine Pflicht, mich zu heiraten!«

»Eben, liebe Schwester, sprachen Sie noch von Liebe«, sagte Astrid, »und das war ein Argument, für das ich mehr Verständnis hatte ...«

»Aber er muß mich heiraten, verstehen Sie denn nicht? Er muß! Ich erwarte ein Kind von ihm!«

Das hatte Astrid nicht erwartet. Sie wurde sehr blaß. Aber sie verlor auch nicht für eine Sekunde die Haltung. »Dann haben wir einander also nichts voraus«, sagte sie gefaßt und ließ sich Schwester Patrizia gegenüber in den hochlehnigen Gobelinsessel sinken, »oder doch ... ich bin mit ihm verheiratet. Und ich bin sehr froh darüber.«

»Sie wollen ihn also nicht freigeben?«

»Nicht solange er mich liebt.«

»Aber er hat Sie betrogen ... begreifen Sie doch endlich! Er hat Sie mit mir betrogen! Er wollte sich scheiden lassen, er wäre längst geschieden, wenn Sie nicht ... er bleibt ja nur des Kindes wegen bei Ihnen!«

Jedes von Patrizias Worten war wie ein Messerstich in Astrids Herz. Dennoch hatte sie ihre Stimme vollkommen in der Gewalt, als sie jetzt sagte: »Und Sie wollen, daß er Sie Ihres Kindes wegen heiratet. Oder wollen Sie etwa allen Ernstes behaupten, daß er je auf die Idee gekommen wäre,

Sie zur Frau zu nehmen, wenn er nichts von Ihrer Schwangerschaft gewußt hätte?«

Patrizia sprang auf. »Wie gemein ... oh, wie gemein Sie sind!«

Astrid begriff, daß sie die Situation richtig erkannt hatte, und dieses Wissen war Balsam für ihr tief verwundetes Herz. »Sie wünschen, daß ich meinen Mann freigebe«, sagte sie, »nun gut, ich bin dazu bereit. Falls er selbst die Freiheit wünscht. Bleiben Sie hier, bis er zurückkommt, dann können Sie ihn fragen.«

»Das ist ... teuflisch!«

»O nein. Nur menschlich. Ich habe Ihnen ein faires Angebot gemacht ...«

»Aber er darf doch gar nicht wissen, daß ich hier war!«

Astrid atmete tief durch. »Ach so«, sagte sie, »so ist das also. Sie haben ihn mit mir aushandeln wollen, wie einen ... einen Gegenstand. Sie haben die Entscheidung über seinen Kopf treffen wollen. Aber er ist ein Mann, und es ist nicht unsere Aufgabe, zu bestimmen, was er zu tun und zu lassen hat. Er muß sich selbst entscheiden, und er wird es tun.«

Sie erhob sich. »Ich denke, damit ist unsere Unterhaltung beendet. Ich danke Ihnen für Ihren Besuch.«

»Nein!« schrie Patrizia. »Nein, so können Sie mich nicht abschieben ...«

»Aber ich bitte Sie ...«

»Wenn Rainer mich nicht heiratet, wird er es bereuen ... ja, und Sie auch! Es wird einen Skandal geben ... ich werde ihn unmöglich machen, ich werde es dem Professor sagen, und ich werde mich auch an die Zeitungen wenden. ›Oberarzt verführt Säuglingsschwester‹ ... wie gefällt Ihnen das? Er wird nicht Oberarzt bleiben, er wird entlassen werden, er wird in der ganzen Stadt unmöglich sein, in ganz Deutschland ...« Patrizia schnappte nach Luft.

»Und was nutzt Ihnen das? Ihnen und Ihrem Kind?«

»Mir!« sagte Patrizia verblüfft. »Nein, natürlich nichts ...« Dann flammte ihr Zorn noch einmal auf. »Aber ich werde meine Rache haben!«

»Ich bezweifle sehr, ob Sie das glücklich machen wird«, sagte Astrid, »es wird eine sehr klägliche Rache sein. Ich gehe mit meinem Mann und meinem Kind auch in das letzte Dorf von Hinterindien, wenn es sein muß ... und ich werde auch zu ihm halten, wenn er als Arzneimittelvertreter sein Brot verdienen muß. Für mich ist nur eines wichtig: mit ihm beisammensein.«

Sie ging an Schwester Patrizia vorbei, öffnete weit die Tür. »Kirsten«, rief sie, »die Schwester möchte gehen.«

Sie blieb nahe der Tür stehen, während Kirsten Schwester Patrizia in die Garderobe und hinaus begleitete. Erst als sie die Haustür ins Schloß fallen hörte, war es plötzlich mit ihrer Kraft zu Ende. Rote Räder flammten vor ihren Augen, dann wurde es dunkel. Die Beine gaben unter ihr nach. Sie sank lautlos zu Boden.

So fand sie Kirsten, als sie Sekunden später ins Zimmer trat.

Der kleine Thomas kniete auf dem Küchenstuhl vor dem Spülbecken, das bis obenhin mit Wasser gefüllt war, und ließ sein Segelboot schwimmen. Er blies die Backen auf, pustete in die Segel, machte mit den Händen erst kleine, dann immer größere Wellen, bis das Fahrzeug nahezu kenterte.

Er schien ganz in sein Spiel vertieft, aber seine blanken Augen blickten todernst, die Stirn unter dem blonden Schopf war gekraust, und er lächelte nicht ein einziges Mal, als das kleine Boot sich so schief zur Seite legte, daß seine Segel das Wasser berührten, um sich dann doch wieder aufzurichten. Er hörte, daß die Tür vom Laden her geöffnet wurde und wußte, daß seine Mutter kam, er spürte ihren Blick in seinem Rücken. Aber er drehte sich nicht um, sondern spielte mit seltsamer Verbissenheit weiter.

»Thomas!« schrie Gina, »was machst du denn da? Wie oft habe ich dir schon verboten, mit Wasser zu spielen? Du planscht nur alles voll und machst dich überall naß!« Sie riß ihn mit einem Ruck vom Stuhl herunter.

Der kleine Junge starrte seine Mutter böse an. »Ich bin gar nicht naß«, murmelte er.

»Widersprich auch noch!« Gina schüttelte Thomas bei den Schultern. »Du glaubst wohl, du kannst mich ärgern? Aber da bist du bei mir an die falsche Adresse gekommen!«

Sie stieß den Jungen beiseite, zog den Stöpsel aus dem Spülbecken, ergriff das Schiffchen.

»Gib her!« schrie Thomas erbost.

»Dieses blöde Ding«, sagte Gina, »schau nur, wie es aussieht! Findest du es denn schön?« Sie hielt das Spielzeug mit spitzen Fingern und drehte es von links nach rechts.

Es war wirklich nicht mehr ansehnlich. Der Lack war alt und abgesplittert, die ehemals weißen Segel waren grau von schmutzigen Kinderhänden geworden, der Mast, schon einmal gebrochen, war mit einem Streichholz und Bindfäden geflickt.

»Gib es her! Es gehört mir!« Thomas wollte es seiner Mutter entreißen, aber sie hielt es hoch über den Kopf, so daß er nicht darankommen konnte.

»Ich weiß schon, warum du so versessen auf das alberne Ding bist«, sagte sie, »weil es dir deine liebe Frau Winterfeld geschenkt hat! Sehr lieb ist sie, wirklich! Wenn sie dir die Kiste mit dem Spielzeug geschickt hätte, wie sie versprochen hat, brauchtest du nicht immer nur mit diesem scheußlichen Ding zu spielen.«

»Mami hat sie geschickt«, sagte Thomas wütend.

»Was du nicht sagst!« Gina lachte spöttisch.

»Doch. Hat sie. Aber du ... du hast die Kiste gleich auf den Speicher gestellt!«

Gina holte tief Luft. »Wenn ich nicht wüßte, daß du nur ein dämlicher kleiner Junge bist, der nicht weiß, was er redet, würde ich dir jetzt eine schmieren ... aber ich weiß eine viel bessere Strafe!« Sie ging zum Herd, riß das Feuertürchen auf.

»Nein!« schrie Thomas. »Nein!«

Er stürzte sich auf seine Mutter, aber sie hatte das kleine Boot schon auf die glühenden Kohlen geschoben, warf das Türchen wieder zu, drehte sich zu ihrem Sohn um und musterte ihn triumphierend.

Aber Thomas weinte nicht. Sein kleines Gesicht war verzerrt vor Schmerz und Zorn, doch seine Augen blieben trocken.

Plötzlich schämte Gina sich. Sie hatte das Herz des Jungen zurückgewinnen, seinen Willen brechen wollen. Aber weder das eine noch das andere war ihr bisher gelungen. Sie hatte mit falschen Mitteln gekämpft, die Kluft zwischen ihnen beiden immer tiefer aufgerissen, anstatt sie zu überbrücken. »Sei nicht traurig, Thomas«, sagte sie sanft, »mit dem Boot war wirklich nichts mehr los. Morgen gehen wir beide in die Stadt und kaufen ein neues ... ein viel schöneres und größeres!«

Aber Thomas antwortete nicht. Die geballten Hände tief in die Taschen gebohrt, wandte er sich ab.

Sie legte ihre Hand auf seine Schulter. »Du, Thomas, weißt du ... ich habe eine Idee! Wollen wir zusammen mit der schönen Eisenbahn spielen, die ich dir geschenkt habe? Sei nicht verstockt, das nutzt doch nichts. Das Segelboot wird davon nicht wieder heil ...«

Thomas schüttelte ihre Hand mit einem einzigen Ruck seiner kindlichen Schultern von sich ab.

Sie seufzte, aber sie war nicht so leicht bereit aufzugeben. Sie trat an den Wandschrank, schloß ihn auf und holte die Eisenbahn herunter – eine Lokomotive mit Kohlentender und drei Personenwagen, sie stellte alles auf den Boden und nahm die Schachtel heraus, die die Schienenteile enthielt.

»Da«, sagte sie, »steck die Schienen zusammen ...«

Thomas tat, was sie von ihm verlangte, sein Gesicht zeigte keine Spur von Freude, aber immerhin, er tat es.

Na also, dachte Gina, wäre doch gelacht, wenn ich mein eigenes Kind nicht behandeln könnte! Ich möchte den Jungen sehen, der so einer hübschen Eisenbahn widerstehen könnte!

Sie half Thomas, die Schienen aneinanderzufügen, bis sie einen geschlossenen Kreis auf dem Boden bildeten. Dann zog sie die Lokomotive auf und stellte sie samt ihren Anhängern auf die Schienen.

»Los, jetzt gib das Signal zur Abfahrt«, sagte sie.

Thomas pfiff gellend auf zwei Fingern. Gina lachte und ließ den kleinen Zug laufen. Er sauste rund um die Schienenbahn.

Die Ladenglocke schepperte. Gina, die neben ihrem Jungen auf dem Fußboden gekniet hatte, stand auf und klopfte ihren Rock ab. »Da hast du es«, sagte sie, »deine Mutter muß schon wieder arbeiten. Spiel jetzt schön brav und mach mir nicht wieder Ärger. Ich bin gleich zurück.«

Sie verließ die Küche in dem Gefühl, in der Erziehung ihres Jungen einen Schritt weitergekommen zu sein.

Der kleine Zug lief und lief. Thomas verfolgte ihn eine Weile mit den Augen. Dann stand er auf, ging zum Herd, riß das Feuertürchen auf. Aber von seinem Segelboot war nichts mehr zu sehen. Er nahm den Schürhaken und stocherte in der Glut herum – vergebens, nicht einmal ein Fetzchen Stoff war übriggeblieben.

Er wandte sich wieder der Eisenbahn zu. Die Feder war abgelaufen. Die Lokomotive stand.

Der Junge schlüpfte in die Werkstatt, wo Alfons Müller damit beschäftigt war, ein recht altertümliches Radio zu reparieren. Herr Müller hob nur kurz den Kopf, als Thomas hereinkam, sagte: »Na, Kleiner!« und wandte sich wieder seiner Arbeit zu.

Thomas strich, scheinbar ohne besondere Absicht, durch die Werkstatt und fand bald, was er suchte: Schraubenschlüssel, Zange und Hammer. Er stopfte diese Schätze in die Hosentaschen, ohne darauf zu achten, daß er das Futter dabei zerriß und drückte sich wieder hinaus.

Er kniete sich neben der Eisenbahn auf den Boden und begann sehr systematisch sein Zerstörungswerk. Er verbog die Schienen, bis sie zu unentwirrbarem Schrott geworden waren, montierte die Räder der Lokomotive und jedes einzelnen Wagens ab, knackte das Gestänge und dann, immer noch nicht zufrieden, begann er mit dem Hammer kräftig auf das ohnehin schon zerbeulte und zerkratzte Spielzeug einzuschlagen.

So fand ihn Gina, und der Anblick, der sich ihr bot, verschlug ihr für Sekunden den Atem. Dann schrie sie auf. »Was machst du denn da?!«

»Ein Eisenbahnunglück«, sagte Thomas ruhig, »alles kaputt. Alle Menschen tot.«

Gina stürzte auf ihn zu, entriß ihm den Hammer. »Alfons!« schrie sie schrill. »Alfons!«

Herr Müller stürzte in die Küche und sah die Bescherung. »Hast du Worte!« sagte er, mehr überrascht als entsetzt.

Gina fauchte ihn an. »Ist das alles, was du dazu zu sagen hast?«

»Was denn sonst? Es war deine Idee, ihm die Eisenbahn zu kaufen.«

»Verhau ihn! Nimm den Riemen und hau ihn durch.«

»Er ist dein Sohn, Gina.«

»Oh, Thomas«, rief Gina, »wie konntest du das tun? Weißt du denn nicht, wieviel Geld die Eisenbahn gekostet hat?«

Thomas war aufgestanden. Er stieß mit dem Fuß gegen die Trümmer. »Du hast sie mir ja geschenkt!«

Gina verlor die Nerven. Sie stürzte auf den Jungen zu und versuchte ihn zu schlagen.

Aber Thomas war stark. Er wehrte sich mit Händen und Füßen, trat und stieß nach der Mutter, kratzte und fauchte.

»Hilf mir doch, Alfons, hilf mir doch!« rief Gina.

»Der ist ja kriminell«, sagte Herr Müller, »der gehört nicht in ein anständiges Haus, sondern in Fürsorgeerziehung!«

»Da! Hast du gehört?« schrie Gina und zerrte den Jungen bei den Haaren. »In die Fürsorge gehörst du, und ich stecke dich auch hinein!«

»Tu's nur! Tu's nur!« brüllte Thomas. »Mein Vater ist Rechtsanwalt, der holt mich schon wieder heraus!«

»Dein Vater! Daß ich nicht lache! Der ist ja froh, daß er dich los ist.«

Das war zuviel. Mit aller Wucht stieß Thomas seinen Kopf in den Leib der Mutter, so daß sie vor Schmerz aufschrie und ihn losließ. Jetzt aber war es auch mit Herrn Müllers Ruhe vorbei. Er löste seinen Ledergürtel, packte den Jungen, legte ihn über das Knie, riß ihm die Hose herunter, schlug auf ihn ein. Er schlug, bis ihm der Arm lahm wurde und das Hinterteil des Jungen mit dicken Striemen bedeckt war.

Aber Thomas gab nicht einen einzigen Laut von sich.

Als Dr. Schumann heimkehrte, fiel ihm sofort die sonderbare Stille im Haus auf.

»Astrid!« rief er. »Astrid!«

Aber seine Frau kam ihm nicht, wie er erwartet hatte, entgegen, sie gab auch keine Antwort.

Beunruhigt trat er ins Wohnzimmer. Es war leer. Das Feuer im Kamin war nur noch verlöschende Glut. Er ging in die Küche. Auch hier war nichts von Astrid oder Kirsten zu sehen. Auf dem Tisch stand eine Schüssel mit Salatsoße. Eine Platte des Elektroherdes war eingeschaltet, aber die Pfanne mit dem Fett stand daneben. Es herrschte eine Unordnung, als ob die beiden Frauen mitten in den Vorbereitungen zum Abendessen gestört worden wären. Dr. Schumanns Unruhe steigerte sich. Mechanisch schaltete er die Herdplatte aus, ging zur Treppe, eilte die Stufen hinauf.

»Astrid!« schrie er. »Astrid!«

Kirsten erschien daraufhin auf dem obersten Treppenabsatz.

Eine Sekunde lang war er erleichtert, sie zu sehen, dann, als er merkte, wie blaß und verstört ihr Gesicht war, erfaßte ihn maßloser Schrecken. »Was ist geschehen?!«

Kirsten legte den Finger auf den Mund. Er wollte an ihr vorbei ins Schlafzimmer seiner Frau stürmen, aber sie hielt ihn zurück. »Bitte«, sagte sie, »Rainer, reg dich nicht auf …«

»Aber was ist …?«

»Sie ist ohnmächtig geworden. Aber es geht ihr jetzt schon wieder besser. Ich habe sie hier heraufgebracht.«

Er stieß seine Schwägerin beiseite und stürzte ins Schlafzimmer. Auf der Schwelle verhielt er seinen Schritt, straffte die Schultern. Er zwang sich zu berufsmäßiger Gelassenheit. »Astrid, Liebling«, sagte er mit einer Stimme, die fremd in seinen eigenen Ohren klang, »was machst du denn für Sachen?«

Sie lag in ihren Kissen, bleich und erschöpft und hob mühsam die Lider. »Es ist alles in Ordnung«, sagte sie schwach.

Mit wenigen Schritten war er am Bett und fühlte ihren Puls. »Ich werde dir ein Stärkungsmittel geben«, sagte er, »bitte, Kirsten, hol doch meine Tasche. Sie steht unten bei der Garderobe.« Er wandte sich an seine Frau.

»Wie fühlst du dich, Liebling?«

»Ganz gut.«

»Schmerzen?«

Sie schüttelte stumm den Kopf.

Kirsten kam mit der ärztlichen Bereitschaftstasche.

»Ein Glas Wasser, bitte!« sagte er. Er nahm das hölzerne Stethoskop heraus und horchte auf die Herztöne des Kindes, lange und aufmerksam.

»Dem Kleinen scheint's jedenfalls gutzugehen«, sagte er dann.

»Gott sei Dank!«

Er gab Astrid zwei Tabletten, richtete ihren Kopf auf, nahm Kirsten das Glas Wasser aus der Hand und reichte es seiner Frau.

»So«, sagte er, »nun versuch dich zu entspannen. Kirsten wird mir inzwischen erzählen, was passiert ist ...«

Er sah, daß die beiden Frauen einen raschen Blick wechselten.

»'raus mit der Sprache«, sagte er, »was habt ihr angestellt? Hat Astrid sich etwa überanstrengt? Zu schwer gehoben?«

»Nein«, sagte Kirsten zögernd.

»Also ... was war? Macht mir nichts vor. Irgend etwas muß geschehen sein. Man fällt nicht aus heiterem Himmel in Ohnmacht, auch nicht, wenn man im sechsten Monat ist.«

»Wir hatten Besuch«, sagte Kirsten.

Dr. Schumann hob den Kopf und starrte sie an. »Besuch?«

Astrid tastete nach seiner Hand. »Ja, Lieber«, sagte sie, »Schwester Patrizia ...«

Dr. Schumann war es, als wenn sein Herz einen Schlag lang aussetzte. »Nein«, sagte er dumpf, »nein ...«

»Rainer, bitte ...«, sagte Kirsten hilflos.

»Und du hast es zugelassen!« schrie er. »Wie konntest du? Hatte ich dir denn nicht gesagt ...«

»Kirsten hat keine Schuld«, erklärte Astrid ruhig, »schimpf nicht mit ihr. Damit machst du nichts besser. Ich wollte mit ihr sprechen ... und ich bin froh, daß ich es getan habe!«

Er sank an ihrem Bett in die Knie, barg sein Gesicht an ihrer Brust. »Astrid ... Astrid ...«, stöhnte er.

Kirsten verließ auf Zehenspitzen das Zimmer.

»Es ist vorbei«, sagte Astrid, »sie ist weg, und sie wird nie mehr wiederkommen!« Sie streichelte sanft sein dunkles Haar. »Jetzt weiß ich das Schlimmste, und nichts kann uns mehr passieren ...«

»Ich hätte es dir sagen müssen ...«

»Du konntest es nicht, du wolltest mich schonen ... ich verstehe alles, Rainer, ich mache dir keinen Vorwurf!«

Er hob den Kopf und sah seine Frau an. Tränen der Erschütterung standen in seinen Augen. »Auch ... daß ich es getan habe?«

»Ja, Rainer«, sagte sie leise, »es war meine Schuld. Ich hatte dich von mir getrieben ... wir sind beide schuld, und wir müssen es gemeinsam tragen.«

»Ich schäme mich, Astrid ... wenn du wüßtest, wie ich mich schäme. Ich habe sie nie geliebt, glaub mir, und ich hatte niemals vor, sie zu heiraten. Aber dann, als sie mir sagte, daß sie ein Kind erwartete ...«

»Du brauchst mir nichts zu erklären, Rainer ...«

»Sei nicht so gut zu mir ... nicht zu gut! Ich werde dir nie mehr in die Augen sehen können.«

»Doch, du wirst. Du hast mir verziehen ...«

»Dich trifft keine Schuld, du warst krank. Aber auch da habe ich versagt, ich habe nicht erkannt, was mit dir los war.«

»Du bist nicht mein Arzt, sondern mein Mann, Rainer. Wenn man eine Patientin liebt, kann man sie nicht mehr behandeln ... das hast du mir selbst früher erzählt. Und daß du dich von Patrizia hast trösten lassen, wie könnte ich dir böse deswegen sein. Du mußt sehr verzweifelt gewesen sein ...«

»Ja, Astrid, das war ich. Weil ich dich liebte und nicht begreifen konnte ...«

»Sprich nicht mehr darüber«, sagte sie, »auch ich habe dir verziehen. Es ist vorbei und abgetan. Was vergangen ist, ist vergangen. Jetzt kommt es nur darauf an, daß wir die Gegenwart meistern ... und die Zukunft.«

»Ich fürchte, ich werde von jetzt ab keine Zukunft mehr haben ...«

»Vielleicht nicht als Arzt, aber als mein Mann, als der Vater unseres Kindes. Wenn wir beide nur ganz fest zusammenhalten, kann niemand uns etwas anhaben. Das habe ich auch Patrizia gesagt ... vielleicht wird sie es einsehen. Vielleicht wird sie darauf verzichten, sich an dir zu rächen.«

Er erhob sich. »Nein«, sagte er, »das wird sie nicht. Sie ist verletzt, tief verletzt, und sie schlägt jetzt um sich, um die eigene Wunde nicht so schmerzhaft zu spüren.«

»Rainer«, sagte sie sanft. »Wäre es für dich fürchterlich, wenn du von der Frauenklinik fort müßtest?«

Er zwang sich zu einem Lächeln. »Mach dir meinetwegen keine Sorgen, Liebling. Du mußt auf dich selbst achten. Das Wichtigste ist, daß du durchhältst und dein Kind gesund zur Welt bringst.«

»Ich möchte dir so gerne helfen«, sagte sie, »meinst du, ich sollte einmal mit Professor Overhoff sprechen?«

»Er weiß alles«, sagte Dr. Schumann.

Er beugte sich über seine Frau und küßte sie, und beide spürten, daß sie sich nie zuvor so geliebt hatten wie in diesem Augenblick.

Professor Overhoff trat leise ins Kinderzimmer, wo Schwester Patrizia dabei war, den kleinen Hanno frisch zu wikkeln. Sie lächelte dem Kleinen zu, sprach in zärtlichen Tönen auf ihn ein, aber ihre Augen waren von Tränen gerötet.

»Guten Abend, Schwester!« sagte Professor Overhoff.

Sie zuckte zusammen. »Oh! Ich hatte sie gar nicht kommen gehört.«

Er musterte sie mit dem prüfenden Blick des Frauenarztes, konnte aber selbst jetzt, da er wußte, daß sie ein Kind erwartete, keine Anzeichen von Schwangerschaft an ihr feststellen. Sie war vielleicht ein wenig stark um die Taille, aber ihre Beine waren schlank, die Fesseln zart, das Gesicht keineswegs gedunsen, sondern eher schmäler geworden.

»Kommen Sie doch bitte, wenn Sie den Jungen zu Bett gebracht haben, zu mir herunter«, sagte er, »ich möchte etwas mit Ihnen besprechen.«

In Schwester Patrizias Augen flackerte es. »Jawohl, Herr Professor!«

Er lächelte ihr ermutigend zu, dann ging er hinaus.

Es fiel ihm schwer aufs Herz, daß er eigentlich nicht recht wußte, was er ihr sagen wollte. Es kam zwar in der Frauenklinik wie in jedem anderen Unternehmen nicht selten zu

Schwierigkeiten mit den Angestellten, zu persönlichen Beziehungen, die über das erwünschte Maß hinausgingen, zu Intrigen und Unterströmungen, aber er selbst hatte sieh schon seit Jahren mit diesen Dingen nicht mehr befaßt, sondern er ließ sie gewöhnlich durch seinen Oberarzt in Ordnung bringen – aber ausgerechnet Dr. Schumann selbst war es ja jetzt, der in eine Krise geraten war. Die Aufgabe, die vor ihm lag, gefiel Professor Overhoff nicht. Doch er wußte, daß er sich ihr nicht entziehen konnte. Er verurteilte die Handlungsweise Dr. Schumanns, aber andererseits hatte er doch auch Verständnis für ihn, für ihn und für Schwester Patrizia, und das machte die Lage nicht einfacher. Er wollte Dr. Schumann nicht verlieren. Er war ein qualifizierter und hochbegabter Arzt, darüber hinaus stand er ihm menschlich sehr nahe. Es ging ihm gegen den Strich, den Oberarzt wegen einer törichten Liebesgeschichte fallenzulassen, noch dazu zu einem Zeitpunkt, da seine sehr sensible Frau ein Kind erwartete. Aber es widerstand ihm genausosehr, Schwester Patrizia allein zur Verantwortung zu ziehen, sie womöglich einzuschüchtern und mundtot zu machen. Sie hatte die gleichen menschlichen Rechte wie der Vater ihres Kindes.

Aus dem Zimmer seiner Tochter tönte Musik. Er öffnete die Tür und trat ein.

Eva hob den Kopf und sagte: »'n Abend, Vati!«

Sie hatte über ihren Schulbüchern gesessen und dabei eine Schlagersendung angehört.

»Sag mal, kannst du denn bei diesem Gedudel arbeiten?« fragte er.

»Ohne weiteres. Stört dich die Musik?«

»Vielleicht kannst du sie etwas leiser stellen.«

Sie tat es. »Du machst so ein Gesicht«, sagte sie. »Ist etwas mit deiner krebskranken Patientin?«

»Nein, nein«, sagte er, »mit ihr ist alles in Ordnung. Und auch ihr Kind blüht und gedeiht.«

»Das ist doch wunderbar!« rief Eva begeistert.

»Ja«, sagte er.

»Neue Sorgen?«

Er ging, die Hände auf dem Rücken, in dem kleinen Zimmer unruhig auf und ab. »Ich nehme an, du willst noch immer Ärztin werden ...«

»Ja, Vati ...«

»Stell dir vor, du müßtest eines Tages eine Klinik leiten. Üblich ist heutzutage so etwas noch nicht, aber wir gehen ja dem Zeitalter des Matriarchats entgegen. Die Frauen sind immer weiter auf dem Vormarsch.«

Eva lachte. »Soll ich das als Kompliment oder als Klage an das Schicksal auffassen?«

Er ging auf ihren Scherz nicht ein. »Du würdest dann vielleicht in folgende Situation geraten«, sagte er. »In deiner Klinik wäre ein sehr fähiger und hochanständiger Arzt, dem du voll vertraust. Eines Tages gesteht er dir, daß eine Schwester von ihm ein Kind bekommt. Er ist verheiratet.«

»Na und?« fragte Eva.

»Was würdest du tun? Der Arzt hatte der Schwester versprochen, sie zu heiraten. Aber inzwischen hat er sich wieder mit seiner Frau versöhnt.«

»Er war also nicht zwischendurch geschieden?« Eva knabberte an ihrem Kugelschreiber.

»Durchaus nicht.«

»Dann verstehe ich das Eheversprechen nicht. Wenn er doch immer verheiratet war ...«

»Er wollte sich scheiden lassen.«

»Na, dann ist die Schwester natürlich die Dumme.«

»Du müßtest sie entlassen, das ist wahr. Aber du könntest auch den Arzt nicht halten, denn sein Verhalten war doch immerhin ...« Professor Overhoff suchte nach Worten.

»... typisch männlich«, ergänzte Eva. »Ich sehe nicht ein, warum du den Arzt 'rauswerfen willst, Vati.«

»Weil ich als Chef auf den Ruf der Klinik achten muß.«

»Aber wieso denn«, sagte Eva, »das Ganze ist doch eine reine Privatangelegenheit. Außer den Beteiligten braucht doch niemand etwas davon zu erfahren.«

»Die Schwester will es ...« Professor Overhoff verbesserte sich: »Nehmen wir an, die Schwester will es an die große Glocke hängen.«

»Und was verspricht sie sich davon? Etwa, daß er sich doch noch scheiden läßt und sie heiratet?«

»Sie will sich rächen.«

»So ein Biest«, sagte Eva aus tiefstem Herzen, »dann hat sie ihn auch nie geliebt.«

»So kannst du das, glaube ich, nun auch wieder nicht abtun. Sie kommt sich wahrscheinlich verraten und verkauft vor. Alle ihre Hoffnungen sind zerstört.«

»Na eben«, sagte Eva, »genauso, wie ich es mir gedacht habe. Sie hat sich bloß mit ihm eingelassen, weil sie hoffte, seine Frau zu werden. Jetzt ist sie wütend, weil es nicht geklappt hat. Der würde ich aber Bescheid sagen, Vati!«

»Merkwürdig«, erwiderte Professor Overhoff, »wie unerbittlich Frauen meist über ihre Geschlechtsgenossinnen urteilen. Bist du ganz sicher, daß es dir selbst nie passieren könnte, dich in einen verheirateten Mann zu verlieben?«

»Jedenfalls würde ich mich nicht mit ihm einlassen«, entgegnete Eva sachlich, »und wenn doch, würde ich niemals darauf bestehen, daß er mich heiratet ... schon gar nicht, wenn er sich wieder mit seiner Frau versöhnt hätte. Ich würde mich still und bescheiden mit meinem Kind zurückziehen. Und wenn es wirklich die große, die ganz große Liebe gewesen wäre ... ich glaube, das könnten wir in meinem Fall ruhig annehmen, denn sonst würde ich bestimmt niemals so weit gehen ... dann würde ich wahrscheinlich glücklich sein, daß ich überhaupt ein Kind bekäme, ein Kind von meinem Geliebten. Einen Skandal zu machen oder überhaupt Rache zu nehmen, fiele mir nicht im Traum ein.« Eva hatte sich in Eifer geredet und sah ihren Vater an.

»Na ja«, sagte Professor Overhoff, »immerhin ... deine Meinung war mir nicht ganz uninteressant!« Er strich seiner Tochter mit unbeholfener Zärtlichkeit über das Haar und verließ das Zimmer.

Er hatte seinen eigenen Raum im Erdgeschoß gerade betreten, als Schwester Patrizia ihm nachkam. »Herr Professor«, sagte sie unsicher, »Sie wollten mit mir sprechen …«

»Stimmt, ich nehme an, daß Sie mir etwas zu sagen haben.«

Schwester Patrizia warf den Kopf in den Nacken und sagte herausfordernd: »Ich bekomme ein Kind.«

»Hätte ich das nicht eigentlich schon früher wissen sollen?«

»Sie haben mich nicht danach gefragt.«

»Na, na, na«, sagte Professor Overhoff, »so etwas erklärt man doch vor Antritt eines neuen Arbeitsverhältnisses aus freien Stücken. Ich muß ehrlich sagen, ich bin einigermaßen enttäuscht von Ihnen, Schwester.«

»Ich hätte es Ihnen ja gesagt«, verteidigte sich Schwester Patrizia, »ganz bestimmt! Aber Dr. Schumann hatte es mir verboten.«

»Sie sind ein erwachsener Mensch, Schwester. Ich finde es ein bißchen merkwürdig, daß Sie jetzt alle Verantwortung auf Dr. Schumann abschieben wollen.«

»Er hat mich verführt! Und er hat mir eingeredet, daß alles geheim bleiben müßte, weil es sonst Schwierigkeiten geben könnte. Wegen unserer Heirat.«

»Ich finde es immerhin anerkennenswert, daß Sie nicht behaupten, er hätte Sie vergewaltigt.«

»Er hat mir gesagt, er würde sich scheiden lassen und mich heiraten!« trumpfte Schwester Patrizia auf.

Evas Erklärung schoß Professor Overhoff durch den Kopf. »Sie haben sich also verführen lassen, weil Sie hofften, seine Frau zu werden.«

»Ganz so war es nicht«, sagte Schwester Patrizia, die merkte, daß sie die Sache in ein schiefes Licht gerückt hatte.

»Das hoffe ich für Sie«, sagte der Professor. »Sie wissen, daß Dr. Schumanns Frau zurückgekehrt ist und daß von einer Scheidung keine Rede mehr sein kann. Die Frage ist nun … was werden Sie jetzt anfangen?«

»Auf keinen Fall werde ich mich einfach abschieben lassen!«

»Also ... was haben Sie vor?«

»Ich will nichts als mein Recht.«

»Einem verheirateten Mann gegenüber haben Sie kein Recht, und haben auch nie eines gehabt, Schwester.«

»Ach so«, sagte Patrizia, »das hätte ich mir denken können. Sie halten natürlich zu Dr. Schumann. So ist es ja immer. Die Ärzte halten zusammen, und was uns Schwestern passiert, das soll einfach nichts bedeuten.«

»Sie sind verbittert, das verstehe ich«, sagte Professor Overhoff, »aber das berechtigt Sie immerhin noch nicht, in einem solchen Ton mit mir zu sprechen.«

»Sie können mich ja entlassen, wenn Sie wollen!«

»Das werde ich nicht, wenn Sie sich anständig aufführen.«

»Und worin soll diese anständige Aufführung bestehen? Daß ich mir alles gefallen lasse? Daß ich den Mund halte? Daß ich zusehe, wie Dr. Schumann weiterhin Oberarzt bleibt, den Ehrenmann spielt ...«

»Ist er das in Ihren Augen nicht?« fragte der Professor.

»An mir jedenfalls hat er schäbig gehandelt, und ich denke gar nicht daran, mir das gefallen zu lassen.«

Professor Overhoff trat an seinen Schreibtisch, zündete sich sehr sorgfältig eine Zigarre an. »Na schön«, sagte er dann, »Sie haben mir Ihren Standpunkt klargemacht, Schwester. Ich will nicht behaupten, daß ich ihn gutheiße, aber schließlich müssen Sie selbst wissen, was Sie tun. In erster Linie, meine ich aber, sollten Sie jetzt an Ihr Kind denken.«

»Sie wollen mir einreden, daß ich mich durch einen Skandal unmöglich machen würde? Das ist mir egal. Ich finde immer irgendwo Arbeit, Sie können mir keine Angst einjagen.«

»Das war auch gar nicht meine Absicht. Ich habe den Eindruck, Schwester ...« Professor Overhoff paffte eine dicke Wolke, »daß Sie mich absichtlich mißverstehen.

Wenn ich von Ihrem Kind spreche, dann als Frauenarzt. Im wievielten Monat sind Sie ... Ihrer Berechnung nach?«

»Im fünften.«

»Haben Sie schon Kindesbewegungen gespürt?«

Schwester Patrizia zögerte. »Ich bin nicht sicher ...«

»Soll das heißen, Sie haben nicht darauf geachtet?«

»Doch.« Schwester Patrizia biß sich auf die Lippen. »Ich habe darauf gewartet, aber ...«

»Bei welchem Arzt sind Sie in Behandlung?«

»Dr. Schumann wollte mich untersuchen, aber dann ... dann kam das mit seiner Frau dazwischen.«

»Schnüren Sie sich sehr eng?«

Patrizia nickte. »Es sollte doch niemand merken, wie es um mich steht.«

»Jetzt passen Sie einmal auf, Schwester. Ihre Privatfehde mit Dr. Schumann interessiert mich nicht. Jedenfalls nur halb so stark, wie Sie glauben. Ich trenne mich nur ungern von ihm, aber wenn es sein muß, werde ich ihm nahelegen zu kündigen. Wichtiger aber, viel wichtiger erscheint mir die Gesundheit Ihres Kindes und Ihre eigene. Alles ist wieder in Ordnung zu bringen, so oder so. Das Leben geht immer weiter. Aber ein verlorenes Menschenleben ist nicht zu retten. Haben Sie mich verstanden?«

»Ja, Herr Professor.«

»Sie werden mich also morgen nachmittag, wenn Eva von der Schule zurück ist und auf Hanno aufpassen kann, in meiner Praxis aufsuchen.«

Patrizia nickte.

»Und wenn Sie inzwischen Ihre Einstellung Doktor Schumann gegenüber revidiert haben sollten, würde es mich freuen.«

»Das kann ich nicht.«

»Überschlafen Sie es noch einmal. Und machen Sie sich klar, daß er der Vater Ihres Kindes ist. Jeden Schaden, den Sie ihm zufügen, fügen Sie auch ihrem Kind zu. Durch den Haß in Ihrem Herzen schaden Sie auch Ihrem Kind!«

20

Der kleine Thomas lag schon seit zwei Stunden in seinem Bett, aber er schlief nicht. Seine Mutter saß nebenan vor dem Fernseher, und jedes Wort, das aus dem Lautsprecher kam, war deutlich zu hören.

Aber das war es nicht, was ihn störte. Die Verzweiflung war es, die ihn wachhielt, der Kummer seines kleinen Herzens und die heiße Sehnsucht nach seiner »Mami«.

Er war zu jung, um zu begreifen, warum ihn seine Mutter zu sich geholt hatte und warum seine Mami ihn nicht hatte behalten dürfen. Er fühlte nur, daß er es nicht mehr aushielt und daß er zu ihr mußte. Daran, daß man ihn zurückholen würde, dachte er gar nicht. Er wollte fort, und er wollte zu ihr. Wenn er erst wieder bei ihr wäre, so schien es ihm, würde alles gut sein.

Leise stieg er von der Couch, die seine Mutter ihm als Bett hergerichtet hatte und zog sich an – Schuhe, Strümpfe und Anzug. Der Kleiderschrank knarrte, als er ihn öffnete, und erschrocken hielt er mitten in der Bewegung inne. Aber die Musik im Fernsehen war sehr laut, bestimmt hatte seine Mutter nichts gehört. Er zog seinen Regenmantel heraus, den neuen, den seine Mami ihm gekauft hatte, schlüpfte hinein, lief zum Fenster und stieß es weit auf.

Die Wohnung seiner Mutter lag im Erdgeschoß. Das nasse Pflaster des Hinterhofs schimmerte im Licht der Fenster. Vorsichtig ließ Thomas sich hinuntergleiten. Geduckt huschte er an der Werkstatt, in der Alfons Müller immer noch bei der Arbeit saß, vorbei, rannte durch den Torweg und hinaus auf die Straße.

Es regnete in Strömen, und er hatte keine Mütze auf, aber das störte ihn nicht. Er wußte die Adresse, Rosenstraße siebzehn, aber mehr auch nicht, nicht den Stadtteil und nicht die Richtung. Aber er war ganz sicher, daß er nach Hause finden würde.

Er rannte blindlings in die Regennacht hinein.

Gina bemerkte das Verschwinden des kleinen Thomas erst zwei Stunden später, als das Fernsehprogramm zu Ende war, und das war genau um elf Uhr fünfundvierzig Minuten.

Als sie die Couch leer fand, glaubte sie zuerst, daß der Junge sich versteckt hätte, um sie zu ärgern. Eher böse als beunruhigt rief sie wiederholt seinen Namen und durchsuchte jeden Winkel der kleinen Wohnung. Dann erst fiel ihr auf, daß Anzug, Schuhe und Strümpfe verschwunden waren, und ganz plötzlich begriff sie.

»Alfons!« rief sie gellend und stürzte in die Werkstatt.

Er blickte nur flüchtig auf. »Komme ja schon«, brummte er, »will nur dieses Ding hier noch fertig machen.« Er wandte seine Aufmerksamkeit wieder dem Transistor zu, an dem er gerade arbeitete.

Sie stürzte zu ihm hin, schüttelte ihn bei den Schultern. »Alfons! Der Junge ist weg! Ausgerissen ... durch das Fenster!«

»Reg dich doch nicht auf, er wird schon nicht ...«, begann Alfons Müller, dann unterbrach er sich, als ob ihm erst jetzt die ganze Tragweite dieser Mitteilung aufgegangen wäre. »Was sagst du da?!«

»Er ist fortgelaufen!«

»Verdammt!« Alfons Müller stieß den Transistor beiseite und sprang auf. »Das hat gerade noch gefehlt!«

»Was machen wir nun?« fragte Gina mit weißen Lippen. »Sag doch, Alfons ... was sollen wir jetzt bloß tun?«

Er zuckte die Achseln. »Warten, bis er wiederkommt.«

»Das wird er nie ... niemals freiwillig! Wir müssen die Polizei verständigen.«

»Kommt gar nicht in Frage!«

»Aber irgend etwas müssen wir doch tun! Stell dir bloß vor ... der Kleine! Mitten in der Nacht! Bei diesem Regen!«

»Er wird's aufgeben.«

»Nein, das wird er nicht!« Gina schluchzte hysterisch auf.

»Nimm dich zusammen, Gina«, sagte ihr Mann, »denk einmal in aller Ruhe nach. Wie weit kann so ein Stöpsel schon auf eigene Faust kommen? Sie werden ihn aufgreifen und zurückbringen.« Er runzelte die Stirn. »Warte, das darf natürlich nicht sein ...« Plötzlich brach es aus ihm heraus. »Verflucht! Warum mußtest du diesen Bengel überhaupt hier anschleppen!«

»Er ist mein Sohn, Alfons!«

»Ein feiner Sohn, muß ich schon sagen. Machst du dir auch klar, daß er uns in des Teufels Küche bringen kann? Wenn die Polizei in aufgreift, sind wir dran ...«

»Aber ... wieso denn?«

»Nimm doch gefälligst mal für fünf Minuten deinen Grips zusammen! Du kennst diesen Bengel doch! Also kannst du dir auch ausmalen, was er der Polizei über uns erzählen wird!«

»Wer wird einem Kind schon glauben, was es über seine Eltern erzählt!«

»Hast du die Striemen vergessen?«

Sie starrten sich an, und einer las das schlechte Gewissen in den Augen des anderen.

»Du hättest ihn nicht so schlagen dürfen«, sagte Gina endlich.

»Nur zu! Geh auf mich los! Das hatte ich erwartet! Wer hat mir denn dauernd zugerufen: hilf mir doch, prügle ihn durch! – Ich habe es nicht gewollt, weiß Gott, ich hätte es nie getan, wenn du mir nicht so zugesetzt hättest!«

»Bitte, Alfons«, sagte sie, »hör auf damit! Es hat keinen Zweck, daß wir uns gegenseitig Vorwürfe machen!«

»Wer hat denn damit angefangen? Aber wenn wir schon einmal dabei sind ... das alles wäre uns erspart geblieben, wenn du nicht auf die verrückte Idee gekommen wärst, den Jungen zu dir zu nehmen. Erinnere dich ... bevor wir heirateten, war nie davon die Rede.«

»Ja, Alfons, schön, ich will dir nicht widersprechen. Du weißt ja doch alles besser. Aber was hilft uns das jetzt?«

»Du scheinst dir nicht ganz darüber klar zu sein, was du mir eingebrockt hast.« Alfons Müller wischte seine öligen

Hände an einem Knäuel Putzwolle ab. »Man wird uns vors Vormundschaftsgericht zitieren, verlaß dich darauf ... wir können uns auf eine Anzeige wegen Kindesmißhandlung gefaßt machen ...«

»Aber ...« versuchte sie ihn zu unterbrechen.

»... und weißt du, was das für mich bedeutet?« schrie er. »Kein Mensch wird auch nur eine Batterie noch von mir kaufen wollen! Man wird mit Fingern auf mich zeigen!«

»Wie wäre es, wenn du zwischendurch auch einmal an mich denken würdest! Schließlich bin ich die Mutter!«

»Eine feine Mutter, das kann man wohl sagen! Die feine Mutter eines sehr feinen Sohnes!«

Sie drehte sich schweigend um und ging zum Telefon.

Mit wenigen Schritten war er bei ihr. »Was willst du tun?«

»Die Polizei anrufen. Was bleibt uns schon anderes übrig?«

»Kommt gar nicht in Frage.«

»Aber dann ...«

»Sag mal, der Vater des Jungen ist doch Rechtsanwalt? Vielleicht könnte der uns helfen?«

»Hugo Winterfeld? Ausgerechnet! Da würden wir aber an die falsche Adresse kommen. Der will den Jungen doch haben.«

»Und warum läßt du ihn ihm nicht, du verfluchtes Frauenzimmer? Ja, ja, ich weiß, weil er nicht nett genug zu deinem süßen Thomas war, weil seine Frau den Jungen verzogen hat! Was habe ich mir nicht alles von dir einreden lassen! Aber das ist doch alles Quatsch! Sollen sie doch mit ihm machen, was sie wollen ... Hauptsache, wir sind ihn los!«

Er nahm Gina den Hörer aus der Hand. »Weißt du die Nummer von dem Winterfeld?«

»Ja. Aber in der Kanzlei wird er nicht mehr sein.«

»So blöd bin ich auch nicht, daß ich das erwartet hätte. Rufen wir also in seiner Wohnung an ...«

Gina sagte ihm die Nummer an, und er wählte. Er lauschte lange auf das Freizeichen, aber niemand meldete sich. »Die scheinen einen tiefen Schlaf zu haben«, sagte er, »oder sie sind nicht zu Hause.«

»Thomas ist dort«, rief Gina, »daß mir das nicht früher eingefallen ist! Er ist dort, und sie wissen, daß wir es sind, die anrufen, deshalb melden sie sich nicht!«

»Deine Phantasie geht mit dir durch«, sagte Alfons Müller nüchtern, »wenn er wirklich bei ihnen wäre, hätten sie sofort angerufen.«

»Nein, denn sie wollen ihn ja behalten!«

»Trotzdem. Du glaubst doch nicht, daß sie ihn unter diesen Umständen wieder 'rausgeben würden? Daß du dich nicht trauen wirst, ihnen mit der Polizei ins Haus zu rücken können sie sich an allen fünf Fingern ausrechnen.« Er legte auf. »Nein, die sind wirklich nicht da!«

»Vielleicht versuchen wir es einmal in seiner früheren Wohnung.«

»Was soll das für einen Sinn haben?«

»Ich glaube, er hat sie nicht aufgegeben. Und vielleicht wohnen sie unter der Woche dort ...« Gina nahm ihrem Mann den Hörer aus der Hand, wählte.

»Zünd mir eine Zigarette an ...«

Dr. Winterfeld meldete sich in dem Augenblick, als sie den ersten Zug gemacht hatte.

»Hugo«, sagte sie hastig, »hier spricht Gina. Es ist etwas Scheußliches passiert ...«

Der Regen hatte nachgelassen. Kirsten stand in der Haustür, als der Wagen ihres Mannes vorfuhr. Sie lief die Stufen hinunter und stieg ein. Gina saß schon auf dem Rücksitz, hinter Dr. Winterfeld.

»Seit wann ist er fort?« fragte Kirsten.

»Ich weiß nicht genau«, mußte Gina zugeben, »ich habe ihn nach acht Uhr zuletzt gesehen.«

»Aber wie ist es denn möglich ...«

»Kirsten«, sagte Dr. Winterfeld, »bitte!«

»Haben Sie wenigstens die Polizei benachrichtigt?« fragte Kirsten.

»Nein.«

»Aber das wäre doch ...«

»Kirsten«, sagte Dr. Winterfeld, »Gina hat sich aus sehr wohlerwogenen Gründen an mich gewandt. Es ist jetzt nicht der Moment, dir das zu erklären oder die Schuldfrage zu erörtern. Es geht jetzt nur darum, den Jungen zu finden ... und ich glaube, in diesem Punkt sind wir uns wohl alle einig.«

»Er hat zu mir gewollt«, sagte Kirsten mit bebender Stimme.

»Sicher. Aber er wußte nicht, wo du warst, und ich zweifle sogar daran, daß er ganz allein in der Nacht zu unserem Haus gefunden hat.«

»Wir müssen trotzdem dort hinfahren ...«

»Wir sind schon auf dem Weg.«

»Und wenn er nicht da ist?«

»Werden wir systematisch weitersuchen. Ich weiß schon, was du jetzt sagen willst, Kirsten ... aber die Polizei zu verständigen hat gar keinen Sinn. Auch ohne jede Meldung wird jeder Polizist einen sechsjährigen Buben, der mitten in der Nacht allein herumstreunt, aufgreifen. Wahrscheinlich ist er schon gefunden und längst in Sicherheit.«

»Nicht nur die Polizei interessiert sich für herumstreunende kleine Jungen«, sagte Kirsten, und sie konnte das Schluchzen, das ihr in die Kehle stieg, nur noch mühsam unterdrücken.

»Thomas läßt sich nicht von Fremden ansprechen«, sagte Gina, aber es klang nicht sehr überzeugend.

»Wenn ihm jemand gesagt hat, daß er weiß, wo wir wohnen, wenn er ihm versprochen hat, ihn zu uns zu bringen ...«

»Kirsten«, sagte Dr. Winterfeld, »das hat doch keinen Zweck. Wir dürfen uns auf keinen Fall verrückt machen.

Nur wenn wir klaren Kopf behalten, können wir auch das Richtige tun.«

»Vielleicht«, sagte Gina, »sollte ich Ihnen jetzt schon sagen ... ich will den Jungen nicht mehr. Ich gebe ihn Ihnen zurück. Für immer.«

»Auch das hat Zeit für später, Gina«, sagte Dr. Winterfeld, »erst müssen wir ihn gefunden haben.«

Die beiden Frauen schwiegen, jede mit ihren eigenen Gedanken beschäftigt. Kirsten starrte auf die Uhr, auf den Tachometer, auf die Scheibenwischer, die sich in geschäftigem Rhythmus hin und her bewegten. Aber nicht für eine Sekunde konnte sie die Gefahr vergessen, in der Thomas schwebte – ein winziger Junge allein und verloren in der nächtlichen Großstadt, bedroht von der Hartherzigkeit, der Grausamkeit und den bösen Gelüsten fremder Menschen. Ihr Herz krampfte sich zusammen, sie stöhnte, ohne es selber zu merken, leise auf.

Das Haus Rosenstraße siebzehn lag dunkel und verlassen.

Dr. Winterfeld bremste und stellte den Motor ab. »Sieht nicht sehr hoffnungsvoll aus«, sagte er, »es sei denn, du hättest versehentlich ein Fenster offengelassen, Kirsten.«

»Ganz bestimmt nicht.«

Sie stiegen aus und standen unentschlossen im Regen, sahen einander an und dann wieder auf das Haus.

»Nachschauen müssen wir auf alle Fälle«, sagte Dr. Winterfeld.

»Du hast doch eine Taschenlampe im Wagen?« fragte Kirsten.

»Ja!« Er öffnete die Wagentür, holte die Lampe aus dem Handschuhfach.

Kirsten nahm sie ihm ab. »Ich werde um das Haus herumgehen ...«

Sie schritten hintereinander durch den Vorgarten, und Kirsten ließ den Lichtkegel der Lampe über regennasse Büsche und Sträucher gleiten. Sie ging nicht in die Wohnung, sondern durchsuchte den Garten. Aber sie hatte kaum

Hoffnung. Ihr fiel kein Platz ein, an dem sich ein kleiner Junge hätte verstecken können.

Drinnen gingen die Lichter an und warfen ihren Schein in die Finsternis.

Kirsten stieg die Terrasse hinauf. Die Gartenmöbel waren dicht an der Wand, unter dem vorspringenden Dach, zusammengestellt. Kirsten leuchtete sie mit der Taschenlampe ab. Auch nichts.

Dann kam ihr ein Gedanke. Sie lief die Stufen hinunter. Unter der Terrasse war ein Hohlraum, in dem sie in glücklicheren Tagen mit Thomas die Gartengeräte zu verstauen pflegte. Er war nur einen Meter hoch, aber ihre Hoffnung wurde plötzlich so stark, daß sie es nicht wagte, sich ihr hinzugeben, aus Angst vor der möglichen Enttäuschung.

Sie leuchtete unter die Treppe. Der Lichtstrahl glitt über den Rasenmäher, Harke, Schaufel, zwei Eimer und traf – im hintersten Winkel – auf einen blonden Schopf.

»Thomas!« rief Kirsten.

Der Junge lag, zusammengerollt wie eine Katze, und schlief. Die Tränen hatten helle Spuren über sein schmutziges kleines Gesicht gezogen.

Kirsten räumte so lautlos wie möglich die Gartengeräte beiseite und zog den Jungen behutsam aus seinem Versteck. Er murmelte etwas im Schlaf und schlug um sich, aber er wurde nicht wach.

Sie nahm ihn auf die Arme, trug ihn die Treppe hinauf und stieß mit dem Fuß mehrmals gegen die Terrassentür, bis ihr von innen geöffnet wurde.

»Dem Himmel sei Dank«, sagte Dr. Winterfeld erschüttert.

»Ob ich ihm ein heißes Bad machen soll?« fragte Kirsten.

»Nur nicht. Er muß todmüde sein. Weck ihn nicht auf. Steck ihn so, wie er ist, ins Bett.«

Kirsten schritt, den Jungen auf den Armen, ohne Gina anzusehen, ins Kinderzimmer.

»Ich bin sehr froh«, sagte Gina und spürte ein Würgen im Hals.

»Du weißt, warum ich meine Frau gebeten habe, den Jungen nicht mehr zu waschen. Ich möchte nicht, daß sie die Striemen noch heute nacht entdeckt. Sie hat genug mitgemacht.«

»Es tut mir leid, Hugo«, sagte Gina leise.

»Das will ich hoffen. Komm jetzt mit in mein Arbeitszimmer. Ich möchte, daß du ein paar Zeilen für mich schreibst …«

»Daß ich mit der Adoption einverstanden bin? Du kannst dich darauf verlassen, Hugo, ich werde …«

»Mit leeren Versprechungen erreichst du bei mir nichts mehr, meine Liebe!« Er ging ihr voraus in sein Arbeitszimmer. Die Luft war abgestanden, er öffnete das Fenster. Ein Schwall feuchter, frischer Nachtluft drang herein.

»Bitte, setz dich an den Schreibtisch«, sagte er, »hier ist ein Briefblock, nimm dir den Kugelschreiber … bist du soweit?«

Sie hatte sich auf den Platz gesetzt, den er ihr angewiesen hatte, sah zu ihm auf und nickte.

»Dann schreib: Ich, Gina Müller, geborene Franke, geboren dann und dann und so weiter … hast du's?«

»Ja.«

»… erkläre hiermit freiwillig, ohne daß der geringste Zwang auf mich ausgeübt worden ist, folgendes: Ich habe eingesehen, daß ich unfähig bin, meinen Sohn Thomas zu erziehen. Ich habe es zugelassen, daß er von seinem Stiefvater Alfons Müller schwer mißhandelt wurde …«

Gina setzte den Kugelschreiber ab. »Nein, Hugo, das kann ich nicht schreiben!«

»Ist es dir lieber, wenn ich die Mißhandlungen von einem Arzt untersuchen und bestätigen lasse?« Dr. Winterfeld griff zum Telefonhörer. »Ich brauche bloß anzurufen …«

»Aber es handelt sich doch nur um Prügel!«

»Wenn du willst, werden wir darüber den Arzt entscheiden lassen!« Er legte den Hörer wieder auf. »Gina, begreife doch, ich will dich nicht anzeigen oder euch irgendwelche

Schwierigkeiten machen. Ich will deine Erklärung nur für den Fall haben, daß du es dir plötzlich mit der Adoption wieder anders überlegst. Am Tag, an dem sie durchgeführt ist, zerreiße ich diesen Wisch vor deinen Augen.«

»Hugo, ich verspreche dir ...«

»Ich kann auch die Polizei hinzuziehen! Also, bitte, hör auf mit dem Theater. Schreib!«

Sie tat, was er von ihr verlangte. »Es ist wirklich nur passiert«, sagte sie, »weil ... wir konnten einfach nicht mit ihm fertig werden.«

»Vielleicht hättet ihr es mal mit Liebe und Verständnis versuchen sollen«, sagte er sarkastisch. »Deine Unterschrift, mehr brauche ich nicht. Und laß dir nicht noch einmal einfallen, Mätzchen zu machen. Diesmal beißt du auf Granit. Ich werde mit allen Mitteln kämpfen, die mir zur Verfügung stehen.«

Gina stand auf. »Von mir hast du nichts mehr zu befürchten. Mir sitzt jetzt noch der Schreck in allen Gliedern.«

Er bestellte ihr ein Taxi, half ihr in den Mantel und brachte sie zur Wohnungstür.

»Soll ich mich nicht noch von deiner Frau verabschieden?« fragte sie.

»Ich kann mir nicht denken, daß sie Wert darauf legt.«

»Du verachtest mich wohl sehr, Hugo?«

»Du tust mir leid.«

»Ich mir auch. Soviel Pech wie ich hat selten ein Mensch. Natürlich liegt es an mir selbst. Ich bin und bleibe eben ein Versager.«

»Du hast noch jede Möglichkeit, aus deinem Leben etwas zu machen, Gina«, sagte er, »zum Beispiel könntest du versuchen, eine gute Ehe zu führen.«

Sie zuckte die Achseln. »Ob mir das gelingen wird?« fragte sie zweifelnd.

Er sah ihr nach, wie sie auf ihren hohen Absätzen durch den Vorgarten schritt, und hoffte von Herzen, ihr nie mehr zu begegnen. Er schloß die Haustür und ging hinüber ins Kinderzimmer.

Thomas lag in seinem Bettchen, die Nachttischlampe ließ seinen zerzausten blonden Schopf aufleuchten. Kirsten beugte sich über ihn und versuchte behutsam, sein verschmutztes Gesicht mit einem Schwamm zu säubern.

Er schlug die Augen auf, murmelte verschlafen: »Mami!«

»Ja, du bist bei mir, mein Liebling«, sagte Kirsten sanft, »du bist zu Hause. Und ich werde dich nie, nie mehr fortlassen!«

Dr. Winterfeld trat hinter sie und legte seinen Arm um ihre Schultern. »Das brauchst du auch nicht, Kirsten, ich glaube, wir haben es geschafft. Niemand kann uns drei mehr auseinanderreißen.«

Sie blickte aus glücklichen Augen zu ihm auf, schmiegte sich eng an seine Brust.

Am nächsten Tag schien die Sonne. Sie erfüllte selbst das nüchterne Behandlungszimmer Professor Overhoffs mit ihrem Glanz und ließ die Glasscheiben des Instrumentenschranks aufblitzen.

Schwester Patrizia lag auf dem Untersuchungsstuhl und starrte mit weitgeöffneten Augen zur Decke. Professor Overhoff stand zwischen ihren Beinen und versuchte, den Scheidenspiegel einzuführen, den Schwester Ruth ihm gereicht hatte. Aber es gelang ihm nicht.

»Versuchen Sie doch, bitte, sich zu entspannen«, sagte er, »es tut ja nicht weh, das sollten Sie doch wissen!«

»Ich bin … ganz entspannt«, behauptete Schwester Patrizia.

Aber die Scheidenmuskeln waren nach wie vor krampfhaft zusammengezogen.

»Tut mir leid, Patrizia«, sagte Professor Overhoff, »so kann ich nicht untersuchen. Wir müssen Ihnen eine leichte Narkose geben …«

»Aber mein Kind …«

»Nur keine Sorge. Es dauert höchstens ein paar Sekunden.«

Während Schwester Ruth der Patientin die Maske vor Nase und Mund hielt, richtete Professor Overhoff sich auf und blieb abwartend stehen.

»Einundzwanzig, zweiundzwanzig, dreiundzwanzig ...« zählte Patrizia. Ihre Stimme wurde schwächer und schwächer und versagte schließlich ganz. Gleichzeitig geschah etwas Sonderbares. Ihr vorgewölbter Leib fiel zusammen und wurde flach.

Auch Schwester Ruth hatte es beobachtet. »Na, so etwas«, sagte sie.

Jetzt ließ der Scheidenspiegel sich ohne Mühe einführen. Der Uterus zeigte eine normale Färbung, war nur ein wenig vergrößert. Keinerlei krankhafte Veränderungen waren feststellbar.

Patrizia kam wieder zu sich, richtete sich auf. »Alles in Ordnung?« fragte sie.

»Sie können sich anziehen«, sagte Professor Overhoff kurz. Er setzte sich an seinen Schreibtisch. Als Schwester Patrizia hinter dem Paravent vorkam, bot er ihr einen Platz an.

»Also ... was ist?« fragte sie und nestelte nervös an ihrer Handtasche.

»Seit wann haben Sie Ihre Periode nicht mehr bekommen?«

»Ich bin im fünften Monat ... Ende des fünften Monats, das wissen Sie doch!«

»Hm«, sagte Professor Overhoff, »nun einmal ganz ehrlich: Sie haben sich dieses Kind sehr gewünscht, nicht wahr? Weil sie hofften, dadurch den Vater des Kindes an sich zu binden?«

»Warum fragen Sie mich das?«

»Schwester, bitte, bleiben Sie ganz ruhig, ja? Was ich Ihnen jetzt sage, wird Sie wahrscheinlich sehr überraschen ... ich habe keinerlei Anzeichen für eine Schwangerschaft festgestellt.«

Patrizia sah ihn fassungslos an.

»Sie ... Sie haben mir das Kind genommen!«

»Immer mit der Ruhe, Schwester. Überlegen Sie, was Sie da behaupten. Das ist doch eine Unmöglichkeit. Sie sind eine ausgebildete Kraft und sollten wissen, daß man einen fünf Monate alten Fötus nicht eins, zwei, drei auf dem Untersuchungsstuhl und ohne Blutvergießen entfernen kann ... nicht wahr, das wissen Sie doch?«

»Aber ... dann bin ich noch schwanger. Ich weiß es genau, ich fühle es doch, und habe seit Monaten schon meine Periode nicht mehr gehabt.«

»Das letztere glaube ich Ihnen gern. So etwas kann vorkommen, auch ohne daß man schwanger ist. Sie haben allerhand Aufregungen mitgemacht in der letzten Zeit. Ich werde Ihnen jetzt zwei Tabletten geben, die nehmen Sie schön brav, und Sie werden sehen, innerhalb von zehn Tagen haben Sie Ihre Periode wieder.«

»Herr Professor«, sagte Patrizia, »Sie müssen sich irren, anders kann es gar nicht sein. Ich bin doch auch dicker geworden ...«

»Nein, das sind Sie nicht wirklich, Schwester. Das haben Sie sich nur selbst eingeredet, weil Sie glaubten und hofften, schwanger zu sein. In der Narkose waren Sie wieder schlank ... schlank wie ein ganz junges Mädchen.«

»Aber ... Sie können mir doch nicht einreden, daß ich hysterisch bin?«

»Nein, das sind Sie nicht, Schwester. Sie sind das Opfer einer hysterischen Reaktion geworden, so etwas kann auch einem völlig gesunden Menschen passieren. Es trafen zwei Momente zusammen: Sie wünschten sich dieses Kind, und gleichzeitig blieb Ihre Periode aus. Dadurch hat sich in Ihnen die Vorstellung festgesetzt, schwanger zu sein, und diese Vorstellung war so stark, daß sie ... ohne daß Sie selber es bewußt wollten ... alle Schwangerschaftssymptome hervorgerufen hat ... Übelkeit, Erbrechen, Anschwellen des Leibes ...«

Schwester Patrizia zerrte ein weißes Tüchlein aus ihrer Handtasche, hielt es sich vor den Mund, um ihr Schluchzen zu ersticken.

»Nun, weinen Sie nicht, Schwester«, sagte Professor Overhoff, »so ganz von ungefähr trifft diese Diagnose Sie ja nicht. Wenn Sie nicht selbst noch einen gewissen kleinen Zweifel gehabt hätten, wären Sie ja längst von sich aus zum Arzt gegangen.«

»Ich bin keine Lügnerin!« schluchzte Patrizia.

»Natürlich sind Sie das nicht. Niemand hat das behauptet. Aber schwanger sind Sie eben auch nicht.«

Professor Overhoff gab Schwester Ruth einen Wink, die daraufhin das Zimmer verließ.

»Eigentlich und bei Licht besehen haben Sie doch gar keinen Grund zum Weinen, Schwester«, sagte er. »Den Vater des mutmaßlichen Kindes haben Sie ja ohnehin verloren. Seien Sie doch glücklich, daß alles so gekommen ist. Sie sind jung ... wie alt sind Sie eigentlich?«

»Dreiundzwanzig ...«

»Na also. Das ganze Leben liegt noch vor Ihnen. Und eine unverheiratete Frau ohne Kind hat es nun doch einmal viel leichter. Sie bleiben bei mir, bis Hanno aus dem Säuglingsalter heraus ist, und dann werde ich persönlich für Sie irgendwo anders eine gute Stellung suchen. Oder sind Sie etwa nur deshalb so verzweifelt, weil Sie Dr. Schumann keinen Stein mehr in den Weg werfen können?«

Schwester Patrizia schüttelte stumm den Kopf.

»Na also«, sagte Professor Overhoff, »das habe ich mir doch gedacht. Sie hatten sich da in eine ganz dumme Geschichte verrannt, Schwester Patrizia. Seien Sie froh, daß Sie sie nicht bis zur letzten Konsequenz durchstehen müssen. Schließen Sie Frieden mit Ihrem Schicksal. Ich bin sicher, schon morgen oder übermorgen werden Sie begreifen, wieviel Glück Sie gehabt haben.«

Astrid nahm die Tatsache, daß Schwester Patrizia einer Selbsttäuschung zum Opfer gefallen war, mit merkwürdiger Gelassenheit auf.

»Ich bin sehr froh für dich«, sagte sie nur und drückte die Hand ihres Mannes. »Und natürlich auch für das Mädchen«, fügte sie nach einer kleinen Pause hinzu.

Im ersten Augenblick war Dr. Schumann enttäuscht, daß sie seine unendliche Erleichterung nicht teilte. Dann begriff er, daß sie so völlig von ihrer eigenen Aufgabe, Mutter zu werden, erfüllt war, daß keine Nachricht von außen, sei sie nun böse oder gut, sie wirklich berühren konnte.

Auch daß Kirsten nun nicht, wie geplant, bei ihr bleiben konnte, weil der Sohn ihres Mannes zurückgekommen war, bereitete ihr keine Enttäuschung. »Ich freue mich für Kirsten«, sagte sie, »sie hängt ja wahnsinnig an dem Kleinen.«

»Na ja«, sagte Dr. Schumann, »aber mir wäre es schon lieber gewesen, diese Wende der Dinge wäre zu einem anderen Zeitpunkt eingetreten. Es paßt mir gar nicht, daß du jetzt den ganzen Tag allein bist.«

»Ich bin nicht mehr wirklich allein«, erwiderte sie lächelnd.

»Trotzdem«, sagte er. »Ob wir nicht doch deine Mutter bitten sollen, bis zur Geburt zu uns zu ziehen?«

»Mama? Nur ja nicht!« rief Astrid. »Nein, das möchte ich wirklich nicht. Mein Besuch in Hamburg war Strapaze genug für die alte Dame. Nein, nein, Rainer, mach dir keine Sorgen. Ich wünsche mir nichts anderes, als endlich wieder bei dir zu sein, ohne einen störenden Dritten im Haus!«

Dr. Schumann beugte sich dem Entschluß seiner Frau. Er setzte alle Hebel in Bewegung, um wenigstens eine Hausangestellte zu finden. Nach vielen vergeblichen Versuchen meldete sich eine nette Frau aus der Nachbarschaft, selbst Mutter von drei, allerdings schon schulpflichtigen Kindern, die die schwere Arbeit übernahm. Astrid war zufrieden mit dieser Lösung, es machte ihr neuerdings Spaß, sich im Haushalt zu beschäftigen, und Dr. Schumann war ganz einverstanden mit diesem Tätigkeitsdrang, denn Beschäftigung und Ablenkung waren gerade das, was sie jetzt brauchte.

Schon in der psychiatrischen Abteilung hatte Dr. Leuthold angefangen, sie Atem- und Entspannungsübungen zu lehren. Jetzt meldete Dr. Schumann sie zusätzlich zu einer Gymnastikstunde für werdende Mütter an. Sie besuchte einen Kurs für Babypflege und eine Vortragsreihe, in der ihr genaue anatomische Kenntnisse über alle Vorgänge bei der Geburt vermittelt wurden. Mehr und mehr überwand Astrid ihren krankhaften Widerwillen, und es gelang ihr, sich sachlich mit den Problemen der Menschwerdung auseinanderzusetzen.

Eines Abends empfing sie ihren Mann mit heißen Wangen. »Du«, sagte sie, noch während er ihr den Begrüßungskuß gab. »Ich habe heute etwas Großartiges erlebt ...«

»Na, was denn?« fragte er, und führte sie, den Arm zärtlich um ihre Taille gelegt, ins Wohnzimmer.

»Ich war bei einer Geburt dabei! Nicht wirklich, natürlich, aber wir haben einen Film vorgeführt bekommen, bei dem alles genau zu sehen war!«

»Und wie ich dich kenne«, sagte er lächelnd, »hast du die Augen ganz fest zugekniffen!« Er setzte sich vor den Kamin, zog sie auf seinen Schoß.

»Aber nein! Wirklich nicht ... dazu war es ja viel zu interessant! Und überhaupt nicht grausig ... stell dir vor! Es war gar nichts Schreckliches dabei!«

»Na siehst du. Was ich immer gesagt habe. Aber deinem eigenen Mann willst du ja nicht glauben!«

»Aber wenn es wirklich so leicht geht ... wozu braucht es dann überhaupt euch Ärzte?«

»In neunzig Prozent aller Fälle«, sagte Dr. Schumann, »verläuft die Geburt ohne Komplikationen. Dann genügt wirklich der Beistand einer Hebamme. Unsere Hauptaufgabe besteht darin, die Frauen während der Schwangerschaft zu untersuchen, zu beraten, ihren Gesundheitszustand zu kontrollieren ... und natürlich dann einzugreifen, wenn es einmal doch nicht ganz so einfach geht.«

»Vorher kann man das also nie wissen?«

»Doch. Geburtenkomplikationen treten nicht von ungefähr auf. Es kommt auf die Konstitution der Mutter an, die Breite ihres Beckens, die Lage des Kindes ... aber bei dir, mein Schatz, das kann ich dir gleich sagen, ist alles völlig in Ordnung. Du kannst ein Kind mit einem Lächeln zur Welt bringen, wenn du nur mit deiner eigenen Angst fertig wirst.«

Astrid schnitt eine kleine, komische Grimasse. »Leichter gesagt, als getan ...«

»Sag das doch nicht! Du bist ja schon auf dem besten Wege dazu. Bei einer gesunden Frau wie dir könnte es überhaupt nur die Angst sein, die Verkrampfung, durch die die Schmerzen kommen. Wenn du immer weiter brav deine Entspannungsübungen machst ...«

»Ja, ja, ich weiß«, sagte Astrid, »das wird uns in den Vorträgen immerzu gepredigt. Aber ich glaube, es gibt etwas anderes, was mir noch mehr helfen könnte ...«

»Daß du in der glücklichen Lage bist, einen Gynäkologen als Mann zu haben?«

»Das auch, natürlich«, sagte sie, aber es klang nicht sehr überzeugend. »Aber ich meine etwas anderes, Rainer ... ich werde immer an das Kind denken. Wenn ich mich verkrampfe, mache ich es meinem Kind unnötig schwer. Es ist doch so, nicht wahr?«

»Ja, unbedingt.«

»Siehst du, und deshalb, nicht um meinetwillen, setze ich alles daran, meine Angst zu überwinden.«

Tatsächlich kam es Dr. Schumann jetzt vor, als ob er selbst mehr Angst hätte als seine Frau. Täglich aufs neue fand er beruhigende Worte für sie, und sie war bereit, ihm zu glauben. Aber in seinen Ohren klangen alle diese Argumente hohl. Er wußte aus Erfahrung, was für Komplikationen bei einer Geburt auftreten können, daß das Herz der Gebärenden versagen, ihr Kreislauf zusammenbrechen, daß die Kindeslage sich noch in den letzten Stunden ungünstig verschieben konnte. Alles, was er je an verzweifelten Situationen im Kreißsaal erlebt hatte, erschien wieder in grausigen Einzelheiten vor seinen Augen. Er liebte Astrid so sehr, er liebte sie mehr denn je, und nie zuvor war es so schön zwischen ihnen beiden gewesen. Das Kind, das er sich einmal so sehr gewünscht hatte, schien ihm ganz unwichtig, er verfluchte sich selbst, daß er seine Frau wider ihren Willen einer solchen Gefahr ausgesetzt hatte.

Er beherrschte sich gut, spielte die Rolle des hoffnungsvollen Ehemannes ausgezeichnet und ließ Astrid nichts von seiner Beunruhigung ahnen. Aber Ende des neunten Monats, als sie die Zeit der Atemnot überwunden und das Kind in ihrem Leib sich schon gesenkt hatte, schickte er sie zu einer gründlichen Untersuchung zu Professor Overhoff. Er konnte und wollte die Verantwortung nicht allein tragen.

»Waren Sie mit meiner Frau zufrieden?« fragte er, sobald er Gelegenheit hatte, mit seinem Chef allein zu sprechen.

»Aber sehr«, erklärte Professor Overhoff, »sie ist ausgewogen und sehr heiter, Kreislauf, Blut, alles in bester Ordnung. Ich glaube, wir können mit einer ganz glatten Geburt rechnen.«

»Nun, ich weiß nicht ...«, sagte Dr. Schumann zögernd.

»Was wissen Sie nicht?«

»Vielleicht täuscht sie diese Gelassenheit nur vor. Wenn sie während der Geburt nun die Nerven verliert ...«

»Damit werden wir schon fertig. Sie wäre ja nicht die erste, die durchdreht. Dann wird unsere gute Hebamme Lieselotte sie halt ein bißchen zurechtstauchen müssen. Sie wissen ja, das kann sie wie keine zweite.«

»Ob man ihr die Geburt nicht besser ersparte?«

»Jetzt verstehe ich Sie wirklich nicht ...«

»Ich dachte an eine Schnittentbindung.«

»Kaiserschnitt? Bei einer völlig gesunden, gutgebauten Frau? Ohne jeden zwingenden Anlaß? Na, hören Sie mal, Kollege, das halte ich für absurd.«

»In Amerika ...«

»Wir sind hier nicht in Amerika, mein Lieber. Was ist mit Ihnen? Bisher haben Sie doch immer, genau wie ich, die gute alte, von der Natur vorgesehene Methode für die beste gehalten.«

»Ich bin in Sorge, Herr Professor«, gestand Dr. Schumann leise.

»Verstehe ich ja, verstehe ich«, sagte Professor Overhoff begütigend. »Bei der eigenen Frau sieht man eben alles mit anderen Augen. Apropos sehen ... ich habe Ihrer Frau schon einen Vorschlag gemacht, von dem sie sehr begeistert war. Wir werden eine Spiegelentbindung durchführen.«

Dr. Schumann war nicht sehr überzeugt von dieser Idee, aber er fühlte sich innerlich zu unsicher, um zu widersprechen.

»Nun machen Sie nicht so ein Gesicht, Kollege«, sagte Professor Overhoff. »Sie sind nicht der erste Mann, dessen Frau ein Kind bekommt. Sie werden sehen, die Spiegelentbindung ist eine gute Sache, gerade für Ihre Frau. Sie hat ein Recht darauf, daß sich alles offen und ohne Geheimnistuerei vor ihren Augen abspielt. Anomale Furcht und Angst können auf diese Weise gar nicht aufkommen.«

»Und wenn sich Komplikationen ergeben?«

»Kann uns Ihre Frau besser helfen, wenn sie weiß, um was es geht. Sie kann die Wehentätigkeit und die Richtung des Pressens weit besser steuern.«

»Wahrscheinlich haben Sie recht, Herr Professor«, sagte Dr. Schumann, aber er fühlte sich sehr elend.

Am dritten Dezember, eine gute Woche vor dem Termin, den Dr. Schumann auf Grund der ersten Kindsbewegungen für die Geburt ausgerechnet hatte, weckte Astrid ihn mitten in der Nacht.

»Du«, sagte sie, »ich glaube, die Wehen haben eingesetzt ...«

»Seit wann?«

»Schon seit ein paar Stunden. Ich wollte dich bloß nicht wecken.«

»Und in welchem Abstand?«

»Ungefähr alle sieben Minuten.«

Dr. Schumann knipste die Nachttischlampe an.

»Dann dauert's noch eine Weile. Aber wenn du willst, bringe ich dich natürlich gleich in die Klinik.«

»Ich bleibe lieber hier.«

Er sah auf die Uhr. Es war zwei vorbei. »Komm in meine Arme und versuch noch ein bißchen zu schlafen«, sagte er.

Sie kuschelte sich eng an ihn. »Kann ich nicht.«

»Schmerzen?«

»Nein. Aber ich muß doch dauernd atmen, wie ich's gelernt habe.«

»Mein braves Mädchen.«

Sie lagen beide wach bis zum Morgengrauen, eng beieinander, und empfanden das Glück einer wunderbaren inneren Verbundenheit.

»Jetzt kommen sie alle fünf Minuten«, sagte Astrid, als die nahe Kirchturmuhr die sechste Stunde schlug. »Aber ich möchte trotzdem noch nicht in die Klinik.« Sie lachte leise. »Das ist der Vorteil, wenn man mit einem Gynäkologen verheiratet ist: man hat den Geburtshelfer im Haus. Es kann also gar nichts passieren.«

Um sieben Uhr standen sie auf und zogen sich an. Astrid packte ein Köfferchen mit dem Notwendigsten.

»Willst du nicht den Wagen aus der Garage holen?« fragte sie.

»Es ist besser für dich, wenn du zu Fuß gehst.«

Als sie aus der Haustür traten, hängte sie sich bei ihm ein.

»Ein seltsames Gefühl, das alles verlassen zu müssen«, sagte sie.

»Du kommst ja wieder.«

»Natürlich, ich weiß ...« Ihr Körper war unförmig geworden in dien letzten Monaten, aber ihr Gesicht war schön, ihre dunkelblauen Augen von einem inneren Leuchten erfüllt. »Etwas wollte ich dich noch fragen«, sagte sie.

»Ja?« Er versuchte, seine Schritte den ihren anzupassen.

»Wenn du dich entscheiden müßtest ... das Kind oder ich, wen von uns beiden würdest du retten?«

»Das kann in deinem Fall gar nicht passieren!«

»Nehmen wir aber einmal an ...«

Er blieb stehen und sah sie an. »Du bist mir das Wichtigste auf der Welt, und das weißt du.«

»Ich wollte es gern von dir hören«, sagte sie lächelnd.

»Alle Männer denken so«, sagte er, »es sind immer die Frauen, denen die Kinder mehr bedeuten. Einer Mutter, und besonders einer werdenden, ist der Mann oft plötzlich gar nicht mehr wichtig.«

Eine Wehe kam, Astrid atmete tief ein und blies die Luft heftig durch die Zähne aus, bevor sie antworten konnte. »Ich liebe dich sehr«, sagte sie dann, »du hast keinen Grund eifersüchtig zu sein.«

Er zwang sich zu einem Lachen.

Es war ein seltsamer Gang durch die Frühe des grauen Wintertages. Ihre Schritte hallten auf dem Pflaster.

»Eigentlich ganz hübsch«, sagte sie, »wir sollten das öfters machen.«

»Wird vorgemerkt«, sagte er.

»Und wenn das Kind da ist, dann wirst du doch alles besorgen, nicht wahr? Das Kinderzimmer einrichten und ... ich habe alles auf einem langen Zettel aufgeschrieben. Er liegt unter der Schreibmappe in deinem Zimmer, bitte, sieh ihn dir einmal an.« Wieder kam eine Wehe, und sie mußte ihre Rede unterbrechen.

Sie hatte eigensinnig darauf beharrt, keine Vorbereitungen für das Kind zu treffen, weil sie das Schicksal nicht herausfordern wollte. Er hatte das verstanden und es dabei belassen.

»Aber selbstverständlich«, sagte er jetzt, »du wirst noch Gelegenheit genug haben, mir Anweisungen zu geben.«

Sie hatten die Klinik erreicht. Der Pförtner meldete sie telefonisch im Entbindungszimmer an. Oben erwartete sie schon Fräulein Lieselotte. Die beiden Frauen kannten einander.

Die Hebamme führte Astrid ins Untersuchungszimmer und bat sie, sich hinzulegen. Sie kontrollierte die kindlichen Herztöne, orientierte sich mit Hilfe verschiedener Handgriffe über Größe, Lage und Haltung des Kindes und darüber, wie weit der Kopf schon in das mütterliche Becken eingetreten war. Zum Abschluß untersuchte sie rektal.

»Sehr schön«, lobte sie, »der Muttermund ist schon erheblich geöffnet.«

»Es wird also nicht mehr lange dauern?« fragte Astrid.

»Nicht allzulange.« Die Hebamme maß den Blutdruck. »Jetzt nehmen Sie erst einmal ein schönes Bad zur Entspannung, dann bekommen Sie einen Einlauf ... und dann werden wir weiter sehen.«

Sie half Astrid sich aufzurichten und führte sie zur Tür.

Astrid drehte sich zu ihrem Mann um. »Und du? Was machst du jetzt? Du läßt mich doch nicht allein?«

Er lächelte ihr ermutigend zu. »Ich warte auf dich ...«

»Wir brauchen den Herrn Oberarzt gar nicht«, sagte Fräulein Lieselotte, »das wird eine ganz normale Geburt, die schaffen wir beide schon allein. Der Herr Doktor wird nur als werdender Vater zugelassen ... und wenn er uns verspricht, sehr brav und tapfer zu sein.«

Dr. Schumann zwang sich, in das Lachen der Frauen einzustimmen.

Zwei Stunden später kam Astrid In das Entbindungszimmer. Die Wehen kamen jetzt in immer kürzeren Abständen, aber sie war durchaus noch frohen Mutes. »Es tut gar nicht weh, Rainer«, sagte sie, fast über sich selbst erstaunt, »wirklich nicht!«

Sie betrachtete mit neugierigen Augen den Spiegel, der am Fußende des Bettes aufgestellt war, atmete jetzt in ganz kleinen und regelmäßigen Stößen.

»Soll ich dir eine Spritze geben?« fragte Dr. Schumann.

»Es geht auch so.«

»Natürlich, Herr Doktor«, tadelte die Hebamme. »Sie sind nicht als Arzt hier … unterhalten Sie sich ein bißchen mit Ihrer Frau, das ist vernünftiger!« Und zu Astrid gewandt fügte sie hinzu: »Legen Sie sich nur bequem auf die Seite. Zu sehen gibt es jetzt noch nichts.«

Astrid rollte sich zur Seite und ergriff die Hand ihres Mannes.

»Wie lange dauert es noch?« fragte sie.

»Also doch Schmerzen?«

»I wo. Ich bin bloß müde. Schrecklich müde.«

»Ich werde dir etwas erzählen, damit die Zeit vergeht.«

Es dauerte noch drei Stunden, drei endlose Stunden, bis die Wehen endlich stärker wurden und in ganz kurzen Abständen kamen. Die Hebamme hatte inzwischen das Abnabelungsbesteck bereitgelegt, eine Schere für den Fall, daß ein Entlastungsschnitt notwendig werden sollte, sterilen Zellstoff, Tücher und Handschuhe. Wiederholt hatte sie die Herztöne des Kindes überprüft.

»Ich glaube, jetzt geht's wirklich los«, sagte Astrid. Feine Schweißperlen bildeten sich auf ihrer Stirn.

Fräulein Lieselotte prüfte durch Handauflegen die Wehenstärke. »Stimmt«, sagte sie fröhlich, »das ist fabelhaft schnell gegangen.«

»Schnell?« rief Astrid.

»Und ob. Jetzt legen Sie sich auf den Rücken, ziehen Sie die Beine an … Herr Doktor, Sie können sich nützlich machen, geben Sie Sauerstoff!«

»Darf ich pressen …?« fragte Astrid.

»Sie müssen sogar! Tüchtig mitpressen … so, jetzt! Tief einatmen, heftig ausatmen, noch einmal einatmen … blokkieren und … pressen!«

Dr. Schumann gab Sauerstoff, unterstützte den Rücken, kontrollierte in den Pausen die Entspannung der Muskeln.

Weiter und weiter öffnete sich der Muttermund. Die Fruchtblase sprang, ein Schwall klaren Fruchtwassers ergoß sich. Die Hebamme wechselte die Tücher und lagerte das Becken der werdenden Mutter höher.

Nach der zwölften Wehe schrie Astrid – es war ein Freudenschrei. »Ich sehe das Köpfchen!«

Tatsächlich war in diesem Augenblick zarter blonder Flaum sichtbar geworden.

Astrid atmete, preßte, atmete, preßte – wenn sie Schmerzen hatte, so wurden sie ihr gar nicht bewußt. Ihr ganzer Wille, ihre ungeteilte Aufmerksamkeit galt dem Kinderköpfchen, das Zentimeter um Zentimeter weiter vordrang. Die Hebamme führte es mit ihrer linken Hand, mit der rechten schützte sie die gespannte Dammuskulatur vor dem Einreißen.

Dann war das Köpfchen durch. Mit zwei sterilen Tupfern wischte die Hebamme die Augen aus. Jetzt kamen die Schultern. Das Kind, noch halb im Mutterleib, begann zu schreien.

Astrid beugte sich vor, faßte es um den Leib, zog es mit eigenen Händen behutsam ins Leben. Es war ein Mädchen. Mit geübten Griffen nabelte die Hebamme es ab, hüllte es in eine Windel, legte es, so wie es war, mit bräunlicher Schmiere bedeckt, in die Arme der Mutter.

Astrid hielt es fest, ganz fest. »Unser Kind«, stammelte sie, überwältigt von Glück hob sie den Blick zu ihrem Mann, »unser Kind! Mein Gott, es war herrlich ... das Herrlichste, was ich je erlebt habe!«